LUCINDA RILEY

Das italienische Mädchen

Weitere Informationen zu Lucinda Riley,
zum Hintergrund des Romans sowie zu lieferbaren Titeln
der Autorin finden Sie am Ende des Buches.

Lucinda Riley

Das italienische Mädchen

Roman

Aus dem Englischen
von Sonja Hauser

GOLDMANN

Die englische Originalausgabe erschien 1996 unter dem Titel »Aria« bei Simon & Schuster, London. Die vorliegende Ausgabe folgt einer von der Autorin überarbeiteten Fassung. Diese erschien 2014 bei Pan Books, einem Imprint von Pan Macmillan, London.

Dieses Buch ist auch als E-Book erhältlich.

Verlagsgruppe Random House FSC® N001967

Sonderausgabe
Erstmals erschienen 2014 bei Goldmann
Neuausgabe August 2018

Umschlaggestaltung: UNO Werbeagentur, München
Umschlagmotiv: GettyImages/billnoll
Redaktion: Irmgard Perkounigg
CN · Herstellung: kw
Satz: Uhl + Massopust, Aalen
Druck und Bindung: GGP Media GmbH, Pößneck
Printed in Germany
ISBN: 978-3-442-48856-8
www.goldmann-verlag.de

Besuchen Sie den Goldmann Verlag im Netz

Für meinen Sohn Kit

Anmerkung der Autorin

Die Geschichte von Rosanna und Roberto, die ich vor siebzehn Jahren geschrieben habe, erschien seinerzeit als *Aria*, unter meinem Pseudonym Lucinda Edmonds. Letztes Jahr erkundigten sich meine Verleger dann nach meiner Backlist. Ich antwortete, die früheren Bücher seien alle nicht mehr lieferbar, doch sie baten mich, sie ihnen zukommen zu lassen. Also ging ich in den Keller und holte die acht Romane hervor. Sie waren mit Mäusedreck und Spinnweben bedeckt und rochen feucht, aber ich schickte sie trotzdem los. In dem Begleitbrief erklärte ich, dass ich damals noch ziemlich jung und unerfahren gewesen sei und es gut verstehen könne, wenn sie die Bücher sofort in den Papierkorb werfen würden. Zu meiner Überraschung war die Reaktion jedoch ausgesprochen positiv, und man fragte mich, ob ich Interesse an einer Neuauflage habe.

Was bedeutete, dass ich die Romane ebenfalls wieder lesen musste. Und wie jeder Schriftsteller, der sich seinen Werken von früher zuwendet, schlug ich *Aria* mit einem mulmigen Gefühl auf. Es war eine merkwürdige Erfahrung, weil ich mich kaum noch an die Geschichte erinnerte und mich darauf einlassen konnte wie meine Leser. Und tatsächlich: Ich las schneller und schneller, denn ich war gespannt, was als nächstes passieren würde. Am Ende hatte ich das Gefühl, dass das Buch aktualisiert und überarbeitet werden musste, doch Handlung und Figuren stimmten. Also setzte ich mich ein paar Wochen an den Schreibtisch, und das Ergebnis ist *Das italienische Mädchen*. Ich wünsche Ihnen viel Spaß damit!

Lucinda Riley, Januar 2014

»Vergesse nie die heutige Nacht,
denn sie ist der Anfang der Ewigkeit.«

Dante Alighieri

METROPOLITAN OPERA HOUSE

NEW YORK

Mein liebster Nico,
es ist merkwürdig, eine so komplizierte Geschichte zu Papier zu bringen, obwohl Du sie möglicherweise niemals lesen wirst, und ich weiß auch nicht, ob das Schreiben über die Vergangenheit eher mir oder Dir nützen soll, mein Schatz.

Ich sitze in meiner Garderobe und frage mich, wo ich anfangen soll. Vieles von dem, was ich erzählen werde, ist vor Deiner Geburt geschehen, als ich jünger war als Du jetzt. Vielleicht sollte ich in Neapel beginnen, der Stadt meiner Geburt …

Ich weiß noch, wie Mamma die Wäsche über eine Leine quer über die Straße hängte. In den engen Gassen von Piedigrotta hatte man wegen der bunten Kleidungsstücke über einem das Gefühl, als würde überall gefeiert. Dazu der Lärm, der ständige Lärm; nicht einmal in der Nacht war es still. Die Erwachsenen sangen und lachten, und die kleinen Kinder weinten … Die Italiener sind, wie Du weißt, ein lautes, emotionales Volk, und die Familien von Piedigrotta teilten Freude und Trauer, wenn sie in der Sonne auf der Schwelle ihrer Türen saßen. Besonders im Hochsommer war die Hitze unerträglich. Dann versengte der Boden die Fußsohlen, und die Mücken stürzten sich auf das nackte Fleisch. Ich habe noch immer die Gerüche in der Nase, die durch mein offenes Schlafzimmerfenster hereinwehten – der Übelkeit erregende Gestank aus der Kanalisation, jedoch auch der köstliche Duft frisch gebackener Pizza aus Papàs Küche.

In meiner frühen Kindheit waren wir arm, aber bei meiner Erstkommunion hatten Papà und Mamma durch harte Arbeit bereits ziemlich großen Erfolg mit ihrem kleinen Café ›Da Marco‹. Sie servierten würzige Pizza nach Papàs Geheimrezept, das in Piedigrotta im Lauf der Jahre einen gewissen Ruhm erlangte. In den Sommermonaten wimmelte es in unserem Café von Touristen, und im Innern standen die Holztische so dicht beieinander, dass man kaum zwischen ihnen hindurchkam.

Unsere Familie lebte in einer kleinen Wohnung darüber. Wir hatten unser eigenes Bad, genug zu essen und Schuhe an den Füßen. Papà war stolz darauf, es aus dem Nichts so weit gebracht zu haben. Und ich fühlte mich glücklich, meine Träume reichten kaum weiter als bis zum nächsten Sonnenuntergang.

Dann, eines warmen Augustabends, als ich elf Jahre alt war, geschah etwas, das mein Leben veränderte. Kaum zu glauben, dass ein Mädchen in diesem Alter sich verlieben kann, doch ich erinnere mich noch ganz genau an den Moment, als ich ihn das erste Mal sah …

1

Neapel, Italien, August 1967

Rosanna Antonia Menici stellte sich auf die Zehenspitzen und hielt sich am Waschbecken fest, um in den Spiegel zu schauen. Sie musste sich ein wenig nach links neigen, weil sich ein Sprung darin befand, und konnte nur ihr rechtes Auge sowie ihre rechte Wange und nichts von ihrem Kinn sehen; dazu war sie sogar noch auf Zehenspitzen zu klein.

»Rosanna! Kommst du wohl endlich aus dem Bad!«

Seufzend ging Rosanna über den schwarzen Linoleumboden zur Tür und entriegelte sie. Sofort wurde die Klinke heruntergedrückt, und Carlotta hastete herein.

»Warum sperrst du zu, du Dummkopf? Hast du was zu verbergen?« Carlotta drehte die Hähne der Badewanne auf und steckte ihre langen dunklen Locken oben am Kopf zusammen.

Rosanna zuckte verlegen mit den Achseln; sie hätte sich gewünscht, von Gott genauso hübsch geschaffen worden zu sein wie ihre ältere Schwester. Mamma hatte ihr erklärt, Gott gebe jedem etwas mit, und Carlotta habe er nun einmal ihre Schönheit geschenkt. Rosanna beobachtete, wie Carlotta den Bademantel auszog, unter dem ihr wohlgeformter Körper mit der makellosen Haut, den vollen Brüsten und den langen schlanken Beinen zum Vorschein kam. Die Gäste des Cafés sangen ein Loblied auf Mammas und Papàs schöne Tochter und prophezeiten, dass sie eines Tages einen reichen Mann heiraten würde.

Das kleine Bad füllte sich mit Dampf, als Carlotta die Hähne zudrehte und in die Wanne stieg.

Rosanna setzte sich auf den Rand. »Kommt Giulio heute Abend?«, fragte sie ihre Schwester.

»Ja.«

»Meinst du, du wirst ihn heiraten?«

Carlotta begann, sich einzuseifen. »Nein, Rosanna, das habe ich nicht vor.«

»Ich dachte, du magst ihn?«

»Ja … Ach, du bist zu jung, um das zu verstehen.«

»Papà kann ihn gut leiden.«

»Das weiß ich. Er kommt aus einer wohlhabenden Familie.« Carlotta hob eine Augenbraue und stieß einen theatralischen Seufzer aus. »Ich finde ihn langweilig. Papà würde mich am liebsten schon morgen mit ihm vor dem Traualtar sehen, aber ich möchte zuerst noch ein bisschen Spaß haben und das Leben genießen.«

»Macht Heiraten denn keinen Spaß? Man trägt ein hübsches Hochzeitskleid, bekommt jede Menge Geschenke und eine eigene Wohnung und …«

»… eine Horde schreiender Kinder und einen Bauch«, führte Carlotta den Satz für sie zu Ende, während sie mit der Seife über ihren schlanken Körper glitt. »Was starrst du so? Verschwinde, Rosanna, und lass mir zehn Minuten meine Ruhe. Mamma braucht dich unten. Und mach die Tür hinter dir zu!«

Rosanna verließ schweigend das Bad, ging die steile Holztreppe hinunter und betrat das Café. Die Wände waren gerade erst geweißelt worden, und über der Bar im hinteren Bereich des Raums hing ein Gemälde der Madonna neben einem Poster von Frank Sinatra. Die dunklen Holztische waren hochglanzpoliert, auf jedem stand eine leere Weinflasche mit einer Kerze.

»Da bist du ja! Wo hast du gesteckt? Ich rufe schon die ganze Zeit nach dir. Hilf mir mal beim Aufhängen.«

»Ja, Mamma.« Rosanna zog einen Holzstuhl unter einem der Tische hervor und rückte ihn zu dem Bogen in der Mitte des Cafés.

»Beeil dich, Kind! Gott hat dir deine Beine zum Laufen gegeben und dich nicht als Schnecke erschaffen«, sagte Antonia Menici, die bereits auf einem Stuhl stand, eine Ecke eines bunten Lakens in der Hand. Der Stuhl geriet unter ihrem beträchtlichen Gewicht gefährlich ins Wanken. Rosanna ergriff das andere Ende des Stoffs und kletterte hinauf.

»Schieb die Schlaufe über den Nagel«, wies Antonia sie an.

Rosanna tat, wie ihr geheißen.

»Und jetzt hilf deiner Mamma herunter. Wir wollen sehen, ob es gerade hängt.«

Rosanna sprang auf den Boden und stützte Antonia beim Herunterklettern. Die Handflächen ihrer Mutter waren feucht, Rosanna bemerkte den Schweiß auf ihrer Stirn.

»*Bene, bene.*« Antonia betrachtete ihr Werk zufrieden.

Rosanna las laut die Worte auf dem Transparent: »*Herzlichen Glückwunsch zum dreißigsten Hochzeitstag* – Maria und Massimo!«

Antonia legte die Arme um ihre Tochter und drückte diese zu ihrer Verwunderung an sich. »Das wird eine wunderbare Überraschung! Sie glauben, es gibt bloß ein Abendessen mit Papà und mir. Ich bin auf ihre Gesichter gespannt, wenn sie alle ihre Freunde und Verwandten sehen.« Sie strahlte. Antonia löste sich von Rosanna, setzte sich auf den Stuhl und wischte sich die Stirn mit einem Taschentuch ab. Dann beugte sie sich vor und winkte Rosanna zu sich. »Rosanna, ich verrate dir was. Ich hab Roberto geschrieben. Er kommt zu dem Fest eigens aus Mailand und singt für seine Mamma und seinen Papà, hier im Café! Morgen wird die ganze Piedigrotta von uns reden!«

»Ja, Mamma. Er singt Schnulzen, stimmt's?«

»Schnulzen? Was sagst du da? Roberto Rossini ist kein Schnulzensänger, sondern lernt an der *scuola di musica* der Mailänder Scala. Eines Tages wird er in der Scala auftreten.«

Antonia presste die Hände auf ihren Busen. Rosanna erinnerte das ein wenig an den Gottesdienst in der Kirche.

»Geh jetzt Papà und Luca in der Küche zur Hand. Es gibt viel zu tun vor dem Fest, und ich möchte mir noch bei Signora Barezi die Haare machen lassen.«

»Hilft Carlotta auch?«, fragte Rosanna.

»Nein. Sie begleitet mich zu Signora Barezi. Wir müssen heute Abend schön sein.«

»Was soll ich anziehen, Mamma?«

»Du hast doch das rosafarbene Kleid für die Kirche.«

»Das ist mir zu klein. Darin sehe ich albern aus«, jammerte Rosanna.

»Ach was. Eitelkeit ist eine Sünde, Rosanna. Wenn Gott deine eitlen Gedanken hört, reißt er dir in der Nacht alle Haare aus. Dann wachst du am Morgen kahl auf wie Signora Verni, nachdem sie ihren Mann wegen einem Jüngeren verlassen hatte! Und jetzt ab in die Küche.«

Rosanna entfernte sich. Warum, fragte sie sich, hatte Carlotta noch alle Haare auf dem Kopf? Als sie die Küchentür öffnete, schlug ihr Hitze entgegen. Ihr Vater Marco bereitete an einem langen Holztisch den Pizzateig vor. Marco war schlank und drahtig, das genaue Gegenteil seiner Frau, und seine Glatze glänzte bei der Arbeit von Schweiß. Luca, ihr großgewachsener älterer Bruder mit den dunklen Augen, rührte am Herd in einem riesigen dampfenden Topf. Rosanna sah einen Moment lang fasziniert zu, wie Papà den Teig mit den Fingerspitzen über dem Kopf drehte und ihn rund auf den Tisch klatschte.

»Mamma hat mich geschickt. Ich soll euch helfen.«

»Trockne die Teller ab und staple sie auf dem Tisch«, sagte Marco, ohne seine Arbeit zu unterbrechen.

Rosanna nahm ein sauberes Tuch aus einer Schublade und wandte sich gottergeben dem Geschirrberg zu.

»Wie seh ich aus?«

Carlotta blieb an der Tür stehen, um sich von den anderen Familienmitgliedern bewundern zu lassen. Sie trug ein neues, zart zitronengelbes Satinkleid mit tiefem Ausschnitt und einem Rock, der straff auf ihren Hüften saß und knapp über dem Knie endete. Ihr dichtes schwarzes Haar war so gekämmt, dass es in glänzenden Locken auf ihre Schultern fiel.

»*Bella, bella!*« Marco ging mit ausgestreckter Hand auf Carlotta zu. »Giulio, ist meine Tochter nicht wunderschön?«

Der junge Mann, dessen knabenhafte Gesichtszüge in seltsamem Kontrast zu seinem muskulösen Körper standen, erhob sich schüchtern lächelnd vom Tisch.

»Ja, sie ist so schön wie Sophia Loren in *Hochzeit auf Italienisch*«, antwortete Giulio.

Carlotta trat zu ihrem Freund und küsste ihn leicht auf die gebräunte Wange. »Danke, Giulio.«

»Und Rosanna, findet ihr die denn nicht auch hübsch?«, fragte Luca und schenkte seiner Schwester ein Lächeln.

»Doch, doch«, antwortete Antonia nur.

Rosanna wusste, dass ihre Mutter log. Das rosafarbene Kleid, das Carlotta einmal so gut gestanden hatte, ließ Rosannas Haut blass erscheinen, und durch die eng geflochtenen Zöpfe wirkten ihre Ohren noch größer als sonst.

»Trinken wir etwas, bevor die Gäste kommen«, sagte Marco und holte eine Flasche orangefarbenen Aperol, die er mit großer Geste öffnete, bevor er sechs kleine Gläser füllte.

»Ich auch, Papà?«, fragte Rosanna.

»Ja, du auch.« Marco reichte jedem ein Glas. »Möge Gott uns ein langes Leben bescheren, uns vor dem bösen Blick schützen und diesen Tag zu etwas ganz Besonderem für unsere besten Freunde Maria und Massimo machen.« Marco hob sein Glas und leerte es in einem Zug.

Rosanna nahm einen kleinen Schluck von dem bitteren Getränk und begann zu husten.

»Alles in Ordnung, *piccolina*?«, erkundigte sich Luca und klopfte ihr auf den Rücken.

»Ja, Luca.«

Ihr Bruder ergriff ihre Hand und flüsterte ihr ins Ohr: »Eines Tages wirst du viel hübscher sein als deine Schwester.«

Rosanna schüttelte den Kopf. »Nein, Luca, aber das ist mir egal. Mamma sagt, ich habe andere Gaben.«

»Ja, das stimmt.« Luca legte die Arme um den schmalen Körper seiner Schwester und zog sie zu sich heran.

»*Mamma mia!* Da kommen die ersten Gäste. Marco, bring den Prosecco, und Luca, schau nach dem Essen, schnell!« Antonia strich ihr Kleid glatt und eilte zur Tür.

Rosanna verfolgte von einem Tisch am Rand, wie sich das Café mit Freunden und Verwandten der Ehrengäste füllte. Carlotta, die inmitten einer Gruppe junger Männer stand, warf lächelnd die Haare in den Nacken. Giulio beobachtete sie eifersüchtig von einem Platz in der Ecke aus.

Da verstummten plötzlich alle und wandten sich der Tür zu.

Er war deutlich größer als Antonia und musste sich zu ihr hinunterbeugen, um sie auf beide Wangen zu küssen. Rosanna starrte ihn mit offenem Mund an. Bis dahin war es ihr nie in den Sinn gekommen, einen Mann als »schön« zu bezeichnen, doch für ihn fiel ihr kein anderes Wort ein. Er war groß, hatte breite Schultern und muskulöse Unterarme, die unter seinem kurzärmligen Hemd deutlich zu sehen waren. Die glatten rabenschwarzen Haare hatte er so aus der Stirn gekämmt, dass sie seine markanten Gesichtszüge betonten. Rosanna konnte nicht erkennen, welche Farbe seine Augen hatten, aber sie waren groß und glänzten, und seine Lippen wirkten voll und männlich und hoben sich deutlich von seiner für einen Neapolitaner ungewöhnlich hellen Haut ab.

Rosanna, die ein merkwürdiges Ziehen im Bauch, ein ähnliches Gefühl wie vor Prüfungen in der Schule, verspürte, blickte zu Carlotta hinüber. Auch sie starrte den Mann an.

»Willkommen, Roberto.« Marco gab Carlotta ein Zeichen, ihm zur Tür zu folgen, wo er Roberto auf beide Wangen küsste. »Ich freue mich so, dass du uns heute die Ehre erweist. Das ist meine Tochter Carlotta. Als du sie das letzte Mal gesehen hast, war sie noch ein Kind.«

Roberto musterte Carlotta von oben bis unten. »Ja, Carlotta, aber jetzt bist du eine erwachsene Frau.«

Beim Klang seiner Stimme begannen die Schmetterlinge in Rosannas Bauch wieder zu flattern.

»Und was ist mit Luca und … äh …?«

»Rosanna?«, führte Papà den Satz für ihn zu Ende.

»Ja, Rosanna. Bei meinem letzten Besuch war sie erst ein paar Monate alt.«

»Beide machen sich gut und …« Marco schaute hinaus. »Leise, da kommen Maria und Massimo!«

Sofort verstummten alle, und wenige Sekunden später ging die Tür auf. Maria und Massimo blieben verblüfft am Eingang stehen, als sie die vertrauten Gesichter sahen.

»Mamma, Papà!« Roberto trat einen Schritt vor und umarmte seine Eltern. »Schönen Hochzeitstag!«

»Roberto!« In Marias Augen glänzten Tränen, als sie ihren Sohn an sich drückte. »Ist das zu fassen?«, sagte sie immer wieder.

»Mehr Prosecco für alle!«, rief Marco aus, der sich diebisch über die geglückte Überraschung freute.

Rosanna half Luca und Carlotta, den Prosecco einzuschenken.

»Ruhe bitte.« Marco klatschte in die Hände. »Roberto möchte etwas sagen.«

Roberto kletterte auf einen Stuhl. »Heute ist ein ganz besonderer Tag. Meine geliebten Eltern feiern ihren dreißigsten Hochzeitstag. Wie ihr alle wisst, haben sie ihr gesamtes Leben hier in Piedigrotta verbracht und eine beliebte Bäckerei sowie einen großen Freundeskreis aufgebaut. Sie sind für ihre Freundlichkeit und ihr köstliches Brot gleichermaßen bekannt. Wer ein Problem hat, weiß, dass er bei Massimo immer ein offenes Ohr und guten Rat findet. Sie sind die liebevollsten Eltern, die man sich wünschen kann …« Auch Robertos Augen wurden feucht. »Sie haben große Opfer gebracht, um mich auf die beste Musikschule in Mailand schicken zu können. Und allmählich beginnt mein Traum Gestalt anzunehmen. Ich hoffe, dass es nicht mehr lange dauert, bis ich an der Scala singe. Das habe ich nur ihnen zu verdanken. Lasst uns auf ihre Gesundheit und eine gute Zukunft anstoßen.« Roberto hob das Glas. »Auf Mamma und Papà – Maria und Massimo.«

»Auf Maria und Massimo!«, fielen die Gäste ein.

Roberto stieg von dem Stuhl herunter und ließ sich unter dem Jubel der Anwesenden von seiner Mutter umarmen.

»Rosanna, komm. Wir müssen Papà helfen, das Essen zu servieren«, sagte Antonia und schob Rosanna in Richtung Küche.

Später beobachtete Rosanna, wie Roberto sich mit Carlotta unterhielt, und als Marco Schallplatten auflegte, die er aus der Wohnung geholt hatte, sah sie, dass Robertos Arm sich beim Tanzen wie selbstverständlich um Carlottas schmale Taille legte.

»Was für ein schönes Paar«, flüsterte Luca, der Rosannas Gedanken zu erahnen schien. »Giulio scheint nicht gerade begeistert zu sein, was?«

Giulio verfolgte von einer Ecke aus missmutig, wie seine Freundin fröhlich in Robertos Armen lachte. »Nein«, pflichtete sie ihm bei.

»Möchtest du tanzen, *piccolina*?«, fragte Luca.

»Nein, danke. Ich kann nicht tanzen.«

»Natürlich kannst du das.« Luca zog sie auf die Tanzfläche.

»Sing für mich, Roberto«, hörte Rosanna Maria ihren Sohn bitten, als die Schallplatte zu Ende war.

»Ja, sing für uns, sing für uns«, forderten die Gäste.

Roberto wischte sich den Schweiß von der Stirn. »Gut, aber ohne Begleitung ist es schwierig. Ich singe ›Nessun dorma‹.«

Es wurde leise im Raum.

Rosanna lauschte gebannt, und als er schließlich voller Leidenschaft die Hände ausstreckte, hatte sie das Gefühl, als gelte diese Geste ihr allein.

In dem Moment wusste sie, dass sie ihn liebte.

Donnernder Applaus. Nur Rosanna konnte nicht klatschen, weil sie nach ihrem Taschentuch suchte, um ihre Tränen wegzuwischen.

»Zugabe! Zugabe!«, riefen alle.

Roberto winkte lächelnd ab. »Tut mir leid, aber ich muss meine Stimme schonen.« Enttäuschtes Gemurmel, als er seinen Platz neben Carlotta wieder einnahm.

»Dann soll Rosanna das ›Ave Maria‹ singen«, schlug Luca vor. »Komm, *piccolina*.«

Rosanna schüttelte entsetzt den Kopf.

»Ja!« Maria klatschte in die Hände. »Rosanna hat so eine schöne Stimme. Ich würde mich sehr freuen, das ›Ave Maria‹ von ihr zu hören.«

»Nein, bitte, ich …« Doch da hob Luca Rosanna bereits auf einen Stuhl.

»Sing so, wie du es immer für mich tust«, flüsterte er ihr zu.

Rosanna blickte in die lächelnden Gesichter vor ihr, holte tief Luft und machte den Mund auf. Anfangs war ihre Stimme kaum mehr als ein Flüstern, doch als sie ihre Nervosität vergaß und ganz in der Musik aufging, wurde sie lauter und kräftiger.

Roberto, dessen Blick bis dahin auf Carlottas tiefen Ausschnitt gerichtet gewesen war, spitzte, als er die Stimme hörte, ungläubig die Ohren. Konnte es sein, dass dieses schmale kleine Mädchen in dem schrecklichen rosafarbenen Kleid so himmlisch sang? Plötzlich nahm er ihre blasse Haut und ihre zu langen Arme und Beine nicht mehr wahr, nur noch ihre riesigen braunen Augen und die leicht geröteten Wangen.

Roberto war klar, dass er kein Schulmädchen hörte, das sein Liedchen zum Fest präsentierte. Eine solche Mühelosigkeit und natürliche Beherrschung der Stimme konnte man nicht erlernen.

»Entschuldige mich«, flüsterte er Carlotta zu, als die Gäste applaudierten, und gesellte sich zu Rosanna, die sich gerade aus Marias begeisterter Umarmung löste.

»Komm, setz dich zu mir, Rosanna. Ich möchte mit dir reden.« Er schob sie zu einem Stuhl, nahm ihr gegenüber Platz und ergriff ihre Hände.

»*Bravissima*, meine Kleine. Das war wunderschön. Nimmst du Gesangsunterricht?«

Rosanna schüttelte mit gesenktem Blick den Kopf.

»Das solltest du aber. Man kann gar nicht früh genug anfangen. Wenn ich früher begonnen hätte …« Roberto zuckte mit den Achseln. »Ich werde mit deinem Papà reden. Mein frühe-

2

Als Rosanna aus dem Schlaf hochschreckte, war es fast schon hell. Unten hörte sie den ratternden Müllwagen seine Morgenrunde machen, und auf dem Bett neben ihr saß Carlotta. Ihre Schwester trug nach wie vor das inzwischen ziemlich verknitterte zitronengelbe Kleid, und die Haare hingen ihr zerzaust über die Schultern.

»Wie spät ist es?«, fragte Rosanna Carlotta.

»Sch, Rosanna, sonst weckst du Mamma und Papà! Schlaf weiter. Es ist noch früh am Tag.« Carlotta schlüpfte aus Schuhen und Kleid.

»Wo warst du?«

»Nirgends.« Carlotta zuckte mit den Achseln.

»Aber du musst doch irgendwo gewesen sein, wenn du jetzt erst schlafen gehst«, beharrte Rosanna.

»Willst du endlich still sein?«, zischte Carlotta verärgert, jedoch auch ein wenig nervös, warf ihr Kleid auf einen Stuhl und zog ihr Nachthemd an. »Wenn du Mamma und Papà erzählst, dass ich so spät heimgekommen bin, rede ich nie wieder ein Wort mit dir. Versprich mir, dass du nichts sagst.«

»Nur, wenn du mir verrätst, wo du dich rumgetrieben hast.«

»Na schön.« Carlotta setzte sich zu Rosanna aufs Bett.

»Ich war mit Roberto zusammen.«

»Ach. Und was habt ihr gemacht?«

»Wir … sind spazieren gegangen.«

»Mitten in der Nacht?«

»Das wirst du verstehen, wenn du älter bist, Rosanna«, antwortete Carlotta, erhob sich abrupt, ging zu ihrem eigenen Bett und schlüpfte unter die Decke. »Und jetzt halt den Mund und schlaf weiter.«

Im Haushalt der Menicis schliefen an jenem Morgen alle lang. Als Rosanna zum Frühstück nach unten kam, saß Luca mit einem schrecklichen Kater am Küchentisch, und Antonia bemühte sich, das Chaos im Café zu beseitigen.

»Hilf mir, Rosanna, sonst können wir heute nicht aufmachen«, forderte Antonia ihre Tochter auf.

»Kann ich zuerst frühstücken?«

»Erst wenn das Café aufgeräumt ist. Bring den Müll raus.«

»Ja, Mamma.« Rosanna nahm die Schachtel, die ihre Mutter ihr gab, und trug sie durch die Küche, wo ihr Vater mit fahlem Gesicht den Pizzateig ausrollte.

»Papà, hat Roberto mit dir über meine Gesangsstunden geredet?«, fragte sie ihn. »Er hat es mir versprochen.«

»Ja.« Marco nickte müde. »Rosanna, er wollte nur höflich sein. Wenn er meint, wir hätten das Geld, dich zu einem Gesangslehrer am anderen Ende von Neapel zu schicken, täuscht er sich.«

»Papà … Er sagt, meine Stimme ist eine Gabe Gottes.«

»Rosanna, noch bist du ein kleines Mädchen, aber eines Tages wirst du erwachsen und einem Mann eine gute Ehefrau sein. Du musst Kochen und Haushaltsführung lernen und solltest deine Zeit nicht mit Hirngespinsten vergeuden.«

»Aber …« Rosannas Unterlippe bebte. »Ich möchte singen wie Roberto.«

»Roberto ist ein Mann, Rosanna. Er muss arbeiten. Du wirst irgendwann einmal mit deiner schönen Stimme deine Kinder in den Schlaf singen. Das soll dir genügen. Bring jetzt den Müll raus und hilf dann Luca beim Abspülen.«

Als Rosanna den Abfall zu den Mülltonnen im Hinterhof hinaustrug, kullerte eine Träne über ihre Wange. Nichts hatte sich verändert, alles war wie immer, so, als hätte der gestrige Tag – der beste Tag ihres Lebens, an dem sie etwas ganz Besonderes gewesen war – überhaupt nicht stattgefunden.

»Rosanna!«, erscholl Marcos Stimme aus der Küche. »Beeil dich!«

Sie wischte sich die Nase mit dem Handrücken ab und ging wieder hinein. Ihre Träume blieben im Hof beim Müll zurück.

Als Rosanna später erschöpft von einem langen Tag, an dem sie Gäste bedient hatte, die Treppe hinaufstieg, spürte sie eine Hand auf ihrer Schulter.

»Warum so niedergeschlagen, *piccolina*?«

Rosanna wandte sich Luca zu. »Wahrscheinlich bin ich einfach nur müde«, antwortete sie achselzuckend.

»Rosanna, du solltest glücklich sein. Nicht jedes Mädchen rührt einen ganzen Raum voller Menschen mit seinem Gesang zu Tränen.«

»Luca …« Rosanna setzte sich auf die oberste Stufe der schmalen Treppe, und ihr Bruder nahm neben ihr Platz.

»Sag mir, was los ist, Rosanna.«

»Ich habe Papà heute Morgen nach den Gesangsstunden gefragt. Er meint, Roberto ist nur höflich gewesen; er glaubt nicht wirklich, dass ich Sängerin werden könnte.«

Luca stieß einen leisen Fluch aus. »Das ist nicht wahr. Roberto hat allen vorgeschwärmt, was für eine wunderbare Stimme du hast. Du musst Gesangsunterricht bei seinem Lehrer nehmen.«

»Das geht nicht. Papà sagt, er hat dafür kein Geld. Ich glaube, Gesangsstunden sind sehr teuer.«

»Ach, *piccolina*.« Luca legte die Arme um seine Schwester.

»Warum nur ist Papà bei dir so blind? Wenn es um Carlotta ginge …« Luca seufzte. »Gib die Hoffnung nicht auf. Schau«, er nahm einen Zettel aus seiner Hosentasche, »Roberto hat mir Namen und Adresse dieses Lehrers aufgeschrieben. Egal, was Papà sagt: *Wir* gehen zu ihm, ja?«

»Aber wir haben kein Geld. Es ist zwecklos.«

»Zerbrich dir darüber nicht den Kopf. Überlass das deinem großen Bruder.« Luca drückte ihr einen Kuss auf die Stirn. »Schlaf gut, Rosanna.«

»Gute Nacht, Luca.«

Beim Gedanken an eine weitere lange Nacht in der Küche seufzte Luca. Eigentlich, das wusste er, hätte er dankbar sein sollen dafür, dass er eine sicherere Zukunft vor sich hatte als die meisten anderen jungen Männer in Neapel, doch er fand nur wenig Gefallen an seiner Arbeit. Er trat an den Küchentisch, um mit tränenden Augen Zwiebeln zu hacken. Während er sie in die Bratpfanne schob, dachte er an die Weigerung seines Vaters, über Gesangsstunden für seine kleine Schwester nachzudenken. Rosanna besaß eine Gabe, und Luca würde dafür sorgen, dass sie sie nutzte.

An seinem nächsten freien Nachmittag fuhr Luca mit Rosanna im Bus in das vornehme Hügelviertel Posillipo mit Blick auf die Bucht von Neapel.

»Luca, wie schön! So viel Platz! Und die Luft ist so kühl!«, schwärmte Rosanna, tief ein- und ausatmend, beim Aussteigen.

»Ja, hier ist es tatsächlich sehr schön«, pflichtete Luca ihr bei und ließ den Blick über die Bucht schweifen. Auf den glitzernden Wellen tanzten Boote, andere hatten vor dem Ufer geankert. In der Ferne lagen die Insel Capri und der Vesuv.

»Wohnt Signor Vincenzi tatsächlich hier?« Rosanna betrachtete die eleganten weißen Villen, die sich über ihnen an den

Hügel schmiegten. »Er muss schrecklich reich sein!«, bemerkte sie, als sie die kurvige Straße hinauftrotteten.

»Ich glaube, sein Haus ist da drüben«, erklärte Luca und blieb vor einem Tor stehen. »Da wären wir, das ist die Villa Torini. Komm, Rosanna.« Luca nahm seine Schwester bei der Hand und führte sie die Auffahrt zu einer mit Bougainvillea bewachsenen Veranda hinauf. Nach kurzem Zögern klingelte er.

Kurz darauf wurde die Tür von einer Bediensteten mittleren Alters geöffnet.

»*Sì? Cosa vuoi?* Was willst du?«

»Wir würden gern mit Signor Vincenzi sprechen, Signora. Das ist Rosanna Menici, und ich bin ihr Bruder Luca.«

»Habt ihr einen Termin?«

»Nein, aber Roberto Rossini …«

»Ohne Termin empfängt Signor Vincenzi niemanden. Auf Wiedersehen.« Sie schloss die Tür.

»Lass uns nach Hause gehen, Luca.« Rosanna zupfte nervös am Ärmel ihres Bruders. »Wir haben hier nichts verloren.«

Da hörten sie im Haus jemanden Klavier spielen. »Nein! Wir haben den Weg hierher nicht umsonst gemacht. Komm mit. Du wirst Signor Vincenzi vorsingen.« Luca zog seine Schwester vom Eingang weg.

»Wo willst du hin, Luca? Ich möchte nach Hause«, flehte sie ihn an.

»Rosanna, bitte, vertrau mir.« Luca packte Rosanna am Arm und folgte dem Klang der Musik, der ihn um die Villa herum zu einer großen Terrasse mit riesigen Tontöpfen voll zart rosafarbener Geranien und lilafarbenem Immergrün führte.

»Warte hier«, flüsterte Luca und lief geduckt die Terrasse entlang, bis er eine Tür erreichte, die offen stand, um die nachmittägliche Brise hereinzulassen. Er lugte vorsichtig hinein.

»Er ist da drin«, flüsterte er Rosanna zu, als er wieder bei ihr war. »Sing, Rosanna, sing!«

Sie sah ihn verwirrt an. »Wie bitte?«

»Sing das ›Ave Maria‹, schnell!«

»Ich …«

»Mach's!«, drängte er sie.

Rosanna, die ihren sanftmütigen Bruder noch nie so entschlossen erlebt hatte, folgte seiner Aufforderung.

Luigi Vincenzi nahm gerade seine Pfeife in die Hand, um einen Nachmittagsspaziergang im Garten zu machen, als er die Stimme hörte. Er lauschte einige Sekunden lang mit geschlossenen Augen, dann durchquerte er den Raum und trat neugierig hinaus auf die Terrasse, wo ein Mädchen von höchstens elf Jahren in einem ausgewaschenen Baumwollkleidchen sang.

Die Kleine verstummte in dem Moment, in dem sie ihn bemerkte. In ihrem Gesicht flackerte Angst auf. Ein junger Mann, seinem Aussehen nach zu urteilen ein Verwandter von ihr, stand neben ihr.

Luigi Vincenzi applaudierte.

»Danke, meine Liebe, für dieses reizende Ständchen. Aber darf ich fragen, was ihr zwei auf meiner Terrasse macht?«

Rosanna versteckte sich hinter ihrem Bruder.

»Entschuldigen Sie, Signore, Ihr Dienstmädchen hat uns abgewiesen«, antwortete Luca. »Ich wollte ihr erklären, dass wir Ihre Adresse von Roberto Rossini haben.«

»Verstehe. Darf ich eure Namen erfahren?«

»Das ist Rosanna Menici, und ich bin ihr Bruder Luca.«

»Kommt mal lieber rein«, sagte Luigi.

»Danke, Signore.«

Luca und Rosanna folgten ihm ins Haus. Der große Raum hinter der Terrassentür wurde von einem weißen Flügel auf glänzend grauem Marmorboden beherrscht. Bücherregale säumten die Wände, in denen sich unordentlich Noten stapelten. Auf dem Kaminsims befanden sich zahlreiche Schwarz-Weiß-Fotos von Luigi in Abendkleidung mit Leuten, deren Gesichter Luca und Rosanna aus Zeitungen und Illustrierten kannten.

Luigi Vincenzi setzte sich auf den Klavierhocker. »Warum hat Roberto Rossini dich zu mir geschickt, Rosanna Menici?«

»Weil …«

»Weil er der Meinung ist, dass meine Schwester Gesangsstunden bei Ihnen nehmen sollte«, antwortete Luca für sie.

»Welche Stücke kennst du sonst noch, Rosanna Menici?«, fragte Luigi sie.

»Nicht … viele. Hauptsächlich Kirchenlieder«, stotterte Rosanna.

»Dann lass doch noch einmal das ›Ave Maria‹ hören, ja? Das scheint dir sehr vertraut zu sein. Komm näher heran, Kind. Ich beiße nicht.«

Als Rosanna an seine Seite trat, sah sie, dass er trotz des Schnurrbarts, der grauen Locken und der dichten Brauen, die ihn streng wirken ließen, freundliche Augen hatte.

»Also sing.« Luigi begann zu spielen. Der Klang dieses Flügels unterschied sich so sehr von dem anderer Klaviere, die sie gehört hatte, dass Rosanna zu spät einsetzte.

»Hast du ein Problem, Rosanna Menici?«

»Nein, Signore, ich habe nur dem wunderschönen Klang dieses Instruments gelauscht.«

»Aha. Bitte diesmal ein wenig mehr Konzentration.«

Und Rosanna sang wie noch nie zuvor in ihrem Leben. Luca zersprang vor Stolz fast das Herz. Nun wusste er, dass es richtig gewesen war, Rosanna zu Luigi Vincenzi zu bringen.

»Gut, sehr gut, Rosanna Menici. Jetzt versuchen wir es mit Tonleitern. Folge mir einfach.«

Luigi leitete Rosanna in die Höhe und in die Tiefe, um ihren Stimmumfang festzustellen. Obwohl er normalerweise nicht zu Enthusiasmus neigte, musste er zugeben, dass ihm in seiner langjährigen Unterrichtstätigkeit noch keine solche Begabung untergekommen war.

»Gut! Ich habe genug gehört.«

»Werden Sie sie unterrichten, Signor Vincenzi?«, fragte Luca. »Ich kann Sie bezahlen.«

»Ja, ich werde sie unterrichten. Rosanna Menici...« Luigi wandte sich Rosanna zu. »Du wirst jeden zweiten Dienstag um vier Uhr hierherkommen. Eine Stunde kostet viertausend Lire.« Er verlangte nur die Hälfte seines üblichen Preises, weil er den Eindruck hatte, dass der Bruder stolz, aber mittellos war.

Rosanna strahlte. »Danke, Signor Vincenzi, danke.«

»Und an den Tagen, an denen du nicht bei mir bist, übst du mindestens zwei Stunden. Du wirst fleißig arbeiten und niemals eine Stunde versäumen, es sei denn, in der Familie ereignet sich ein Todesfall. Verstanden?«

»Ja, Signor Vincenzi.«

»Gut. Dann sehen wir uns also am Dienstag. Geht bitte vorne raus.« Luigi führte Rosanna und Luca durchs Haus zur Tür. »*Ciao*, Rosanna Menici.«

Die beiden verabschiedeten sich und folgten der Auffahrt. Vor dem Tor hob Luca Rosanna hoch und wirbelte sie jubelnd herum.

»Ich hab's gewusst! Er musste nur deine Stimme hören. Ich bin so stolz auf dich, *piccolina*. Aber du weißt, dass das unter uns bleiben muss, ja? Mamma und Papà hätten vielleicht etwas dagegen. Du darfst es nicht einmal Carlotta erzählen.«

»Das tu ich nicht, versprochen. Luca, kannst du dir das leisten?«

»Ja.« Luca dachte an das Geld, das er zwei Jahre für einen

Motorroller gespart hatte, den ersten Schritt in die lang ersehnte Freiheit. »Natürlich.«

Als der Bus sich näherte, fiel Rosanna ihrem Bruder um den Hals. »Danke, Luca. Ich verspreche dir, dass ich fleißig sein und mich eines Tages revanchieren werde.«

»Das ist mir klar, *piccolina*.«

3

»Pass auf dich auf, Rosanna. Der Busfahrer weiß, wo er dich rauslassen muss.«

Rosanna lächelte ihren Bruder von den Stufen zum Bus aus an. »Luca, das hast du mir alles schon hundertmal gesagt. Ich bin kein kleines Kind mehr. Und es ist ja auch nicht weit.«

»Ich weiß, ich weiß.« Luca küsste seine Schwester auf beide Wangen. »Hast du das Geld eingesteckt?«

»Ja, Luca! Ich komme zurecht. Bitte mach dir keine Sorgen.«

Rosanna setzte sich auf einen der vorderen Plätze im Bus und winkte Luca durch das schmutzige Fenster zu. Der Bus brachte sie aus der Hektik der Stadt hinaus in die frische Luft der Hügel. Rosannas Herz schlug ein wenig schneller, als sie ausstieg und zur Villa hinaufging. Sie klingelte zaghaft, weil sie sich an den kühlen Empfang vom letzten Mal erinnerte, doch als die Tür sich diesmal öffnete, wurde sie von dem Dienstmädchen mit einem freundlichen Lächeln begrüßt.

»Komm herein, Rosanna Menici. Ich bin Signora Rinaldi, die Haushälterin von Signor Vincenzi. Er erwartet dich im Musikzimmer.« Die Frau führte Rosanna in den hinteren Teil der Villa und klopfte dort an eine Tür.

»Guten Tag, Rosanna Menici. Bitte setz dich.« Luigi deutete auf einen Stuhl an einem Tisch, auf dem ein Krug mit gekühlter Limonade stand. »Nach der Fahrt hast du bestimmt Durst. Möchtest du etwas trinken?«

»Danke, Signore.«

»Wenn wir zusammenarbeiten wollen, musst du von nun an Luigi zu mir sagen.« Er schenkte ihnen Limonade ein, und Rosanna trank die ihre in großen Schlucken.

»Unangenehmes Wetter heute.« Luigi wischte sich die Stirn mit einem großen karierten Taschentuch ab.

»Hier drin ist es schön kühl«, entgegnete Rosanna. »In unserer Küche, hat Papà gesagt, hatte es gestern fast fünfzig Grad.«

»Tatsächlich? Solche Temperaturen sind nur was für Beduinen und Kamele. Womit verdient sich dein Papà denn seinen Lebensunterhalt?«

»Er hat mit Mamma ein Café in Piedigrotta. Wir wohnen darüber«, erklärte Rosanna.

»Wie du sicher weißt, gehört Piedigrotta zu den ältesten Vierteln Neapels. Ist dein Papà dort geboren?«

»Unsere gesamte Familie.«

»Dann seid ihr echte Neapolitaner. Ich stamme aus Mailand und bin in eurer hübschen Stadt nur Gast.«

»Hier oben gefällt's mir viel besser als unten bei den ganzen Touristen.«

»Du arbeitest in dem Café?«

»Ja, wenn ich nicht in der Schule bin.« Rosanna verzog das Gesicht. »Da geh ich nicht gern hin.«

»Rosanna Menici, auch wenn es dir dort nicht gefällt, musst du dir Mühe geben, etwas zu lernen. Im Sommer kommen bestimmt viele englische Gäste in euer Café, oder?«

»Ja.« Rosanna nickte.

»Dann hör ihnen zu und versuch, etwas Englisch aufzuschnappen. Das wirst du später brauchen. Bringt man dir in der Schule auch Französisch bei?«

»Ja, da bin ich Klassenbeste«, antwortete sie stolz.

»Einige der größten Opernlibretti sind auf Französisch geschrieben. Wenn du dich jetzt schon mit diesen Sprachen beschäftigst, hast du es später leichter. Und was halten deine Eltern von deiner Stimme?«

»Ich weiß es nicht… Sie haben keine Ahnung, dass ich Gesangsstunden nehme. Roberto Rossini hat Papà gesagt, ich soll zu Ihnen gehen, aber Papà meint, wir hätten kein Geld dafür.«

»Also zahlt dein Bruder für den Unterricht?«

»Ja.« Rosanna zog einige Lirescheine aus der Tasche ihres Kleids und legte sie auf den Tisch. »Hier ist das Geld für die nächsten drei Stunden. Luca will im Voraus zahlen.«

Luigi nahm die Scheine mit einem huldvollen Nicken. »Und nun sag mir, ob du gern singst.«

Rosanna musste daran denken, wie besonders sie sich bei dem Fest von Maria und Massimo gefühlt hatte. »Sogar sehr gern. Wenn ich singe, bin ich in einer anderen Welt.«

»Das ist eine gute Basis. Allerdings bist du sehr jung, zu jung, als dass ich mit Sicherheit beurteilen könnte, ob deine Stimme sich in die richtige Richtung entwickeln wird. Wir dürfen deine Stimmbänder nicht überbelasten und müssen herausfinden, wie sie funktionieren und wie sie sich am besten stärken lassen. Ich unterrichte primär Belcanto mit immer schwieriger werdenden Stimmübungen, die samt und sonders darauf abzielen, einen besonderen Aspekt des Gesangs zu vermitteln. Wenn du sie beherrschst, kennst du alle stimmlichen Probleme, mit denen du es in der Praxis zu tun haben kannst. Die Callas hat auch so gelernt und war nicht viel älter als du, als sie angefangen hat. Bist du zu harter Arbeit bereit?«

»Ja, Luigi.«

»Die großen Arien wirst du erst singen, wenn du sehr viel älter bist. Anfangs beschäftigen wir uns mit der Handlung der bekanntesten Opern und versuchen, die Figuren darin zu verstehen. Die besten Opernsänger haben nicht nur eine wunderbare Stimme, sie sind auch exzellente Schauspieler. Und glaub bitte nicht, dass zwei Stunden monatlich bei mir genügen, um deine Stimme zu formen«, warnte er sie. »Du musst die Übungen, die ich dir gebe, jeden Tag machen, ohne Ausnahme.«

Als Luigi Rosannas Blick sah, schmunzelte er. »Rosanna, manchmal musst du mich daran erinnern, dass du noch ein Kind bist. Entschuldige, dass ich dir einen Schrecken eingejagt habe. Das Schöne an deiner Jugend ist allerdings, dass wir so viel Zeit haben. Machen wir uns ans Werk.« Luigi setzte sich auf den Klavierhocker und winkte sie heran. »Komm, jetzt bringe ich dir bei, welche Noten welchen Tasten entsprechen.«

Eine Stunde später verließ Rosanna die Villa Torini ein wenig enttäuscht, weil sie in der ganzen Stunde keine einzige Note gesungen hatte.

Als sie erschöpft von der Hitze im Bus und der Anspannung des Nachmittags nach Hause kam, ging sie sofort hinauf in ihr Zimmer. Luca folgte ihr mit mehlweißen Händen.

»Du hast ohne Probleme nach Hause gefunden?«

»Du siehst doch, dass ich da bin.« Sein besorgter Gesichtsausdruck amüsierte sie.

»Wie war's, Rosanna?«

»Sehr schön. Luigi ist ausgesprochen nett.«

»Gut. Ich ...«

»Luca!«, hörten sie Marcos Stimme aus der Küche.

»Ich muss runter. Wir haben viel zu tun.« Luca küsste Rosanna auf die Wange und eilte nach unten.

Rosanna legte sich aufs Bett, holte ihr Tagebuch unter der Matratze hervor und begann zu schreiben. Wenig später betrat Carlotta das Zimmer.

»Wo warst du? Mamma wollte, dass du ihr hilfst, aber wir konnten dich nicht finden. Ich musste den ganzen Nachmittag Gäste bedienen.«

»Ich war … mit einer Freundin unterwegs. Und ich habe Hunger. Ist was zu essen da?«

»Keine Ahnung. Frag Mamma. Ich geh aus.«

»Mit wem?«

»Ach, nur mit Giulio«, antwortete Carlotta gelangweilt.

»Ich dachte, du magst Giulio. Er ist doch dein Freund.«

»Er war … Ich meine, er ist … ach, hör auf mit der Fragerei, Rosanna! Ich nehm jetzt ein Bad.«

Als Carlotta aus dem Zimmer war, schrieb Rosanna weiter in ihr Tagebuch und schob es wieder in sein Versteck. Anschließend holte sie sich aus dem Kühlschrank in der kleinen Küche ein Glas Wasser. Wenn sie nach unten ginge, um sich etwas zu essen zu nehmen, würden ihre Eltern irgendeine Aufgabe für sie finden, das wusste sie. Und sie war sehr müde. Also schlich sie auf die Feuerleiter hinaus, die zur Straße hinunterführte. Hierher kam sie oft, wenn sie Zeit für sich brauchte, obwohl von dort aus nur die Mülltonnen hinterm Haus zu sehen waren. Sie setzte sich auf die oberste Stufe, nippte an ihrem Wasser und ging im Kopf noch einmal die ganze Stunde bei Luigi durch, in der es nur darum gegangen war, die Noten vom Papier lesen zu lernen, nicht ums Singen. Rosanna liebte Luigis ruhiges Haus, und dass sie nun endlich ein Geheimnis hatte, fand sie aufregend.

Kurz darauf kehrte sie in ihr Zimmer zurück und schlüpfte in ihr Nachthemd. Carlotta, die sich gerade zum Ausgehen fertig machte, legte ein Tuch um die Schultern.

»Ich wünsch dir einen schönen Abend«, sagte Rosanna.

»Danke.« Carlotta bedachte sie eher mit einer Grimasse als einem Lächeln, als sie die Tür öffnete. Kurze Zeit später war nur noch ihr Parfüm zu riechen.

Im Bett überlegte Rosanna, wie es ihr gelingen könnte, jeden zweiten Dienstag zu Luigis Villa zu fahren, ohne dass es auffiel. Am Ende beschloss sie, sich eine imaginäre Freundin namens Isabella mit reichen Eltern auszudenken, was Papà beeindrucken würde. Diese Isabella konnte sie problemlos jeden zweiten Dienstag besuchen. Und was das Üben anbelangte: Sie würde morgens eine Stunde früher aufstehen und vor dem Gottesdienst in die Kirche laufen.

Zufrieden über diese Lösungen, schlief Rosanna ein.

Es war Ende September, im Café wurde es allmählich ruhiger. Die Sommertouristen hatten die Stadt verlassen, und aus der drückenden Hitze war angenehme Wärme geworden. Luca ging auf den Hof hinaus, um sich eine Zigarette anzuzünden und den milden Abend zu genießen. Carlotta gesellte sich zu ihm.

»Luca, könntest du vor dem großen Ansturm im Café ein paar Minuten für mich erübrigen? Ich … muss mit dir reden.«

Luca betrachtete Carlottas ungewöhnlich blasses Gesicht.

»Was ist los, Carlotta? Bist du krank?«

Als sie den Mund aufmachte, hörte sie Antonia die Treppe herunterkommen.

»Nicht hier«, flüsterte sie. »Wir treffen uns um sieben bei Renato in der Via Caracciolo. Bitte sei da, Luca.«

»Versprochen.«

Carlotta verabschiedete sich mit einem matten Lächeln.

Als Rosanna einige Tage später die Tür nach oben öffnete, hörte sie Papàs laute Stimme aus dem Wohnzimmer. Besorgt darüber, dass er ihr Geheimnis entdeckt haben könnte, lauschte sie.

»Wie konntest du nur?«, sagte Marco ein ums andere Mal.

Carlotta schluchzte laut.

»Begreifst du denn nicht, dass du alles nur noch schlimmer machst, Marco?« Auch Antonia war den Tränen nahe. »Es hilft uns nicht weiter, wenn du unsere Tochter anbrüllst! *Mamma mia*, wir müssen jetzt alle ruhig überlegen, was wir am besten machen. Ich hol uns was zu trinken.«

Antonia trat mit blassem Gesicht heraus.

»Mamma, was ist los? Ist Carlotta krank?«, fragte Rosanna und folgte ihr in die kleine Küche.

»Nein. Geh nach unten zu deinem Bruder, Rosanna. Der kocht dir was.« Antonia klang angespannt und atmete schwer.

»Bitte, Mamma, sag mir, was passiert ist.«

Antonia nahm eine Flasche Brandy aus einem Schrank, drehte sich zu Rosanna um und drückte ihr zu deren Überraschung einen Kuss auf die Stirn.

»Niemand ist krank, allen geht's gut. Das erklären wir dir später. Sag Luca, dass Papà in ein paar Minuten hinunterkommt.« Antonia kehrte mit einem gequälten Lächeln ins Wohnzimmer zurück.

Rosanna ging zu Luca in die große Küche, wo dieser an der hinteren Tür eine Zigarette rauchte.

»Luca, was ist los? Papà brüllt, Carlotta weint, und Mamma sieht aus, als hätte sie ein Gespenst gesehen.«

Luca nahm einen langen Zug an seiner Zigarette und stieß den Rauch durch die Nase aus. Dann trat er sie aus und kehrte in die Küche zurück. »Lust auf Lasagne? Die wär gerade fertig.« Er öffnete die Ofentür.

»Nein! Ich will wissen, was passiert ist. Papà schreit Carlotta sonst nie an. Sie muss was wirklich Schlimmes ausgefressen haben.«

Luca gab schweigend Lasagne auf zwei Teller, stellte diese auf den Küchentisch, setzte sich und deutete auf den Stuhl neben dem seinen.

»*Piccolina*, es gibt Dinge, die verstehst du noch nicht. Carlotta hat einen schlimmen Fehler begangen, deswegen ist Papà so wütend auf sie. Aber mach dir keine Gedanken. Die drei werden das schon klären. Es kommt alles wieder in Ordnung, das verspreche ich dir. Iss jetzt deine Lasagne und erzähl mir von deiner Stunde bei Signor Vincenzi.«

Rosanna, die wusste, dass sie ihm nichts mehr entlocken würde, nahm seufzend die Gabel in die Hand.

Rosanna wurde von leisem Weinen geweckt, setzte sich im Bett auf und blinzelte ins graue Licht der hereinbrechenden Morgendämmerung.

»Carlotta, was ist los?«, flüsterte sie.

Schweigen. Rosanna stand auf und ging zu ihrer Schwester hinüber. Um ihr Schluchzen zu dämpfen, hielt Carlotta sich ein Kissen übers Gesicht. Als Rosanna ihr vorsichtig einen Arm um die Schulter legte, nahm sie das Kissen weg.

»Nicht weinen. So schlimm kann's doch nicht sein«, versuchte Rosanna ihre Schwester zu trösten.

»O doch … Ich …« Carlotta wischte sich die laufende Nase mit dem Handrücken ab. »Ich muss heiraten … Giulio!«

»Warum?«

»Weil ich einen Fehler gemacht habe. Aber Rosanna, ich liebe ihn nicht!«

»Wieso musst du ihn dann heiraten?«

»Weil Papà es sagt; er sieht keine andere Möglichkeit. Ich habe ihn angelogen wegen …« Wieder begann Carlotta zu schluchzen.

»Bitte wein nicht. Ich mag Giulio. Er ist ein guter Mann und hat Geld. Mit ihm wirst du eine große Wohnung haben und nicht mehr im Café arbeiten müssen.«

Carlotta bedachte ihre Schwester mit einem matten Lächeln. »Du hast ein gutes Herz, Rosanna. Vielleicht nehmen Mamma und Papà mehr Notiz von dir, wenn ich verheiratet bin.«

»Das ist mir nicht wichtig. Wir können nicht alle schön sein«, entgegnete Rosanna mit leiser Stimme.

»Schau nur, was meine Schönheit mir eingebracht hat! Ohne bist du besser dran. Ach, Rosanna, du wirst mir fehlen.«

»Und du mir. Wirst du schon bald heiraten?«

»Ja. Papà will morgen zu Giulios Vater gehen. Wahrscheinlich wird die Hochzeit noch diesen Monat stattfinden. Natürlich werden alle es sich denken können.«

»Was?«, fragte Rosanna.

Carlotta strich ihrer Schwester über die Haare. »Manche Dinge wirst du erst begreifen, wenn du älter bist. Bleib so lange wie möglich jung, kleine Schwester. Erwachsen zu werden macht nicht ganz so viel Spaß, wie du meinst. Und jetzt leg dich wieder ins Bett und schlaf.«

»Gut.«

»Rosanna?«

»Ja?«

»Danke. Du bist eine gute Schwester. Hoffentlich werden wir uns immer nahe sein.«

Rosanna legte sich, verständnislos den Kopf schüttelnd, wieder ins Bett.

Vier Wochen später stand Rosanna in einem blauen Brautjungfernkleid aus Satin hinter Carlotta, als diese Giulio ewige Treue schwor.

Anschließend fand eine Feier im Café statt. Carlotta war sehr blass und angespannt, und Antonia sah auch nicht viel besser aus. Marco hingegen öffnete fröhlich eine Flasche Prosecco nach der anderen und erzählte seinen Gästen von der hübschen Zweizimmerwohnung, in der das junge Paar leben würde.

Einige Wochen später besuchte Rosanna Carlotta in ihrem neuen Zuhause in der Nähe der Via Roma und bewunderte den Fernseher in der einen Ecke des Wohnzimmers.

»Giulio muss wirklich viel Geld haben, wenn er sich so einen Fernseher leisten kann«, rief Rosanna aus, als Carlotta Kaffee hereinbrachte und sie sich auf die Couch setzten.

»Ja, das hat er«, bestätigte Carlotta.

Rosanna nahm einen Schluck Kaffee. Sie fragte sich, warum ihre Schwester so bedrückt wirkte.

»Wie geht's Giulio?«

»Den sehe ich kaum. Er geht morgens um acht ins Büro und kommt erst nach halb acht abends wieder heim.«

»Dann muss er einen wichtigen Posten haben«, meinte Rosanna.

Carlotta schenkte der Bemerkung ihrer Schwester keine Beachtung. »Ich koche das Abendessen, und anschließend gehe ich ins Bett. Ich bin permanent müde.«

»Warum?«

»Weil ich schwanger bin. Bald wirst du *Zia*, Tante, Rosanna.«

»Gratuliere!« Rosanna küsste ihre Schwester auf die Wange. »Freust du dich?«

»Ja, natürlich«, antwortete Carlotta missmutig.

»Giulio ist bestimmt ganz aus dem Häuschen.«

»Klar. Aber erzähl mir doch lieber von zu Hause.«

Rosanna zuckte mit den Achseln. »Papà trinkt ziemlich viel Brandy, hat schlechte Laune und brüllt mich und Luca die ganze Zeit an. Mamma ist ständig müde und muss sich immer wieder hinlegen.«

»Dann hat sich also nicht viel geändert, was?« Carlotta schmunzelte.

»Bis auf die Tatsache, dass du Mamma und Papà fehlst.«

»Und sie fehlen mir, ich …« Carlotta traten Tränen in die

Augen. »Tut mir leid, das macht die Schwangerschaft. Da hat man nah am Wasser gebaut. Luca hat nach wie vor keine Freundin?«

»Nein. Aber er hätte auch keine Zeit dafür. Er steht ab acht Uhr morgens in der Küche und kommt erst spätabends wieder heraus.«

»Ich begreife nicht, wie er das erträgt. Papà kommandiert ihn herum und zahlt ihm wenig. Ich an Lucas Stelle würde verschwinden und irgendwo anders ein neues Leben beginnen.«

Rosanna sah sie entsetzt an. »Du glaubst doch nicht, dass er das tut, oder?«

»Nein, Rosanna. Zum Glück für dich glaube ich das nicht«, antwortete Carlotta. »Unser Bruder ist ein ganz besonderer Mensch. Ich hoffe nur, dass er eines Tages das Glück findet, das er verdient.«

Ende Mai brachte Carlotta eine Tochter zur Welt, und Rosanna suchte das Krankenhaus auf, um ihre kleine Nichte zu sehen.

»Gott, ist sie hübsch, und so winzig. Darf ich sie mal halten?«, fragte Rosanna.

Carlotta nickte. »Natürlich. Hier.«

Rosanna nahm sie ihrer Schwester ab und wiegte sie. Dabei blickte sie in die dunklen Augen des Babys.

»Dir sieht sie nicht ähnlich, Carlotta.«

»Wem dann? Giulio? Mamma? Papà?«

Rosanna betrachtete das Kind genauer. »Ich weiß es nicht. Hast du schon einen Namen?«

»Sie soll Ella Maria heißen.«

»Sehr schön.«

»Ja.«

Da betrat Giulio das Zimmer.

»Wie geht es dir, *cara*?«, erkundigte sich Giulio und küsste seine Frau.

»Gut, danke, Giulio.«

»Freut mich zu hören.« Giulio setzte sich auf die Bettkante und griff nach Carlottas Hand.

Sie zog sie ihm weg. »Nimm doch mal deine Tochter in den Arm«, schlug sie vor.

»Gern.« Giulio erhob sich.

Als Rosanna ihm das Baby reichte, sah sie den verletzten Ausdruck in seinen dunklen Augen.

Sobald sie wieder allein war, lehnte Carlotta sich zurück in die Kissen und starrte zur Decke hinauf. Sie hatte das Richtige getan, da war sie sich sicher. Nun hatte sie einen erfolgreichen Ehemann, eine reizende Tochter, und es war ihr gelungen, ihrer Familie und sich selbst keine Schande zu machen.

Carlotta schaute in die Wiege. Ellas helle Haut stand in deutlichem Kontrast zu ihrem schwarzen Haarschopf.

Carlotta wusste, dass sie bis zum Ende ihrer Tage mit ihrer Lüge leben musste.

MET

NEW YORK

Nun weißt Du also, wie ich Roberto Rossini kennenlernte und wie die Saat für die Zukunft gelegt wurde, Nico. Als Carlotta Giulio heiratete, war ich noch sehr jung und unbedarft und begriff nicht allzu viel von dem, was um mich herum geschah.

In den folgenden fünf Jahren arbeitete ich hart an meiner Stimme. Ich schloss mich dem Kirchenchor an, der mir eine Erklärung dafür verschaffte, dass ich zu Hause so viel übte. Ich hatte Freude an den Stunden bei Luigi Vincenzi, und in dem Maße, wie ich selbst reifer wurde, reifte auch meine Leidenschaft für die Oper. Ich war mir absolut sicher, wie meine Zukunft aussehen würde.

Die ganze Zeit über führte ich ein Doppelleben. Ich wusste, dass ich Mamma und Papà eines Tages in mein Geheimnis einweihen müsste, und konnte nur hoffen, dass ich den richtigen Augenblick erkennen würde. Bis dahin durfte ich nicht riskieren, dass sie mir verboten weiterzumachen.

Ansonsten änderte sich wenig. Ich ging zur Schule und lernte eifrig Französisch und Englisch. Zweimal die Woche besuchte ich den Gottesdienst, und jeden Tag bediente ich im Café. Andere Mädchen meiner Klasse schwärmten für Filmstars und experimentierten mit Make-up und Zigaretten, doch ich hatte nur einen Traum: eines Tages mit dem Mann, der mir diesen Weg gewiesen hatte, auf der Bühne der Mailänder Scala zu singen. Ich musste oft an Roberto denken und glaubte … hoffte, dass seine Gedanken auch manchmal zu mir wanderten.

Carlotta besuchte uns mit ihrer entzückenden Tochter Ella oft im

Café. Inzwischen weiß ich, wie unglücklich sie sich fühlte. Ihre Lebhaftigkeit und der Glanz in ihren Augen waren verschwunden. Natürlich hatte ich damals keine Ahnung, warum …

4

Neapel, Mai 1972

»Guten Tag, Rosanna. Setz dich.« Luigi deutete auf einen Sessel neben dem riesigen Marmorkamin im Musikzimmer.

Rosanna tat, wie ihr geheißen, und Luigi nahm auf dem Sessel ihr gegenüber Platz.

»Nun kommst du schon fünf Jahre lang zweimal im Monat zu mir. Soweit ich mich erinnere, hast du keine einzige Stunde versäumt.«

»Das stimmt«, bestätigte Rosanna.

»In diesen fünf Jahren haben wir die Grundlagen des Belcanto gemeistert. Wir haben die Übungen so oft durchgeführt, dass du sie im Schlaf beherrschst, nicht wahr?«

»Ja, Luigi.«

»Wir haben Aufführungen im Teatro San Carlo gesehen, uns mit den großen Opern beschäftigt, ihre Geschichten erkundet und die Persönlichkeiten der Figuren erforscht, die du möglicherweise eines Tages darstellen wirst.«

»Ja.«

»Was bedeutet, dass deine Stimme nun in jeder Hinsicht vorbereitet ist. Rosanna …« Luigi schwieg kurz. »Ich habe dir alles beigebracht, was ich weiß. Ich kann dich nichts mehr lehren.«

»Luigi, ich …«

Er nahm ihre Hände in die seinen. »Rosanna, bitte. Erinnerst du dich noch, wie du das erste Mal mit deinem Bruder bei mir warst? Und wie ich dir damals gesagt habe, ich könnte noch nicht beurteilen, ob sich deine Stimme mit dir weiterentwickeln würde?«

Rosanna nickte.

»Nun, sie *hat* sich entwickelt, und zwar zu etwas so Außergewöhnlichem, dass ich es nicht für mich behalten darf. Rosanna, du musst in die Zukunft blicken. Du bist fast siebzehn und solltest eine richtige Musikschule besuchen, die dir geben kann, wozu ich nicht in der Lage bin.«

»Aber …«

»Ich weiß, ich weiß«, seufzte Luigi. »Deine Eltern ahnen nach wie vor nichts von deinen Besuchen hier. Bestimmt hoffen sie, dass du, wenn du diesen Sommer die Schule abschließt, einen netten Jungen kennenlernst, heiratest und ihnen viele Enkel schenkst. Stimmt's?«

»Ja, leider, Luigi.«

»Rosanna, du besitzt eine Gottesgabe, doch diese Gabe bringt Mühen mit sich und schwierige Entscheidungen. Nur du kannst beurteilen, ob du bereit bist, sie zu treffen. Es liegt bei dir.«

»Luigi, in den vergangenen fünf Jahren habe ich nur für die Stunden bei Ihnen gelebt. Es war mir egal, wenn Papà mich angeschrien oder Mamma mich jeden Abend im Café hat bedienen lassen, weil ich mich immer mit dem Gedanken trösten konnte hierherzukommen.« Rosanna traten Tränen in die Augen. »Ich wünsche mir nichts sehnlicher, als zu singen. Aber was soll ich machen? Meine Eltern haben kein Geld für die Musikschule.«

»Ganz ruhig, Rosanna. Genau das wollte ich hören: Dass du dir mit aller Macht wünschst, dein Leben dem Gesang zu widmen. Ich bin mir über die finanzielle Situation deiner Eltern im Klaren und glaube, eine Lösung zu wissen. In sechs Wochen möchte ich hier eine Soiree, einen Musikabend, veranstalten«, erklärte Luigi. »Dabei sollen alle meine Schüler auftreten. Zu dieser Soiree habe ich meinen guten Freund Paolo de Vito eingeladen, den künstlerischen Leiter der Mailänder Scala. Paolo steht auch der *scuola di musica* der Scala vor, die, wie du vermutlich weißt, die beste Musikschule Italiens ist. Ich habe Paolo von dir erzählt, und er will von Mailand hierherfahren, um dich singen zu hören. Wenn er deine Stimme wie ich für etwas ganz Besonderes hält, ist er möglicherweise bereit, dir zu einem Stipendium für die Schule zu verhelfen.«

»Wirklich?« Rosannas Augen begannen zu leuchten.

»Ja, wirklich. Ich würde vorschlagen, dass du deine Eltern zu meiner Soiree einlädst. Wenn sie Menschen kennenlernen, die das Talent ihrer Tochter zu würdigen wissen, könnte dir das helfen.«

»Luigi, sie werden schrecklich wütend sein, dass ich sie all die Jahre hintergangen habe. Außerdem glaube ich nicht, dass sie kommen würden.« Sie schüttelte deprimiert den Kopf.

»Fragen kostet nichts, Rosanna. Vergiss nicht: Du bist fast siebzehn, praktisch erwachsen. Ich kann verstehen, dass du deine Eltern nicht verärgern willst, aber vertrau mir und lad sie zu dem Abend ein. Versprochen?«

Rosanna nickte. »Versprochen.«

»Wir haben genug Zeit vergeudet. Wenden wir uns einer meiner Lieblingsarien zu, die du möglicherweise bei meiner Soiree singen wirst: ›Mi chiamano Mimì‹ aus *La Bohème*. Sie ist ziemlich schwierig, doch ich glaube, du könntest sie bereits schaffen. Komm«, sagte Luigi und erhob sich, »es gibt viel zu tun.«

Auf der Busfahrt dachte Rosanna über das nach, was Luigi gesagt hatte, und zu Hause ging sie gleich zu Luca in die Küche.

»*Ciao, piccolina*, was ist los? Du siehst angespannt aus.«

»Können wir reden?«, fragte sie ihren Bruder. »Unter vier Augen?«

Luca warf einen Blick auf seine Uhr. »Heute Abend ist es ruhig. Treffen wir uns in einer halben Stunde am üblichen Ort.« Er zwinkerte ihr zu, und Rosanna eilte davon, bevor ihre Eltern sie sahen.

Auf der Via Caracciolo wimmelte es von Autos und Touristen, als Luca sich der Strandpromenade näherte, wo seine Schwester an der Brüstung lehnte und auf die Wellen hinausblickte, die herbstliche Schatten tiefblau färbten. Mit einer Mischung aus brüderlichem Stolz und Beschützerinstinkt beobachtete er, wie zwei Männer sich nach ihr umdrehten. Obwohl Rosanna selbst sich für weniger hübsch als ihre Schwester hielt, wusste Luca, dass sie sich allmählich in eine Schönheit verwandelte: Sie war groß und schlank, und ihre kindliche Unbeholfenheit verwandelte sich gerade in Eleganz. Die langen dunklen Haare reichten ihr bis zu den Schultern und umrahmten ihr herzförmiges Gesicht mit den dichten Wimpern und den braunen Augen. Wenn sie ihn anlächelte, konnte er ihr keinen Wunsch abschlagen. Ihre Gesangsstunden waren der einzige Grund, warum er im Café den Löwenanteil der Arbeit verrichtete, während sein Vater an einem Tisch in der Ecke mit seinen Freunden zechte.

»*Ciao, bella*«, begrüßte Luca seine Schwester. »Lass uns einen Espresso trinken. Dann kannst du mir sagen, was du auf dem Herzen hast.«

Luca ging Rosanna voran zu einem Tisch in einem Straßencafé, wo er zwei Kaffee bestellte. »Was ist los?«

»Luigi will mich nicht mehr unterrichten.«

»Ich dachte, er ist zufrieden mit deinen Fortschritten?« Luca war entsetzt.

»Ist er auch. Er meint, er hätte mir alles beigebracht, was er weiß. Luigi hat einen wichtigen Freund an der Scala, der in sechs Wochen zu einer Soiree in seiner Villa kommen wird. Vielleicht bietet er mir ein Stipendium für eine Musikschule in Mailand an.«

»Aber das ist doch wunderbar, *piccolina*! Warum schaust du denn so traurig drein?«

»Ach, Luca, was soll ich Mamma und Papà sagen? Luigi möchte, dass sie kommen, um mich singen zu hören. Aber selbst wenn sie das machen, erlauben sie mir nie, nach Mailand zu gehen. Das weißt du so gut wie ich.« Rosannas hübsche braune Augen wurden feucht.

»Es ist egal, was sie sagen.« Luca schüttelte den Kopf.

»Wie meinst du das?«

»Du bist alt genug, selbst zu entscheiden, Rosanna. Wenn Mamma und Papà nicht zustimmen, wenn sie deine Gabe nicht würdigen und dich nicht unterstützen können, ist das ihr Problem und nicht das deine. Und wenn Signor Vincenzi der Ansicht ist, dass du gut genug bist für ein Stipendium in Mailand, und einen einflussreichen Freund einlädt, damit er dich singen hört, darfst du dich durch nichts aufhalten lassen.« Luca griff nach ihrer Hand. »Davon haben wir doch beide geträumt, oder?«

»Ja.« Rosanna wurde ruhiger. »Ich habe dir so viel zu verdanken. Du hast all die Jahre die Gesangsstunden für mich bezahlt. Wie soll ich das je wiedergutmachen?«

»Indem du ein großer Opernstar wirst.«

»Luca, glaubst du wirklich, es klappt?«

»Ja, Rosanna.«

»Und was ist mit Mamma und Papà?«

»Überlass das mir.« Luca tippte sich an die Nase. »Ich sorge schon dafür, dass sie kommen und dich singen hören.«

Rosanna beugte sich über den Tisch und küsste Luca auf die Wange. »Was würde ich nur ohne dich tun, Luca? Danke. Aber jetzt sollte ich gehen. Ich muss heute Abend im Café bedienen.«

Nachdem Rosanna sich verabschiedet hatte, blickte Luca über die Bucht hinüber nach Capri, und dabei wurde ihm so leicht ums Herz wie schon lange nicht mehr.

Was sollte ihn noch hier halten, wenn Rosanna nach Mailand ging?

Nichts, absolut nichts.

5

»Mistkerl!« Carlotta sank schluchzend aufs Sofa. »Giulio, wie konntest du nur?«

»Carlotta, bitte, es tut mir leid«, versicherte Giulio ihr verzweifelt. »Aber wir sind jetzt fünf Jahre verheiratet, und seit vier Jahren darf ich dich nicht mehr anrühren! Ein Mann hat Bedürfnisse – *körperliche* Bedürfnisse.«

»Die du mit deiner Sekretärin befriedigt hast! Bestimmt wissen alle bei dir im Büro Bescheid. Du hast mich zum Gespött der Leute gemacht!«

»Niemand weiß es, Carlotta. Es ging nur ein paar Wochen und ist vorbei, wirklich.«

»Und mit wie vielen Frauen hast du mich davor betrogen?«

Giulio ging vor Carlotta auf die Knie und nahm ihre Hände in die seinen. »*Cara*, bitte, begreifst du denn nicht? Ich habe immer nur dich gewollt. Doch seit dem Tag unserer Hochzeit habe ich nie das Gefühl gehabt, dass du mich auch willst. Du bist so …«, Giulio erschauderte, »… abweisend. Du hast mich nur wegen dem Baby geheiratet, stimmt's?«

Carlotta löste ihre Hände aus den seinen, und plötzlich entluden sich fünf Jahre angestaute Ressentiments und Qualen. »Ja! Ich habe dich nie geliebt und wollte dich nicht heiraten. Ich hätte jeden haben können! Wenn ich mir das Leben vorstelle, das ich hätte haben können! Und nun vergeude ich meine besten Jahre mit einem Mann, den ich gar nicht mag!

Weißt du, was das Komischste überhaupt ist?« Carlotta stand vor Zorn bebend auf. »Nicht mal das Kind ist von dir.«

Sie schlug entsetzt die Hand vor den Mund.

Giulio blickte sie mit offenem Mund und aschfahlem Gesicht an. »Ist das wahr, Carlotta? Dass Ella nicht von mir ist?«

»Ich …« Carlotta schaffte es nicht, ihm in die Augen zu sehen. Sie stützte den Kopf in die Hände und begann zu weinen.

Giulio erhob sich und verließ türenschlagend die Wohnung.

»O Gott, was habe ich gesagt …?«, jammerte Carlotta, die ihn dafür hatte bestrafen wollen, dass er ihr das Einzige genommen hatte, was sie noch besaß – ihren Stolz.

Zwei grässliche Stunden später kehrte er zurück. Sie eilte schluchzend zu ihm. »Vergib mir, Giulio, bitte vergib mir. Deine Affäre hat mich verletzt, und ich wollte es dir heimzahlen. Es war eine Lüge, das schwöre ich. Natürlich ist Ella von dir.«

Giulio schob sie mit kaltem Blick weg. »Nein, Carlotta, es war die Wahrheit. Es passt alles. Nicht zu fassen, wie blind ich gewesen bin. Ella ist fünf Wochen zu früh zur Welt gekommen und war trotzdem ziemlich groß. Als wir das erste Mal miteinander geschlafen haben, war klar, dass du keine Jungfrau mehr bist, aber ich habe kein Wort darüber verloren. Dein unglückliches Gesicht an unserem Hochzeitstag, dein Abscheu bei jeder Berührung von mir … Sag: Hast du den anderen geliebt?«

Carlotta schüttelte resigniert den Kopf. »Nein. Es war ein dummer Fehler, eine Nacht ohne Verstand.«

»Und für die soll *ich* bezahlen?« Giulio ließ sich aufs Sofa plumpsen. »*Mamma mia!* Ich wusste, dass du egoistisch bist, aber dass du kein Herz hast, war mir nicht klar. Wer weiß sonst noch davon?«

»Niemand.«

»Bitte sag die Wahrheit, Carlotta. Zumindest das schuldest du mir.«

»Luca weiß es«, gestand sie.

»Ihr habt euch gegen mich verschworen?«, zischte er.

»Nein, Giulio. Ich war verzweifelt und dachte, wenn ich dich sowieso irgendwann heirate …«

Giulio packte ihren Arm. »Ach. Hast du nicht vorhin gesagt, dass du mich nicht liebst, mich nicht mal magst?«

»Bitte, du tust mir weh. Das war nicht so gemeint, ich …«

»Doch, Carlotta.« Unvermittelt ließ er ihren Arm los und seufzte müde. »Ich bin kein schlechter Mensch und habe immer nur das Beste für dich und Ella gewollt. All die Jahre habe ich mich so bemüht, deine Liebe zu erringen. Und nun muss ich erkennen, dass meine Ehe von Anfang an eine Farce war!«

»Bitte, Giulio!«, flehte sie ihn an. »Gib mir noch eine Chance! Ich mache alles wieder gut, das verspreche ich dir. Jetzt, wo du Bescheid weißt, können wir noch mal von vorn anfangen, ohne Lügen …«

»Nein.« Giulio lachte verbittert. »Es gibt kein Zurück. Ich habe bei einem Spaziergang nachgedacht und bin zu einem Entschluss gelangt. Ich möchte, dass du deine Sachen packst und gehst. Du kannst allen sagen, du hättest deinen Mann verlassen, weil er dich betrogen hat. Niemand muss je die Wahrheit erfahren. Für Ella bin ich bereit, die Schuld auf mich zu nehmen. Selbst wenn sie nicht mein Fleisch und Blut ist, liebe ich sie wie mein eigenes Kind. Ich will keine Schande über sie bringen.«

»Nein, Giulio, bitte! Wo soll ich hin, und was soll ich machen?«, stöhnte Carlotta.

»Das geht mich nichts mehr an. Meine Firma hat eine Zweigstelle in Rom; da lasse ich mich so schnell wie möglich hinversetzen.«

»Aber was wird aus Ella? Sie hält dich für ihren Vater und liebt dich, Giulio.«

»Das hättest du dir eher überlegen sollen.« Er wandte sich vor Wut bebend ab. »Ich bin müde und geh jetzt ins Bett. Du schläfst hier, und wenn ich morgen im Büro bin, packst du deine Sachen und verschwindest, bevor ich abends heimkomme.«

»Natürlich könnt ihr beide eine Weile bei uns bleiben, keine Frage. Carlotta, mein armes Kind, was ist los?« Antonia drückte ihre Tochter kurz an ihren üppigen Busen und musterte sie dann besorgt. »Du siehst aus wie ein Gespenst. Willst du dich hinlegen? Du kriegst mit Ella dein altes Zimmer; Rosanna kann auf dem Sofa im Wohnzimmer schlafen.«

Carlotta nickte müde. »Ach, Mamma, ich …«

Antonia, die den besorgten Blick der vierjährigen Ella sah, rief nach Luca, der kurz darauf auftauchte. »Geh mit Ella runter in die Küche. Sie soll was essen, während ich mit deiner Schwester rede«, murmelte sie. »Der Himmel allein weiß, was passiert ist.«

Carlottas verzweifelter Gesichtsausdruck sagte Luca alles.

Antonia wischte sich mit einem Taschentuch die Stirn ab und scheuchte ihre Tochter ins Schlafzimmer. »Und das bei dieser Hitze.«

»Tut mir leid. Ich werde nicht lange bleiben.« Carlotta sank aufs Bett, und Antonia setzte sich neben sie. »Alles in Ordnung, Mamma? Du siehst krank aus.«

»Danke, ich bin okay. Nur die Hitze macht mir zu schaffen. Bitte, Carlotta, erzähl mir, was passiert ist. Du und Giulio, ihr habt euch gestritten, stimmt's?«

»Ja.«

»Keine Sorge.« Antonia nahm ihre Tochter in den Arm. »Das ist bei Eheleuten nun mal so. Dein Papà und ich sind uns früher ständig in den Haaren gelegen. Jetzt haben wir nicht mehr die Energie dazu.« Sie lachte gequält. »Wenn du dich ein bisschen ausgeruht hast, geht's dir besser. Dann kehrst du zu Giulio zurück und versöhnst dich mit ihm.«

»Nein, Mamma. Ich kann nicht zu ihm zurück. Das mit Giulio und mir ist vorbei. Endgültig.«

»Aber warum? Was hast du angestellt?«

Carlotta wandte den Kopf ab und begann zu schluchzen.

Antonia erhob sich seufzend vom Bett. »Gönn dir eine Pause, Carlotta. Wir reden später weiter.«

Als Rosanna abends von der Chorprobe nach Hause kam, fiel ihr Blick auf das kleine Bündel in ihrem Bett. Da ihre Nichte Ella tief und fest schlief, verließ sie leise den Raum und schlich über den schmalen Flur zum Wohnzimmer, hinter dessen Tür sie ihre Eltern reden hörte.

»Ich weiß nicht, was passiert ist, Marco. Sie will es mir nicht verraten. Im Moment ist sie mit Luca unten. Vielleicht kann *er* sie zur Vernunft bringen. Ich habe versucht, Giulio zu erreichen, aber es geht niemand ran.«

»Natürlich muss sie zu ihrem Mann zurück. Sie gehört zu ihm. Das werde ich ihr sagen.« Marco klang wütend.

»Bitte lass sie heute Abend in Ruhe. Sie ist ziemlich durcheinander«, flehte Antonia ihn an.

Rosanna öffnete die Tür. »Was ist los?«, fragte sie.

»Deine Schwester hat ihren Mann verlassen und wird mit Ella ein paar Tage bei uns bleiben. Rosanna, du kannst hier auf der Couch schlafen.« Antonia erhob sich keuchend.

»Alles in Ordnung, Mamma?«, erkundigte sich Rosanna.

»Ja, ja.« Antonia schwankte ein wenig. »Ich muss runter, an die frische Luft.« Sie fächelte sich Luft zu und verließ den Raum.

»Papà, warum hat Carlotta Giulio verlassen?«

Plötzlich war ein dumpfer Schlag zu hören.

Marco und Rosanna hasteten aus dem Wohnzimmer und auf den Flur, von wo aus sie Antonia am Fuß der Treppe zum Café liegen sahen.

»*Mamma mia!* Antonia!« Marco eilte zu seiner Frau und kniete neben ihr nieder. Rosanna folgte ihm.

»Lauf, hol den Arzt, schnell!«, brüllte ihr Vater. »Und Luca und Carlotta.«

Rosanna rannte in die Küche, wo Luca die schluchzende Carlotta tröstete.

»Schnell! Mamma ist auf der Treppe zusammengebrochen! Ich hole den Arzt!«, rief Rosanna und lief hinaus auf die Straße.

Carlotta und Luca fanden Antonia mit dem Kopf nach unten auf der Treppe vor. Aus einer Wunde unter ihren dichten Haaren sickerte Blut, ihre Haut war aschfahl, ihre Augen waren ein wenig geöffnet. Carlotta kniete neben ihr nieder und fühlte ihren Puls.

»Ist sie …?« Marco war nicht in der Lage, den Satz zu Ende zu führen.

»Versuchen wir wenigstens, es ihr ein bisschen bequemer zu machen«, schlug Luca vor.

Vater und Sohn gelang es, Antonia die Treppe herunter und ins Café zu zerren, wo Carlotta ihr ein Kissen unter den Kopf schob.

Rosanna kehrte erst eine Viertelstunde später mit dem Arzt zurück.

»Bitte sagen Sie jetzt nicht, dass sie nicht mehr zu retten ist. Nicht meine Antonia, meine Frau«, jammerte Marco. »Tun Sie was, Doktor.«

Luca, Carlotta und Rosanna verfolgten schweigend mit, wie der Arzt Antonias Herz abhörte und ihren Puls fühlte. Als er den Blick hob, war die Diagnose klar.

»Es tut mir leid, Marco«, sagte der Arzt und schüttelte den Kopf. »Wahrscheinlich hat Antonia einen Herzinfarkt erlitten. Wir können nichts mehr für sie tun. Bleibt nur noch, Don Carlo zu holen.«

»Den Pfarrer!« Marco starrte den Arzt ungläubig an, bevor er niederkniete, das Gesicht an Antonias lebloser Schulter vergrub und zu weinen begann. »Ohne sie bin ich nichts. O *amore mio*, meine Liebe …«

Die drei Kinder standen fassungslos daneben.

Der Arzt steckte das Stethoskop in seine Tasche und stand auf. »Rosanna, hol Don Carlo. Wir bleiben hier und machen deine Mamma zurecht.«

Rosanna erhob sich mit einem leisen Wimmern und verließ das Café mit geballten Fäusten.

»Was ist passiert? Warum weint Nonno?«, fragte Ella, die auf der Treppe erschien.

»Komm mit, Ella, dann erkläre ich es dir.« Carlotta schob ihre Tochter die Stufen hinauf.

»Luca, ich glaube, es ist das Beste, wenn Sie die Tür zum Café verschließen, bis Don Carlo da ist. Im Moment wollen Sie bestimmt keine Gäste«, sagte der Arzt.

»Nein.« Luca schloss mit weichen Knien die Tür, während Marco hemmungslos schluchzend die Hand seiner Frau auf seinem Schoß streichelte. Wenig später kniete Luca neben ihm nieder und legte einen Arm um seine Schultern. Auch er begann zu weinen, als er sanft über die Stirn seiner Mutter strich.

Marco sah Luca mit schmerzverzerrtem Gesicht an. »Ohne sie habe ich nichts, überhaupt nichts mehr.«

Zwei Tage später hielt Don Carlo die Totenmesse für die Familie. Die Nacht über lag Antonia aufgebahrt in dem Gotteshaus, das sie ihr Leben lang besucht hatte. Am folgenden

Morgen besuchten Freunde und Verwandte die Trauerfeier in der Kirche. Rosanna saß in der vordersten Reihe zwischen Luca und Ella; ihr schwarzer Schleier verdeckte den Blick auf den Sarg ihrer Mutter. Marco, der Carlottas Hand hielt, weinte während des gesamten Gottesdienstes und der Beisetzung. Hinterher kehrten sie zum Café zurück, wo Luca und Rosanna alles für den Leichenschmaus vorbereitet hatten.

Stunden später, als die letzten Gäste gegangen waren, blieben die Menicis benommen von dem Schock im Café sitzen. Marco starrte stumm vor sich hin, bis Carlotta ihm sanft vom Stuhl aufhalf.

»Räumt ihr zwei hier unten auf«, sagte sie zu Luca und Rosanna. »Ich bringe Papà nach oben.«

»Machen wir das Café morgen auf, Papà?«, fragte Luca mit leiser Stimme Marco, der sich die Treppe hochquälte.

Marco wandte sich mit niedergeschlagenem Blick zu seinem Sohn um. »Tu, was du willst.« Dann folgte er Carlotta wie ein artiges Kind.

Als Luca das Café einen Tag später wieder öffnete, kam Marco nicht herunter, um ihm zu helfen, sondern blieb oben im Wohnzimmer und starrte, Carlotta neben sich, schweigend das Foto seiner Frau an.

»Noch zweimal Pizza Margherita und eine Speciale«, rief Rosanna in die Küche.

»Das dauert mindestens zwanzig Minuten, weil ich noch acht andere Bestellungen abarbeiten muss«, seufzte Luca.

Rosanna nahm zwei Teller, um sie ins Café zu tragen. »Vielleicht kommt Papà bald wieder herunter. Und Carlotta könnte uns auch helfen.«

»Das hoffe ich«, brummte Luca.

Es war schon nach Mitternacht, als Rosanna und Luca sich

endlich an den Küchentisch setzten und selbst etwas essen konnten.

»Trink einen Schluck Wein. Den haben wir uns beide redlich verdient.« Luca schenkte Chianti in zwei Gläser und reichte eines Rosanna.

Sie aßen und tranken schweigend, weil sie zu erschöpft zum Sprechen waren. Danach zündete Luca sich eine Zigarette an.

»Machst du bitte die Tür auf, Luca? Luigi sagt, Zigarettenrauch schadet meiner Stimme«, bat Rosanna ihren Bruder.

»Entschuldige, *Signorina Diva*!« Luca öffnete die hintere Tür. »Apropos: Wann ist die Soiree bei Signor Vincenzi?«

»In zwei Wochen, aber inzwischen kann ich mir gar nicht mehr vorstellen, dass Papà kommt. Was hätte das auch für einen Sinn? Jetzt, wo Mamma nicht mehr ist und Papà ausfällt, werde ich hier im Café gebraucht.«

»Wenn er morgen nicht wieder anpackt, muss ich eine Anzeige wegen einer Hilfe fürs Café aufgeben. Ich bezweifle, dass ich Carlotta zum Bedienen überreden kann.«

»Weißt du, was zwischen ihr und Giulio vorgefallen ist?«, erkundigte sich Rosanna. »Ich hatte erwartet, dass Giulio wenigstens zur Beerdigung von Mamma kommt und ihr die letzte Ehre erweist. Arme Carlotta: zuerst ihr Mann und nun auch noch Mamma. Sie sieht aus wie ein Gespenst.«

»Ja, sie muss ihren Fehler tatsächlich schwer büßen«, seufzte er.

»Was für einen Fehler, Luca?«

»Ach, vergiss es.« Luca trat die Zigarette mit dem Fuß aus und schloss die Tür wieder.

»Würdet ihr endlich aufhören, mich wie ein Kind zu behandeln? Ich werde bald siebzehn. Warum sagst du mir nicht, was passiert ist?«

»Wenn du erwachsen sein möchtest, musst du an deine eigene Zukunft denken, Rosanna«, entgegnete Luca. »Mammas Tod ändert daran nichts.«

»Er ändert alles, Luca. Jetzt, wo Mamma nicht mehr ist, wird Papà mich nie nach Mailand gehen lassen.«

»Rosanna, eins nach dem andern: Als Erstes müssen wir ihn dazu überreden, die Soiree zu besuchen und dich singen zu hören. Ich glaube, es würde ihm guttun, wenn er ein bisschen rauskommt und auf seine Tochter stolz sein kann.«

»Hältst du es für richtig, so kurz nach Mammas Tod Pläne zu schmieden?«, fragte Rosanna. »Eigentlich ist mir nicht nach Singen zumute.«

»Das kann ich verstehen. Aber du musst, Rosanna. Du bist all die Jahre zu Luigi gegangen, und jetzt hast du endlich die Chance, deinen Traum zu verwirklichen. Einen Abend kann Carlotta das Café schon allein schmeißen. Ich bitte Massimo und Maria, ihr zu helfen.«

»Luca«, sagte Rosanna mit leiser Stimme, »ich finde, ich sollte trauriger über Mammas Tod sein, aber hier drin ist alles wie betäubt.« Sie deutete auf ihre Brust.

»Das ist der Schock. Wir können es alle noch nicht fassen. Ich glaube, es hilft, sich zu beschäftigen. Und vergiss nie, dass Mamma das Beste für dich wollen würde, Rosanna. Ich denke, jetzt ist es Zeit fürs Bett. Morgen haben wir wieder einen langen Tag vor uns. Komm, *piccolina*.«

6

»Trag die Arie so vor, als würdest du vor Publikum stehen.«

Rosanna trat in die Mitte des Musikzimmers und begann zu Luigis Begleitung zu singen. Als sie geendet hatte, sah Luigi sie nachdenklich an.

»Rosanna, ist irgendetwas?«

»Nein … Warum?«

»Weil du klingst, als würde dich eine Python würgen. Komm, setz dich.«

Rosanna nahm neben Luigi auf dem Klavierhocker Platz.

»Hat es mit deiner Mamma zu tun?«, fragte er sanft.

Rosanna nickte. »Ja, und …«

»Was?«

»Luigi, es bringt nichts, wenn ich Ihrem Freund bei der Soiree vorsinge. Ich kann nicht nach Mailand«, antwortete Rosanna schluchzend.

»Und warum nicht?«

»Mamma lebt nicht mehr, und Papà braucht mich; ich muss sie ersetzen. Jetzt, wo ich die Schule abgeschlossen habe, wird er wollen, dass ich im Café arbeite und mich um ihn kümmere. Ich kann ihn nicht im Stich lassen. Schließlich bin ich seine Tochter.«

»Verstehe.« Luigi nickte. »Dann hast du ja, wenn du Dienstagabend hier singst, nichts zu verlieren, oder?«

»Wahrscheinlich nicht.« Rosanna holte ein Taschentuch hervor und putzte sich die Nase.

»Wird dein Papà kommen?«, fragte Luigi.

»Ich glaub nicht. Er geht ja kaum noch runter ins Café.«

»Es gibt Dinge im Leben, die wir nicht beeinflussen können und die wir deshalb dem Schicksal überlassen müssen. Aber ich verspreche dir: Wenn du so singst wie bei mir, wirst du mit ziemlicher Sicherheit eine Überraschung erleben.« Luigi küsste Rosanna sanft auf die Stirn. »Überlassen wir es dem Schicksal. Also noch einmal von vorn.«

Am folgenden Dienstag, einem lauen Abend, fuhr Rosanna mit dem Bus hinauf zu Luigis Villa. Teilnahmslos beobachtete sie durchs Fenster, wie Neapel im Licht der untergehenden Sonne rosig erglänzte. Carlotta hatte sich bereit erklärt, sich, unterstützt von Maria und Massimo, um das Café zu kümmern. Während der Fahrt dachte Rosanna traurig darüber nach, dass sie dasselbe schwarze Kleid wie bei der Beisetzung ihrer Mutter trug. Sie erwartete nicht, ihren Vater im Publikum zu entdecken. Als Luca Papà vorgeschlagen hatte, ihn mitzunehmen, damit er Rosanna singen hören könne, hatte er gar nicht richtig zugehört.

»Komm herein, Rosanna«, begrüßte Luigi, der in Smoking und Fliege sehr fremd und distinguiert wirkte, sie an der Haustür. »Du siehst wunderschön aus«, stellte er auf dem Weg ins Musikzimmer anerkennend fest. Die Terrassentür war geöffnet, aufgehalten von zwei großen Blumenarrangements, und draußen waren mehrere Sitzreihen aufgebaut.

»Schau.« Luigi führte Rosanna in die Mitte des Raums. »Hier wirst du stehen und singen. Und jetzt stelle ich dir die anderen Sänger vor.«

Sechs junge Leute unterhielten sich nervös im Salon. Sie verstummten, als Luigi und Rosanna eintraten.

»Das ist Rosanna Menici. Sie wird als Letzte singen. Rosanna, nimm dir doch etwas zur Stärkung.« Luigi deutete auf einen Tisch mit großen Krügen Limonade und Antipastitellern. »Ich muss die Gäste begrüßen.«

Rosanna setzte sich in einen Ledersessel in der Ecke, weil sie zu nervös war, sich zu den anderen Sängern zu gesellen, die ihre Gespräche erneut aufnahmen.

Wieder und wieder hörte sie die Türklingel und das leise Gemurmel der Gäste, wenn sie auf dem Weg zur Terrasse am Salon vorbeikamen.

Da streckte Luigi den Kopf herein.

»Noch fünf Minuten, meine Damen und Herren«, verkündete er. »Signora Rinaldi wird Sie holen. Nach Ihren jeweiligen Darbietungen dürfen Sie sich ins Publikum setzen. Vielleicht können Sie ja etwas voneinander lernen. Viel Glück.«

Einige Minuten später rief Signora Rinaldi den ersten Sänger auf. Schon bald verstummte der Lärm auf der Terrasse, und der Flügel erklang. Einer nach dem anderen verließen die jungen Leute Rosanna, bis diese schließlich allein zurückblieb.

Kurz darauf winkte Signora Rinaldi ihr von der Tür aus zu. »Kommen Sie, Rosanna, Sie sind dran.«

Rosanna folgte der Haushälterin mit feuchten Händen und wild klopfendem Herzen zur Tür des Musikzimmers, hinter der sie noch ihre Vorgängerin singen hörte.

»Signor Vincenzi hat mich gebeten, Ihnen zu sagen, dass Ihr Papà und Ihr Bruder sich unter den Zuhörern befinden.« Sie bedachte Rosanna mit einem freundlichen Lächeln. »Sie schaffen das schon.«

Applaus signalisierte das Ende des Vortrags. Signora Rinaldi öffnete die Tür zum Musikzimmer und schob Rosanna sanft hinein.

»Und nun zur letzten Künstlerin dieses Abends, meiner ganz besonderen Schülerin Signorina Rosanna Menici. Rosanna lernt seit fünf Jahren bei mir, dies ist ihr erster öffentlicher Auftritt. Freuen Sie sich, beim Debüt eines bemerkenswerten Talents anwesend zu sein. Signorina Menici wird ›Mi chiamano Mimì‹ aus *La Bohème* singen.«

Höflicher Applaus, während Luigi sich auf seinen Klavierhocker setzte. Zahllose Gedanken schossen Rosanna durch den Kopf, als Luigi zu spielen begann: Sie würde es nicht schaffen, die Stimme würde ihr versagen …

Und dann geschah etwas Merkwürdiges. Unter den verschwommenen Gesichtern entdeckte sie das lächelnde Antlitz von Mamma, das sie ermutigte.

»Du schaffst das, Rosanna, du kannst es …«

Rosanna holte tief Luft und begann zu singen.

Luigi traten Tränen in die Augen. Fünf Jahre harte Arbeit, und an diesem Abend entfaltete sich Rosannas göttliche Stimme zu voller Pracht, wie er es sich immer vorgestellt hatte.

Paolo de Vito saß mit geschlossenen Augen in der zweiten Reihe. Vincenzi hatte recht gehabt. Dieses Mädchen besaß eine der reinsten Sopranstimmen, die er kannte. Sie hatte Farbe, Kraft und Tiefe; jede Note der schwierigen Arie war klar und bedacht. Und die junge Frau schien zu begreifen, was sie sang. Die Zuhörer lauschten gebannt. Paolo bekam eine Gänsehaut. Rosanna Menici war sensationell, und er wollte derjenige sein, der sie der Welt präsentierte.

Marco Menici starrte ungläubig die schmale Gestalt vor ihm an. War das wirklich Rosanna, das schüchterne Mädchen, dem er so selten Beachtung schenkte? Er kannte ihre gute Stimme, aber das gerade eben … Sie hatte vor all den Leuten gesungen, als hätte Gott sie nur dafür geschaffen! Hätte Antonia doch nur auch dabei sein können! Marco wischte sich die Tränen aus den Augen.

Luca Menici, der Marco beobachtet hatte, dankte Gott dafür, dass er ihm geholfen hatte, seinen Vater zum Kommen zu überreden. Auch er blinzelte eine Träne weg. Die Würfel waren gefallen. Jetzt konnte nichts mehr Rosanna aufhalten.

Als Rosanna verstummte, herrschte einige Sekunden Stille unter den Zuhörern. Sie verharrte wie in Trance, und das Gesicht ihrer Mutter, für das sie gesungen hatte, verschwand. Das Publikum begann, begeistert zu klatschen. Luigi verbeugte sich mit ihr. Die anderen Sänger fielen in den Applaus ein.

Luigi hob die Hände und bat um Ruhe. »Danke, dass Sie heute Abend zu uns gekommen sind. Ich hoffe, unser schlichter Vortrag hat Ihnen Freude gemacht. Nun werden Getränke serviert, und Sie haben Gelegenheit, sich mit unseren Künstlern zu unterhalten.«

Wieder Applaus, dann wurde er von Menschen umringt, die ihm auf den Rücken klopften und ihm die Hand schüttelten. Rosanna hielt sich abseits, unsicher, was von ihr erwartet wurde. Eine Kellnerin reichte ihr ein Glas Prosecco. Als die Kohlensäure Rosannas Rachen kitzelte, verschluckte sie sich.

»*Piccolina*, Rosanna … Das war großartig!« Luca gesellte sich zu ihr. »Eines Tages wirst du ein großer Star sein, das hab ich immer gewusst.«

»Wo ist Papà? Hat es ihm gefallen? Ist er wütend, weil wir ihm die Gesangsstunden verheimlicht haben?«, fragte Rosanna besorgt.

»Als er gehört hat, dass du seit fünf Jahren bei Signor Vincenzi Unterricht nimmst, war sein Gesicht ziemlich finster. Aber jetzt …«, Luca schmunzelte, »… jetzt gibt er bei allen mit dir an.«

Sie sah, dass Marco sich angeregt auf der Terrasse unterhielt, und zum ersten Mal seit Mammas Tod lächelte er.

»Rosanna, ich habe hier jemanden, der dich kennenlernen möchte«, sagte Luigi und trat mit einem elegant gekleideten Herrn mittleren Alters zu ihr. »Das ist Signor Paolo de Vito, der künstlerische Leiter der Mailänder Scala.«

»Signorina Menici, ich freue mich, Ihre Bekanntschaft zu machen. Luigi hat mir viel von Ihnen erzählt. Und nach Ihrem Vortrag muss ich sagen, dass er nicht übertrieben hat. Ihre Darbietung heute Abend war atemberaubend. Wie immer hat Luigi hervorragende Arbeit geleistet. Er hat einen Instinkt für ganz besondere Begabungen.«

Luigi zuckte bescheiden mit den Schultern. »Ich kann nur mit dem arbeiten, was mir zur Verfügung steht.«

»Mein Freund, ich glaube eher, dass du selbst eine sehr große Gabe besitzt. Finden Sie nicht auch, Signorina Menici?«, erkundigte sich Paolo lächelnd.

»Luigi ist ein wunderbarer Lehrer«, antwortete Rosanna verlegen.

»Ihr Vater ist hier?«, fragte Paolo.

»Ja.«

»Wenn Sie mich entschuldigen … Ich würde gern mit ihm sprechen. Stellst du uns vor, Luigi?«

Von der anderen Seite der Terrasse aus beobachteten Luca und Rosanna nervös, wie Luigi Paolo de Vito und Marco miteinander bekannt machte. Die drei Männer setzten sich, und Luigi winkte eine Kellnerin mit Prosecco heran.

Rosanna wandte sich ab. »Ich kann gar nicht hinschauen«, stöhnte sie. »Worüber, meinst du, unterhalten sie sich?«

»Das kannst du dir doch denken. Nach deinem Auftritt heute Abend ist keine falsche Bescheidenheit mehr nötig.« Luca wandte sich einer mit teurem Schmuck behängten Dame und ihrem Gatten zu, die sich näherten, um Rosanna zu ihrer gelungenen Darbietung zu gratulieren.

Am Ende erhob sich Luigi und winkte Rosanna und Luca heran.

»*Bravissima*, Rosanna!« Marco stand auf und küsste seine Tochter auf beide Wangen. »Warum hast du mir die Gesangsstunden verschwiegen? Ich hätte dir doch geholfen. Du schlimmes Mädchen, du.« Ihr Vater schmunzelte. »Signor de Vito meint, du wirst eines Tages ein großer Star sein, und möchte, dass du eine Musikschule in Mailand besuchst. Er ist sich sicher, dass sie dir ein Stipendium anbietet.«

Paolo zuckte mit den Achseln. »Als Leiter der Schule und der Scala habe ich einen gewissen Einfluss.«

»Und was sagst du dazu, Papà?«, fragte Luca besorgt.

»Ist ja alles schön und gut, aber ich kann meine Tochter nicht allein in eine so große Stadt gehen lassen. Wer weiß, was dort mit ihr passiert?« Marco seufzte.

Rosannas Euphorie verflog. Sie hatte recht gehabt. Es war doch alles umsonst gewesen. Papà sagte Nein.

»Deshalb«, fuhr Marco fort, »schlägt Signor Vincenzi vor, dass jemand dich begleitet. Ich habe überlegt, wer. Wem kann ich meine Tochter anvertrauen? Und dann ist mir die zündende Idee gekommen. Mein Sohn Luca, der all die Jahre die Gesangsstunden bezahlt hat.«

»Heißt das, du lässt mich nach Mailand gehen, wenn Luca mitkommt?« Rosanna sah ihren Vater erstaunt an.

Marco nickte. »Ja, ich glaube, das ist die ideale Lösung.«

»Und was wird aus dir, Papà? Wir können dich doch nicht allein lassen.« Luca sah seinen Vater an, als hätte er den Verstand verloren.

»Ich werde nicht allein sein. Carlotta und Ella sind bei mir. Meine Tochter will keinesfalls zu ihrem Mann zurück. Sie kann sich um ihren alten Vater kümmern und im Café helfen. Für dich finde ich schon einen Ersatz, Luca. Du bist sowieso ein lausiger Koch«, scherzte Marco. »Und wie diese beiden Herren gesagt haben …«, er nickte Luigi und Paolo zu, »… wir müssen alles tun, um der Welt deine wertvolle Gabe zu präsentieren, Rosanna. Seid ihr mit dieser Lösung zufrieden?«

»Natürlich, Papà! Danke, danke, danke!« Rosanna schlang überglücklich die Arme um ihn, verblüfft darüber, dass ihre Träume sich nun tatsächlich zu erfüllen schienen.

»Und was ist mit Ihnen, Luca? Möchten Sie Rosanna nach Mailand begleiten?«, erkundigte sich Luigi.

Lucas Augen glänzten. »Ich könnte mir nichts Schöneres vorstellen.«

»Gut, dann ist das also geregelt«, sagte Paolo. »Bitte entschuldigen Sie mich jetzt. Ich bin zu einem Abendessen mit dem Direktor des Teatro di San Carlo in der Stadt verabredet.« Er wandte sich Rosanna zu. »In Mailand werde ich mit meinen Kollegen über Sie sprechen. Wenn alles gut geht, erhalten Sie in den nächsten Tagen einen Brief mit der offiziellen Stipendiumszusage. Der Unterricht beginnt im September. Ich freue mich schon sehr darauf, Sie in unserer Schule begrüßen zu dürfen, später vielleicht sogar in der Scala. Auf Wiedersehen, Rosanna.« Er nahm ihre Hand in die seine und küsste sie.

»Ich kann Ihnen gar nicht genug danken, Signor de Vito«, entgegnete sie.

Paolo bedachte sie mit einem Lächeln, bevor er von Luigi zur Tür begleitet wurde.

»Das hast du sehr gut eingefädelt, Paolo. Ich bin dir zu Dank verpflichtet«, sagte Luigi.

»Ich habe es schon öfter mit schwierigen Eltern zu tun gehabt.« Plötzlich grinste Paolo. »Marco wollte mir doch glatt weismachen, dass Rosanna ihre Stimme von ihm geerbt hat!

Ich muss dir dafür danken, dass du mir Rosanna anvertraust, Luigi. Ich werde sie fördern, so gut ich kann.«

»Das weiß ich, Paolo. Als Gegenleistung wünsche ich mir nur eine Karte für ihr Debüt an der Scala.«

»Selbstverständlich. *Ciao*, Luigi.«

Luigi hatte kaum die Tür geschlossen, als sich schon die Mutter eines seiner Schützlinge auf ihn stürzte. Erst nach einer ganzen Weile schaffte er es, wieder auf die Terrasse zu Luca zu gehen.

»Ich habe etwas für Sie, junger Mann.« Luigi drückte ihm einen dicken braunen Umschlag in die Hand. »Das ist für Sie und Rosanna, für Ihr Leben in Mailand. Sie sind Rosanna ein bemerkenswerter Bruder. Aber wenn ich mich nicht täusche, hat Ihre Selbstlosigkeit auch Ihnen selbst zur Freiheit verholfen, stimmt's?« Luigi klopfte dem überraschten Luca schmunzelnd auf die Schulter und schloss sich den anderen Gästen an.

Als die Menicis mit dem Taxi, das Luigi bezahlte, nach Hause kamen, ging Luca in sein Zimmer und verschloss die Tür. Dann öffnete er den Umschlag, aus dem sich Lirescheine auf sein Bett ergossen. Außerdem befand sich in dem Kuvert ein Brief, den er entfaltete und las.

Ich habe Ihr Geld von der ersten Stunde an, die Rosanna bei mir war, beiseitegelegt. Eigentlich wollte ich sie gratis unterrichten, aber ich kenne Ihren Stolz. Das Geld wird Ihnen das Leben erleichtern. Sie verwalten es bestimmt klug. Beste Grüße, Luigi Vincenzi.

Luca sank, verblüfft über so viel Großzügigkeit, aufs Bett zurück.

7

Carlotta lauschte ihrem Vater, als dieser ihr im Wohnzimmer erklärte, dass Rosanna ein Stipendium für eine Musikschule in Mailand erhalten würde und Luca sie begleiten solle.

»Es wird doch noch alles gut«, erklärte Marco lächelnd. »Antonia habe ich verloren, aber dafür bist du, meine Lieblingstochter, wieder da und kannst ihren Platz einnehmen. Da du nicht zu Giulio zurückkehren willst, wirst du mit Ella hier wohnen und mir im Café zur Hand gehen, wie deine Mamma es sich gewünscht hätte.«

Carlotta starrte wortlos vor sich hin.

»Das nützt uns allen, findest du nicht?«, meinte Marco.

Schließlich nickte Carlotta. Sie hatte ziemlich viel abgenommen, und ihre braunen Augen wirkten in ihrem abgehärmten Gesicht riesig. »Ja, Papà. Ich bleibe bei dir und kümmere mich um dich. Du hast recht: Es ist meine Pflicht. Wenn du mich jetzt bitte entschuldigen würdest. Ich möchte mir ein wenig die Beine vertreten.«

Marco sah Carlotta nach, wie sie den Raum verließ. Schon bald, hoffte er, würde seine Tochter wieder ganz die Alte sein, und er konnte Ella der Vater sein, den diese gerade verloren hatte. Marco schenkte sich einen Brandy ein. Letztlich, dachte er, hatte sich doch noch alles zum Guten gefügt.

Rosanna suchte gerade in einer Schublade nach einer sauberen weißen Bluse, als ihre Schwester das Zimmer betrat.

»Gratuliere.«

Rosanna sah ihre Schwester mit einem unguten Gefühl an. Sie wusste, dass ihr Vater mit ihr über Mailand gesprochen hatte, und konnte ihre Reaktion nicht einschätzen.

»Danke.«

»Warum hast du uns nichts gesagt, Rosanna?«, fragte Carlotta.

»Weil ... Weil ich dachte, dass ihr alle dagegen seid.«

Carlotta setzte sich aufs Bett und winkte sie zu sich. Rosanna nahm neben ihr Platz.

»Du glaubst, dass ich neidisch bin, stimmt's, Rosanna? Weil du mit Luca in Mailand ein neues Leben beginnst und ich hierbleiben und Mamma ersetzen muss?«

»Carlotta, Luca und ich kommen in den Ferien nach Hause und helfen dir, das verspreche ich dir.«

»Nett, dass du das sagst, aber wenn du erst mal weg bist, vergisst du dein altes Leben, da bin ich mir sicher.«

»Nein, Carlotta! Ich werde dich und Papà und alle andern in Piedigrotta niemals vergessen«, widersprach Rosanna.

»So war's nicht gemeint«, sagte Carlotta und nahm Rosannas Hand. »Ich kann nicht leugnen, dass ich anfangs ein bisschen neidisch war, als Papà es mir erzählt hat, aber jetzt freue ich mich für dich. Du bekommst eine Chance, und ich hoffe, dass du klüger bist als deine große Schwester und sie nutzt.«

»Carlotta, du bist jung. Vielleicht kommst du wieder mit Giulio zusammen.«

»Nein, Rosanna. Und ich werde nie mehr heiraten können, weil er sich nicht von mir scheiden lässt. Du weißt ja, was für einen Skandal das hier geben würde. Merk dir: Schon eine einzige kleine Dummheit genügt, um sich das Leben für immer zu ruinieren. Ich möchte nicht, dass du so leidest wie ich.«

»Keine Sorge.« Rosanna hatte nach wie vor keine Ahnung,

welchen Fehler ihre Schwester begangen hatte. »Ich passe auf, das verspreche ich dir.«

»Du bist ein vernünftiges Mädchen, Rosanna, aber sobald Männer ins Spiel kommen …«, Carlotta schüttelte vielsagend den Kopf, »… vergessen Frauen ihren Verstand.«

»Männer interessieren mich nicht, nur die Musik. Bitte verrat mir, was zwischen dir und Giulio vorgefallen ist.«

»Das kann ich dir noch nicht sagen. Vielleicht eines Tages. Ich weiß nur, dass ich den Preis für meine Dummheit mein ganzes Leben lang bezahlen werde«, erklärte Carlotta traurig.

»Und jetzt musst du dich auch noch um Papà kümmern!«, sagte Rosanna, die ein schlechtes Gewissen bekam. »Wenn ich nicht nach Mailand gehen würde …«

Carlotta legte ihrer Schwester einen Finger auf die Lippen. »Zerbrich dir darüber nicht den Kopf. Im Moment brauchen Ella und ich Papà genauso sehr, wie er uns braucht. Unterm Strich ist alles in Ordnung.«

»Dann macht es dir wirklich nichts aus, dass wir dich allein lassen?«

»Nein. Ich freue mich aufrichtig für euch. Du musst mir nur versprechen, für mich auf Luca aufzupassen.«

»Natürlich.«

»Wir können von Glück sagen, einen solchen Bruder zu haben. Ich bin froh, dass er dich begleitet. Du hast ihm zur Freiheit verholfen. Er verdient es.« Carlotta stand auf, küsste ihre Schwester sanft auf die Stirn und verließ das Zimmer.

Rosanna zog ihr T-Shirt aus und schlüpfte in ihre weiße Chorbluse. Carlottas Reaktion verwirrte sie. Sie hatte von ihrer temperamentvollen Schwester Tränen, Wutanfälle und Neid erwartet, keine stoische Fügung in ihr Schicksal. Carlottas Resignation verunsicherte sie. Außerdem hatte sie ein schrecklich schlechtes Gewissen, weil sie, indem sie und Luca sich für die Freiheit entschieden, ihre schöne Schwester zu einem unglücklichen Leben zu verdammen schienen.

Roberto Rossini wartete kurz, bis er die Augen aufmachte und in das blendende Licht des heißen Mailänder Augustmorgens blinzelte.

Als er sich umdrehte, blickte er in das hübsche Gesicht der friedlich schlafenden Tamara. Sie war leicht zu verführen gewesen, und sie hatten drei angenehme Wochen miteinander verbracht. Doch allmählich begann sie besitzergreifend zu werden und von einer gemeinsamen Zukunft zu reden, was bedeutete, dass er einen Schlussstrich ziehen musste. Wenn Frauen so anfingen, war es Zeit, sich zu verabschieden.

Roberto verschränkte die Hände hinter dem Kopf, betrachtete den klaren blauen Himmel draußen und dachte über den bevorstehenden Tag nach. Am Nachmittag musste er eine Gesangsstunde und am Abend eine Benefizveranstaltung der Scala für eine Wohltätigkeitsorganisation absolvieren – welche, hatte er vergessen, aber jedenfalls würden alle Größen der Mailänder Gesellschaft anwesend sein.

Roberto seufzte. Nun sang er schon fünf Jahre an der Scala, immer nur in kleinen Rollen. Andere europäische Opernhäuser, an denen er aufgetreten war, hatten ihm größere Partien angeboten, doch er wollte unbedingt an der Scala reüssieren. Sein Held Caruso aus seiner Heimatstadt Neapel hatte dort Ruhm erlangt. Und die Callas und Di Stefano waren an diesem prächtigen Haus gefeiert worden.

Roberto wartete voller Ungeduld auf den seiner Stimme und seinem Charisma angemessenen Erfolg. Obwohl mit vierunddreißig Jahren für einen Opernsänger noch keineswegs alt, würden ihm nur noch wenige Jahre bleiben, bis er in puncto Aussehen den Zenit überschritten hätte.

Wie konnte er sein Ziel erreichen? Roberto wusste, dass er alle zum ganz großen Durchbruch nötigen Qualitäten besaß. Seine Stimme war kräftig und markant und wurde mit den Jahren immer facettenreicher. Man hatte ihm schon oft gesagt, dass er Bühnenpräsenz besaß und es verstand, die Figuren, die er darstellte, mit einem reichen Gefühlsleben auszustatten. Warum also hatte er bisher an der Scala nie in einer Hauptrolle glänzen dürfen?

Fünf Jahre zuvor, als er ins Ensemble aufgenommen worden war, hatte er angenommen, dass es nur eine Frage der Zeit wäre, bis er die großen Tenorpartien bekäme. Doch immer waren die Rollen, für die er perfekt gewesen wäre, an andere gegangen. Sänger, die Roberto kaum wahrgenommen hatte, überholten ihn.

Roberto drehte sich aus der Sonne. Leider hatte er trotz seiner Fähigkeiten ein Imageproblem bei seinen Arbeitgebern. In der Musikschule hatten sich immer wieder verzweifelte Schülerinnen bei ihren Lehrern über ihn beklagt. Sein Ruf als Frauenheld machte ihn unbeliebt, und Paolo de Vito, der nicht nur der Schule vorstand, sondern auch künstlerischer Leiter der Scala war, wusste von seinem Treiben.

Im vergangenen Jahr hatte Roberto eine Affäre mit einer Gastsopranistin gehabt, die sofort zu Paolo gelaufen war, als Roberto sie ziemlich ungalant fallen ließ. Dafür hatte er sich eine ordentliche Standpauke eingehandelt. Paolo hatte ihm erklärt, dass es dem Ruf der Scala schade, wenn eine aufstrebende junge Sopranistin schwor, nie wieder einen Fuß auf die Bühne des Hauses zu setzen.

Roberto hatte sich bei Paolo entschuldigt und kleinlaut Besserung versprochen. Und den Rest der Saison war es ihm dank seines Ehrgeizes, es an der Scala ganz nach oben zu schaffen, gelungen, sich zu mäßigen.

Roberto fragte sich, ob sein Problem auf seinen widersprüchlichen Charakter oder auf etwas Tiefgreifenderes zurückzuführen war. Paolo machte kein Hehl aus seiner Homosexualität, und Roberto war sich sicher, dass seine Attraktivität und sein Erfolg bei Frauen ihn beim Maestro nicht gerade beliebt machten, egal, wie gesittet er sich benahm … Jedenfalls bis Tamara, frisch aus Russland, auftauchte. Ihr hatte er einfach nicht widerstehen können.

Roberto ging unter die Dusche. Die Saison an der Scala war im September zu Ende. Danach würde er zwei Monate in Paris singen und im November nach Mailand zurückkehren, um das letzte Jahr seiner vertraglichen Verpflichtungen zu erfüllen. Falls er in der folgenden Saison nicht die gewünschten Rollen erhielt, würde er ins Ausland gehen, das hatte er sich geschworen. Bis dahin würde er sich in Geduld üben müssen.

Am Abend sang Roberto vor einem millionenschweren Publikum.

Hinterher fand ein Empfang im Foyer der Scala statt, zu dem das gesamte Opernensemble eingeladen war. Beim Champagner beschloss Roberto, sich so schnell wie möglich zu empfehlen. Solche Veranstaltungen langweilten ihn; es gab dort zu viele Ehefrauen mit zu dick aufgetragenem Make-up, die die Schmuckgeschenke ihrer alternden Gatten zur Schau trugen.

Roberto beobachtete missmutig, wie der junge spanische Tenor, der den Otello seiner Ansicht nach ziemlich mittelmäßig gesungen hatte, vom italienischen Premierminister und anderen Würdenträgern umschwärmt wurde.

»Guten Abend. Ich habe Ihren Auftritt heute Abend sehr genossen«, hörte Roberto eine Frauenstimme hinter sich sagen. Er drehte sich in der Erwartung um, wieder ein paar langweilige Höflichkeitsfloskeln austauschen zu müssen.

»Donatella Bianchi. Erfreut, Sie kennenzulernen.«

Roberto schüttelte ihre ausgestreckte Hand. Donatella Bianchi hatte höchst attraktive ebenholzfarbene Locken, grüne Augen, die intensiver funkelten als die sündteuren Smaragde um ihren Hals, und ein fantastisches Dekolleté. Obwohl definitiv über vierzig, war sie unglaublich sexy. Ihre langen manikürten Fingernägel strichen über Robertos Handfläche.

»Das Vergnügen ist ganz meinerseits.«

»Ich habe Sie schon oft gehört. Mein Mann ist ein großzügiger Förderer der Scala. Und Sie halte ich für ausgesprochen begabt.«

»Sehr liebenswürdig.« Der oberflächliche Small Talk wurde von vielsagenden Blicken begleitet.

Donatella nahm eine Visitenkarte aus ihrer Abendhandtasche von Versace. »Rufen Sie mich morgen an, Roberto Rossini. Ich möchte mich mit Ihnen über Ihre Zukunft unterhalten. *Ciao.*«

Roberto steckte die Karte ein und beobachtete, wie sie durch die Menge zu einem kleingewachsenen, fast kahlköpfigen Italiener ging und den Arm um seine üppige Leibesmitte legte.

Wenige Minuten später verabschiedete sich Roberto. Auf dem Platz vor der Scala fragte er sich, ob er Signora Bianchi anrufen sollte. Normalerweise stand er nicht auf ältere Frauen, doch Donatella schien etwas Besonderes zu sein.

Als er sich später im Bett dabei ertappte, wie er sie vor seinem geistigen Auge entkleidete, war ihm klar, dass er sie anrufen würde.

8

»Sehe ich ordentlich aus?«

»Rosanna, du bist wie immer wunderschön.«

»Das sagst du nur so, Luca.«

»*Piccolina*, es ist dein erster Tag in der Musikschule, kein Schönheitswettbewerb. Beeil dich, sonst kommen wir zu spät.« Luca streckte ihr die Hand hin.

Rosanna ergriff sie. »Ich bin schrecklich nervös.«

»Das weiß ich, aber es klappt, du wirst schon sehen. Wir müssen jetzt los.«

Luca sperrte die Tür zu ihrer winzigen Wohnung im fünften Stock zu, und sie gingen die Treppe hinunter.

»Unser neues Zuhause gefällt mir, aber hoffentlich wird der Aufzug bald repariert. Gestern Abend habe ich fünfundsiebzig Stufen gezählt«, bemerkte Rosanna lachend.

»So bleiben wir in Form, und außerdem ist es der wunderschöne Blick auf Mailand, den wir von oben haben, wert.« Luca wusste, dass sie sich glücklich schätzen konnten, ein Apartment in so zentraler Lage gefunden zu haben, und vermutete, dass Paolo seine Beziehungen für sie hatte spielen lassen.

Sie traten auf den breiten Gehsteig des Corso di Porta Romana, auf dem die Passanten in beide Richtungen hasteten. Luca warf einen Blick auf den Zettel, auf dem er die Wegbeschreibung von Paolo notiert hatte.

»Wir könnten die Straßenbahn nehmen, aber die ist morgens schrecklich voll.« In dem Moment fuhr eine Bahn ratternd an ihnen vorbei, bei der die Fahrgäste fast aus den offenen Fenstern gedrückt wurden. Zwei junge Männer sprangen mutig hinten auf. »Signor de Vito sagt, von hier aus sind es zu Fuß nur fünfzehn Minuten zur Schule. Schauen wir mal, ob das stimmt«, rief Luca seiner Schwester über den Lärm zu.

»Ich muss mich immer wieder selber kneifen, damit ich weiß, dass ich nicht träume.« Rosanna saugte die Atmosphäre der belebten Straße in sich auf, als sie an vollen Cafés und Läden vorbeigingen, die gerade öffneten. »Was machst du, während ich in der Schule bin?«

»Ich denke, ich werde mir die Sehenswürdigkeiten anschauen«, antwortete Luca. »In der Stadt gibt es viele schöne alte Kirchen, mit denen fange ich an. Der Dom ist nur ein paar Straßen von hier entfernt. Und ich möchte nach einem Gotteshaus in der Nähe unserer Wohnung suchen. Ich habe Papà versprochen, jeden Sonntag mit dir in die Messe zu gehen.«

Nach etwa einer Viertelstunde bogen sie, genau wie Paolo gesagt hatte, in die Via Santa Marta ein. »Schau, da ist die Schule.« Rosanna wandte sich ihrem Bruder zu. »Du musst mich nicht jeden Morgen herbringen. Du sollst in Mailand auch dein eigenes Leben führen, Luca.«

»Keine Sorge, das werde ich. Aber du bist meine oberste Priorität.« Sie überquerten die Straße zur Schule. Andere junge Männer und Frauen strömten an ihnen vorbei in die heiligen Hallen und abgeschlossenen Innenhöfe von Italiens berühmtester Musikakademie. »Da wären wir«, erklärte Luca mit einem aufmunternden Lächeln. »Ich verabschiede mich jetzt von dir und hole dich um fünf Uhr wieder hier ab.«

Rosannas Hand verkrampfte sich um die seine. »Ich hab Angst, Luca.«

»Es wird schon nicht so schlimm. Vergiss nicht, das war immer unser Traum.« Luca küsste sie auf beide Wangen. »Viel Glück, *piccolina*.«

»Danke.«

Drei Stunden später schrieb Luca in einem kleinen Café eine Postkarte an seinen Vater, verspeiste Crostini und trank ein Bier. Zuvor hatte er eine Stunde im Dom zugebracht und dann in der Galleria Vittorio Emanuele die Geschäfte bewundert und über die Preise der Waren in den Schaufenstern gestaunt. Er verließ die Galleria auf der Seite der Scala und hielt inne, um die prächtige Fassade des weltberühmten Opernhauses zu betrachten, in dem er, wie er hoffte, eines Tages seine Schwester würde singen hören.

Am Abend wollte er zur Feier des Tages ein schönes Essen kochen, was bedeutete, dass noch viel zu erledigen war, bevor er Rosanna abholte. Er schluckte die letzten Bissen hinunter, zahlte und machte sich auf den Weg zur Wohnung. Unterwegs entdeckte er einen kleinen Supermarkt, in dem es luftgetrocknete Salami und frisches Gemüse in Holzkisten gab. Dort besorgte er alle Zutaten, die er benötigte, sowie eine Flasche Chianti. Draußen bog er nach rechts in die Via Agnello ab. Als er feststellte, dass er falsch gegangen war, und umkehren wollte, fiel sein Blick auf eine Kirche, deren Turm hinter den Gebäuden hervorlugte.

Luca folgte einer schmalen Gasse in Richtung des Turms, bis er einen kleinen Platz vor der Kirche erreichte, überquerte diesen und blieb vor der Bogentür aus Holz stehen. Rechts daneben war eine kleine Plakette angebracht. Luca hatte Mühe, die fast verblichenen Worte darauf zu entziffern.

»LA CHIESA DELLA BEATA VERGINE MARIA«, las er laut.

Luca sah auf seine Uhr. Er hatte noch eine Stunde Zeit, bevor er Rosanna abholen musste, genug, um einen Rundgang durch die Kirche zu machen. Über der Tür im Vorraum befand sich ein verblasstes Fresko von der Jungfrau Maria mit dem Jesuskind auf dem Arm. Er betrachtete es eine Weile, bevor er die Kirche ganz betrat. Als seine Augen sich an die Dunkelheit gewöhnt hatten, erkannte er, dass sich niemand darin aufhielt.

Luca blickte zu der hohen gewölbten Decke hinauf, die von Rissen durchzogen war. An einer der Putten an einer Säule fehlte ein Teil der Nase und des Flügels, und der Lack an den Bänken war völlig abgewetzt. Doch trotz ihres schlechten Zustands verblüffte die Kirche Luca durch ihre Schönheit und Wärme.

Seine Schritte hallten durch den Raum. Obwohl niemand in der Kirche war, hatte er das Gefühl, nicht allein zu sein. Weil ihm plötzlich ein wenig schwindlig wurde, setzte er sich in eine der Bänke und stellte die Einkaufstüten zu seinen Füßen ab.

Luca betrachtete die Madonna in der Mitte des Altars. Die blaue Farbe an ihrem Kleid blätterte ab, und an ihren Lippen war nichts mehr von dem ursprünglichen Rot zu sehen. Luca schloss die Augen, bekreuzigte sich und begann zu beten.

Als er die Augen wieder öffnete, fiel ein Sonnenstrahl durch die Buntglasfenster im vorderen Teil der Kirche direkt auf die Statue. Das Licht wurde heller, und darin nahm er verschwommen eine Gestalt wahr, die mit ausgestreckten Armen zu ihm sprach.

Plötzlich war sie verschwunden, und er sah nur noch blendend helles Sonnenlicht.

Luca saß einige Zeit regungslos da. Als er sich schließlich bewegte, fühlte sich sein Körper sehr leicht an. Er erhob sich und ging zum vorderen Teil der Kirche, um vor dem Altar niederzuknien. Freudentränen liefen ihm über die Wangen. Wo früher Unsicherheit gewesen war, erkannte er nun einen Sinn; und wo er zuvor Leere gespürt hatte, empfand er jetzt Liebe.

Er wusste nicht, wie lange er so verharrte, bis er eine Hand auf seiner Schulter spürte. Als er sich umdrehte, blickte er in die klugen braunen Augen eines alten Geistlichen. Luca war sofort klar, dass er alles beobachtet hatte.

»Ich bin Don Edoardo, der *parroco* von Beata Vergine Maria. Wenn du mit mir sprechen willst: Ich bin jeden Tag von halb zehn Uhr morgens bis mittags da.«

»*Grazie*, Don Edoardo. Ich würde gern … beichten.«

Der Geistliche nickte, und Luca, der sich immer noch wie schwerelos fühlte, folgte Don Edoardo zum Beichtstuhl.

Als Luca fünfzehn Minuten später aus der Kirche trat, wusste er, dass sein Leben eine neue Wendung genommen hatte.

»Na, wie war's?«

Rosanna fiel Luca begeistert um den Hals.

»Wunderbar! Und beeindruckend! Dort gibt es so viele schöne Stimmen, Luca. Wie soll ich da mithalten? Manche der Mädchen wirken sehr erwachsen, obwohl sie genauso alt sind wie ich! Und was sie anhaben! Einige von ihnen sind bestimmt sehr reich … und mein Gesangslehrer Professor Poli ist sehr streng, und … Luca …« Rosanna sah ihren Bruder an. »Alles in Ordnung?«

»Ja, mir könnte es nicht besser gehen. Warum fragst du?«

»Du siehst irgendwie anders aus. Ein bisschen blass.«

»Wirklich, *piccolina*, mir ist …«, Luca versuchte, das passende Wort zu finden, »… als würde ich von innen heraus strahlen!« Er schob sie lachend über die belebte Straße, und sie machten sich Arm in Arm auf den Heimweg.

Als Luca, atemlos von den vielen Stufen, die Tür zu ihrer Wohnung aufschloss, nahm er sich vor, sie zu streichen, weil die Farbe daran abblätterte. »Geh duschen, solange es warmes Wasser gibt, Rosanna. Ich koche uns in der Zwischenzeit etwas Schönes.«

Rosanna blickte sich in dem kleinen Wohnzimmer um. Luca hatte alle ihre Sachen verstaut, und über dem durchgesessenen Sofa in der Ecke lag eine bunte Decke, die es gemütlich und einladend aussehen ließ. Der wacklige Tisch am Fenster war unter einem rosafarbenen Fransentuch verborgen, und darauf standen ein blau-weiß gestreifter Krug mit frischen Blumen sowie zwei Kerzen in Untertellern.

»Du warst fleißig, danke schön!«, rief sie aus. Trotz der fleckigen Wände und der schmutzigen Fenster, die Luca noch nicht hatte putzen können, wirkte die Wohnung nun freundlich und behaglich.

»Es ist ein besonderer Abend – für uns beide«, sagte Luca aus der winzigen Küche, aus der der köstliche Duft von frischem Knoblauch und Kräutern drang.

»Ja, Luca, das stimmt«, pflichtete Rosanna ihm mit leuchtenden Augen bei. »Ich beeile mich, dann kann ich dir helfen.« Sie holte ein Handtuch und ihren Kulturbeutel aus ihrem Zimmer, lehnte die Wohnungstür an und ging den dunklen Flur entlang zum Etagenbad.

Nach dem Pilzrisotto und dem Salat, die Rosanna köstlich fand, beobachteten sie, ihre Weingläser in der Hand, wie sich die Abenddämmerung über die Dächer von Mailand senkte.

Nach einer Weile gähnte Rosanna. »Ich bin hundemüde.«

»Das kann ich nach all der Aufregung gut verstehen. Geh ins Bett.«

»Ja. Weißt du, ich hätte nicht gedacht, dass ich nach dem Tod von Mamma noch einmal so glücklich sein könnte«, bemerkte sie nachdenklich.

»Ich auch nicht, Rosanna, ich auch nicht.«

Das schmiedeeiserne Tor öffnete sich lautlos, und Roberto lenkte seinen Fiat im Schritttempo die von Bäumen gesäumte Auffahrt zum Haus hinauf. Nachdem er um den riesigen Springbrunnen herumgefahren war, der in einem Schmuckteich vor sich hinplätscherte, hielt er den Wagen an.

Obwohl er schon oft in Como gewesen war und sogar zweimal am See gepicknickt hatte, war er bisher nicht in der Lage gewesen, hinter dem grünen Laub der hohen Bäume mehr als die Kamine der schönen Villen zu erkennen.

Vor ihm erhob sich ein großer Palazzo mit anmutiger weißer Fassade, in deren Fenstern, jedes davon mit einem zierlichen Balkon aus Schmiedeeisen, sich die Sonne spiegelte. In der Mitte, über dem Eingang, befand sich ein rundes Buntglasfenster, darüber eine elegante Kuppel.

Roberto stieg aus seinem Fiat und schloss die Tür hinter sich, bevor er die Stufen zu der riesigen Tür zwischen Säulen aus Angera-Stein hinaufstieg. Er konnte keine Klingel entdecken und hatte das Gefühl, dass sich Klopfen hier nicht schickte. Während Roberto noch überlegte, ob es einen anderen Eingang gab, öffnete sich die Tür.

»*Caro*, freut mich, dass Sie kommen konnten.«

Donatella hatte nur einen dünnen weißen Bademantel an. Ihre Haare waren feucht, und sie trug kein Make-up. Sie sah fantastisch aus. »Ich habe nach einer Runde im Pool geduscht. Sie sind ein bisschen zu früh dran.«

»Tut mir leid, ja«, entschuldigte sich Roberto und gab sich alle Mühe, nicht auf ihren üppigen Busen zu starren, den der Bademantel nur dürftig verdeckte.

»Folgen Sie mir.«

Roberto ging mit seiner Gastgeberin durch den großzügigen, mit Marmor ausgelegten Eingangsbereich und eine breite Treppe empor.

Oben öffnete Donatella eine Tür und führte Roberto in ein riesiges Zimmer mit hoher Decke.

»Machen Sie es sich bequem, während ich mich anziehe.« Donatella deutete auf ein Sofa am Fenster und verschwand in einem anderen Raum.

Roberto trat ans Fenster und blickte hinaus auf die gepflegten Gärten, die sich bis zum Comer See erstreckten. Donatella Bianchi und ihr Mann schienen schwerreich zu sein.

»Nun, *caro*, wie geht es Ihnen?«, erkundigte sich Donatella, als sie in einer engen weißen Jeans und einem schwarzen Top zurückkehrte, das ihren wohlgeformten Busen bestens zur Geltung brachte.

»Gut, danke.«

Donatella setzte sich neben ihn und schlug die langen Beine unter. »Prima. Schön, dass Sie mich besuchen. Champagner?« Sie nahm die Flasche aus dem Eiskübel auf einem niedrigen Tischchen und schenkte zwei Gläser ein, ohne auf eine Antwort zu warten.

Roberto bedankte sich.

»Auf Sie und Ihre Zukunft.« Sie prostete ihm zu.

Zum ersten Mal im Leben fehlten Roberto die Worte. Er trank einen Schluck Champagner und versuchte, sein inneres Gleichgewicht wiederzufinden. »Sie haben ein sehr schönes Haus«, brachte er schließlich hervor und kam sich ziemlich dumm vor.

»Freut mich, dass es Ihnen gefällt. Es befindet sich seit mehr als einhundertfünfzig Jahren im Besitz der Familie meines Mannes. Aber …«, Donatella seufzte, »… manchmal habe ich das Gefühl, in einem Museum zu leben. Zwanzig Bedienstete sind nötig, um den Palazzo und das Anwesen in Ordnung zu halten.« Donatella streckte eines ihrer langen Beine aus, und ihr Fuß näherte sich Robertos Oberschenkel.

»Sie haben keine Kinder?«, erkundigte er sich.

»Nein. Ich bin nicht der mütterliche Typ«, antwortete sie mit einem Achselzucken. »Außerdem scheinen mein Mann und ich keine Kinder bekommen zu können.«

»Wo ist denn Ihr Mann?«, fragte Roberto nervös, als ein Zeh in seinen Schritt wanderte.

Donatella seufzte. »In Amerika. Er hat mich wieder mal allein gelassen.«

»Ist er oft unterwegs?«

»Die ganze Zeit. Er ist Kunsthändler. Einen Großteil der Zeit verbringt er in New York oder London. Ich bin hier wochenlang allein.« Sie senkte den Kopf und warf ihm unter ihren langen Wimpern hervor einen unmissverständlichen Blick zu.

»Können Sie ihn nicht begleiten?«

»Natürlich, doch ich kenne schon die ganze Welt und bleibe inzwischen lieber zu Hause. Es langweilt mich, in einer fremden Stadt auf meinen Mann zu warten, während dieser seine Geschäfte tätigt. Und irgendwann habe sogar ich vom Shoppen genug. Aber erzählen Sie doch von sich, Roberto Rossini.«

»Da gibt es nicht viel zu erzählen.« Roberto zuckte mit den Schultern.

»Das glaube ich Ihnen nicht. Haben Sie eine Freundin?«, wollte Donatella wissen.

»Im Moment nicht.«

»Sie stellen Ihr Licht unter den Scheffel. Bestimmt liegen Ihnen die Frauen zu Füßen.« Mit einer geübten Bewegung erhob Donatella sich vom Sofa und setzte sich auf seinen Schoß. »Bei Ihrer schönen Stimme und Ihren anderen … Vorzügen.« Eine Hand wanderte seine Hemdknöpfe entlang. »Sie haben schon mit vielen Frauen geschlafen?«

»Ich …« Roberto verschlug es angesichts ihrer Unverfrorenheit die Sprache. »Ja, doch«, keuchte er schließlich erregt.

»Auch mit älteren?« Donatellas Mund glitt zu seinem Hals und küsste ihn. Gleichzeitig fand ihre Hand ihr Ziel.

»Nein …«

»Dann werde ich die Erste sein«, schnurrte sie triumphierend.

Da verlor Roberto den letzten Rest Selbstbeherrschung und vergrub die Finger in ihrer dichten Mähne, während Donatella ihn leidenschaftlich küsste.

Drei Stunden später standen sie wieder am Eingang.

Donatella öffnete ihm lächelnd die Tür.

»Dieser Vormittag war ausgesprochen … vergnüglich. Ruf mich morgen Abend um sieben an, ja?«

»Ja.«

»Gut. Nächstes Mal reden wir über deine Zukunft. *Ciao*, Roberto.«

Als er mit weichen Knien zum Wagen ging, schüttelte er den Kopf über die Ironie des Schicksals.

Roberto Rossini, der erfahrene Liebhaber und Mann von Welt, war soeben nach allen Regeln der Kunst verführt worden.

9

Mailand, Januar 1973

Rosanna öffnete die Tür zur Wohnung. »Luca, ich bin wieder da!«

»In der Küche, *piccolina*«, rief er zurück.

»Ich hab eine Freundin aus der Schule zum Essen mitgebracht. Das ist dir doch recht, oder?« Rosanna streckte den Kopf mit von der kalten Winterluft roten Wangen in die Küche. »Ich hab ihr gesagt, dass du immer für sechs kochst«, erklärte sie schmunzelnd.

»Natürlich ist es mir recht«, meinte Luca lächelnd.

»Danke. Abi, das ist mein Bruder Luca Menici.«

»Hallo, Luca.« Die junge Frau erwiderte sein Lächeln verlegen. »Ich bin Abigail Holmes. Freut mich, dich kennenzulernen. Sag einfach Abi zu mir.« Sie sprach gut Italienisch, mit nur leichtem englischem Akzent.

»Hallo, Abi.« Luca spürte, dass er rot wurde und sein Puls sich beschleunigte. Abi war eine ausgesprochen hübsche Blondine mit großen blauen Augen und zarter englischer Porzellanhaut.

»Können wir dir irgendwas helfen?«, fragte Rosanna.

Luca löste den Blick von Abi. »Nein. Die Sauce ist fertig, und die Nudeln brauchen nur noch ein paar Minuten. Macht es euch im Wohnzimmer bequem.«

Abi folgte Rosanna aus der Küche, setzte sich aufs Sofa und

stieß einen leisen Pfiff aus. »Dein Bruder ist ziemlich attraktiv, Rosanna. Er hat tolle Augen.«

»Findest du?«

»Ja. Du klingst überrascht.« Abi kicherte. »Hat er eine Freundin?«

»Nein. Er hatte noch nie eine.«

»Warum nicht?«

»Keine Ahnung. Bisher hat er sich nur einfach nicht für Frauen interessiert.«

Luca betrat das Wohnzimmer mit einer großen Schüssel Pasta.

»Meine Damen, wenn Sie bitte Platz nehmen wollen.«

»*Grazie*, Signore.« Abi setzte sich mit glänzenden Augen neben Rosanna an den Tisch.

Luca gab Nudeln auf die Teller, während Rosanna den Wein einschenkte. Dann begannen die drei zu essen.

»Rosanna, hast du ein Glück«, seufzte Abi.

»Meinst du?«

»Ja. Du hast eine hübsche gemütliche Wohnung, einen Bruder, der traumhaft kocht, und vor allen Dingen die Freiheit, zu tun und zu lassen, was du willst.«

»Abi wohnt während der Schulzeit bei ihrer Tante«, erklärte Rosanna Luca. »Deine Tante ist sehr streng, stimmt's, Abi?«

»Ja. Sie behandelt mich wie eine Zehnjährige. Sie ist Engländerin und glaubt, alle italienischen Männer hätten's auf mich abgesehen. Dabei ist sie selber mit einem Italiener verheiratet.« Abi verdrehte die Augen. »Wahrscheinlich fühlt sie sich für mich verantwortlich. Als das Stipendium für die Schule bewilligt wurde, haben meine Eltern mir nur erlaubt, es anzunehmen, wenn ich bei meiner Tante wohne.«

»Gefällt dir Mailand?«, erkundigte sich Luca.

»Ja, sehr«, antwortete Abi. »Es ist so bunt und lebhaft im Vergleich zu dem tristen England. Aber genug von mir. Luca, was treibst du den ganzen Tag, wenn Rosanna in der Schule ist? Arbeitest du?«

»Nein, ich …«

»Luca verbringt den ganzen Tag in einer baufälligen Kirche gleich um die Ecke«, fiel Rosanna ihm ins Wort. »Sie ist sein zweites Zuhause.«

»Verstehe.« Abi runzelte die Stirn.

»Rosanna, du erklärst das falsch«, rügte Luca sie. »Beata Vergine Maria ist ein wunderschönes Gotteshaus aus dem fünfzehnten Jahrhundert, nur leider ziemlich heruntergekommen. Ich helfe dem dortigen Pfarrer Don Edoardo, Geld für die Renovierung aufzutreiben, aber …«, Luca zuckte mit den Achseln, »… das ist ein Kampf gegen Windmühlen.«

»Bist du … Du bist also gläubig?«, fragte Abi.

»Ja. Beata Vergine Maria ist ein ganz besonderer Ort. Von Don Edoardo weiß ich, dass sich dort Wunder ereignet haben. Die Madonna selbst soll erschienen sein. Ich habe Zeit, also helfe ich. Es muss bald etwas geschehen, sonst sind das Mauerwerk und das alte Fresko im vorderen Bereich unwiederbringlich dahin.«

»Man könnte doch ein Konzert in der Kirche veranstalten«, schlug Abi vor.

»Wie genau stellst du dir das vor?«, erkundigte sich Luca.

»Meine Tante Sonia steht dem Komitee der Freunde der Mailänder Oper vor. Vielleicht wäre sie, wenn du sie darum bittest, bereit, Paolo de Vito zu fragen, ob er Sängern der Scala und ein paar von den Musikschülern erlauben würde, für den wohltätigen Zweck in der Kirche aufzutreten.«

»Abi, das ist eine grandiose Idee!« Luca strahlte. »Findest du nicht, Rosanna?«

»Doch. Besonders weil die Kirche so nahe bei der Scala

liegt. Mehr als Nein sagen kann er nicht, oder?«, antwortete Rosanna.

»Schreib meiner Tante einen Brief. Ich geb dir die Adresse. Dann kann sie den Vorschlag beim nächsten Treffen dem Komitee vorlegen.«

»Ganz herzlichen Dank, Abi«, sagte Luca.

»Gut. Das wäre also geregelt.« Abi wandte sich Rosanna zu. »Wir könnten das Blumenduett aus *Lakmé* singen. Das haben wir im Unterricht geübt.« Sie lächelte Luca an. »Natürlich ist meine Stimme verglichen mit der deiner Schwester nichts, aber die anderen in unserer Klasse können ihr auch nicht das Wasser reichen.«

»Bitte, Abi, du übertreibst.« Rosanna wurde rot.

»Nein, nein. Du weißt so gut wie ich, dass Paolo jedes Mal hingerissen ist, wenn er dich singen hört. Er kommt nur deinetwegen in den Kurs. Wahrscheinlich machst du nach Abschluss der Schule sofort eine Solokarriere, während wir Übrigen uns im Chor abplagen müssen. Vergiss mich nicht, wenn du berühmt bist, kleine Diva, ja?«, scherzte sie.

»Wie könnte ich dich vergessen, Abi?« Rosanna lachte.

»Siehst du«, sagte Abi und zwinkerte Luca zu. »Sie weiß ganz genau, wie berühmt sie mal sein wird!«

»Verdammt, ich hab keine Zigaretten mehr«, fluchte Luca. »Wenn ihr mich kurz entschuldigen würdet. Ich hol welche in dem Laden an der Ecke.« Er stand auf. »Dann könnt ihr zwei euch ungestört unterhalten. Bin gleich wieder da.«

Als die Tür sich hinter ihm geschlossen hatte, wandte Abi sich Rosanna zu. »Ich glaube, ich könnte mich ernsthaft in deinen Bruder vergucken. Er ist unheimlich nett und sensibel, und obendrein schaut er fantastisch aus. Meiner Erfahrung nach entpuppen sich Männer wie er immer als schwul. Ist er schwul? Du sagst, er hätte noch nie eine Freundin gehabt.«

»Nein, Abi!« Abis Direktheit verstörte Rosanna, der der Gedanke selbst schon gekommen war.

»Nun schau nicht so erschrocken, Rosanna. Ich frage lieber, damit ich nicht meine Zeit vergeude.«

Rosanna errötete und wechselte das Thema. Sie besprachen gerade ihre Pläne für den nächsten Tag, als Luca mit den Zigaretten zurückkam.

Um halb elf stand Abi widerwillig auf. »Danke fürs Essen. Leider muss ich jetzt gehen, sonst macht Tante Sonia sich Sorgen. Wann könnte ich mir deine Kirche mal ansehen, Luca? Nachdem ich so viel darüber gehört habe, würde sie mich wirklich interessieren.«

»Vielleicht am Sonntagmorgen? Rosanna und ich besuchen immer den Neun-Uhr-Gottesdienst.«

»Gut. Nicht einmal meine Tante kann etwas dagegen haben, wenn ich in die Kirche gehe! Ich hol euch um halb neun hier ab. *Ciao*, Rosanna. *Ciao*, Luca.«

Luca küsste Abi zum Abschied auf beide Wangen. »Auf Wiedersehen, Abi. Danke für die Idee. Bis Sonntag dann.«

Rosanna begleitete ihre Freundin zur Tür und setzte sich anschließend wieder an den Tisch. »Findest du Abi sympathisch?«, fragte sie Luca.

»Sehr. Ich glaube, sie wird dir eine gute Freundin sein. Sie hat das Herz auf dem rechten Fleck.«

»Sie ist sehr hübsch, findest du nicht, Luca? Ich würde viel für ihre blonden Haare geben. Alle Jungs in der Schule sind in sie verschossen.«

»Das kann ich mir gut vorstellen. Ich räum jetzt das Geschirr ab, und du musst schlafen, *piccolina*.«

»Nein, ich bin noch nicht müde. Ich helf dir beim Abspülen.«

»Gut.« Luca nahm die Teller vom Tisch und brachte sie in die Küche. Rosanna folgte mit den Weingläsern.

»Du spülst, und ich trockne ab«, sagte sie.

Nachdem sie eine Weile schweigend abgespült hatten, fragte Rosanna: »Luca, hast du … bist du je verliebt gewesen?«

»Nein, ich glaube nicht. Warum?«

»Ach, nur so. Abi findet dich sehr attraktiv.«

»Tatsächlich?«

»Ja, und sie hat recht. Bestimmt kommst du bei den Frauen gut an.«

»Rosanna, was versuchst du mir zu sagen?« Luca runzelte die Stirn.

»Na ja … Papà hat dich gebeten, auf mich aufzupassen, aber ich bin ein großes Mädchen. Ich habe keine Angst davor, allein in der Wohnung zu sein. Wenn du jemals Lust haben solltest, abends auszugehen, musst du das machen.«

»Keine Sorge, das tu ich schon, wenn mir der Sinn danach steht.« Luca nickte. »Aber ich bin gern hier bei dir, *piccolina*.«

»Bist du zufrieden?«, fragte Rosanna.

»Ja, sogar sehr.«

»Ich möchte nicht, dass du dich für mich aufopferst.«

»Rosanna, unsere fünf Monate in Mailand gehören zu den glücklichsten meines Lebens. In dieser Zeit habe ich etwas für mich sehr Wichtiges herausgefunden.«

»Was?«

Luca musste über ihre Beharrlichkeit lachen. »Du stellst immer so viele Fragen. Ich kann dir nur sagen, dass ich nun weiß, wie meine Zukunft aussieht. Irgendwann werde ich dir das ausführlicher erklären. Ein paar Geheimnisse musst du mir schon noch lassen, Rosanna.«

»Natürlich. Ich möchte nur, dass du glücklich bist.«

»Das bin ich. Geh ins Bett. Es ist spät.«

Rosanna schlang die Arme um ihren Bruder. »Vergiss nie, wie sehr ich dich liebe.«

»Und ich dich«, sagte er und küsste sie auf die Stirn. »Aber jetzt ab mit dir ins Bett.«

Sobald Rosanna die Tür zu ihrem Zimmer geschlossen hatte, ging Luca in das seine, zündete zwei Kerzen vor der kleinen Madonnenfigur auf dem improvisierten Altar an, kniete davor nieder und begann zu beten. Zum ersten Mal, seit er seine Entscheidung getroffen hatte, kam er ins Grübeln. Er flehte Gott an, ihn zu leiten und ihm zu erklären, warum eine junge Engländerin so starke Gefühle in ihm auslöste.

Vielleicht, dachte er, als er sich zehn Minuten später wieder erhob, war es eine Prüfung. Eine Prüfung, die er bestehen würde.

10

»Meine Damen, ich würde vorschlagen, dass wir uns dem Geschäftlichen zuwenden.« Paolo bedachte die acht elegant gekleideten Frauen im Il Savini, die gerade ihren Aperitif nahmen, mit einem kühlen Lächeln. Vermutlich, dachte er, würde die Essensrechnung für ihn und die Damen so viel ausmachen wie die Gesamtkosten für ein ganzes Jahr Unterricht an der Schule. Sonderlich begeistert war er über diese monatlichen Zusammenkünfte mit den Freunden der Mailänder Oper nicht gerade, aber diese Frauen vertraten einige der reichsten Männer Mailands, ohne deren dauerhafte Zuwendung sowohl die Scala als auch die Musikschule in eine finanzielle Schieflage geraten wären.

»Paolo, ich habe einen sehr netten Brief von einem jungen Mann erhalten, der anfragt, ob wir bereit wären, einen Konzertabend zugunsten der Chiesa della Beata Vergine Maria zu organisieren«, erklärte Sonia Bonifacio.

»Ach. Ich dachte, wir sammeln Spenden für uns selbst, nicht für eine Kirche.«

»Stimmt, aber dieser Fall ist anders gelagert. Offenbar gibt es in der Kirche ein seltenes Fresko, das nicht mehr zu retten sein wird, wenn nicht bald etwas geschieht. Sie befindet sich so nahe bei der Schule und der Scala, dass man sie zum Gotteshaus des Ensembles ernennen könnte. Außerdem würde ein solches Konzert den Schülern Gelegenheit geben, für einen guten Zweck vor Publikum aufzutreten. Der Brief stammt von

Luca Menici. Soweit ich weiß, besucht seine Schwester die Musikschule.«

»Rosanna? Sie gehört zu unseren begabtesten Schülerinnen. Wie Ihre Nichte Abigail«, fügte Paolo hastig hinzu.

»Ich dachte mir, wir könnten für kommendes Ostern ein Konzert bei Kerzenschein planen und einige Mitglieder des Opernensembles bitten, mit ausgewählten Schülern der Musikschule aufzutreten«, schlug Sonia vor. »Ich habe mir die Kirche angesehen. Sie würde einen angemessenen Rahmen für einen solchen Abend bieten. Die Damen und ich könnten eine Liste einflussreicher Gäste zusammenstellen, und der Preis für die Eintrittskarten würde die Kosten für ein kleines Büfett mit Getränken decken.«

»Wie viele Leute haben in der Kirche Platz?«, fragte Paolo.

»Signor Menici behauptet, etwa zweihundert. Was halten Sie von der Idee, meine Damen?«

Sieben elegant frisierte Köpfe nickten.

Plötzlich beugte sich Donatella Bianchi ein wenig vor. »Ich könnte mir vorstellen, dass Anna Dupré und Roberto Rossini das Ensemble gut vertreten. Ich weiß, dass Signor Rossini tiefgläubig ist; bestimmt unterstützt er uns gern.«

Paolo hob erstaunt eine Augenbraue. »Gut. Dann stelle ich ein passendes Programm zusammen und überlege, welche Künstler singen sollen. Ich bin auch der Meinung, dass es für Schüler immer gut ist, öffentlich aufzutreten und von ihren Kollegen zu lernen.«

»Wunderbar. Dann können wir ja bestellen. Ich habe einen Termin um drei und muss um halb drei hier weg.« Donatella winkte einen Kellner herbei. »Ich hätte gern das Thunfischcarpaccio.«

»Wirst du bei unserem kleinen Konzert singen?« Donatellas Finger wanderten Robertos nackten Rücken entlang. Er war zwei Tage zuvor aus Paris zurückgekehrt, und die folgenden Nachmittage hatten sie in seiner Wohnung im Bett verbracht.

»Ein Konzert in einer baufälligen Kirche? Ich glaube kaum, dass das meiner Karriere nützt.« Roberto sah Donatella über die Schulter an.

»Mach's doch einfach für mich, ja?« Ihre Hand glitt unter die Bettdecke und streichelte die Innenseite seines Oberschenkels.

»Ich …«

»Bitte.« Sie schob ihre Hand weiter nach oben.

»Ich gebe mich geschlagen«, stöhnte Roberto, drehte sich um und küsste sie.

Als sie wenig später in die Dusche ging, dachte er mit genussvoll geschlossenen Augen, dass er keine andere Frau wie sie kannte.

Ihre Beziehung basierte ausschließlich auf Sex, und zwar auf dem besten, den Roberto bisher gehabt hatte. Donatella verlangte von ihm nicht mehr als seinen Körper. Sie flüsterte ihm keine Liebesschwüre ins Ohr und rief ihn auch nicht morgens um zwei an. Sie machte ihm keine Szene, wenn er nicht sagte, was sie hören wollte. Roberto begann sich schon zu fragen, ob er endlich die perfekte Beziehung gefunden hatte.

Donatella trat in ein Handtuch gehüllt, die dunklen Haare hochgesteckt, aus der Dusche. Aus der Ferne hätte man sie für Anfang dreißig halten können, obwohl Roberto wusste, dass sie fünfundvierzig war.

»Du wirst also für uns in der Kirche singen? Paolo fände das sicher gut.«

Roberto seufzte. »Ja! Das hab ich doch schon gesagt.«

Donatella ließ das Handtuch auf den Boden gleiten und zog sich an. »Was wirst du in der kommenden Saison singen?«

Roberto verzog das Gesicht. »Wie üblich hat Paolo mir mehr versprochen, als er mir nun gibt, also wird dies meine letzte Saison an der Scala sein. Ich werde meinen Vertrag, der nächsten Herbst ausläuft, nicht verlängern. Ich habe beschlossen, eines der zahlreichen Angebote aus dem Ausland anzunehmen.« Er seufzte tief. »Paolo mag mich nicht, so lässt es sich kurz zusammenfassen. Solange er Chef der Scala ist, werde ich es dort zu nichts bringen.«

»*Caro*«, versuchte Donatella, ihn zu besänftigen. »Wer weiß? Du hast großes Talent. Bestimmt will Paolo nur sicher sein, dass du wirklich für die großen Rollen bereit bist, die deiner würdig sind.« Donatella zupfte ihre Haare vor dem Spiegel zurecht. »Kommst du am Donnerstag zu mir in den Palazzo? Giovanni ist wieder in London.«

»Ja.«

Wenige Minuten später verließ Donatella das Haus Robertos und spähte vorsichtig auf die Straße, bevor sie in der Dämmerung zu ihrem Mercedes eilte, die Tür öffnete und auf den eleganten Ledersitz glitt.

Dort schloss sie die Augen und stieß einen zufriedenen Seufzer aus. Natürlich hatte sie schon viele Liebhaber gehabt, die meisten jünger als sie. Doch Roberto war etwas Besonderes. In den vergangenen beiden Monaten hatte sie ihn tatsächlich *vermisst* und die Tage bis zu seiner Rückkehr aus Paris gezählt. Dieses Gefühl irritierte sie, weil sie ihre früheren Lover immer für ersetzbar gehalten hatte. Sie erfüllten einen Zweck, wie ihre Bediensteten. Doch gerade eben hatte er verkündet, dass er mit dem Gedanken spiele, ins Ausland zu gehen.

Als sie den Mercedes durch den dichten Berufsverkehr nach Como steuerte, beschloss Donatella, alle ihr zur Verfügung stehenden Mittel einzusetzen, um sicherzustellen, dass er blieb.

Roberto Rossini verdiente es, ein großer Star zu werden.

Sie würde ihm helfen, nicht nur seines offensichtlichen Talents wegen, sondern weil sie – Donatella konnte es selbst kaum glauben – dabei war, sich in ihn zu verlieben.

»Wunderbare Neuigkeiten, Rosanna!« Luca schob seiner Schwester den Brief über den Tisch zu. »Er ist von Abis Tante Signora Bonifacio. Sie schreibt, ihr Komitee stimmt der Idee mit dem Konzert in der Beata Vergine Maria zu.«

Rosanna überflog den Brief. »Luca, ich freue mich ja so für dich.«

»Das muss ich sofort Don Edoardo erzählen. Er wird überglücklich sein.«

»Aber hier steht, das Konzert soll Ostern stattfinden«, sagte Rosanna stirnrunzelnd. »Da wollten wir doch nach Hause fahren und Papà und Carlotta besuchen.«

»Wir können auch am Tag nach dem Konzert heimfahren. Papà versteht das bestimmt. Es bedeutet mir viel. Signora Bonifacio schreibt, zwei Mitglieder des Ensembles der Scala hätten bereits zugestimmt zu singen.« Lucas Augen leuchteten. »Sie schlägt vor, fünfzigtausend Lire Eintritt zu verlangen. Bei etwa zweihundert Gästen würden wir fast genug Geld für die Restaurierung des Freskos zusammenbekommen. Rosanna, es gibt so viel zu tun! Wir müssen uns um Sitzgelegenheiten kümmern, die Kirche mit Blumen schmücken, Erfrischungen organisieren …«

»Wieso bedeutet dir die Beata Vergine Maria so viel? Ich habe dich nie glücklicher erlebt als heute Morgen.«

Luca suchte nach Worten. »Das ist schwer zu erklären. Sie ist etwas ganz Besonderes für mich, besser kann ich es nicht ausdrücken. Iss dein Frühstück, dann begleite ich dich zur Schule. Danach möchte ich Don Edoardo alles erzählen.«

Luca winkte Rosanna zum Abschied zu, als sie die Schule betrat, wandte sich dann nach rechts und ging die schmale Gasse zur Beata Vergine Maria entlang.

Da Don Edoardo gerade jemandem die Beichte abnahm, wartete Luca in einer Bank, bis der Geistliche aus dem Beichtstuhl trat und der Gläubige die Kirche verließ.

»Wunderbare Nachrichten!«, verkündete Luca und überreichte Don Edoardo den Brief von Sonia Bonifacio. »Damit kriegen wir bestimmt viel Geld zusammen, oder?«

»Ja.« Den Geistlichen rührte das glückliche Gesicht des jungen Mannes, den er ins Herz geschlossen hatte. »Ich glaube, deine Madonna wird sich freuen.«

»Das hoffe ich«, sagte Luca und blickte zum Altar. Plötzlich sanken seine Schultern herab, und sein Lächeln erstarb. Er schüttelte den Kopf. »Auch wenn ich durch dieses Konzert einen kleinen Beitrag leisten kann, überkommen mich manchmal Zweifel.«

»Ich weiß, Luca. Das verstehe ich gut.« Don Edoardo legte ihm tröstend eine Hand auf die Schulter.

»Ich muss Geduld haben. Bestimmt gehört das zu seinem Plan, mich zu prüfen.«

»Lass uns beten, dass er dieser Kirche und unserem Vorhaben, sie zu restaurieren, seinen Segen erteilt.«

Die beiden Köpfe, der eine grau, der andere dunkel, neigten sich zum Gebet. Anschließend machte Don Edoardo Kaffee, und sie schmiedeten Pläne für das Konzert.

»Wir werden mehr Sitzgelegenheiten brauchen, Don Edoardo. Hinten beim Taufbecken ist Platz für zwanzig weitere Personen«, schlug Luca vor.

»In der Krypta sind alte schmutzige Stühle. Sieh sie dir mal an. Wenn sie nicht taugen, müssen wir die Schule bitten, uns für diesen Abend welche zu leihen.« Don Edoardo gab Luca einen großen Schlüssel. »Da unten ist es dunkel. Nimm die Öllampe an dem Haken bei der Tür mit. Auf dem Regal neben der Lampe liegen Streichhölzer.« Er sah auf seine Uhr. »Ich muss zu einer trauernden Mutter.«

Als der Geistliche weg war, setzte Luca sich und betrachtete die Statue der Madonna am Altar. Obwohl sie seit jenem ersten wunderbaren Tag nicht mehr zu ihm gesprochen hatte, spürte er ihren beruhigenden Einfluss. Nach einer Weile stand er auf, ging zur Tür der Krypta und schloss sie auf, nahm die Öllampe vom Haken und zündete sie an, bevor er in ihrem trüben Schein die knarrende Treppe hinunterstieg. Auf der untersten Stufe blieb er stehen und hielt die Lampe hoch, um den Raum auszuleuchten.

Die Krypta war nicht sonderlich groß und voll mit Gerümpel. Über allem lag eine dicke Staubschicht, und Spinnen hatten kunstvolle Netze gesponnen. Auf dem Weg durch das Chaos nahm Luca sich vor, die Krypta bald aufzuräumen. Als er die Holzstühle fand, von denen Don Edoardo gesprochen hatte, musste er feststellen, dass sie alle beschädigt waren. Auf einem Haufen entdeckte er ein mit Schimmelflecken übersätes Gebetbuch, dessen Seiten sich beim Aufschlagen in seinen Fingern auflösten.

Plötzlich verlöschte die Öllampe, und in der Krypta wurde es dunkel. Luca suchte in seiner Tasche nach einem Feuerzeug und zündete den Docht an, doch das Licht ging gleich wieder aus. Als er sich zur Tür zurücktastete, um eine Taschenlampe zu holen, stolperte er, fiel mit dem ganzen Gewicht auf seinen Knöchel und schrie vor Schmerz auf.

Luca blieb eine ganze Weile in der Dunkelheit liegen, bis der Schmerz nachließ. Als etwas über seine Hand krabbelte, wischte er es hastig weg. Er versuchte, ruhig zu bleiben, und am Ende gelang es ihm, die Öllampe mit dem Feuerzeug wieder anzuzünden. Da erkannte er, dass er über einen alten Lederkoffer gestolpert war, der zum Teil unter einem von Motten zerfressenen Haufen Priesterkleidung lag. Er stellte die Lampe neben sich und schob die Gewänder weg. Dabei wirbelten Staubwolken auf. Hustend öffnete er den Deckel des Koffers.

Das Innere war mit lilafarbenem Samt ausgelegt. Als Luca vorsichtig hineingriff, ertastete er etwas Großes, Schweres. Er nahm es heraus und betrachtete es im Schein der Lampe. Es handelte sich um einen reich verzierten Kelch, der von der langen Lagerung in der Krypta stumpf geworden war. Luca spuckte darauf und rieb mit einem Taschentuch einen kleinen Fleck sauber. Darunter kam glänzendes Metall zum Vorschein, vermutlich Silber. Mit wachsender Erregung begann er, die anderen Gegenstände aus dem Koffer zu holen.

Als Nächstes entdeckte er ein Gebetbuch mit vergilbten, brüchigen Seiten, das jedoch, in dem Koffer vor Feuchtigkeit geschützt, ansonsten intakt war. Dann folgte ein weiteres Set Priesterkleidung. Als Luca es herausnahm, spürte er etwas Festes darin. In dem Moment begann die Lampe gefährlich zu flackern, und Luca, der Angst hatte, wieder in völliger Dunkelheit dazustehen, rollte das Gewand zusammen und klemmte es unter den Arm. In der einen Hand die Lampe, arbeitete er sich zur Treppe vor.

In der Sakristei legte Luca das Gewand auf den Boden und entfaltete es behutsam. Darin eingewickelt war ein kleiner abgegriffener Lederbeutel, nicht viel größer als seine Hand. Als er ihn öffnete, entdeckte er eine kleine Zeichnung auf Leinwand in einem groben Holzrahmen. Er betrachtete das vertraute Gesicht darauf.

Der Künstler hatte ihre Anmut und Gelassenheit, ja, ihr Wesen in dem Bild eingefangen. Genau so stellte Luca selbst sich die Madonna vor, wenn er mit geschlossenen Augen betete.

Die Zeichnung war mit ihren feinen rotbraunen Linien in ihrer Schlichtheit so vollkommen, dass Luca sich gar nicht daran sattsehen konnte.

Da sie so gut vor Licht und Feuchtigkeit geschützt gewesen war, wies sie kaum Altersschäden auf. Luca wendete sie vorsichtig, um einen Hinweis auf den Künstler zu finden.

Auch wenn sein Fund vielleicht keinen Wert besaß, bekam Luca eine Gänsehaut. Er würde die Zeichnung und den Kelch später Don Edoardo zeigen und ihn fragen, ob er von ihrer Existenz wusste. Bis dahin … Luca schob die Zeichnung behutsam in den Beutel zurück. Dann verstaute er den Kelch, das Gebetbuch und die Zeichnung im Schrank und verschloss ihn.

11

»Die Sänger werden sich also um den Altar gruppieren?«

»Ja.«

»Und der Flügel soll hier stehen?«

»Ja.«

Die Frau ging in der Kirche herum.

»Den Wein schenken wir da drüben beim Taufbecken aus. Wie finden Sie das?«

»Das ist eine gute Idee, Signora Bianchi«, antwortete Don Edoardo, der Luca verstohlen einen verzweifelten Blick zuwarf.

»Gut. Dann scheinen wir ja alles im Griff zu haben. Es herrscht rege Nachfrage nach den Eintrittskarten. Ich glaube, wir werden ein volles Haus haben.« Donatella trat näher an den Altar heran und betrachtete skeptisch das ausgefranste Tuch, das eindeutig schon bessere Zeiten gesehen hatte. »Haben Sie nicht irgendein anderes Stück Stoff, das wir an dem Abend drüberlegen könnten? Das da wirkt ziemlich … schäbig.«

»Nein, leider nicht. Genau darum geht es doch bei dem Konzert, oder, Signora? Wir wollen Spenden für eine neue Ausstattung des Altars und Renovierungsmaßnahmen sammeln«, erinnerte Don Edoardo sie.

»Natürlich. Ich finde, wir sollten die Kirche mit Kerzen schmücken und Blumenarrangements zu beiden Seiten der Madonnenfigur aufstellen.«

»Ja.«

Donatella nahm den Silberkelch in die Hand, der liebevoll poliert auf dem Altar stand.

»Was für ein schönes Stück. Vermutlich sehr alt.« Donatella drehte ihn in der Hand, um ihn genauer zu begutachten.

»Den hat Luca vor ein paar Wochen in der Krypta entdeckt. Ich wollte jemanden bitten, seinen Wert festzustellen, aus Versicherungsgründen, aber bisher war ich zu beschäftigt.«

»Verstehe.« Donatella stellte den Kelch zurück und blickte Don Edoardo an. »Mein Mann ist Kunsthändler; er kennt Experten. Soll ich ihm Bescheid sagen?«

»Das wäre sehr nett, danke. Ihr Mann ist Kunsthändler?«

»Ja.«

»Luca, dann hol doch mal die Zeichnung, die du gefunden hast.«

Luca ging in die Sakristei.

»Signor Menici hat eine Zeichnung entdeckt«, erklärte Don Edoardo. »Möglicherweise besitzt sie keinerlei Wert, aber vielleicht möchte Ihr Mann ja auch darauf einen Blick werfen?«

»Gern.« Donatella nickte.

Kurz darauf gesellte sich Luca mit der Zeichnung zu ihnen und reichte sie Donatella vorsichtig.

Donatella sah sie mit großen Augen an. »Was für eine wunderbare Darstellung der Madonna«, rief sie bewundernd aus. »Sie haben sie in der Krypta der Kirche gefunden, sagen Sie?«

»Ja, in einem alten Koffer. Die Inschrift in einem Gebetbuch weist darauf hin, dass es sich um das Eigentum von Don Dino Cinquetti handelt, dem Geistlichen dieser Pfarrei im sechzehnten Jahrhundert.«

»Die Zeichnung könnte also mehrere hundert Jahre alt sein? Das sieht man ihr nicht an«, stellte Donatella erstaunt fest.

»Weil sie so gut geschützt war. Wahrscheinlich ist sie dreihundert Jahre lang nicht dem Licht ausgesetzt gewesen.«

»Ich verspreche Ihnen, achtsam damit umzugehen. Würden Sie bitte den Kelch für mich einpacken?«

Don Edoardo zögerte. »Könnte Ihr Mann nicht zu uns in die Kirche kommen, um die beiden Kunstwerke zu begutachten?«

»Er ist ein vielbeschäftigter Mann, Don Edoardo, und wird, bevor er in die Vereinigten Staaten fliegt, nur ein paar Tage in Mailand sein. Ich gebe Ihnen mein Wort, dass weder dem Kelch noch der Zeichnung etwas geschieht. Sie werden sehr schnell Nachricht von mir bekommen. Ich nehme die Sachen zu mir nach Hause mit, wo alles bestens gesichert ist. Sie vertrauen mir doch?«, fragte Donatella.

»Natürlich, Signora«, murmelte der Geistliche verlegen.

Giovanni betrachtete die beiden Kunstgegenstände auf dem Tisch.

»Wo, sagst du, wurden sie entdeckt?«

»In der Chiesa della Beata Vergine Maria. Offenbar lagen sie mit den Habseligkeiten eines toten Geistlichen in einem alten Koffer in der Krypta. Alles weist darauf hin, dass der Pfarrer im sechzehnten Jahrhundert gelebt hat. Vielleicht ist der Kelch etwas wert«, mutmaßte Donatella.

»Bestimmt, aber diese Zeichnung …«, Giovanni nahm sie in die Hand, »… ist bemerkenswert. Sechzehntes Jahrhundert, sagst du?«

»Das meint jedenfalls der Pfarrer.«

Giovanni zog ein Vergrößerungsglas aus der Jackentasche und inspizierte die Zeichnung genauer. Als er den Blick hob, sah Donatella das Leuchten in seinen Augen.

»Kommt dir das Gesicht bekannt vor?«

»Natürlich. Das ist die heilige Maria.«

»Wie …«, hakte Giovanni nach, »definiert sich das Bild, das du von der Madonna im Kopf hast?«

»Vermutlich über die Gemälde und Zeichnungen, die ich von ihr kenne.«

»Genau. Und von wem stammt eines der berühmtesten Madonnenbilder?«

Donatella zuckte mit den Achseln. »Von Leonardo da Vinci.«

»Ja. Einen Moment.« Giovanni verließ das Wohnzimmer und kehrte wenig später mit dem Katalog der Londoner National Gallery zurück. Er blätterte darin, bis er fand, was er suchte. »Hier.« Giovanni legte den Katalog neben die Zeichnung auf den Tisch. »Schau dir das Gesicht an, die Details. Siehst du die Übereinstimmungen?«

»Ja, Giovanni, aber … das kann doch nicht sein, oder?«

»Das muss ich sorgfältig recherchieren. Mein Instinkt sagt mir jedenfalls, dass das hier entweder eine exzellente Fälschung ist oder wir möglicherweise eine Zeichnung von Leonardo entdeckt haben.«

»Du meinst, der alte Geistliche und der junge Mann haben sie entdeckt«, korrigierte Donatella ihn.

»Ja. Ich muss sie mit nach New York nehmen, um sie von einem sachkundigen Freund prüfen zu lassen. Er ist diskret, natürlich nur, wenn er einen prozentualen Anteil am Erlös erhält«, fügte er mit einem verschlagenen Grinsen hinzu.

»Dazu brauchen wir die Erlaubnis von Don Edoardo.«

»Muss der Pfarrer denn davon erfahren? Du könntest ihm sagen, dass der Kelch und die Zeichnung noch begutachtet werden und dass ich ihm in einer Woche mehr sagen kann. Und Donatella?«

»Ja, *caro*?«

»Erzähl bitte niemandem davon, solange wir nichts Genaueres wissen.«

»Natürlich.« Donatella entging das gierige Leuchten in den Augen ihres Mannes nicht.

Zehn Tage später besuchte Donatella Don Edoardo in seiner Kirche.

»Gute Nachrichten«, erklärte sie ihm lächelnd und setzte sich in eine Bank.

»Glaubt Ihr Mann, dass der Kelch etwas wert sein könnte?«

»Ja, er scheint sogar ausgesprochen wertvoll zu sein. Mein Mann sagt, bei einer Auktion könnte er fünfzigtausend Dollar erzielen. Das sind etwa dreißig Millionen Lire.«

»Dreißig Millionen Lire!«, wiederholte Don Edoardo verblüfft. »Das hätte ich nicht gedacht!«

»Mein Mann lässt fragen, was Sie zu tun gedenken – ob Sie den Kelch verkaufen wollen. Wenn ja, könnte er für Sie arrangieren, dass er versteigert wird.«

»Ich … Mit der Möglichkeit eines Verkaufs habe ich mich noch nicht beschäftigt. Darüber muss ich mit meinem Bischof sprechen. Ich weiß nicht, wie er vorgehen will«, erklärte Don Edoardo seufzend. »Es könnte gut sein, dass der Kelch im Besitz der Kirche verbleiben soll. Diese Entscheidung kann ich nicht treffen.«

»Don Edoardo, setzen Sie sich doch zu mir.« Donatella winkte ihn heran. »Bitte verzeihen Sie meine direkte Frage, aber was benötigt Ihre Kirche im Moment am dringendsten?«

»Natürlich Geld, damit sie irgendwann wieder in ihrem alten Glanz erstrahlt«, antwortete er verlegen. Solche Gespräche verunsicherten ihn.

»Genau. Haben Sie jemandem von Ihrem Fund erzählt?«

»Nein. Ich wollte zuerst herausfinden, ob wir etwas wirklich Wertvolles entdeckt haben.«

»Verstehe.« Donatella nickte. »Ich persönlich bezweifle, dass Sie mit Ihrer Pfarrei sehr viel vom Verkaufserlös des Kelchs sehen werden, wenn Sie Ihrem Bischof Bescheid sagen, vorausgesetzt, er stimmt einem Verkauf überhaupt zu.«

»Da könnten Sie recht haben, Signora Bianchi«, pflichtete Don Edoardo ihr mit einem unbehaglichen Gefühl bei.

»Mein Mann und ich wüssten da vielleicht eine Lösung. Er ist bereit, Ihnen den Betrag zu zahlen, den der Kelch seiner Meinung nach bei einer Auktion erbringen würde, die erwähnten dreißig Millionen Lire, und ihn einem privaten Sammler zu verkaufen. Dann hätten Sie eine Menge Geld für die Renovierung Ihrer Kirche, ohne dass irgendjemand erfahren müsste, woher.«

Don Edoardo sah sie mit großen Augen an. »Aber Signora Bianchi, mein Bischof würde sich das doch sicher fragen, oder?«

»Ja. Dann antworten Sie ihm und allen anderen, die das interessiert, Signor Bianchi sei bei einem Konzert, dem er und seine Frau in dieser Kirche beiwohnten, so schockiert über den Zustand des Gebäudes gewesen, dass er auf der Stelle den Beschluss fasste, Ihnen einen hohen Betrag zu spenden.«

»Verstehe.«

»Don Edoardo, mir ist klar, dass Sie nichts Unehrenhaftes tun möchten. Mein Mann und ich, wir richten uns nach Ihnen. Aber da Ihre schöne Kirche so dringend renoviert werden müsste und der Kelch nun einmal hier entdeckt wurde, glaube ich fast, es ist Gottes Wille, dass der Erlös ausschließlich zum Nutzen der Kirche verwendet wird, meinen Sie nicht?«

»Möglicherweise. Doch wie wollen Sie sicher sein, dass niemand davon erfährt?« Don Edoardo stand der Schweiß auf der Stirn. Als Donatella das sah, wusste sie, dass er am Haken hing, und setzte zum Todesstoß an.

»Darauf gebe ich Ihnen mein Wort. Man kann den Kelch an einen Privatmann im Ausland verkaufen. Mein Mann hat eine lange Liste wohlhabender Privatsammler, die Diskretion schätzen. Denken Sie nur, wie viel Sie im Namen Gottes mit dem Erlös bewirken könnten.«

»Lassen Sie mir Zeit zum Nachdenken«, entgegnete Don Edoardo seufzend. »Ich muss mit Gott Zwiesprache halten und ihn um Rat bitten.«

»Selbstverständlich.« Donatella nahm eine Visitenkarte aus ihrer Handtasche. »Rufen Sie mich an, wenn Sie zu einem Entschluss gelangt sind.«

»Das mache ich. Danke für Ihre Hilfe, Signora Bianchi.«

»Keine Ursache.« Sie erhob sich. »Ach, die Zeichnung hätte ich fast vergessen. Mein Mann hält sie nicht für wertvoll, auch wenn es sich natürlich um ein handwerklich sehr schön ausgeführtes Stück handelt. Aber die Madonna ist schon zahllose Male von den bekanntesten Künstlern der Welt dargestellt worden. Er bezweifelt, dass großes Interesse an dieser kleinen Skizze bestehen würde.«

»Das hatten wir uns schon gedacht.«

»Allerdings …«, fuhr Donatella fort, während sie ihren maßgeschneiderten Mantel zuknöpfte, »… habe ich selbst Gefallen daran gefunden und würde Ihnen deshalb gern privat ein Angebot dafür machen. Was halten Sie von drei Millionen Lire?«

Don Edoardo sah sie ungläubig an. »Das ist ein ausgesprochen großzügig bemessener Betrag, doch auch darüber muss ich nachdenken. Ich werde Ihnen meine Entscheidung so bald wie möglich mitteilen.«

»Ich freue mich schon darauf, von Ihnen zu hören. Auf Wiedersehen.« Donatella verließ die Kirche mit einem huldvollen Nicken.

»Auf Wiedersehen, Signora Bianchi«, murmelte Don Edoardo.

Zwei Tage später reichte Donatella ihrem Mann, der gerade das Wohnzimmer betrat, ein Glas Champagner.

»Er hat Ja gesagt?«

»Ja. Heute Nachmittag hat er angerufen.«

»*Cara*, du bist einfach wunderbar. Ich gebe gleich meinem Kunden in New York Bescheid. Natürlich bekommst du etwas für deine Bemühungen. Was du möchtest.«

Donatella verzog die roten Lippen zu einem Lächeln.

»Da fällt mir bestimmt etwas ein, Giovanni.«

12

Luca half, die elegant gekleideten Gäste zu ihren Plätzen in der sich allmählich füllenden Kirche zu führen. Die entlang des Mittelgangs und am Altar aufgestellten Kerzen schufen eine angenehme Atmosphäre, und in der Luft lag der Duft von Lilien.

Nachdem Luca und Don Edoardo um göttlichen Rat zu Signor Bianchis Angebot gebetet hatten, waren sie zu dem Schluss gelangt, dass es ein Geschenk Gottes war. Es konnte gar nichts anderes sein.

Don Edoardo gesellte sich schwer atmend zu Luca. »Die meisten Gäste sind da, und die Künstler wären bereit. Luca, ich danke dir von ganzem Herzen. Seit dem Tag, an dem du meine Kirche betreten hast, ist hier nur Gutes geschehen.«

»Gott hat mich zu Ihnen geführt, Don Edoardo.«

»Ich weiß. Möge er dich segnen.« Er tätschelte Lucas Schulter und schritt den Gang entlang. Als Luca ihm folgte, erhaschte er einen Blick auf seine Schwester, die mit den anderen Sängern in einer der ersten Bänke saß. Sie winkte ihm zu, und er zwinkerte zurück. Dann sah Luca eine vertraute dunkelhaarige Gestalt im Smoking. Er wandte sich angewidert ab. Diesen Abend würde er sich von niemandem verderben lassen.

Don Edoardo und Paolo de Vito stiegen die Stufen zum Altar hinauf.

»Meine Damen und Herren«, hob Don Edoardo an. »Danke, dass Sie uns an diesem ganz besonderen Abend Gesellschaft leisten. Dies ist die Zeit im Jahr, in der wir die Wiederauferstehung und neuerliche Geburt feiern, die wir uns auch für unsere Kirche wünschen. Ich möchte mich bei den Freunden der Mailänder Oper dafür bedanken, dass sie das heutige Konzert ermöglichen. Signor Paolo de Vito, der künstlerische Leiter der Scala, wird Ihnen nun das Programm vorstellen.«

»Guten Abend, meine Damen und Herren.« Paolo wurde mit freundlichem Applaus empfangen. »Als Erstes hören Sie das Sextett aus *Lucia di Lammermoor*, vorgetragen von Studenten unserer Musikschule.«

Paolo machte Platz für die sechs Schüler, die vor dem festlich geschmückten Altar zu singen begannen.

Robertos Gedanken waren mit etwas anderem beschäftigt. Er beobachtete Donatella, die auf der anderen Seite der Kirche neben ihrem Mann saß. Roberto fragte sich, ob sie noch miteinander schliefen; vermutlich schon hin und wieder. Es war erstaunlich, was man mit Geld kaufen konnte, dachte er, als höflicher Applaus erklang und die Schüler sich verbeugten.

Während Roberto Donatella im Geist entkleidete, drang eine himmlisch schöne Stimme an sein Ohr, eine Stimme, die er schon einmal gehört hatte. Sie sang eine seiner Lieblingsarien, »Sempre libera« aus *La Traviata*. Roberto vergaß Donatella und richtete den Blick nach vorn.

Die junge Frau, der sie gehörte, war einige Zentimeter gewachsen, aber nach wie vor gertenschlank. Die dichten schwarzen Haare fielen ihr in weichen, glänzenden Wellen über die Schultern. Ihre Haut schimmerte blass im Licht der Kerzen, nur ihre Wangen waren ein wenig gerötet. Und in ihren braunen Augen spiegelten sich die Emotionen der Arie. Die Stimme klang reifer und professioneller als früher, aber es war eindeutig dieselbe, die ihn seinerzeit in Neapel mit dem »Ave Maria« zum Weinen gebracht hatte. Die Stimme eines kleinen Mädchens, das zu einer schönen Frau herangewachsen war.

Rosanna nahm mit einem Seufzer der Erleichterung Platz. Abi drückte ihre Hand. »Du warst wunderbar«, flüsterte sie ihr zu. »Gut gemacht.«

Paolo erhob sich. »Freuen Sie sich nun auf zwei ganz besondere Gäste von der Scala, auf Anna Dupré und Roberto Rossini und ›O soave fanciulla‹ aus *La Bohème*.«

Rosanna lauschte Roberto Rossini gebannt. Es war sechs Jahre her, dass sie ihn das letzte Mal gesehen hatte. Bei seinem Anblick beschleunigte sich ihr Puls, und sie bekam feuchte Hände.

Sie hatte ihre damaligen Gefühle für ihn als alberne Schulmädchenschwärmerei abgetan, doch nun wusste sie, dass sie echt gewesen waren – wie ihr Traum, eines Tages mit ihm zu singen.

Als sich die Sänger verneigten, wurden sie mit begeistertem Applaus belohnt. Don Edoardo erhob sich und wandte sich an die Gäste.

»Danke, meine Damen und Herren, dass Sie zu diesem wunderbaren Konzert gekommen sind. Nun wird Sonia Bonifacio, die Vorsitzende des Komitees, einige Worte zu Ihnen sprechen.«

Sonia trat zu Don Edoardo an den Altar.

»Meine Damen und Herren, dank Ihrer Großzügigkeit und der Bereitschaft der Künstler von der Scala sowie der Schüler der *scuola di musica*, hier aufzutreten, bringt dieser Abend fast zehn Millionen Lire ein.« Sonia wartete, bis der Applaus abebbte. »Doch das ist noch nicht alles. Hier habe ich einen Scheck von Giovanni und Donatella Bianchi. Der Anblick dieser wunderschönen Kirche hat sie so gerührt, dass sie einen ganz persönlichen Beitrag leisten wollen. Die Diskretion verbietet es mir, den Betrag zu nennen, aber er wird den Löwenanteil der Restaurierungsarbeiten in der Beata Vergine Maria decken. Don Edoardo, darf ich Ihnen den Scheck überreichen?«

Don Edoardo nahm ihn mit einer verlegenen Verbeugung entgegen, bevor er sich den Versammelten zuwandte. »Ich kann gar nicht sagen, wie dankbar ich Signor und Signora Bianchi bin, deren Großzügigkeit mich überwältigt. Gott segne sie. Danke auch allen, die zum Gelingen dieses Abends beigetragen haben. Kommen Sie doch nach Abschluss der Renovierungsarbeiten wieder, damit Sie sehen, was Ihre großherzigen Spenden bewirkt haben. Ich darf Sie nun im hinteren Bereich der Kirche zu einem Glas Wein einladen.«

Als die Gäste sich von ihren Plätzen zu erheben begannen, zog Abi Rosanna den Mittelgang hinunter. »Der Abend war ein voller Erfolg. Dein Bruder ist bestimmt überglücklich.«

»Ja.« Rosannas Augen leuchteten. »Es ist einfach wunderbar.«

»Macht es dir etwas aus, wenn ich zu Luca und Don Edoardo gehe? Ich hätte da eine Idee, die ich gern mit ihnen besprechen würde.«

»Aber nein. Bis später dann.« Da spürte sie, wie sich von hinten eine Hand auf ihre Schulter legte.

»Verzeihung.«

Als Rosanna sich umdrehte, blickte sie in ein Paar vertrauter tiefblauer Augen, und ihr Herz begann schneller zu schlagen.

»Rosanna Menici?«

»Ja.«

»Erinnerst du dich an mich?«

»Natürlich, Roberto«, antwortete sie verlegen.

»Es ist Jahre her, dass wir uns persönlich begegnet sind, aber meine Mamma hat mir von deinem Umzug nach Mailand und dem Tod deiner Mutter geschrieben. Mein Beileid. Wie geht's deinem Papà?«

»Den Umständen entsprechend. Mamma fehlt ihm sehr. Morgen fahren Luca und ich eine Woche heim nach Neapel.«

»Richte ihm mein herzliches Beileid aus und meine besten Wünsche.«

»Danke.« Rosanna wurde rot.

»Luigi Vincenzi hat dir also geholfen, wie ich es dir prophezeit hatte?«, fragte er.

»Ja. Er war einfach wunderbar. Letzten Sommer hat er sogar Paolo de Vito in seine Villa eingeladen, damit er mich bei einem Konzert hören konnte. Paolo hat mir ein Stipendium gegeben, und nun bin ich hier in Mailand. Das alles habe ich Ihnen zu verdanken, Roberto«, fügte sie leise hinzu.

»Keine Ursache, Rosanna. Danke lieber Luigi Vincenzi. Dein Auftritt heute Abend beweist, dass er gute Arbeit geleistet hat. Es wird sicher nicht lange dauern, bis du auf der Bühne der Scala stehst.«

»Sie haben auch wunderschön gesungen.«

»Freut mich zu hören.«

Sie schwiegen verlegen.

»Jetzt muss ich meine Pflicht tun und mich unter die Gäste mischen«, sagte Roberto. »Hat mich sehr gefreut, dich wiederzusehen, Rosanna. Falls du jemals Hilfe oder Rat brauchen solltest, findest du mich in der Scala.«

»Danke, Roberto.«

»Auf Wiedersehen, meine Kleine. Sei fleißig.«

Er winkte ihr zum Abschied zu und entfernte sich. Rosanna sah ihm nach, bis einer der Gäste zu ihr trat, um ihr zu ihrem Auftritt zu gratulieren.

Kurze Zeit später gesellte sich Abi wieder zu ihr. »Ich wusste gar nicht, dass du das schwarze Schaf der Scala kennst.«

»Wie meinst du das?«, fragte Rosanna stirnrunzelnd.

»Meine Tante Sonia sagt, Roberto Rossini habe einen üblen Ruf als Frauenheld. Die meisten Chordamen und Solistinnen hat er schon flachgelegt. Das wundert mich nicht. Er ist zum Anbeißen, findest du nicht?«

»Ja, doch.«

»Und so, wie er dich angesehen hat, könntest du sein nächstes Opfer werden«, neckte Abi sie.

»Ach was. Wir kommen beide aus Neapel, und unsere Eltern waren gut befreundet. Er ist viel zu berühmt, um sich für mich zu interessieren. Und obendrein viel älter.«

»Das war ein Scherz. Manchmal nimmst du die Dinge zu ernst.« Abi strahlte, als Luca zu ihnen trat.

»Was für ein wunderbarer Abend, Rosanna.«

»Ja. Du musst sehr glücklich sein.«

»Klar. Dank Signor Bianchis Spende haben auch andere Gäste sich entschlossen, Geld zu geben. Don Edoardo ist noch beschäftigt, Schecks einzusammeln.« Lucas Augen leuchteten.

»Wir sollten hinterher in einer Bar weiterfeiern«, schlug Abi vor.

»Das würde ich gern, doch leider muss ich Don Edoardo helfen, die Kirche für den Gottesdienst morgen früh aufzuräumen.«

»Kein Problem. Dann gehe ich eben mit Abi auf einen Drink«, meinte Rosanna.

»Gut, aber komm bitte nicht so spät nach Hause, Rosanna.«

»Nein, Luca. *Ciao.*« Rosanna küsste ihren Bruder auf die Wange.

Die beiden jungen Frauen verabschiedeten sich und verließen die Kirche.

»Gleich um die Ecke ist eine schnuckelige Kneipe. Ich hab einen Bärenhunger«, erklärte Abi.

Obwohl es in dem Lokal sehr voll war, fanden sie einen Tisch und bestellten Wein und Pasta.

»Cheers!, wie wir in England sagen.« Abi hob ihr Glas. »Auf Wein, Mann und Gesang.« Sie lachte.

»Cheers! Worüber wolltest du übrigens vorhin mit Luca und Don Edoardo reden?«

»Ach, ich hab mir gedacht, wenn die Kirche renoviert wird, sollte sie auch einen Chor kriegen. Don Edoardo meint, sie hätten schon seit Jahren keinen mehr. Vielleicht nützen meine Kontakte in der Schule. Außerdem können sie bestimmt jemanden brauchen, der mit den Sängern übt.«

Rosanna sah ihre Freundin erstaunt an. »Wo willst du bei dem vollen Stundenplan die Zeit hernehmen? Und du interessierst dich doch nicht für Religion.«

»Stimmt, aber mich interessiert jemand, für den sie wichtig ist.«

»Luca?«

»Ja, genau. Heute Abend hat er richtig glücklich ausgesehen. Er liebt diese Kirche wirklich, was? Ich frage mich, was er später machen will. Ich meine, so kann er doch nicht ewig leben.«

»Du kennst den Luca von früher nicht. Da hat er für Papà in unserem Café geschuftet und hatte überhaupt keine Zeit für sich. Er hat sich aufgeopfert, um mir die Gesangsstunden zu bezahlen. Wenn ihm die Renovierung der Kirche Freude macht, freue ich mich mit ihm.«

»Das sollte keine Kritik an ihm sein, ganz im Gegenteil. Wie du ja vielleicht schon gemerkt hast, fasziniert mich Luca«, gestand Abi. »Er ist so anders als alle anderen Männer, die ich kenne. Die meisten Jungs in seinem Alter haben einen Beruf und eine Freundin. Luca scheint das nicht zu brauchen.«

Rosanna nahm einen Schluck Wein. »Du hast also ernsthaftes Interesse an ihm?«

»Ja. Luca ist irgendwie … geheimnisvoll. In ihm schlummern Tiefen, die nur darauf warten, von der richtigen Frau ausgelotet zu werden. Durch den Chor werde ich Gelegenheit haben, ihn öfter zu sehen. Da fällt es mir bestimmt leichter, diese Tiefen zu ergründen.«

Rosanna lachte. »Abi, du hast wirklich nur die Liebe im Kopf.«

»Was sonst?«

»Zum Beispiel deine Zukunft als Opernsängerin.«

»Rosanna, ich mache mir keine Illusionen. Ich weiß, dass ich eine ganz nette Stimme habe, doch dir kann ich nicht das Wasser reichen. Wenn ich Glück habe, schaffe ich's in den Chor. Ich bin realistisch genug zu wissen, dass ich nicht die nächste Callas werde. Also muss ich mich anders als du, die du mit deiner Kunst verheiratet bist, mit dem Thema Männer beschäftigen, um nicht in Depressionen zu verfallen, wenn ich dich singen höre.« Abi verzog den Mund zu einem gespielten Lächeln.

»Ich finde, du hast eine schöne Stimme. Sonst wärst du nicht in der Schule. Also hör auf, dein Licht unter den Scheffel zu stellen.«

»Ach, Rosanna.« Abi schüttelte den Kopf. »Meine Tante ist ein hohes Tier im Spendenkomitee und mit einem Mann verheiratet, der sowohl die Oper als auch die Schule ausgesprochen großzügig unterstützt. Glaubst du nicht auch, dass ich deswegen in der Schule bin? In drei Jahren, wenn man dich ins Ensemble übernimmt, wird meine Tante ihre Kontakte für mich spielen lassen müssen, um mir einen Platz im hinteren Teil des Chors zu sichern. Und ob ich Mitleid möchte, weiß ich nicht.« Plötzlich wirkte Abi traurig. »Natürlich ist mein Aufenthalt hier in Mailand gut für mein Italienisch, und jedes ordentliche englische Mädchen sollte Zeit im Ausland verbringen, bevor es einen geeigneten Mann heiratet.«

»Dann… bin vielleicht ich merkwürdig.« Rosanna nahm einen Schluck Wein.

»Warum?«

»Weil ich nie an Männer denke.«

»Wirklich?« Abi hob skeptisch eine Augenbraue. »Heute Abend hatte ich den Eindruck, dass du dem Charme von Roberto Rossini auch nicht so ganz widerstehen konntest.«

»Roberto ist etwas anderes.«

»Wieso?« Abi bedachte sie mit einem intensiven Blick.

»Weil… weil«, seufzte Rosanna. »Darüber will ich nicht reden. Schau, da kommen unsere Spaghetti.«

»Nun denn…«, Abi nahm die Gabel in die Hand, um sich über die dampfenden Nudeln herzumachen, »… sag, was du willst, aber mir machst du nichts vor, Rosanna Menici.«

Don Edoardo und Luca begutachteten das Chaos, das sie noch beseitigen mussten.

»Luca, erinnerst du dich an mich?« Eine Hand schlug ihm so fest auf die Schulter, dass Luca zusammenzuckte. Als er sich umdrehte und sah, wem sie gehörte, musste er schlucken.

»Natürlich. Wie geht's, Roberto?«

»Gut, sehr gut. Die Welt ist klein, nicht wahr? Du lebst auch in Mailand?«

»Ich passe auf meine Schwester auf«, antwortete Luca steif.

»Mit der habe ich vorhin gesprochen. Seit damals ist sie richtig erwachsen geworden«, stellte Roberto fest. »Und wie geht es deiner anderen Schwester, der schönen… äh…« Roberto kratzte sich am Kopf.

»Carlotta. Gut. Wenn du mich jetzt entschuldigen würdest, ich muss Don Edoardo helfen. Gute Nacht.« Luca entfernte sich hastig.

Lucas Abfuhr und die Verunsicherung, die das Wiedersehen

mit Rosanna Menici in ihm auslöste, ärgerten Roberto. Um seine Frustration abzureagieren, trat er zu Donatella und legte ihr die Hand auf den knackigen Po.

»Pass auf, jemand könnte uns sehen«, zischte sie und wich zurück, als hätte er die Krätze.

»Aber dein Mann ist doch schon weg, oder? Ich hab ihn vorhin aus der Kirche rausgehen sehen. Und außerdem …« Roberto beugte sich mit einem lasziven Grinsen zu ihr, »… will ich dich. Jetzt.«

Fünfzehn Minuten später gesellte sich Luca zu Don Edoardo, der auf einem Stuhl in der Sakristei saß.

»Gehen Sie nach Hause«, riet er dem Geistlichen. »Hier ist nicht mehr viel zu tun, und Sie sind erschöpft. Ich sperre schon zu.«

»Danke, Luca. Das Angebot nehme ich gern an. Könntest du die bitte einschließen?« Don Edoardo reichte Luca einen Umschlag voller Schecks. »Hier sind sie sicherer als bei mir in der Wohnung. Ich bringe sie gleich morgen früh zur Bank. Das war wirklich ein ungewöhnlicher Abend, was?«

»Ja, stimmt«, pflichtete Luca ihm bei.

»Danke, mein junger Freund. Du weißt, dass ich dich wärmstens empfehlen werde, wenn der Zeitpunkt gekommen ist«, versprach er. »Gute Nacht, Luca.«

Nachdem Don Edoardo die Sakristei durch den hinteren Ausgang verlassen hatte, legte Luca die Schecks in einen Metallkasten, in dem bereits einige Lirescheine für Tee und Kaffee lagen. Dann sperrte er den Schrank zu, versteckte den Schlüssel und kniete vor dem kleinen Altar nieder, den Don Edoardo für das stille Gebet nutzte, um Gott für den gelungenen Abend zu danken und dafür, dass er ihn zu dem wertvollen Silberkelch geführt hatte. Schade nur, dass Donatellas Mann die

Zeichnung als praktisch wertlos beurteilt hatte und sie nicht in der Kirche geblieben war. Doch Don Edoardo war so dankbar für das Geld gewesen, dass er Donatella Bianchi die Bitte um die Zeichnung schlecht hatte abschlagen können.

Luca erhob sich, schaltete das Licht aus und schloss die Tür zur Sakristei hinter sich. Auf dem Weg zum Ausgang hörte er ein Geräusch vom Altar her. Luca wandte sich um. Diebe? Mit klopfendem Herzen trat er näher.

Neben dem Altar lagen, eng ineinander verschlungen, ein Mann und eine Frau, beide voll bekleidet, aber was sie trieben, war klar. Die Frau, deren Beine den Rücken des Mannes umfassten, stöhnte vor Lust. Kurz darauf erreichte das Stöhnen seinen Höhepunkt, und der Mann stieß einen Lustschrei aus und sank auf ihr zusammen.

Zu schockiert und verblüfft, um sie zur Rede zu stellen, duckte Luca sich hinter eine Säule und beobachtete, wie sie aufstanden, ihre Kleidung glatt strichen und Arm in Arm den Mittelgang entlangschlenderten. Da erkannte er sie.

»Du unartiger Junge. Ich ruf dich am Donnerstag an, ja?«

»Ja.« Der Mann küsste die Frau auf die dunklen Haare, dann gingen sie zur Tür, als wäre nichts gewesen.

Als Luca viel später nach Hause kam, war er ziemlich aus der Fassung. So etwas *dort*… Der Zwischenfall hatte ihm die Freude an dem ganzen Abend verdorben.

Er öffnete leise die Tür zu Rosannas Zimmer, um nachzusehen, ob sie schlief. Das Licht brannte, und sie hielt ein Buch in der Hand, obwohl ihre Augen geschlossen waren. Luca betrat das Zimmer, um die Lampe auszumachen.

»Luca?« Rosanna schlug die Augen auf.

»Ja, *piccolina*?«

»War das nicht ein unglaublicher Abend?«

»Ja.«

»Was ist los?« Sie stützte sich auf die Ellbogen. »Du wirkst nicht sonderlich glücklich.«

»Mir geht's gut, danke, ich bin nur müde. Schlaf jetzt.«

»War Roberto nicht toll? Er hat eine wunderschöne Stimme und sieht wirklich gut aus.« Rosanna streckte sich.

»Rosanna, Roberto ist kein guter Mensch.«

»Das meint Abi auch. Er …«

»Was?«

»Ach, nichts. Gute Nacht, Luca.«

»Gute Nacht.«

Luca schaltete das Licht aus und ging in sein Zimmer.

Er hatte Mühe einzuschlafen, weil ihm Rosannas verträumter Gesichtsausdruck nicht aus dem Kopf ging, mit dem sie von Roberto erzählt hatte, dem Mann, der schuld war an Carlottas Unglück und sich nun nicht einmal mehr an ihren Namen erinnerte. Roberto, den Luca bei einem frevlerischen Akt in seiner geliebten Kirche beobachtet hatte. Beim bloßen Gedanken daran drehte sich ihm der Magen um.

Sein Instinkt sagte ihm, dass Roberto Rossini noch nicht mit seiner Familie fertig war.

13

»Danke, dass Sie sich Zeit für mich nehmen.« Donatella begrüßte Paolo mit einem betörenden Lächeln, als dieser in dem schicken Lokal, in dem es bereits von betuchten Gästen wimmelte, ihr gegenüber Platz nahm. »Lust auf einen Aperitif? Ich nehme einen Bellini.« Sie schnalzte gebieterisch mit den Fingern, um den Kellner herbeizurufen.

»Für mich bitte das Gleiche«, sagte Paolo. »Geht es Ihnen gut, Signora Bianchi?«

»Sehr gut, danke. Sagen Sie doch Donatella zu mir.«

Paolo nickte. Er war nicht in der Stimmung für Small Talk. »Worüber wollten Sie sich mit mir unterhalten?«

»Ich möchte Ihnen einen Vorschlag machen.«

»Und wie sieht der aus?«, erkundigte sich Paolo argwöhnisch.

»Ich bin kürzlich zu etwas Geld gekommen, ein großzügiges Geschenk meines Mannes. Sie wissen ja, wie sehr ich die *scuola di musica* als wesentlichen Bestandteil des künstlerischen Lebens in der Stadt schätze.«

»Sie bringt tatsächlich viele neue Talente hervor. Die Oper wäre ohne sie verloren.« Paolo fragte sich, welche Richtung das Gespräch nehmen würde.

»Genau. Ich spiele mit dem Gedanken, einmalig einen höheren Betrag für drei Stipendien zu spenden, für begabte Studenten, deren Eltern sich die Schulgebühren nicht leisten können. Mir ist bekannt, dass Sie hin und wieder talentierte Schüler fördern, die Mittel der Schule jedoch begrenzt sind.«

»Stimmt. An wie viel hatten Sie gedacht?«

Donatella nannte den Betrag.

Paolo blieb der Mund offen stehen. »Das ist eine ziemlich hohe Summe.«

»Ah, da kommen unsere Bellinis.« Donatella nahm ihr Glas und prostete ihm zu. »Haben Sie Interesse an meinem Angebot?«

»Das ist eine ausgesprochen großzügige Geste. Und was erwarten Sie dafür …?«

»Natürlich, dass die Stipendien den Namen ›Bianchi‹ tragen, und …«, sie drehte ihr Glas, »… dass Roberto Rossini die neue Saison an der Scala in einer Titelpartie eröffnet.«

Paolo stöhnte innerlich auf. Er hatte gewusst, dass es seinen Preis haben würde. Bei Frauen wie Donatella war das immer so. »Verstehe.«

»Ich verfolge seine Karriere nun schon ein paar Jahre lang und habe den Eindruck, dass er nicht gemäß seinen Fähigkeiten eingesetzt wird. Er hat das Zeug zum Star, das finden auch alle meine Freundinnen.«

»Ich halte Roberto Rossini ebenfalls für einen sehr begabten Sänger. Aber es gibt Dinge …«, Paolo wählte seine Worte sorgfältig, »… die Künstler daran hindern, die Rollen zu bekommen, die ihren Fähigkeiten entsprechen. Sie haben recht. Er besitzt tatsächlich die Stimme und die Bühnenpräsenz, um es in der Opernwelt zu etwas zu bringen, doch seine Persönlichkeit …« Paolo seufzte. »Ich will es so ausdrücken: Sie ist nicht gerade förderlich.«

»Heißt das, Sie mögen ihn nicht?«

»Nein, das ist es nicht. Ich habe vielmehr ein Problem mit ihm als Ensemblemitglied. Er ist unzuverlässig, ein wenig unreif und, das muss ich leider feststellen, auf der Bühne egoistisch. Viele seiner Kollegen finden die Zusammenarbeit mit ihm schwierig.«

»Künstler haben ihre Launen. Paolo, ich weiß, dass Roberto Rossini für Großes bestimmt ist. Wenn nicht an der Scala, dann an einem anderen Haus. Und das wäre doch nicht in unserem Sinn, oder?«

Paolo rang mit seinem Gewissen. Er wusste genau, worauf Donatella hinauswollte. Dieses eine Zugeständnis würde ihn in die Lage versetzen, drei jungen Sängern eine Ausbildung zu verschaffen. Er holte tief Luft. »Ich möchte die nächste Saison mit *Ernani* eröffnen, und meinen persönlichen Ressentiments zum Trotz muss ich zugeben, dass Roberto Rossini für die Titelrolle genau die richtige Besetzung wäre.«

»Sehen Sie, Paolo, es ist Schicksal.«

»Na schön, Donatella«, seufzte er. »Dann wird Roberto Rossini also die neue Saison eröffnen.«

»Wunderbar! Sie werden es bestimmt nicht bereuen.« Donatella klatschte begeistert in die Hände. »Noch eins: Sie müssen mir versprechen, dass Roberto nichts von diesem Gespräch erfährt.«

»Natürlich.«

»Gut. Wollen wir bestellen?«

Paolo verließ das Restaurant eine Stunde später. Auf dem Weg zur Scala überlegte er, wie lange die Affäre von Donatella Bianchi und Roberto Rossini schon dauerte.

Donatella fuhr mit einem zufriedenen Lächeln nach Hause. Auch wenn es einen Batzen Geld gekostet hatte: Es war ein geringer Preis dafür, Roberto in Mailand zu halten.

Roberto wurde gebeten, nach der Morgenprobe in Paolo de Vitos Büro zu kommen. Als er an dessen Tür klopfte, überlegte er, was er diesmal ausgefressen hatte.

»Herein.«

Roberto öffnete die Tür. »Sie wollten mich sprechen?«

Paolo, der mit verschränkten Armen hinter seinem Schreibtisch saß, begrüßte Roberto mit einem Lächeln. »Nehmen Sie Platz.«

Roberto tat ihm den Gefallen.

»Ich spiele mit dem Gedanken, Ihnen die Titelpartie in *Ernani* zu geben, der Eröffnungspremiere. Glauben Sie, Sie sind bereit für diese Rolle?«

Roberto war sprachlos.

»Nun?« Paolo sah ihn erwartungsvoll an.

»Aber natürlich! Seit meiner Ausbildung wünsche ich mir nichts sehnlicher, als die Saison an der Scala mit einer Titelpartie zu eröffnen.«

»Das kann ich mir denken. Ich bin zu dem Schluss gelangt, dass es Zeit wird, Ihnen Gelegenheit dazu zu geben. Sie haben alles, was ein Weltklassetenor braucht.«

»Danke, Paolo.« Roberto bemühte sich, seine Begeisterung im Zaum zu halten und bescheiden zu klingen.

»Wir haben noch vier Monate in der alten Saison und dann die ganze Sommerpause. Das gibt Ihnen Zeit, die Rolle einzuüben. Mit anderen Worten: Sie haben sieben Monate, mir zu beweisen, dass ich die richtige Entscheidung getroffen habe.«

»Ich werde schuften wie ein Besessener, das verspreche ich«, versicherte Roberto ihm.

»Roberto, seien Sie gewarnt: Wenn Sie mich enttäuschen, sieht Ihre Zukunft hier düster aus. Ab sofort kein Zuspätkommen und keine Sperenzchen auf der Bühne mehr. Eine Titelpartie erfordert Disziplin. Sie müssen mir beweisen, dass Sie die nötige Reife dazu besitzen. Haben Sie mich verstanden?«

»Paolo, ich werde Sie nicht enttäuschen. Wer soll meine Elvira sein?«

»Anna Dupré.«

»*Magnifico*! Ich finde, wir harmonieren gut.«

»Hoffentlich nur auf der Bühne.« Paolo hob warnend eine Augenbraue.

»Natürlich.« Roberto besaß den Anstand, rot zu werden. »Ich bin im Moment sowieso in festen Händen.«

»Tatsächlich?« Paolo gab sich überrascht. »Wollen wir hoffen, dass es so bleibt. Vergessen Sie nicht: Die Saison an der Scala zu eröffnen gehört zu den größten Ehren, die einem Tenor zuteilwerden können. Ich hoffe, dass Ihnen die Aufmerksamkeit, die ich bei Ihrem Debüt als Ernani erwarte, nicht zu Kopf steigt.«

»Nein, nein.«

»Das wäre dann alles.«

Roberto erhob sich und streckte Paolo die Hand hin. »Danke. Ich werde mein Bestes tun.«

»Gut.« Trotz seiner bösen Vorahnungen zwang Paolo sich, daran zu denken, dass alle beteiligten Parteien genau das bekommen hatten, was sie wollten.

Sieben Monate später beobachtete Paolo vom Fenster seines Büros aus, wie sich ein schier endloser Strom von Limousinen dem prächtigen Eingang der Oper näherte. Uniformierte Lakaien eilten heran, um die Verschläge unter Blitzlichtgewitter zu öffnen. Die Damen trugen schwere Pelze über prächtigem Brillant-, Saphir- und Smaragdschmuck, die Herren Smokings und Seidenkummerbunde in kräftigen Farben. Fernsehkameras zeichneten das glanzvollste Ereignis im Opernkalender auf, das gleichzeitig den Beginn der gesellschaftlichen Saison in Mailand einläutete. Die Polizei, die den Platz abgesperrt hatte, hielt die Schaulustigen zurück. Obwohl es ein kühler Dezemberabend mit Nieselregen war, hatte sich zumindest der berühmtberüchtigte Nebel, der sich in Sekundenschnelle auf Mailand herabsenken und die Stadt einhüllen und lähmen konnte, nicht eingestellt.

Politiker, Filmstars, Models und Adel – alles, was in Italien Rang und Namen hatte, war heute Abend anwesend. Die zweitausend Plätze der Scala würden mit den Reichen und Mächtigen gefüllt sein und natürlich mit den Claqueuren in der Galerie.

Leider, dachte Paolo, gab es die noch. Das System funktionierte folgendermaßen: Jemand erwarb ganze Blöcke der billigeren Plätze und vergab diese an Leute, die die Sänger mit lauten Bravorufen bedachten, welche ihnen einen beträchtlichen Betrag dafür bezahlt hatten, und diejenigen, die es unterlassen hatten, ausbuhten. Paolo war davon überzeugt, dass Roberto Rossini ausreichend Geld investiert hatte. Er konnte nur hoffen, dass das übrige Publikum ihm freiwillig applaudierte.

Seitdem er die Besetzung von *Ernani* verkündet hatte, verfolgte er die wachsende Hysterie der Medien mit Unbehagen. Nur selten stand ein vielversprechender Tenor aus Italien zur Verfügung, der auch noch dem Bild des attraktiven Helden entsprach, und zweifelsohne gehörten die meisten Journalistinnen Mailands Robertos Fanklub an. Paolo musste zugeben, dass Roberto sich vorbildlich verhalten hatte, seit er von seinem großen Auftritt wusste. Sogar Riccardo Beroli, der bekanntermaßen zu Jähzorn neigende Dirigent der Scala, begann, sich für ihn zu erwärmen.

Paolo rückte seine Fliege zurecht und warf einen Blick auf die Uhr. Es war gerade noch Zeit, Roberto in seiner Garderobe aufzusuchen und ihm Glück zu wünschen, bevor der Vorhang sich öffnete.

»Herein.« Roberto unterbrach sein Einsingen, als Paolo eintrat.

»Wie fühlen Sie sich?«

Roberto grinste. »Ich habe ein flaues Gefühl im Magen, aber ansonsten ist alles in Ordnung.«

Paolos Blick fiel auf ein geschmackvolles Bouquet weißer Lilien auf dem Tisch. »Hübsch. Von wem?«, fragte er.

»Von Riccardo. Er sagt, die sind für mein Grab, wenn mich die Kritiker morgen früh zerreißen.«

»Und die Rosen?« Paolo deutete auf einen riesigen Strauß, der fast das kleine Sofa verdeckte.

»Von einer Freundin«, antwortete Roberto nur.

»Ich werde jetzt die Ehrengäste begrüßen. Wenn Sie heute Abend versagen, gehen Sie immerhin mit Glanz und Gloria vor den wichtigsten Persönlichkeiten Italiens unter.«

»Danke, wie beruhigend.«

»Strengen Sie sich an«, sagte Paolo. »Beweisen Sie mir, dass ich nicht verrückt war, Ihnen diese Chance zu geben.«

»Ich werde mich bemühen.«

»Gut. Wir sehen uns in der Pause. *In bocca al lupo*, Roberto, Hals- und Beinbruch.«

»*Crepi il lupo*«, erwiderte Roberto.

Paolo verließ die Garderobe.

Roberto stützte den Kopf in die zu Fäusten geballten Hände, schloss die Augen und schickte ein Gebet zum Himmel.

»Lieber Gott, bitte mach, dass alles gut geht.«

Nie herrschte eine gespanntere Atmosphäre als bei der Eröffnungspremiere der Scala, dachte Paolo, als er in der Proszeniumsloge Platz nahm, von wo aus er die vergoldeten Balkone bis unter die gewölbte Decke mit dem eleganten Kronleuchter betrachtete, während die Musiker im Orchestergraben ihre Instrumente stimmten. Er beobachtete die letzten festlich gekleideten Zuschauer, wie sie gleich exotischen Schmetterlingen in einem Blumengarten auf ihre Sitze im Parkett flatterten. In der Loge zu seiner Rechten entdeckte er Donatella Bianchi mit tief ausgeschnittenem schwarzem Samtkleid und funkelnden Brillanten neben ihrem Mann. Applaus, als Riccardo Beroli das Dirigentenpult erklomm, sich vor dem Publikum verneigte und seinen Taktstock zückte.

Die Lichter verlöschten, es wurde still im Zuschauerraum, und die ersten Töne der Ouvertüre zu *Ernani* erklangen. Paolo schloss die Augen und atmete tief durch. Nun lag es in Gottes Hand.

In der Pause wusste Paolo, dass er sich keine Sorgen mehr zu machen brauchte. Die Leute im Erfrischungsbereich redeten nur von Roberto, der eine erstaunliche stimmliche und schauspielerische Leistung ablieferte.

»Na, was habe ich Ihnen gesagt?«, fragte Donatella, die hinter ihm aufgetaucht war, ein wenig selbstgefällig.

»Er ist tatsächlich sehr gut.«

»Ja, aber es ist mehr, finden Sie nicht? Er besitzt bemerkenswerte Bühnenpräsenz. Wir beide und die Scala, wir haben einen neuen Star geschaffen.«

Als Roberto nach dem Ende der Oper immer wieder vor den Vorhang gerufen wurde, es Blumensträuße auf ihn herabregnete und der ohrenbetäubende Applaus kein Ende nehmen wollte, fragte Paolo sich, welche Dose der Pandora er da geöffnet hatte.

MET
NEW YORK

Wie Du Dir vorstellen kannst, Nico, wurde der Abend, an dem Roberto Rossini Ernani sang, der Wendepunkt seiner Karriere. Noch heute bedaure ich, ihn nicht gesehen zu haben; diejenigen, die damals dabei waren, können sich nach wie vor lebhaft an das Ereignis erinnern. Natürlich katapultierte das Roberto in den Opernolymp. In den folgenden Jahren entdeckte ich in Zeitungen und Zeitschriften immer wieder Fotos oder Interviews mit ihm. Und nach seinen Auftritten umlagerten weibliche Fans den Bühnenausgang. Sein Privatleben wurde genauso ausführlich dokumentiert wie sein berufliches, und sein Glück bei schönen Frauen schien seinen Reiz noch zu erhöhen.

Ich verfolgte seine Karriere mit großem Interesse. Nach seinem Triumph bei der Premiere gratulierte ich ihm schriftlich, worauf er nicht reagierte. Warum auch? Ich war ja nur eine junge Musikschülerin und er auf dem Weg, einer der größten Tenöre seiner Generation zu werden. Das hinderte mich allerdings nicht daran, davon zu träumen, eines Tages die großen Liebesduette mit ihm zu singen. Abi und ich besorgten uns oft Karten für die Galerie, um ihn zu erleben. Diese Abende spornten mich an, noch härter zu arbeiten.

An die vier Jahre Musikschule in Mailand erinnere ich mich gern. Ich gab alles, um das Vertrauen zu rechtfertigen, das Luca, Luigi Vincenzi und Paolo de Vito in mich setzten. Luca engagierte sich für seine Kirche und verfolgte mit, wie sie allmählich wieder in altem Glanz erstrahlte. Auf Anregung von Abi hatte er einen neuen Kirchenchor gegründet, und sie hatte ihr Versprechen eingelöst, ihm bei der Anwerbung der Mitglieder und den Proben zu helfen. Die beiden investier-

ten viele Stunden in das Projekt; dabei vertiefte sich ihre Freundschaft. Luca nahm eine Teilzeitstelle als Kellner in einem Café in der Nähe unserer Wohnung an, das Abi und ich oft abends besuchten, um zu essen, Wein zu trinken und uns über den Tag zu unterhalten.

Obwohl ich mich manchmal fragte, was Luca sich vom Leben erwartete, und seine innere Unruhe spürte, sprach ich ihn nie darauf an. Vielleicht ahnte ich, dass seine Pläne ihn eines Tages von mir fortführen würden, und den Gedanken verdrängte ich.

Die Sommerferien verbrachten Luca und ich jedes Jahr in Neapel. Ich muss zugeben, dass mir die Rückkehr nach Hause immer schwerer fiel. Jeweils im Juli und August fühlten Luca und ich uns ein paar Wochen lang wie in einer Zeitblase. Er kochte in der Küche, und ich bediente mit Carlotta im Café. Sie erkundigte sich nur selten nach meinem neuen Leben in Mailand, und weil ich sie nicht deprimieren wollte, stellte ich meinerseits nicht viele Fragen über das ihre. Ich sah, dass sie unglücklich und unzufrieden war – dass ihr Dasein mit Papà und Ella sich nicht so gestaltete, wie sie es sich in der Jugend erträumt hatte. Vielleicht wollte ich auch nicht meine eigene positive Einstellung zur Zukunft durch ihr Elend beeinflussen lassen. Letztlich waren Luca und ich beide froh, wenn wir nach dem Sommer wieder nach Mailand zurückkehren konnten, wo wir uns nun zu Hause fühlten.

Mit einundzwanzig Jahren schloss ich die scuola di musica *mit der Goldmedaille für meinen Jahrgang ab, der höchsten Auszeichnung, die die Schule zu vergeben hatte. Meine Stimme war mein Lebensinhalt, und während andere junge Frauen meines Alters sich stets aufs Neue verliebten, spielte die Liebe in meinem Alltag keine Rolle. Wer weiß, wie sich alles entwickelt hätte, wenn es anders gewesen wäre? Ich war sehr naiv und gänzlich unvorbereitet auf das, was mir widerfahren sollte und wovon ich Dir nun erzählen werde …*

14

Mailand, Juni 1976

»Danke, dass Sie gekommen sind.« Paolo begrüßte Rosanna, die sein Büro betrat, mit einem freundlichen Lächeln. »Setzen Sie sich doch.«

Rosanna nahm Platz.

»Es überrascht Sie sicher nicht, dass ich Sie bitten möchte, Ensemblemitglied bei uns zu werden.«

»Das freut mich sehr. Danke, Paolo.« Rosanna strahlte.

»Da Sie dieses Jahr die Goldmedaille errungen haben, ist Ihnen bestimmt klar, dass wir von der Scala große Dinge von Ihnen erwarten. Ich weiß nur nicht so recht, wie ich Sie einsetzen soll. Ihre Stimme verdient mehr als einen Platz im Chor, aber …«, Paolo schob Papiere auf seinem Schreibtisch herum, »… ich will Sie nicht überfordern. Sie sind noch nicht mal einundzwanzig und haben möglicherweise eine Karriere von vierzig Jahren vor sich. Sie brauchen Reife und Erfahrung in den Rollen, für die Ihre Stimme Sie prädestiniert. Verstehen Sie, was ich meine, Rosanna?«

»Ich denke schon.«

»Mir ist klar, dass andere Häuser an Sie herangetreten sind und Ihnen Rollen angeboten haben.«

Rosanna, die sich fragte, woher Paolo das wusste, wurde rot. »Ja. Covent Garden und die Met in New York haben ihr Interesse bekundet.«

»Natürlich liegt die Entscheidung bei Ihnen. Aber wenn Sie bei uns bleiben, versprechen Riccardo und ich Ihnen, Sie behutsam aufzubauen. Unser Vorschlag sieht folgendermaßen aus: Wir nehmen Sie für die kommende Saison als Solistin unter Vertrag. Mir schweben da ein paar kleinere Rollen vor. Sie würden nicht mehr als zwei- oder dreimal die Woche auftreten. Das gäbe Ihnen Gelegenheit, die Gesangsstunden fortzusetzen, ohne Sie und Ihre Stimme zu stark zu strapazieren. Riccardo hat sich bereit erklärt, in dieser Phase einmal die Woche mit Ihnen zu arbeiten, ein Repertoire aufzubauen und zu festigen«, erklärte Paolo. »Außerdem sollten Sie sich als Cover einige Hauptrollen dieser Saison in Ihrer Stimmlage aneignen. Das gibt Ihnen Gelegenheit, diese Rollen zu proben und ein Gefühl für die Bühne zu entwickeln. Allerdings werden Sie kaum zum Zug kommen, denn wie Sie wissen, werden im Krankheitsfall die erfahreneren Solisten eingesetzt. Doch die Erfahrung würde Ihnen zugutekommen, sobald Sie selbst zur führenden Solistin aufgestiegen sind. Wie finden Sie meinen Vorschlag?«

Rosanna war ein wenig enttäuscht. Die Met hatte ihr kurz zuvor das Angebot gemacht, in der folgenden Saison in *Roméo et Juliette* als Julia zu debütieren, und von Covent Garden war ein ähnlich attraktiver Vorschlag eingetroffen. Doch Rosanna wusste, dass das, was Paolo sagte, Sinn ergab. Schließlich förderte dieser Mann sie seit ihrem siebzehnten Lebensjahr.

»Klingt gut, Paolo«, antwortete sie und zwang sich zu einem dankbaren Lächeln.

Paolo erriet ihre Gedanken. »Rosanna, bitte glauben Sie mir: Wir wollen Sie nicht zurückhalten. Ich habe schon zu viele aufstrebende junge Sopranistinnen erlebt, die ins Rampenlicht geschoben wurden, bevor sie wirklich dazu bereit waren. Sie waren alle vor dem dreißigsten Lebensjahr ausgebrannt. Ihre

Stimme ist etwas Kostbares, und Riccardo und ich wollen Sie nicht verheizen. Mein Plan mag nicht so attraktiv klingen wie einige der anderen Angebote, die Sie erhalten haben, aber Sie müssen Erfahrung sammeln und Gelegenheit haben, Fehler zu machen, die noch nicht von den Kritikern wahrgenommen werden.«

Rosanna nickte. »Das verstehe ich, Paolo.«

»In einem Jahr, hoffe ich, werden Sie Ihr Debüt an der Scala geben. Ich spiele mit dem Gedanken, die nächste Saison mit *La Bohème* zu eröffnen. Sie würden die Mimì singen, und wir könnten versuchen, Roberto Rossini als Rodolfo zu gewinnen.«

Rosannas Augen begannen zu leuchten. »Die Mimì in *La Bohème* ist immer schon mein Traum gewesen.«

»Gut. Dann wäre also abgesehen vom Finanziellen alles geregelt. Wir können Ihnen nicht so viel bieten wie die New Yorker Met, aber Sie werden in der Zukunft nicht unter Geldmangel leiden, das können Sie mir glauben. Ich denke, vierhunderttausend Lire pro Saison müssten für Ihren Lebensunterhalt reichen, dazu kommen Überstunden und Extrazahlungen für Auftritte. Klingt das akzeptabel?«

»Ja, das ist mehr als großzügig, danke.«

»Und zögern Sie bitte nicht, zu mir zu kommen und mit mir zu reden, falls Sie irgendwann einmal unzufrieden sein sollten. Vergessen Sie nicht, dass wir das für Sie und für uns selbst tun. Nehmen Sie unser Angebot an?«

Paolo ahnte nicht, dass er ihr soeben die perfekte Motivation geliefert hatte. Rosanna malte sich bereits aus, mit Roberto Rossini in *La Bohème* zu singen. »Ja. Danke, Paolo, für alles.«

»Das freut mich sehr. Und jetzt sollten Sie mit Freunden trinken und feiern gehen.«

»Ja, das tu ich! Darf ich Sie noch etwas fragen?«

»Natürlich.«

»Bekommt Abi Holmes ebenfalls einen Platz im Ensemble? Ich verrate ihr auch nichts.«

»Sie sind eng befreundet, stimmt's?«

»Ja.«

»Sie ist mit von der Partie, was bedeutet, dass Sie noch nicht getrennt werden.«

»Das freut mich sehr für sie und mich!« Rosanna klatschte begeistert in die Hände. »Danke, Paolo.«

Als Rosanna sein Büro verlassen hatte, stieß Paolo einen Seufzer der Erleichterung aus. Er war sich nicht sicher gewesen, ob sie sich auf seinen Vorschlag einlassen würde. Und wenn er seinem Schützling eine Freude machen konnte, indem er Abi Holmes ins Ensemble aufnahm, würde er für sie schon einen Platz ganz hinten im Chor finden. Rosanna würde in den folgenden Jahren jede nur erdenkliche Unterstützung gebrauchen können. Im Moment ahnte sie noch nichts von den Rivalitäten und Eifersüchteleien der Sänger hinter der Bühne. Wenn Rosanna Erfolg haben wollte, würde sie sich ein dickes Fell zulegen und noch viel lernen müssen. Der Eintritt ins Ensemble würde ihr die Augen öffnen.

»Auf uns!«, sagte Abi.

»Auf euch beide«, stimmte Luca ein.

Sie stießen schon zum x-ten Mal an. Auf dem Tischchen in Rosannas und Lucas Wohnung lagen die Reste ihrer improvisierten Feier.

»Ich kann es kaum fassen, dass Paolo mich ins Ensemble aufnehmen wird!«, rief Abi aus. »Ich bin beinah in Ohnmacht gefallen, als er mich zu sich gerufen hat, um es mir zu sagen. Ich wollte gerade meine Siebensachen packen und zu meinen Eltern im guten alten England fahren.«

»Dann freust du dich also doch? Ich dachte, es ist dir egal, ob du Opernsängerin wirst oder nicht«, bemerkte Rosanna.

Abi wandte sich Luca zu. »Deine Schwester ist manchmal wirklich ein bisschen naiv. Natürlich wollte ich ein festes Engagement, aber ich habe mich innerlich vor einer Absage geschützt und mir eingeredet, dass es mir egal ist. Das ist die Art der Briten: die wahren Gefühle nicht zeigen, immer Contenance wahren und so weiter. Anders als ihr Italiener, die ihr das Herz auf der Zunge tragt. Jedenfalls die meisten von euch …« Abi zwinkerte Luca zu.

»Was wollen Sie damit sagen, junge Dame?«, fragte Luca, der sich ausnahmsweise auf das fröhliche Geplänkel einließ.

»Mein Bruder ist ein schwarzes Wasser«, erklärte Rosanna in ihrem besten Englisch.

»›Stilles Wasser‹«, korrigierte Abi sie. »Ja, das stimmt wohl, Luca, oder?«

Luca zuckte mit den Schultern. »Wenn du meinst.«

»Ja.« Sie leerte ihr Weinglas. »Schade, dass die Flasche leer ist. Heute hätte ich Lust auf mehr gehabt.«

»Wir haben schon zwei geköpft. Vergiss nicht, was Paolo über den schädlichen Einfluss von Alkohol auf die Stimme gesagt hat«, erinnerte Rosanna sie.

»Ich weiß, ich weiß«, seufzte Abi. »Vermutlich muss ich als Ensemblemitglied solche Dinge tatsächlich ernst nehmen. Oje.«

Rosanna unterdrückte ein Gähnen.

»So, so, die Solosängerin ist müde«, neckte Abi sie. »Geh du ins Bett. Wir räumen hier schon auf, nicht wahr, Luca?«

»Wenn's euch nichts ausmacht. Ich bin tatsächlich müde.« Rosanna runzelte die Stirn. »Hoffentlich bekomme ich keine Erkältung. Am Montag habe ich die erste Stunde bei Riccardo.«

»Unsere kleine Diva! Luca, von nun an geht's bergab«, spottete Abi. »Das ist erst der Anfang; später wird sie noch hypochondrisch werden, sich über jedes bisschen Zigarettenrauch beklagen und …«

Ein Sofakissen landete auf Abis Brust.

»Die Diva braucht ihren Schönheitsschlaf. Gute Nacht.« Rosanna verließ das Wohnzimmer mit einem Augenzwinkern.

Luca fing an, Teller und Gläser in die winzige Küche zu tragen, während Abi in ihrer kleinen Reisetasche kramte. »Schau, was ich gefunden habe!«, verkündete sie, als Luca ins Zimmer zurückkehrte, und hielt eine Flasche Brandy hoch. »Die hatte ich ganz vergessen«, schwindelte sie. »Möchtest du einen?«

»Nein, danke. Ich hab genug getrunken.«

»Nun stell dich nicht so an, Luca. Dies ist ein ganz besonderer Abend. Wenn du zur Feier des Tages keinen Brandy mit mir trinkst, bin ich beleidigt. Nur ein kleines Gläschen, ja?«

»Na schön.« Luca hob die Augenbraue, als er sah, wie voll sie das Glas machte.

»Wenn du nicht alles magst, trinke ich den Rest. Prost«, sagte sie, nahm einen großen Schluck und setzte sich aufs Sofa.

»Auf dich, Abi. *Bravissima*! Ich freue mich sehr für dich.«

»Wirklich? Manchmal frage ich mich, ob du dir etwas aus mir machst.«

Luca war verblüfft. »Abi, dir dürfte doch klar sein, dass du meine beste Freundin bist.«

»Ja. Tut mir leid.« Abi, die merkte, dass sie ziemlich beschwipst war, wechselte das Thema. »Was willst du nun machen, wo Rosanna dich nicht mehr braucht?«

»Sie wird auch weiterhin Unterstützung benötigen.«

»Rosanna ist eine erwachsene Frau. Luca, du hast dir doch bestimmt Gedanken über deine Zukunft gemacht, oder? Willst du in Mailand bleiben und weiter in dem Café arbeiten?«

»Nein. Das mache ich nur, um Geld zu verdienen. Ich habe

andere Pläne.« Luca setzte sich aufs Sofa und nahm einen Schluck Brandy.

»Erzähl. Ich bin schrecklich neugierig. Willst du ein Lokal eröffnen?«

»Nein. Das ganz bestimmt nicht.«

»Aber eines Tages wirst du doch heiraten und eine Familie haben wollen, oder?«

»Möglich.«

»Darf ich dir eine persönliche Frage stellen?« Der Alkohol verlieh Abi Mut.

»Frag ruhig. Ob du eine Antwort bekommst, ist eine andere Sache«, erklärte Luca mit ruhiger Stimme.

»Gut. Warum hattest du nie eine Freundin? Ich meine … Bist du … Sind dir … Männer lieber?«

Luca lachte schallend. »Was du für Fragen stellst! Nein, Abi. Wenn ein Mann keine Freundin hat, bedeutet das noch lange nicht, dass er schwul ist.«

»Findest du mich attraktiv?«, platzte Abi heraus.

Luca betrachtete sie. Die blonden Haare umrahmten ihr ovales Gesicht mit den lebhaften blauen Augen auf höchst attraktive Weise. Unwillkürlich wanderte sein Blick zu ihren langen, wohlgeformten Beinen, die sie untergeschlagen hatte.

»Sogar sehr. Ich bin ja nicht blind.«

»Warum hast du dann, wenn du gern mit mir zusammen bist und mich attraktiv findest, nie versucht …?«

»Bitte! Das darfst du mich nicht fragen.« Luca stand auf, trat ans Fenster und blickte hinaus auf die immer noch belebte Straße, auf der verliebte Paare händchenhaltend vorbeischlenderten. Luca versetzte es einen Stich, als ihm bewusst wurde, dass seine Zukunft anders aussah. Wenn er überhaupt eine Frau gewählt hätte, dann die, die ihm mittlerweile so ans Herz gewachsen war … die er *liebte* und die auf der Couch hinter ihm saß. Er nahm einen weiteren Schluck Brandy und stellte sein Glas aufs Fensterbrett.

»Luca, du kannst dir sicher denken, was ich für dich empfinde, warum ich die Sache mit dem Kirchenchor mache und warum ich so oft bei euch bin«, erklärte sie.

»Ich dachte, weil du die beste Freundin meiner Schwester und hilfsbereit bist.« Luca wandte sich zu ihr um.

»Natürlich«, versicherte sie ihm hastig. »Rosanna ist mir sehr wichtig. Und es macht mir Spaß, den Chor aufzubauen und zu betreuen. Aber du musst doch merken, dass mehr dahintersteckt.«

»Abi, bitte, ich weiß nicht, was ich sagen soll.«

Abi leerte ihr Glas. Jetzt oder nie, dachte sie.

»Luca, darf ich dir etwas verraten? Etwas sehr Persönliches? Ich glaube, ich habe mich in dich verliebt.«

Luca sah sie traurig an.

»Ist das denn so schrecklich?«, fragte sie.

»Nein, ja … Ich …« Er senkte den Blick.

Abi trat zu ihm. »Bitte, Luca, sei ehrlich. Kannst du aufrichtig sagen, dass du nichts für mich empfindest?«

»Nein, das kann ich nicht.«

Abis Finger strichen über seinen Rücken.

»Dann küss mich.«

»Nein … ich …« Ihr Gesicht war verführerisch nahe.

Als sie ihn zu sich heranzog, die Arme um ihn schlang und ihn küsste, spürte sie, wie er sich entspannte und endlich reagierte.

Abi hatte sich diesen Moment sehr oft vorgestellt, doch die Realität war noch viel besser.

Plötzlich löste er sich von ihr. »Bitte hör auf!«

»Warum? Ich weiß, was du für mich empfindest. Ich hab's mir nicht bloß eingebildet, stimmt's? In den vergangenen vier

Jahren bin ich mit Jungs ausgegangen, aber die waren mir nicht wichtig. In meinem Herzen hat es nie einen anderen gegeben als dich. Und so wird es auch immer bleiben.«

Als Abi sich wieder auf ihn zubewegte, wich Luca zurück wie ein in die Enge getriebenes Tier, sank aufs Sofa und bedeckte das Gesicht mit den Händen.

»Luca, was ist? Bitte sag es mir.«

Abi sah, dass er Tränen in den Augen hatte.

Er schüttelte traurig den Kopf. »Das verstehst du nicht.«

»Doch. Wenn wir das Gleiche füreinander empfinden, gibt es eine Lösung.« Sie setzte sich neben ihn.

»Nein, Abi. Wir haben keine gemeinsame Zukunft. Tut mir leid, dass ich dich einen Moment lang in dem Glauben gelassen habe.«

Sie holte tief Luft und schüttelte die Haare aus dem Gesicht. »Erklär mir, warum nicht.«

»Na schön. Ich versuch's. In meiner Jugend hab ich mich immer gefragt, warum ich unglücklich bin. Es war, als wäre ich auf der Suche nach etwas, das mir weder Frauen noch beruflicher Erfolg geben konnten. Dann bin ich mit Rosanna nach Mailand gekommen und, Ironie des Schicksals: Gleich am ersten Tag hier habe ich herausgefunden, was es ist.«

»Wie? Und wo?«

»Ich bin in die Chiesa della Beata Vergine Maria gestolpert… und habe sie gesehen.«

»Wen?« Ihre Lippen bebten.

»Die heilige Mutter Gottes«, antwortete Luca mit leiser Stimme. »Das mag albern klingen, aber sie hat zu mir gesprochen. Plötzlich hat alles einen Sinn ergeben, und mein Weg lag klar vor mir.« Er griff nach Abis Hand. »Deshalb kann ich weder dich noch eine andere Frau lieben. Ich habe mein Leben Gott geweiht.«

Abi sah ihn mit offenem Mund an. Erst nach einer ganzen Weile fand sie ihre Sprache wieder.

»Ich glaube doch auch an Gott. Heißt das denn, dass man niemanden lieben darf? Ich dachte, Gott *ist* Liebe?«

»Ja, aber ich werde auch noch den letzten Schritt gehen. Damit habe ich gewartet, bis Rosanna mit der Musikschule fertig ist. Sie war immer meine oberste Priorität. Schon sehr bald werde ich in ein Priesterseminar in Bergamo eintreten und sieben Jahre dort bleiben. Abi, ich möchte Priester werden. Deswegen kann ich nicht mit dir zusammen sein. Nun ist es heraus. Ich erwarte weder von dir noch von Rosanna Verständnis für meine Entscheidung.«

Abi war so verblüfft, dass sie fast hysterisch zu lachen anfing. Doch als sie in seine Augen blickte, erkannte sie, dass das, was er gesagt hatte, aus tiefster Seele kam.

»Jetzt hältst du mich für verrückt, stimmt's?«

»Nein. Wirklich nicht. Wenn du Geistlicher werden willst, bedeutet das, dass du auf alle weltlichen Freuden verzichtest. Bist du dazu tatsächlich bereit?«

»Ja.«

»Und trotzdem kannst du nicht sagen, dass du nichts für mich empfindest?«

»Nein. Schon bei unserer ersten Begegnung hatte ich Gefühle für dich, die sich schwer beschreiben lassen. Du hast einen festen Platz in meinem Herzen. In den letzten vier Jahren sind wir uns sehr nahegekommen.«

»Stimmt. Vielleicht ist es Liebe.«

»Vielleicht. Aber begreifst du denn nicht? Du bist eine der Prüfungen, die Gott mir auferlegt. Und gerade eben habe ich versagt.« Luca ließ die Schultern hängen.

»Ich weiß nicht, ob ich mich geschmeichelt fühlen oder beleidigt sein soll«, sagte Abi mit leiser Stimme.

»Tut mir leid, das war unsensibel«, entschuldigte sich Luca hastig. »Eigentlich habe ich es positiv gemeint. Du bist die erste und einzige Frau, die ich je geliebt habe.«

»Dann gibst du also zu, dass du mich liebst?«

»Ja, ich glaube, ich liebe dich, Abi. Ich habe so viele Nächte an dich gedacht, mich nach dir verzehrt und Gott um Beistand gebeten. Deine Anwesenheit hier hat es mir oft sehr schwergemacht. Möglicherweise habe ich deshalb manchmal ein wenig … distanziert gewirkt«, gestand Luca.

Abi begann zu begreifen, dass sie nichts an der Situation ändern konnte. »Wann willst du in dieses … Priesterseminar eintreten?«

»Die ersten Gespräche habe ich bereits hinter mir. Wenn alles gut geht, breche ich in sechs Wochen, wenn Rosanna und ich von Neapel zurück sind, nach Bergamo auf.«

»Verstehe. Weiß Rosanna Bescheid?«

»Nein. Ich wollte ihr nicht die Freude verderben.«

»Sie wird am Boden zerstört sein. Ihr beide steht euch so nahe.«

»Wenn sie mich so liebt, wie ich es glaube, wird sie sich für mich freuen.«

»Vielleicht.« Abi seufzte. »Bitte nimm es mir nicht übel, wenn ich nicht dazu in der Lage bin, jedenfalls noch nicht. Ich kann dich durch nichts umstimmen?«

Luca wusste, dass er stark bleiben musste. »Nein.«

Abi konnte die Tränen nicht länger zurückhalten. »Dann drück mich bitte, Luca.«

Luca breitete die Arme aus. Als er ihr über die Haare strich, spürte er, wie sein Körper auf sie reagierte.

»Meine Gefühle für dich werden sich nicht ändern«, murmelte sie.

»Doch, Abi. Du bist eine schöne junge Frau. Eines Tages

wirst du jemanden kennenlernen, der dich so liebt, wie ich es nicht vermag. Dann wirst du mich vergessen.«

Sie wischte sich die Tränen mit dem Handrücken weg. »Nein«, widersprach sie, »niemals.«

Am folgenden Tag erklärte Luca Rosanna alles. Zu ihrer Überraschung war sie trotz ihres Bedauerns darüber, dass sie in Zukunft ohne ihn sein würde, erleichtert, endlich zu wissen, warum ihr Bruder so lange ein Einsiedlerleben geführt hatte.

»Wann soll's losgehen?«

»Im Herbst, wenn wir aus Neapel zurück sind.«

»Werde ich dich in Bergamo besuchen können?«

»Vorerst nicht.«

»Verstehe.«

»Kannst du meine Entscheidung verstehen?«, fragte Luca.

»Ja, solange es tatsächlich das ist, was du willst.«

»Es war schon lange mein Wunsch, ohne dass es mir klar gewesen wäre.«

»Dann freue ich mich für dich, auch wenn du mir sehr fehlen wirst, Luca.«

»Und du mir. Du wirst nicht allein sein. Ich glaube, Abi würde gern hier einziehen. Das wäre dir doch recht, oder?«

»Natürlich, aber es ist nicht das Gleiche wie mit dir.«

»Du wirst so beschäftigt sein mit deinem neuen Leben an der Scala, dass dir meine Abwesenheit gar nicht auffällt, *piccolina*.«

»Das bedeutet nicht, dass ich dich nicht mehr brauche.« Mit bemüht fröhlicher Stimme fuhr sie fort: »Was Papà wohl dazu sagen wird?«

»Ich denke, ihm wird's Spaß machen, mit seinem Sohn, dem Geistlichen, und seiner Tochter, der Opernsängerin, anzugeben.« Luca griff nach ihren Händen. »Rosanna, du weißt, dass du mir der wichtigste Mensch auf Erden bist?«

»Ja.«

»Ich glaube, jetzt ist der richtige Moment zu gehen. Du musst lernen, selbständig zu werden.«

Rosanna nickte traurig. »Wahrscheinlich hast du recht. Ich muss erwachsen werden.«

Die zwei Monate in Neapel vergingen wie im Flug. Im Café war viel los, und Rosanna konnte nicht so viel Zeit mit Luca verbringen, wie sie sich gewünscht hätte. Wie ihr Bruder prophezeit hatte, prahlte Marco schon bald mit seinem Sohn, dem zukünftigen Priester. Den fand er beeindruckender als die Tatsache, dass die Scala seine Tochter verpflichtet hatte. Rosanna nahm sein augenscheinliches Desinteresse klaglos hin; es machte ihr bewusst, wie weit sie sich von der sicheren, engen Welt von Piedigrotta entfernt hatte. Von ihrem Vater erwartete sie nicht, dass er sie verstand.

Vor ihrer Rückkehr nach Mailand besuchte Rosanna Luigi Vincenzi, weil sie wusste, dass es lange dauern konnte, bis sie wieder nach Neapel käme. Auf seiner schönen schattigen Terrasse genossen sie, geschützt vor der heißen Augustsonne, gekühlten Weißwein. Sie hatte ein schlechtes Gewissen, dass sie sich mittlerweile bei Luigi heimischer fühlte als im Café ihres Vaters.

»Halten Sie es für richtig, Paolos Vorschlag anzunehmen?«, fragte sie ihn, als er ihr Wein nachschenkte.

»Ja. Ins Ausland zu gehen und die großen Partien zu singen wäre natürlich verführerisch, aber Paolo tut gut daran, dir Zeit zu geben.«

»Manchmal habe ich das Gefühl, dass ich schon ewig übe«, seufzte Rosanna. »Meine ersten Gesangsstunden bei Ihnen sind jetzt fast zehn Jahre her.«

»Rosanna, du wirst bis zum Tag deines Todes üben«, erklärte Luigi. »Das gehört zu deinem Beruf, nur so kannst du besser werden. Vergiss nicht: Für Paolo wäre es sehr viel einträglicher, dir sofort eine Hauptrolle an der Scala zu geben. Er weiß, dass du eines Tages ein Star sein wirst. Trotzdem sind er und Riccardo Beroli bereit, dich behutsam zu fördern und dein Selbstvertrauen und Repertoire aufzubauen. Glaubst du, andere Sopranistinnen erhalten vom künstlerischen Leiter eines der größten Opernhäuser der Welt eine solche Sonderbehandlung?«

»Nein. Tut mir leid. Ich bin ungeduldig und egoistisch.«

»Das ist Teil deiner Künstlerseele, die mit deiner Stimme wachsen wird«, meinte Luigi schmunzelnd. »Du bist genau dort, wo du sein sollst, Rosanna. Vertrau mir, Paolo und Riccardo. Wir sind auf deiner Seite.«

Eine halbe Stunde später begleitete Luigi sie zur Haustür. »Schöne Grüße an deinen Bruder. Ich wünsche ihm alles Gute für den Weg, den er eingeschlagen hat.«

»Danke.« Rosanna küsste Luigi auf beide Wangen. »Sehe ich Sie bei meiner ersten Premiere in Mailand?«

»Um nichts in der Welt würde ich mir die entgehen lassen.« Er küsste sie seinerseits auf die Wange. »*Ciao*, Rosanna. Hör nie auf zu üben.«

»Versprochen.« Auf der Auffahrt winkte sie ihm noch einmal zu.

Vier Tage nach ihrer Rückkehr nach Mailand begleitete Rosanna Luca zum Bahnhof, wo er seine Reise nach Bergamo antreten wollte. Als ihr Bruder den Zug bestieg, umarmte sie ihn ein letztes Mal.

»Ich bin sehr stolz auf dich, Luca.«

»Und ich auf dich, *piccolina*. Noch eins, bevor ich losfahre: Du besitzt eine wunderbare Gabe, doch du wirst einen hohen

Preis dafür bezahlen, das ist bei allen Gaben so. Vertrau nur dir selbst«, riet er ihr.

»Versprochen.«

»Abi wird auf dich aufpassen. Und du musst ein Auge auf sie haben.«

»Ja. Ich glaube, ihr geht es am meisten an die Nieren, dass du wegfährst.«

»Ja, wir stehen uns sehr nahe«, bestätigte Luca.

»Du wirst uns schreiben?«

»Ich versuche es, aber es könnte sein, dass ich mich eine Weile nicht melde. Für Novizen gelten strenge Regeln. *Ciao, bella.*« Luca küsste sie auf beide Wangen. »Gott segne und schütze dich in meiner Abwesenheit.«

»*Ciao*, Luca.«

Rosanna winkte, bis der Zug nicht mehr zu sehen war. Als sie vom Bahnhof auf die belebten Straßen Mailands hinaustrat, fühlte sie sich plötzlich sehr einsam. Luca war immer für sie da gewesen. Nun musste sie der Zukunft allein ins Auge blicken.

15

Roberto wurde durch das Klingeln des Telefons geweckt. Fluchend griff er nach dem Hörer.

»*Pronto.*«

»*Caro*, ich bin's, Donatella.«

»Warum rufst du mich um diese Uhrzeit an? Du weißt doch, dass ich gestern spät heimgekommen bin«, antwortete er verärgert.

»Entschuldige, aber du warst sechs Wochen weg. Ich wollte deine Stimme hören und sicher sein, dass du gut nach Hause gekommen bist. Bitte nicht böse sein.«

Robertos Stimme wurde sanfter. »Ich bin nicht böse, nur müde, das ist alles.«

»Wie war's in London?«

»Es hat die ganze Zeit geregnet, und das im August. Ich hab mir eine üble Erkältung geholt.«

»Du Armer. Die Kritiken für deinen Kalaf in der *Turandot* waren hymnisch.«

»Ja, sie schienen ganz angetan zu sein«, wiegelte er ab.

»Soll ich heute Nachmittag zu dir kommen? Wir haben einiges nachzuholen.«

»Nein, heute Nachmittag geht's nicht. Da treff ich mich mit Paolo de Vito, um die nächste Saison zu besprechen.«

»Dann morgen?«

»Gut, morgen.«

»Ich kann's kaum erwarten. Um drei bin ich bei dir. *Ciao.*«

»*Ciao.*« Roberto legte auf und sank seufzend in die Kissen zurück. Seine Erleichterung, von dem grauen London weg und endlich wieder in Mailand zu sein, war dahin.

In den vergangenen fast vier Jahren hatte Donatella sich verändert. Anfangs war starke gegenseitige körperliche Anziehung die Basis der Affäre gewesen, und die Existenz von Donatellas Mann hatte dafür gesorgt, dass die Sache nicht ernster geworden war. Doch je berühmter Roberto wurde, desto besitzergreifender benahm sich Donatella. Das war fast unmerklich vonstattengegangen, bis sie im vergangenen Jahr hin und wieder das Wörtchen »Liebe« ausgesprochen hatte und wütend geworden war, wenn sie in Zeitungen oder Zeitschriften Fotos von Roberto mit anderen Frauen entdeckte. Sie unterstellte ihm permanent Affären, und manchmal hatte sie sogar recht. Doch trotz Donatellas Reichtum und Einfluss wollte er sich von ihr nichts vorschreiben lassen. Zu Beginn ihrer Beziehung war er ein Niemand gewesen, aber inzwischen genoss er Starruhm, und er duldete keine Einmischung in seine Angelegenheiten.

Allerdings erregte keine andere Frau ihn sexuell so sehr wie sie, und es fiel ihm sehr schwer, ihren Reizen zu widerstehen.

Auf dem Weg unter die Dusche dachte Roberto über dieses Dilemma nach. Hatte Donatella die Zeitungsfotos von ihm und Rosalind Shannon gesehen, einer jungen Sopranistin in Covent Garden? Mehr als einmal hatte er sich in dem tristen Londoner Wetter von ihr aufheitern lassen. Natürlich war sie nicht sonderlich begeistert über seine Abreise gewesen, aber seine Versprechungen schienen sie beruhigt zu haben. Roberto bezweifelte, dass er sich noch einmal die Mühe machen würde, sie anzurufen. Die Zeit mir ihr hatte Spaß gemacht, doch …

Er trocknete sich ab und schlüpfte in eine legere Armani-Hose und ein Seidenhemd, bevor er in die Küche ging, um das Honiggetränk zuzubereiten, das seine Stimmbänder ölte und schützte. Während er das Wasser aufsetzte, sinnierte er über das, was der Erfolg ihm gebracht hatte. Manche Menschen behaupteten, dass ihnen materielle Dinge nicht wichtig, dass diese nur eine angenehme Begleiterscheinung ihres Ruhms seien. Roberto hingegen war gern reich.

Seine neue Wohnung befand sich gleich bei der Via Manzoni, nur einen Katzensprung von der Scala entfernt, und entsprach genau seinen Bedürfnissen. Sie war klein genug, um nicht zu viel Pflege zu erfordern. Der Gedanke, dass eine ganze Heerschar von Bediensteten ihn in flagranti erwischen könnte, behagte ihm nämlich nicht. Trotzdem war das Apartment so schick, dass es seinem Status als einem der größten Tenöre der Gegenwart gerecht wurde.

Er hatte es geschafft und redete sich ein, dass ihm das ganz allein gelungen war.

Wenn Donatella Anspruch auf ihn erhob, musste sie lernen, sich an seine Regeln zu halten.

Sonst würde er sich von ihr verabschieden.

Am Nachmittag stieg Donatella in ihren neuen Ferrari, überprüfte ihr Make-up im Rückspiegel, ließ den Motor an und fuhr mit aufheulendem Motor los, um so schnell wie möglich wieder in Robertos Armen zu liegen. Kaum zu glauben, wie sehr er ihr fehlte!

Allmählich hatte sie genug von ihrer Teilzeitbeziehung und der Geheimnistuerei. Sie wollte der ganzen Welt verkünden, dass *sie* die Frau im Leben des großen Roberto Rossini war.

Den größten Teil des Sommers hatte sie mit ihrem Mann in ihrer Villa auf dem Cap Ferrat verbracht. Beim Sonnenbaden am Pool hatte sie ihren Mann begutachtet: Er war klein und fast kahl, hatte grobe Züge und einen Bauch, der im Lauf der Jahre stetig wuchs. Sie ertrug seine Berührungen kaum noch.

Früher hatte sie sie für Reichtum, Macht und gesellschaftlichen Status bereitwilliger in Kauf genommen.

Doch nun gab es einen Mann in ihrem Leben, der ihr das Gefühl vermittelte, wieder jung zu sein, der genauso erfolgreich war wie ihr Gatte und – wichtiger – den sie liebte und begehrte. Beim Schwimmen in dem Pool der Villa mit spektakulärem Blick aufs Mittelmeer hatte Donatella sich eingeredet, Roberto habe ihr nur deshalb nie gesagt, dass er sie liebe, weil er wusste, dass es aussichtslos war. Schließlich war sie verheiratet und hatte nicht vor, ihren Mann zu verlassen, das hatte sie von Anfang an klargemacht.

Doch was, wenn sie plötzlich wieder Single wäre?

Nach ihrer Rückkehr aus Frankreich war Donatella zu einem Entschluss gelangt. Sie würde sich von Giovanni scheiden lassen und nach einem angemessenen Zeitraum Roberto ehelichen. In der Zwischenzeit könnte sie, wenn ihre Trennung von Giovanni erst einmal publik war, mit ihrem jungen Geliebten die Welt bereisen. Sie ertrug es nicht länger, in den Zeitungen von seinen Amouren zu lesen. Sie wollte ihn ganz für sich.

Schließlich hatte er seinen Erfolg ihr zu verdanken.

»Du hast mir so gefehlt, *caro*.«

Roberto stöhnte auf, als ihre Zunge schlangengleich seinen Bauch hinunter zu seinem Glied glitt.

»Sag, dass du mich liebst«, verlangte sie und hielt inne.

»Ich bete dich an«, flüsterte er im Taumel der Lust.

Donatella umfasste ihn lächelnd mit den Lippen.

Genau das war es, was sie hören wollte.

Rosanna und Abi betraten mit den anderen die Bühne der Scala. Nach drei Wochen in den Proberäumen war dies die erste Probe im Theater selbst.

»Gott, wie riesig«, flüsterte Rosanna nervös, als sie von der Bühne in den leeren Zuschauerraum blickte.

»Ich komme mir ganz verloren vor«, pflichtete Abi ihr bei.

Rosanna starrte den prächtigen Kronleuchter hoch über ihren Köpfen an und malte sich gerade das Debüt aus, das sie eines Tages hier geben würde, als Riccardo Beroli in die Hände klatschte.

»Jetzt gehen wir den ersten Akt durch.«

Wenig später sah Rosanna Anna Dupré mit Paolo de Vito ins Gespräch vertieft aus den Kulissen treten. Sie würde die Adina in Donizettis *L'Elisir d'Amore* singen, der Oper, mit der die Saison eröffnet würde. Rosanna hatte die Rolle der Giannetta und ein kurzes Solo mit dem Frauenchor. Tag um Tag hatte sie auf Roberto Rossini gewartet, der den Nemorino geben sollte, ihn jedoch, obwohl sie schon einen ganzen Monat probten, noch nicht zu Gesicht bekommen.

»Gut, und nun mit Gesang!« Riccardo gab dem Pianisten ein Zeichen.

Sechs zermürbende Stunden später verließen Abi und Rosanna das Theater.

»Puh! Jetzt brauch ich aber was zu trinken«, verkündete Abi, als sie Arm in Arm zu einem Café nicht weit von der Scala trotteten.

Sie setzten sich an einen Tisch am Fenster; Abi bestellte ein Glas Wein, Rosanna ein Mineralwasser.

»Das war anstrengend«, stöhnte Rosanna. »Die ewige Rumsteherei, bis endlich das Licht stimmt.«

»Die Stars mussten das nicht machen. Anna Dupré war nur vormittags eine Stunde da, und der große Signor Rossini hat sich überhaupt noch nicht blicken lassen.« Abi rümpfte die Nase.

»Paolo hat Anna gegenüber erwähnt, dass Roberto gestern Abend in Barcelona aufgetreten ist.«

»Angeblich hatte er hier ein paar Einzelproben und erscheint vermutlich erst zu den Kostümproben. Wahrscheinlich will er nichts mit uns normal Sterblichen zu schaffen haben.«

»Keine voreiligen Schlüsse, Abi, du kennst ihn doch gar nicht«, verteidigte Rosanna Roberto.

»Stimmt, aber selbst du weißt, was für einen schlechten Ruf er an der Scala hat. Angeblich hat er letzte Saison in der *Carmen* zwischen der Torero-Arie und dem Schmuggler-Chor eine der Chordamen vernascht. Und danach hatte er noch genug Luft fürs Finale!«

»Du bist schrecklich, Abi.« Rosanna lachte. »Bestimmt ist das alles übertrieben.«

»Mag sein, aber ich könnte mir vorstellen, dass eine Nacht mit Roberto Rossini den Kummer wert ist. Er soll eine Kanone im Bett sein.« Abi nahm, amüsiert über Rosannas Gesichtsausdruck, einen Schluck Wein. »Außerdem werde ich, jetzt, wo Luca im Priesterseminar ist, wohl jede Hoffnung, dass er meine Gefühle doch noch irgendwann erwidert, aufgeben müssen, und ich finde, mein gebrochenes Herz verdient Trost.«

»Mir war nicht klar, dass dir das mit ihm so ernst ist.«

»O doch. Ich habe gegen Gott verloren«, murmelte sie. »Aber vorbei ist vorbei, wie wir in England sagen. Hast du übrigens den Tenor auf den Stufen neben mir bemerkt?«

»Der Luca ein bisschen ähnlich sieht?«

»Ja«, gab Abi errötend zu. »Ich glaube, an den pirsche ich mich als Erstes ran. Prost!« Sie hob ihr Glas und leerte es.

Eine Woche später betraten Rosanna und Abi in ihren schweren Kostümen die Bühne zur Generalprobe. Rosanna hörte, wie die Musiker im Orchestergraben ihre Instrumente stimmten, und beobachtete, wie die letzten Nägel eingeschlagen wurden.

Paolo versammelte Chor und Solisten.

»Meine Damen und Herren, ich hoffe, dass wir die Oper einmal ganz durchspielen können. Nehmen Sie jetzt bitte alle Ihre Ausgangsposition ein.« Paolo nickte Riccardo im Orchestergraben zu.

Der Chor hatte noch nicht lange gesungen, als aus dem Parkett ein »Stopp!« erklang. Zwanzig Minuten Pause, während etwas, das von der Bühne aus nicht zu sehen war, zu Paolos Zufriedenheit korrigiert wurde. Endlich konnten sie wieder anfangen.

Vier Stunden später warteten Rosanna und Abi, einen Plastikbecher mit Kaffee in der Hand, darauf, dass Paolo mit Akt eins fortfuhr.

»Schau mal, wer uns mit seiner Anwesenheit beehrt.« Abi stieß Rosanna an.

Als Rosanna den Blick hob, stockte ihr der Atem: Auf der Bühne unterhielten sich Roberto Rossini und Paolo.

»Er sieht tatsächlich ziemlich gut aus. Oje, ich muss los. Der Chor ist dran«, sagte Abi.

Kurz darauf trat der Chor ab, es wurde dunkel, und Roberto betrat die Bühne im grellen Spotlight.

Rosanna lauschte gebannt, wie er »Una furtiva lagrima« sang.

Zwei Tage später wartete Rosanna in den Kulissen auf ihren Auftritt. Obwohl sie ihr Solo im Schlaf beherrschte, war sie schrecklich aufgeregt. Sie versuchte, sich auf ihre Atmung zu konzentrieren und ruhiger zu werden. Donnernder Applaus begleitete Roberto, als er von der Bühne abging, direkt auf sie zu, und unerwartet vor ihr stehen blieb. Er atmete schwer, und auf seinem Gesicht glänzten Schweißperlen.

»*In bocca al lupo*, Miss Menici«, flüsterte er ihr zu.

»*Crepi il lupo*«, erwiderte sie errötend.

Er küsste sie auf die Stirn. »Das wird ein perfektes Debüt. Und jetzt raus mit dir.«

Rosanna trat hinaus auf die Bühne.

Zehn Minuten später war sie wieder in der Garderobe, die sie sich mit einer anderen Solistin teilte. In dem Moment, in dem sie zu singen begonnen hatte, war ihre Nervosität verschwunden, und nach all den Jahren der Übung hatte sie tatsächlich die Atmosphäre ihrer ersten Premiere genießen können. Sie war mit freundlichem Applaus bedacht worden und wusste, dass sie gut gesungen hatte. Und wichtiger – Roberto hatte von ihr Notiz genommen. Sie strich mit den Fingern über die Stelle an ihrer Stirn, auf die er sie geküsst hatte.

Eine Stunde danach versammelten sich alle zum Schlussapplaus auf der Bühne. Roberto und Anna traten fünfmal vor den Vorhang, bevor sie in ihre Garderoben zurückkehrten. Als Rosanna aus ihrem Kostüm schlüpfte, lächelte sie sich selbst im Spiegel zu, um sich diesen ganz besonderen Moment einzuprägen. Dann ging sie in Abis Garderobe, die diese mit anderen Angehörigen des Chors teilte.

»*Bravissima*, Rosanna.« Abi küsste sie auf beide Wangen. »Du hast toll gesungen, das finden alle. Das war also dein erster Soloauftritt in der Scala. Vielleicht wirst du morgen in den Kritiken erwähnt.«

»Meinst du?«

»Wer weiß? Aber ich kann einfach nicht glauben, dass du dir für die Premierenfeier keine neuen Klamotten geleistet hast! Dieses alte schwarze Ding ist reif für die Mülltonne«, sagte sie und nahm ihr eigenes rotes Cocktailkleid vom Bügel.

Rosanna, die sich nicht sonderlich für Kleidung interessierte, glättete ihren Rock, während Abi in ihr Gewand schlüpfte, ihre blonden Haare bürstete und gekonnt das Make-up erneuerte.

»Du siehst wunderschön aus, Abi«, bemerkte Rosanna voller Bewunderung.

»Danke. Komm, Aschenputtel, lass uns gehen, sonst verpassen wir das Beste.«

Sie betraten das Foyer der Oper, in dem es bereits von Sängern und geladenen Gästen wimmelte.

»Champagner?« Abi nahm zwei Gläser vom Tablett einer vorbeigehenden Kellnerin und reichte Rosanna eines.

»Danke.«

»Möge dies die erste von zahlreichen Premieren sein!« Abi strahlte. »Schau, da drüben ist der Star des Abends, umschwärmt von seinen begeisterten Fans.«

Rosanna sah nur Robertos Kopf, der über die der anderen Gäste hinausragte.

»Er redet mit meiner Tante. Das ist die Gelegenheit. Lass uns zu ihnen gehen.« Abi ergriff Rosannas Hand.

»Nein, nicht heute Abend. Es sind zu viele Leute da, er ist beschäftigt«, widersprach Rosanna nervös.

»Mag sein, aber wir haben gerade auf derselben Bühne gestanden wie er, auch wenn Signor Rossini tut, als käme er von der Sonne.«

Abi bahnte sich mit Rosanna im Schlepptau einen Weg durch die Menge. Kurz bevor sie die Gruppe um Roberto erreichten, tauchte eine vertraute Gestalt neben Rosanna auf.

»*Ciao*, Paolo«, begrüßte sie ihn erleichtert.

»*Ciao*, Rosanna. Darf ich Sie entführen?« Paolo nahm Rosannas Arm und zog sie weg.

Abi ging mit einem Achselzucken zu ihrer Tante und Roberto.

»Und, wie fanden Sie Ihren ersten Abend als Solistin an der Scala?«, erkundigte sich Paolo, als Rosanna und er das Foyer durchquerten.

»Einfach wunderbar.«

»Gut. Sie haben ausgezeichnet gesungen, Rosanna. Ihr Debüt hätte nicht besser laufen können. Aber seien Sie ehrlich: Haben Sie sich gewünscht, an Anna Duprés Stelle zu sein?«

»Ja«, gestand Rosanna verlegen.

»Ihrer Leistung heute Abend nach zu urteilen wird es nicht mehr lange dauern. Riccardo meint, bei Ihrer gemeinsamen Arbeit würden Sie große Fortschritte machen. Seien Sie fleißig, Rosanna. Die Proben sind ideal, um die Rollen einzustudieren, die Sie eines Tages singen werden.«

»Ja, Paolo.«

Paolo senkte die Stimme. »Da drüben ist ein Herr, der unbedingt mit Ihnen sprechen möchte. Es handelt sich um einen wichtigen Förderer der Musikschule, und da Sie die beste Schülerin des Abschlussjahrgangs waren, halte ich es für sinnvoll, Sie ihm vorzustellen. Wären Sie so nett, mir zu folgen?«

Rosanna nickte.

Abi tippte ihrer Tante Sonia auf die Schulter. Sonia begrüßte sie mit einem Wangenküsschen.

»Gratuliere, Liebes. Du warst wunderschön in deinem Kostüm.« Sie lächelte. »Bist du schon mit Roberto Rossini bekannt gemacht worden?«

»Nein«, antwortete Abi und richtete den Blick auf Roberto. »Obwohl wir am selben Haus singen.«

»Roberto«, sagte Sonia, »das ist meine Nichte Abigail Holmes. Ich weiß, dass sie eines Tages ein großer Star wird.«

»Erfreut, Sie kennenzulernen, Signorina. Ich glaube, ich habe Sie schon einmal gesehen. Haben Sie nicht bei dem Konzert zugunsten der Chiesa della Beata Vergine Maria gesungen?«

»Sie haben ein vorzügliches Gedächtnis, Roberto«, säuselte Sonia.

»Ein hübsches Gesicht vergesse ich nicht.« Er grinste breit. »Sie hatten den Platz neben Rosanna Menici.«

»Ja.«

»Sie hat ihre Arie heute Abend ganz hervorragend gesungen. Ist sie auch hier?«

»Ja, da drüben bei Paolo«, antwortete Abi ein wenig verstimmt über sein augenscheinliches Interesse an Rosanna.

Als Roberto ihre Miene bemerkte, erklärte er: »Ich kenne sie seit ihrer Kindheit. Man könnte sogar behaupten, dass ich sie entdeckt habe. Sie hat eine wunderschöne Stimme, vermutlich genau wie Sie, Signorina Holmes.«

Wie er ihren Namen aussprach! Abi bekam eine Gänsehaut.

Da legte Sonia ihr die Hand auf den Arm. »Entschuldige, ich muss mich unter die Leute mischen. Passen Sie für mich auf sie auf, Roberto.«

»Selbstverständlich.« Er verabschiedete sich mit einer galanten Verbeugung von Sonia und sah dann ihre Nichte an. »Champagner, Signorina Holmes?«

»Gern. Sagen Sie doch Abi zu mir.«

Roberto nahm ein Glas vom Tablett eines Kellners und reichte es ihr. »Abi, Sie müssen mir alles über sich erzählen.«

Eine Stunde später gelang es Rosanna endlich, sich aus einer heiklen Lage zu befreien. Der Förderer, ein älterer Mann mit lasziv funkelnden Augen, hatte während der Unterhaltung begonnen, ihren Rücken zu streicheln, und einmal sogar die Dreistigkeit besessen, ihr die Hand auf den Po zu legen. Als sie es schließlich mit der Ausrede, sie müsse zur Toilette, geschafft hatte, sich zu verabschieden, suchte sie nach Abi, fand jedoch nur deren Tante Sonia.

»Hallo, Signora Bonifacio. Haben Sie Abi irgendwo gesehen?«

»Nicht in der letzten halben Stunde. Sie hat mit Roberto geredet, aber …«, Sonia ließ den Blick schweifen, »… jetzt scheint sie verschwunden zu sein. Vielleicht ist sie schon zu Hause.«

»Das kann ich mir nicht vorstellen. Wenn sie gegangen wäre, hätte sie mir bestimmt Bescheid gesagt.«

»Vermutlich war sie müde. Gehen Sie heim; ich bin sicher, dass Abi schon dort ist«, versicherte Sonia ihr mit einem Lächeln und wandte sich einem Gast zu.

Als Rosanna nach Hause kam, war die Wohnung dunkel. Im Bett fragte sie sich, warum Abi sich nicht von ihr verabschiedet hatte.

Abi betrachtete die Umrisse des Mannes neben ihr. Nachdem Roberto sie erstaunlich zärtlich verführt hatte, war er sofort eingeschlafen. Nun wusste sie nicht, ob sie bleiben oder nach Hause gehen sollte.

Als er ihr vorgeschlagen hatte, ihn zur Via Manzoni zu begleiten, war sie mitgegangen. In seiner Limousine hatte er sie geküsst, und in seiner Wohnung hatten sie es gerade noch zum Bett geschafft. Abi seufzte. Der kurze Schmerz der Entjungferung war schon bald der Lust gewichen und der Euphorie darüber, dass er an diesem Abend *sie* gewählt hatte. Kurz wanderten ihre Gedanken zu Rosanna, die von ihr enttäuscht sein würde, doch dann schlief sie tief und fest ein.

16

»Entschuldige, was hast du gerade gesagt?«

»Dass ich dich verlasse.« Donatella aß in aller Seelenruhe ihr Tiramisu weiter.

»Hast du den Verstand verloren?«, herrschte Giovanni sie an. »Das erklärst du mir einfach so beim Nachtisch, als würdest du ein neues Kleid von mir wollen?«

»Ich hab's dir nicht früher gesagt, weil ich dir den Appetit nicht verderben wollte, *caro*.«

Giovanni knallte den Löffel auf den Tisch. »Behandle mich nicht wie ein Kind!«, brüllte er. »Wer ist es?«

»Wie meinst du das?«

»Du bumst einen andern. Das ist der einzige Grund, den ich mir vorstellen kann.«

»Bitte, Giovanni, keine solchen Ausdrücke beim Essen.«

»Es ist mein Tisch, da kann ich reden, wie ich will!« Giovannis Gesicht lief rot an, und an seiner linken Schläfe pochte eine Ader.

»Versuch, ruhig zu bleiben, *caro*. Tut mir leid, wenn meine Eröffnung dich überrascht. Ich dachte, du wüsstest Bescheid.«

»Donatella, mir ist seit vielen Jahren klar, dass du mir nicht treu bist. Ich habe ein Auge zugedrückt, wie du bei mir. So ist unsere Ehe nun mal, und bis jetzt hat es gut funktioniert. Also nehme ich an, dass du dich von mir trennen willst, um ganz mit einem anderen Mann zusammen zu sein.«

»Gut erkannt, Giovanni. Und nach einem angemessenen Zeitraum können wir uns scheiden lassen.«

»*Wie bitte?*« Giovanni sah sie mit großen Augen an. »Kommt gar nicht infrage. Du bist … du bist meine Frau! Unsere gesellschaftliche Stellung in Mailand, mein Ruf …«

»Sei nicht so altmodisch, *caro*. Vor ein paar Jahren war Scheidung tatsächlich noch keine Option, aber jetzt …« Sie zuckte mit den Achseln. »Viele unserer Freunde haben diesen Weg gewählt. Das ist heutzutage keine große Sache mehr.«

»Für mich schon.« Allmählich wurde Giovanni klar, dass es ihr ernst war. »Aber warum, Donatella? Warum willst du uns beiden das antun? Du weißt, wie sehr die Medien es lieben, schmutzige Wäsche zu waschen. Wir sind bekannt hier in Mailand. Wir könnten doch einfach weitermachen wie bisher. Ich lasse dir alle Freiheiten.«

»Sogar die, öffentlich mit einem anderen Mann zusammenzuleben?« Sie betrachtete ihre langen roten Fingernägel.

Giovanni sank seufzend auf seinen Stuhl zurück. »Verstehe. Du hast dich in den Neuen verliebt.«

»Ja.«

»Wer ist er?«

»Das tut nichts zur Sache.«

Giovanni erhob sich wütend und wischte sich den Mund mit der Stoffserviette ab. »Ich warne dich, Donatella. Ich lasse mich von dir nicht vor ganz Mailand demütigen. Für mich ist die Sache erledigt. Du bleibst bei mir und schlägst dir diese alberne Idee aus dem Kopf.«

»Nein, ich denke, du wirst mir meinen Wunsch erfüllen.« Donatella wusste, dass sie ein Ass im Ärmel hatte, und jetzt war der Moment, es zu spielen. »Du willst doch nicht, dass die italienischen Behörden von der Zeichnung erfahren, die im New Yorker Penthouse eines reichen Texaners hängt, und von den mehreren Millionen Dollar auf deinem Schweizer Bankkonto, die er dir dafür gezahlt hat.«

Giovannis Augen verengten sich. »Weißt du noch, wer mir die Zeichnung gebracht hat? Wer dem naiven Priester erzählt hat, dass sie praktisch wertlos ist? Und wer aufgrund des geglückten Verkaufs eine Zahlung von einer Million Dollar erhalten hat?« Giovanni lachte verbittert und schüttelte den Kopf. »Nein, Donatella, du wirst mich nicht hinhängen, weil du dich damit selbst in die Bredouille bringst.«

»Ja, *caro*, aber vergiss bitte nicht, dass ich nicht nur eine ausgezeichnete Schauspielerin bin, sondern auch viel besser aussehe als du. Ich glaube, ich würde in den Zeitungen sehr gut rüberkommen als bedauernswerte Ehefrau eines Verbrechers und Verräters an der Nation.« Sie legte, ganz unschuldiges Opfer, den Handrücken an die Stirn und hob die Augen zum Himmel.

Giovanni verschlug es die Sprache.

Donatella stand auf. »*Caro*, es hat keine Eile. Du bist ab morgen einen Monat weg. Lass dir meinen Vorschlag durch den Kopf gehen, und wenn du wieder da bist, reden wir weiter. Ich werde keine unzumutbaren Forderungen an dich stellen. Natürlich will ich dieses Haus und angemessene finanzielle Unterstützung, aber ich habe nichts dagegen, mich offiziell aufgrund *deiner* Fehltritte von dir scheiden zu lassen. Schließlich ist das eine Frage männlichen Stolzes. Gute Nacht, *caro*. Ich wünsche dir einen erfolgreichen Aufenthalt in New York.«

Donatella schwebte aus dem Raum, zurück blieb nur ein Hauch von dem Joy-Parfüm, das sie immer trug und das Giovanni nicht leiden konnte, obwohl es ein Vermögen kostete. Nun verursachte der Geruch ihm Übelkeit.

Sie hatte ihn in der Hand, das wusste er. Wenn sie die Behörden informierte, waren sein Ruf, sein Geschäft und sein Leben ruiniert.

Donatella vermutete richtig, dass er dieses Risiko nicht eingehen würde. Wenn sie bereit war, eine schmutzige öffentliche Scheidung durchzuziehen, die ihrer beider Ruf schädigen würde, hatte sie entweder den Verstand verloren oder sich tatsächlich verliebt.

Giovanni ging in sein Arbeitszimmer, suchte im Stehen eine Telefonnummer aus seinem Rolodex auf dem riesigen Mahagonischreibtisch heraus und nahm den Hörer in die Hand. Als Erstes musste er herausfinden, wer ihr Geliebter war. Donatella hielt sich für clever, doch er würde ihr beweisen, dass sie ihn unterschätzt hatte. Er hatte mächtige Freunde und würde seine Beziehungen spielen lassen.

Rosanna gewöhnte sich überraschend problemlos an ihr neues Leben als Ensemblemitglied der Mailänder Scala. Sie genoss die Aufführungen und freute sich über die Möglichkeit, von den Solisten zu lernen. Wenn sie nicht auftrat oder probte, besuchte sie Gesangsstunden oder beschäftigte sich allein mit einer neuen Rolle. Ihre allwöchentlichen Sitzungen mit Riccardo Beroli erwiesen sich als unendlich wertvoll. Der zierliche, grauhaarige Dirigent war launisch und konnte jähzornig werden, ihr jedoch auch kleine Tricks verraten, zum Beispiel bei der Gestaltung besonders schwieriger Koloraturen.

Jeden Donnerstagnachmittag besuchte Rosanna die Proben als Cover, was ihr Gelegenheit verschaffte, die Hauptrollen auf der Bühne zu singen und zu spielen.

Als im Verlauf der Saison weitere Opern ins Repertoire aufgenommen wurden, stellte Rosanna fest, dass Paolos Vorschläge genau richtig waren. Zwar mochte es nicht so glamourös sein, in Jeans und Sweatshirt auf der großen Bühne zu stehen und zu Klavierbegleitung zu singen, wie in vollem Kostüm mit großem Orchester vor zweitausend Menschen aufzutreten, aber so konnte sie sich Fehler erlauben. Eine zwei- bis dreiminütige

Arie vorzutragen war die eine Sache, zu lernen wie man eine schwierige Rolle bis zu drei Stunden lang ausfüllte, eine ganz andere.

Manchmal hatte Rosanna das Gefühl, gleichzeitig gegenläufige Bewegungen auszuführen. Sie musste nicht nur den Text, die Musik und die Bühnenchoreografie im Kopf behalten, sondern lernte auch, wie man eine Figur zum Leben erweckt. Riccardo erklärte ihr, dass die großen Sopranistinnen außergewöhnliche Stimmen besaßen und vollendete Schauspielerinnen waren, die das Publikum emotional berührten.

Hin und wieder gelang es Rosanna, alles richtig zu machen, und dann ereigneten sich – wie Paolo es ausdrückte – »magische Momente«. Rosanna lebte ganz für diese Augenblicke, wusste aber, dass es noch lange dauern würde, bis sie in der Lage wäre, sie bei jedem ihrer Auftritte zu schaffen.

Es war Mitte Mai, und Rosanna sang gerade in dem schwierigen Liebesduett aus dem ersten Akt von *Madama Butterfly*. Paolo hatte sich im Parkett unbemerkt zu Riccardo gesellt. Die beiden lauschten gebannt.

»Rosanna wird immer besser«, stellte Riccardo fest.

»Sie lernt Bühnentricks, erwirbt Erfahrung und vor allen Dingen Reife. Wenn es so weitergeht, lassen sich, glaube ich, meine Pläne für *La Bohème* im nächsten Dezember verwirklichen«, meinte Paolo.

»Sie wird mal eine der ganz Großen. Eine Entdeckung der Scala.«

»Ja, wie Roberto Rossini.«

»Sprechen Sie über mich?«

Paolo erhob sich. »*Ciao*, Roberto.«

Roberto wirkte verärgert. »Wir hatten um drei einen Termin in Ihrem Büro. Ihre Sekretärin hat mir gesagt, dass Sie im

Theater sind, also bin ich hergekommen. Ich fliege in zwei Stunden nach Kopenhagen.«

»Tut mir leid, Roberto. Ich habe die Zeit vergessen.«

Nun erst blickte Roberto auf die Bühne. »Rosanna Menici.«

»Ja. Sie studiert diese Saison die weiblichen Hauptrollen als Cover ein.«

»Ich weiß. Was für eine Stimme! Aber der Tenor, der den Pinkerton singt, ist grässlich. Lassen Sie mich ihr zeigen, wie es klingen muss.«

Roberto marschierte, bevor Riccardo oder Paolo widersprechen konnte, auf die Bühne und signalisierte dem Pianisten, dass er aufhören solle.

Rosanna und Fabrizio Barsetti, der junge Mann, der den Pinkerton sang, blinzelten überrascht.

»Verzeihung, aber Signorina Menici und ich sind alte Freunde. Macht es Ihnen etwas aus, wenn ich mit ihr das Liebesduett singe?«

Der junge Tenor, dem nichts anderes übrig blieb, als einzuwilligen, verließ die Bühne.

»Wir beginnen bei ›Viene la sera‹.« Roberto nahm Rosannas Hände in die seinen. »Keine Angst. Sing, wie du immer singst, ich passe mich an«, flüsterte er ihr zu. »Los geht's.« Er gab dem Pianisten ein Zeichen.

Roberto fing zu singen an, und Rosanna fiel ein.

Riccardo und Paolo sanken verzückt in ihre Sitze zurück. Die beiden Stimmen, die eine erfahren und kraftvoll, die andere frisch und jugendlich, vereinten sich auf köstlichste Weise. Auch ihr Aussehen harmonierte: Sie zart und zerbrechlich, er stark und männlich.

»Die reine Magie«, flüsterte Paolo.

Als sie geendet hatten, sahen Rosanna und Roberto einander an, als wären sie allein auf der Welt.

Riccardo ergriff Paolos Arm. »Sie ergänzen einander so gut; sie müssen zusammen eine Premiere singen.«

»Ich hatte sowieso vor, heute Nachmittag mit Roberto über die *Bohème* zu reden«, erklärte Paolo.

»Du hast viel gelernt, meine Kleine«, lobte Roberto Rosanna, die vor Aufregung rote Wangen hatte. »Vielleicht ein bisschen mehr Vibrato am Schluss, aber abgesehen davon ... Du bist ein echter Profi. Entschuldige mich, ich muss los. Paolo erwartet mich.« Er küsste Rosannas Hand, gab Paolo ein Zeichen und nickte Riccardo zu. »*Ciao*, Riccardo.«

Paolo und Roberto verließen den Raum.

»Sie bereiten Signorina Menici also auf ein Leben als Star vor?«, fragte Roberto, als sie die Treppe zu Paolos Büro hinaufstiegen.

»Sagen wir mal, ich glaube, dass sie enormes Potenzial besitzt.«

Roberto blieb auf den Stufen stehen. »Versprechen Sie mir, dass Sie sie in ihrer ersten Hauptrolle mit mir besetzen.«

Am liebsten hätte Paolo ihn umarmt. »Darüber habe ich bereits mit Ihrem Agenten geredet, Roberto. Sie und Rosanna sollen als Rodolfo und Mimì die neue Saison eröffnen.«

»Toll! Wir harmonieren perfekt.«

Als Paolo das Funkeln in Robertos Augen bemerkte, runzelte er die Stirn. »Ja«, sagte er nur.

Nach der Vorstellung gingen Rosanna und Abi nach Hause. Rosanna war noch immer ganz aufgeregt darüber, dass sie mit Roberto gesungen hatte, während Abi ungewöhnlich ruhig wirkte.

»Kaffee?«, fragte Rosanna, als sie die Wohnung betraten.

»Nein, danke. Ich glaube, ich geh heute früh ins Bett.«

»Abi, warum bist du denn so niedergeschlagen? Ist es wegen Roberto?«

»Nein … doch.« Abi sank weinend aufs Sofa.

Rosanna setzte sich neben sie und legte den Arm um sie. Abis Geständnis, dass sie sich mit Roberto eingelassen hatte, war ein ziemlicher Tiefschlag für Rosanna gewesen, doch Abi zuliebe hatte sie es geschafft, ihre eigenen Gefühle für Roberto beiseitezuschieben, indem sie sich einredete, dass ihr Interesse an ihm rein beruflicher Natur sei. Und sie war zu dem Schluss gekommen, dass sie ihre Liebe nicht an einen Schürzenjäger wie ihn verschwenden durfte. Trotzdem war Abis Affäre mit Roberto ein heikles Thema.

»Ich dachte, er hat dich glücklich gemacht, Abi. Was ist passiert?«

»Nichts, das ist es ja. Anfangs war es sehr schön. Wenn er in Mailand war, hat er mich nach der Vorstellung in seine Wohnung mitgenommen. Aber seit Ostern zeigt er mir die kalte Schulter.« Abi wischte sich die Tränen weg.

»Du hast doch gewusst, wie er ist, und selber gesagt, du würdest dich einfach so lange daran freuen, wie es hält.«

»Ja, ja, ich weiß. Ich bin dumm. Ich hatte mir geschworen, mich nicht in ihn zu verlieben wie alle Frauen, aber genau das ist passiert. Rosanna, glaubst du, er hat eine andere?«

»Keine Ahnung.« Rosanna konnte sich durchaus vorstellen, dass die Vermutung ihrer Freundin stimmte. »Bitte versuch, dir keine Gedanken zu machen. Du wirst ihn bald vergessen und jemand anders kennenlernen.«

»Ich bitte dich, Rosanna, du warst doch noch nicht mal in jemanden verliebt. Du weißt nicht, wie sich das anfühlt.«

»Stimmt. Auf der Bühne ist er wunderbar, aber in Herzensdingen scheint er ein richtiges Schwein zu sein!«

Abi schmunzelte. »Was für eine Ausdrucksweise!«

»Einmal wird Gott mir meine Wortwahl schon verzeihen. Abi, ich weiß, dass ich in Sachen Beziehung nicht gerade eine

Expertin bin, aber du wirst über Roberto hinwegkommen. Erst vor ein paar Monaten hast du behauptet, meinen Bruder Luca zu lieben. Und jetzt scheinst du ihn bereits vergessen zu haben«, erinnerte Rosanna sie.

»Meinst du?« Sie schüttelte den Kopf. »Sieht mir ähnlich, wieder an jemanden zu geraten, den ich nicht haben kann.« Als Abi Rosannas Miene sah, fügte sie hinzu: »Wahrscheinlich hast du recht. Bestimmt vergesse ich Roberto bald. Und egal, was du denkst: Für Roberto empfinde ich nicht das Gleiche wie für deinen Bruder. Ich fühle mich benutzt, und mein Stolz ist verletzt, das ist alles. Mit Roberto kann man keine dauerhafte Beziehung haben. Er ist ein Scheißkerl, aber er gibt einem das Gefühl, etwas Besonderes zu sein.«

»Das bist du auch, und zwar ohne Roberto. Ich mache uns jetzt einen Kaffee, ja?«

»Danke, Rosanna.«

»Keine Ursache. Schließlich sind wir Freundinnen.«

Später im Bett zwang Rosanna sich, über technische Fragen des Gesangs nachzudenken, statt davon zu träumen, wie sie am Nachmittag mit Roberto gesungen hatte.

Als sie am folgenden Donnerstag zu den Proben in die Oper kam, stand Roberto auf der Bühne.

»Signor Rossini ist der Meinung, dass es Ihnen hilft, wenn er mit Ihnen übt.« Riccardo bemerkte Rosannas Verunsicherung. »Ist das ein Problem für Sie?«

»Nein, natürlich nicht. Es ist sehr nett von Signor Rossini, mir seine Hilfe anzubieten«, erklärte sie steif.

»Gut, fangen wir an!«

Zwei Stunden später verstaute Rosanna die Noten in ihrer Tasche.

»Gehst du raus?«, erkundigte sich Roberto.

»Ja. Ich möchte vor der Vorstellung heute Abend noch etwas essen.«

»Darf ich dich begleiten?«

»Nein. Ich bin verabredet. Wenn Sie mich entschuldigen würden.«

Roberto sah Rosanna verblüfft nach. Es war lange her, dass er von einer Frau einen Korb bekommen hatte. Warum, fragte er sich, faszinierte ihn Rosanna Menici so sehr? Sie war distanziert und ließ sich nicht von ihm beeindrucken. Gerade eben war sie sogar ausgesprochen unhöflich zu ihm gewesen.

»Sind Sie hier fertig, Signor Rossini? Der Reinigungsdienst würde gern den Zuschauerraum sauber machen«, teilte der Hausmeister ihm mit.

»Bin schon weg.« Roberto ging zu seiner Garderobe. Als er die Tür öffnete, fiel sein Blick auf Donatella, die auf dem Sofa saß.

»*Caro.*« Sie erhob sich, schlang die Arme um ihn und küsste ihn leidenschaftlich.

»Was machst du hier?«, fragte Roberto verärgert.

»Brauche ich dafür eine Erklärung?« Ihre Hand wanderte zu seinem Hosenknopf.

Er versuchte sie wegzuschieben. »Ich bin beschäftigt, Donatella. Heute Abend habe ich einen Auftritt, und …«

Sie zog den Reißverschluss herunter und schob die Hand in seine Hose.

»Das kann warten«, flüsterte sie.

Er ergab sich stöhnend in sein Schicksal.

Als Donatella die Oper durch den Bühneneingang verließ, löste die Kamera fünfmal aus. Zwei Minuten später trat Roberto Rossini ebenfalls durch den Bühneneingang. Wieder klickte die Kamera. Der Fotograf lächelte. Dies war der letzte Beweis. Er hatte bereits Fotos von ihr, wie sie in der vergangenen Woche aus Robertos Wohnung kam. Der Fotograf stieg in seinen Wagen, ließ den Motor an und fuhr los, um den Film zu entwickeln.

Wenige Tage später landete ein Umschlag auf dem Fußabstreifer von Giovanni Bianchis Wohnung in New York, der den Inhalt interessiert begutachtete. Seine Gattin hatte sich also in Roberto Rossini verliebt.

Das überraschte ihn. Alle italienischen Frauen liebten Rossini, und Giovanni konnte sich nicht vorstellen, dass der Mann monogam war.

Vielleicht war das nur eine vorübergehende Schwärmerei von Donatella, möglicherweise vernebelten ihr auch die Wechseljahre das Gehirn. Roberto Rossini war deutlich jünger als sie. Sie machte sich etwas vor.

Egal, jedenfalls war es Zeit, Rossini in die Schranken zu weisen.

17

An einem strahlenden Julimorgen wartete Paolo in seinem Büro auf Roberto, um mit ihm die bevorstehende Saison zu besprechen.

»Herein«, sagte er, als dieser endlich klopfte.

»Tut mir leid, dass ich so spät dran bin. Ich hab verschlafen.« Roberto setzte sich. »Könnte ich einen Kaffee kriegen?«

»Natürlich.« Seine Verärgerung verbergend, bat er seine Sekretärin telefonisch, Kaffee zu bringen. »Wir müssen den Spielplan der nächsten sechs Monate besprechen, Roberto. Ich weiß, dass Sie im August wegen *La Traviata* in London sind und wie üblich den ganzen September freinehmen. Dann folgen drei weitere Wochen in Covent Garden und die Plattenaufnahme von *Ernani* für EMI.«

Roberto nickte.

»Das heißt, Sie sind Mitte November für die Proben zu *La Bohème* wieder hier.«

Roberto nickte noch einmal. »Ja. Und nach Paris im Februar singe ich hier im *Rigoletto* den Herzog von Mantua, stimmt's?«

»Ja. Sie müssten für ein paar Proben herkommen. Es ist eine Neuinszenierung, mit der Sie sich vertraut machen sollten.«

»Mit vielen Stufen?« Roberto verdrehte die Augen.

»Ja, mit vielen Stufen«, bestätigte Paolo.

»Anschließend bin ich, glaube ich, mit der *Tosca* an der Met, und dann findet ein Konzert im Central Park statt. Die genauen Daten können Sie von meinem Agenten erfragen.«

»Gut. Wir müssen sowieso morgen Vormittag telefonieren.«

Das Telefon auf Paolos Schreibtisch klingelte. Er ging ran. »Was ist? Ich habe Ihnen doch gesagt, dass ich nicht gestört werden möchte … Verstehe. Dann stellen Sie sie mal durch … Guten Morgen, Anna.« Er entschuldigte sich mit einem Lächeln bei Roberto, das kurz darauf verschwand. »Sie haben *was*? Sind Sie vollkommen sicher? Nein, natürlich nicht. Dann müssen wir umorganisieren. Gönnen Sie sich Ruhe. Ich rufe Sie morgen früh an. Ja, natürlich kann ich das verstehen. *Ciao, cara.*« Paolo legte auf und verzog das Gesicht.

»Was ist los?«, erkundigte sich Roberto.

»Unsere Butterfly hat Scharlach.«

»Scharlach?«

»Ja. Ihre kleine Tochter hatte ihn vor zwei Wochen. Das heißt, sie kann leider weder heute Abend noch den Rest der Woche auftreten, wenn sie nicht das gesamte Ensemble anstecken will. Entschuldigung, Roberto, ich muss Riccardo anrufen. Er probt mit dem Orchester und wird nicht gerade begeistert sein.« Paolo ließ sich mit ihm verbinden, und zehn Minuten später kam Riccardo schwer atmend die Treppe herauf. Er setzte sich und sah Roberto an, als erwartete er von ihm, dass er den Raum verließ.

»Ich möchte hören, wer sie ersetzt. Schließlich muss ich heute Abend mit ihr singen«, erklärte Roberto und blieb sitzen.

»Wie Sie meinen. Ich würde vorschlagen, dass Cecilia Dutton für Anna einspringt«, sagte Riccardo.

»Die hat heute Abend ein Konzert in Paris«, erinnerte Paolo ihn.

»Dann eben Ivana Cassall oder Maria Forenzi.«

»Die Forenzi wäre eine Möglichkeit, aber …«

»Nein, die passt nicht. Sie ist viel zu alt und textunsicher. Ich weigere mich, mit ihr aufzutreten«, mischte Roberto sich ein.

Paolo und Riccardo schlugen mehrere Sängerinnen vor, und gegen alle legte Roberto sein Veto ein. Allmählich gingen ihnen die Ideen aus. Schließlich meldete Roberto sich wieder zu Wort.

»Meine Herren, ich wüsste da eine Lösung.«

»Tatsächlich?«, fragten sie unisono.

»Ja. Sie liegt auf der Hand. Rosanna Menici muss heute Abend die Butterfly singen. Dafür ist das Cover doch da, oder? Sie probt seit Wochen mit mir und kennt die Rolle in- und auswendig. Außerdem kann ich ihr helfen.«

»Kommt gar nicht infrage.« Paolo hob abwehrend die Hand. »Wir haben sie nicht so lange sorgsam aufgebaut, um sie jetzt in eine solche Rolle zu drängen, bevor sie dafür bereit ist. Die Butterfly ist eine Partie für eine Sängerin mit Erfahrung. Es könnte ein Desaster werden.«

»Die Butterfly ist als vierzehnjähriges Mädchen gedacht«, erinnerte Roberto ihn. »Die Rolle eignet sich meiner Ansicht nach für ihr Debüt viel besser als die Mimì in *La Bohème*. Denken Sie nur an die Presse, die sie bekommen würde.«

»Die Kritiker«, stöhnte Paolo. »Riccardo, was hältst du von dem Vorschlag?«

Riccardo holte tief Luft. »Ich denke, uns bleibt nichts anderes übrig. Es ist zu spät, um jemanden einzufliegen. Wir müssen entweder Rosanna Menici nehmen oder die Vorstellung ausfallen lassen. Mein Instinkt sagt mir, dass sie uns nicht enttäuschen wird. Vielleicht ist es Schicksal.« Er zuckte mit den Achseln.

»Ist das eine Verschwörung?« Paolos Blick huschte zwischen den beiden Männern hin und her, bevor er sich nachdenklich das Kinn rieb. »Ich versuche herauszufinden, ob Cecilia schon nach Paris unterwegs ist. Wenn ja, bitte ich Rosanna, sich für heute Abend bereit zu machen.«

»Wunderbar! Sie werden es nicht bereuen.« Roberto sprang auf. »Sagen Sie Rosanna, dass ich gern heute Nachmittag alle Stellen mit ihr übe, bei denen sie noch unsicher ist.« Er nickte und verließ das Büro.

Paolo sah Riccardo an. »Hat er recht?«

»Ich glaube schon.«

Paolo klopfte mit seinem Bleistift auf den Schreibtisch. »Ist Robertos Interesse an Rosanna rein beruflicher Natur?«

»Scheint so. Bei der Arbeit mit ihr ist er ganz Gentleman.«

»Wie immer, bevor er zuschlägt«, murmelte Paolo.

»Keine Sorge. Rosanna scheint sich nichts aus ihm zu machen«, erklärte Riccardo.

»Hoffentlich bleibt es auch so. Denn wenn Roberto Rossini sich an sie ranmacht, bekommt er's mit mir zu tun.«

»Paolo, ich weiß, wie sehr dir Rosanna am Herzen liegt, aber es geht dich wirklich nichts an, was die Sänger privat treiben.«

»Das weiß ich, Riccardo.« Paolo wirkte angespannt. »Ich muss jetzt ein paar Anrufe erledigen.«

Als das Telefon klingelte, ging Abi ran.

»Hallo.«

»Abigail. Ich bin's, Paolo. Ist Rosanna da?«

»Ja, sie steht unter der Dusche. Kann ich was ausrichten?«

»Nein. Holen Sie sie mal lieber.«

»Gut.«

Wenige Sekunden später nahm Rosanna, nass vom Duschen, den Hörer in die Hand. »Was gibt's, Paolo?«

Abi sah, wie Rosanna blass wurde.

»Dann also um zwei in der Oper. *Ciao.*« Rosanna legte auf und sank in einen Sessel.

»Was ist denn los? Ist jemand gestorben?«, fragte Abi.

»Nein.«

»Was dann? Du bist ganz weiß im Gesicht.«

Rosanna holte tief Luft. »Ich soll heute Abend die Butterfly singen.«

Rosanna ließ sich von der Maskenbildnerin in die junge Japanerin Cio-Cio-San verwandeln. Eher benommen als aufgeregt betrachtete sie den großen Strauß roter Rosen auf dem Tisch vor sich.

Rosanna,
ich bin bei Dir,
Roberto
PS: Ich habe die Claqueure für Dich bezahlt.

Rosanna konnte sich ein Lächeln nicht verkneifen. Während der Probe am Nachmittag war Roberto einfach wunderbar gewesen, ruhig, besorgt und eifrig darauf bedacht, ihr zu helfen. Wenn sie nicht gewusst hätte, wie er sich Abi gegenüber verhalten hatte, wäre sie vielleicht ihren Gefühlen erlegen. Doch egal, was an jenem Abend auf der Bühne passieren würde: Sie schwor sich, nicht auf Roberto Rossini hereinzufallen.

»Sitzt die Perücke?«

»Wie bitte?«

»Ich habe gefragt, ob die Perücke sitzt.«

Rosanna wandte sich der Maskenbildnerin zu.

»Danke, ja.«

»Sie ist ein bisschen zu groß, aber ich hab so viele Haarnadeln reingesteckt, dass nicht mal ein Tornado sie wegblasen könnte.« Die Maskenbildnerin lachte. »Ich lasse Sie jetzt allein, damit Sie sich in Ruhe vorbereiten können. Viel Glück, Signora Menici.«

»Danke.«

Eine Minute später klopfte es an der Tür. »Ich bin's, Paolo.«

»Kommen Sie doch herein.«

»Wie fühlen Sie sich?«, fragte er.

»Ich glaube gut.«

»Prima. Sie wirken ruhig. Ich begleite Sie zur Bühne. Riccardo möchte Sie sehen, bevor's losgeht.«

Rosanna stand auf, betrachtete sich ein letztes Mal im Spiegel und folgte Paolo zur Bühne, wo Riccardo bereits auf sie wartete. Er begrüßte sie mit einem Wangenküsschen.

»Ich habe vom Orchestergraben aus ein Auge auf Sie, Rosanna. Wenn Sie Hilfe brauchen, schauen Sie zu mir. Nervös?«

»Nein, merkwürdigerweise kein bisschen.«

»Gut. Sie kennen die Rolle in- und auswendig. Sie werden der Scala alle Ehre machen, *cara*.«

»Ich gebe mein Bestes, Riccardo, das verspreche ich.«

»Ich gehe jetzt, einen ganz besonderen Freund von Ihnen begrüßen«, verkündete Paolo.

»Wen?«

Paolo tippte gegen seine Nase. »Das werden Sie schon sehen.«

Zehn Minuten später begann die Ouvertüre. Dass letzte Veränderungen an ihrer Maske und ihrem Kostüm vorgenommen und die Requisiten überprüft wurden, registrierte Rosanna kaum. Obwohl sie von diesem Abend so lange geträumt hatte, beobachtete sie alles wie aus der Ferne, als ginge es gar nicht um sie.

Schließlich schickte sie ein Gebet zum Himmel, bekreuzigte sich und trat hinaus auf die Bühne der Scala.

Luigi Vincenzi betrachtete von Paolos Loge aus die schmale Gestalt auf der Bühne. Ihr müheloser Gesang, ihre Jugend und

Verletzlichkeit machten sie zur besten Butterfly, die er je gesehen hatte. Und sie besaß Bühnenpräsenz und Ausstrahlung. Es kam nur selten vor, dass das Publikum sich in der Scala mucksmäuschenstill verhielt, doch jetzt waren alle Augen auf Rosanna gerichtet; zweitausend Menschen schienen den Atem anzuhalten. Ja, ihm fielen ein paar technische Unsauberkeiten auf, aber die ließen sich ohne großen Aufwand beheben. Luigi merkte, wie ihm die Tränen herunterliefen. Seine Rosanna, die er entdeckt und behutsam aufgebaut hatte, legte ein perfektes Debüt hin. Luigi wusste, dass er einem historischen Ereignis beiwohnte.

Als es Blumen auf Rosanna regnete, stieß Paolo einen Seufzer der Erleichterung aus. Bravorufe erschollen, die Zuschauer sprangen auf und bejubelten die Geburt eines neuen Stars. Zwar war dies nicht das Debüt, das er für Rosanna vorgesehen hatte, doch Paolo wusste, dass er sich kein besseres wünschen konnte. Sie war phänomenal gewesen. Er wandte sich Luigi zu, der nach einem Taschentuch suchte, um sich die Tränen wegzuwischen. Die beiden fielen einander stumm in die Arme.

Rosanna stand vor dem Vorhang, sah die Blumen und hörte die begeisterten Bravorufe. Sie wusste nicht, ob sie auch nur einen Ton gesungen hatte, und verbeugte sich ganz mechanisch wieder und wieder mit Roberto.

Dann war es vorbei. Das Ensemble scharte sich um sie, um ihr zu gratulieren und ihr zu sagen, dass sie unglaublich gewesen sei. Rosanna kehrte benommen in ihre Garderobe zurück. Als sie die Tür öffnete, machte ihr Herz einen Sprung.

»Luigi!« Sie fiel ihm laut schluchzend in die Arme.

»Rosanna, ist es wirklich so schlimm, mich zu sehen?«, fragte Luigi lachend.

»Nein … natürlich nicht. Ich freue mich so, dass Sie da sind. Keine Ahnung, warum ich weine.«

»Das ist immer so, wenn die Anspannung nachlässt.«

Paolo war Luigi in die Garderobe gefolgt. »Vor ihrem Auftritt war sie so ruhig, dass ich schon fast Angst bekommen habe, Luigi. Aber ich hätte mir keine Sorgen machen müssen.«

Als Rosanna den Kopf von Luigis Brust löste, sah sie im Spiegel, dass ihr üppiges Make-up verschmiert war. Mit einem Taschentuch wischte sie es weg, so gut es ging. Wieder klopfte es an der Tür, und Roberto trat ein.

Ohne auf die anderen zu achten, ging er schnurstracks zu Rosanna und fragte mit einem Blick auf ihr tränenüberströmtes Gesicht: »Was ist denn, Rosanna?«

»Nichts, ich … es ist alles in Ordnung.« Und es stimmte. Plötzlich sah sie wieder klar.

»Eine ganz natürliche Reaktion. Sie ist eben eine echte Künstlerin, Roberto«, erklärte Luigi strahlend.

»Sie haben sie zu einer gemacht, Luigi. Wie schön, Sie wiederzusehen.« Roberto umarmte seinen früheren Lehrer.

»Du warst heute Abend auch wunderbar. Mit dem Alter wirst du immer besser.«

»Ich interpretiere das mal als Kompliment«, erwiderte Roberto.

»War ich schrecklich?« Rosanna sah die drei besorgt an. »Ich erinnere mich an nichts.«

»Rosanna.« Luigi ergriff ihre Hände. »Nein, ganz im Gegenteil. Du solltest dich freuen. Ein besseres Debüt kann man sich nicht wünschen.«

»Wirklich?«

Luigi nickte. »Ja. Ich bin sehr stolz auf dich, Paolo und Riccardo.«

»Ich auch, meine kleine Butterfly. Ich habe selten ein so

entzücktes Publikum erlebt.« Roberto nahm Rosannas Hände und zog sie zu sich heran. »Ich bin nur gekommen, um dir zu gratulieren«, sagte er leise. Als ihm bewusst wurde, dass Luigi und Paolo ihn beobachteten, fügte er hinzu: »Und um dir zu sagen, dass ich einen Tisch im Il Savini reserviert habe. Nach der Signierstunde möchte ich euch alle zur Feier des Tages zum Essen einladen.«

»Gute Idee«, meinte Luigi.

Obwohl Rosannas Körper deutlich auf Roberto reagierte, hörte sie auf ihren Selbsterhaltungstrieb. »Das ist sehr großzügig, aber ich geh lieber nach Hause. Ich bin hundemüde.«

»Wie du meinst«, sagte Roberto überrascht und sah Paolo an. »Sie erobert die Scala im Sturm, und hinterher will unsere Butterfly nach Hause ins Bett.«

»Es war ein langer Tag für Rosanna. Kommen Sie, Roberto, lassen wir Rosanna und Luigi ungestört reden.«

Roberto küsste Rosannas Hand ein klein wenig länger, als es die Höflichkeit erforderte. »Gute Nacht, meine Kleine. Träum was Schönes.« Er ging zur Tür, Paolo im Schlepptau. »Wir sehen uns in meiner Garderobe, Luigi. Dann stoßen wir drei eben allein auf den abwesenden Star an.«

Luigi nickte. Als Rosanna mit ihm allein war, sank sie gähnend auf einen Stuhl. »Hoffentlich hält er mich jetzt nicht für unhöflich. Ich bin wirklich zu erschöpft, um noch etwas zu unternehmen«, erklärte sie.

»Das kann ich verstehen.« Insgeheim begrüßte Luigi es, dass Rosanna früh nach Hause wollte. Wie Paolo war ihm die außergewöhnliche Chemie zwischen Roberto und seiner Partnerin nicht entgangen, und sie erzeugte ein ungutes Gefühl in ihm.

»Luigi, nun mal ehrlich: War mein Auftritt heute Abend in Ordnung?«, fragte Rosanna.

»Bist du auf Komplimente aus? Ja, dein Auftritt war sehr viel mehr als nur in Ordnung. Natürlich gibt es immer Kleinigkeiten, die sich noch verbessern lassen, Kniffe, die man mit der Zeit und der Erfahrung lernt, aber ich kann dir sagen, dass du sogar den großen Signor Rossini an die Wand gesungen hast.«

»Wirklich?«

»Ja, und trotzdem will er dich zum Essen einladen!«

»Er hat mir sehr geholfen.«

»Das ist ungewöhnlich für diesen Mann. Er scheint eine Schwäche für dich zu haben.«

»Keine Ahnung.« Wieder gähnte Rosanna.

»Ich lasse dich jetzt allein. Ich bin bis morgen in Mailand. Essen wir doch miteinander zu Mittag, dann gebe ich dir eine genauere Analyse deines Auftritts, ja?«, schlug Luigi mit leuchtenden Augen vor.

»Gern.«

»Gut. Wir treffen uns morgen um zwölf im Biffi Scala.«

Luigi verließ die Garderobe, und endlich war Rosanna allein.

Sie lehnte sich auf dem Stuhl zurück und versuchte, ihren Auftritt Revue passieren zu lassen.

Doch das Einzige, woran sie sich erinnerte, war Robertos Blick, als er von seiner Liebe zu ihr gesungen hatte.

18

Paolo legte den Hörer auf die Gabel und blickte schlecht gelaunt aus dem Fenster.

All die sorgfältigen Vorbereitungen, die stundenlangen Diskussionen mit Riccardo, und nun waren seine Pläne für Rosanna wegen einer Scharlacherkrankung in Schall und Rauch aufgegangen.

Manche behaupteten natürlich, das, was jetzt geschehen war, sei besser. Rosannas unerwartetes Debüt in einer so schwierigen Rolle hatte eine Flut hervorragender Besprechungen zur Folge gehabt. Die Kritiker waren sich einig gewesen: Ihre Stimme sei atemberaubend schön, vor ihr liege eine große Zukunft.

Paolo hatte gehofft, dass Rosanna den Rest der Saison weiter unbeachtet kleine Solorollen singen und dann wie geplant die neue Saison mit *La Bohème* eröffnen würde, doch nun war sie der neue Star am Opernhimmel, den ganz Mailand sehen und hören wollte. Die Nachricht von ihrem sensationellen Debüt hatte sich ausgebreitet wie ein Lauffeuer; die Kasse der Scala hatte sich vor Anfragen nach Karten für ihren nächsten Auftritt nicht retten können. Die Situation verschärfte sich durch die Tatsache, dass Anna Dupré sich auf Anweisung ihres Arztes in den folgenden Monaten Ruhe gönnen musste. Was bedeutete, dass eine der führenden Sopranistinnen ausfiel und Paolo kaum anders konnte, als Rosanna für sie einzusetzen. Paolo hatte dem Publikum zähneknirschend das gegeben, was es wollte: den neuen Star, Rosanna Menici.

Und sie hatte die Aufgabe mit Bravour gemeistert, das musste er zugeben. Sie war der ein wenig spröde Mittelpunkt des gesellschaftlichen Interesses.

Als andere Opernhäuser ernsthaftes Interesse bekundeten, hatte Paolo Rosanna widerwillig geraten, sich einen Agenten zu suchen. Und Chris Hughes, Robertos amerikanischer Agent, hatte sie nur zu gern unter seine Fittiche genommen.

Paolo wusste, dass sein Schützling flügge war.

Rosanna und Chris Hughes saßen an einem der besten Tische im Il Savini. Chris hatte eine Flasche Champagner bestellt und bestand darauf, dass Rosanna ein Glas trank.

»Auf meine neueste Klientin. Ich glaube, wir werden ein gutes Team, Rosanna.«

Sie nickte dem attraktiven blonden Mann, einem richtigen Bilderbuchamerikaner, zu. »Das hoffe ich, Chris.«

»Bevor ich Ihnen die Engagements erläutere, die ich für Sie arrangiert habe, erkläre ich Ihnen meine Arbeitsweise, einverstanden?«

»Ja.«

»Ich organisiere Ihren Auftrittsplan und fürs Erste auch die PR. Möglicherweise werden Sie dafür bald einen eigenen Agenten brauchen wie Roberto.«

Rosanna nickte.

»Ich habe Büros in London und New York. Die jeweiligen Sekretärinnen kümmern sich um alle Ihre Reisen, buchen die Flüge und Hotels und das ganze Drum und Dran. Falls es ein Problem geben sollte, können Sie tagsüber das Londoner Büro erreichen und bis Mitternacht das in New York. Ich gebe Ihnen außerdem meine Privatnummern. Über meine Provision haben wir bereits gesprochen. Sind Sie damit einverstanden?«

»Ja, Chris.«

»Gut. Jetzt müssen Sie mir nur noch sagen, auf welches Konto ich Ihr Geld überweisen soll. Alle Ihre Gagen werden an mich gezahlt. Es ist das Einfachste, wenn Sie mir Ihre Kontonummer geben. Dann kann ich die eingehenden Schecks sofort darauf weiterleiten.«

»Ich habe kein Bankkonto«, bekannte Rosanna, der der Kopf von all den Informationen schwirrte.

»Tatsächlich? Dann eröffnen Sie mal rasch eins, meine Liebe«, riet Chris ihr schmunzelnd. »Die Wahrscheinlichkeit, dass Sie in den nächsten Jahren eine wohlhabende junge Dame werden, ist nämlich ziemlich hoch. Die Opernhäuser zahlen immer in Dollar, weil das für alle das Einfachste ist. Ich kann gern in die Währung umrechnen, die Ihnen am liebsten ist. Soweit die finanzielle Seite. Jetzt sollten wir bestellen, damit wir uns über interessantere Fragen wie Ihre Engagements unterhalten können.« Chris warf einen Blick in die Speisekarte und winkte den Kellner herbei. »Was hätten Sie gern, Rosanna?«

»Das Vitello tonnato und einen Salat, bitte.«

»Gute Wahl. Ich nehme das Gleiche.«

»Danke, Sir.« Der Kellner notierte ihre Bestellung und entfernte sich.

Chris schenkte Rosanna Champagner nach. »Zurück zu den Engagements. In dieser Hinsicht gibt es nur gute Nachrichten. Im Moment steht Ihnen die Welt offen. Covent Garden bietet Ihnen die Violetta an, mit Roberto als Alfredo. Die dortige Starsopranistin ist gerade schwanger und braucht eine Auszeit. Sie proben vier Tage, im August finden dann acht Vorstellungen statt.«

Rosanna wurde blass. »Vier Tage Proben? Aber die Violetta habe ich noch nie gesungen!«

»Paolo und Roberto helfen Ihnen sicher. Nach Covent Garden haben Sie einen Monat frei, dann geht's zurück nach London zu einem Wohltätigkeitskonzert in der Royal Albert Hall. Möglicherweise habe ich bald Ihren ersten Plattenvertrag mit der Deutschen Grammophon unter Dach und Fach. Sie wollen die *Butterfly* mit Roberto aufnehmen, den sie bereits unter Vertrag haben, aber die Einzelheiten sind noch nicht geregelt. Sie möchten Sie zuerst kennenlernen, den Termin dafür lasse ich Sie wissen. Wenn wir uns handelseinig werden, haben wir im Oktober ein Zeitfenster für die Plattenaufnahmen in London. Die Pariser Palais Garnier will Sie für ein Galakonzert Ende dieses Monats, und anschließend fliegen Sie zu Proben für die *Bohème* zurück nach Mailand.«

Rosanna nahm nervös einen Schluck Champagner. »Und wie lange darf ich da proben? Eine Stunde?«

»Nein, eine Woche.«

Rosanna schüttelte den Kopf. »Nein, Chris, ich brauche mehr Zeit. Die Mimì an der Scala zu singen ist immer schon mein Traum gewesen, und zuvor möchte ich meiner Stimme Gelegenheit geben, sich zu erholen.«

»Na gut, zehn Tage werden wir wahrscheinlich herausschinden können.« Chris hob kaum den Kopf von seinem Kalender. »Dann fliegen Sie nach Wien und singen im März zwei Wochen die *Butterfly*, wofür Paolo mir das Okay gegeben hat, bevor es nach Mailand zurückgeht. Dort geben Sie im *Rigoletto* die Gilda, und Roberto singt den Herzog. Anschließend haben Sie in New York zwei Monate für die Vorbereitung auf Ihr Debüt an der Met in *Roméo et Juliette*.«

Der Kellner brachte ihr Essen.

»Das sieht köstlich aus. Lassen Sie es sich schmecken, Rosanna«, sagte Chris und griff nach Messer und Gabel.

Rosanna war der Appetit vergangen.

Chris sah auf seine Uhr. »Wir haben noch fünfzehn Minuten für den Kaffee. In einer Dreiviertelstunde geben Sie dem *Figaro* ein Interview. Noch Fragen?«

»Mir wird allein schon vom Zuhören schwindlig, Chris.«

»Tut mir leid, Rosanna. Paolo hat mich gebeten, Sie nicht zu sehr zu fordern, und das versuche ich. Ich verspreche, Ihnen Luft zum Atmen zu lassen, aber man muss das Eisen schmieden, solange es heiß ist, meine Liebe.«

»Es geht alles so schnell.« Rosanna kaute, den Tränen nahe, auf ihrer Lippe.

Als Chris ihr Gesicht sah, drückte er ihre Hand. »Ich kann Sie verstehen. Wenn Sie irgendwann das Gefühl haben sollten, dass es Ihnen zu viel wird, müssen Sie es mir nur sagen. Ich stärke Ihnen den Rücken.«

»Dann lassen Sie mir bitte mehr Zeit für die Proben zu *La Bohème*.«

»Das bedeutet, dass wir die Palais Garnier streichen müssen …« Er ging-die Liste der Termine durch. »Wenn Ihnen das so wichtig ist.«

»Ja.«

»Okay«, seufzte er. »In Ordnung.«

Nach dem Interview mit dem Journalisten vom *Figaro* im Foyer der Scala stieg Rosanna die Treppe zu Paolos Büro hinauf. Ihr schwirrte der Kopf. Die Pläne von Chris klangen aufregend, aber mutete sie sich nicht zu viel zu? Sie musste Paolo fragen, ihn um seine Meinung bitten.

Rosanna klopfte an seiner Tür.

»Kommen Sie rein, Rosanna. Wie geht es Ihnen? Sie sehen ein bisschen blass aus.«

Sie setzte sich. »So fühle ich mich auch. Ich war gerade mit Chris beim Mittagessen und komme mir vor, als wäre ich unter eine Dampfwalze geraten! Er hat mir einen detaillierten

Plan für die nächsten achtzehn Monate vorgelegt und ist ihn so schnell durchgegangen, dass ich ihm gar nicht folgen konnte.«

»Chris ist ein Energiebündel«, stellte Paolo fest. »Wahrscheinlich muss man das als Agent sein, wenn man Erfolg haben will.«

»Ich habe nur Angst, dass ich das Laufen versuche, bevor ich richtig gehen kann. Ich muss noch so viel lernen, Paolo.«

»Dann sagen Sie Chris, wie Ihnen zumute ist.«

»Das habe ich bereits.«

»Gut. Vergessen Sie nicht, er arbeitet für Sie, nicht umgekehrt. Er ist anständig, Rosanna, anständiger als manche seiner Kollegen. Die würden Sie, wenn das Geld stimmt, für ein Konzert um die halbe Welt jagen.«

»Ich weiß, und mir ist auch klar, wie glücklich ich mich schätzen kann, dass alle mich wollen. Doch ich habe Chris erklärt, dass die Scala für mich oberste Priorität besitzt. Die anderen Opernhäuser sind natürlich wichtig, aber mein Herz schlägt für die Scala.« Rosanna blickte zum Fenster hinaus. »Ich hatte nicht geahnt, dass es so sein würde.«

»Sie stehen noch ganz am Anfang, da ist alles ein bisschen seltsam. Bestimmt gewöhnen Sie sich schnell daran«, tröstete Paolo sie mit einer Überzeugung, die er selbst nicht empfand. »Was halten Sie von einem Auftritt in London mit Roberto?«

»Ich finde, unsere Stimmen harmonieren sehr gut«, antwortete Rosanna zurückhaltend.

»Stimmt. Sie sind das neue Traumpaar.« Nach einer kurzen Pause fügte er hinzu: »Ich weiß, dass mich das nichts angeht, aber Roberto kann ziemlich charmant sein, und …«

Rosanna fiel ihm ins Wort. »Mir ist klar, worauf Sie hinauswollen. Ich kann auf mich aufpassen.«

»Freut mich zu hören.«

Paolo begleitete sie ins Foyer, wo er sie auf beide Wangen

küsste. »Wenn Sie einen Rat oder einfach nur jemanden zum Reden brauchen, können Sie jederzeit zu mir kommen. Ich bin stolz auf Sie, Rosanna. *Ciao*.«

»*Ciao*, Paolo. Danke.«

Er ging zurück in sein Büro, nahm den Telefonhörer in die Hand und wählte Robertos Nummer. Ohne Erfolg. Frustriert legte er auf und versuchte, sich auf Papierkram zu konzentrieren.

19

Das Telefon klingelte, als Roberto mit einem Lustschrei zum Höhepunkt kam und auf Donatella sank.

»*Caro*, das war himmlisch«, keuchte sie.

Roberto rollte von ihr herunter, legte sich neben sie und schloss die Augen.

»Liebling, ich hab Neuigkeiten, sehr gute Neuigkeiten.« Sie streichelte zärtlich seine Schulter.

»Ja?«

»Im August kann ich dich nach London begleiten. Oder besser gesagt: In Zukunft kann ich überallhin mitkommen.«

Roberto, der sich nicht erinnerte, jemals den Wunsch geäußert zu haben, dass sie ihn begleitete, wandte sich ihr zu. »Wie meinst du das?«

»Ich verlasse Giovanni. Ich habe es ihm gesagt, es ist beschlossene Sache. Ich kann zu dir ziehen, wann immer du möchtest. Von jetzt an können wir ganz offiziell zusammen sein.«

Roberto sah sie ungläubig an.

»Schau nicht so. Die Entscheidung ist mir nicht schwergefallen. Ich bin sehr glücklich.«

»Habe ich richtig gehört? Du hast Giovanni gesagt, dass du ihn verlässt?«

»Ja.«

»Aber warum?«

»Musst du das wirklich fragen? Weil ich dich liebe, *caro*, weil die Beziehung mit meinem Mann schon vor Jahren zu Ende war, weil …«

Roberto fiel ihr ins Wort. »Und er lässt sich darauf ein?«

»Er kann mich nicht daran hindern. Ihm bleibt keine andere Wahl.«

Roberto räusperte sich. »Weiß er über mich Bescheid?«

»Noch nicht, aber natürlich wird er es erfahren.« Donatella zog sein Gesicht zu sich heran. »Kein Grund zur Sorge, *caro*. Ich habe dafür gesorgt, dass er keinem von uns an den Karren fahren kann. Und ich habe eigenes Geld, viel Geld, genug für den Rest unseres Lebens.«

Allmählich begann Roberto zu dämmern, was das bedeutete. Er sprang wie von der Tarantel gestochen aus dem Bett und nahm seinen Morgenmantel von der Rückenlehne eines Stuhls.

»Wo willst du denn hin?«

»In die Dusche. Mir ist gerade eingefallen, dass ich heute früher in die Oper muss.«

»Aber wir müssen reden. Ich hol dich nach deinem Auftritt ab, dann fahren wir mit dem Auto hierher.«

»NEIN! Ich hab schon was vor.« Als er Donatella, die so verführerisch auf dem Bett lag, von der Tür zum Bad aus betrachtete, merkte er, dass sie ihn anwiderte. »Donatella, du kannst nicht einfach mein Leben organisieren, ohne mich zu fragen!«

»Aber ich denke doch nur an dich. Deswegen verlasse ich Giovanni, damit wir zusammen sein und eines Tages heiraten können und …«

»Donatella, bitte geh jetzt!«

Als er sah, wie sie das Gesicht im Kissen vergrub, sank er mit schlechtem Gewissen auf einen Stuhl, fuhr sich mit der Hand durchs Haar und holte tief Luft. »Tut mir leid, dass ich dich angeschrien habe. Das kommt alles … ein bisschen plötzlich.

Denk dir nur, was das für einen Skandal gibt, Donatella. Giovanni ist ein einflussreicher Mann. Ich kann mir nicht vorstellen, dass er seine Frau kampflos ziehen lässt.«

»Doch. Er muss. Tut mir leid, Roberto, ich hätte dir früher Bescheid sagen sollen. Ich gehe jetzt.« Sie stand auf und zog sich an.

»*Cara*, ich brauche Zeit zum Nachdenken, das ist alles.« Er begleitete sie zur Tür. Als er sie küssen wollte, wandte sie den Kopf ab. »Ich ruf dich am Abend an, ja?«

Ohne einen Blick zurück ging sie zum Lift.

Roberto schwirrte der Kopf. Schon seit Wochen bereitete er sich gedanklich auf die Trennung von Donatella vor, und nun erklärte sie ihm, dass sie ihrem Mann gesagt habe, sie wolle sich von ihm scheiden lassen, um mit ihm zusammen sein zu können.

Das Ganze war so absurd, dass Roberto fast gelacht hätte. Wie konnte Donatella nur auf die Idee kommen, er würde sie heiraten? Sie war fast fünfzig, nicht gerade im besten gebärfähigen Alter.

Da klingelte das Telefon wieder. Roberto ging ran.

»*Pronto*?«

»Ich bin's, Paolo.«

»Was gibt's?«, fragte Roberto, in Gedanken mit Donatellas Eröffnung beschäftigt, ziemlich unhöflich.

»Covent Garden hat Rosanna Menici gebeten, Sie nach London zu begleiten«, antwortete Paolo.

»Das hat Chris mir gestern gesagt.« Roberto riss sich zusammen. Er musste an seine Karriere denken. »Ich freu mich drauf. Wir harmonieren sehr gut, finden Sie nicht?«

»Ja, Roberto, das weiß ich. Bitte versprechen Sie mir etwas.«

»Was?«

»Rosanna ist noch nie aus Italien herausgekommen. Die Aussicht, in ein ihr fremdes Land zu reisen, macht sie nervös. Ich möchte, dass Sie für mich auf sie aufpassen.«

»Das versteht sich von selbst, Paolo. Sie wissen doch, wie gern ich Rosanna habe. Ich werde sie beschützen, das verspreche ich.«

»Gut. Wären Sie bereit, vor Ihrer Abreise die *Traviata* mit ihr zu proben? Das täte ihr gut.«

»Natürlich.«

»Danke. Und Roberto?«

»Ja?«

»Vergessen Sie nicht, dass ich Spione in London habe. *Ciao.*«

Roberto knallte den Hörer auf die Gabel. Warum nur behandelten ihn alle wie einen unartigen kleinen Jungen, dem man sagen musste, wie er sich benehmen sollte? Er hatte genug von Paolo, Donatella und Mailand und war froh, dass er einige Monate woanders verbringen würde. Nach London würde er die Villa aufsuchen, die er sich ein paar Jahre zuvor auf Korsika gekauft hatte. Er war müde, brauchte eine Pause.

Der einzige Lichtblick war, dass Rosanna ihn nach London begleiten würde. Roberto wunderte sich, wie viel sie ihm bedeutete, und vermutete, dass sie mit ein Grund war, warum Donatellas Reize in letzter Zeit so sehr verblassten. Rosanna wollte nichts von ihm und saugte ihn nicht aus wie alle anderen. Sie war gelassen, ausgeglichen und als Gesangspartnerin die wahre Freude. Dazu kamen ihr hübsches Gesicht und ihr toller Körper. Er musste immerzu an sie denken und hatte schon mehrfach von ihr geträumt.

Da schoss Roberto ein merkwürdiger Gedanke durch den Kopf: Konnte es sein, dass er sich in sie verliebt hatte? Er schob ihn beiseite. Mit ziemlicher Sicherheit verstärkte die Tatsache, dass sie gegen seinen Charme immun zu sein schien, ihren Reiz.

Und was Donatella anbelangte: Er würde ihr sagen müssen, dass sie sich falschen Erwartungen hingab. Roberto konnte nur hoffen, dass sie das akzeptierte.

Später am Abend kehrte Roberto, erschöpft von einer besonders schwierigen Aufführung des *Don Giovanni*, bei der das Publikum unruhig gewesen war, nach Hause zurück. Auch der Small Talk mit den Gönnern der Oper bei der Feier nach der Vorstellung hatte ihn noch mehr angestrengt als sonst. Er hatte sich so bald wie möglich verabschiedet, um früh ins Bett zu gehen.

Als er den Schlüssel im Schloss drehte, stellte er fest, dass die Wohnungstür offen war. Roberto schalt sich seiner Achtlosigkeit wegen und ging ins Wohnzimmer.

»Signor Rossini.« Der Mann erhob sich von der Couch und begrüßte ihn mit einem eisigen Lächeln.

»Wie … Wie sind Sie hier reingekommen?«, stotterte Roberto.

»Ganz einfach. Ich habe mir einen Zweitschlüssel von dem meiner Frau anfertigen lassen. Mein Name ist Giovanni Bianchi. Wir hatten in der Scala bereits mehrmals das Vergnügen. Ich habe mir die Wartezeit mit einem Brandy verkürzt. Das ist Ihnen doch recht? Wollen Sie auch einen?«

Roberto nickte stumm. Während Giovanni ihm den Brandy einschenkte, setzte er sich. Dabei überlegte er, mit welcher Waffe er sich verteidigen könnte und ob die Nachbarn nachsehen würden, was los war, wenn er laut um Hilfe rief. Doch leider waren sie daran gewöhnt, dass er zu allen Tages- und Nachtzeiten Stimmübungen machte.

Das war's also. Giovanni Bianchi war gekommen, um den Liebhaber seiner Frau umzubringen. Vermutlich hatte er eine Waffe in der Innentasche, die er jeden Augenblick zücken würde. Roberto nahm den Brandy und hob das Glas mit zitternder Hand zum Mund.

Giovanni nahm in einem Sessel ihm gegenüber Platz.

»Meine Frau Donatella möchte mich also verlassen, um mit Ihnen zusammenzuleben.« Giovanni sah sich in dem Raum um. »Diese Wohnung ist ein wenig kleiner als das, was sie gewöhnt ist.« Giovanni stellte das Glas auf den Tisch und beugte sich vor. »Signor Rossini, oder darf ich Roberto zu Ihnen sagen?«

Roberto nickte unsicher.

»Roberto, ich möchte ehrlich zu Ihnen sein. Ich befinde mich in einer merkwürdigen und schwierigen Situation. Nach vielen Jahren erklärt meine geliebte Frau mir plötzlich, dass sie mich verlassen will. Zu allem Überfluss stellt sich dann noch heraus, dass ihr Geliebter einer der berühmtesten Tenöre Italiens, wenn nicht der Welt ist. Ich muss sofort an die Medien denken, daran, wie genüsslich sie unser aller Ruf ruinieren würden.«

Giovanni nahm einen Schluck Brandy. »Roberto, ich genieße in Mailand ein gewisses Renommee. Ihnen dürfte klar sein, dass mein Stolz es mir nicht erlaubt, mich öffentlich von meiner Frau und Ihnen demütigen zu lassen. Außerdem hat es in der Familie Bianchi noch nie eine Scheidung gegeben. Meine Mamma würde sich im Grab umdrehen, wenn es so weit käme. Nein, das ist für mich keine akzeptable Lösung. Was soll ich also tun? Dafür sorgen, dass Roberto verschwindet …?« Als Giovanni Robertos blasses Gesicht sah, schüttelte er lächelnd den Kopf. »Nein, obwohl er meine Frau verführt hat, bleibe ich ein friedfertiger Mensch. Das Beste, denke ich, wird es wohl sein, die Sache auf zivilisierte Weise mit Roberto zu besprechen. Stimmen Sie mir da zu?«

»Ja.«

»Deshalb bin ich hier. Eine Frage: Haben Sie meine Frau gebeten, zu Ihnen zu ziehen?«

»Nein. Sie hat mir erst heute Nachmittag eröffnet, dass sie Sie verlassen will, und mir damit einen gehörigen Schrecken eingejagt, das können Sie mir glauben, Signor Bianchi.«

»Sagen Sie doch Giovanni zu mir, Roberto. Lieben Sie meine Frau?«

»Ich … Sie ist sehr schön, und ich mag sie, aber …«

»Sie hatten ein sehr angenehmes Arrangement mit Donatella, das sie nun in etwas Dauerhafteres überführen möchte«, beendete Giovanni den Satz für ihn. »Und das Sie nicht wollen, verstehe ich das richtig?«

Roberto nickte nervös.

»Das hatte ich mir schon gedacht. Donatella befindet sich in einem … schwierigen Alter. Ihre Jugend ist dahin, möglicherweise spielen die Hormone ihr einen Streich. Was können wir also tun, um sie vor einer falschen Entscheidung zu bewahren?«

»Ich sage ihr morgen, dass das mit uns vorbei ist. In gewisser Hinsicht wird das eine Erleichterung für mich sein«, gestand Roberto.

»Und Sie glauben, dass sie das daran hindert, Ihnen nachzulaufen?«

»Ja. Ich werde nicht rangehen, wenn sie anruft, und sie meiden.«

Giovanni schüttelte den Kopf. »So leicht ist es nicht, einer zu allem entschlossenen Frau aus dem Weg zu gehen. Schon gar nicht einer Frau wie der meinen. Sie werden sich bei vielen Anlässen begegnen. Meine Frau und ich, wir haben eine Abmachung: Wir verschließen die Augen vor den Eskapaden des anderen und sind diskret. Ich bin tolerant, aber es wäre mir nicht recht, wenn etwas von Ihrer Affäre an die Öffentlichkeit gelangen würde.«

»Keine Sorge. Wir haben immer aufgepasst.«

»Bevor Donatella sich in Sie verliebt hat. In ihrer Gemütsverfassung wird sie auf Vorsicht vielleicht keinen Wert mehr legen. Soweit ich das beurteilen kann, möchte sie, dass die ganze Welt von Ihrer Affäre erfährt. Nein«, wieder schüttelte Giovanni den Kopf, »ihr zu sagen, dass es vorbei ist, wäre keine Lösung.«

»Was schlagen Sie dann vor?«

»Das Zauberwort heißt Distanz. Wenn Sie nicht hier sind, kann sie Sie nicht treffen.«

»Ich reise in ein paar Wochen nach London und werde drei Monate außer Landes sein. Das sollte genügen, damit sich die Wogen glätten.«

»Mit Sicherheit ist das ein guter Anfang, Roberto, doch ich glaube, es wird länger dauern, bis Donatella Vernunft annimmt. Ich würde vorschlagen, dass Sie Mailand, nein, Italien, mindestens fünf Jahre lang fernbleiben. Wenn nötig, für immer.«

Roberto sah ihn an, als hätte er den Verstand verloren. »Aber ich habe berufliche Verpflichtungen. Meine Auftritte an der Scala im nächsten Jahr sind fest gebucht.«

»Dann sollten Sie sie absagen.« Giovanni bedachte ihn mit einem harten, kalten Lächeln. »Ich verlange nichts Unmögliches. Wenn Sie zustimmen, können wir das Problem sehr leicht beseitigen. Wenn nicht, wird es … ein wenig komplizierter.«

»Soll das eine Drohung sein, Giovanni?«

»Nein, ich schlage eine Lösung vor.«

»Und was ist, wenn ich mich weigere?«

Giovanni leerte sein Brandyglas. »Das Leben steckt voll unerwarteter Gefahren, Roberto. Es wäre doch schade, wenn Ihnen etwas zustoßen würde.« Er erhob sich. »Ich glaube, wir verstehen uns. Sie sind ein vernünftiger Mensch und werden zu einer vernünftigen Entscheidung gelangen. Um Ihnen dabei zu helfen, habe ich zwei Herren angeheuert, die Sie bis zu Ihrer Abreise aus Italien auf Schritt und Tritt begleiten werden. Und vergessen Sie nicht: Falls Sie sich jemals zur Rückkehr entschließen sollten, können Sie auf keinen freundlichen Empfang hoffen.«

»Donatella wird mich anrufen. Möglicherweise taucht sie sogar unangekündigt hier auf, wenn ich mich nicht melde.«

»Nein. Morgen reist Donatella mit mir nach New York. Sie hat sich dazu bereit erklärt, weil ich ihr gesagt habe, dass ich dort mit ihr über eine Trennungsvereinbarung sprechen will. Wir werden drei Wochen weg sein, und wenn wir zurückkommen, sind Sie weg. Glauben Sie ja nicht, dass Sie unbemerkt in irgendeinen Teil Italiens zurückkehren können. Ich habe … Freunde, die mich über Ihre Ankunft in Kenntnis setzen werden. Sind wir uns also einig, Roberto?«

»Ja.« Roberto wusste, dass ihm keine andere Wahl blieb.

»Gut, dann ist es also abgemacht. Das freut mich, denn ich hasse Gewalt. Auf Wiedersehen, Roberto. Sie werden mir an der Scala fehlen.«

Roberto hörte, wie die Wohnungstür hinter ihm ins Schloss fiel. Er trat ans Fenster. Auf der anderen Straßenseite sah er einen Wagen, an dem zwei Männer lehnten. Als sie zu ihm heraufschauten, wich er zurück.

Eine Stunde später, nach drei großen Brandys, blickte Roberto noch einmal hinunter. Der Wagen und die beiden Männer waren immer noch da.

Sollte er die Polizei verständigen? Nein, das hatte keinen Sinn. Giovanni besaß zu viel Einfluss und hatte vermutlich Kontakte zur Mafia. Und selbst wenn es Roberto gelänge, ihn wegen bedrohlichen Verhaltens vor den Kadi zu bringen, musste er jedes Mal, wenn er italienischen Boden betrat, um sein Leben fürchten.

Roberto dachte nach. Abgesehen von *La Bohème* und *Rigoletto* an der Scala hatte er innerhalb Italiens keine Verpflichtungen. Paolo würde in die Luft gehen, wenn er ihm seinen Beschluss mitteilte, aber unter den gegebenen Umständen ging es nicht anders. Roberto legte sich ein wenig beruhigt ins Bett. Es hätte durchaus schlimmer kommen können: Er hätte tot sein können.

Immerhin war Donatella nun nicht mehr sein Problem.

20

Als das Flugzeug auf die Startbahn rollte, lehnte Roberto sich mit einem Seufzer der Erleichterung in das weiche Lederpolster seines Sitzes in der ersten Klasse zurück. Endlich waren die längsten drei Wochen seines Lebens vorüber. Seit Giovannis Besuch hatte er kaum geschlafen. Seine beiden Wachhunde waren ihm überallhin gefolgt, sogar zum Check-in-Schalter am Flughafen Linate.

Nach reiflicher Überlegung hatte Roberto beschlossen, in den folgenden Jahren London zu seinem Lebensmittelpunkt zu machen. Seine Mailänder Wohnung ließ er voll eingerichtet verkaufen, der Erlös daraus sowie das gesamte Geld von seinen Mailänder Konten wurden nach London transferiert. Während seines Engagements in Covent Garden würde er sich nach einem geeigneten Haus umsehen. Sein Agent Chris Hughes ahnte nicht, dass Roberto Mailand dauerhaft den Rücken kehren wollte. Das würde er ihm noch mitteilen müssen.

Roberto musterte das blasse Gesicht seiner Begleiterin, die mit starrem Blick aus dem Fenster schaute.

»Keine Panik, *principessa*. Bald sind wir hoch über den Wolken.«

Das Flugzeug startete. Während Roberto sich stumm von Italien verabschiedete, beobachtete er, wie Rosanna die Augen schloss und sich bekreuzigte, als sie abhoben. Er schmunzelte.

»Als internationaler Opernstar wirst du dich ans Fliegen gewöhnen müssen, meine Kleine.«

»Sind wir schon in der Luft?«, fragte Rosanna, die Augen fest geschlossen.

»Ja. Du kannst die Augen aufmachen.«

Als Rosanna einen Blick aus dem Fenster wagte, verschlug es ihr den Atem. »Unter uns sind Wolken!«, rief sie aus.

»Ja. An einem klaren Tag könntest du sogar den Dom sehen.«

»Champagner, Sir?« Eine attraktive Flugbegleiterin brachte eine Flasche und zwei Gläser.

»Danke.« Roberto wandte sich zu Rosanna. »Ein Gläschen Champagner hilft dir vielleicht, dich zu beruhigen. Normalerweise trinke ich auf Flügen nicht, weil das dehydriert, aber heute ist mir nach Feiern zumute.«

Die Flugbegleiterin schenkte lächelnd zwei Gläser ein. »Ich habe Sie in der Scala als Nemorino erlebt. Wir waren in der Galerie und hatten von dort aus nicht den besten Blick, aber ich fand Sie toll.«

Roberto erwiderte ihr Lächeln. »Danke, Signorina …?«

»Sagen Sie Sophie zu mir.« Die Flugbegleiterin errötete. »Werden Sie lange in London bleiben?«

»Einen Monat. Ich singe in Covent Garden in der *Traviata*.«

»Ach, wie schön. Vielleicht gelingt es mir, Karten zu ergattern.«

»Rufen Sie mich doch im Savoy an. Bestimmt kann ich etwas für Sie organisieren.«

»Danke, Mr Rossini.« Sie klimperte kokett mit ihren dick getuschten Wimpern.

Robertos Blick folgte ihren wohlgeformten Beinen, als sie sich entfernte, um die Fluggäste vor ihnen zu bedienen.

»Also, *principessa, salute*!« Roberto nahm einen Schluck Champagner. Rosanna, die den Flirt mit der Flugbegleiterin stumm mitverfolgt hatte, verzog angewidert den Mund.

»Was ist? Was habe ich verbrochen?«, erkundigte er sich.

Rosanna schüttelte seufzend den Kopf. »Nichts.«

»Bitte verrat mir, wieso du mich mit solcher Verachtung ansiehst.«

»Nein, es geht mich nichts an.«

»Ich möchte wissen, warum du böse auf mich bist«, beharrte er.

»Gut, wenn Sie darauf bestehen, aber bitte machen Sie mir hinterher keine Vorwürfe«, warnte Rosanna ihn. »Ihr Verhalten Frauen gegenüber ist erbärmlich.«

Roberto warf den Kopf in den Nacken und lachte.

»Ich finde das überhaupt nicht lustig, und schon gar nicht, wenn Sie sie so schlecht behandeln wie meine Freundin Abi Holmes.«

Roberto wurde ernst. »Jetzt verstehe ich. Du hasst mich, weil ich was mit deiner Freundin hatte.«

»Ich kenne Sie nicht gut genug, um Sie zu hassen. Es ist nur…« Rosanna schüttelte den Kopf. »Egal.«

»Raus mit der Sprache. Seltsamerweise liegt mir an deiner Meinung.«

»Ich habe den Eindruck, dass die Gefühle der Frauen Ihnen einerlei sind. Sie versprechen ihnen das Blaue vom Himmel herunter und lassen sie fallen, wenn Sie genug von ihnen haben.«

»Hast du das aus berufener Quelle?«

Rosanna wurde rot. »Das ist allgemein bekannt.«

»Rosanna, ich weiß um meinen Ruf und muss zugeben, dass ich ihn zu Recht habe. In meinem Beruf ergeben sich nun mal Gelegenheiten, die ich auch nutze, das bestreite ich nicht. Aber ich liebe die Frauen. Ich verehre sie; sie gehören zu den wenigen Dingen, die das Leben lebenswert machen. Außerdem gebe ich keine Versprechen, die ich nicht halten kann. Die

Frauen wissen, worauf sie sich einlassen. Wer mich nicht so akzeptieren kann, wie ich bin, sollte nichts mit mir anfangen. So einfach ist das«, erklärte er mit einem Achselzucken.

»Haben Sie je einer Frau gesagt, dass Sie sie lieben?«

»Nicht freiwillig, nein.«

»Sie werden also gezwungen, es zu sagen?«

»Im Taumel der Lust gibt es manchmal Momente, in denen eine Frau einen darum bittet und man ihr den Gefallen tut. Aber ich habe noch nie jemanden wirklich geliebt.« Roberto trank nachdenklich einen Schluck Champagner. »Rosanna, bevor du ein Urteil über mich fällst, musst du versuchen, dich in mich hineinzuversetzen. Ich wirke auf Frauen. Sie zeigen sich gern in meiner Gesellschaft, weil das ihrem Ego guttut und oft auch ihrem Image. Oft benutzen sie mich mehr als ich sie.«

Rosanna verdrehte die Augen.

»Siehst du? Niemand versteht den armen Roberto. Alle denken schlecht von ihm. Eines Tages, wenn du auch ein großer Star bist, wirst du merken, wie einsam das machen kann.«

Rosanna schmunzelte über seinen plumpen Versuch. »Mein Mitleid hält sich in Grenzen.«

Er sah sie an. »Du kannst mich nicht leiden, stimmt's, Rosanna?«

»Doch, natürlich.«

»Tatsächlich?«

»Ja. Und jetzt würde ich mich gern der Partitur der *Traviata* widmen.« Rosanna nahm errötend die Noten aus ihrem Musikkoffer und wandte sich von Roberto ab.

Roberto schloss die Augen. Wieder einmal fragte er sich, warum ihm Rosanna Menicis Urteil so wichtig war.

Vor Terminal drei in Heathrow erwartete sie eine Limousine, die sie ins Zentrum von London brachte. Das Gespräch beschränkte sich auf Small Talk, weil Rosanna den größten Teil der Zeit durchs Fenster beobachtete, wie sie zuerst durch die grauen Vororte, dann an immer prachtvolleren Gebäuden in Kensington und Knightsbridge vorbeifuhren. Schließlich hielt der Wagen vor dem imposanten Art-déco-Vordach des Savoy Hotels. Roberto wurde zu einer Suite gebracht, Rosanna in ein ihrer Ansicht nach sehr hübsches Zimmer. Sie packte gerade aus, als es an der Tür klopfte. Sie öffnete, und Roberto marschierte herein. Er sah sich kopfschüttelnd um.

»Nein, nein, nein. So geht das nicht.« Er rief die Rezeption an. »Hier ist Roberto Rossini. Sagen Sie dem Geschäftsführer, Signorina Menici braucht eine Suite. Er möchte bitte sofort in die meine kommen.«

»Roberto, ich finde dieses Zimmer sehr schön«, protestierte Rosanna, als Roberto ihre Sachen in ihren Koffer warf.

»Rosanna, du bist als Gast des Royal Opera House in dieser Stadt und hast die gleichen Rechte wie ich. Komm zu mir in die Suite, bis sie eine für dich aufgetrieben haben.«

Rosanna folgte Roberto, weil ihr klar war, dass es keinen Sinn hatte, ihm zu widersprechen.

»Solche Dinge muss man gleich zu Beginn regeln, sonst springen die Leute mit einem um, wie sie wollen. Vergiss nicht: *Du* tust *ihnen* einen Gefallen, nicht umgekehrt.«

Der Geschäftsführer erwartete sie bereits vor Robertos Suite. Roberto legte ihm den Arm um die Schulter. »Es gibt da ein kleines Problem: Wir hätten gern eine Suite für Signorina Menici.«

»Natürlich, Madam. Ein bedauerlicher Fehler. Wenn Sie mich begleiten würden.«

»Moment bitte, ich muss noch meinen Koffer holen.« Als Rosanna sich umdrehen wollte, hielt Roberto sie zurück.

»Nein, meine Kleine. Den bringt der Page in deine Suite.

Vergiss nicht, wer du bist. Ich hole dich um acht ab. Wir essen gemeinsam im Restaurant zu Abend.« Roberto zwinkerte ihr zu, schloss die Tür zu seiner Suite auf und ging hinein.

Zwei Stunden später lag Rosanna in der geräumigen Badewanne, und duftende Seifenblasen liebkosten ihre Haut. Sie fühlte sich ein wenig fremd, aber nicht unwohl. Die Stille in der riesigen Suite war ohrenbetäubend; zum ersten Mal in ihrem Leben war sie mehr als ein paar Stunden allein. Zu Hause waren immer Mamma, Papà, Carlotta und Luca da gewesen, in Mailand Luca und dann Abi. In den folgenden beiden Monaten würde sie lernen müssen, auf eigenen Beinen zu stehen. Nur Roberto würde ihr Ratschläge geben können.

Rosanna seifte sich mit einem Flanellwaschlappen ein. Ihre Emotionen verwirrten sie. Einerseits fand sie Roberto unerträglich arrogant, andererseits fühlte sie sich unwiderstehlich zu ihm hingezogen.

Genau wie Hunderte von Frauen vor mir, schalt sie sich selbst, als sie aus der Wanne stieg und sich abtrocknete.

Rosanna zog sich an, setzte sich an den Frisiertisch mit den Goldverzierungen und schminkte sich. Nachdem sie ihre Haare gerichtet hatte, stand sie auf und glättete eines der eleganten neuen Kleider, die Abi ihr vor ihrer Abreise aus Mailand aufgeschwatzt hatte. Seufzend betrachtete sie sich im Spiegel. Warum, fragte sie sich, hatte eine junge Frau, die bisher nicht sonderlich an ihrem Äußeren interessiert gewesen war, soeben fast eine Stunde darauf verwandt, sich für das bevorstehende Abendessen schick zu machen?

Roberto klopfte an der Tür. Als Rosanna sie öffnete, blieb ihm der Mund offen stehen. Das kurze schwarze Kleid umspielte ihren zierlichen Körper und betonte ihre langen, schlanken Beine, und ihre frisch gewaschenen Haare glänzten im Licht.

Sie sah so jung und schön aus. Roberto überraschte es, welch tiefen Eindruck sie auf ihn machte, denn sie besaß keines der Attribute, die er bei Frauen normalerweise so anziehend fand – keinen tiefen Ausschnitt und keine wohlgeformten Hüften; es war fast, als hätte ihr Körper sich noch nicht ganz fürs Erwachsenendasein entschieden.

»Rosanna, du siehst umwerfend aus.«

»Danke.« Sie lächelte verlegen.

Er hielt ihr den Arm hin, und sie hakte sich unter. »Es ist mir eine Ehre, dich zum Essen zu geleiten.«

Am folgenden Morgen wartete, obwohl es zu Fuß nur fünf Minuten zum Royal Opera House gewesen wären, ein Wagen auf sie, der sie zu den Proben bringen sollte. Rosanna war überwältigt, als sie das Gebäude betrat. Der künstlerische Leiter führte sie auf die Bühne und zeigte ihnen die Kulissen, die gerade aufgebaut wurden.

Die Proben begannen nach dem Mittagessen. Der Chor nahm seine Position hinter Roberto ein.

»Nein, nein!«, rief Roberto aus. »In diesem Teil bin ich allein auf der Bühne.«

»Die Szene wurde geändert. Weil wir im Hintergrund einen Kulissenwechsel durchführen, muss der Chor nach vorn. Wir haben keine Zeit, ihn von der Bühne zu bringen und dann wieder rauf. Aber die Zuschauer werden ihn nicht wahrnehmen«, erklärte der künstlerische Leiter Jonathan Davis geduldig.

»Ich werde ihn hinter mir *spüren*, das reicht.« Roberto warf gähnend einen Blick auf seine Uhr. »Es ist nach vier, ich bin müde. Ich gehe jetzt ins Hotel, mich ausruhen. Signorina Menici wird mich begleiten. Sie ist ebenfalls müde von der Reise.«

»Ich bleibe hier«, widersprach Rosanna.

»Mr Rossini, wir müssen …«

Roberto hörte Jonathans Worte nicht mehr.

»Gibt es irgendetwas, das wir ohne Mr Rossini proben können?«, fragte Rosanna Jonathan.

»Natürlich. Zum Beispiel das ›Sempre libera‹.«

»Tut mir leid, dass Roberto einfach gegangen ist«, versuchte Rosanna Robertos Verhalten zu entschuldigen.

»Miss Menici, wir sind die … wie soll ich es ausdrücken? … Launen der Stars gewöhnt. Aber machen wir weiter.«

Zwei Stunden später kehrte Rosanna erschöpft und schlecht gelaunt in ihre Suite zurück. Bei dem Gedanken, dass sie bereits vier Tage später ihr Covent-Garden-Debüt in der schwierigen Rolle der Violetta geben würde, wurde ihr fast übel, weil sie sich gänzlich unvorbereitet fühlte.

Kurz nach ihrem Eintreten klingelte das Telefon.

»*Pronto*, ich meine hallo?«

»Ich bin's, Roberto. Wo warst du?«

»Was denken Sie? Ich habe, so gut es ging, ohne Sie geprobt.«

»Ganz ruhig. Ich lade dich heute Abend zum Essen ins Le Caprice ein. Das ist ziemlich gut.«

»Nein, Roberto. Ich habe mich, anders als Sie, am Nachmittag nicht ausgeruht. Ich werde mir etwas zu essen aufs Zimmer kommen lassen, meine Rolle studieren und schlafen. Gute Nacht!«

Wenige Sekunden nachdem sie aufgelegt hatte, klingelte das Telefon erneut, doch Rosanna ging nicht ran. Als es aufgehört hatte, wählte sie die Nummer des Zimmerservice und bestellte einen Salat. Dann bat sie die Rezeption, keine Gespräche mehr durchzustellen, und beschäftigte sich mit ihrer Partie.

Am folgenden Morgen stand Rosanna früh auf, traf vor den meisten anderen Sängern in Covent Garden ein und ging eine Stunde lang mit Jonathan Davis die Passagen durch, bei denen sie sich unsicher war.

Offiziell begannen die Proben um zehn Uhr. Um elf war Roberto nach wie vor nicht zu sehen.

»Keine Sorge, Miss Menici. Bei Proben ist das immer so. Am Ende liefert er aber jedes Mal einen hervorragenden Auftritt«, versicherte Jonathan ihr.

Rosanna behielt ihre Gedanken über ihren Kollegen für sich und versuchte, sich aufs Singen zu konzentrieren. Als sie gerade Mittagspause machen wollten, tauchte Roberto endlich auf.

»'tschuldigung. Ich hab gestern Abend vergessen, einen Weckruf zu bestellen«, erklärte er ungeniert.

»Gut, dann machen wir alle noch eine Stunde weiter«, teilte Jonathan den anderen Künstlern mit Engelsgeduld mit.

Eine Stunde später verkündete Roberto, er habe Halsschmerzen, die er im Savoy auszukurieren gedenke.

»Das feuchte Klima hier ist schuld. Bis später im Hotel, Rosanna.«

Rosanna wandte ihm den Rücken zu.

Als sie später am Abend in der Badewanne lag, hörte sie es an der Tür klopfen. Sie ignorierte es, weil sie sich nicht sicher war, ob sie sich beherrschen könnte. Kurz darauf stieg sie aus der Wanne, trocknete sich ab, schlüpfte in einen kuscheligen Bademantel und ging in den Wohnbereich, wo zu ihrer Überraschung auf dem Sofa vor dem Fernseher Roberto lümmelte.

»Was machen Sie denn hier?« Sie zog den Bademantel enger um den Leib.

»Die Tür war nicht verschlossen.« Er lächelte entwaffnend. »Du solltest vorsichtiger sein. Man kann nie wissen, wer reinspaziert. Ich wollte dich zum Abendessen ausführen.«

Rosanna sank in einen Sessel. »Ich dachte, Sie haben Halsweh.«

»Jetzt nicht mehr. Komm, zieh dich an, dann gehen wir.«

»Nein, ich will nicht.«

Roberto warf ihr einen erstaunten Blick zu. »Warum nicht?«

»Weil ich müde bin. Außerdem will ich nicht mit Ihnen essen gehen.«

»Rosanna, wieso bist du so wütend auf mich? Was habe ich verbrochen?«

»Was Sie verbrochen haben? *Mamma mia!*« Rosanna boxte wütend in ein Kissen.

»Bitte erklär es mir.«

Damit brachte er das Fass zum Überlaufen. »Na schön, Signor Rossini. Ich soll mein Debüt in Covent Garden geben, bin nervös, habe Angst und das Gefühl, nicht genug geprobt zu haben. Und in den wenigen Tagen, die mir bleiben, um mir die Rolle anzueignen, ist mein Partner nicht bereit, mehr als ein paar Stunden für die Arbeit zu opfern, weswegen ich und das Ensemble ohne ihn proben müssen, obwohl es nicht mehr lange bis zur Premiere ist! Und …«

Als sie sah, wie Robertos Mundwinkel zu zucken anfingen, verstummte Rosanna.

»Warum lachen Sie? Ich finde das überhaupt nicht lustig!«

»Endlich sehe ich, dass Rosanna Menici Feuer hat, das Temperament einer echten Künstlerin.«

»So, so, Temperament.« Rosanna machte drohend einen Schritt auf Roberto zu. »Nun werde ich Ihnen mal was über Temperament erzählen, Signor Rossini. Ich habe gehört, dass Sie schwierig sind, aber weil Sie mir in Mailand geholfen haben, dachte ich, die anderen neiden Ihnen nur den Erfolg, und habe dem Klatsch keine Beachtung geschenkt. Nach den letzten beiden Tagen weiß ich, dass ich mich getäuscht habe. Sie sind durch und durch egoistisch. Sie behandeln mich und die andern, als wären wir es nicht wert, auf derselben Bühne wie Sie zu stehen. Wenn Sie dann tatsächlich einmal zu den Proben erscheinen, führen Sie sich auf wie ein trotziges Kind, sobald etwas nicht nach Ihrem Kopf geht. Keine Ahnung, warum alle sich das gefallen lassen. Wenn ich Jonathan Davis wäre, hätte ich Sie schon längst rausgeschmissen.«

Rosanna bebte vor Wut.

Roberto schaute sie an.

»Weißt du, dass du wütend noch hübscher bist als sonst?«

Bevor sie sichs versah, packte Roberto ihre Hände und zog sie auf seinen Schoß. Wie in Trance beobachtete sie, wie sein Mund sich dem ihren näherte. Kurz bevor ihre Lippen sich berührten, kam Rosanna zur Besinnung, wand eine Hand aus seinem Griff und gab Roberto eine schallende Ohrfeige.

Sie erstarrten beide vor Schreck. Wenig später stand Rosanna auf und drehte sich erzürnt von ihm weg.

»Verlassen Sie sofort diese Suite.«

Sie hörte, wie Roberto aufstand, zur Tür ging und sie hinter sich zuknallte.

Rosanna sank schluchzend zu Boden.

21

Rosanna wurde von einem Klopfen an der Tür geweckt. Im Halbschlaf suchte sie nach dem Lichtschalter. Nachdem sie ihn betätigt hatte, warf sie einen Blick auf den Wecker neben ihrem Bett und sah, dass es fast acht war. Sie schlüpfte in ihren Morgenmantel und ging zur Tür.

»Wer da?«, fragte sie unsicher.

»Ich soll Ihnen etwas bringen, Madam.«

Vor der Tür stand ein Page mit einem riesigen Strauß Orchideen und Lilien.

»Wo soll ich sie hinstellen?« Der Page trug die Blumen in den Wohnbereich. »Auf den Tisch da drüben?«

»Ja, danke.« Rosanna wartete, bis der Page weg war, und ging dann zu der Vase. Zwischen den Blüten steckte ein kleiner weißer Umschlag. Sie nahm ihn heraus und öffnete ihn.

Du hast recht. Ich bin tatsächlich ein Scheißkerl und möchte mich entschuldigen. Wir sehen uns in der Oper (pünktlich).
R.

Rosanna zerriss das Briefchen, warf es mit verächtlicher Miene in den Papierkorb und zog sich an.

»Du bist genau eine Minute fünfundzwanzig Sekunden zu spät.«

Roberto stand, einen Wollschal um den Hals, bereits auf der Bühne.

Ohne ihm Beachtung zu schenken, wandte Rosanna sich Jonathan Davis zu.

In den folgenden beiden Tagen war Roberto der reinste Engel. Er gab sich hilfsbereit und höflich und beklagte sich nicht, wenn Jonathan ihn bat, etwas anders als sonst zu machen. Er erbot sich sogar, länger zu bleiben, um mit Rosanna an den schwierigen Duetten zu arbeiten. Rosanna war dankbar, hielt jedoch Distanz.

Abends im Savoy erwartete sie fast, ein Klopfen an der Tür zu hören, aber das passierte nicht. Er rief auch nicht bei ihr an.

Rosanna hasste sich selbst dafür, dass sie das enttäuschte.

Am Premierenabend standen in ihrer Garderobe zwei hübsche Bouquets. Enttäuscht stellte sie fest, dass die dazugehörigen Karten von Paolo und Chris Hughes stammten. Offenbar war Roberto beleidigt, weil sie seine Blumengabe nicht gebührend gewürdigt hatte. Während ihr in das extravagante Seidenkleid geholfen wurde, das sie als schwindsüchtige Violetta tragen sollte, versuchte sie, ihre Gedanken an ihn beiseitezuschieben. Bei der mentalen Vorbereitung merkte sie, dass ihr ziemlich kalt war und ihre Hände zitterten. Zwei Minuten später wurde ihr heiß, und ihre Handflächen fühlten sich feucht an. Ihr Puls raste, und wenn sie an ihren Auftritt dachte, bekam sie ein flaues Gefühl im Magen. Sie versuchte, sich einzusingen, doch als sie den Mund öffnete, kam kaum mehr als ein Krächzen heraus.

Rosanna, das ist Lampenfieber, sagte sie sich. Luigi hat dich doch gewarnt. Konzentrier dich auf deine Atmung.

Als sie schließlich angekleidet und geschminkt war, fühlte sie sich so wackelig, dass sie sich kaum aufrecht halten konnte. Am liebsten hätte sie geheult. Wäre doch nur Paolo oder Luigi da gewesen, um ihre Hand zu halten und sie zu trösten!

»Ihr Auftritt!«, erklang es von der Tür zu ihrer Garderobe. Irgendwie schaffte sie es, mit weichen Knien die Bühne zu erreichen. Die Musiker stimmten ihre Instrumente, und hinter dem roten Vorhang hörte Rosanna das erwartungsvolle Raunen der Zuschauer.

Plötzlich spürte sie eine Hand auf ihrer Schulter.

»Viel Glück, Rosanna. Heute Abend werden wir gemeinsam einen Triumph feiern.« Roberto wirkte in seinem Frack sehr attraktiv und maskulin.

»Mir ist sterbenselend, Roberto«, hauchte sie.

Er nahm ihre kalten Hände in die seinen und rieb sie. »Gut so. Du sollst ja auch eine Schwindsüchtige spielen.«

In ihrer Nervosität verstand Rosanna den Scherz nicht. »Meine Stimme ist weg«, jammerte sie.

»Das geht mir vor den Vorstellungen auch oft so. Stell dir Folgendes vor: Du stehst im Musikzimmer von Luigis Villa, und er begleitet dich auf dem Klavier. Du singst nur für dich, weil du das gern tust. Niemand hört zu, du bist ganz allein.« Roberto küsste sie auf beide Wangen. »Es wird ein toller Abend, glaub mir.«

Er nahm seinen Platz ein, und Rosanna lauschte aus den Kulissen auf die ersten Klänge der Ouvertüre. Mit geschlossenen Augen erinnerte sie sich an die Ruhe in Luigis Musikzimmer und die Freude, die sie dort beim Singen empfunden hatte. Dann trat sie hinaus auf die Bühne.

Viele Stunden später kehrte Rosanna völlig überdreht in ihre Suite im Savoy zurück.

Sie waren mit schier endlosem Beifall bedacht worden. Jonathan erklärte ihr, dass sie und Roberto zweiundzwanzig Vorhänge bekommen hatten. Bei dem anschließenden Fest war sie von Fremden umringt gewesen, die sie in höchsten Tönen lobten und behaupteten, ihre Violetta sei die beste seit der der Callas gewesen.

Rosanna setzte sich in einen Sessel und ließ die drei schönsten Stunden ihres bisherigen Lebens Revue passieren. Zum ersten Mal hatte sie auf der Bühne die Macht gespürt, die sie über die Zuschauer besaß, und angefangen, Spaß an der Sache zu finden. Sie hatte die tragische Heldin als eine Frau voll fieberhafter Erregung und Angst im Angesicht der Versuchung dargestellt und Violetta zum Leben erweckt.

Und Roberto hatte sie als Alfredo großzügig unterstützt, sie nie an die Wand gespielt. Seine Gelassenheit in den Duetten hatte sich auf sie übertragen. Er hatte Rücksicht auf sie genommen, ihr die Bühne überlassen. In manchen Momenten des »Parigi, o cara« hatte sie selbst die zum Scheitern verurteilte Liebe Violettas empfunden. Rosanna seufzte. Egal, wie egoistisch Roberto manchmal war, ein Teil von ihr liebte ihn seit ihrer Kindheit. Nach diesem Abend war ihr das klarer denn je.

Sie hatte vorgehabt, sich mit ihm auszusöhnen, ihm für seine aufmunternden Worte vor ihrem Auftritt und für seine Hilfe zu danken. Aber bei der Party war sie von so vielen Menschen umringt gewesen, dass sich keine Gelegenheit geboten hatte, mit ihm zu sprechen.

Rosanna lief in ihrem Wohnbereich auf und ab und überlegte, was sie tun sollte. Am Ende öffnete sie die Tür und ging zu seiner Suite.

Keine Reaktion auf ihr leises Klopfen. Als sie lauschte, hörte sie zunächst nichts und glaubte dann, ein ersticktes Schluchzen zu vernehmen. Verwirrt vergewisserte sie sich, dass sie sich vor der richtigen Tür befand. Sie lauschte noch einmal. Tatsächlich: Drinnen weinte jemand.

»Roberto«, rief sie leise. »Ich bin's, Rosanna.«

Weiter dieses Schluchzen. Als Rosanna die Klinke herunterdrückte, stellte sie fest, dass die Tür nicht verschlossen war. Das Weinen kam von hinter dem Sofa. Roberto lag in voller Abendrobe, den Kopf in den Händen, auf dem Boden und schluchzte herzzerreißend. Als sie ihm die Hand auf die Schulter legte, zuckte er erschreckt zusammen.

»Ich bin's nur«, flüsterte sie und kniete neben ihm nieder. »Roberto, was ist los? Was ist passiert?«

Er sah sie mit einem so gequälten Ausdruck an, dass sie nicht anders konnte, als die Arme um ihn zu legen und ihn unbeholfen an sich zu drücken.

»Bei der Feier hab ich eine Nachricht erhalten. Meine Mamma … sie … ist gestorben.«

»Maria? Roberto, das ist ja schrecklich.«

»Als mein Vater nach Hause gekommen ist, lag sie wie üblich im Bett, doch sie hat sich nicht gerührt, und er hat gemerkt, dass sie nicht atmet. Die Ärzte meinen, sie habe einen Schlaganfall erlitten. Ich habe ihnen so lange versprochen, sie zu besuchen, es aber nicht getan, und jetzt … jetzt ist es zu spät. Meine Mamma ist tot. Ich werde sie nie wiedersehen.« Er brach erneut in Tränen aus.

»Soll ich gehen, Roberto? Vielleicht willst du lieber allein sein.« Überrascht stellte sie fest, dass sie ihn geduzt hatte.

»Nein. Bitte bleib. Du hast sie gekannt, Rosanna, du kannst mich verstehen.«

»Möchtest du was trinken?«

Roberto nickte. »In dem Schrank da drüben ist Brandy.«

Rosanna holte die Flasche, schenkte ziemlich viel ein und reichte ihm das Glas.

»Danke.« Er leerte es mit einem Zug.

»Soll ich die Rezeption bitten, schnellstmöglich einen Flug nach Neapel zu organisieren?«

Roberto blickte sie mit Tränen in den Augen an. »Nein, Rosanna. Weil ich schlecht und egoistisch gewesen bin, kann ich nicht nach Neapel, nicht einmal zum Begräbnis meiner Mutter.«

»Roberto, alle könnten es verstehen, wenn du eine Vorstellung absagst. Deine Mutter ist gestorben, du musst nach Hause.«

»Du verstehst das nicht. Ich kann nicht, Punkt!«

»Setz dich doch aufs Sofa«, schlug sie vor.

Er ließ sich von ihr aufhelfen und zur Couch führen. Rosanna nahm neben ihm Platz und ergriff seine Hand.

»Ich glaube, ich habe nur einen Menschen richtig geliebt, meine Mamma. Und ich habe sie im Stich gelassen wie alle andern. Nun kann ich mich nicht einmal von ihr verabschieden. Ich bin ein Mistkerl.«

»Sie würde das bestimmt nicht so sehen. Roberto Rossini ist einer der berühmtesten Tenöre der Welt. Ich weiß, wie stolz sie auf dich war. Bei uns im Café hat sie von nichts anderem geredet«, tröstete Rosanna ihn.

»Ja, aber sobald ich berühmt war, habe ich mir keine Zeit mehr für sie genommen. In den vergangenen sechs Jahren habe ich sie zweimal gesehen, und das auch nur, weil sie mich in Mailand besucht hat.« Er sah sie traurig an. »Du hattest recht. Ich bin durch und durch egoistisch, ein Schwein. Ich hasse mich.« Wieder fing Roberto zu schluchzen an. Erst nach einer ganzen Weile hörte er auf und wischte sich über die Augen. »So habe ich noch nie geweint. Ich habe ein schrecklich schlechtes Gewissen.«

»Das ist ganz natürlich. Als meine Mutter gestorben ist, hatte ich auch Gewissensbisse, weil ich manchmal schlecht über sie dachte. Bestimmt hatte Maria Verständnis, dass du beschäftigt warst. Mütter verstehen und vergeben alles.«

»Meinst du, sie verzeiht ihrem Sohn, wenn er nicht zu ihrer Beerdigung kommt?«, fragte er mit leiser Stimme.

»Wenn es einen guten Grund dafür gibt, ja.«

Roberto putzte sich geräuschvoll die Nase. »Tut mir leid, dass ich dir den Abend verdorben habe. Rosanna, du warst heute phänomenal. Du solltest feiern, nicht hier herumsitzen und einen traurigen alten Mann trösten.«

»Schluss mit dem Selbstmitleid.«

»Na schön, dann eben einen Mann mittleren Alters. Warum bist du zu mir gekommen?«, fragte er unvermittelt. »Es ist spät.«

»Weil ich mich entschuldigen wollte.«

»Das sollte eigentlich ich tun. Wie gesagt, ich bin ein Schwein.«

Rosanna nahm noch einmal seine Hand. »Und ich wollte mich für heute Abend bedanken. Ohne dich hätte ich es nicht geschafft.«

»Ist das dein Ernst?«

»Ja.«

»Dann scheine ich ja ausnahmsweise mal etwas Selbstloses getan zu haben.«

»Ja. Und das werde ich dir nie vergessen. Danke.« Rosanna erhob sich und küsste ihn auf die Wange. »Jetzt solltest du versuchen, ein wenig zu schlafen.«

»Rosanna, ich glaube, ich ertrage es nicht, allein zu sein. Würdest du bei mir bleiben?«

»Ich …«

»Keine Sorge. Ich hätte dich nur gern bei mir, das ist alles. Sonst nichts, versprochen.«

»Gut«, meinte sie zögernd.

»Komm, setz dich wieder neben mich.«

Sie tat ihm den Gefallen, und als er die Arme um sie legte, war sie überrascht, wie selbstverständlich es sich anfühlte.

»Das Schicksal hat dich heute zu mir geführt.« Er küsste sie sanft auf die Stirn. »Ich erinnere mich gut, wie ich dich das erste Mal singen gehört habe. Wie du meine Mamma zu Tränen gerührt hast. Da wusste ich, dass du einmal ein großer Star wirst.«

»Ach.«

»Ja. Deine Stimme war so klar und voller Gefühl.«

»Ich weiß auch noch, wie du gesungen hast. An dem Abend habe ich in mein Tagebuch geschrieben, dass ich dich eines Tages heiraten würde.«

»Möchtest du das immer noch? Jetzt, wo du weißt, wie ich bin?«, fragte er mit rauer Stimme.

Kurzes Schweigen, bevor Rosanna antwortete. »Ich glaube, du bist nicht für die Ehe geschaffen, Roberto.«

»Ich wäre kein guter Ehemann?«

»Wahrscheinlich nicht.«

»Du hast recht«, pflichtete er ihr bei. »Als ich heute Abend die Nachricht vom Tod meiner Mutter bekommen habe, ist mir aufgegangen, wie ich wirklich bin. Und was ich sehe, gefällt mir nicht. Ich muss mich ändern. Vielleicht kann mir die richtige Frau dabei helfen.« Roberto sah Rosanna an, die so rein und unberührt von den Enttäuschungen des Lebens wirkte. »Rosanna, ich muss dir etwas gestehen.«

»Ja?«

»Ich hab doch gesagt, ich hätte noch nie jemanden geliebt.«

»Ja.«

»Das war gelogen. Ich liebe jemanden.«

»Wen?«

»Dich.«

Rosanna setzte sich auf. »Vergiss es, Roberto, ich werde nicht mit dir schlafen. Auch nicht aus Mitleid.«

Er schmunzelte.

»Ach, *principessa*, immerhin hast du mich zum Lachen gebracht. Natürlich würde ich gern mit einer schönen Frau wie dir schlafen. Aber meine Gefühle für dich gehen tiefer, und das ist sehr merkwürdig für einen Mann, der solche Emotionen nicht kennt. Ich möchte dich glücklich sehen, es ist mir wichtig, was du von mir denkst. Ich war schockiert über deine Ohrfeige, weil ich den Gedanken nicht ertragen kann, von dir gehasst zu werden. In den letzten Tagen habe ich mir große Mühe gegeben, mich zu bessern. Und nun werde ich mich noch mehr anstrengen. Morgen möchte ich den Gottesdienst besuchen, eine Kerze für Mamma anzünden und die Beichte ablegen. Dann mache ich einen Neuanfang. Ich will ein besserer Mensch werden. Rosanna, bitte sag, dass du dem neuen Roberto eine Chance gibst.«

Rosanna musterte ihn argwöhnisch.

»Du glaubst nicht, dass ich dich liebe, stimmt's?«, fragte er.

»Ich glaube nur, dass du im Moment überfordert bist.«

»Empfindest du … irgendetwas für mich?«

»Ich habe in solchen Dingen keine Erfahrung«, antwortete sie vorsichtig.

»Dann gibst du also zu, dass du Gefühle für mich hast?«, beharrte Roberto.

»Ich kenne deinen Ruf und habe bisher nicht gewagt, darüber nachzudenken.«

»Rosanna, ich sage die Wahrheit. Ich liebe dich. Das weiß ich. Hier.« Er legte die Hand aufs Herz. »Es schmerzt, wenn du nicht bei mir bist. Ich sehne mich nach dir, träume nachts von dir, ich …«

»Roberto, ich gehe jetzt. Es ist sehr spät, und wir sind beide müde.« Rosanna erhob sich. »Du brauchst Zeit, um den Verlust deiner Mutter zu verarbeiten.«

»Bitte, Rosanna, bleib bei mir«, bettelte er.

»Nein.« Sie küsste ihn auf die Stirn. »Wir reden morgen weiter. Gute Nacht, Roberto.«

»Ich liebe sie. Ich liebe sie«, sagte er mit fester Stimme, als sie weg war.

Roberto wusste, dass so euphorische Gefühle so kurz nach dem Tod seiner Mutter falsch waren, aber er konnte nicht anders. Es war wunderbar und furchteinflößend. Er würde sich ändern, er *konnte* sich ändern. Rosanna machte ihn zu einem besseren Menschen. Dieser Abend war der Wendepunkt. Er kniete auf dem Boden nieder und bat seine Mutter um Vergebung.

Wenig später legte er sich schlafen.

Vielleicht, dachte er, war er in der Nacht ihres Todes neugeboren worden.

Das Klingeln des Telefons weckte Rosanna aus tiefem Schlaf.

»Ja?«

»Chris hier, Rosanna. Haben Sie schon einen Blick in die Zeitungen geworfen?«

»Nein. Ich liege noch im Bett.«

»Lassen Sie sich von der Rezeption die *Times*, den *Telegraph* und den *Guardian* hochbringen. Sogar die sonst so nüchternen Kritiker überschlagen sich in ihrem Lob für Sie. Die BBC und einige Sonntagszeitungen wollen Sie so bald wie möglich interviewen.«

»Ach.«

»Besonders begeistert klingt das nicht. Ist Ihnen die Bedeutung solcher Kritiken klar? Sie nennen Sie die neue Callas. Meine Liebe, Sie sind eine Sensation!«

»Das freut mich wirklich, Chris, aber … haben Sie das mit Robertos Mutter gehört?«

»Ja. Natürlich ist das schlimm für ihn, doch das Leben geht

weiter. Würden Sie mich zurückrufen, wenn Sie aufgestanden sind, und mich wissen lassen, wann Sie die Journalisten empfangen können? Sie sind ganz heiß auf Sie. Ich bin die nächste halbe Stunde hier in der Wohnung. Gratuliere, Rosanna. Bis gleich.«

Rosanna sank seufzend in die Kissen zurück. Sie fühlte sich ausgelaugt. Wie es Roberto wohl ging? Am Abend zuvor hatte er ihr gesagt, er habe sich zum ersten Mal im Leben verliebt, und zwar in *sie*…

Nein, dachte Rosanna. Der Tod seiner Mutter hatte ihn aus der Fassung gebracht, er hatte nicht klar denken können. Vermutlich würde er sich heute entschuldigen, und sie würden miteinander umgehen wie bisher.

Sie nahm den Telefonhörer und bat die Rezeption, ihr die Zeitungen zu bringen, bevor sie Chris zurückrief und die Termine für die Interviews am Nachmittag vereinbarte.

Eine Stunde später, als sie gerade beim Frühstück saß, klopfte es an der Tür.

»Wer da?«, rief sie.

»Roberto.«

Rosanna öffnete die Tür.

»*Cara*!« Er nahm sie sanft bei den Schultern und küsste sie vorsichtig auf beide Wangen.

»Komm rein.«

»Danke.«

Sie gingen zum Frühstückstisch. Er wirkte müde und nachdenklich, angesichts der Ereignisse des Vorabends jedoch erstaunlich gelassen. »Ich war heute Morgen in der Kirche, habe gebeichtet und um Vergebung gebetet. Ich fühle mich gereinigt. Und ich bin entschlossen, meiner Mamma im Himmel zu beweisen, dass ich ein besserer Mensch werden kann.«

»Das freut mich, Roberto.«

Er nahm eine der Zeitungen in die Hand, die auf dem Tisch lagen.

»Ich habe die Kritiken gelesen. London liegt dir zu Füßen, meine Kleine. Gratuliere.«

»Dich loben sie auch.«

»Ja, ja.« Er winkte ab. »Sie schreiben immer das Gleiche: ›Wie stets verleiht Roberto Rossini seinem Alfredo mit seiner bemerkenswerten Stimme eine eindrucksvolle Persönlichkeit.‹ Ich bin Schnee von gestern, *cara*. Sie wollen nur dich. Darf ich dir einen Rat geben?«

»Natürlich.«

»Genieß diesen Moment, koste ihn aus. Das erste Mal ist einfach wunderbar. Auch wenn du wieder hymnische Kritiken für einen Auftritt in Covent Garden bekommen solltest, hast du es schon einmal erlebt und kennst das Gefühl.« Er sah sie an. »Du bist doch glücklich, oder?«

»Ja, natürlich. Von diesem Augenblick habe ich lange geträumt. Jetzt, wo er da ist, habe ich fast ein schlechtes Gewissen«, antwortete sie seufzend. »Es war alles so einfach.«

»Rosanna, Tausende werden die Besprechungen lesen, die Fotos der schönen jungen Opernsängerin sehen und sich wünschen, du zu sein. Aber sie wissen nichts von dem Preis, den du zahlen musst – die Jahre harter Arbeit, die Einsamkeit, der Neid, der Stress, ständig im Rampenlicht zu stehen. Das ist für einen jungen Menschen wie dich nicht leicht.«

»Obwohl es keinerlei Anlass zur Traurigkeit gibt, bin ich irgendwie niedergeschlagen.« Rosanna schluckte.

»Meine Kleine, du hast in Covent Garden ein fulminantes Debüt hingelegt, in einer Rolle, die du noch nie zuvor gesungen hast. Das war gestern, und heute ist das Adrenalin weg. Kein Wunder, dass du niedergeschlagen bist. Du bist erschöpft. Komm. Jetzt tröste ich dich.« Roberto winkte sie zu sich.

Rosanna setzte sich neben ihn aufs Sofa.

»Du verstehst mich«, flüsterte sie.

»Ja. Und ich werde auf dich aufpassen.« Er strich ihr eine Haarsträhne aus dem Gesicht. »Was ich gestern Abend zu dir gesagt habe, stimmt. Ich weiß, dass ich dich liebe, Rosanna Menici. Keine Ahnung, warum oder wie, aber es stimmt. Glaubst du mir das?«

»Ich weiß es nicht«, antwortete sie wahrheitsgemäß.

»Wenn ich darf, werde ich versuchen, es dir zu beweisen. Gibst du mir eine Chance?«

Sie zuckte mit den Schultern. »Ich habe dich oft nicht leiden können, aber tief in meinem Innern weiß ich, dass ich dich immer geliebt habe, Roberto.«

»Dann küsse ich dich jetzt.«

Er hob ihr Kinn ein wenig an.

»Du weißt, dass das unser beider Leben verändern wird. Danach gibt es kein Zurück mehr, Rosanna.«

»Das will ich auch nicht.« Sie schloss die Augen und erwiderte seinen Kuss.

MET

NEW YORK

So also begann Robertos und meine Liebe, Nico. Ich hatte ihn tatsächlich nicht immer leiden können, weil seine Rücksichtslosigkeit anderen gegenüber zu offensichtlich war. Trotzdem liebte ich ihn, hatte es immer getan. Ich war nicht so dumm zu glauben, dass er mich nicht verletzen würde, aber ich wusste auch, dass der Schmerz ohne ihn größer sein würde als mit ihm.

Bei diesem ersten Kuss war uns klar, dass dies unser beider Schicksal besiegelte, dass die Vorsehung es uns bestimmt hatte, zusammen zu sein, egal, wie schwierig es werden würde. Ich kann Dir gar nicht sagen, wie schön jene Tage in London waren, in denen wir beide zum ersten Mal die echte Liebe erlebten.

Unsere gemeinsamen Auftritte in La Traviata *im August wurden von Kritikern als die größten der Operngeschichte bezeichnet. Wir sangen beide mit wahrer Leidenschaft, und das spürten sie. Ich muss noch irgendwo eine Aufnahme davon haben. Der Gedanke, dass Du sie nie hören wirst, stimmt mich traurig.*

Wir waren so sehr aufeinander fixiert, dass wir uns nicht um die Meinung anderer kümmerten. Roberto, der um das Interesse der Medien an unserer Beziehung wusste, riet mir jedoch, mich innerlich zu wappnen. Mittlerweile ist mir Folgendes klar: Dass keiner von uns Gelegenheit hatte, denen, die uns wichtig waren, unsere Liebe zu erklären, bevor die ganze Welt davon erfuhr, verursachte tiefen Schmerz.

Außerdem gab es einiges, was ich über Roberto nicht wusste …

22

Eine Woche nach ihrem ersten Kuss wachte Rosanna in Robertos Armen auf. Sie löste vorsichtig seine Hand von ihrer Taille, stand auf, zog ihren Morgenmantel an und ging leise in den Wohnbereich, um Vorhänge und Terrassentür weit zu öffnen. Obwohl noch früh am Morgen, schien die Sonne bereits warm auf ihr Gesicht, und der klare blaue Himmel verhieß einen strahlenden Tag. Von Embankment und Themse, wo die Menschen, auf ihr eigenes Leben konzentriert, ihren Geschäften nachgingen, drang Lärm herauf. Am liebsten hätte sie die ganze Welt an ihrem Glück teilhaben lassen.

Im Bad betrachtete Rosanna ihr Gesicht im Spiegel. Sie sah aus wie immer, jedoch wie von innen erhellt. Trotz der anstrengenden Vorstellung am Abend zuvor leuchteten ihr Augen, und ihre Haare glänzten.

Sie war verliebt – verliebt in Roberto Rossini und er in sie.

Die vergangene Woche waren sie unzertrennlich gewesen. Obwohl sie die Nächte im selben Bett verbrachten, hatte Roberto sich geweigert, mit ihr zu schlafen, weil er fürchtete, sie könnte meinen, dass er nur das von ihr wolle.

Am Ende hatte Rosanna ihn angebettelt, es endlich zu tun. Und tags zuvor hatten sie zum ersten Mal die Suite verlassen, um gemütlich im Le Caprice zu Mittag zu essen.

Rosanna war sich sicher, dass sie die Violetta besser denn je gegeben hatte, weil ihre Gefühle den Worten entsprachen, die sie sang. Am Ende waren sie beide mit nicht enden wollenden Standing Ovations bedacht worden.

»*Cara.*« Sie spürte, dass sich ein Arm um ihre Taille legte, und sah im Spiegel, wie Roberto die Stirn runzelte. »Ich bin aufgewacht, und du warst nicht da.«

»Tut mir leid, ich wollte dich nicht wecken.«

Er drehte sie zu sich herum. »Bitte sag mir immer, wo du hingehst. Ich möchte alles wissen, was du tust und denkst.«

»Wirklich alles?«, wiederholte sie spöttisch.

»Ja.«

»Im Moment wär ich dir dankbar, wenn du aus dem Bad rausgehst, damit ich die Toilette benutzen kann.«

»Okay, okay.« Roberto löste sich von ihr. »Brauch nicht so lang.«

»Keine Sorge. Lass schon mal das Frühstück kommen. Ich habe einen Bärenhunger.«

»Ich kenne keine Frau, die so viel isst wie du!«, spottete er, als sich die Tür zum Bad schloss. Er durchquerte den Wohnbereich und bestellte ein englisches Frühstück aufs Zimmer. Dann tappte er barfuß zur Tür der Suite, öffnete sie, holte die Zeitungen herein, die davor lagen, setzte sich damit aufs Sofa und schlug ein Boulevardblatt auf.

OPERNSTARS SINGEN PRIVATES LIEBESLIED.

Ein Foto zeigte ihn und Rosanna Hand in Hand beim Verlassen des Le Caprice. Roberto las den Text darunter.

Der attraktive Opernstar Roberto Rossini wurde gestern händchenhaltend mit einer seiner Kolleginnen, der schönen jungen italienischen Sopranistin Rosanna Menici, vor einem der besten Londoner Restaurants beobachtet.

Die beiden singen gerade vor ausverkauftem Haus in Covent Garden La Traviata.

Mr Rossini genießt einen Ruf als Frauenheld, und dem Foto nach zu urteilen, ist ihm wieder einmal ein hübscher Fang ins Netz gegangen …

Roberto legte die Zeitung zusammen und versteckte sie unter dem Sofa. Bisher war er so auf sein neues Glück konzentriert gewesen, dass er kaum weiter als bis zur nächsten Stunde gedacht hatte. Schon bald würde der Londoner Klatsch den Weg auf die Titelseiten der Mailänder Gazetten finden. Es war heraus. Bis zum Abend hätte sich die Geschichte nach Covent Garden herumgesprochen und bis zum folgenden Tag zur Scala und Paolo …

»Scheiße!«, fluchte er. Dass der Klatschkolumnist Rosanna im gleichen Atemzug wie seine früheren Geliebten erwähnte, machte ihn wütend. Natürlich war eine solche Reaktion verständlich. Warum sollte jemand glauben, dass seine Beziehung mit Rosanna sich von seinen bisherigen Affären unterschied?

Doch sie *war* anders. *Sie* war anders. Roberto glaubte, endlich gefunden zu haben, wonach er so lange gesucht hatte. Rosanna füllte die Leere in seinem Leben, machte ihn ganz. In ihrer Gegenwart mochte er sich selbst. Sie brachte seine besten Eigenschaften zum Vorschein. Die Vorstellung, dass sie ihn einmal verlassen könnte und er wieder zu seinem früheren Dasein zurückkehren müsste, machte ihm Angst.

Aber sie war jung. Der Altersunterschied zwischen ihnen betrug mehr als siebzehn Jahre. Und er war ihre erste Liebe. Was, wenn sie ihn so benutzte, wie *er* andere benutzt hatte, und sich irgendwann einem anderen zuwandte?

Roberto lehnte sich seufzend auf dem Sofa zurück. Viele Leute würden Rosanna von der Beziehung mit ihm abraten. Besonders Paolo de Vito würde entsetzt sein, denn Rosanna war sein Schützling.

»Bitte, lieber Gott, hilf mir, sie zu halten«, flüsterte Roberto.

Plötzlich wusste er, wie er Rosanna von der Ernsthaftigkeit seiner Absichten überzeugen und seine Gegner zum Schweigen bringen konnte.

Er würde sie heiraten.

Später am Morgen saßen Roberto und Rosanna im Taxi.

»Wohin fahren wir?« Rosanna klang wie ein aufgeregtes kleines Mädchen, und in ihrem schlichten rosafarbenen Kleid, dachte Roberto, sah sie auch kaum älter aus.

»Geduld, *principessa.*«

»Ich versuch's ja, aber …«

»Wir sind da«, verkündete Roberto, als das Taxi in der New Bond Street hielt und er den Fahrer bezahlte.

»Wo?«

»Bei Cartier, einem der besten Juweliere der Welt. Ich möchte dir ein Geschenk machen«, antwortete Roberto und schob sie in das Geschäft.

Rosanna betrachtete mit großen Augen die Vitrinen mit den glitzernden Schmuckstücken. Ein älterer Herr im dunklen Anzug trat auf sie zu.

»Sir, Madam, kann ich behilflich sein?«

»Ja. Wir suchen nach einem besonderen Schmuckstück für diese hübsche Dame.«

»Verstehe. Hatten Sie sich etwas Bestimmtes vorgestellt?«

»Könnten Sie uns eine Auswahl Ihrer Ringe, Halsketten und Ohrringe zeigen?«

»Gern, Sir.«

Er schloss mehrere Vitrinen auf und präsentierte ihnen Samttabletts mit vier Halsketten und eine Auswahl von Ringen und Ohrringen.

»Deut einfach drauf, wenn dir etwas gefällt, *principessa*«, forderte Roberto Rosanna auf und nahm eine kunstvoll gearbeitete Halskette aus Gold mit Saphiren und Brillanten in die Hand.

»Aber Roberto, ich brauche kein …«

»Psch.« Roberto legte ihr einen Finger auf die Lippen. »Es ist unhöflich zu widersprechen, wenn ein Mann dir seine Liebe mit einem Geschenk beweisen möchte.«

Als die Kette um ihren Hals lag, betrachtete Rosanna sich im Spiegel. »Sie ist sehr schwer«, stellte sie fest und drehte steif den Kopf.

»Darf ich Ihnen dieses Stück vorschlagen? Es ist feiner und passt vielleicht besser zu Madam.« Der Verkäufer zeigte ihnen eine andere Goldkette, an deren federleichten Gliedern ein einzelner, herrlich gefasster Brillant hing.

Rosanna ließ sie sich anlegen und bewunderte sie im Spiegel.

»Sehr schön, Madam, wenn Sie mir erlauben, das zu sagen. Darf ich Ihnen dazu noch diese zeigen?« Der Verkäufer präsentierte ihr ein winziges Paar zur Kette passender Ohrringe sowie einen hübschen Ring mit einem Brillantsolitär.

Rosanna sah Roberto fragend an.

»Ja, probier die Ohrringe ruhig an.«

»Perfekt«, meinte Roberto lächelnd und steckte ihr den Brillantring an. Er war viel zu weit.

»Schade, dass er zu groß ist«, seufzte Roberto. »Er würde so gut an dir aussehen. Gefällt er dir?«

Rosanna streckte die Hand aus, um den funkelnden Stein im Licht zu betrachten. »Er ist wunderschön, genau wie die Halskette und die Ohrringe. Aber Roberto …«

»Ich habe dir vorhin gesagt, dass eine Dame einem Herrn ein solches Geschenk nicht verwehren darf.« Er wandte sich dem Verkäufer zu. »Wir nehmen die Orringe und die Halskette.«

»Sehr wohl, der Herr. Erlauben Sie mir, der Dame den Schmuck abzunehmen, damit ich ihn für Sie einpacken lassen kann.«

»Rosanna, geh doch schon mal in den Laden nebenan, während ich zahle, ja? Du hast gesagt, du brauchst neue Schuhe.«

»Gut. Bis gleich. Danke, Roberto.« Sie küsste ihn auf die Wange und verließ das Geschäft.

Zehn Minuten später und zwanzigtausend Pfund ärmer verließ Roberto Cartier, froh darüber, dass es ihm geglückt war, seine Pläne unbemerkt von Rosanna in die Tat umzusetzen. Der Ring würde später kleiner gemacht mit den anderen Schmuckstücken ins Savoy geliefert werden.

Als er die Tür des Nachbarladens öffnete, probierte Rosanna gerade ein Paar elegante hohe Abendschuhe an. Sie kam wankend über den dicken Teppich auf ihn zu.

»Wie findest du sie?«

»Sie lassen deine Beine noch länger erscheinen. Darin siehst du fast erwachsen aus«, neckte er sie. »Wir nehmen sie«, erklärte er der Verkäuferin.

Sie verließen Arm in Arm den Laden.

»Roberto, solche Geschenke habe ich noch nie bekommen. Vielen, vielen Dank!« Sie schlang die Arme um ihn und bedeckte sein Gesicht mit Küssen.

»Und jetzt kaufen wir neue Kleider, bei Harrods.« Roberto winkte ein Taxi heran. »Deine Garderobe ist erbärmlich. Ich kann mich nicht in Begleitung einer Landstreicherin blicken lassen. Das schadet meinem Image«, scherzte er.

»Du findest also, dass ich mich schlecht kleide?«

»Nein, Klamotten scheinen dir einfach egal zu sein, das ist etwas anderes. Selbst auf die Gefahr hin, dass du eitel wirst: Du musst lernen, dich anständig anzuziehen. Du stehst jetzt im Blickpunkt der Öffentlichkeit.«

»Ich interesse mich tatsächlich nicht für Kleidung.«

»*Principessa*, du bist eine sehr schöne junge Frau mit langen Beinen …«, Roberto ließ die Hand über ihren Oberschenkel gleiten, »… schmaler Taille …«, er schlang die Arme darum, »… und festen Brüsten …«

»Hör auf«, meinte Rosanna lachend.

»… sowie einem ausgesprochen hübschen Gesicht.« Er küsste sie auf den Mund. »Du musst lernen, deine Vorzüge zu präsentieren, dir selbst und dem Mann zuliebe, der dich liebt. Da wären wir.«

Roberto bezahlte den Fahrer und schob Rosanna in das Kaufhaus.

In der folgenden Stunde führte Rosanna Roberto eine ganze Reihe von Tages- und Abendkleidern vor, die er von einem Stuhl mit Goldverzierungen aus begutachtete.

»Nein«, sagte er kopfschüttelnd. »Darin siehst du aus wie meine Nonna, meine geliebte Großmutter, Gott hab sie selig.«

Rosanna setzte einen Hut auf, der so groß war, dass er ihr über die Ohren rutschte.

»Ha, die Frau ohne Kopf«, lachte Roberto, als sie mit ausgestreckten Armen nach ihm tastete. »Such dir lieber was Nettes aus, was zu dir passt, du alberne Göre.« Er nahm ihr den Hut ab und küsste sie.

Am Ende entschied sich Rosanna für fünf Ensembles, die Robertos Zustimmung fanden. Nachdem er bezahlt hatte, ging es in die Abteilung mit den Dessous.

»Da ich dich trotz deiner erbärmlichen Unterwäsche attraktiv finde, liebe ich dich wohl wirklich«, neckte er sie. »Jetzt kaufen wir Dessous, die zu deinem reizenden Körper passen.« Er streichelte ihre schmalen Hüften, während sie gemeinsam zarte Seidenteile aus den Regalen nahmen, die sie anprobieren sollte.

Am Ende kehrten sie mit Tüten und Schachteln beladen ins Erdgeschoss zurück, wo Roberto stehen blieb, um einen Seidenschal mit Paisleymuster zu bewundern. »Sehr englisch«, murmelte er.

»Gefällt er dir?«, fragte Rosanna.

»Ja.«

»Dann kauf ich ihn dir.«

Sie eilte zur Kasse, bevor er sie aufhalten konnte.

»Hier«, sagte sie, als sie zu ihm zurückkehrte, und schlang ihm den Schal um den Hals.

Er ließ die Finger darübergleiten. »Das ist das schönste Geschenk, das ich je bekommen habe. Danke, *cara*.«

Nach einem langen Mittagessen im Grill Room des Savoy verbrachten sie den Nachmittag eng umschlungen inmitten anderer Paare auf einem grasbewachsenen Hang in den Victoria Embankment Gardens mit Blick auf die Themse.

»Wartest du kurz hier?«, fragte Roberto. »Ich muss schnell in meine Suite, einen Anruf erledigen.«

Rosanna nickte und schloss die Augen. »Ja, natürlich, hier ist es so schön.«

»Rühr dich nicht von der Stelle«, ermahnte er sie, bevor er in Richtung Savoy eilte.

Rosanna genoss das Gefühl der Sonne auf ihrer Haut und des frisch gemähten Grases unter ihren Fingern. Gern hätte sie diesen Moment für die Ewigkeit festgehalten. Egal, was noch geschehen würde: Daran, wie sie in der Sonne auf Roberto gewartet hatte, würde sie sich immer erinnern.

Kurz darauf spürte sie, wie seine Finger ihre Wange berührten, und roch sein vertrautes Aftershave.

»Bitte lass die Augen zu. Ich muss dir etwas sagen. Ich liebe dich, Rosanna Menici. Und ich begreife nicht, was mit uns beiden seit unserer Ankunft in London passiert ist. Ich weiß nur, dass ich mich verändert habe. Plötzlich bin ich ein anderer Mensch. Ich bin überglücklich. Du darfst mich nie wieder verlassen.« Roberto betrachtete ihr Gesicht mit den langen Wimpern. »*Cara*, ich möchte, dass du meine Frau wirst.«

Rosanna spürte, wie er ihr einen Ring an den Finger steckte.

»Wenn du Nein sagst, ertränke ich mich in der Badewanne meiner Suite«, verkündete er. »Jetzt kannst du die Augen aufmachen.«

Rosanna sah zuerst Roberto, dann den Brillanten an ihrem Finger an. Und stieß einen kleinen Schrei aus.

»Aber wie …?«

»Der freundliche Herr von Cartier hat ihn kleiner machen lassen. Rosanna, bitte vergiss den Ring; meine Gefühle befinden sich in Aufruhr. Nimmst du meinen Antrag an?«

Sie betrachtete schweigend den in der Sonne glitzernden Brillantring. In ihrer Brust kämpften widersprüchliche Gefühle. Einerseits war sie außer sich vor Freude über seinen Antrag, andererseits fragte sie sich, ob es angesichts seiner bewegten Vergangenheit Wahnsinn war, ihn anzunehmen.

Roberto erriet ihre Gedanken. »*Cara*, glaube mir: Ich habe noch nie so empfunden wie jetzt. Zum ersten Mal spüre ich, dass alles richtig, dass es so vorbestimmt ist. Die beste Aussicht auf Glück haben wir, denke ich, wenn wir das Leben miteinander teilen. Und dich zu fragen, ob du meine Frau werden willst, ist meine Art, dir und der Welt zu zeigen, dass unsere Liebe von Dauer ist.«

Ohne den Blick von dem Ring zu wenden, fragte Rosanna: »Ist das dein Ernst, Roberto? Glaubst du nicht, dass du es dir anders überlegen wirst? Wie bei allen meinen Vorgängerinnen?«

»Ich kann verstehen, dass du mir angesichts meiner Vergangenheit solche Fragen stellst, aber die Liebe hat mich verändert. *Du* hast mich verändert. Soll ich vor dir auf die Knie fallen, Rosanna?«

»Du weißt, ich habe einmal in mein Tagebuch geschrieben, dass ich dich eines Tages heiraten würde«, flüsterte sie und sah ihm in die Augen. »Ich scheine damals schon ziemlich viel Weitblick besessen zu haben.«

»Heißt das, du nimmst meinen Antrag an?«

»Ja, allerdings nur, wenn du mir schwörst, dass es keine anderen Frauen mehr geben wird.«

»Das schwöre ich.«

»Roberto.« Plötzlich wurde Rosanna ernst. »Ich warne dich: Wenn du doch etwas mit einer anderen anfängst, verlasse ich dich, und du siehst mich nie wieder.«

»*Cara*, bitte zweifle nicht an mir. Für mich gibt es nur noch dich. Schau mich nicht so traurig an. Wir sprechen gerade über etwas sehr Schönes. Ich habe nie zuvor jemandem einen Heiratsantrag gemacht.«

»Ich weiß. Und das macht mir Angst. Vielleicht sollten wir ein bisschen warten …«

»Nein! Ich bin mir meiner Sache sicher.« Roberto legte die Arme um sie. »*Amore mio*, ich werde dich immer lieben und beschützen. Du wirst es nicht bereuen, das verspreche ich dir.«

Als er sie zärtlich küsste und sie so fest an sich drückte, dass sie kaum noch Luft bekam, wusste Rosanna, dass sie sich nicht wehren konnte.

Roberto Rossini war ihr Schicksal.

23

»*Bastardo, bastardo!*«

Paolos Sekretärin hastete in sein Büro.

»Signor de Vito, was ist passiert?«

»Entschuldigen Sie, Francesca, ich ärgere mich über etwas, das ich gerade in der Zeitung gelesen habe.«

Francesca nickte nervös und verließ den Raum.

Paolo fuhr sich erregt mit der Hand durchs Haar, als er das Foto von Rosanna und Roberto vor dem Le Caprice betrachtete.

»Warum, Rosanna, warum?«, stöhnte er.

Dann nahm er den Hörer und wählte die Nummer des Savoy Hotels in London.

»Würden Sie mich bitte zu Signorina Menici durchstellen?«, bat er.

»Gern, Sir.«

Wenige Minuten später erklärte die Rezeptionistin Paolo, dass in Miss Menicis Suite niemand anwesend sei.

»Verstehe.« Paolo schaute auf seine Uhr. In England war es halb neun Uhr morgens. Er konnte sich denken, wo Rosanna steckte, und spielte mit dem Gedanken, sich mit Robertos Suite verbinden zu lassen.

»Würden Sie Signorina Menici bitten, Paolo de Vito anzurufen, sobald sie wieder da ist?«, sagte er aber nur.

»Natürlich. Auf Wiederhören, Sir.«

Paolo legte auf und versuchte, sich auf bühnentechnische

Probleme der *Rigoletto*-Inszenierung zu konzentrieren, deren Pläne auf dem Schreibtisch vor ihm lagen.

Auch Donatella hatte das Foto in der Zeitung gesehen. Sie begann zu weinen, wischte kurze Zeit später jedoch die Tränen weg und begann, mit der ganzen Wut einer betrogenen Frau im Wohnzimmer auf und ab zu marschieren.

In den drei Wochen, die Roberto mittlerweile in London war, hatte sie zahllose Male versucht, ihn im Savoy zu erreichen, weil sie gute Nachrichten für ihn hatte. Während ihres Aufenthalts in New York hatte Giovanni sich bereit erklärt, der Trennung zuzustimmen, und ihr sogar angeboten, über eine spätere Scheidung nachzudenken. Er war erstaunlich ruhig geblieben, es hatte kaum laute Worte gegeben.

Wieder in Mailand, war Donatella zu Robertos Wohnung geeilt, überzeugt davon, dass sie nun endlich zusammen sein konnten, und hatte dort zu ihrer Überraschung einen Makler angetroffen, der die Räume vermaß. Er hatte ihr mitgeteilt, dass das Apartment mitsamt Möbeln verkauft werden solle und er keine Ahnung habe, wo Roberto fortan leben wolle.

Donatella war vor Wut schäumend nach Como gefahren. Wieso hatte Roberto ihr nichts gesagt? Und warum reagierte er nicht auf ihre Anrufe?

Am Abend war Giovanni besonders liebenswürdig gewesen. Er hatte sie mit einem Lächeln begrüßt und ihr eine ausgesprochen schöne Perlenkette überreicht. Es war ihr gelungen, ihre Verzweiflung zu verbergen, und sie hatte so getan, als wollte sie nach wie vor ausziehen. Doch das war vor jenem Morgen gewesen, an dem sie den Beweis für das gesehen hatte, was sie schon lange befürchtete: Roberto hatte eine neue Geliebte.

Um sich abzureagieren, schleuderte Donatella eine wertvolle Jadefigur quer durchs Zimmer. Sie landete unbeschädigt auf dem dicken Aubusson-Teppich.

Donatella versuchte, sich mit dem Gedanken zu trösten, dass die Affäre mit Rosanna Menici vermutlich ein letztes Aufbäumen war, dass er mit eingezogenem Schwanz zu ihr zurückkehren, sie um Verzeihung bitten und ihr versprechen würde, nie mehr fremdzugehen. Schließlich war er nicht mit diesem Mädchen verheiratet.

»Bitte, Roberto, tu mir das nicht an. Ich liebe dich«, jammerte sie, als sie die Jadefigur vom Boden aufhob.

Viel mehr konnte sie bis zu Robertos Rückkehr nach Mailand nicht tun. Für Signor Rossini war sie bereit gewesen, einiges aufzugeben. Auf keinen Fall würde sie ihn kampflos ziehen lassen.

»Carlotta, Carlotta, schau!« Marco Menici breitete die Zeitung auf einem der Tische im Café aus. »Da ist Rosanna mit Roberto Rossini.«

Carlotta lehnte den Mopp, mit dem sie den Boden des Cafés gewischt hatte, an die Wand und betrachtete das Foto über die Schulter ihres Vaters. Als sie die Worte unter dem Bild las, musste sie sich an der Rückenlehne eines Stuhls festhalten.

»Wer hätte das gedacht? Was für ein schönes Paar, findest du nicht? Stell dir nur vor, Carlotta, am Ende heiratet Rosanna den Sohn unserer besten Freunde!«

»Ja, Papà, das wäre wirklich eine Überraschung. Ich mache jetzt weiter. Es ist spät, und ich muss noch einkaufen.« Carlotta nahm den Mopp wieder in die Hand, während Marco in die Küche ging.

Als er draußen war, stöhnte Carlotta vor Schmerz auf. Roberto und Rosanna … »Nein! Das kann nicht sein!«

Später zündete Carlotta in der örtlichen Kirche eine Kerze

für ihre Mutter an, kniete zum Beten nieder und kehrte ein wenig ruhiger zum Café zurück. Die Zeitungen druckten ständig Bilder von Roberto mit irgendwelchen Frauen; bestimmt war Rosanna nur eine von vielen, und langfristig würde die Beziehung sich wieder zerschlagen.

Wenn sie doch nur mit Luca hätte reden können! In der abgeschiedenen Welt seines Klosters in Bergamo hatte er das Foto mit Sicherheit nicht gesehen. Sie musste ihm schreiben, ihn um Rat bitten.

Carlotta ging in ihr Zimmer hinauf, holte einen Block und einen Stift hervor und begann zu schreiben.

Zwei Wochen später fuhren Roberto und Rosanna im Taxi zum Standesamt in Marylebone.

Roberto hatte nur Chris über die Verlobung informiert und die Trauung für halb zehn Uhr morgens organisiert, weil er hoffte, um diese Uhrzeit von weniger Leuten beachtet zu werden. Am Abend zuvor war ihre letzte Vorstellung in Covent Garden gewesen. In drei Stunden würden sie im Flugzeug nach Paris sitzen, und danach … würde er seine frisch Angetraute drei Wochen an einen geheimen Ort entführen, an dem die Papàrazzi sie nicht finden konnten.

»Die Luft ist rein.« Roberto half Rosanna aus dem Taxi, und sie hasteten die Stufen hinauf.

Drinnen erwartete Chris Hughes sie mit einem Lächeln.

»Rosanna, Sie sind wunderschön.« Er küsste sie auf beide Wangen und schüttelte Roberto die Hand. »Meine Sekretärin macht die Trauzeugin. Sie ist gerade auf der Toilette.«

Roberto nickte. »Wir wollen ein paar Wochen Ruhe, bevor die Zeitungen von der Hochzeit erfahren.«

»Klar. Da kommt sie ja.« Chris deutete auf eine junge Frau, die sich ihnen näherte.

»Danke, dass Sie uns Ihre Zeit opfern, Liza.« Roberto gab der jungen Frau die Hand. »Ich muss Sie um Diskretion bitten.«

»Natürlich. Ich finde das alles sehr romantisch.«

»Gut, fangen wir an. Ihr müsst einen Flug erwischen und ich auch«, sagte Chris.

»Guten Morgen. Würden Sie bitte mitkommen?«, begrüßte sie der aus seinem Büro tretende Standesbeamte.

Sie gingen zu viert in einen Raum, in dem sich ein Schreibtisch mit drei Reihen Stühlen davor befand. Der Standesbeamte bedeutete der Trauzeugin, dass sie sich setzen solle, und winkte Braut und Bräutigam heran.

Rosanna bedauerte es, dass niemand aus ihrer Familie und keiner ihrer Freunde diesen ganz besonderen Augenblick mit ihr teilen konnte. Roberto hatte darauf bestanden zu heiraten, bevor sie London verließen.

»Wir können später immer noch eine richtige Feier für alle Freunde und Angehörigen veranstalten, *cara*, aber jetzt will ich dir keine Gelegenheit geben, es dir anders zu überlegen oder dich von jemandem abbringen zu lassen.«

Luca, Papà, Carlotta, Abi, Paolo, Luigi … An sie dachte Rosanna, während sie den Worten lauschte, die sie vor dem Gesetz lebenslang an Roberto banden. Sie wusste, dass sie alle schrecklich betrübt sein würden, weil sie ihnen nichts gesagt hatte, doch das ließ sich nicht ändern.

Rosanna sprach dem Standesbeamten nach, während Roberto ihr aufmunternd zulächelte.

Dann steckte er ihr den Ehering an den Finger.

»Damit wäre die Trauung vollzogen«, erklärte der Standesbeamte strahlend. »Sie sind jetzt Mr und Mrs Roberto Rossini. Darf ich Ihnen als Erster gratulieren?«

»Danke.« Roberto reichte dem Standesbeamten die Hand. »Ich kann auf Ihre Diskretion vertrauen?«

»Selbstverständlich. Wenn ich ein Pfund für all die heimlichen Trauungen bekommen hätte, die ich vollzogen habe, wäre ich ein reicher Mann. Meine Lippen sind versiegelt. Auf die Gefahr hin, dass Sie mich für altmodisch halten: Ich würde vorschlagen, dass Sie nun die Braut küssen.«

»O Gott, wie konnte ich das nur vergessen?« Roberto beugte sich zu Rosanna hinüber und küsste sie zärtlich auf den Mund.

»Wenn Sie und Ihre Trauzeugin nun noch hier unterschreiben würden«, bat der Standesbeamte.

Zehn Minuten später stiegen Roberto und Rosanna in das Taxi, das Chris für sie herangewinkt hatte.

»Schöne Flitterwochen, meine Lieben«, wünschte er ihnen und schloss die Wagentür.

»Danke, Chris. Du weißt, wo wir sind, aber bitte kontaktiere uns nur in wirklich dringenden Fällen«, rief Roberto ihm durch das offene Fenster zu.

»Klar. Lass es mich wissen, wann und wo die Welt die freudigen Neuigkeiten erfahren soll. Bereitet euch innerlich auf riesiges Medieninteresse vor, besonders in Mailand«, warnte Chris sie. »Bis dann, in London.«

Er winkte dem Taxi nach.

»Tja, Signora Rossini, das war's nun.« Roberto bedachte seine frischgebackene Ehefrau mit einem Lächeln.

»Ja, ich habe einen alten Mann geheiratet.« Ihre Finger verschränkten sich mit den seinen.

»In Paris werde ich dir zeigen, wie jung ich mich bei dir fühle.« Er küsste sie sanft auf die Stirn.

»Wird es das erste Mal sein, dass du mit einer verheirateten Frau schläfst?«, fragte Rosanna.

»Natürlich«, murmelte Roberto.

In Paris brachte eine Limousine sie zum Ritz.

»Willkommen, *monsieur et madame*. Wenn Sie so freundlich wären, mir zu folgen. Ihre Suite wartet auf Sie.« Ein Angestellter führte sie eiligen Schrittes zum Aufzug.

Rosanna hielt den Atem an, als sie hinter ihm die Suite betrat. Der Wohnbereich war elegant und geschmackvoll eingerichtet und hatte schwere Golddamastvorhänge vor den deckenhohen Fenstern zur Place Vendôme hinaus.

»Dies ist der Beginn herrlicher Flitterwochen, Signora Rossini«, sagte Roberto, nahm eine Flasche Champagner aus dem Eiskübel, ließ den Korken knallen und reichte Rosanna ein Glas. »*Principessa*, du hast mich zum glücklichsten Menschen der Welt gemacht. Auf uns.«

»Auf uns.« Sie stießen an, dann schob er sie in den Schlafbereich, wo er die Hände um ihr Gesicht legte und sie küsste. »*Ti amo*, ich liebe dich, *cara*.«

Roberto öffnete die Knöpfe ihrer Bluse, zog sie von ihren Schultern und glitt mit den Fingerspitzen sanft über ihre straffe Brust. Eng umschlungen ließen sie sich aufs Bett fallen.

Als sie später nackt auf den zerknüllten Laken lagen, strich Roberto Rosanna zärtlich eine Haarsträhne aus dem Gesicht.

Auf einen Ellbogen gestützt, sah sie ihn an. »Ich habe Hunger«, verkündete sie.

»Dann soll der Zimmerservice unser Hochzeitsmahl bringen. Vielleicht etwas *foie gras* und ein zartes *filet mignon*?«

»Ich glaube, mir wäre Pasta lieber.«

Roberto verdrehte die Augen. »Pasta! Du bist im Ritz in Paris, der kulinarischen Hauptstadt der Welt, und willst Pasta?«

»Ja. Einen großen Teller und dazu Salat. Und du, du solltest ein bisschen auf deine Figur achten.« Rosanna legte die Arme um seine Taille. »Ich möchte keinen Ehemann mit Schwimmreifen«, neckte sie ihn.

Roberto zog ein wenig beleidigt den Bauch ein. »Findest du mich dick?«

»Nein, aber wie die meisten Männer in deinem Alter musst du aufpassen.«

»Nun bin ich erst ein paar Stunden verheiratet, und schon setzt meine Frau mich auf Diät! Heute Abend schlemmen wir, und morgen beginne ich – vielleicht – zu fasten.« Roberto rief den Zimmerservice, während Rosanna zum Duschen ins Bad ging.

Nach dem Essen krochen sie wieder ins Bett und betrachteten das hübsche Fresko an der Decke. Dabei liebkoste Roberto ihren nackten Körper.

»*Cara*, ich weiß, das habe ich schon oft gesagt, aber du hast mich tatsächlich bekehrt. Vor dir dachte ich, Sex und Liebe wären zwei Paar Stiefel. Jetzt begreife ich endlich, wie es möglich ist, monogam zu sein. Wenn man das, was wir miteinander haben, kennt, muss man sich nie wieder nach etwas anderem umsehen.«

»Ich danke Gott dafür, dass du so empfindest«, murmelte Rosanna. »Und ich bete, dass es immer so sein wird.«

»*Principessa*, dir ist klar, dass dir viele Menschen erklären werden, wie dumm deine Entscheidung war?«

»Ja, Roberto.«

»Dass ein Schwerenöter nicht aus seiner Haut kann, dass es nicht gut gehen wird?«

»Ja.«

»Rosanna, egal, was du irgendwann über mich hören wirst: Bitte vergiss nie diesen Moment, in dem ich dir gesagt habe, wie sehr ich dich liebe und brauche. Du bist in meinem Herzen und wirst bis zum Tag meines Todes dort bleiben. Versprich mir, nicht zuzulassen, dass jemand einen Keil zwischen uns treibt.«

»Solange du mir in die Augen sehen kannst wie jetzt und mich niemals anlügst, werden wir immer zusammenbleiben.« Rosanna schmiegte sich an ihn. »*Caro*, können wir nach den Flitterwochen, bevor wir nach London zurückkehren, nach Neapel fahren? Ich habe ein schrecklich schlechtes Gewissen, weil ich meiner Familie nichts von unserer Hochzeit gesagt habe. Vielleicht verzeihen sie uns, wenn wir sie gemeinsam besuchen. Außerdem könnten wir bei Paolo in Mailand vorbeischauen.«

»Ich … Ja, wenn Zeit ist.«

»Und sehen wir uns morgen Paris an? Ich bin noch nie hier gewesen!«

»Ja, wenn es uns gelingt, uns so zu verkleiden, dass die verdammten Papàrazzi uns nicht erkennen.« Mit sanfterer Stimme fügte er hinzu: »Und anschließend bringe ich dich an einen Ort, an dem niemand uns findet. Schlaf gut, *amore mio*.«

Roberto schaltete das Licht aus. Obwohl er müde war, konnte er nicht einschlafen. Als er Rosannas regelmäßigen Atem hörte, stand er auf und trat ans Fenster, öffnete es und ließ die kühle Nachtluft herein. In Paris herrschte auch um zwei Uhr morgens noch reges Treiben.

»Solange du mich niemals anlügst …«

Roberto war unruhig. Jedes Mal, wenn Rosanna von einer Rückkehr nach Italien redete, beschleunigte sich sein Puls.

Außerdem musste er ihr noch etwas gestehen, bevor sie es auf anderem Weg erfuhr. Ein heißer Sommerabend vor langer Zeit in Neapel … Roberto schüttelte den Kopf. Dafür würde sie ihn noch viel mehr hassen als für das, was er Abi angetan hatte.

Er konnte nur hoffen, dass seine Dummheit von damals nicht die Zukunft mit der Frau, die er liebte, zerstörte.

Am folgenden Nachmittag, als die beiden händchenhaltend in den Tuilerien spazieren gingen, erkannte ein aufmerksamer junger Fotograf Roberto trotz des Huts und der Sonnenbrille. Hinter einem Busch hervor richtete er das Zoom auf die beiden, gerade als Rosanna die Arme um Roberto schlang und ihn küsste. Es klickte zwölfmal, bevor die beiden sich voneinander lösten. Der Fotograf folgte ihnen in sicherem Abstand. Obwohl Roberto Rosanna vor den Papàrazzi gewarnt hatte, merkten sie nichts.

Als der junge Fotograf die Bilder später im Labor entwickelte, machte er vor Freude fast einen Luftsprung. An Rosanna Menicis Finger steckte ein Ring. Eine Überprüfung im Bildarchiv der Zeitung ergab, dass dieser sich drei Wochen zuvor in London noch nicht dort befunden hatte. Er rannte aufgeregt mit den noch feuchten Fotos zum Büro des Nachrichtenredakteurs und klopfte.

Zwanzig Minuten später wurde ein Journalist nach London geschickt, um Nachforschungen anzustellen.

24

Donatella starrte die Schlagzeile ungläubig an.

»Nein!«, stöhnte sie.

Sie las den Artikel noch einmal und stieß einen Wutschrei aus. Anschließend betrachtete sie Rosannas Gesicht auf der Suche nach einem Makel genauer. Ihr Zorn wuchs, als sie keinen fand. Rosanna war schön, mit einer außergewöhnlichen Gabe gesegnet und vor allen Dingen jung. Dafür hasste Donatella sie.

Die Affäre musste vor der Abreise der beiden aus Mailand begonnen haben. Das erklärte den Verkauf der Wohnung und Robertos Weigerung, ihre Anrufe entgegenzunehmen. Als Donatella ihm von ihren Plänen, mit ihm zusammenzuziehen, erzählte, hatte Roberto die Weichen für seine Zukunft mit Rosanna offenbar bereits gestellt.

Hin- und hergerissen zwischen Wut und Verzweiflung, verbrachte Donatella den Tag damit, sich systematisch zu betrinken. Als Giovanni nach Hause kam, schlief sie auf dem Sofa.

Er hob die Zeitung auf, die auf dem Boden neben seiner Frau lag, betrachtete das Foto auf der Titelseite und las den Text darunter.

Roberto Rossini war ein vernünftiger Mann, das musste man ihm lassen.

Im Priesterseminar wurde Carlotta in einen kleinen Raum geführt, an dessen weiß gestrichenen Wänden lediglich ein Kruzifix hing. Das eine winzige Fenster hatte Gitter wie eine Gefängniszelle. Obwohl es draußen warm war, roch es in dem kühlen Zimmerchen feucht. Carlotta setzte sich fröstelnd auf einen der einfachen Holzstühle. Fünf Minuten später ging die Tür auf.

»Luca!« Carlotta fiel ihrem Bruder weinend um den Hals.

Er strich ihr über die Haare. »Ganz ruhig. Was ist denn los?«

Carlotta löste sich von ihm und wischte sich mit einem matten Lächeln die Tränen aus dem Gesicht. »Tut mir leid, dass ich hierherkomme, aber ich wusste mir nicht anders zu helfen.«

»Du hast Don Giuseppe gesagt, dass es sich um einen Notfall handelt. Carlotta, wir haben nicht viel Zeit. Bitte erklär mir, was passiert ist.«

»Du hast meinen Brief bekommen?«

»Ja. Und ich habe dir geantwortet, dass du dir keine Gedanken machen sollst. Roberto ist kein Mann, der heiratet. Pech für Rosanna, dass sie sich mit ihm eingelassen hat, aber …« Luca verstummte, als er die Zeitung sah, die Carlotta ihm vor die Nase hielt.

»Du hast dich getäuscht, Luca.« Sie sank auf den Stuhl zurück. »Was soll ich jetzt machen? Ich hätte Roberto schon längst von Ella erzählen sollen, dann säße ich jetzt nicht in der Klemme. *Mamma mia*, was habe ich nur getan?«, fragte sie schluchzend.

»Das, was deiner Ansicht nach für dein Kind und deine Familie das Beste war. Du konntest nicht ahnen, dass so etwas geschehen würde.« Selbst Luca, der sonst so felsenfest an Gottes guten Willen glaubte, war ratlos. Er versuchte, logisch zu denken. »Wenn du es Rosanna beichtest, zerstört das möglicherweise ihre Ehe, bevor sie richtig begonnen hat. Wenn nicht, müssen wir beide das Geheimnis bis ans Ende unseres Lebens bewahren.«

»Aber können wir das? Sie ist unsere Schwester. Nein, das

geht nicht!« Carlotta ließ den Kopf hängen. »Bin ich für meinen Fehler nicht schon genug gestraft?«

»Bitte versuch zu glauben, dass Gott für alles einen Grund hat.«

»Ich gebe mir ja Mühe, Luca. Jeden Tag, den ich im Café arbeite. Ich lebe nur für Ella. Doch wenn ich mir vorstelle, dass sie vielleicht einmal das gleiche Leben führen wird wie ich, frage ich mich manchmal, ob es sich lohnt weiterzumachen. Die Schuld lastet schwer auf mir. Ich habe Ella, Papà und jetzt auch noch Rosanna getäuscht.«

Da klopfte es an der Tür. »Ich komme gleich«, rief Luca und nahm die Hände seiner Schwester in die seinen. »Carlotta, ich muss los. Wahrscheinlich ist alles gar nicht so schlimm, wie es auf den ersten Blick aussieht. Wir beide sind die Einzigen, die Bescheid wissen. Rosanna kann es also nur über uns herausfinden. Manchmal ist es das Beste, die Geheimnisse der Vergangenheit für sich zu behalten. Unsere Schwester wird auch so alle Hände voll zu tun haben; sie hat einen … sehr schwierigen Mann geheiratet. Gut möglich, dass die Ehe gar nicht hält – natürlich wünsche ich ihnen das nicht. Vergiss nicht: Wenn Rosanna davon erfährt, müssen auch Roberto, Papà und Ella es erfahren.«

»Ich soll also nichts sagen und tun?«

»Nein. Ich denke, es ist das Beste so. Aber am Ende bleibt es deine Entscheidung.«

Wieder klopfte es an der Tür.

»Ich muss los.« Luca küsste Carlotta auf beide Wangen. »Zerbrich dir nicht den Kopf. Sag Papà und Ella liebe Grüße. Wie geht es ihnen?«

»Gut.« Carlotta nickte. »Du und Rosanna, ihr fehlt uns.«

»Ich weiß. Du musst auf dich achten. Carlotta, du siehst schmal aus, zu schmal. Gott sei mit dir. *Ciao, cara.*«

Luca beobachtete durch ein Fenster, wie Carlotta mit hängenden Schultern durch das Tor des Priesterseminars hinausgeführt wurde. Die Verzweiflung war ihr deutlich anzusehen. Früher hatte er angenommen, dass Rosanna später seinen Schutz benötigen würde, doch jetzt schien es Carlotta zu sein.

Nach vierundzwanzig Stunden in Paris bestiegen Rosanna und Roberto ein Flugzeug nach Korsika, wo Roberto am Flughafen von Ajaccio einen Wagen mietete. Außerhalb des Ortes herrschte wenig Verkehr; sie begegneten nur hin und wieder einem Bauern mit Eselskarren. Rosanna kurbelte ihr Fenster herunter, um hinauszusehen. Nach jeder felsigen Landzunge eröffnete sich ihnen ein neuer Blick auf versteckte Buchten und Strände. Weiter oben an den Hügeln wuchsen Olivenbäume, am Straßenrand Rosmarin und wilde Minze, deren berauschender Duft die warme Luft erfüllte.

»Wie schön, Roberto«, schwärmte sie. »Und das Meer ist so blau.«

»Ja, die korsische Küste ist wie die italienische, bevor die Touristen kamen. Vollkommen unberührt. Deswegen liebe ich sie. Hierher komme ich, wenn ich Ruhe und Frieden brauche.«

»Wohin fahren wir?«, erkundigte sich Rosanna.

»Wart's ab. Lass dich überraschen.«

Zwei Stunden später lenkte Roberto den Wagen zwischen einer Ansammlung weißer Häuser auf einen Hügel und bog in eine steile, von Kiefern gesäumte Straße ab, der sie ein paar Minuten lang folgten, bevor sie einen noch steileren und schmaleren Weg einschlugen. Am Ende befand sich eine hübsche Steinvilla mit terrakottarotem Dach und leuchtend orangefarbenen Blumen, die sich die Wände emporrankten.

»Wir sind da, *principessa*. Das ist die Villa Rodolpho, mein liebster Ort auf der Welt.«

Eine alte Frau trat aus dem Haus, watschelte mit ausgestreckten Armen auf Roberto zu und drückte ihn.

»Nana, das ist meine frischgebackene Ehefrau Rosanna.«

»Ich freue mich sehr, Sie kennenzulernen, Signora Rossini«, sagte die Frau, und ein Lächeln breitete sich auf ihrem faltigen nussbraunen Gesicht aus.

»Nana kümmert sich in meiner Abwesenheit um die Villa und um *mich*, wenn ich da bin. Sie wohnt mit ihrem Mann Jacques dort drüben.« Roberto deutete auf ein weißes Häuschen in einiger Entfernung und legte den Arm um Rosannas Schultern. »Siehst du den Pfad den Hügel hinunter?«

»Ja.«

»Der führt zu unserem Privatstrand. Komm.« Roberto ging mit ihr aufs Haus zu. »Gefällt es dir?«

Rosanna blieb am Eingang stehen, um den Geruch von Harz und salzigem Meerwasser einzuatmen. »Ich habe nie einen schöneren Ort gesehen.«

»Schau dir auch das Innere an. Es ist gemütlich, aber nicht luxuriös.« Er schob sie in den großen gefliesten Eingangsbereich und schaltete das Licht ein.

»Da ist das Schlafzimmer«, erklärte Roberto und deutete auf einen getünchten Raum zu ihrer Rechten, in dem Rosanna einen Blick auf ein großes Bett mit einer bunten Patchwork-Tagesdecke erhaschte. »Und das die Küche.« Er führte sie durch den Gang und öffnete ihr die Tür, so dass Rosanna den gemütlichen Holzofen und den langen polierten Tisch mit den unterschiedlichen Stühlen sehen konnte. Anschließend stiegen sie eine schmale Holztreppe ins obere Stockwerk hinauf. »Das ist der Wohnbereich. Von hier aus hat man einen fantastischen Ausblick.«

Rosanna blieb am oberen Ende der Treppe stehen. Auf dem Kiefernholzboden lagen bunte Kelims, dazu kamen ein abgewetztes Ledersofa mit Kissen sowie ein Regal voller Bücher. In einer Ecke stand ein altes Klavier, und Glastüren führten auf eine Terrasse. Roberto öffnete sie und zog Rosanna hinaus in die laue Abendluft. Der Blick auf die gezackte Küstenlinie war in der Tat atemberaubend. Die allerletzten orangeroten Strahlen der Sonne spiegelten sich im Meer, am Himmel waren die ersten Sterne zu sehen.

»Wem gehört die Villa?«, fragte sie.

»Mir. Ich habe sie vor drei Jahren gekauft. Hier können wir ungestört in völliger Abgeschiedenheit leben. Jacques und Nana besorgen alles, was wir brauchen, aus dem Ort.«

»Roberto, es ist wunderschön.«

»*Principessa*, bestimmt bist du müde. Ich bringe dir ein Glas Wein, und anschließend kannst du duschen. Wir essen bei Kerzenschein auf der Terrasse.«

Später im Bett ließ Rosanna die Ereignisse der vergangenen Woche Revue passieren. Merkwürdig, dachte sie, dass man, wenn man endlich berühmt war, nur noch seine Ruhe wollte.

Rosanna und Roberto verbrachten drei wunderbare Wochen in der Villa Rodolpho. Sie schliefen lange, schwammen, lasen und liebten einander. Sie aßen frischen Fisch auf der Terrasse mit Blick aufs Meer und tranken herben korsischen Wein.

»Hoffentlich ist meine Bräune bis zur Premiere von *La Bohème* in ein paar Wochen wieder weg. Schließlich soll ich eine Schwindsüchtige spielen«, bemerkte Rosanna eines Abends, als sie nach dem Essen von der Terrasse aus die mondhelle Landschaft unter ihnen betrachteten.

Roberto holte tief Luft. »*Cara*, wir müssen über die Zukunft reden.«

»Muss das wirklich sein? Können wir nicht einfach hierbleiben und …«

»Nein, du weißt, dass das nicht geht.«

»Aber was gibt es da zu besprechen? Am Sonntag fliegen wir nach Neapel zu Papà und sagen ihm alles. Anschließend geht's nach London.«

»Inzwischen wissen sicher alle Bescheid.«

»Meinst du?«

»Rosanna, ich kann dich nicht nach Neapel begleiten, und ich werde auch nicht den Rodolfo in Mailand singen.«

Rosanna sah ihn ungläubig an. »Wie bitte? Ich verstehe nicht.«

»Du hast mich gebeten, dich niemals anzulügen. Aber die Wahrheit wird dir wehtun.«

Ihre Augen nahmen einen ängstlichen Ausdruck an.

»Setz dich, dann erkläre ich dir alles, *cara.* Ich bitte dich, mich nicht zu verachten, wenn du mich angehört hast.«

Rosanna nahm mit einem flauen Gefühl im Magen Platz. Roberto setzte sich ihr gegenüber.

»Vor fünf Jahren, ich war noch ein unbedeutender Solist an der Scala, habe ich eine Affäre mit einer sehr reichen verheirateten Frau angefangen, die weiterging, wann immer ich in Mailand war. Diesen Sommer hat diese Frau mir erklärt, dass sie mit mir zusammenleben und sich von ihrem Mann scheiden lassen möchte. Das hat sie über meinen Kopf hinweg beschlossen, weil sie gemerkt hatte, dass sie mich liebt. Ich war entsetzt. Glaube mir, Rosanna, ich habe sie nie geliebt. Drei Wochen vor meiner Abreise nach London hat ihr Mann, der in Mailand großen Einfluss besitzt, mich besucht. Ich dachte, er will mich umbringen, aber er hat mir den Rat gegeben, mich von Italien fernzuhalten. Wenn ich zurückkehren würde, hätte das ausgesprochen unangenehme Folgen für mich. Deshalb kann ich nicht nach Italien, *cara.*« Roberto stützte den Kopf in die Hände. »Ich schäme mich so, Rosanna.«

Rosanna schwieg eine ganze Weile, bevor sie sagte: »Deswegen konntest du nicht zur Beerdigung deiner Mutter?«

»Ja. Und deshalb lässt sich unser Traum, gemeinsam Rodolfo und Mimì an der Scala zu singen, nicht verwirklichen. Ich würde viel dafür geben, es zu ändern.«

»Du weißt seit London, dass wir nicht nach Mailand zurückkehren?«, fragte Rosanna leise.

»Ja. *Cara*, ich wollte es dir sagen, aber mir war klar, wie sehr dich das aus der Fassung bringen würde.«

»Du hättest es mir früher gestehen sollen, Roberto. Du hast mir versprochen, mich niemals anzulügen. Diese … Frau, wie heißt sie?«

»Rosanna, bitte! Das tut nichts zur Sache.«

»Sag's mir«, drängte Rosanna ihn.

»Donatella. Donatella Bianchi. Du kennst sie nicht.«

»O doch. Wie wir beide wissen, sind sie und ihr Mann großzügige Förderer der Scala. Sie haben der Chiesa Beata Vergine Maria einen hohen Betrag gespendet. Ich weiß sehr wohl, wer Donatella Bianchi ist«, entgegnete sie kühl.

»Bitte glaub mir«, flehte er. »Das mit Donatella ist vorbei.«

»Du sagst, die Affäre hätte vor fünf Jahren begonnen. Wir sind noch keine sechs Wochen zusammen, und schon hast du mir etwas verschwiegen.«

»Rosanna, die Sache ist vorbei. Sie war nicht wichtig. Wie stehst du dazu, allein nach Mailand zurückzukehren?«

»Ich kann nicht …« Rosannas Stimme bebte. »Das will ich mir nicht einmal vorstellen.« Sie stand auf und trat an das Geländer der Terrasse. »Warum meldest du nicht der Polizei, dass dieser Mann dich bedroht?«

»Das hat keinen Sinn. Du kennst ja Italien. Das ganze System ist korrupt. Bestimmt hat auch Giovanni keine weiße Weste. Ich hätte keine Chance gegen ihn und seine Beziehungen.«

»Meinst du, dass Signor Bianchi seine Drohung wahr machen würde?«

»Daran zweifle ich nicht.«

»Was ist mit Paolo? Was wirst du ihm sagen?«

»Jedenfalls nicht die Wahrheit. Ich werde Chris bitten, ihm zu erklären, dass ich eine Pause brauche, dass meine Stimme sich erholen muss, etwas in der Art. Egal. Den Gedanken, dass du ohne mich nach Mailand fährst, finde ich unerträglich, aber natürlich kann ich dich nicht daran hindern. Du musst sogar.«

Rosanna hatte Tränen in den Augen. »Wie sieht es aus, wenn ich allein nach Italien reise? Dann fühlen die Leute sich doch in ihrem Urteil über dich bestätigt. Den tatsächlichen Grund kann ich ihnen nicht verraten, also werden sie glauben, dass unsere Ehe bereits den Bach runtergeht. Möglicherweise haben sie sogar recht.«

»Nein!« Roberto sprang auf und trat zu ihr. »Bitte, Rosanna, sag das nicht.«

»Was soll ich sonst sagen? Dass mich deine Affäre mit einer verheirateten Frau freut, deren Mann dich mit dem Tod bedroht? Dass es mich freut, allein, ohne meinen frischgebackenen Ehemann, Wochen in Mailand verbringen zu müssen? Dass ich mich über deine Lüge freue? Ist das zu fassen? Ich …« Rosanna eilte ins Innere der Villa. Kurz darauf hörte Roberto die Schlafzimmertür zuschlagen.

Er atmete aus und füllte sein Glas aus der halbvollen Weinflasche. Eine solche Reaktion war zu erwarten gewesen. Er hatte es nicht besser verdient.

Rosanna lag auf dem Bett, ein Kissen auf dem Gesicht. Das wunderschöne traumähnliche Gefühl der vergangenen Wochen war mit einem Schlag dahin.

Ihr frisch angetrauter Ehemann hatte ihr nicht nur eine

schmutzige Affäre gestanden, sondern auch verkündet, dass er deshalb nicht nach Italien könne. Es würde keine triumphale gemeinsame Rückkehr nach Neapel zu ihren Familien geben, weder jetzt noch in Zukunft. Das hatte Roberto von Anfang an gewusst.

Und die Scala … *La Bohème.* Wie oft hatte sie sich ausgemalt, mit ihm zusammen den Beifall des begeisterten Premierenpublikums entgegenzunehmen? Bis September hatte sie mehrere Engagements an der Scala. Und jedes Mal würde sie ohne Roberto singen.

Natürlich musste sie nicht nach Italien zurückkehren. Es gab andere Opernhäuser, die sie mit offenen Armen empfangen würden; Chris hatte ihr von den zahlreichen Angeboten berichtet, die seit London eingegangen waren. Bisher hatte sie sie alle ausgeschlagen.

Aber Paolo im Stich lassen, nach allem, was er für sie getan hatte?

Wenn sie Chris anwies, ihre Engagements umzustrukturieren, konnte sie mit Roberto in den Opernhäusern der Welt auftreten. Alle wollten sie zusammen, und nach der Nachricht über ihre Heirat würde das Interesse an ihnen als Paar noch zunehmen, das war Rosanna klar.

Tief in ihrem Innern wusste sie, dass sie Angst hatte, sich von ihm zu trennen. Sie glaubte, dass Roberto sie liebte, doch wäre er auch in der Lage, der Versuchung zu widerstehen, wenn sie Hunderte von Kilometern weg war?

Die einzige Garantie für eine funktionierende Ehe mit ihm bestand darin, an seiner Seite zu bleiben. Das würde ein riesiges Opfer bedeuten und die Verletzung Paolos, aber was war ihr wichtiger?

Die Antwort kannte sie.

Sie drückte das Kissen fester aufs Gesicht.

Etliche Zeit später ging Rosanna ein wenig fahl unter der Bräune, jedoch gefasst, wieder auf die Terrasse hinaus.

Roberto sprang auf. »Wie fühlst du dich? Willst du dich jetzt von mir scheiden lassen?«

»Roberto, ich bin zu einer Entscheidung gelangt. Doch bevor ich sie dir mitteile, möchte ich dich etwas fragen. Gibt es noch etwas anderes, das ich über dich wissen muss? Andere Dinge, die du mir verschweigst?«

Roberto überlegte kurz, bevor er den Kopf schüttelte. »Nein, *cara*. Ich habe dir alles gesagt.«

»Dann erkläre ich dir meinen Entschluss. Ich kann nicht ohne dich nach Mailand. Wenn du Chris Hughes sagst, dass du nicht an die Scala zurückkehrst, sprichst du für uns beide. Es gibt andere Opernhäuser und Orte, an denen wir die *Bohème* singen können.« Sie rang sich ein mattes Lächeln ab.

Roberto war verblüfft. »Ist das dein Ernst?«

»Ja. Ich bin deine Frau und muss an deiner Seite sein. Mir bleibt keine andere Wahl, weil … ich dich liebe.«

»*Cara, mia cara*, dass du bereit bist, dieses Opfer für mich zu bringen …« Roberto breitete die Arme aus. »Du wirst es nicht bereuen, das verspreche ich dir. Du bist ein Engel. Und du hast recht: Wir müssen immer zusammenbleiben. Du hast die richtige Entscheidung getroffen.«

Als Rosanna sich von ihm in die Arme schließen ließ, fielen ihr einige Leute ein, die da bestimmt anderer Meinung waren.

»Er ist *was*?« Die Stimme am anderen Ende der Leitung wurde sehr laut.

Chris Hughes wiederholte seinen letzten Satz.

Schweigen.

»Tut mir leid, Paolo, Roberto ist untröstlich, aber er hat das Gefühl, dass seine Stimme nicht mitmacht.«

»Wir reden von einer ganzen Saison, Chris, nicht nur von einer Vorstellung! Hat er seine anderen Verpflichtungen ebenfalls abgesagt?«

»Äh … nein.«

»Dann hat er sich diese lächerliche Ausrede mit der Stimme also ausgedacht. Chris, Sie schulden mir die Wahrheit. Warum will er nicht an der Scala singen? Seine Ehefrau wird ziemlich oft hier sein.«

»Darauf wollte ich gerade zu sprechen kommen. Rosanna sagt auch ab.«

Wieder Schweigen, dann zischte Paolo: »Das ist nicht Ihr Ernst, Chris.«

»Ich fürchte doch. Soweit ich weiß, hat sie Ihnen einen Brief geschrieben, in dem sie Ihnen alles erklärt. Es tut ihr schrecklich leid, und sie hofft, dass Sie Verständnis haben, aber sie hat das Gefühl, bei ihrem Mann bleiben zu müssen.«

»Nein!«, stöhnte Paolo. »*La Bohème* an der Scala zu singen war immer ihr Traum. Ich weiß, dass Rosanna um nichts in der Welt darauf verzichten würde.«

»Genau das tut sie hiermit, Paolo. Was soll ich sagen?«

»*Mamma mia!* Ist das zu fassen? Ich muss mit ihr sprechen, Chris. Wo ist sie?«

»Rosanna will im Moment nicht mit Ihnen reden. Sie und Roberto …«

»Rosanna will nicht mit *mir* reden? Sie und ihr Scheißmann haben mir gerade die gesamte Saison ruiniert, die, daran darf ich Sie vielleicht erinnern, in weniger als zwei Monaten beginnt. Ganz abgesehen davon, dass ich sie in den letzten fünf Jahren behutsam aufgebaut habe!«

Chris war sehr froh, sich nicht im selben Raum wie Paolo aufzuhalten. Manchmal hasste er seinen Beruf.

»Ich kann Ihre Reaktion gut verstehen. Mir geht's auch

nicht viel besser. Ich habe für Rosanna ein Jahr Auftritte organisiert, und heute Morgen erklärt sie mir, dass ich ihren ganzen Plan auf den von Roberto abstimmen soll.«

»Sie ruiniert sich die Karriere, bevor sie richtig begonnen hat«, tobte Paolo. »Sie hat so viel Talent …«

»Ich weiß. Aber betrachten Sie's mal so, Paolo: Wenn Sie sie jetzt zur Schnecke machen, verlieren Sie sie vermutlich ganz. Wenn Sie aber ruhig bleiben und sie eine Weile mit Roberto glückliche Familie spielen lassen, kommt sie möglicherweise zur Vernunft.«

»Wollen Sie damit sagen, dass sie vor Liebe blind ist?«

»Es sieht so aus. Ich habe ihr gesagt, sie muss an der Scala singen, auch wenn Roberto sich weigert, dieses Jahr dort aufzutreten. Doch meine Argumente fallen auf taube Ohren. Wenn Sie mich fragen: Irgendetwas steckt dahinter, ich habe nur keine Ahnung, was.«

»Ich könnte Roberto wegen Vertragsbruch verklagen, aber an Rosanna komme ich, wie Sie sehr wohl wissen, nicht heran. Ihr Vertrag liegt auf meinem Schreibtisch, damit sie ihn bei ihrer Rückkehr unterschreibt. Damit hätte ich nie gerechnet … Ich scheine sie wohl doch nicht so gut zu kennen, wie ich dachte«, schloss Paolo enttäuscht.

»Natürlich könnten Sie Roberto verklagen, und vollkommen zu Recht. Aber wie wir beide wissen, ist Rosanna auf dem Weg, ein großer Star zu werden. Wenn Sie ihren Mann verklagen, werden Sie keine Chance mehr haben, die beiden zu einer Rückkehr an die Scala zu bewegen.«

Paolo seufzte. »Ich verstehe das nicht. Dahinter steckt bestimmt Roberto. Hört sich an, als hätte Rosanna den Verstand verloren.«

»Jedenfalls ist sie fest entschlossen, ihrem Ehemann nicht von der Seite zu weichen.«

»Glauben Sie, dass er sie liebt?«, fragte Paolo.

»Es sieht ganz so aus.«

»Meiner Erfahrung nach liebt Roberto Rossini nur sich selbst«, knurrte Paolo.

»Wer weiß? Noch einmal Entschuldigung für die schlechten Nachrichten. Lassen Sie es mich wissen, wenn ich irgendwie helfen kann, Ersatz für sie zu finden.«

»Ich melde mich.« Paolo knallte den Hörer auf die Gabel.

Am folgenden Morgen traf ein Brief aus London bei ihm ein.

Lieber Paolo,
inzwischen hat Chris Hughes Ihnen sicher gesagt, dass ich nicht nach Mailand fahren werde, um die Mimì zu singen. Es tut mir sehr leid, Sie, Riccardo und die Scala nach all der Unterstützung, die ich von Ihnen erhalten habe, zu enttäuschen. Paolo, ich kann Ihnen nicht erklären, warum, aber es ist uns beiden unmöglich, nach Mailand zu kommen. Die Loyalität meinem Mann Roberto gegenüber steht für mich an erster Stelle. Ich muss an seiner Seite sein. Wie Sie wissen, war die Mimì an der Scala immer mein Traum. Bitte glauben Sie mir: Mir bleibt keine andere Wahl.

Ich weiß, wie wütend Sie sind, und es tut mir schrecklich leid. Obwohl es der falsche Augenblick ist, mich bei Ihnen für alles zu bedanken, was Sie für mich getan haben, tue ich es. Ich würde mir aus ganzem Herzen wünschen, dass die Dinge anders wären.

Alles Liebe,
Rosanna

Paolo las den Brief noch zweimal. Nun war klar, dass nicht Rosanna dahintersteckte, sondern Roberto.

MET

NEW YORK

Du siehst also, Nico, dass unsere Ehe bereits stürmisch begann. Trotzdem zähle ich die beiden Jahre nach unserer Hochzeit zu den glücklichsten meines Lebens.

Wenn ich Dir eines wünsche, Nico, dann das, dass Dir einmal ähnliches Glück zuteilwird, wie Roberto und ich es damals fanden. Wir waren nicht nur als Paar unzertrennlich, sondern auch auf der Bühne. Wir sangen Puccini in London, Verdi in New York und Mozart in Wien und wurden zum gefeierten Mittelpunkt der Opernwelt. Unsere Liebe machte unsere gemeinsamen Auftritte zu einem Ereignis, und die besten Opernhäuser schlugen sich fast um uns. Wir waren auf drei Jahre ausgebucht.

Die Trauer darüber, nur in unserer Heimat nicht zu singen, verließ mich nie. Das war der Preis für unser Glück.

Und Roberto? Nico, wenn Du ihn damals hättest erleben können! Ich hätte mir keinen zärtlicheren und hingebungsvolleren Ehemann wünschen können. Er beschützte und förderte mich und liebte mich auf eine Weise, die seine früheren Bekannten fassungslos machte. Zugegeben: Er fällte die meisten unserer beruflichen Entscheidungen, die ich selten infrage stellte. Ich war einfach nur glücklich, mit ihm zusammen zu sein und zu singen, wo immer er wollte. Damals schien es, als hätte sich der alte Roberto tatsächlich ein für alle Mal verabschiedet. Die Liebe, meine *Liebe hatte ihn verändert, für immer, glaubte ich.*

Kurz nach unserer Hochzeit erwarben wir ein hübsches Haus im Londoner Stadtteil Kensington, das unser Lebensmittelpunkt werden sollte. Dorthin kehrten wir zurück, sooft wir konnten. Im April 1980 kamen wir aus New York zurück. Endlich *würden wir* La Bohème *in Covent Garden singen, unserem Lieblingsopernhaus außerhalb Italiens, und das Glück schien vollkommen …*

25

London, April 1980

Rosanna wurde von einer Fehlzündung auf der Straße geweckt. Sie hob den Kopf im Halbdunkel und sah auf den Wecker neben dem Bett. Es war sechs Uhr. Sie sank seufzend in die Kissen zurück, weil sie wusste, dass sie den Rest des Tages müde sein würde. Das Flugzeug aus New York war in der vergangenen Nacht erst spät gelandet, und sie wurde von Jetlag geplagt.

Da ihr klar war, dass sie nicht wieder würde einschlafen können, schob sie Robertos Hand, die auf ihrem Bauch lag, weg und schlüpfte aus dem Bett, zog ihren Morgenmantel an und schlich auf Zehenspitzen aus dem Schlafzimmer.

In der Küche brühte sie sich einen Tee auf und beobachtete vom Tisch aus die Vögel, die in dem kleinen Garten vor dem Untergeschoss zwitscherten. Rosanna war froh darüber, wieder daheim zu sein. Sie liebte dieses Haus. Es war der einzige Ort, an dem sie sich nach all den unpersönlichen Hotelsuiten, in denen sie auf Reisen übernachteten, wirklich zu Hause fühlte. Es hatte vier Stockwerke, eine große Küche und einen Waschraum im Keller, ein Wohnzimmer, ein Esszimmer und ein Musikzimmer im Erdgeschoss sowie Schlafzimmer und Bäder auf den beiden oberen Etagen.

Bis zum Beginn der Proben zu *La Bohème* in Covent Garden waren es noch drei Wochen. Roberto hatte vorgeschlagen, sich nach Korsika zurückzuziehen, doch Rosanna wollte in *ihrem* Haus und in *ihrem* Bett sein, von *ihren* Dingen umgeben. In den vergangenen beiden Jahren hatten sie kaum Zeit zum Durchatmen gehabt, und Rosanna fühlte sich ausgelaugt.

Roberto hatte ihr versprochen, dass es in ihrer Pause keine Konzerte, Interviews und Partys geben würde.

Da hörte Rosanna das Scheppern der Briefkastenklappe und ging hinauf, um die Post zu holen. Auf dem Fußabstreifer lag ein Umschlag; sie erkannte die Schrift darauf sofort. Rosanna setzte sich auf die unterste Stufe und riss das Kuvert auf.

San Borromeo Priesterseminar
Bergamo
12. April

Meine liebe Rosanna,
wie geht es Dir? Ich versuche, über Dein Leben auf dem Laufenden zu bleiben, aber jetzt, wo Du ein internationaler Star bist, ist das gar nicht so leicht! Hoffentlich erhältst Du diesen Brief bald.

Inzwischen ist es fast vier Jahre her, dass ich Dich das letzte Mal gesehen habe. Aus Gründen, die ich und andere nicht begreifen, bist Du mit Roberto nicht mehr in Italien gewesen. Vielleicht seid Ihr einfach zu beschäftigt. Deshalb spiele ich mit dem Gedanken, zu Dir zu kommen. Ich habe etwas Geld gespart, und wenn Du in nächster Zeit in London sein solltest, würde ich Dich gern dort besuchen. Anfang Mai würde mir gut passen, weil ich dann einige Tage vom Priesterseminar frei habe. Würdest Du mich wissen lassen, wann es Dir recht wäre, damit ich mein Ticket buchen kann? Ich habe Papà vorgeschlagen, mich zu begleiten, doch er will keinen Fuß in ein Flugzeug setzen. Er spielt alle Platten, die Du ihm geschickt hast. Ich hoffe, dass Du eines Tages an die Scala zurückkehren wirst, damit er Dich live dort erleben kann.

Soweit ich Carlottas Briefen entnehme, geht es ihr gut. Ella wächst schnell, sie wird Ende Mai zwölf. Ich bezweifle, dass Du sie erkennst, wenn Du sie das nächste Mal siehst. Das Café ist frisch renoviert. Nun hat es eine nagelneue Einbauküche, eine richtige Theke und neue Tische und Stühle. Papà hat ein Vermögen dafür ausgegeben und hofft, das Geld wieder hereinzubekommen, indem er im Sommer die Preise erhöht.

Kaum zu glauben, dass ich mittlerweile fast vier Jahre im Priesterseminar bin und es noch drei Jahre bis zu meiner Ordination sind. Ich muss zugeben, dass mir die Welt draußen manchmal fehlt und ich mich auf die kurzen Ferien im Sommer freue, bin aber nach wie vor zuversichtlich, die richtige Entscheidung getroffen zu haben.

Wie geht es Abi? Hörst Du manchmal von ihr? Wenn ja, sag ihr doch bitte liebe Grüße von mir.

Ich muss jetzt zum Ende kommen, weil ich einen Kurs habe. Bitte lass es mich wissen, ob Dir Mai passt.

Bist Du glücklich, Rosanna? Ich hoffe es.

Alles Liebe, piccolina.

Luca X

Rosanna steckte den Brief seufzend zurück in den Umschlag. Obwohl die vergangenen beiden Jahre wunderbar gewesen waren, bekümmerte es sie sehr, ihre Familie nicht gesehen zu haben. Sie hatte ihren Vater und Carlotta erfolglos angefleht, sie in London zu besuchen, und wurde von Gewissensbissen geplagt, weil sie Abi damals nichts von ihrer Hochzeit gesagt und den Kontakt zu ihr nicht wirklich aufrechterhalten hatte. Rosanna musste zugeben, dass ihr Leben sich ausschließlich um Roberto und ihre Liebe drehte.

Sie ging ins Wohnzimmer und warf einen Blick in den Kalender auf dem Schreibtisch. An einem Wochenende Anfang Mai, gleich nach dem Beginn der Proben zu *La Bohème*, sollte

Roberto zwei Konzerte in Genf geben. Eigentlich hatte sie ihn begleiten wollen, doch sie konnte auch in London bleiben, um Luca zu sehen, dem sie dann ihre ganze Aufmerksamkeit widmen konnte, was in Robertos Anwesenheit schwierig wäre. Rosanna setzte sich an den Schreibtisch, nahm Papier und Umschlag aus einer Schublade und begann, einen Brief an Luca zu schreiben.

»*Principessa.*« Sie spürte warme Hände auf ihren Schultern, dann beugte Roberto sich zu ihr herunter und küsste sie auf die Haare. »Wo warst du? Ich bin aufgewacht, und du warst nicht da.«

»Ich wollte dich nicht wecken, Schatz«, erklärte sie lächelnd, als er ihre Schultern knetete. »Mein Bruder hat geschrieben. Er möchte mich hier in London besuchen. Ich schlage ihm vor zu kommen, wenn du in Genf bist.«

»Heißt das, dass wir drei Tage getrennt sein werden?«

»Ja, aber es ist so lange her, dass ich jemanden aus meiner Familie gesehen habe. Sie fehlen mir, Roberto. Die Zeit mit meinem Bruder gönnst du mir doch, oder?«

»Natürlich. Wir wissen beide, dass es meine Schuld ist. Aber ich werde mich jede Sekunde, die ich von dir weg bin, nach dir sehnen. Lass dich anschauen.« Roberto hob ihr Kinn ein wenig an und schüttelte den Kopf. »Du bist blass«, stellte er fest. »Ich finde, du solltest dich noch mal hinlegen.«

»Lässt du mich auch schlafen?«, fragte sie lachend, als seine Hand unter ihren Morgenmantel glitt.

»Später, *cara*, später.« Mit diesen Worten hob Roberto sie hoch und trug sie hinauf ins Schlafzimmer.

Obwohl Rosanna sich die folgenden sieben Tage ausruhte, fühlte sie sich nicht besser. Sie wurde ihre Müdigkeit einfach nicht los, und oft war ihr schwindlig. Am Ende der Woche, als sich herauskristallisierte, dass Ruhe allein nichts nützte, vereinbarte Roberto für sie einen Termin bei seinem Arzt und bestand darauf, sie in die Harley Street zu begleiten.

»Soll ich mit dir reinkommen?«, fragte er, als Rosanna ins Behandlungszimmer gerufen wurde.

Rosanna schüttelte den Kopf. »Bleib du im Wartezimmer.«

»Wie du meinst, aber bitte erklär Dr. Hardy genau, was mit dir los ist.«

Sie versprach es und folgte der Arzthelferin.

Dr. Hardy untersuchte Rosanna von Kopf bis Fuß.

»Es ist doch nichts Schlimmes, oder?«, erkundigte sie sich nervös, als Dr. Hardy fertig war.

»Aber nein. Ganz im Gegenteil. Sie erfreuen sich bester Gesundheit. Und soweit ich das beurteilen kann, gilt das auch für Ihr Kind.«

»Sind Sie sicher?«, fragte Rosanna überrascht.

»Zu neunundneunzig Prozent. Natürlich fehlen noch die Ergebnisse der Laboruntersuchung. Sie hatten keine Ahnung, dass Sie schwanger sein könnten?«

»Nein. Mein Monatszyklus ist noch nie sonderlich regelmäßig gewesen, und …«, Rosanna wurde rot, »Roberto und ich, wir waren immer vorsichtig.«

»Solche Dinge passieren, Mrs Rossini. Manchmal kommen die lieben Kleinen, ohne erwartet oder geplant zu sein.«

»Im wievielten Monat bin ich?«

»Ich würde sagen, im dritten, vielleicht auch schon ein bisschen weiter.« Er bemerkte ihre Blässe. »Wenn Sie sich erst einmal an den Gedanken gewöhnt haben, freuen Sie sich bestimmt darüber.«

»Ja.« Rosanna stand auf. »Danke, Dr. Hardy.«

»Rufen Sie mich morgen an, Mrs Rossini. Wir müssen einen Termin für eine Ultraschalluntersuchung vereinbaren und besprechen, in welchem Krankenhaus Sie das Kind zur Welt bringen wollen.«

Rosanna ging benommen ins Wartezimmer. Als Roberto ihren Gesichtsausdruck sah, sprang er auf, doch sie wandte sich der Tür zu, und er folgte ihr hinaus auf die Straße.

»*Amore mio*, bitte sag mir, was los ist. Was hat der Arzt gesagt? Schlechte Nachrichten?«

»Ach, Roberto.« Rosanna brach in Tränen aus.

»Was es auch sein mag: Wir finden eine Lösung. Ich treibe die besten Ärzte oder Chirurgen für dich auf. Weine nicht, Liebes. Ich bin bei dir.«

»Bestimmt bist du jetzt böse auf mich. Es ist meine Schuld. Ich ...«

»Rosanna, bitte! Sag endlich, was los ist«, flehte Roberto sie an.

Sie senkte den Blick. »Ich bekomme ein Kind.«

Roberto sah sie verständnislos an. »Mein Kind?«

»Natürlich!«

»Aber das ist doch wunderbar. Ich, Roberto Rossini, werde Vater!« Er stieß einen Freudenschrei aus, schlang die Arme um Rosanna, wirbelte sie herum und bedeckte ihr Gesicht mit Küssen. »Ach, mein kluges Mädchen, meine kluge Mamma! Wann soll das Kleine denn zur Welt kommen?«

»Der Arzt meint, Mitte November. Ich muss noch eine Ultraschalluntersuchung machen lassen, damit man den Termin genauer eingrenzen kann. Du bist nicht böse auf mich?«, fragte sie, als er sie losließ.

»Böse?« Roberto verdrehte die Augen. »Rosanna, wofür hältst du mich? Glaubst du im Ernst, ich könnte böse sein, wenn ich erfahre, dass die Frau, die ich liebe, mit meinem Kind schwanger ist und ich zum ersten Mal Vater werde? Ich bin ganz außer mir vor Freude darüber, eine Familie zu gründen.

Wieder einmal hast du mich zum glücklichsten Menschen der Welt gemacht. Komm.« Er nahm ihre Hand. »Lass uns feiern.«

Im Le Caprice bestellte Roberto eine Flasche Jahrgangschampagner und entschuldigte sich wortreich, als Rosanna ihn daran erinnerte, dass sie nun keinen Alkohol mehr trinken sollte.

»Entschuldige, *cara.*« Roberto rief den Kellner zurück und orderte einen Orangensaft für sie. »Ich kann es einfach noch nicht glauben und würde am liebsten mit der ganzen Welt feiern«, meinte er lachend. »Stell dir vor, wie musikalisch unser Kind sein wird. Wir müssen uns Namen ausdenken und überlegen, welcher Raum sich am besten als Kinderzimmer eignet. Meinst du, wir sollten ein größeres Haus kaufen? Vielleicht sollte unser Kind auf dem Land aufwachsen, wo die Luft besser ist…«

Rosanna lauschte Robertos aufgeregtem Geplapper, ohne seine Begeisterung zu teilen. Schließlich sagte sie: »Aber Roberto, was ist mit meiner Karriere?«

»Die *Bohème* im Juli solltest du eigentlich noch problemlos singen können. Ich sorge dafür, dass du genug Ruhe bekommst. Sobald die Vorstellungen vorbei sind, musst du in London bleiben und dich schonen, bis das Kleine da ist.«

»Wir müssen im Oktober nach New York. Was passiert dann?«

Roberto zuckte mit den Schultern. »Die Met wird Verständnis haben. Du bist nicht die erste Frau, die schwanger ist. Ich werde allein fliegen müssen.«

»Willst du mich einen ganzen Monat allein in London lassen? Kann ich dich nicht begleiten?« Rosanna traten Tränen in die Augen.

»Rosanna, die Airline fliegt keine hochschwangeren Frauen,

nicht einmal einen Star wie dich. Und es ist ja auch nur ein Monat.«

»Könnte ich nicht mit dem Schiff fahren?«

»Was ist, wenn die Wehen vorzeitig einsetzen? Zu einem so späten Zeitpunkt der Schwangerschaft würdest du dich und unser Kind in Gefahr bringen. Bestimmt ist Dr. Hardy auch der Meinung, dass du in den letzten Wochen zu Hause bleiben und dich schonen solltest.«

»Kannst du die Met nicht absagen?«

Roberto schüttelte den Kopf. »Nein, Rosanna, du weißt, dass das nicht geht.«

»Ich habe für dich abgesagt, als es nötig war«, erinnerte sie ihn.

Er sah sie über den Tisch hinweg an. »Rosanna, das ist unfair. Es ist die Premiere einer neuen Oper, solche Chancen hat man nicht oft. Ich bin wieder bei dir, wenn das Baby kommt, und habe bis nach Weihnachten nur ein paar Konzerte. Danach werden wir sehen. Bitte, *cara*, denk nicht über die negativen Dinge nach, sondern freu dich mit mir über dieses Geschenk Gottes. Du willst dieses Kind doch, oder?«

Sie nickte. »Natürlich.«

In den folgenden Tagen war es gänzlich unmöglich, nicht von Robertos Euphorie angesteckt zu werden, und allmählich gewöhnte Rosanna sich an den Gedanken, dass sie bald Mutter werden würde. Die Bedenken, dass das Baby ihr vollkommenes Leben stören könnte, schwanden. Ihre Karriere würde sie einige Monate lang auf Eis legen müssen, aber es gab keinerlei Grund, nach der Geburt nicht wieder zu singen. In der modernen Zeit reisten kleine Kinder überallhin mit. Sie würde einfach ein gutes Kindermädchen anstellen, und das Problem wäre gelöst.

Roberto wollte allen von dem zu erwartenden Nachwuchs erzählen, doch Rosanna nahm ihm das Versprechen ab zu schweigen.

»Lass es mich zuerst meiner Familie sagen«, bat sie ihn. »Ich weihe Luca ein, wenn ich ihn in zwei Wochen sehe, und schreibe dann Papà.«

26

»Liebe Fluggäste, wenn Sie nun bitte zu Ihren Plätzen zurückkehren würden. In Kürze beginnen wir mit dem Landeanflug auf Heathrow.«

Fünfundvierzig Minuten später schob Luca seinen Gepäckwagen durch den Zoll und in die Ankunftshalle, wo er Rosanna entdeckte, die über die Absperrung gelehnt nach ihm Ausschau hielt. Bei ihrem Anblick verschlug es Luca den Atem. Als er seine Schwester das letzte Mal gesehen hatte, war sie noch ein Mädchen gewesen, nun stand eine erwachsene Frau vor ihm. Die Haare, die in glänzenden Wellen ihr Gesicht umrahmten, hatte sie sich schulterlang schneiden lassen, und ihre Züge wirkten reifer. Das dezente Make-up betonte ihre natürliche Schönheit.

»Luca!«, rief Rosanna aus, als sie ihn entdeckte, rannte mit ausgebreiteten Armen auf ihn zu und drückte ihn an sich. »Ich kann es noch gar nicht glauben, dass du hier bist. Es ist so schön, dich zu sehen!«

»Das finde ich auch, *piccolina*.«

»Komm, der Wagen wartet draußen.«

In dem Haus in Kensington führte Rosanna Luca in die Küche. Während sie Kaffee kochte, bewunderte er die Fotos auf der Anrichte. Sie setzten sich mit ihren Tassen an den Tisch.

»Was für ein schönes Haus, Rosanna. Ein bisschen komfortabler als unsere Wohnung in Mailand, was?«

»Ja. Roberto und ich lieben es sehr.«

Luca nahm ihre Hände in die seinen. »Endlich sind Bruder und Schwester nach so langer Zeit wieder vereint. Du strahlst richtig, Rosanna. Du hast dasselbe Gesicht und denselben Körper wie früher, aber du wirkst so … kultiviert.«

»Findest du?«

»Ja. Ich erinnere mich noch gut an das schüchterne kleine Mädchen von damals. Und jetzt … deine Kleidung, deine Haare … dein fließendes Englisch.« Er lächelte. »Du bist zu einer Kosmopolitin geworden.«

»Das ist doch keine Veränderung zum Schlechten, oder?«

»Natürlich nicht. Wir werden alle erwachsen.«

»Im Innern bin ich nach wie vor das kleine Mädchen. Ich kann es kaum glauben, dass wir uns fast drei Jahre lang nicht gesehen haben. Du bist dünn, Luca. Bekommst du im Priesterseminar genug zu essen?«

»Aber sicher«, antwortete er schmunzelnd.

Kurzes Schweigen, dann redeten sie gleichzeitig.

»Hast du …?«

»Bist du …?«

Sie mussten lachen. Rosanna schüttelte den Kopf. »Es gibt so viel zu erzählen, ich weiß gar nicht, wo ich beginnen soll. Und ich möchte alles über Papà und Carlotta und Ella erfahren. Wir haben drei Tage Zeit, vielleicht sollten wir bei dir anfangen. Bist du glücklich, Luca? War es die richtige Entscheidung?«

»Ja, ich glaube, dass ich nach all den Jahren der Suche meine Berufung gefunden habe.« Er nahm einen Schluck Kaffee. »Selbstverständlich kann man nicht immerzu glücklich sein, und manchmal habe ich das Gefühl, dass das, was ich im Priesterseminar lernen muss, weniger mit Gott und mehr mit den Regeln der Kirche zu tun hat. Es gibt so viele Vorschriften, von denen manche meiner Ansicht nach die Arbeit, die ich in

Zukunft verrichten möchte, möglicherweise sogar behindern.« Er zuckte mit den Achseln. »Aber mir geht es gut. Vielleicht bin ich nur so ungeduldig, weil ich endlich helfen möchte.«

»Ich verstehe, was du meinst. Schließlich habe ich vor meinem Debüt eine zehnjährige Ausbildung absolviert«, erklärte Rosanna. »Es kann frustrierend sein, doch am Ende ist es die harte Arbeit wert.«

»Bei dir scheint sie sich jedenfalls ausgezahlt zu haben. Du wirkst sehr glücklich, *piccolina.*«

»Bin ich auch. Ich habe ebenfalls das Gefühl, meine Bestimmung gefunden zu haben.«

»In deinem Beruf?«

»Ja, aber noch wichtiger: mit Roberto.«

Luca verkniff sich eine Bemerkung. Wenn Rosanna glücklich war – und das erschien ihm so –, sollte ihm das recht sein. Egal, was er von Roberto hielt.

»Schon an dem ersten Abend damals, als Roberto in unserem Café gesungen hat, wusste ich tief in meinem Innern, dass ich ihn liebe. Merkwürdig, denn soweit ich mich erinnere, hatte er damals nur Augen für Carlotta. Ich war für meine elf Jahre ziemlich eifersüchtig. Weißt du, dass ich damals in mein Tagebuch notiert habe, ich würde ihn eines Tages heiraten?«

Luca schluckte.

»Apropos Carlotta: Wie geht's ihr?«, erkundigte sich Rosanna.

»Im Großen und Ganzen gut.«

»Ich habe ihr einen Brief geschrieben, weil es Neues zu berichten gibt.«

»Und zwar?«

»Ich habe es selbst erst vor Kurzem erfahren. Sie ist die Einzige, die verstehen kann, wie ich mich fühle.«

»Und wie fühlst du dich?«

»Anfangs hat es mich erschreckt, es kam so überraschend. Ich hatte nicht die geringste Ahnung. Jetzt, wo ich mich allmählich an den Gedanken gewöhne, weiß ich, dass es so vorbestimmt ist.«

»Was?«

Als Rosanna seinen verwirrten Gesichtsausdruck sah, schmunzelte sie. »Luca, ich bin schwanger. Das Kleine soll im November kommen. Ich habe Carlotta geschrieben, dass sie Tante wird, und sie um Ratschläge für die Schwangerschaft gebeten. Außerdem habe ich mir gedacht, dass sie in London Urlaub machen könnte. Roberto muss einen Monat lang nach New York, und in der Zeit bin ich allein. Was hältst du von der Idee? Du wirst Onkel. Und Patenonkel«, fügte sie hinzu.

Als Luca schwieg, runzelte sie die Stirn.

»Du freust dich doch für mich, oder?«

»Natürlich. Es ist wunderbar.«

»Freust du dich wirklich? Du siehst nicht so aus.«

»Tut mir leid.« Luca rang sich ein mattes Lächeln ab. »Ich kann mir nur meine kleine Schwester nicht so recht als Mutter vorstellen.«

»Ich bin vierundzwanzig, Luca, alt genug, finde ich.«

»Und Roberto? Freut er sich?«

»Ich habe ihn nie glücklicher erlebt. Ich hatte Angst, dass er böse sein könnte, weil das Kind nicht geplant war, aber er ist aufgeregter als ich. Er kann es noch gar nicht fassen, dass er mit einundvierzig zum ersten Mal Vater wird.«

»Ist Roberto dir ein guter Ehemann?«

»Ich könnte mir keinen besseren wünschen. Ich weiß, dass alle gegen unsere Ehe waren, doch er ist ein vollkommen anderer Mensch geworden. Jeden Tag danke ich Gott aufs Neue dafür, dass er ihn mir geschickt hat. Und jetzt für das Baby. Auf uns liegt der Segen Gottes, Luca.«

»Du sagst, er muss im letzten Monat deiner Schwangerschaft nach New York.«

»Ja. Das ist traurig, aber nicht zu ändern. Deswegen habe ich mir gedacht, Carlotta könnte mich besuchen. Ich habe sie so lange nicht gesehen. Sie würde wissen, was zu tun ist, wenn das Kleine kommt.«

Luca wählte seine Worte mit Bedacht. »Ich kann nicht für Carlotta sprechen, glaube jedoch, dass es schwierig für sie wäre. Sie muss sich um Ella, Papà und das Café kümmern.«

»Ja, natürlich, aber sie braucht auch hin und wieder eine Verschnaufpause. Meinst du, sie ist zufrieden mit ihrem Leben?«

»Ich glaube, sie hat sich mit ihrem Schicksal abgefunden.«

Rosanna wandte den Blick ab. »In unserer Jugend war sie so lebhaft und schön. Nach der Hochzeit mit Giulio und der Geburt von Ella hat sie sich verändert. Hoffentlich geht es mir nicht genauso.«

»Manchmal verändern uns Dinge auf höchst unerwartete Weise, *piccolina*. Denk nur an deine Begegnung mit Roberto.«

»Findest du, dass er mich verändert hat?«

»Dein *Leben* auf jeden Fall. Du warst lange nicht in Italien. Gibt es einen Grund dafür?«

»Ich … Ja, Roberto kann nicht …« Rosanna schüttelte den Kopf. »Das ist eine lange Geschichte. Ich musste bei Roberto bleiben. Deshalb bin ich nicht nach Mailand gefahren, um die Mimì in der *Bohème* zu singen. Ich habe immer noch ein schrecklich schlechtes Gewissen, weil ich Paolo im Stich gelassen habe, aber mir ist nichts anderes übrig geblieben.«

»Dann habe ich also recht. Die Ehe mit Roberto *hat* dich verändert. Es steht mir vielleicht nicht zu, dir das zu sagen, aber du solltest nicht alle andern aus deinem Leben verbannen, Rosanna. Deine Familie liebt dich, und ich weiß, dass Papà verletzt ist, weil du ihn seit deiner Hochzeit nicht mit Roberto besucht hast. Er wird auch nicht jünger.«

»Ich weiß, Luca.« Rosanna seufzte. »Mir fehlt meine Familie auch, aber abgesehen von allem anderen hatten wir einen sehr vollen Terminplan. Ich möchte so vielen Leuten schreiben. Wenn Ende Juli die letzten Aufführungen der *Bohème* vorbei sind, werde ich endlich Zeit haben, das zu machen. Und wenn das Kleine auf der Welt ist, fliege ich vielleicht nach Italien und besuche Papà und Carlotta. Doch jetzt hast du bestimmt Hunger.«

Rosanna holte Aufschnitt, Pastete und einen Salat, den sie vorbereitet hatte, aus dem Kühlschrank. Luca sah ihr zu, wie sie den Tisch deckte und Brot von einem Laib abschnitt. Er kannte seine Schwester zu gut, um sie weiter nach Roberto zu befragen.

»Hast du noch Kontakt zu Abi?«, erkundigte er sich, als sie ihm gegenüber Platz nahm.

»Komisch, dass du das erwähnst. Heute habe ich eine Postkarte von ihr bekommen«, antwortete sie und schob ihm die Salatschüssel hin. »Sie ist im Moment in Australien und möchte anschließend nach Asien. Sie schreibt, sie wird im Herbst in London sein. Ehrlich gesagt habe ich mich nicht so intensiv um den Kontakt mit ihr bemüht, wie es möglich gewesen wäre. Abi hatte eine kurze Affäre mit Roberto. Das zu akzeptieren war gar nicht so leicht für mich, und wir haben beide Zeit gebraucht, bis sich die Gemüter beruhigt hatten. Vielleicht treffen wir uns, wenn sie in London ist.«

Luca schmerzte es, dass Abi ebenfalls Roberto Rossinis Charme erlegen war. »Macht das. Man muss alte Freundschaften pflegen. Du und Abi, ihr wart euch doch sehr nahe.« Er bestrich sein Brot mit Pastete.

»Hörst *du* denn noch von ihr, Luca?«

Luca schüttelte den Kopf. »Nein. Obwohl ich mir sehr viel aus ihr gemacht habe.«

»Und noch mehr aus Gott.«

»Er ist mir das Wichtigste im Leben, genau wie Roberto dir.«

»Fühlst du dich denn nie einsam im Priesterseminar?«

»Wie meinst du das?«

»Du kannst dich niemandem mitteilen.«

»Rosanna, ich habe Gott. Mehr brauche ich nicht. Es gibt viele unterschiedliche Arten der Liebe. Und so, wie du die zu Roberto hast, habe ich die zu ihm. Aber erzähl mir doch, wo du inzwischen überall warst.«

Am folgenden Tag besichtigte Rosanna mit Luca die Londoner Sehenswürdigkeiten, und am Abend gingen sie in *Aida*.

»Wenn doch nur du dort auf der Bühne stehen würdest, Rosanna. Ich finde es sehr traurig, dass ich dich seit der Schule in Mailand nicht mehr habe singen hören«, klagte Luca im Taxi zurück nach Kensington.

»In einigen Wochen werde ich singen. Mir hat die Aufführung gefallen, und noch mehr, dass wir hinterher kein gutes Haar an der armen Sopranistin gelassen haben«, meinte Rosanna schmunzelnd.

Am Sonntag besuchten sie den Gottesdienst in der Westminster Cathedral, anschließend kochte Rosanna Roastbeef. Schließlich machten sie einen Spaziergang durch die Kensington Gardens und kehrten müde, aber entspannt nach Hause zurück.

»Alles in Ordnung, *piccolina*?«, erkundigte sich Luca, als er später am Abend das Wohnzimmer betrat und ihr trauriges Gesicht sah.

»Ich finde nur schade, dass du morgen abreist, das ist alles.«

»Es war sehr schön, dich wiederzusehen. Es hat mich an die alten Zeiten in Mailand erinnert, wo wir trotz der harten Arbeit auch viel Spaß hatten.«

»Stimmt.« Rosanna nickte gähnend. »Ich werde jetzt immer so früh müde. Glaubst du, das ist normal?«

»Ja. Du musst ins Bett. Versprich mir, auf dich zu achten, sobald die *Bohème* losgeht. Du musst nun noch an eine zweite kleine Seele denken.«

»Versprochen. Schade, dass du Roberto nicht getroffen hast, aber immerhin hatten wir so Zeit für uns.«

»Ja.« Lucas Ansicht nach war es für alle Beteiligten das Beste, wenn sich seine und Robertos Wege so wenig wie möglich kreuzten.

Rosanna stand auf und schlang die Arme um ihren Bruder. »Du kannst dir nicht vorstellen, wie sehr ich deinen Besuch genossen habe. Wollen wir versuchen, uns in Zukunft öfter zu treffen?«

»Natürlich, aber du weißt, dass es schwierig ist.«

»Ja. Alles hat seinen Preis, stimmt's?«

Luca küsste sie auf beide Wangen. »Vergiss nicht, Rosanna: Auch wenn ich nicht bei dir bin, denke ich immer an dich.«

»Komm uns doch besuchen, wenn dein Patenkind auf der Welt ist, ja?«, bat sie ihn auf dem Weg zur Tür.

»Sehr gern. Gute Nacht, *piccolina*. Schlaf gut.«

Bevor Luca ebenfalls schlafen ging, blätterte er noch eine Stunde in einem Album mit Zeitungs- und Illustriertenausschnitten, das Rosanna ihm gegeben hatte. Auf allen Fotos himmelte Rosanna Roberto an.

Es war deutlich zu sehen, dass der Mann seine Schwester glücklich machte. Nur deswegen würde er Gott bitten, Roberto seine früheren Missetaten zu vergeben.

Nachdem Rosanna sich in Heathrow von ihrem Bruder verabschiedet hatte, war sie ziemlich niedergeschlagen. In den vergangenen fast vier Jahren hatte sie völlig vergessen, wie nahe sie und Luca sich gewesen waren. Und sie wusste nicht, wann sie ihn wiedersehen würde.

Als sie in Kensington die Haustür öffnen wollte, trat Roberto heraus und nahm sie in die Arme.

»Mein Schatz«, begrüßte er sie. »Wo warst du? Ich habe mir schon Sorgen gemacht. Als ich von Gatwick nach Hause gekommen bin, warst du nicht da.«

»Ich habe Luca nach Heathrow gebracht.«

Roberto begleitete Rosanna ins Haus, half ihr aus dem Mantel und hängte ihn übers Geländer.

»Wie geht's deinem Bruder?«

»Sehr gut.«

»Prima. Komm.« Roberto zog sie zu sich heran und küsste sie. »Du kannst dir nicht vorstellen, wie sehr du mir gefehlt hast, *cara*.«

Sofort besserte sich Rosannas Stimmung. Dies war ihr Zuhause, und nur Roberto zählte.

27

London, Oktober 1980

Rosanna wachte bereits um halb sieben auf, ging ins Bad und hinunter in die Küche. Draußen hing dichter Herbstnebel. Die Blätter an dem Baum im Garten verfärbten sich und fielen eines nach dem anderen zu Boden, ein eindeutiges Zeichen, dass der Sommer vorbei war. Rosanna machte sich eine Tasse Tee, sank ächzend auf einen Stuhl und schmiegte den Kopf an die kühle Oberfläche des Tischs.

Um elf Uhr würde Roberto nach New York aufbrechen.

Die Abschlussvorstellung von *La Bohème* acht Wochen zuvor, ihr vorerst letzter gemeinsamer Auftritt, hatte sie wehmütig gestimmt. Seitdem hatten sie versucht, fröhlich zu sein und die gemeinsame Zeit zu genießen, obwohl die bevorstehende Trennung sie belastete.

Rosanna spürte, wie das Baby in ihrem Bauch strampelte. Sie richtete sich auf. Beim Abschied würde sie nicht weinen, weil Roberto sich nicht an ein aufgedunsenes Wrack mit roten, verheulten Augen erinnern sollte. Sie trank ihren Tee aus und ging schwer atmend nach oben, um zu duschen.

Eine Stunde später setzte sich Roberto seufzend an den Tisch.

»Kaffee ist in der Kanne, und ich hab dir Würstchen gebraten, weil du die so gern magst.« Rosanna rang sich ein Lächeln ab.

»Danke, *cara.*«

Sie gab Würstchen, gebratene Pilze und Tomaten auf zwei Teller und stellte sie auf den Tisch.

»Mm, das sieht köstlich aus.«

»Das Flugzeugessen ist ja immer grässlich, deswegen wollte ich dir noch mal was Besonderes bieten. Aber versprich mir, in New York auf dein Gewicht zu achten. Dr. Hardy meint, du solltest mindestens zwölf Kilo abnehmen.«

»Ja.« Roberto begann zu essen. »Ich wohne bei Chris, dort kannst du mich erreichen. Wenn es etwas Wichtiges geben sollte, rufst du einfach in der Met an. Die geben mir dann Bescheid.«

»Es wird schon alles gut gehen. Ich hab dem Kleinen da drin eingeschärft, dass es erst rausdarf, wenn sein Papà wieder da ist. Es sind noch sechs Wochen. Noch sechs Wochen«, seufzte sie. »Bekomme ich ein Baby oder einen kleinen Elefanten? Stell dir nur vor, wie dick ich sein werde, wenn du nach Hause kommst. Vielleicht bin ich bis dahin geplatzt.«

»Bitte ruf Dr. Hardy, falls es Probleme geben sollte.«

»Ja.«

»Einsam wirst du nicht sein, *cara.* Bestimmt schauen viele Leute von Covent Garden bei dir vorbei.«

»Mach dir keine Gedanken.«

Sie aßen beide kaum etwas. Schließlich stand Rosanna auf und räumte die Teller weg.

»Ich geh mal lieber duschen«, sagte Roberto.

Sie sah auf die Uhr. In weniger als einer Stunde würde er fort sein.

»Der Wagen ist da.« Roberto schlüpfte in seinen Mantel.

Rosanna zwang sich, nicht zu weinen.

»*Amore mio.*« Roberto schlang die Arme um sie. »Wie ich

dich liebe und schon jetzt vermisse. Ich werde die Tage zählen, bis ich wieder bei dir bin.«

»Pass auf dich auf, Roberto. *Ti amo, caro.*«

Er nickte und lief die Treppe hinunter zum wartenden Wagen. Dort drehte er sich zu Rosanna um, warf ihr beim Einsteigen eine Kusshand zu und winkte, als das Auto losfuhr.

Dann war er weg.

Die erste Woche ohne Roberto zog sich endlos dahin, obwohl Rosanna immer wieder Besuch bekam. Manchmal empfand sie das als willkommene Ablenkung, dann wieder fühlte sie sich so müde, niedergeschlagen und schwach, dass sie ihre Gäste am liebsten gleich wieder verabschiedet hätte. Roberto rief sie dreimal täglich an, flüsterte ihr Liebesschwüre zu und sagte ihr, wie sehr sie ihm fehle. In jenen wenigen Minuten war Rosanna glücklich. Doch sobald sie aufgelegt hatte, begann sie zu weinen.

Die Sehnsucht nach ihm bereitete ihr fast körperliche Schmerzen. All die Dinge allein machen zu müssen, die sie sonst gemeinsam erledigten, tat tatsächlich weh.

Die Nächte erstreckten sich vor ihr wie ein gähnender Abgrund. Ohne Roberto konnte sie kaum schlafen. Wenn sie dann doch endlich eindöste, wurde sie gleich wieder vom Strampeln des Kindes geweckt.

An ihrem ersten Samstagabend allein rief Roberto nicht zur gewohnten Zeit an. Als das Telefon schließlich eine Stunde später klingelte, flehte sie ihn unter Tränen an, nach Hause zu kommen. Roberto erklärte, die Proben hätten länger gedauert als geplant. Sie entschuldigte sich für ihren Gefühlsausbruch.

Später wusch sie sich im Bad die Hände und betrachtete sich im Spiegel.

Du siehst schrecklich aus, sagte sie zu sich selbst. Reiß dich zusammen.

Rosanna duschte, zog ihren bequemen Flanellbademantel an und ging nach unten, um sich etwas zu kochen. Beim Essen wurde ihr bewusst, wie sehr ihre Liebe zu Roberto ihr Leben bestimmte.

Was, wenn er sie eines Tages verließ? Rosanna schluckte, und ihr Puls beschleunigte sich. Nein, ermahnte sie sich: So konnte und durfte sie nicht denken. Stress war schlecht für das Kind.

Rosanna legte eine Kassette ein, auf der sie zusammen »Dolce notte! Quante stelle!« aus *Madama Butterfly* sangen.

Der Klang ihrer Stimmen zauberte ein Lächeln auf ihre Lippen.

In drei Wochen wäre er wieder bei ihr, und sie konnte diesen Albtraum vergessen. Eines stand fest: Sie würde nie mehr allein zu Hause bleiben.

Roberto ließ müde und ein wenig beschwipst den Blick über die Menge wandern, die sich plaudernd und Champagner trinkend auf der Bühne der Met versammelt hatte. Er fühlte sich einsam und verloren. Nach zwei Wochen allein wurden ihm seine tiefen Gefühle für seine Frau immer bewusster.

Die Premiere der neuen Oper *Dante* war ein riesiger Erfolg gewesen. New York lag ihm zu Füßen, er befand sich auf dem Zenit seines Erfolgs. Und litt wie ein Hund.

Ohne Rosanna bedeutete alles nichts.

Roberto warf gähnend einen Blick auf seine Uhr. In fünf Minuten würde er gehen, weil er versprochen hatte, sich bei Rosanna zu melden.

»Finden Sie nicht auch, Mr Rossini?«

»Verzeihung, Signora, ich war mit meinen Gedanken gerade woanders.«

Die reiche New Yorker Matrone wiederholte ihre Theorie über die Kunstförderung.

»Natürlich bin ich ganz Ihrer Meinung. Der Staat muss mehr Geld für die Oper zur Verfügung stellen, wenn diese den Sprung ins nächste Jahrhundert schaffen soll. Aber wenn Sie mich jetzt bitte entschuldigen würden, ich muss nach Hause, meine Frau anrufen.«

Er nickte Chris Hughes zu. »Ich geh. Wir sehen uns morgen früh.«

Seine Limousine wartete am Bühneneingang auf ihn.

»Nach Hause, Sir?«

»Ja, bitte.«

Der Wagen brachte ihn zu Chris' Apartment an der Upper West Side von Manhattan, wo der Chauffeur ihm die Autotür öffnete und Roberto unter die Markise des schicken Wohnhauses trat.

»Gute Nacht.«

»Gute Nacht, Sir.«

Roberto fuhr mit dem Lift in den 28. Stock. An der Wohnungstür hörte er drinnen das Telefon klingeln. Er rannte hinein und nahm den Hörer von der Gabel.

»Hallo?«

»Ich bin's. Ich bin gerade aufgewacht und habe mir gedacht, ich rufe dich an. Na, wie war's?«

»Eine Sensation, *principessa*. Nur du hast gefehlt.«

»Und Francesca Romanos?«

»Dem Publikum hat sie gefallen.«

Kurzes Schweigen, dann: »Oh.«

»Würdest du lieber hören, dass sie grässlich war?«, fragte Roberto belustigt.

»Klar.«

»Francesca ist nicht du und wird auch nie so wie du sein. Du bist die beste Sopranistin der Welt, und das weißt du auch.«

»Ja, ja, ich bin kindisch, aber mal dir mal aus, wie es ist, sich eine andere Sängerin neben dir vorzustellen, während ich wie ein dicker fetter Kloß hier herumliege.«

»Mein kleiner Kloß, für mich bist du das hübscheste Geschöpf auf Gottes Erde.«

»Vermisst du mich noch?«, fragte sie.

»Natürlich, Rosanna. Ich habe sogar die Party verlassen, um mit dir telefonieren zu können.«

»Wer war da?«

»Ach, die üblichen Verdächtigen. Alle schicken dir liebe Grüße und wünschen dir viel Glück.«

»Das ist nett, danke. Haben irgendwelche schönen Frauen versucht, dich mir auszuspannen?«

»Ein paar …« Roberto hörte, wie Rosanna nach Luft schnappte. »War ein Scherz, *cara*. Kein Grund zur Sorge.«

»Entschuldige. Du hast keine Ahnung, wie einsam ich mich ohne dich fühle. Ich schlafe mit deinem Pullover neben mir.« Sie seufzte.

»Nicht mehr lange. Bald bin ich wieder zurück.«

»Wenigstens kommt Abi mich morgen besuchen. Vielleicht gehen wir zum Mittagessen, also mach dir keine Gedanken, falls ich nicht da sein sollte, wenn du anrufst.«

»Okay. Aber bitte glaub ihr kein Wort von dem, was sie über mich erzählt. Du weißt, was zwischen uns war«, erklärte Roberto mit einem unbehaglichen Gefühl.

»Das ist Schnee von gestern. In Mailand war sie meine beste Freundin, und es ist höchste Zeit, dass wir uns wiedersehen. Rufst du mich morgen an, sobald du wach bist?«

»Selbstverständlich.«

»Dann lasse ich dich jetzt lieber schlafen. Du bist sicher müde.«

»Ja, stimmt. Versuch, auch ein wenig zu schlafen. Das ist gut für dich und das Baby.«

»Ich gebe mir Mühe, aber es wird mir nicht gelingen. *Ti amo*, Roberto.«

»Ich liebe dich auch.«

»Schlaf gut.«

Roberto legte auf und begann, unruhig im Zimmer auf und ab zu gehen. Der Adrenalinstoß bei Auftritten regte seine Libido immer an, und dies war das erste Mal seit über zwei Jahren, dass Rosanna nicht bei ihm war, um ihn zu trösten.

Ihm blieb nichts anderes übrig, als kalt zu duschen.

Am folgenden Tag klingelte das Telefon um ein Uhr, und Rosanna hastete hin.

»*Principessa*, ich bin's. Ich liebe dich, du fehlst mir, ich sehne mich nach deinem Körper …«

Rosanna schmunzelte. »Guten Morgen, Roberto.«

»Ach, *cara*. Ohne dich erscheinen mir die Tage endlos«, stöhnte er.

»Das weiß ich, aber bald sind wir wieder zusammen. Das sind deine Worte.«

»Soll das heißen, ich fehle dir nicht mehr? Du klingst so fröhlich!«

»Du sagst mir doch seit zwei Wochen, dass ich mich nicht so gehen lassen soll.«

»Du hast einen andern. Wen? Ich bring ihn mit meinen bloßen Händen um.«

»In meinem gegenwärtigen Zustand interessiert sich keiner für mich, da kannst du beruhigt sein.«

»*Ich* interessiere mich für dich, Rosanna. Ich verzehre mich nach dir. Mach dich auf eine Woche im Bett gefasst, wenn ich wieder da bin.«

»Ich sehne mich auch danach.«

»Du hast mir immer noch nicht gesagt, warum du so fröhlich bist«, hakte Roberto nach.

Da klingelte es an der Tür.

»Roberto, das ist Abi. Ich muss auflegen.«

»Okay, okay. Dir ist eine Frau zum Plaudern lieber.« Er war froh, dass sie so positiv klang, obwohl er ein wenig Angst vor dem hatte, was Abi über ihn sagen würde. »*Ti amo*, Rosanna. Und bitte hör nicht auf die schlechten Dinge, die sie dir vielleicht über deinen Mann erzählt.«

»Keine Sorge. *Ti amo, caro.*« Sie legte auf und eilte zur Haustür.

»Rosanna! Gütiger Himmel, bist du dick!«, rief Abi aus, als sie ihre Freundin mit einem Küsschen und einer herzlichen Umarmung begrüßte.

»Und du bist noch hübscher als früher und sehr schlank!« Rosanna lachte. »Komm rein.«

Als Abi das Haus betrat, stieß sie einen Pfiff aus. »Wow, ist das toll! Du Glückliche.«

»Mir gefällt das Haus, aber sobald das Kleine da ist, wollen wir etwas außerhalb von London kaufen. Lass dir die Jacke abnehmen.«

»Mann, ist das kalt heute«, klagte Abi, als Rosanna sie in die Küche führte.

»Ja«, pflichtete Rosanna ihr bei. »In der Zeit, die ich in London verbringe, sehe ich aus wie eine wandelnde Wollwerbung. Ich kann's kaum glauben, dass mein Kind in einem Klima wie diesem zur Welt kommen soll. In Neapel bin ich, soweit ich mich erinnere, bis zu meinem dritten Lebensjahr nackt herumgelaufen. Möchtest du was trinken?«

»Ein Glas Wein wäre super, danke«, antwortete Abi. »Ich mach schon. Bleib du sitzen.«

»Danke. Die Flasche steht im Kühlschrank. Ich nehme ein Perrier.«

»Gut.« Abi holte die Getränke. »Hier.« Sie reichte Rosanna ein Glas Mineralwasser. »Auf uns – und unsere Wiedervereinigung.«

»Würde es dir etwas ausmachen, wenn wir zum Essen hierbleiben?«, fragte Rosanna. »Ich werde momentan schnell müde. Suppe und frisches Brot sind da.«

»Klingt gut«, sagte Abi. »Du bist wirklich kugelrund, Rosanna. Wie lange wird's noch dauern?«

»Ungefähr einen Monat.«

»Darf ich fragen, wie das ist? Ich meine das Schwangersein?«

»Seltsam, sehr seltsam«, antwortete Rosanna. »Es ist, als würde ein Alien die Kontrolle über einen übernehmen. Man hat keine Gewalt mehr über den eigenen Körper. Und auch nicht über die Gefühle.«

Abi musterte sie. »Kaum zu glauben, dass du in ein paar Wochen Mutter wirst.«

»Die Schwangerschaft hat mich verändert. Du weißt, wie sehr ich Putzen hasse, aber gestern wollte ich unbedingt staubsaugen, staubwischen und bügeln, obwohl wir eine Haushaltshilfe haben, die viermal die Woche vormittags kommt.«

»Das nennt man, glaube ich, den Nistinstinkt. Den scheinen viele Frauen kurz vor der Geburt ihres Kindes zu entwickeln. Möglicherweise kommt es früher als erwartet.«

»Nein!«, rief Rosanna entsetzt aus. »Nicht, bevor Roberto zu Hause ist.«

»Es fällt mir schwer genug, mir dich als Mami vorzustellen, aber Roberto als Papà …« Abi verdrehte die Augen.

»Abi, er ist ein anderer Mensch, glaub mir. Das ist schon vielen aufgefallen. Du würdest es auch merken.«

»Hoffentlich hast du recht, Rosanna«, sagte Abi ernst.

»Ich bin mir sicher, wirklich …« Rosanna sah ihre Freundin an. »Abi, als Erstes möchte ich mich bei dir entschuldigen, dass ich dir nicht von der Hochzeit mit Roberto geschrieben habe. Wir dachten, es ist das Beste, erst hinterher Bescheid zu sagen, damit uns die Journaille nicht so schnell auf den Fersen ist. Nicht einmal meine Familie wusste es.«

»Ich muss zugeben, dass es mich getroffen hat, es aus der Presse zu erfahren. Hattest du Angst, dass ich versuchen würde, es dir auszureden?«, fragte Abi sie unverblümt.

»Nein, denn ich hätte Roberto auf jeden Fall geheiratet, egal, was andere von ihm halten.«

»Zwischen dir und ihm hat's immer schon eine merkwürdige Chemie gegeben, stimmt's?«

»Ja. Wir halten es für Schicksal.«

Abi nahm einen Schluck Wein. »Hat dir mein Techtelmechtel mit ihm viel ausgemacht? Du hast es damals nicht gezeigt.«

»Natürlich, Abi. Nachdem er dir den Laufpass gegeben hatte, wollte ich ihn hassen. In London habe ich Roberto anfangs nicht an mich herangelassen. Ich hatte Angst, dass er mich so verletzen würde wie dich. Du machst dir doch nichts mehr aus ihm, oder?«

»Um Himmels willen, nein. Das war ein Quickie, nichts weiter. Ich war verletzt, aber du hattest recht: Er war nur ein Ersatz für Luca. Vorübergehend habe ich meine ganze unerwiderte Leidenschaft auf Roberto projiziert. Im Nachhinein ist man immer schlauer. Wie geht's Luca übrigens?«

»Sehr gut. Im Mai war er hier. Er hat sich auch nach dir erkundigt.«

»Tatsächlich?« Abi lächelte traurig. »Das freut mich. Aber hören wir auf, über die Vergangenheit zu reden. Es gibt so viel anderes zu erzählen.«

»Ja. Was hast du so getrieben?«

»Als du von Mailand weg warst, bin ich noch ein Jahr an der Scala geblieben. Dann hatte ich ein langes Gespräch mit Paolo, bei dem er mir gesagt hat, was ich bereits wusste, dass ich es nie weiter als bis in den Chor schaffen würde. Also habe ich aufgehört und bin mehr als ein Jahr in der Welt herumgereist. Ich hatte eine tolle Zeit, war im Fernen Osten und sechs Monate in Australien. Vor zwei Wochen bin ich nach London zurückgekommen, und jetzt wohne ich bei meinen Eltern in der Fulham Road und überlege, was ich mit dem Rest meines Lebens anfange.«

»Und, hast du schon eine Idee?«

»Nicht wirklich. Wenn man sich erst mal auf Kunst eingelassen hat, erscheinen einem einfache Bürojobs öde.« Abi seufzte. »Ich spiele mit dem Gedanken zu schreiben.«

»Ach, was denn?«

»Keine Ahnung. Vielleicht Reportagen oder sogar einen Roman. Ich habe eine lebhafte Fantasie«, erklärte sie grinsend und sah wieder eher wie die Abi von früher aus.

»Klingt interessant. Trotzdem finde ich es schade, dass du nicht mehr singst. Du hast doch eine schöne Stimme.«

»Offenbar nicht schön genug. Jedenfalls nett, dass du das sagst. Außerdem hatte ich in Mailand so viel Spaß, dass ich keine Sekunde meiner Zeit dort bereue.«

»Sag …«, Rosanna nahm einen Schluck Perrier, »… war Paolo wütend, als ich nicht an die Scala zurückgekehrt bin?«

»Du kennst ja den zurückhaltenden Paolo. Wenn, hat er es nicht gezeigt. Aber deinen Namen hat er nie wieder erwähnt. Nur aus Interesse: Warum bist du nicht zurückgekommen? Ich dachte, es war immer dein Traum, die Mimì an der Scala zu singen.«

»Das hatte mit Roberto zu tun. Mir ist leider keine andere Wahl geblieben«, antwortete Rosanna.

»Wieso verrätst du mir nicht, was passiert ist? Wochenlang hatte ich keine Ahnung, wo du warst. Und als die Bombe dann schließlich geplatzt war, hat die Presse uns fast die Tür eingerannt. Ach, egal …«, Abi zuckte mit den Achseln, »… vorbei ist vorbei.«

»Abi, bitte verzeih mir. Es war, als würden Roberto und ich auf einem anderen Planeten leben. Ich hatte nur Augen für ihn.«

Abi musterte ihre Freundin nachdenklich. »Es ist also tatsächlich die große Liebe bei euch beiden?«

»Ja.«

»Das freut mich für dich, Rosanna, aber bitte sei vorsichtig.«

»Wie meinst du das?«

»Na ja, manchmal – versteh mich jetzt bitte nicht falsch – machen einen so tiefe Gefühle ein bisschen egoistisch.«

»Das stimmt. Wie gesagt: Es tut mir leid«, wiederholte Rosanna.

»Ich glaube, ich weiß, wie es sich anfühlt.« Abi seufzte. »Wenn ich ganz ehrlich bin, liebe ich Luca nach wie vor. Das klingt albern, weil nie was draus werden kann, doch ich scheine ihn einfach nicht vergessen zu können.«

»Ach, Abi.« Rosanna sah ihre Freundin erstaunt an. »Es muss schlimm sein zu wissen, dass ihr nie zusammenkommen könnt. Immerhin mag Luca dich sehr.«

»In meinem Leben hat es jede Menge Männer gegeben, aber wenn sich nichts Dramatisches tut, wird Luca auf ewig in meinem Herzen bleiben.«

»Oje. Bist du momentan mit jemandem zusammen?«

»Natürlich«, antwortete Abi. »Du musst ihn kennenlernen. Er heißt Henry. Ich habe ihn vor zwei Wochen auf einem Fest kennengelernt. Er ist ganz vernarrt in mich, und ich würde mir wünschen, dass ich mich richtig in ihn verlieben könnte, weil er so gut zu mir passt.«

»Hab Geduld, Abi. Du kennst ihn doch erst zwei Wochen.«

»Rosanna, gerade du müsstest wissen, wie das ist mit der Liebe, wenn einem die Intuition sagt, dass es etwas Besonderes ist. Und bei Henry sagt sie das eben leider nicht.«

»Stimmt. Ich habe mich noch nie so mies gefühlt wie in den letzten zwei Wochen. Roberto und ich waren kaum jemals getrennt und nie einen ganzen Monat.«

»Ein Monat Leid ist doch ein geringer Preis für das, was ihr habt. Du bist mit dem Mann verheiratet, den du liebst, trägst sein Kind unter dem Herzen, und dazu hast du Geld und eine steile Karriere. Ich hätte nichts dagegen, in deinen Schuhen zu stecken.« Abi grinste. »Wo bleibt die Suppe?«

Nach dem Essen tranken sie Kaffee.

»Was hast du nächsten Samstagabend vor?«, fragte Abi Rosanna.

»Nichts, absolut nichts.«

»Dann geh doch mit Henry und mir essen. Henry hat einen Freund, der vor Neid erblasst ist, als ich erzählt habe, dass ich dich heute treffe. Stephen ist ein großer Fan von dir und würde sich wahnsinnig freuen, dich kennenzulernen. Komm mit und lass dich eine oder zwei Stunden lang bauchpinseln.«

»Danke fürs Angebot, aber im Moment steht mir der Sinn nicht nach so was.«

»Nun zier dich nicht so. Beweis, dass du dir nicht zu fein bist, mit uns gewöhnlichen Sterblichen essen zu gehen.«

Rosanna wurde rot. »Das hat damit nichts zu tun. Ich habe nur im Moment keine große Lust auf Gesellschaft.«

»Gerade deshalb könnte dir ein Abend außer Haus guttun. Außerdem schuldest du mir noch was, weil du mich allein in Mailand zurückgelassen hast.«

»Na schön«, meinte Rosanna.

»Gut. Dann hole ich dich am Samstagabend so gegen acht ab.« Abi sah auf ihre Uhr und stand auf. »Ich muss jetzt los. Bleib sitzen; ich finde allein hinaus.« Sie küsste Rosanna auf beide Wangen. »Auf Wiedersehen, Schätzchen. Pass auf dich auf. War schön, dich wiederzusehen.«

»Gleichfalls, Abi.«

»Melde dich, wenn du was brauchst«, sagte Abi, als sie zur Tür ging. »Meine Nummer hast du ja.«

Rosanna stellte fest, dass sie ein wenig Angst vor dem Samstagabend hatte, weil sie in den vergangenen Jahren nur mit Roberto unterwegs gewesen war. Sie verbrachte den größten Teil des Nachmittags damit, hektisch die Kleidungsstücke anzuprobieren, die ihr trotz ihres dicken Bauchs noch passten, sich die Haare zu waschen und sich zu schminken. Als Abi klingelte, war sie fertig.

»Sehr hübsch«, lobte Abi sie.

»Danke.«

»Lass uns fahren. In einer Viertelstunde treffen wir uns mit den Jungs.«

»Wir gehen doch wo hin, wo's unauffällig ist, oder? Selbst auf die Gefahr hin, dass ich mich anhöre wie eine Diva: Ich möchte nicht, dass Roberto in der Zeitung ein Foto von mir mit einem anderen Mann sieht«, erklärte Rosanna verlegen.

»Selbstredend. Dir zuliebe besuchen wir ein italienisches Lokal.« Abi öffnete die Tür ihres Renault 5. »Es ist nicht gerade schick, aber die Pasta schmeckt köstlich. Steig ein.«

Abi lenkte den Wagen durch den dichten Verkehr auf der Earl's Court Road und bog links in die Fulham Road ein. »Was für ein Glück«, sagte sie, als sie einen Parkplatz direkt vor dem kleinen Restaurant fand.

Drinnen saßen die Gäste an schlichten Holztischen, aßen Pasta und tranken Wein aus Karaffen.

»Es erinnert mich an das Café von Papà«, bemerkte Rosanna wehmütig, als Abi zwei Männern an einem Tisch in einer Ecke zuwinkte. Einer der beiden war korpulent, hatte schütteres Haar und trug eine Hornbrille. Vermutlich war das ihr Fan Stephen, dachte Rosanna. Der andere sah ziemlich gut aus, hatte dunkle Haare und lebhafte blaue Augen.

»Henry, Schatz.« Abi küsste den Mann mit den schütteren Haaren auf die Wange und wandte sich dann dem anderen zu. »Na, Stephen, hab ich zu viel versprochen?« Sie nickte Rosanna zu. »Er hat nicht geglaubt, dass du tatsächlich mitkommst. Rosanna, darf ich dir deinen größten Fan vorstellen?«

»Stephen Peatôt. Es ist mir eine Ehre, Sie kennenzulernen, Mrs Rossini.« Er lächelte verlegen, als sie einander die Hand gaben.

»Dann macht mal Platz für den Babyelefanten«, sagte Abi und zog den Stuhl neben Stephen ganz heraus.

Errötend zwängte Rosanna sich zwischen Tisch und Stuhl.

Stephen schenkte Abi Rotwein und Rosanna Mineralwasser ein. Sie studierten die Speisekarte und bestellten, dann erzählte Henry, ein Börsenmakler, ihnen von einem großen Deal, den seine Firma tags zuvor abgewickelt hatte.

»Arbeiten Sie auch in der City?«, fragte Rosanna Stephen.

»Nein, ich fürchte, ich habe keinen so interessanten Beruf. Ich bin Kunsthändler, habe in der Renaissance-Abteilung von Sotheby's angefangen und arbeite jetzt in einer Galerie für zeitgenössische Kunst in der Cork Street. Ich versuche, mir so viel Wissen wie möglich anzueignen, um mich selbständig zu machen.«

»Leider verstehe ich überhaupt nichts von Kunst.«

»Wenn ich Sie singen höre, habe ich genau das Gefühl, das sich sonst nur bei einem besonders schönen Gemälde einstellt.

Sie rühren die Menschen. Wie in der Malerei gibt es auch in der Welt der Oper nur wenige Künstler, denen das gelingt.«

Obwohl Rosanna Komplimente gewöhnt war, beeindruckten Stephens Herzlichkeit und Aufrichtigkeit sie. »Verraten Sie mir Ihre Lieblingsoper?«, fragte sie ihn.

»Oje, das ist schwer. Ich bin Puccini-Fan und liebe alle seine Werke. Wenn ich mich entscheiden müsste, würde ich wahrscheinlich *Madama Butterfly* sagen. Als Butterfly habe ich Sie letztes Jahr in New York gesehen. Sie waren wundervoll.«

»Danke. Manche Leute behaupten allerdings, ich sei zu jung für diese Rolle, mir fehle die nötige emotionale Tiefe und stimmliche Reife.«

»Unsinn. Die Butterfly soll vierzehn sein. Regisseure denken einfach nicht ans Publikum«, entgegnete Stephen. »Nehmen Sie es mir bitte nicht übel, wenn das jetzt ein bisschen unhöflich klingt, aber eine Fünfzigjährige mit hundert Kilo Lebendgewicht zum Beispiel ist als schöne schwindsüchtige Violetta in *La Traviata* einfach nicht glaubhaft!«

»Sie meinen, wie ich jetzt?«, fragte Rosanna amüsiert. »Als ich die Mimì in Covent Garden gesungen habe, war ich im sechsten Monat schwanger.«

»Ich habe Sie gesehen und nichts gemerkt«, erklärte Stephen galant.

»Das Kostüm war gut geschnitten«, meinte Rosanna.

Der Kellner servierte die gut gefüllten Teller.

»Wann soll das Kind denn kommen, Rosanna?«, erkundigte sich Henry, als der Kellner sich entfernt hatte.

»In etwa drei Wochen.«

»Bis dahin ist Ihr Mann vermutlich wieder da, oder?«

»Ja. Woher kennen Sie und Stephen sich?«, fragte sie Henry, um das Thema zu wechseln.

»Wir waren im selben Internat. Der clevere Stephen hat ein

Stipendium für Cambridge gekriegt, während ich mich mit einem Jurastudium in Birmingham begnügen musste«, erklärte Henry und prostete Stephen zu.

Allmählich entspannte Rosanna sich ein wenig. Es war schön, in Gesellschaft von Menschen zu sein, die nicht nur über die Oper redeten. Doch beim Espresso begann sie, unruhig auf ihrem Stuhl herumzurutschen. Stephen bemerkte das sofort.

»Alles in Ordnung?«

»Ja, danke. Im Moment fällt es mir nur schwer, lange auf einem Fleck zu sitzen.«

»Das kann ich verstehen. Wollen Sie nach Hause?«

»Ja, ich glaube, das wäre das Beste.«

»Du alter Spielverderber. Ich hatte gehofft, dass wir noch woanders hingehen«, beklagte sich Henry.

»Mach du das doch mit Abi, und ich bringe Rosanna nach Hause«, schlug Stephen vor. »Ich brauche auch meinen Schönheitsschlaf, weil ich morgen nach Paris fliege, um ein Gemälde zu begutachten.«

»Danke, Stephen, aber ich kann ein Taxi nehmen«, entgegnete Rosanna.

»Unsinn. Abi sagt, Sie wohnen in Kensington. Ich auch. Für mich ist das kein Umweg.«

»Na schön. Das ist sehr nett von Ihnen.«

»Keine Ursache.«

Rosanna nahm eine Kreditkarte aus ihrer Handtasche. »Dafür zahle ich die Rechnung.«

»Kommt gar nicht infrage. Das übernehmen Henry und ich«, widersprach Stephen und winkte den Kellner herbei.

Als die Rechnung bezahlt war, stand Rosanna auf und ließ sich von Stephen in den Mantel helfen.

Draußen schloss Abi die Wagentür auf, und Henry setzte

sich auf den Beifahrersitz. »Ciao, Schätzchen. Ich rufe dich morgen an.«

»Ciao, Abi.« Rosanna winkte ihr nach.

»Hier lang. Es ist nicht weit.« Rosanna ging mit Stephen eine Seitenstraße entlang. »Leider dürfte mein Wagen nicht ganz Ihrem gewohnten Standard entsprechen.« Stephen deutete auf einen verrosteten VW-Käfer und öffnete die Tür auf der Beifahrerseite. »Hübsch ist er nicht gerade, aber zuverlässig.«

Nachdem sie eingestiegen waren, ließ Stephen den Motor an. Es erklang eine Arie aus *Madama Butterfly*, gesungen von Rosanna.

»Wie peinlich. Das habe ich auf dem Weg hierher gehört.« Stephen nahm hastig die Kassette heraus.

»Welche Aufnahme der *Butterfly* war das?«, fragte Rosanna.

»Ich glaube, Ihre erste.«

»Das ist nicht die beste. Roberto und ich haben letztes Jahr eine neue gemacht, die ich viel lieber mag.«

»Die besorge ich mir sofort«, versprach er.

»Nein, nein. Ich habe mehrere Exemplare zu Hause. Sie können eine von mir haben.«

»Wirklich? Das ist sehr nett von Ihnen.«

»Keine Ursache. Nehmen Sie sie als Dankeschön für das Abendessen an.« Als sie ihre Straße erreichten, deutete Rosanna auf ihr Haus. »Ich wohne da drüben, auf der linken Seite, bei dem Baum. Wenn ich Abi das nächste Mal sehe, gebe ich ihr die Kassette für Sie.«

»Soll ich Ihnen die Mühe ersparen und einfach mal vorbeischauen, um sie abzuholen? Ich wohne praktisch um die Ecke.«

»Okay«, sagte sie, als Stephen ausstieg und ihr die Beifahrertür aufhielt.

»Danke, Rosanna, für einen sehr, sehr schönen Abend.«

»Mir hat es auch Spaß gemacht.«

»Dann also gute Nacht.«

»Gute Nacht.«

Stephen wartete, bis Rosanna sicher im Haus war. Als er wieder hinter dem Steuer saß, steckte er die Kassette von *Madama Butterfly* zurück in den Rekorder, und beim Anlassen des Motors erklang erneut Rosannas Stimme.

28

Als Roberto aufwachte, tastete er ganz automatisch nach dem weichen, glatten Körper, der sonst immer neben ihm lag, ohne ihn zu spüren. Frustriert boxte er in das Kissen, auf dem eigentlich der Kopf seiner Frau hätte ruhen sollen.

Es war Sonntag, und er hatte eine Einladung zu einem Champagnerbrunch. Schon der Gedanke daran langweilte ihn, aber immerhin war das besser, als den ganzen Tag in der Wohnung von Chris herumzuhängen. Also wälzte er sich aus dem Bett und ging unter die Dusche.

Der Brunch fand in einer feudalen Penthousewohnung mit Blick auf den Central Park statt. John St. Regent und seine Frau Trish, eine füllige Blondine, von Kopf bis Fuß in Gucci gekleidet, empfingen ihn an der Tür.

»Wie schön, dass Sie zu unserer kleinen Feier kommen konnten, Roberto«, säuselte Trish.

»Mich freut es auch, Sie zu sehen«, sagte John St. Regent und begrüßte Roberto mit einem kräftigen Händedruck.

»Wie geht's Ihrer hübschen kleinen Frau?«, erkundigte sich Trish. »Schade, dass sie New York absagen musste. Bestimmt sind Sie ohne sie einsam.«

»Ja, allerdings«, gab Roberto zu.

»Keine Sorge, hier sind genug Leute.« Trish drückte seine Schulter. »Kommen Sie, ich stelle Ihnen ein paar von den anderen Gästen vor.«

Roberto betrat mit ihr den riesigen Wohnbereich, von dessen Panoramafenstern aus sich ein atemberaubender Blick auf den Park und die Stadt bot.

Trish führte Roberto zu einer kleinen Gruppe elegant gekleideter Frauen. »Darf ich euch Roberto Rossini vorstellen? Bitte nehmt ihn unter eure Fittiche, er liegt mir sehr am Herzen«, bat sie, bevor sie sich einem anderen Gast zuwandte.

»Einen Drink, Sir?« Eine Bedienstete bot Roberto ein Glas Champagner an.

»Danke. Guten Tag, die Damen.« Er begrüßte die Gruppe mit einem Lächeln.

»Mr Rossini, wir haben Sie an der Met in *Dante* erlebt und finden Sie einfach wunderbar, nicht wahr, meine Lieben?«, sagte eine der Frauen.

»Danke, Signora …?«

»Mattheson. Rita Mattheson. Und das sind Clara Frobisher, Jill Lipman und Tessa Stewart. Wir sind alle große Fans von Ihnen.«

»Das ehrt mich«, murmelte Roberto und stellte sich innerlich auf eine Viertelstunde Small Talk ein.

Als er an die Grenzen seiner Leidensfähigkeit gelangte, verkündete zum Glück ein Butler, dass das Essen serviert werde, und die Gäste machten sich auf den Weg ins Speisezimmer.

Roberto saß links neben Trish St. Regent am Kopfende des langen, extravagant gedeckten Tischs.

»Wollen Sie gleich wieder nach London zurück, wenn Sie nächste Woche an der Met fertig sind?«, fragte sie.

»Ja, ich …«

Da stieg Roberto plötzlich der vertraute Geruch von Joy-Parfüm in die Nase. Als er sich umdrehte, sah er sie auf einen Stuhl am anderen Ende des Tischs zuschlendern.

»Roberto, mein Lieber, alles in Ordnung?«

»Entschuldigung, Trish, was haben Sie gerade gesagt?«

Roberto fragte sich, was die Frau in New York verloren hatte. Sie ignorierte ihn bewusst und wich seinem Blick aus, sogar als John St. Regent einen Toast auf Roberto aussprach.

Schließlich packte er den Stier bei den Hörnern. »Signora Bianchi … Ist sie ohne ihren Mann hier?«

»Ach, wissen Sie das nicht? Giovanni ist gestorben, ein Herzinfarkt, das ist jetzt sicher ein halbes Jahr her. Sehr tragisch, das alles. John und er waren viele Jahre Geschäftspartner. Er hat uns Tipps gegeben, als wir ein paar Bilder für unsere kleine Wohnung wollten. Donatella war am Boden zerstört und hat beschlossen, hier einen Neuanfang zu wagen. Sie ist vor drei Monaten hergezogen. Ich versuche, ihr über ihren traurigen Verlust hinwegzuhelfen«, antwortete Trish.

Roberto war erleichtert, dass Donatellas Anwesenheit nichts mit ihm zu tun hatte, und empfand nicht das geringste Bedauern über Giovannis Tod. Ganz im Gegenteil: Er freute ihn, weil er nun wieder nach Italien fahren konnte.

Als die Gäste nach dem Essen in den Wohnbereich zurückkehrten, spürte Roberto, wie ihm jemand auf die Schulter tippte.

»Wie geht's dir, Roberto?« Ihre tiefe, rauchige Stimme hatte sich genauso wenig verändert wie sie selbst.

»Ich …« Da war es wieder, dieses Knistern, das Roberto seinerzeit nach der Vorstellung in der Scala bei ihrer ersten Begegnung gespürt hatte. »Gut, danke, sogar sehr gut«, murmelte er.

»Das Leben nimmt schon merkwürdige Wendungen, findest du nicht? Vermutlich bist du überrascht, mich hier zu sehen.«

»Allerdings. Trish sagt, du lebst jetzt in New York.«

»Ja. Wie geht es deiner Frau? Ich hab gehört, sie ist schwanger.«

»Gut, danke«, antwortete er argwöhnisch.

»Kein Grund zur Verlegenheit. Natürlich war ich sehr wütend, als klar wurde, dass du mich sitzen gelassen hast, um Rosanna zu heiraten, aber dann habe ich erfahren, was mein Mann dir und uns angetan hatte. Er hat es mir auf dem Sterbebett gestanden, der alte Narr.« Sie zuckte anmutig mit den Achseln. »Vielleicht war es das Beste so. Ich bin glücklich hier in New York, und du hast deine Rosanna.«

»Dann weißt du also, warum ich Italien verlassen musste. Es war nicht leicht, und ich habe einen hohen Preis gezahlt. Ich musste alle meine Engagements in Italien absagen und konnte nicht einmal zur Beisetzung meiner Mutter. Das hat mich sehr mitgenommen.«

»Ich muss mich für Givoanni entschuldigen, Roberto. Du kennst ja die italienischen Männer. Wenn's um ihre Frauen geht, sind sie schrecklich stolz.« Donatella schenkte ihm ein hinreißendes Lächeln.

»Hätte er seine Drohung wahr gemacht? Das habe ich mich oft gefragt.«

»Das hätte nur Giovanni selbst dir beantworten können. Er war ein einflussreicher Mann und kannte jede Menge Leute für solche Aufträge. Du hast gut daran getan wegzubleiben.«

»Ich freue mich, dass wir uns hier begegnet sind, weil es bedeutet, dass Rosanna und ich nun endlich unsere Familien in Neapel besuchen können.«

Donatella ließ sich nicht provozieren. »Ich hoffe«, sagte sie sanft, »dass du dich nicht nur deswegen freust, mich wiederzusehen.« Sie berührte kurz seine Hand.

Da war sie wieder, diese gefährliche Anziehung. Er musste weg von ihr. Sofort.

»Wie lange bist du noch in der Stadt?«, erkundigte sie sich.

»Ich fliege nächsten Sonntag zurück nach London.«

»Gehen wir zuvor zusammen essen? Um der alten Zeiten willen?« Donatella nahm eine Visitenkarte aus ihrer eleganten Clutch.

»Nein … Leider habe ich keine Zeit.«

»Für den Fall, dass du es dir doch noch anders überlegst: Meine Telefonnummer steht auf der Karte.«

»Ich muss jetzt gehen, ich bin verabredet.«

»Natürlich. *Ciao, caro*, ruf mich an, wenn du dich einsam fühlen solltest.« Sie entfernte sich.

Roberto schaute ihr nach. Sie sah fantastisch aus, noch besser, als er sie in Erinnerung hatte, doch er weigerte sich, seiner Erregung nachzugeben. Die Frau brachte nur Probleme. Er entschuldigte sich, verabschiedete sich von den St. Regents und ging.

Am Abend saß Roberto allein in der Wohnung, betrachtete die leere Weinflasche und überlegte, ob er eine weitere öffnen sollte. Schließlich griff er zum Telefonhörer und rief Rosanna an.

»Ich bin's. Hab ich dich geweckt, Schatz?«

»Nein, ich liege im Bett und lese. Wie läuft's?«

»Ich bin einsam. Chris ist in Europa, und die Stille macht mich noch wahnsinnig.«

»Das tut mir leid, Schatz. Zum Glück ist es nicht mehr lange.«

»Wie geht es dir? Du klingst fröhlich. Warum?«, fragte Roberto.

»Ach, nur so. Ich bin gestern Abend mit Abi und zwei Leuten, die sie kennt, beim Essen gewesen. Vielleicht hat es mir gutgetan rauszukommen«, antwortete Rosanna.

»Freundinnen, hoffe ich?«

»Nein, Männer. Wir hatten Spaß miteinander.«

»Verstehe. Du treibst dich also mit fremden Männern rum, während ich allein in dieser schrecklichen Wohnung sitze?«

»Roberto, die Wohnung von Chris ist nicht schrecklich!«

»Ich ertrage den Gedanken nicht, dass du mit anderen Männern essen gehst.«

»Roberto, sei nicht albern.«

»Ich verbiete dir, noch mal auszugehen«, knurrte er.

»Wie bitte? Mach dich nicht lächerlich. Es war einfach nur schön, ein bisschen Abwechslung zu haben.«

»Und wie waren diese Männer?«

»Beide sehr charmant, wenn du es genau wissen willst.«

»Und attraktiv, nehme ich an?«

»Roberto, bitte hör auf damit. Du brauchst dir wirklich keine Sorgen zu machen.«

»Wie soll ich mir da sicher sein? Einer von ihnen könnte gut und gern gerade in meinem Bett liegen, ein Junghengst, der nur darauf wartet, die berühmte Opernsängerin zu bumsen.« Der Wein und die Einsamkeit machten ihn aggressiv.

»Roberto! Wie sprichst du mit mir? Entschuldige dich auf der Stelle.«

Langes Schweigen, während Roberto gegen seine Eifersucht ankämpfte und verlor. »Nein, ich entschuldige mich nicht«, erwiderte er trotzig. »Das hast du dir selber zuzuschreiben. Ciao.«

Er knallte den Hörer auf die Gabel, obwohl er wusste, dass er sich aufführte wie ein kleines Kind. Minuten später klingelte das Telefon, doch Roberto ging nicht ran. Stattdessen holte er eine weitere Flasche Wein aus der Küche, öffnete sie, kippte ein Glas und ging unter die Dusche. Als er aus dem Bad kam, sah er auf die Uhr. Es war erst acht. Er füllte sein Glas neu und lief in der Wohnung auf und ab wie ein Tiger im Käfig.

Er liebte Rosanna, liebte sie von ganzem Herzen.

Und Donatella liebte er nicht.

Aber Rosanna war Tausende von Kilometern weg und fand offenbar nichts dabei, den Abend mit »charmanten« Männern zu verbringen. Und schlimmer noch: Sie schien nicht zu merken, wie sehr ihn das verletzte.

Donatella hingegen war nur fünf Häuserblocks entfernt und wartete vermutlich auf seinen Anruf.

Er brauchte Gesellschaft, das war alles, redete er sich ein. Die Gesellschaft einer alten Freundin, die ihn verstand. Roberto kämpfte gegen die Verlockung an.

Eine Stunde und eine Flasche Wein später griff er nach dem Telefonhörer und wählte die Nummer auf ihrer Visitenkarte.

29

Rosanna befand sich in einem Zustand höchster Anspannung und Erschöpfung, weil sie in der vergangenen Woche kaum geschlafen hatte.

In vierundzwanzig Stunden würde Roberto nach Hause kommen. Seit ihrer Auseinandersetzung hatte er sie zweimal angerufen, aber distanziert geklungen, und die Gespräche waren kurz gewesen.

Sie hatte sich so gut wie möglich beschäftigt und davon zu überzeugen versucht, dass sie überreagierte. Roberto war müde und hatte Sehnsucht nach ihr, das war alles. Morgen kam er heim, und die Welt wäre wieder in Ordnung.

Rosanna schleppte sich mit mehreren Einkaufstüten von der Kensington High Street nach Hause. Sie hatte mit dem Gedanken gespielt, sich anlässlich seiner Heimkehr ein neues Kleid zu kaufen, sich aber so dick und unansehnlich gefühlt, dass sie stattdessen lieber einen Teddybären für das Baby erwarb.

Während sie eine Vase mit frischen Blumen füllte und im Haus alles für seine Rückkehr vorbereitete, summte sie zu einer Aufnahme von *La Traviata* vor sich hin.

Am Nachmittag ruhte sie sich, erschöpft von ihrer hektischen Aktivität, aus. Ihr tat alles weh, und sie fühlte sich unwohl. Nachdem sie ein paar Stunden geschlafen hatte, ging sie in die Küche hinunter, um sich etwas zu kochen. Um zehn sah sie auf die Uhr. Bald würde Roberto sich auf seinen letzten Auftritt in der Met vorbereiten. Er hatte versprochen, sie zuvor anzurufen, doch das Telefon blieb stumm. Um halb elf wählte sie frustriert die Nummer von Chris' Wohnung.

»Hallo.«

»Hallo, Chris. Ist Roberto da?«

»Nein, Schätzchen.«

»Wo steckt er?«

»Er ist heute schon früher in die Oper gegangen.«

»Könntest du ihm bitte sagen, er möchte mich anrufen, wenn er nach der Vorstellung wieder da ist? Egal, wie spät es wird.«

»Ja, wenn er kommt.«

»Ihr seht euch doch nachher, oder?«

»Natürlich. Alles in Ordnung, Rosanna?«

»Ja, aber noch viel besser wird's mir gehen, wenn Roberto wieder zu Hause ist. Will er nach wie vor den ersten Flug von JFK nehmen?«

»Ich glaube schon.« Chris klang vage.

»Bitte sag ihm, dass ich ihn in Heathrow abhole.«

»Wird gemacht. Ciao, Rosanna, pass auf dich auf.«

»Ciao.«

Rosanna legte mit einem unguten Gefühl auf. Je eher er heimkam, desto eher würden die Dämonen verschwinden, die sie quälten. Eine Stunde später legte sie sich ins Bett und fiel in unruhigen Schlaf.

Am folgenden Morgen wachte Rosanna um acht Uhr auf. Als sie aufstand, spürte sie einen stechenden Schmerz im Unterleib. Sie wartete, bis er nachließ, bevor sie wie auf Eiern in die Dusche ging. Beim Abtrocknen rollte die nächste Schmerzwelle heran.

Das konnte doch nicht … Nein. Bis zum Geburtstermin waren es noch zwei Wochen, bestimmt handelte es sich um Phantomwehen. Ihr Körper übte, das war alles.

Zwei Stunden später wurde Rosanna klar, dass das die richtigen Wehen waren. Sie fing an, die Zeitabstände dazwischen zu messen; sie kamen alle acht bis neun Minuten. Dr. Hardy hatte ihr geraten, erst ins Krankenhaus zu fahren, wenn es fünf bis sechs Minuten wären. Doch sie wollte bereit sein.

Rosanna quälte sich die Stufen zum Schlafzimmer hinauf, um den kleinen Koffer, den sie schon für die Klinik gepackt hatte, zu holen und nach unten zu bringen. Auf halber Höhe der Treppe musste sie innehalten, weil eine weitere Wehe nahte. Sie sah auf ihre Uhr. Jetzt waren es sieben Minuten, und der Schmerz wurde deutlich stärker. Sie schaffte es bis zum Eingangsbereich, wo sie den Koffer neben der Haustür abstellte und Luft schöpfte, bevor sie im Wohnzimmer ihr Adressbuch heraussuchte.

Sie wollte Dr. Hardys Nummer wählen, als es an der Tür klingelte.

Rosanna kehrte schwer atmend in den Eingangsbereich zurück.

»Wer da?«

»Stephen, Stephen Peatôt.«

Eigentlich war Rosanna im Moment nicht nach Besuchern, aber sie konnte ihn schlecht vor der Tür stehen lassen.

»Hallo«, begrüßte er sie, als sie aufmachte. »Hoffentlich komme ich nicht ungelegen. Ich war gerade in Ihrer Straße und wollte fragen, ob Sie inzwischen die Aufnahme von *Madama Butterfly* für mich herausgesucht haben.«

»Ja, ich …« Rosanna krümmte sich vor Schmerz.

»Alles in Ordnung? Was ist denn?« Stephen legte den Arm um sie und schloss die Tür hinter ihnen.

»Die Wehen … Gleich lässt der Schmerz wieder nach«, keuchte sie. Als die Wehe vorbei war, richtete sie sich matt lächelnd auf. »Entschuldigung, Stephen.«

»Nun seien Sie nicht albern. Sind Sie allein?«

Sie nickte.

»Kann ich irgendwie helfen?« Er folgte ihr ins Wohnzimmer, wo sie aufs Sofa sank.

»Wenn es Ihnen nichts ausmacht. Würden Sie mir mein Adressbuch geben, damit ich den Arzt anrufen kann? Ich glaube, ich muss bald ins Krankenhaus. Die Wehen kommen immer schneller.«

Stephen brachte ihr das Adressbuch. Rosanna wählte die Nummer von Dr. Hardy.

»Ja, hallo, Dr. Hardy? Ich bin's, Rosanna Rossini. Die Wehen haben eingesetzt, und … nein, die Fruchtblase ist noch nicht geplatzt. Wie oft? Ungefähr alle sieben Minuten, die Abstände werden kürzer.« Rosanna lauschte. »Gut. Danke, Dr. Hardy, auf Wiedersehen.« Sie legte auf.

»Was hat er gesagt?«, erkundigte sich Stephen.

»Dass es wahrscheinlich noch dauert und kein Grund zur Panik ist. Trotzdem soll ich vorsichtshalber ins Chelsea and Westminster Hospital fahren, wo er mich erwartet. Ich rufe ein Taxi.«

»Nicht nötig, ich bringe Sie hin. Am Sonntag sind das nur zehn Minuten.«

»Sicher? Vermutlich ist das nicht der Sonntagsausflug, den Sie sich vorgestellt haben.« Sie lächelte gequält.

»Solange Sie mir versprechen, das Kind nicht in meinem Käfer zur Welt zu bringen«, scherzte er. »Wo ist Ihre Jacke?«

»An der Tür … Ich muss Roberto anrufen und ihm sagen, was los ist. Er kommt heute aus New York zurück und denkt, dass ich ihn in Heathrow abhole«, erklärte sie.

»Soll nicht lieber ich anrufen?«, fragte Stephen besorgt.

»Nein, ich muss selber mit ihm sprechen«, keuchte sie.

»Gut. Dann bringe ich in der Zwischenzeit Ihren Koffer zum Wagen.«

»Danke.« Mit zusammengebissenen Zähnen wählte Rosanna die Nummer von Chris' Wohnung. Das Telefon klingelte und klingelte.

»Wach auf, wach auf«, stöhnte sie.

Stephen kam zurück. »Und?«

»Nichts. Wahrscheinlich schläft er und hört das Telefon nicht. In New York ist es fünf Uhr morgens.«

»Wir sollten fahren. Sie können es noch mal vom Krankenhaus aus probieren.«

Rosanna legte widerstrebend auf. »Ich lasse Roberto einen Zettel da, damit er weiß, was los ist, für den Fall, dass ich ihn nicht erwische, bevor er an Bord des Flugzeugs geht.«

Sie schrieb etwas auf ein Blatt Papier, das sie auf das Tischchen im Flur legte, bevor sie Stephen zum Wagen folgte.

Dr. Hardy, der Rosanna bereits in der Klinik erwartete, half ihr in einen Rollstuhl.

»Haben Sie Ihren Mann informiert?«, fragte er.

»Ich habe es versucht, leider ohne Erfolg. Er fliegt heute nach England zurück, kommt aber erst am Abend in Heathrow an. Ich wollte ihn abholen.«

»Verstehe. Gut möglich, dass sein Sohn oder Töchterchen bei seiner Ankunft bereits da ist.«

Rosanna verzog das Gesicht vor Schmerz.

»Ich bringe Sie nach oben in die Entbindungsstation. Die Wehen kommen schon ziemlich schnell. Warten Sie hier. Ich hole eine Schwester. Bleiben Sie bei ihr«, wies er Stephen an.

»Geben Sie mir Robertos Nummer«, bat Stephen Rosanna. »Ich versuche noch einmal, ihn zu erreichen.«

Rosanna nickte matt und nahm das Adressbuch aus ihrer Handtasche. »Die Nummer ist hier drin, unter ›Chris Hughes‹.« Sie reichte ihm das Büchlein.

»Keine Sorge, irgendwie erreiche ich ihn schon.«

Dann brachten Dr. Hardy und eine Krankenschwester Rosanna zum Aufzug.

»Fahren Sie mit dem Lift in den vierten Stock, und warten Sie dort auf uns«, instruierte der Arzt Stephen.

»Aber… Ich kenne Mrs Rossini doch kaum. Es ist reiner Zufall, dass ich gerade bei ihr war.«

Dr. Hardy runzelte die Stirn. »Verstehe. Gibt es jemand anders, der herkommen und ihr beistehen könnte? Einen Verwandten oder Freund vielleicht? Sie wäre sicher froh, eine Person, die sie kennt, bei sich zu haben.«

Stephen dachte sofort an Abi. »Ja, da wäre jemand.«

»Gut. Sie können das Telefon am Empfang benutzen. Wenn Sie mich jetzt entschuldigen würden.« Dr. Hardy betrat den Aufzug, kurz bevor die Türen sich schlossen.

Am Empfang wählte Stephen die New Yorker Nummer. Es klingelte und klingelte.

»Nun mach schon«, murmelte er. Endlich ging jemand ran.

»Ja?« Die Stimme klang verschlafen und verärgert.

»Hallo, spreche ich mit Mr Rossini?«

»Nein, mit Chris Hughes, seinem Agenten. Waren Sie das vor einer halben Stunde? Ich wollte grade abheben, als es zu klingeln aufgehört hat!«

»Nein, das war Mrs Rossini. Tut mir leid, dass ich Sie aus dem Schlaf gerissen habe. Ist Mr Rossini da?«

»Nein. Wer sind Sie?«

»Stephen Peatôt, ein Freund von Mrs Rossini. Ich rufe vom Chelsea and Westminster Hospital in London aus an. Die Wehen haben eingesetzt, und Mrs Rossini hat mich gebeten, ihren Mann zu informieren.«

»Oje! Ich dachte, der Geburtstermin ist erst in zwei Wochen?«

»Offenbar hat das Baby beschlossen, schon ein wenig früher

auf die Welt zu kommen. Könnten Sie ihm Bescheid geben? Mr Rossini möchte bestimmt gleich ins Krankenhaus, wenn er in London ist.«

»Ja, natürlich.«

»Wunderbar, danke.«

»Sagen Sie Rosanna schöne Grüße von mir und dass Roberto bald kommt.«

»Mache ich.« Stephen legte auf und suchte Abis Nummer aus Rosannas Adressbuch. Es meldete sich Abis Mutter, die ihm erklärte, dass Abi und Henry ein langes Wochenende in Schottland verbrachten und sie keine Ahnung habe, wo sie sich aufhielten. Stephen bedankte sich und bat sie, ihrer Tochter Bescheid zu sagen, sobald sie wieder zu Hause sei.

Nun war Stephen klar, dass es an ihm hängen bleiben würde.

Fünf Minuten später wurde er von Dr. Hardy in Rosannas Zimmer gerufen. Sie saß aufrecht im Bett.

»Haben Sie Roberto erreicht?«

»Ja. Er kommt auf direktem Weg hierher.«

»Gott sei Dank.« Rosanna sank in die Kissen zurück.

»Wie geht es Ihnen?«, Stephen trat ans Bett.

»Zwischen den Wehen ganz gut. Dr. Hardy meint, es wird noch ein bisschen dauern. Mit dem Baby ist alles in Ordnung.«

»Gut. Ich habe versucht, Abi zu erreichen, aber ihre Mutter sagt, sie und Henry sind übers Wochenende weggefahren.«

»Kein Problem. Danke für Ihre Hilfe. Sie können jetzt gehen. Ich komme schon zurecht.«

»Sicher?«

»Ja. Ich habe eine sehr nette Hebamme, die ...« Rosanna verzog das Gesicht.

Stephen ergriff instinktiv ihre Hand.

Rosanna drückte sie und schnappte nach Luft. »Autsch«, hauchte sie mit einem verlegenen Lächeln.

»Vielleicht sollte ich doch lieber bleiben«, meinte Stephen.

»Danke.«

Die Hebamme betrat das Zimmer.

»Alles okay, Mrs Rossini?«

»Ich glaube schon.«

»Soll ich gehen?«, fragte Stephen.

»Nicht nötig, es sei denn, Sie wollen«, antwortete die Hebamme und bereitete alles für die Ultraschalluntersuchung vor. »Es hilft Mrs Rossini, wenn jemand da ist. Bis zur eigentlichen Geburt kann es sich hinziehen, besonders beim ersten Kind. Möglicherweise dauert es noch Stunden.« Auf dem Monitor war deutlich der Herzschlag des Kindes zu erkennen.

»Sieht gut aus. Die grüne Linie zeigt Ihre Wehen, Mrs Rossini. Gleich kommt wieder eine. Und, äh ...?«

»Stephen«, antwortete er.

»Stephen, bitte drücken Sie Mrs Rossinis Hand wie zuvor, damit sie sich darauf konzentrieren kann.«

Stephen nahm wieder Rosannas Hand. Er hatte das Gefühl, dass es ein langer Tag werden würde.

Roberto wurde vom Klingeln des Telefons geweckt, das nicht aufhörte. Schließlich streckte die Frau neben ihm fluchend die Hand nach dem Lichtschalter aus und hob ab.

»Ja?«

Sie wandte sich Roberto zu. »Für dich.«

Robertos Herz setzte einen Schlag aus.

»Mit wem spreche ich?«

»Mit Chris Hughes.«

»Wieso ruft er um halb sechs morgens hier an?« Roberto entwand ihr den Hörer. »Was ist los?«

Sie sah, wie er blass wurde.

»*Was? Mamma mia!* Wann?« Roberto warf einen Blick auf

die Uhr neben dem Bett. »Ich mach mich sofort auf den Weg. Würdest du für mich rauskriegen, ob in der Zehn-Uhr-Maschine nach London noch ein Platz frei ist, und ein Taxi für mich bestellen? Ich hole meinen Koffer bei dir. *Ciao.*«

Roberto reichte Donatella den Hörer und sprang aus dem Bett.

»Wo willst du hin? Was ist passiert?«, fragte sie, während Roberto sich hastig anzog.

»Rosanna. Die Wehen haben eingesetzt. Sie bringt unser Kind zur Welt, während ich …«

»Verstehe.« Sie beobachtete schweigend, wie er in die letzten Kleidungsstücke schlüpfte und zur Tür hastete.

»Bekomme ich nicht mal einen Abschiedskuss?«

Er schüttelte den Kopf.

»Tut mir leid. Ich dürfte gar nicht hier sein … Ich …« Er zuckte mit den Schultern. »Auf Wiedersehen.«

Die Tür schlug hinter ihm zu.

Donatella sank in die Kissen zurück und brach in Tränen aus.

In der Wohnung von Chris packte Roberto hektisch seine Sachen in eine Tasche und verabschiedete sich von seinem Agenten. »Wir sehen uns in London. Ich muss dir vermutlich nicht sagen, dass ich, falls jemals publik werden sollte, wo ich heute Morgen war, weiß, von wem die Information stammt, und du dir einen neuen Job suchen kannst.«

Chris nickte. Wer zahlt, schafft an, dachte er. »Ja, Roberto. Fahr jetzt lieber los und kümmere dich um deine Frau und dein Kind.«

Während des Flugs starrte Roberto vor sich hin und trank zahllose Tassen Kaffee. Seine Tränen der Reue verbarg er hinter einer Sonnenbrille.

Wieder und wieder stellte er sich vor, wie Rosanna sich allein abquälte. Seine Frau hätte ihn gebraucht, und er hatte auf der anderen Seite des Atlantiks mit Donatella geschlafen. Wie hatte er ihr das nur antun können?

In der winzigen Bordtoilette nahm Roberto die Sonnenbrille ab und trocknete seine Tränen. Wenn Rosanna jemals die Wahrheit erführe, würde sie ihn verlassen. Er war dumm und egoistisch gewesen und obendrein noch unglaublich unvorsichtig. Roberto wusste, dass es an der Met Leute gab, die ahnten, was er während seiner letzten Tage in New York getrieben hatte. Im Four Seasons war er sogar mit Donatella seiner Partnerin Francesca Romanos über den Weg gelaufen.

»Ich bin ein Schwein, ein elender Schürzenjäger …« Roberto stützte den Kopf in die Hände.

Wenige Minuten später kehrte er an seinen Platz zurück. Je weiter er sich von New York entfernte, desto deutlicher erkannte Roberto, was er aufs Spiel gesetzt hatte.

Aber bestimmt war noch nicht alles verloren. Wenn er Donatella nicht mehr wiedersah, musste Rosanna nichts von der Affäre erfahren. Und er würde seinen Fehler so gut er konnte wiedergutmachen. Er würde ihr nie mehr von der Seite weichen. Sie würden zusammen sein, zu dritt. Er würde ihr das Haus auf dem Land kaufen, von dem sie gesprochen hatte, seine Engagements für das nächste halbe Jahr absagen und Rosanna mit dem Baby helfen. Ja, genau.

Roberto beruhigte sich ein wenig. Er würde die Bürde der Schuld allein tragen und dafür sorgen müssen, dass Rosanna niemals mit seinem schmutzigen Geheimnis konfrontiert wurde.

»Noch ein paarmal pressen, Rosanna, dann ist das Kleine da«, ermutigte Dr. Hardy sie. »Der Kopf ist schon zu sehen.«

Rosanna blickte Stephen an und stöhnte. »Ich kann nicht mehr.«

»Doch«, entgegnete Stephen, der wie sie allmählich an seine Grenzen kam. »Noch einmal.«

Stephen hielt die Hand von Rosanna, die beim Pressen vor Schmerz aufstöhnte.

»Noch zweimal, dann liegt das Baby in Ihren Armen«, spornte Dr. Hardy sie an.

Stephen zuckte zusammen, als sich Rosannas Nägel in seine Hand bohrten. »Gut so, Rosanna«, lobte er sie.

»Weiter so, Rosanna, das Baby kommt. Pressen«, sagte Dr. Hardy. Sie stöhnte ein letztes Mal auf, und kurz darauf hob er einen kleinen roten Körper mit dichtem schwarzem Haarschopf hoch. Das kleine Wesen stieß einen spitzen Schrei aus.

Rosanna stützte sich erschöpft, aber euphorisch auf den Ellbogen ab, um einen ersten Blick auf das Neugeborene zu werfen.

»Es ist ein Junge. Gratuliere«, erklärte Dr. Hardy lächelnd, durchtrennte die Nabelschnur und wickelte das Kind in ein weißes Tuch, bevor er es seiner Mutter reichte.

»Er ist so schön«, flüsterte sie, schob ihren Finger in die winzige Hand und spürte, wie ihr kleiner Sohn zudrückte. »Er sieht ganz wie sein Vater aus, nicht?«

Stephen betrachtete das kleine faltige Gesicht. »Ich denke schon.«

»Rosanna, wir müssen jetzt noch ein bisschen sauber machen«, sagte Dr. Hardy und wandte sich Stephen zu. »Holen Sie sich doch währenddessen einen Kaffee. Im Wartebereich, wo Sie sich ein wenig erholen können, steht ein Automat.«

»Gibt es in dem auch Zigarren?«, fragte Stephen grinsend. »Ich komme später wieder«, fügte er an Rosanna gewandt hinzu, als er das Zimmer verließ.

Eine halbe Stunde später fand Stephen Rosanna aufrecht im Bett sitzend vor, mit gebürsteten Haaren, in einem frischen Nachthemd, und das Baby schlief an ihrer Brust. Rosannas Augen leuchteten vor Glück. Stephen, der das Gefühl hatte, noch nie eine schönere Frau gesehen zu haben, setzte sich neben ihr Bett.

»Wie geht's?«

»Bestens«, antwortete sie lächelnd. »Stephen, ich glaube, es ist Zeit, du zu sagen. Wie soll ich dir nur danken?«

»Keine Ursache. Das hätte jeder getan.«

»Ich weiß nicht, wie ich das jemals gutmachen soll. Möchtest du ihn mal halten?«

»Wenn ich darf.«

»Aber sicher. Du gehörst zu den ersten Menschen, die er gesehen hat. Möglicherweise hält er dich für seinen Vater.« Sie reichte ihm ihren Sohn vorsichtig.

Stephen nahm ihn auf den Arm. Als er ihn betrachtete, öffnete der Kleine die Augen und richtete sie unsicher auf ihn.

»Er wirkt sehr wach.«

»Ja.« Sie streichelte die Wange ihres Sohnes und legte dann ihre Hand auf die von Stephen. »Das war wirklich sehr nett von dir.«

Sie hoben erschrocken den Blick, als die Tür aufgerissen wurde und Roberto ins Zimmer stürmte.

»Roberto! Endlich bist du da. Wir haben einen Jungen, einen wunderschönen Jungen!« Rosanna streckte vor Freude weinend die Arme aus.

»Schatz.« Er lief zum Bett und drückte sie an sich. »Ich bin ja so stolz auf dich. Ich werde es mir nie verzeihen, dass ich nicht bei dir war.«

»Ist nicht so schlimm. Stephen war einfach wunderbar. Du musst dich bei ihm bedanken.«

Erst jetzt bemerkte Roberto den unbekannten Mann, der sein Kind hielt. »Natürlich, aber darf ich vielleicht zuerst meinen Sohn auf den Arm nehmen?«, fragte er unwirsch.

»Aber ja«, antwortete Stephen und reichte ihm den Kleinen verlegen.

Roberto drehte sich von Stephen weg.

»Er ist wunderschön«, murmelte er, »wie seine Mamma.« Roberto gab ihn ihr vorsichtig zurück und umarmte sie dann beide zärtlich. »*Amore mio*, ich bin so stolz auf dich. Ich liebe dich.«

»Und ich dich.«

Stephen, dem klar wurde, dass man ihn nicht länger brauchte, entfernte sich zur Tür. »Ich geh mal lieber …« Als er sah, dass sie ihn nicht mehr wahrnahmen, verließ er leise das Zimmer.

MET

NEW YORK

So also bist Du, Nico, auf die Welt gekommen. Manche denken, von da an sei es für mich und Roberto bergab gegangen; schließlich war ein anderer Mann bei Deiner Geburt dabei. Dein Vater verpasste sie aus Gründen, die ich erst später erfuhr. Vielleicht war es ein Omen.

Doch damals war ich die glücklichste Frau der Welt, weil ich mein wunderschönes Baby und meinen geliebten Mann bei mir hatte.

Kurz nach unserer Heimkehr brachte Dein Vater uns in das pittoreske Lower Slaughter in den Cotswolds. Vor dem Dorf bog er von der Straße in einen von hohen Limonenbäumen gesäumten Kiesweg ab. Hinter einer Kurve tauchte eines der schönsten Häuser auf, die ich je gesehen hatte. Roberto erklärte mir, dass es The Manor House heiße und im siebzehnten Jahrhundert erbaut worden sei. Sogar an jenem verregneten Novembernachmittag wirkte das Gebäude mit seiner honigfarbenen Steinfassade und den unterteilten Fenstern einladend. Auch die Zimmer mit den Sichtbalken, den nackten Steinwänden und den offenen Kaminen, die nach Holzkohle rochen, waren gemütlich. Als Roberto mich fragte, ob mir das Haus gefalle, antwortete ich, sogar sehr. Er sagte, das freue ihn, weil er es als Geschenk für mich gekauft habe. Er wolle unser Domizil in London behalten, Manor House jedoch solle unser neues Zuhause sein. Er wolle so schnell wie möglich einziehen.

Ich werde nie vergessen, wie Roberto mich im Eingangsbereich in die Arme nahm, mich küsste und mir versprach, sämtliche Engagements für die folgenden sechs Monate abzusagen, damit wir drei zusammen sein könnten. Nur seine Frau und sein Kind seien nun wichtig. Er könne ohne das Singen, jedoch nicht ohne uns leben.

Einen Monat später zogen wir ein. Nico, Du hättest Deinen Vater damals sehen sollen. Wie er Dich liebte! In vielen Nächten, in denen Du weinend aufwachtest, sang Roberto Dich wieder in den Schlaf. Er war der perfekte Papà, badete Dich, fütterte Dich, las Dir Geschichten vor und wechselte sogar manchmal Deine Windeln! Es war so schön, Dich schlafend auf seinem Arm zu sehen. Ich habe ihn nie wieder so glücklich erlebt.

Es war eine wunderbare Zeit; nur wir drei in unserem gemütlichen Haus. Niemand störte unser einfaches Leben. Für andere wäre es möglicherweise langweilig gewesen, ich hingegen fand es himmlisch. Nicht einmal das Singen fehlte mir. Ich leistete Roberto beim vormittäglichen Üben nur selten Gesellschaft.

Aber natürlich konnte es nicht so bleiben …

30

Gloucestershire, April 1981

Roberto legte den Hörer auf die Gabel und blickte durch das offene Fenster des Arbeitszimmers hinaus. Es war ein warmer Tag, draußen schien die Sonne. Rosanna spielte mit Nico zwischen den Gänseblümchen auf dem Rasen, und der Kleine lachte, als sie ihn hoch in die Luft hob und wieder auf ihren Schoß setzte. Schließlich bemerkte sie Roberto und winkte ihm. Er warf ihr lächelnd eine Kusshand zu.

Roberto rieb sich die Stirn. Er hatte gerade mit Chris Hughes telefoniert, der ihm seinen Terminplan für die folgenden beiden Monate präsentierte. In zwei Wochen würde Roberto wieder auftreten. Für den Anfang handelte es sich lediglich um ein Konzert in der Royal Albert Hall und ein vierwöchiges Engagement in Covent Garden. Danach steckte er wieder im Hamsterrad von Konzerten, Plattenaufnahmen und Bühnenauftritten rund um den Globus.

Bis sechs Monate zuvor hatte Roberto nicht gedacht, dass er auch an einer anderen Art des Lebens Gefallen finden könnte. Die Zeit seit Nicos Geburt in der Ruhe von The Manor House war eine Offenbarung für ihn gewesen. Früher hatte er die Männer bemitleidet, die ihr Leben an Frau und Kind ausrichteten und nur arbeiteten, damit ihre Familie ein Dach über dem Kopf und etwas zu essen hatte. Doch im Augenblick beneidete er sie fast um die Gleichförmigkeit ihrer Jobs. Bei ihm schienen die künftigen Jahre mit Stress und Trennungen von Frau und Sohn gefüllt zu sein.

Durch das Engagement in Covent Garden war er immerhin in der Lage, Beruf und Privates zu verbinden. Er würde pendeln und nur in dem Haus in Kensington wohnen, wenn es gar nicht anders ging. Außerdem konnten Rosanna und Nico dort jederzeit bei ihm sein.

Und danach … Roberto fuhr sich mit der Hand durchs Haar. Er würde Rosanna fragen müssen, was sie dachte. Eins stand für Roberto fest: Alleinsein war gefährlich für ihn. Er würde seiner Schwäche für Frauen keine Chance mehr geben.

Später am Abend, als Nico in seinem Bettchen lag, setzten Roberto und Rosanna sich zum Essen in die große, gemütliche Küche.

»Ich glaube, heute hat Nico ›Papà‹ gesagt«, berichtete Rosanna stolz.

»Tatsächlich? Aber er ist doch kaum sechs Monate alt!«

»Es hat so geklungen. Erinnere mich morgen dran, dass ich noch ein paar Hemdchen für ihn kaufen muss. Aus den alten wächst er allmählich raus.« Sie schob einen Bissen zartes Lammfleisch in den Mund.

»Rosanna.« Roberto holte tief Luft. »Heute hat Chris angerufen.«

Sie runzelte die Stirn. »Ach. Was wollte er denn?«

»Meinen Auftrittsplan fürs nächste Jahr besprechen.«

»Oh.«

»Ich weiß, dass du darüber nicht nachdenken magst. Ich auch nicht, aber wir müssen über die Zukunft reden.«

»Roberto, könnten wir nicht einfach so weitermachen wie bisher? Wir sind so glücklich. Das Geld reicht doch, oder?«

»Nicht, wenn wir die nächsten zwanzig oder dreißig Jahre

auf diesem Niveau leben wollen. Denk an Nico. Er soll doch all das bekommen, was wir in unserer Kindheit nicht hatten, gute Schulen, die Möglichkeit zu reisen. Irgendwann muss ich wieder zu arbeiten anfangen.«

»Wahrscheinlich hast du recht.«

Roberto beobachtete, wie seine Frau ziemlich lange an dem Bissen Lamm kaute. »Und was ist mit dir?«, fragte er vorsichtig.

»Was soll mit mir sein?«

»Hast du dich für immer aus dem Berufsleben verabschiedet?«

»Vielleicht, vielleicht auch nicht.«

»Rosanna, du musst dir doch Gedanken darüber gemacht haben, ob du weitersingen willst.«

»Nein. Im Moment beschäftigt mich nur, ob Nicos wunder Po heilt und ob er die Nacht durchschläft. Es ist so schön, dass mir das Singen überhaupt nicht fehlt.«

»*Principessa*, du weißt, dass wir immer wieder lange getrennt sein werden, wenn du mit Nico hierbleibst.«

»Soll das heißen, dass ich genauso gut wieder singen kann, weil ich sowieso mit dir um die halbe Welt reisen werde?«

»Schatz, wir wollen beide nicht voneinander getrennt sein, deswegen habe ich mir einen Kompromiss überlegt. Covent Garden ist inzwischen das Haus, an dem ich mich am wohlsten fühle. Ich könnte Chris bitten, dafür zu sorgen, dass die meisten meiner Auftritte in England stattfinden. Dann könnten wir sechs Monate im Jahr hier verbringen.«

»Und die anderen sechs sind wir in Hotels irgendwo auf der Welt.« Rosanna sah Roberto an. »Meinst du wirklich, das wäre gut für Nico?«

»Andere Kinder halten das auch aus. Er ist noch so klein, *cara*. Er weiß doch gar nicht, wo er ist. Solange seine Mamma bei ihm ist, macht es ihm nichts aus. Statt im Hotel zu wohnen, könnten wir an Orten, an denen ich länger engagiert bin, sogar ein Apartment mieten.« Roberto klang flehend.

»Wenn ich auch wieder mit dem Singen anfange, lebt Nico nicht nur in der Fremde, sondern wird auch von Fremden betreut.«

»Wir finden bestimmt ein gutes Kindermädchen für ihn und später einen Privatlehrer und ein gutes Internat. Bitte, Rosanna, es läuft nicht, wenn wir getrennt sind, das weißt du doch.«

Sie kaute nachdenklich an einem Brokkolistrunk. Schließlich sagte sie: »Roberto, ich versuche dir meine Gefühle zu erklären. Als ich gemerkt habe, dass ich schwanger bin, war ich ziemlich verwirrt, fast sogar unglücklich. Meine Karriere lief gut, ich hatte dich – das Leben hätte nicht besser sein können. Ich wollte nicht, dass sich etwas ändert. Und dann kam Nico und mit ihm eine neue Art des Lebens mit neuen Prioritäten.«

»Bedeutet das, dass du Nico mehr liebst als mich?«, fragte er.

»Sei nicht albern, Roberto. Du weißt, dass meine Liebe zu dir stärker ist denn je. Die zu Nico ist anders, die Liebe einer Mutter. Ein Kind braucht Strukturen. Ich finde es nicht richtig, wenn wir ihn überallhin mitschleppen.«

Roberto seufzte. »Bis zu meiner Abreise sind es noch zwei Monate. *Cara*, ich kann deine Gefühle für Nico verstehen, aber ist dir deine Karriere denn nicht auch wichtig? Was passiert, wenn Nico größer ist? Wenn er das Internat besucht? Dann hast du dein ganzes Leben für ihn geopfert, und dir selbst bleibt nichts.«

»Roberto, können wir uns bitte über etwas anderes unterhalten? Für heute Abend habe ich genug von diesem Thema.«

Als Roberto die gequälte Miene seiner Frau bemerkte, nickte er. »Entschuldige. Ich rede auch nicht gern darüber.

Aber bitte denk über das nach, was ich gerade gesagt habe. Lange können wir mit unserer Entscheidung nicht mehr warten.«

In jener Nacht wälzte Rosanna sich schlaflos im Bett herum und stand schließlich wieder auf. Sie schlüpfte in ihren Morgenmantel und ging zu Nicos Kinderzimmer. Im trüben Schein des Nachtlichts sah sie, dass er friedlich schlief.

Rosanna setzte sich in den Stillsessel, zog den Vorhang zurück und schaute durchs Fenster hinaus in die Dunkelheit. Warum nur war das Leben so kompliziert? Alles, was sie sich wünschte, alles, was sie liebte, befand sich hier unter diesem Dach. Doch das würde sich schon bald ändern.

Die Entscheidung zwischen Ehemann und Sohn überforderte sie. Wenn sie sich von ihrer Karriere verabschiedete und in Manor House blieb, was ihrer Meinung nach das Beste für Nico war, sah sie Roberto kaum noch. Und wenn sie das Singen wählte und mit Roberto reiste, hieß das, dass sie nicht mehr in der Lage war, Nico ihre volle Aufmerksamkeit zu schenken.

Sie wusste, dass sie sich glücklich schätzen konnte, überhaupt zu Hause bei Nico bleiben zu können, wenn sie das wollte. Diese Option hatten viele Frauen nicht. Aber … Rosanna erinnerte sich an den schrecklichen Monat, als Roberto in New York gewesen war, daran, wie elend sie sich gefühlt hatte.

Es war hoffnungslos.

Rosanna kehrte ins Schlafzimmer zurück. Als sie wieder unter die Bettdecke schlüpfte, schlang Roberto die Arme um sie.

»Alles okay?«

»Ja, ich kann nur nicht schlafen.«

»Versuch, dir nicht den Kopf zu zerbrechen. Wir schaffen das schon.« Er küsste sie zärtlich auf die Wange.

Rosanna nickte. »Wie ich es auch drehe und wende: Ich scheine immer den Kürzeren zu ziehen«, murmelte sie.

31

Vier Wochen später hatte Rosanna noch immer keine Entscheidung über ihre Zukunft getroffen. Roberto, der mit den Proben zu *Tosca* in Covent Garden beschäftigt war, bemühte sich um sie, so gut er konnte.

»Ich finde, du solltest zur Premiere kommen«, sagte er beim Frühstück, Nico fröhlich vor sich hin glucksend in seiner Wippe zu ihren Füßen. »Wenn du siehst, wie Francesca Romanos die Tosca singt, hilft dir das vielleicht bei der Entscheidung«, spöttelte er.

»Du hoffst, dass ich neidisch werde und sofort auf die Bühne zurückwill.«

»*Principessa*, du fehlst mir. Francesca ist technisch hervorragend, aber sie besitzt nicht unsere Emotionalität. Du kannst mir keinen Vorwurf machen, dass ich dich zu überreden versuche.« Er sah auf seine Uhr und seufzte. »Leider muss ich jetzt zu den Proben.« Er stand auf, bückte sich und nahm Nico aus der Wippe. »Sei brav, mach deiner Mamma keinen Kummer. Wir sehen uns später.« Roberto küsste seinen Sohn auf die Stirn und gab ihn seiner Mutter auf dem Weg zur Haustür.

»Wann kommst du nach Hause?«, fragte Rosanna, als Roberto in seinen Jaguar stieg und das Fenster herunterließ.

»Früh genug, um Nico zu baden.« Er ließ den Motor an. »Bitte, *cara*, überleg dir das mit dem Premierenabend. Es täte dir gut, mal rauszukommen.«

»Und was ist mit Nico?«

»Im Ort gibt es bestimmt ein Mädchen, das auf ihn aufpasst. Hör dich um oder häng einen Zettel im Postamt auf. *Ciao.*«

Rosanna sah dem Wagen nach, trug Nico hinein, legte ihn in seine Wippe und räumte die Frühstückssachen weg.

Kurze Zeit später machte sie sich mit Nico im Kinderwagen auf den Weg zum Postamt.

Als Roberto am Abend nach Hause kam, reichte Rosanna ihm ein Glas Wein.

»Ich habe ein sehr nettes Mädchen gefunden, das Nico babysitten würde. Die Frau im Postamt hat selbst vier Kinder und sagt, ihre Tochter passt gern auf ihn auf. Ich habe sie mir angeschaut und komme zur Premiere.«

»Wunderbar! Wenn du da bist, singe ich besonders gut.« Roberto streckte ihr die Hand hin. »Danke, *cara.*«

Nach so vielen Monaten mit flachen Schuhen war es merkwürdig, hohe Absätze zu tragen, und noch merkwürdiger, sich zu schminken, dachte Rosanna, als sie sich im Spiegel betrachtete. Das Abendkleid hatte sie sich kurz vor ihrer Schwangerschaft gekauft und dann nicht anziehen können. Nun passte es ihr genau. Sie war stolz, schon wieder ihre alte Figur zu haben.

Rosanna ging ins Nachbarzimmer, wo Nico sich glucksend vor Vergnügen von seiner Babysitterin Eileen kitzeln ließ.

»Bist du sicher, dass du zurechtkommst?«, fragte Rosanna zum x-ten Mal.

»Natürlich kommen wir zurecht, was, Nico? Genießen Sie ruhig den Abend, Mrs Rossini.«

»Es wird nicht später als Mitternacht. Seine Fläschchen stehen im Kühlschrank, und in der Schublade ist ein frischer Strampler. Falls es ein Problem geben sollte …«

»Wähle ich die Nummer auf dem Block beim Telefon«, führte Eileen den Satz für sie zu Ende.

Rosanna küsste Nico und lief nach unten, als der Wagen, der sie nach London bringen sollte, sich näherte.

»Ich gehe jetzt«, rief Rosanna nach oben.

»Tschüs, viel Spaß«, kam die Antwort.

Anderthalb Stunden später hielt der Wagen vor der Oper. Rosanna stieg aus, ging hinein und die breite Treppe hinauf zum Crush Room, wo sie mit Chris Hughes verabredet war.

»Du bist wunderschön, Rosanna.« Chris küsste sie auf beide Wangen und führte sie zu einem Tisch. »Trinken wir ein Glas Champagner auf Robertos Erfolg und deine Rückkehr an den Ort einiger deiner größten Triumphe.«

»Danke.« Rosanna nahm das Glas. »Ich war Ewigkeiten nicht mehr in London.«

»Fehlt es dir?«

»Nein«, antwortete sie ehrlich.

»Bestimmt bekommt Nico das Leben auf dem Land besser als das in der Stadt. Er ist ein braves Kind. Bis jetzt hast du mit ihm wirklich Glück gehabt, Rosanna.«

»Ich weiß. Du kennst wahrscheinlich den Spruch: unkomplizierte Geburt, unkompliziertes Kind. Im Krankenhaus waren sie alle unglaublich nett. Und natürlich Stephen«, fügte sie hinzu.

»Stephen?«

»Mein Aushilfsehemann. Er hat mich in die Klinik gebracht.«

»Mit dem habe ich, glaube ich, gesprochen.«

»Tatsächlich? Wann?« Rosanna sah ihn überrascht an.

Chris merkte, dass er sich verplappert hatte. »Er hat in der Wohnung angerufen, um Roberto mitzuteilen, dass die Wehen früher eingesetzt haben. Ich hab das Telefon als Erster gehört und bin rangegangen.«

»Verstehe.«

Er wechselte hastig das Thema. »Freust du dich auf den heutigen Abend?«

»Ich glaube schon, aber es wird mir nicht leichtfallen, eine andere mit Roberto singen zu sehen.«

»Das will ich hoffen«, meinte Chris grinsend. »Es gibt keinen Grund, warum du nicht allmählich wieder ins Geschäft einsteigen solltest. Anfangs das eine oder andere Konzert und dann ein paar Tage in Paris, zum Beispiel. Es kommen nach wie vor Angebote rein, aber lange wird das nicht mehr so gehen.«

»Ich weiß, ich weiß«, seufzte sie. »Nico ist noch so klein, ich brauche ein bisschen mehr Zeit, Chris, bitte.«

»Verstehe.«

Da klingelte es zum ersten Mal. »Gehen wir mal lieber.«

In der Loge atmete Rosanna neben Chris den Geruch des Theaters ein. Als sie sich über das mit rotem Samt bezogene Geländer beugte und zu der prächtig gewölbten blau-goldenen Decke hinaufblickte, spielte ein Lächeln um ihre Lippen. Sonst wartete sie nervös auf der anderen Seite des Vorhangs und konnte nicht in aller Ruhe das Bauwerk bewundern. Sobald es dunkel wurde und das Orchester mit der Ouvertüre begann, bekam sie eine Gänsehaut.

Sie verfolgte mit, wie mühelos Roberto mit Francesca Romanos das schwierige Liebesduett im ersten Akt sang. Als er im zweiten »Vittoria! Vittoria!« schmetterte, spürte Rosanna die Spannung der Zuhörer förmlich. Und nach »E lucevan le stelle« im dritten hielt es das Publikum nicht mehr auf den Sitzen. Es klatschte und trampelte mehrere Minuten lang, bis der Dirigent wieder den Taktstock hob.

Da wusste Rosanna, wie schwer es ihr fallen würde, der Oper fernzubleiben. All die Jahre harter Arbeit … wie sollte sie dieser Welt den Rücken kehren? Sie gehörte wie Roberto dazu, und die Magie zwischen ihnen hatte zum Teil mit ihren gemeinsamen Bühnenauftritten zu tun.

Ihr traten Tränen in die Augen, als sie sah, wie Roberto und Francesca fünf Minuten Standing Ovations erhielten. Rosanna hatte Francesca sehr genau beobachtet und nach Fehlern gesucht. Und leider nur wenige entdeckt. Sie war sehr, sehr gut. Außerdem war sie jung und ausgesprochen hübsch.

»Na, wie fühlst du dich?«, fragte Chris beim Verlassen der Loge.

»Ich bin deprimiert«, seufzte Rosanna. »Ich hatte gehofft, dass es mir nichts ausmacht, aber natürlich tut es das doch.«

»Freut mich zu hören.« Chris ging mit ihr zum Crush Room, wo sich die Gäste des Champagnerempfangs trafen.

Roberto und Francesca wurden mit Beifall begrüßt. Roberto eilte sofort zu Rosanna.

»*Principessa*, hat's dir gefallen?«

»›Gefallen‹ ist nicht das richtige Wort.« Rosanna verzog das Gesicht. »Aber du warst toll, *caro*.«

»Entschuldigung«, sagte Chris. »Darf ich dir Roberto ein paar Minuten entführen? Da drüben ist jemand, den er kennenlernen sollte.«

Rosanna blieb allein zurück.

»Hallo, Rosanna.«

Als Rosanna sich umdrehte, blickte sie in das lächelnde Gesicht von Francesca Romanos. Als Künstlerin achtete Rosanna Francesca, aber als Person fand sie sie ein wenig leichtfertig. Doch sie wusste, wann ein Kompliment fällig war. »Gratuliere, Francesca. Superleistung heute.«

»Danke. Dein Lob bedeutet mir viel. Ich bewundere dich sehr. Und Roberto war wie immer spitze. Ich finde, wir harmonieren gut.«

»Das stimmt.«

»Wie geht's dem Kleinen?«

»Gut, danke. Er wächst und gedeiht.«

»Weißt du schon, wann du auf die Bühne zurückkehrst?«

»Nein.«

»Besteht die Möglichkeit, dass du gar nicht wieder anfängst?«

»Ich weiß es wirklich nicht«, antwortete Rosanna, die sich von Sekunde zu Sekunde unbehaglicher fühlte.

»Wenn nicht, wird es hart für dich. Ich meine, Roberto die ganze Zeit allein reisen zu lassen. Er ist so charmant. Auch in New York hatte er eine ganze Schar schöner Verehrerinnen.«

»Tatsächlich? Das ist nichts Neues. Mein Mann hat einfach Ausstrahlung«, sagte Rosanna, bemüht, gleichmütig zu klingen.

»Du bist das wahrscheinlich gewöhnt, aber mich würde es wahnsinnig machen, wie manche Frauen sich an berühmte Männer wie Roberto ranschmeißen. Eine ganz besonders … Donatella hieß sie, glaube ich … Sie hat ihm keine Ruhe gelassen. Ich habe Roberto geraten, vorsichtiger zu sein. Ihm sollte klar sein, was Klatsch anrichten kann. Obwohl wir natürlich alle wissen, dass die Sache harmlos war«, fügte sie augenzwinkernd hinzu.

»Natürlich. Wenn du mich jetzt bitte entschuldigen würdest, ich muss zu meinem Mann.« Rosanna ertrug Francesca keine Sekunde länger.

»Selbstverständlich. Auf Wiedersehen, Rosanna … vielleicht bis später.«

Rosanna zog sich in die Toilette zurück.

»Donatella«, stöhnte sie, nachdem sie sich in eine Kabine eingeschlossen hatte. »Warum, Roberto, warum?«

»Ich will nach Hause. Ich habe Eileen versprochen, bis zwölf daheim zu sein.«

Roberto sah seine Frau an. Sie wirkte blass, ihre Augen waren gerötet.

»*Cara*, bevor wir gehen, muss ich noch mit ein paar Leuten reden.«

»Dann bitte ich Chris, mich nach Hause zu bringen.«

»Rosanna, ich …« Doch sie war schon weg.

Sofort stürzte sich ein Dirigent auf ihn.

»Mr Rossini, ich habe gehört, Sie kommen nächstes Jahr nach Glyndebourne?«

Zehn Minuten später gelang es Roberto, sich loszueisen und nach Rosanna zu suchen.

»Hast du meine Frau gesehen?«, fragte er Francesca.

»Ja, sie ist vor ein paar Minuten mit Chris Hughes gegangen. Ich glaube, sie war müde.«

»Champagner, Sir?«, fragte ein Kellner.

»Warum nicht?«, seufzte Roberto und nahm mit grimmiger Miene ein Glas vom Tablett.

Chris lenkte den Wagen aus London hinaus.

»Du bist so still«, meinte er. »War es so schlimm, Francesca zu sehen?«

Rosanna schwieg.

»Du weißt doch, dass sie dir nicht das Wasser reichen kann. Alle Opernhäuser wollen dich wieder mit Roberto. Du musst mir nur dein Okay geben, dann kann ich dich sofort buchen.«

»Ich habe Nico. Mehr brauche ich nicht.«

»Und Roberto.«

»Ich glaube, ich werde mich an den Gedanken gewöhnen müssen, ohne ihn auszukommen.«

»Dann willst du also nicht auf die Bühne zurück?«

»Nein. Dieser Abend hat mich zu einem Entschluss gebracht.«

»Aber werdet ihr die permanenten Trennungen ertragen?«, hakte Chris nach. Er war ihr Agent, und egal, wie gut er sich in Rosanna und ihre Lage hineinversetzen konnte: Es war seine Pflicht, sie wieder ins Boot zu holen. »Roberto ist ein geselliger Mensch. Wenn du dabei bist, braucht er niemanden sonst. Er erscheint zu den Proben, ist weniger jähzornig und benimmt sich auch sonst vorbildlich. Seit der Heirat ist er wie ausgewechselt. Durch dich konnte er seinen Ruhm mehren. Es macht mir Kopfschmerzen, wenn du zu Hause sitzt, während er unterwegs ist. Tut mir leid, das sagen zu müssen, aber er hat diesen … Hang zum Impulsiven, den er nur schwer in den Griff bekommt, wenn ihr nicht zusammen seid …«

»Wie in New York mit Donatella Bianchi?«, zischte Rosanna.

Chris schwieg eine ganze Weile, bevor er sagte: »Ich hatte keine Ahnung, dass du Bescheid weißt.«

»Wusste ich auch nicht, bis Francesca mich heute Abend auf den neuesten Stand gebracht hat. Danke für die Bestätigung, Chris.«

»Scheiße! Diese dumme Kuh!« Chris schlug mit der flachen Hand aufs Lenkrad.

»Hatten sie was miteinander?«

»Rosanna, ich weiß es nicht«, stöhnte Chris.

»Aber Roberto war doch in deiner Wohnung. Du musst mitbekommen haben, was er treibt.«

»Nicht wirklich. Ich war ziemlich viel unterwegs.«

»Und an dem Morgen, an dem Stephen angerufen hat? Bist du ans Telefon gegangen, weil Roberto nicht da war? Um halb sechs als seine Frau gerade sein Kind zur Welt brachte?« Rosanna traten Tränen in die Augen.

»Also schön, er war nicht da, aber er hätte genauso gut in einem Klub sein können. Die haben in New York ziemlich lange geöffnet, und es war sein letzter Abend in der Stadt.« Chris lenkte den Wagen von der Autobahn auf die Landstraße.

»Roberto war informiert, dass das Baby früher kam. Er ist schnurstracks ins Krankenhaus gefahren. Jemand muss ihm Bescheid gesagt und gewusst haben, wo er sich aufhielt, bevor er zurückgeflogen ist. Warst du das?«

Chris' Schweigen sagte Rosanna alles.

»Rosanna, was auch immer in New York passiert sein mag: Es ist vorbei. Roberto liebt dich so sehr, dass er seine Karriere im letzten halben Jahr auf Eis gelegt hat, um bei dir und Nico sein zu können. Ich habe ihn noch nie so glücklich erlebt.«

»Bitte, Chris, erspar mir das Gesäusel. Für mich ist das Thema abgeschlossen. Das geht nur mich und Roberto etwas an.«

»Rosanna …«

»*Bitte!*«

Chris fuhr betreten schweigend weiter. Vor Manor House schaltete er den Motor aus.

»Darf ich mit reinkommen? Wir sollten darüber reden. Es ist wirklich nicht so schlimm, wie es auf den ersten Blick aussieht.«

»Nein, Chris. Wenn es dir nichts ausmacht: Ich wäre jetzt gern allein. Danke fürs Heimbringen.« Rosanna stieg aus und ging zum Haus.

Als sich die Tür hinter ihr schloss, ließ Chris laut fluchend den Motor an und fuhr los.

Rosanna starrte von der Fensternische im Kinderzimmer aus den Vollmond an. Nico schlief tief und fest; von seinem Bettchen drang leises Schnarchen herüber.

Ihr erster Impuls war es gewesen, einfach mit ihrem Sohn wegzulaufen. Doch sie wusste, dass sie so dem Schmerz nicht entfliehen würde, und außerdem war dies *ihr* Leben. Roberto konnte das seine anderswo führen.

Er hatte ihr *geschworen*, dass es nie so weit kommen würde, und seinen Schwur gebrochen. Auch wenn es sie zugrunde richtete: Rosanna würde ihr Versprechen halten.

Sie ging in das Schlafzimmer, das sie bis dahin mit ihrem Ehemann geteilt hatte. Bis zu seiner Heimkehr war noch ziemlich viel zu tun.

Der Jaguar schnurrte die Auffahrt nach zwei Uhr morgens herauf. Rosanna stand an der Haustür.

Sie sah sofort, dass Roberto getrunken hatte. Auf dem Heimweg hätte er einen Unfall haben können, dachte Rosanna – und schob den Gedanken beiseite. Das war nicht mehr ihre Sorge.

»*Cara*, du bist noch auf.« Roberto breitete die Arme aus.

»Mit dem, was da drin ist, kommst du fürs Erste zurecht«, sagte sie und deutete auf die beiden Koffer neben der Tür. »Alles andere lasse ich für dich packen und in das Haus in London schicken.«

»Ich verstehe nicht ganz, *cara*. Ich dachte, wir hätten uns darauf geeinigt, dass ich die nächsten zwei Wochen zwischen hier und London pendle, und meine Sachen mitten in der Nacht zu packen …«

»Du gehst, Roberto, und zwar sofort.« Rosannas Stimme war eisig.

»Aber warum? Ist jemand gestorben?«

»Nein, niemand ist gestorben außer meiner Liebe zu dir.«

»Was ist los? Was habe ich verbrochen?«

»Du hast mir etwas geschworen, Roberto. Und mich hintergangen. Ich will dich nicht mehr wiedersehen.«

Roberto schüttelte verwirrt den Kopf. »Was für ein Schwur? Wie soll ich dich hintergangen haben?«

»Erinnerst du dich etwa nicht an die Nacht, die du in Donatella Bianchis warmem Bett verbracht hast, während deine Frau in den Wehen lag? Ich hasse dich. Bitte geh.«

Er sah sie entsetzt an.

Falls Rosanna Francesca noch nicht ganz geglaubt hatte, tat sie es jetzt. Das schlechte Gewissen war ihm vom Gesicht abzulesen.

»Aber wie …?« Roberto sank auf die Knie.

»Es spielt keine Rolle, wie ich es erfahren habe. Wichtig ist nur, dass ich es weiß.«

Er brach in Tränen aus.

»*Mamma mia*, wenn du wüsstest, welche Vorwürfe ich mir deshalb gemacht habe. Donatella und ich … Das war nicht wichtig, begreifst du das denn nicht?«

»Wie viele Ehemänner es wohl schon mit dieser Entschuldigung bei ihren Frauen versucht haben? Nein, ich begreife überhaupt nichts. Ich habe dir bei deinem Heiratsantrag gesagt, dass ich dich verlassen würde, wenn du mir untreu wirst. Und jetzt bist du fremdgegangen. Doch nicht ich werde gehen, sondern du.«

»Bitte, Rosanna, lass es mich erklären. Ich flehe dich an. Ich liebe dich, *amore mio*, ich liebe dich.«

»Das habe ich geglaubt, aber ich habe mich getäuscht. Du schläfst mit einer anderen Frau und lügst mich an. Wie kannst du das *Liebe* nennen? Du eignest dich nicht als Vater!« Rosanna bebte vor Zorn. »Roberto, ich möchte, dass du gehst, und zwar auf der Stelle.«

Er hob den Blick zu seiner Frau, deren blasses Gesicht vom Licht des Mondes erhellt wurde. Sie sah aus wie ein Kindgeist; Roberto wusste, dass dieses Bild ihn sein ganzes Leben lang verfolgen würde. Er wusste auch, dass es ihr Ernst war. Roberto stand auf.

»Rosanna, egal, was du von mir denkst, egal, was für

schlimme Dinge ich getan habe: Ich liebe dich. Es wird nie eine andere für mich geben.«

»Bitte geh jetzt«, wiederholte sie.

Allmählich wichen Entsetzen und Reue Selbstmitleid. »Rosanna, wenn du mich wegjagst, ohne mich anzuhören, komme ich nie wieder zu dir zurück.«

»Freut mich, dass du es endlich begreifst.« Sie deutete auf die Koffer. »Auf Wiedersehen, Roberto.«

Er bückte sich, um sie aufzuheben. »Rosanna, du wirst es bereuen. Wir können nicht ohne einander leben.«

Rosanna sah, wie er den Wagen aufschloss, sein Gepäck im Kofferraum verstaute und ihn zuknallte. Dann stieg er ein, ließ den Motor an, setzte zurück und verschwand.

Rosanna schloss die Haustür und ging zu dem Einzigen, was ihr noch wichtig war.

MET

NEW YORK

Deswegen hast Du, mein Schatz, also Deine frühe Kindheit ohne Deinen Vater verbracht. An jenem Abend schwor ich mir, Dich nie gegen ihn aufzuhetzen, weil er Dir in den ersten Monaten Deines Lebens ein liebevoller, besorgter Papà gewesen war. Aus schlechtem Gewissen darüber, dass ich ihn Dir nahm, beschloss ich, ihm, falls er anrufen und darum bitten würde, die Erlaubnis zu geben, Dich zu sehen.

Der erste Monat nach der Trennung war der schlimmste. Trotz meines festen Entschlusses, nicht einzulenken, eilte ich jedes Mal, wenn das Telefon klingelte, hin. Einerseits sehnte ich mich nach dem Klang seiner Stimme, andererseits hatte ich Angst, sie zu hören. Die Enttäuschung darüber, dass er es nicht war, mischte sich mit Erleichterung und schließlich mit Ungläubigkeit darüber, dass er tatsächlich seine Drohung wahr machte und sich völlig von uns distanzierte.

Der einzige Kontakt zu ihm bestand in einem großzügig bemessenen monatlichen Scheck zur Deckung unserer Lebenshaltungskosten, den er mir über Chris Hughes zukommen ließ. Immer ohne einen Brief.

Als Robertos Engagement in Covent Garden zu Ende war, reiste er nach New York, um an der Met aufzutreten. Durch Chris und aus den Zeitungen wusste ich, wo er sich aufhielt. Sechs Monate später sah ich ein Foto von ihm und Donatella Bianchi bei einer Party in New York. Da wusste ich, dass es endgültig vorbei war mit uns, dass ich Träume von einer Versöhnung in den Wind schreiben konnte. Unsere Ehe war eine Farce gewesen. Ich gab mir Mühe, ihn nicht zu hassen, aber dass er nichts unternahm, um Dich zu sehen, betrübte mich.

In jenem Jahr war ich fast die ganze Zeit allein mit Dir. Ich hätte mich an meine Familie oder meine Freunde wenden können, doch das verbot mir der Stolz.

Trotzdem darfst Du nicht glauben, dass ich unglücklich war. Ich hatte Dich und das Haus und die Einsamkeit, in der ich meine Wunden lecken konnte. Ich dachte weder an die Zukunft noch an meine Karriere, nahm jeden Tag, wie er kam, und konzentrierte mich ganz auf Dich.

Es war fast genau ein Jahr nach der Trennung von Roberto, als unser Leben noch einmal eine völlig neue Wendung nahm …

32

Gloucestershire, Juni 1982

Als Rosanna aufwachte, hörte sie im Nachbarzimmer ihren kleinen Sohn in seinem Bettchen spielen. Anders als sonst genoss sie noch eine Weile die Strahlen der hellen Sonne, die Ruhe und den Frieden.

Ein Jahr war vorbei. Ein Jahr, in dem sie geatmet, geschlafen, gegessen und … ohne ihn … *gelebt* hatte. Darauf war sie stolz. Und – bei dem Gedanken lächelte sie – bald würde ihre Freundin Abi sie besuchen. Rosanna wusste, dass es höchste Zeit war, wieder Kontakt zur Welt außerhalb von Manor House aufzunehmen.

Schließlich stand Rosanna doch auf und plante den Tag. Frühstück, ein wenig Hausarbeit, dann ein gemütlicher Spaziergang mit Nico zum Dorfladen. Nach dem Mittagessen, wenn Nico schlief, eine Stunde Sonne im Garten. Sie kam aus einem Land, in dem Wärme etwas Selbstverständliches war, aber hier in England handelte es sich um etwas Wertvolles, das man auskosten musste. Nachmittags Tee mit Honigbrötchen – die mochte Nico gerade besonders gern –, später Pasta und Salat mit einem Glas kaltem Frascati. Und wenn die Dämmerung hereinbrach und Nico schlief, wieder die Einsamkeit …

Doch zuerst würde sie den Tag genießen, und außerdem, dachte Rosanna, als sie die Tür zu Nicos Zimmer öffnete, gab es schlimmere Arten, das Leben zu verbringen.

»Mamma! Mamma!« Nico sprang, die kleinen Hände am Gitter seines Bettchens, aufgeregt auf und ab. »Milch! Milch!«

»Wir gehen in die Küche und machen dir ein Fläschchen, mein Schatz.«

Rosanna redete immer Englisch mit ihrem Sohn. Wenn Nico hier die Schule besuchen würde, sollte seine Muttersprache die des Landes sein, in dem er zur Welt gekommen war.

Rosanna nahm ihn auf den Arm und trug ihn nach unten in die Küche. Sobald er in seinem Hochstuhl saß, füllte sie ein Fläschchen mit Milch und gab es ihm. Während er zufrieden daran nuckelte, schaltete sie das Radio ein und bereitete das Frühstück zu.

Kurze Zeit später gab sie ein wenig Ei und Toast auf Nicos Teller und setzte sich neben ihn. »Heute machen wir einen Spaziergang, und dann …« Da erklang »Addio fiorito asil« aus *Madama Butterfly*, gesungen von Roberto. Mit zitternden Händen schaltete sie das Radio aus.

Während Nico nach dem Mittagessen ein Schläfchen hielt, legte sich Rosanna in den bequemen Liegestuhl auf der Terrasse. Robertos Stimme hatte die friedliche Stimmung des Morgens zerstört. Offenbar redete sie sich nur ein, dass sie über ihn hinweg war. Sie sehnte sich noch immer jeden Tag nach ihm, nach dem Gefühl, seine Arme um ihren Leib, seine Lippen auf den ihren und seine zärtlichen Berührungen auf ihrer Haut zu spüren.

»O Gott …«, stöhnte sie und stützte den Kopf in die Hände. Wie sollte sie nur den Rest des Lebens ohne ihn auskommen?

An jenem Abend ließ Rosanna Nico länger aufbleiben als sonst, um den Moment, wenn sie wieder allein wäre, noch ein wenig hinauszuzögern. Doch um halb sieben, mitten in einer

Winnie-the-Pooh-Geschichte, sank sein Kopf an ihre Schulter, und sie trug ihn behutsam in sein Bettchen hinauf.

Als sie wieder unten war, nahm sie eine Flasche Frascati aus dem Kühlschrank, trat damit auf die Terrasse und schenkte sich ein. Die Sonne stand bereits tief am Himmel. In New York hingegen war es erst etwa halb zwei nachmittags. Vielleicht schaute er auch gerade zur Sonne hinauf und dachte an sie… Rosanna ermahnte sich, damit aufzuhören. Es war vorbei, und sie musste lernen, in der Gegenwart zu leben.

Wieder einmal überlegte sie, ob sie und Nico tatsächlich weiter in Manor House bleiben sollten, das mit so vielen Erinnerungen behaftet war. Möglicherweise würde es ihnen in Mailand oder Neapel besser gehen. Dann fielen Rosanna die Leute ein, die sich in ihren Prophezeiungen bestätigt fühlen würden, dass Roberto sich nicht zähmen ließ.

Vielleicht würde sie später im Jahr mit Nico nach Neapel reisen, denn sie hatte ihre Familie sehr lange nicht gesehen. Sonderlich begeistert war sie von dieser Idee allerdings nicht, weil sie dann so tun müsste, als wäre sie über Roberto hinweg.

Da hörte sie das Geräusch von Reifen auf Kies. Konnte es sein…? Rosanna sprang auf und eilte ums Haus herum, gerade rechtzeitig, um den Jaguar davor halten zu sehen. Mit angehaltenem Atem wartete sie darauf, dass der Fahrer ausstieg.

»Hallo.« Leider war der Mann, der auf sie zukam, nicht Roberto. »Entschuldige, dass ich einfach so hier aufkreuze, aber Abi hat mir verraten, dass du hier wohnst, und ich war gerade in der Gegend. Ich wollte mich erkundigen, wie es dem kleinen Mann geht, bei dessen Geburt ich dabei war…« Stephen geriet ins Stottern. »Wahrscheinlich störe ich…«

»Überhaupt nicht. Es freut mich, dich zu sehen, Stephen. Was ist aus deinem Käfer geworden?« Sie deutete auf den Jaguar.

»Das alte Mädchen hat letzten Monat den Geist aufgegeben. Da hab ich mir ein jüngeres Modell gegönnt.«

»Komm doch rein und trink ein Glas Wein mit mir. Ich habe gerade den Sonnenuntergang genossen.«

»Nur, wenn ich wirklich nicht störe.«

»Nein, überhaupt nicht.«

Er folgte ihr ums Haus auf die Terrasse, wo sie auf einen Stuhl deutete.

»Setz dich, ich hole dir ein Glas.«

Stephen sah ihr nach, wie sie in die Küche verschwand. In T-Shirt und Shorts, ohne Make-up, die schönen dunklen Haare zu einem Pferdeschwanz gebunden, wirkte sie noch jünger und verletzlicher, als er sie in Erinnerung hatte. Natürlich wusste er von Abi, was geschehen war.

Rosanna kehrte zurück und reichte ihm ein Glas. »Schenk dir selber ein und erzähl mir, was dich in diese Gegend führt.«

»Ich habe eine Kunstgalerie in Cheltenham eröffnet und einem Kunden in Lower Slaughter ein Bild geliefert. Abi hat mir erzählt, dass du am Rand des Orts wohnst, also habe ich mir gedacht, ich schaue mal vorbei.«

»Gute Idee.«

»Toller Ausblick«, schwärmte er und trank einen Schluck Wein. »So typisch englisch. Manor House war mir ein Begriff. Ich bin im Nachbarort aufgewachsen.«

»Mir gefällt's hier.«

»Fühlst du dich nicht einsam?«

»Nein, ich habe ja den Kleinen, und außerdem bin ich das Alleinsein gewöhnt.«

»Die Sache mit der Trennung tut mir leid.«

Rosanna nickte stumm.

»Und wie geht's deinem Sohn?«

»Sehr gut. Nico ist ein braver Junge. Er läuft schon und versucht sich gerade an den ersten Sätzen. Schade, dass du nicht eine halbe Stunde früher gekommen bist. Jetzt schläft er.«

»Vielleicht ein andermal«, meinte Stephen. »Übrigens: Ist das nicht toll, dass Abi gleich mit ihrem ersten Roman einen Verlag gefunden hat?«

»Ja, wunderbar. Ich habe sie im letzten Jahr nicht oft gesehen, aber immerhin halten wir telefonisch Kontakt. In zwei Wochen kommt sie hier raus. Sie sagt, sie braucht ein bisschen Ruhe vom hektischen London, damit sie sich auf ihr nächstes Buch konzentrieren kann.«

»Die findet sie in Manor House bestimmt. Und du hast Gesellschaft.«

»Ja. Ich hab schon lange keinen Besuch mehr gehabt.«

Verlegenes Schweigen.

»Tut mir wirklich leid, dass ich einfach so reingeschneit bin«, sagte Stephen und erhob sich. »Ich geh dann mal lieber wieder. Ganz herzlichen Dank für den Wein.«

»Keine Ursache. Es hat mich gefreut, dich zu sehen, Stephen.« Als er die Wagenschlüssel in die Hand nahm, merkte sie, dass sie ihn gern noch hierbehalten wollte. »Hast du Hunger? Ich hab noch nicht gegessen. Es gibt nur Pasta und Salat, aber wenn du möchtest, bist du herzlich eingeladen.«

»Aus reiner Höflichkeit, Rosanna? Bitte sei ehrlich.«

»Nein, ich würde mich tatsächlich freuen, wenn du bleibst. Ich habe mich ewig nicht mehr mit einem Erwachsenen unterhalten.«

»Dann bleib ich gern. Kann ich helfen?«, fragte er und folgte Rosanna in die Küche.

»Ganz oben im Kühlschrank ist eine Schüssel mit Salat. Würdest du mir die bitte bringen?«

»Klar.« Er stellte die Schüssel auf die Arbeitsfläche, während sie Nudeln in kochendes Wasser gab.

»Danke.« Sie stellte einen Topf mit Sauce auf den Herd und rührte darin. »Tut mir leid, wenn ich anfangs ein bisschen spröde war. Im letzten Jahr bin ich zu einer richtigen Einsiedlerin geworden.«

»Das kann ich gut verstehen. Ich habe mich vor ungefähr einem Jahr von meiner Freundin getrennt. Sie wollte nicht mit mir in die Cotswolds ziehen. Wir haben es mit einer Fernbeziehung versucht, aber das hat nicht funktioniert.« Er zuckte traurig mit den Achseln.

»Schade. Wenn ich mir wieder mal selbst leidtue, versuche ich mir ins Gedächtnis zu rufen, dass ich immerhin ein schönes Haus habe, in dem ich mich elend fühlen kann. Wollen wir draußen essen? Es ist so ein lauer Abend.«

»Klingt gut.«

Zwanzig Minuten später aßen sie auf der Terrasse Tagliatelle und Salat. Rosanna lauschte interessiert, als er ihr von seiner neuen Galerie erzählte.

»Sie ist sehr klein und ganz anders als die in der Cork Street, aber sie gehört mir. Eigentlich gilt meine Liebe den alten Meistern, doch hier bin ich mein eigener Herr, und wenn ich meine Künstler gut wähle, könnte es klappen.«

»Dann kannst du also beurteilen, ob ein Gemälde wertvoll ist?«, fragte Rosanna.

»Ich denke schon. Am besten kenne ich mich natürlich in der Renaissance aus, aber ich würde mir auch gern einen Stall zeitgenössischer Künstler aufbauen. Hier in der Gegend gibt's eine Menge begabte Maler. Ich habe bereits zwei örtliche Künstler unter Vertrag.«

»Moderne Sachen liegen mir nicht.« Rosanna rümpfte die Nase. »Ich begreife einfach nicht, wie Kringel und Kleckse Kunst sein können.«

»Nicht alle modernen Künstler produzieren Kringel und

Kleckse, wie du es so schön ausdrückst. Ich kenne zum Beispiel eine ausgesprochen talentierte Aquarellmalerin, deren Werke mich an Turner erinnern. Ich glaube, sie wird noch mal groß rauskommen. Ihre Werke könnten dir gefallen.«

»Lebst du jetzt auch hier?«

»Über der Galerie befindet sich ein kleines Apartment, in dem ich fürs Erste wohne. Ich habe mein ganzes Geld in die Galerie gesteckt und kann nur hoffen, dass es gut geht.«

»Es muss schön sein, etwas zu haben, das sich weiterentwickelt, etwas, das man ganz allein aufgebaut hat, auch wenn dazu viel Arbeit nötig war«, stellte Rosanna fest.

Stephen nickte. »Vermutlich ist es so ähnlich, wie wenn man beobachtet, wie die eigene Stimme reift. Du hast also nicht vor, wieder zu singen?«

»Nein.«

»Nie mehr oder nur vorerst?«

»Keine Ahnung. Ich würde Nico ungern allein lassen, und außerdem wäre es schwierig, auf die Bühne zurückzukehren, nachdem Roberto und ich …«

»Rosanna, ich möchte mich ja nicht einmischen, doch ich finde, du schuldest es dir selbst, deine Gabe zu nutzen.«

»Das hat Roberto auch gesagt«, erklärte sie mit leiser Stimme.

»Ich weiß ja nicht, was zwischen euch vorgefallen ist, aber ich fürchte, in diesem Punkt bin ich seiner Meinung.«

Der Wein löste Rosannas Zunge. »Stephen, darf ich dich als Mann fragen, ob du es für möglich hältst, mit einer Frau zu schlafen, wenn man eine andere liebt?«

»Was für ein abrupter Themenwechsel.« Stephen verschluckte sich fast an seinem Wein. »Lass mich überlegen … Manche Männer können das sicher. Und auch manche Frauen. Meine Freundin zum Beispiel hatte eine Affäre, während sie mit mir zusammenlebte *und* schlief.«

»Wärst du dazu in der Lage?«, fragte sie.

»Eine Affäre zu haben, meinst du?«

»Ja.«

»Das mag jetzt altmodisch klingen, aber meiner Ansicht nach gehen Liebe und Treue Hand in Hand.« Er zuckte mit den Achseln. »Schätze, ich neige nicht zum Fremdgehen.«

»Dann scheinen Menschen wie wir die Ausnahme zu sein. Roberto war erst ein paar Wochen weg, als er schon wieder eine andere hatte. Männer haben die ganze Zeit Affären, und die Frauen vergeben sie ihnen, besonders wenn ihre Gatten reich, attraktiv und berühmt sind. Ich war dazu nicht in der Lage.«

»Hat Roberto versucht, dich umzustimmen?«

»Nein. Seit seinem Rauswurf habe ich nichts mehr von ihm gehört. Manchmal wünsche ich mir, dass ich ihm verziehen hätte.« Rosanna seufzte. »Entschuldigung, es ist jetzt fast ein Jahr her und ...«

»Kein Problem. Ich kann aus eigener bitterer Erfahrung sagen, dass es irgendwann besser wird.«

»Nein.« Rosanna schüttelte traurig den Kopf. »Es wird nie besser.«

»Glaub mir, es wird. Liebe ist so etwas wie eine Sucht. Man muss sich davon lösen und sich nicht bestrafen, wenn man manchmal das Gefühl hat, dass man sich nie mehr davon erholt.«

»Ich wäre gern so wie Abi. Sie hat viele Freunde, verliert aber nie ihr Herz«, bemerkte Rosanna.

»Könnte es daran liegen, dass sie noch nicht den Richtigen gefunden hat?«

»Möglich. In jungen Jahren war Abi in meinen Bruder verliebt. Seitdem scheint sie sich auf niemanden richtig einlassen zu können.«

»Was ist passiert?«

»Er ist ins Priesterseminar gegangen«, antwortete Rosanna verlegen.

»Verstehe.« Stephen schmunzelte. »Wir haben's wohl alle nicht leicht.«

»Stimmt«, pflichtete sie ihm bei.

Er sah auf seine Uhr. »Was, schon so spät? Ich muss jetzt wirklich los. Und du musst morgens bestimmt früh raus.«

»Ja. Nico ist um sechs putzmunter.«

Stephen stand auf. »Danke für den schönen Abend.«

»Das nächste Mal musst du kommen, wenn Nico wach ist«, hörte sie sich selbst sagen, als sie ihn zum Wagen begleitete.

»Gern.« Stephen zögerte kurz. »Hast du dieses Wochenende schon was vor?«

»Nein.« Fast hätte Rosanna laut gelacht bei dem Gedanken an ihren leeren Terminkalender, der auf dem Schreibtisch im Arbeitszimmer Staub ansetzte.

»Dann könnte ich doch am Sonntag mit dir und Nico nach Cheltenham fahren. Du könntest dir die Galerie anschauen, und wenn das Wetter schön ist, machen wir in den Montpellier Gardens ein Picknick.«

»Ich …«

»Bitte, Rosanna. Nico würde das bestimmt gefallen.«

»Na schön.«

»Ich hole euch um halb zwölf ab.«

»Gut.«

»Wenn du dich ums Essen kümmerst, bringe ich die Getränke mit. Aber geh jetzt lieber rein, es wird allmählich kühl. Gute Nacht, Rosanna.«

Sie sah dem Wagen nach, bevor sie auf der Terrasse den Tisch abzuräumen begann.

Kurze Zeit später schlich sie in Nicos Zimmer, um nachzusehen, ob er schlief. Sie strich ihm über die Stirn, was sie sich angewöhnt hatte, um seine Temperatur zu überprüfen, verließ das Kinderzimmer wieder und schickte ein Dankgebet zum Himmel dafür, dass er ihr Stephen geschickt hatte.

33

»*Caro*, warum bist du so stur?« Donatella trank ihren Kaffee aus und zog ihre Unterwäsche an.

»Weil ich meine Freiheit und Unabhängigkeit liebe.«

»Soll heißen, du hast gern einen Ort, an dem du hinter meinem Rücken mit anderen Frauen schlafen kannst«, entgegnete sie, während sie nach ihrem Kleid griff.

Roberto wandte sich ihr zu. »Sei nicht albern, Donatella.«

»Warum kann ich dann nicht zu dir ziehen? Ich hasse es, einen Teil meiner Sachen hier und den anderen in meiner Wohnung zu haben. Das ist schrecklich unpraktisch.«

»Nein. Noch nicht.«

»Wann dann?«

»Ich weiß es nicht.«

»Hast du immer noch Sehnsucht nach deiner kleinen Frau?«

»Nein!«

»Warum lässt du dich dann nicht von ihr scheiden?«

»Wir sind erst seit einem Jahr getrennt. Es ist zu früh. Ich habe dir schon einmal gesagt, dass ich auch an meinen Sohn denken muss.«

»*Caro*, wenn du dich scheiden lassen würdest, könntest du mich heiraten.«

»Möglicherweise würde Rosanna gar nicht in eine Scheidung einwilligen, zum Beispiel dann, wenn sie wüsste, dass du zu mir gezogen bist.« Roberto verschwieg, dass ihn der Gedanke, Donatella zu heiraten, gar nicht beschäftigte.

Sie legte die Arme um seine Taille, während er missmutig die New Yorker Skyline betrachtete.

»Warum bist du unzufrieden, Roberto? Wir haben doch alles. Deine Karriere, Freunde, einander. Aber das scheint dir nicht zu genügen.«

Roberto schwieg.

Donatella nahm ihre Handtasche. »Ich muss los, zu einer Lunchverabredung mit Trish St. Regent. Ruf mich von Paris aus an, ja?«

»Ja.«

»Ich liebe dich. *Ciao*.«

Roberto spürte, wie sie seinen Nacken küsste, und hörte dann ihre Schritte, die sich Richtung Haustür entfernten.

Als die Tür hinter ihr ins Schloss fiel, holte er tief Luft und sang ein markerschütterndes hohes C. In dieser einen Note lagen all die Angst und das Elend seines gegenwärtigen Lebens.

Er wandte sich vom Fenster ab und ging ins Wohnzimmer. Vielleicht war es noch nicht zu spät. Vielleicht würde Rosanna ihm, wenn er sie anrief und ihr sagte, dass er sie nach wie vor liebte, sich nach ihr sehnte, sie *brauchte* wie die Luft zum Atmen, vergeben, und dann würde die Verzweiflung, die er seit der Trennung spürte, endlich verschwinden.

Roberto nahm den Hörer in die Hand und wählte die ersten Nummern. Dann gewann wieder einmal sein Stolz die Oberhand, und er legte auf. Er sank mit einem gequälten Stöhnen in einen Sessel. Sein Herz klopfte wie wild, und ihm war schwindlig und übel, was in letzter Zeit ziemlich häufig passierte. Am Ende war er krank und brauchte einen Arzt …

Möglicherweise war es aber auch nur Verzweiflung.

Nach der Trennung vor einem Jahr hatte er selbstgerechten Zorn verspürt. Ja, er hatte einen Fehler gemacht, einen schlimmen Fehler, aber doch bestimmt keinen unverzeihlichen? Schließlich war er Roberto Rossini. Andere Ehefrauen von Opernstars ignorierten das Treiben ihrer Männer einfach, weil sie wussten, dass ihre Künstlernatur ein körperliches Ventil benötigte. War es seine Schuld, dass die Frauen ihm hinterherliefen? Rosanna würde ihren Fehler schon noch einsehen und ihn anrufen, ihn anflehen, zu ihr zurückzukehren, hatte er gedacht und in London darauf gewartet, dass sie sich meldete, was sie jedoch nicht tat.

Da hatte der Schmerz begonnen, jener tiefe Schmerz, der ihm keine Ruhe ließ. Sechs Monate zuvor war er schließlich nach New York gezogen, weil er sich einredete, dass Abstand die Lösung des Problems sei. Donatella lebte dort; das war bequem, und sie war willig und erstaunlich liebevoll. In ihren Armen vergaß er manchmal ein paar Sekunden lang seinen Kummer. Doch meist malte er sich beim Sex mit ihr aus, mit Rosanna zu schlafen.

Dann war da noch Nico, sein Sohn, der bestimmt schon lief und die ersten Worte sagte, ohne dass sein Papà es miterlebte.

Nimm den Telefonhörer in die Hand, Roberto, *tu's*.

Wieder wählte er die Nummer von Manor House mit zitternden Fingern. In wenigen Sekunden würde er ihre Stimme hören, und seine Qualen wären vorbei.

Es klingelte. Und klingelte. Wenn sie draußen im Garten war, würde sie eine Weile brauchen hineinzugehen. Roberto ließ es noch ein paarmal läuten, bevor er den Hörer auf die Gabel knallte.

Gleich darauf klingelte sein Telefon. Er ging sofort ran.

»Roberto? Chris hier. Ich wollte fragen, ob du fertig bist. Bin in dreißig Minuten da.«

Roberto legte auf und stützte den Kopf in die Hände.

»Ich glaube, ich höre das Telefon klingeln«, sagte Rosanna, als sie Nico aus Stephens Wagen hob. »Könntest du bitte ein Auge auf ihn haben, während ich hineinlaufe?«

Rosanna schloss die Haustür auf und eilte ins Wohnzimmer. Als sie den Apparat erreichte, hörte das Klingeln auf.

»Erwartest du einen Anruf?«, fragte Stephen, der den Raum wenig später mit Nico an der Hand betrat.

»Nicht wirklich. Wenn's wichtig war, wird der Anrufer sich schon wieder melden.«

»Ja, das glaube ich auch.« Stephen war damit beschäftigt, den vor Vergnügen quiekenden Nico um das Beistelltischchen zu jagen.

Rosanna ließ sich in einen Sessel fallen. »Ich weiß nicht, wo du die Energie hernimmst. Ich bin völlig fertig!« Sie beobachtete die beiden lächelnd. »Bleibst du noch zum Tee oder Kaffee?«

»Sonst immer gern, aber heute muss ich leider zurück, vor meinem Termin mit dem Steuerberater am Mittwoch jede Menge Papierkram erledigen.« Stephen hob ihren Sohn hoch und gab ihn ihr. Nico auf dem Arm, begleitete Rosanna Stephen zur Tür und zum Wagen.

»Danke für einen schönen Tag«, sagte sie, als er einstieg.

»Hat es dir wirklich gefallen?«

»Ja.«

»Gut. Dann können wir das ja mal wiederholen.«

»Gern. Es tut uns beiden gut rauszukommen. Mach winke, winke für Stephen, Nico«, sagte Rosanna, als Stephen den Rückwärtsgang einlegte. Urplötzlich verwandelte sich das Strahlen des Jungen in einen finsteren Blick, und er heulte entrüstet auf, als sein Spielkamerad sich entfernte.

»*Angioletto*, nicht weinen, er kommt bald wieder«, tröstete Rosanna ihn, als sie ins Haus zurückkehrten.

»Bald«, wiederholte Nico.

»Ja, bald.« Rosanna drückte ihrem Sohn einen Kuss auf die Stirn und trug ihn ins Bad.

Als Rosanna es sich auf dem Sofa bequem machte, um die Nachrichten anzuschauen, klingelte das Telefon. Sie ging ins Arbeitszimmer und nahm den Hörer ab. »Hallo?«

»Rosanna?«

Sie strahlte. »Luca! Wie geht's?«

»Gut, danke.«

»Prima, das freut mich.«

»Ich hab vorhin schon mal angerufen, aber da ist niemand rangegangen.«

»Nico und ich haben mit einem Freund einen Ausflug gemacht. Das Telefon hat geklingelt, als wir gerade reingekommen sind, aber ich hab's nicht mehr erwischt.«

»Freut mich, dass ich dich jetzt erreiche. Wie geht es meinem Neffen?«

»Sehr gut. Er ist ziemlich lebhaft und anstrengend«, antwortete Rosanna. »Wird Zeit, dass du uns besuchst. Wenn du dich nicht beeilst, siehst du ihn erst zur Erstkommunion.«

»Deswegen rufe ich an, Rosanna. Ich wollte fragen, ob du etwas dagegen hättest, wenn ich nach England fliege und eine Weile bei euch bleibe.«

»Ob ich etwas dagegen hätte? Ich würde mich sehr darüber freuen, Luca! Wann willst du kommen?«

»In der letzten Juliwoche.«

»Aha.«

»Ist das ungünstig?«

»Nein, nein. Abi wird auch da sein. Macht dir das was aus?«

»Natürlich nicht. Es wird schön sein, sie nach all den Jahren wiederzusehen.«

»Ich muss es ihr sagen. Bestimmt freut sie sich auch.«

»Das hoffe ich. Mailand ist lange her. Nun sind wir alle erwachsen, nicht wahr?«

»Jedenfalls glauben wir das.«

»Dann buche ich den Flug. Ich sage dir noch, wann genau ich eintreffe.«

»Luca, ich freue mich so auf dich. Du fehlst mir. Ich …«

»Ist alles in Ordnung?«

»Ja, ja. Letzte Woche habe ich mit Papà und Carlotta gesprochen. Carlotta klang irgendwie niedergeschlagen. Ist sie okay?«

»Ich war vor ein paar Tagen bei ihr.« Luca seufzte. »Leider nein. Sie hat Probleme, aber das erkläre ich dir, wenn wir uns sehen. Papà dagegen ist in Bestform. Er hat eine Freundin.«

»Ach. Davon hat er gar nichts erwähnt.«

»Ich glaube, es ist ihm peinlich.« Luca lachte. »Sie tut ihm gut.«

»Er braucht Gesellschaft. Ich weiß, wie das Alleinsein ist«, erklärte sie.

»Es muss schwer für dich sein, *piccolina*. Ich bin stolz auf dich. Ich sage dir bald, wann ich komme. *Ciao*.«

»*Ciao*, Luca.«

34

Abi traf an einem brütend heißen Julitag in Manor House ein.

»Schätzchen!« Sie kletterte aus ihrem schicken kleinen roten Mazda-Sportwagen und schlang die Arme um Rosanna. »Mann, bist du braun gebrannt! Warst du in der Karibik, ohne mir was zu sagen?«

»Nein, das ist alles die englische Sonne«, antwortete Rosanna und erwiderte die Umarmung.

»Nico hat auch eine gute Farbe.« Abi betrachtete den kleinen Jungen, der Steinchen von der Kiesauffahrt aufsammelte. »Komm zu Tante Abi, deiner Patentante.« Als sie Nico in die Arme nahm und küsste, hielt er ihr stolz eines der Steinchen hin. »Danke, mein Kleiner. Er ist ganz schön groß für seine zwanzig Monate und ein hübsches Kerlchen, Rosanna. Bestimmt laufen ihm die Mädchen später nach. Nico, Tante Abi hat Geschenke für dich im Wagen, aber wie wär's vorher mit was Kühlem zu trinken? Ich komme um vor Durst.«

Zwanzig Minuten später saßen Rosanna und Abi mit einer Picknickdecke auf dem Rasen, tranken Limonade und sahen zu, wie Nico versuchte, einen Kopfstand zu machen.

»Hier gefällt's mir«, schwärmte Abi. »Rosanna, ich liebe dieses Haus. Es ist geräumig und trotzdem heimelig. Und Nico ist ein richtiger Wonneproppen. Manche Kinder in seinem Alter finde ich grässlich.«

»Das kann noch kommen«, meinte Rosanna schmunzelnd.

»Ich ziehe meinen Hut davor, wie mühelos du in die Mutterrolle geschlüpft bist. Ich könnte nie alleinerziehende Mutter sein. Das würde mich in den Wahnsinn treiben.«

»Mir scheint keine andere Wahl zu bleiben, jedenfalls was das ›alleinerziehend‹ anbelangt. Außerdem bin ich gern Mutter. Warte nur, bis du eigene Kinder hast, Abi, dann redest du auch anders, da bin ich mir sicher.«

»Ich glaube nicht, dass ich Kinder möchte. Im Moment stehen Babys nicht auf der To-do-Liste, selbst wenn ich einen geeigneten Erzeuger finden würde.«

»Was ist mit Henry?«

»Dem hab ich schon vor Monaten den Laufpass gegeben. Ich bin wieder zu haben.«

»Die Männer stehen bestimmt schon Schlange, um seine Nachfolge anzutreten«, scherzte Rosanna.

»Möglicherweise bin ich einfach nicht in der Lage, jemanden zu lieben. Ich gebe mir wirklich Mühe, Rosanna, ehrlich. Aber ich habe ohnehin beschlossen, mich ab jetzt ausschließlich auf meine Karriere zu konzentrieren. Der Vertrag für mein Buch ist die Chance, und ich will sie nutzen.«

»Ich habe dir das hübsche helle Zimmer ganz oben hergerichtet. Da hörst du von unten nichts. Es steht ein Tisch drin, an dem kannst du arbeiten.«

»Perfekt. Du wirst gar nicht merken, dass ich da bin. Wenn ich die nächsten vier Wochen durcharbeite, sollte ich den ersten Entwurf fertigkriegen. Kannst du mich so lange ertragen?«

»Natürlich. Ich freue mich schon darauf, Gesellschaft zu haben, und sei es auch nur beim Frühstück und Abendessen. Fühl dich ganz wie zu Hause.«

»Wann, hast du gesagt, kommt Luca?«

»Nächsten Sonntag.«

»Aha. Sollen wir meine Sachen und die Geschenke für deinen Sohn aus meinem Wagen holen?«

Als Nico im Bett war, öffnete Rosanna die Flasche Champagner, die Abi mitgebracht hatte, und sie unterhielten sich in der Abenddämmerung auf der Terrasse über die Vergangenheit und die Zukunft.

»Auf dich, Rosanna, die du mich in deinem wunderschönen Haus aufnimmst«, sagte Abi und hob ihr Glas.

»Jederzeit gern, Abi.«

Sie hörten einen Wagen vor dem Haus halten.

»Wer könnte das sein?«, fragte Abi.

»Keine Ahnung«, antwortete Rosanna.

Kurze Zeit später kam Stephen ums Haus herum. »Hallo, Rosanna. Und Abi. Lange nicht gesehen. Wie geht's?«

»Sehr gut, danke.«

Stephen begrüßte die Frauen mit einem Wangenküsschen. »Rosanna hat mir erzählt, dass du bald eintreffen würdest, aber ich wusste nicht genau, wann.«

»Ich bin immer gut für eine Überraschung.« Rosanna ging in die Küche, um ein weiteres Glas zu holen. »Schaust du oft hier vorbei?«, fragte Abi Stephen mit einem verschmitzten Lächeln.

»Ja, doch. Normalerweise ein bisschen früher, zu meinen zwanzig Minuten Fitnesstraining mit Nico, bevor er schlafen geht, aber heute Abend wurde ich von einem Kunden aufgehalten.«

Rosanna kehrte mit dem Glas zurück.

»Ich habe ein Bild verkauft«, verkündete Stephen stolz.

»Toll! Hast du so viel dafür bekommen, wie du wolltest?«, erkundigte Rosanna sich.

»Fast. Der Kunde, ein Amerikaner, hat bar bezahlt. Deswegen habe ich ihm einen Nachlass von zehn Prozent gewährt.«

»Das verlangt doch geradezu nach Champagner«, meinte Rosanna, schenkte ihm ein und reichte ihm das Glas. »Gratuliere. Ich freue mich sehr für dich.«

Abi prostete ihm zu. »Ja, gut gemacht. Erzähl mir von deiner Galerie.«

»Ich möchte dich nicht mit Einzelheiten langweilen, Abi. Komm doch einfach vorbei und schau sie dir an. In ein paar Wochen mache ich eine Ausstellung mit einer örtlichen Künstlerin. Vielleicht kannst du Rosanna überreden, dich zu der Vernissage zu begleiten. Ich habe sie eingeladen, aber sie meint, sie könne nicht kommen, weil sie keinen Babysitter hat.«

»Das Mädchen von der Post studiert inzwischen«, erklärte Rosanna. »Außerdem wird da gerade mein Bruder Luca aus Italien eintreffen.«

»Er ist selbstverständlich auch eingeladen. Aber ich muss die Entscheidung dir überlassen«, sagte Stephen.

Eine Stunde später verabschiedete er sich. Abi folgte Rosanna in die Küche, um den Salat zu putzen, den es abends zum Fisch geben sollte.

»Raus mit der Sprache«, forderte Abi.

»Was meinst du?«

»Erzähl mir alles von dir und Stephen. Wie lange bist du schon mit ihm zusammen?«

Rosanna sah sie entsetzt an. »Stephen und ich sind gute Freunde, nicht mehr.«

»In meinen Romanen wimmelt es von Klischees, doch nicht einmal ich würde mich zu einem so abgegriffenen herablassen.« Abi hob eine Augenbraue.

»Aber es ist wahr. Stephen kommt mich und Nico manchmal besuchen, und wir haben ein paar Ausflüge und Picknicks gemacht, das ist alles.«

»Schwörst du das?«

»Ja. Ich mag Stephen, allerdings nicht so. Ich … Ich könnte es einfach nicht.« Rosanna wandte den Blick ab.

»Sag jetzt bloß nicht, dass du immer noch an deinen Mann denkst.«

Rosanna zwang sich, sich auf die Essensvorbereitungen zu konzentrieren. »Ich werde nie mehr jemanden lieben, so einfach ist das«, erklärte sie mit leiser Stimme.

»O Gott«, stöhnte Abi. »Solche Sachen sagen die Leute in meinen Romanen tatsächlich.«

»Bitte mach dich nicht über mich lustig. Das war ernst gemeint.«

»Wie kannst du jemanden lieben, der dich so mies behandelt hat wie Roberto?«, bohrte Abi weiter.

»Liebe hat nichts mit Logik zu tun, Abi.«

»Mag sein. Angenommen, Roberto würde morgen vor deiner Tür stehen: Würdest du ihn hereinlassen?«

»Keine Ahnung. Manchmal denke ich Ja, wenn das bedeuten würde, dass der Schmerz verschwindet, dann wieder Nein, ich könnte ihn nie zurücknehmen. Aber der Fisch ist fertig. Wollen wir essen?«

Abi beschloss, nicht weiter in Rosanna zu dringen.

»Ja, gern.«

In den folgenden Tagen spielte sich eine einfache Routine ein. Beim Frühstück unterhielten sie sich etwa zwanzig Minuten lang, und anschließend verschwand Abi mit einem großen Tablett, auf dem sich ein Krug mit Mineralwasser sowie einige Schokoladenriegel befanden, den Rest des Tages nach oben, während Rosanna und Nico ihren üblichen Verrichtungen nachgingen. Um sechs Uhr tauchte Abi dann mit zerzausten Haaren und geröteten Augen wieder auf und mixte sich einen starken Gin Tonic. Anschließend las sie Nico vor, während Rosanna das Abendessen zubereitete, und sobald er schlief, setzten sich die beiden zum Essen in die Küche oder auf die Terrasse.

»Allmählich beginne ich zu begreifen, warum du dieses Einsiedlerleben führst«, sagte Abi eines Abends nach dem Essen. »Es ist so ruhig, ein Tag verläuft wie der andere. Das gibt einem ein gewisses Gefühl der Sicherheit. Ich muss aufpassen, dass mein Ruf als Partymaus hier nicht allzu sehr leidet. Zum ersten Mal im Leben genügt es mir, zu Hause bleiben zu können.«

»Du arbeitest hart, Abi. Bestimmt bist du müde.«

»Ja. Seit heute Morgen um neun habe ich eine Geburt, eine Scheidung und einen Mord hinter mir«, meinte sie lachend.

»Geht's gut voran mit dem Buch?«

»Sogar sehr gut. Noch drei Wochen, dann bin ich fertig. In London wäre das unmöglich. Das Telefon klingelt, ständig schauen Leute vorbei, und am allerschlimmsten: Überall gibt's diese unglaublich verführerischen Läden, Lokale und Feste. Könnte sein, dass ich mich in Zukunft zum Schreiben immer in dein Haus zurückziehen muss.«

»Du weißt, dass du jederzeit willkommen bist. Und wenn Luca da ist, werden wir uns bemühen, dich nicht zu stören«, versprach Rosanna.

»Keine Sorge. Ich bin so weit oben, dass ich nur die Vögel höre, die in den Dachbalken nisten. Wann kommt er denn am Sonntag?«

»Sein Flugzeug landet um elf. Er wird nach dem Mittagessen da sein. Ich habe ihm angeboten, das Taxi zu bezahlen, aber er will lieber mit dem Zug fahren.«

»So ein Quatsch. Warum hast du nichts gesagt? Ich hole ihn ab. Du und Nico, ihr könnt leider nicht mitkommen, weil ich nur einen Zweisitzer habe.«

»Abi, das ist wirklich nicht nötig.«

»Sei nicht albern. Ich mache das, Punkt.«

Als das Telefon klingelte, stand Rosanna auf. »Bin gleich wieder da.« Sie eilte in die Küche und nahm den Hörer ab.

»Hallo?«

»Ich bin's, Stephen. Wie geht's?«

»Gut. Und selber?«

»Alles bestens. Ich wollte nur fragen, ob du mit Abi nächste Woche zur Vernissage kommst.«

»Wenn ich keinen Babysitter finde, wird das nicht gehen, Stephen.«

»Bitte versuch's. Es würde mir sehr viel bedeuten.«

»Na schön, ich bemühe mich.«

»Sag mir Bescheid. Tut mir leid, wenn ich jetzt Schluss machen muss, aber ich hab noch eine Menge zu tun. Tschüs, bis dann.«

Rosanna kochte Kaffee und trug die Kanne und zwei Tassen auf die Terrasse.

»Wer war das?«

»Stephen. Er wollte wissen, ob wir nächsten Mittwoch zu seiner Vernissage kommen.«

»Ich finde, du solltest auf jeden Fall hingehen«, sagte Abi und nahm einen Schluck Kaffee.

»Ich müsste einen Babysitter auftreiben, aber ich hasse es, Nico in der Obhut Fremder zu lassen. Außerdem wird Luca da sein.«

»Das Problem ist schnell gelöst. Du gehst, und ich bleibe bei Nico und Luca. Es würde dir guttun, ein bisschen rauszukommen, und Stephen hat dir so viel geholfen, Rosanna. Du solltest dich revanchieren.«

»Du hast recht. Möchtest du denn nicht dabei sein?«

»Nicht unbedingt. Ich komme so gut voran mit dem Schreiben und will den Schwung ausnutzen. Wir müssen eines deiner schönen Kleider entmotten. Schätze, nicht mal du würdest zu einer Vernissage Shorts und T-Shirt tragen. Und jetzt halt den Mund und trink deinen Kaffee. Du gehst hin, aus, fertig.«

Abi wartete in der Ankunftshalle in Heathrow auf Luca.

Ihr Herz setzte einen Schlag lang aus, als sie ihn entdeckte. Er wirkte schmaler und kantiger, als sie ihn in Erinnerung hatte, und seine schwarzen Haare waren von einigen grauen Strähnen durchzogen.

Sie tippte ihm auf die Schulter, bevor er in der Menge verschwinden konnte.

Luca drehte sich verblüfft um.

»Abi?« Er ließ seine Tasche fallen, fasste sie bei den Schultern und küsste sie auf beide Wangen. »Ist das schön, dass du da bist.«

»Ich freue mich auch. Du siehst gut aus, Luca.«

»Danke. Und du hast dich überhaupt nicht verändert.«

»Lass uns zum Wagen gehen. Deine Schwester und dein Neffe erwarten dich schon ungeduldig. Rosanna vertraut meinen Fahrkünsten nicht«, erklärte sie grinsend, als sie zum Parkplatz marschierten.

»Es ist sehr nett von dir, dass du mich abholst.«

»Das mach ich doch gern.« Abi warf Münzen in den Parkautomaten. »Hier lang.«

Luca bewunderte den roten Sportwagen. »Dir scheint es gut zu gehen. Das Auto war teuer, was?«, bemerkte er beim Einsteigen.

»Ja. Ich hab den gesamten Vorschuss für mein nächstes Buch dafür hingeblättert«, erklärte sie, öffnete das Dach und ließ den Motor an. »Jetzt begreifst du wahrscheinlich, warum Rosanna und Nico nicht mitgekommen sind. Dieser Wagen ist besser als jede Empfängnisverhütung. Wenn ich niedergeschlagen bin, mache ich mir klar, dass ich meinen kleinen Zweisitzer mit einem Kind gegen eine Familienkutsche eintauschen müsste, und dann schlage ich mir den Gedanken sofort aus dem Kopf!«

Abi schob das Ticket in den Automaten neben der Schranke, die kurz darauf hochging.

»Halt deine Kappe fest, Luca. In zwei Stunden sind wir bei Rosanna. Ich fahre wahnsinnig gern schnell, du auch?«, rief sie. Der Fahrtwind wehte ihre goldblonden Haare nach hinten, als sie mit hundertzwanzig Sachen auf die Autobahn brauste.

»Ich …« Lucas Worte wurden vom Wind fortgetragen.

Anderthalb Stunden später verließen sie die Autobahn, und Abi ging vom Gaspedal.

»Ich bin die geborene Autofahrerin, was?«, fragte Abi.

Luca löste seine um die Lederarmlehne verkrampfte Hand, als sie mit beträchtlicher Geschwindigkeit auf einen Kreisverkehr zusteuerten. »Ja, allerdings«, antwortete er ein wenig blass.

»Du kennst Rosannas Haus noch nicht, oder? Es ist toll.«

»Nein. Aber ich freue mich schon darauf, und auf Nico.«

»Er sieht dir ähnlich«, erklärte Abi mit einem kurzen Blick auf Luca. »Nico ist genauso schmal wie du, hat die gleichen glatten dunklen Haare und deine großen braunen Augen.«

»Ach. Dann ist er bestimmt sehr hübsch«, meinte Luca lachend.

»Ja, Luca.«

Rosanna lief aufgeregt vor dem Haus auf und ab. Ihr Sohn nutzte die Gelegenheit, mit den Händen in der weichen Erde eines Blumenbeets zu graben und sie in den Mund zu stopfen. Rosanna hörte den Motor von Abis Wagen aufheulen, als dieser noch hundert Meter vom Haus entfernt war.

»Sie kommen. Nico, was hast du denn jetzt wieder angestellt?« Sie nahm ihn auf den Arm, um ihm den Schmutz von Fingern und Gesicht zu wischen, doch er entwand sich ihr, als der Mazda auf der Auffahrt zum Stehen kam.

Luca sprang aus dem Auto und lief zu Rosanna und Nico, während Abi den Motor ausschaltete und sitzen blieb, um bei der Begrüßung nicht zu stören.

»Ich freue mich so, dich zu sehen, Luca«, flüsterte Rosanna mit Tränen in den Augen und strich ihrem Bruder über die Wange.

»Ich freue mich auch, *piccolina*«, sagte Luca. »Du siehst gut aus. Würdest du mich jetzt bitte meinem Neffen vorstellen?« Er kniete neben seiner Schwester nieder, so dass er auf Augenhöhe mit Nico war.

»Nico, das ist dein Onkel Luca, der den weiten Weg von Italien hierher gemacht hat, um uns zu sehen.«

Nico ließ sich von Luca umarmen, Rosanna beobachtete die beiden gerührt. »Bring deinen Neffen ins Haus. Wir wollen was Kaltes trinken. Nach der rasanten Fahrt mit Abi bist du bestimmt fix und fertig.« An der Haustür drehte sich Rosanna um. »Kommst du, Abi?«, rief sie.

»Ja, ich muss nur noch das Dach zumachen. Sieht aus, als würde es bald regnen.«

»Gut.«

Als die beiden das Haus betraten, schlug Abi frustriert mit den Fäusten aufs Lenkrad ihres geliebten Wagens.

Luca war nicht zu haben. Ganz und gar unerreichbar. Aber sie liebte ihn nach wie vor.

Um neun Uhr saßen Rosanna und Luca in der Küche, die Reste des Abendessens noch auf dem Tisch. Nico war um acht endlich eingeschlafen und Abi nach der Rückkehr vom Flughafen sofort nach oben verschwunden, um sich, wie sie sagte, wieder dem Schreiben zuzuwenden, und seitdem nicht mehr aufgetaucht.

»Wie geht's Papàs Freundin? Kenne ich sie?«, erkundigte sich Rosanna.

»Erinnerst du dich an Signora Barezi, die Friseurin?«

»Natürlich. Zweitausend Lire für einen schlechten Schnitt«, antwortete sie lachend.

»Sie scheinen sich gut zu verstehen und verbringen viel Zeit miteinander. Sie ist seit letztem Jahr Witwe.«

»Das freut mich. Er war so lange allein. Und Carlotta? Du hast gesagt, du würdest mir von ihr erzählen.«

Vor dieser Frage hatte Luca seit seiner Ankunft Angst gehabt. Er holte tief Luft. »Rosanna, Carlotta geht es nicht gut.«

»Oje.« Lucas Miene sagte ihr, dass es etwas Ernstes war. »Was fehlt ihr?«

»Sie hat Brustkrebs. Der Tumor wurde vor zwei Wochen entfernt, weswegen ich in Neapel war. Jetzt wird sie weiter behandelt, weil die Lymphknoten befallen sind. Sie hoffen, dass das was nützt, aber …«, Luca zuckte mit den Achseln, »wir können nur abwarten und beten.«

Rosannas Lippen bebten. »Das ist ja schrecklich. Wie hat Papà es aufgenommen? Und Ella?«

»Papà ist natürlich am Boden zerstört, und Ella weiß zwar, dass ihre Mutter krank ist, aber nicht, wie schlimm.«

»Die arme Kleine, oder sollte ich besser sagen: Die arme junge Frau? Inzwischen muss sie fast fünfzehn sein.«

»Ja. Sie ist sehr hübsch und hat wie ihre Tante eine wunderschöne Stimme.« Luca lächelte traurig.

»Die würde ich eines Tages gern hören.«

»Das wirst du bestimmt, Rosanna. Carlotta hat allerlei Pläne für Ella. Anscheinend fürchtet sie, dass Papà nach ihrem Tod von Ella erwarten würde, ihren Platz einzunehmen und sich um das Café zu kümmern.«

»Wenn sie eine gute Stimme hat, sollte die doch gefördert werden, oder?«

»Das sieht Carlotta auch so.«

»Dann muss ich nach Neapel. Ich könnte mit Nico sehr bald aufbrechen.«

»Fahr noch nicht, Rosanna, lass Carlotta erst die Behandlung hinter sich bringen. Wenn du nach so langer Zeit plötzlich bei ihr auftauchst, hat sie möglicherweise das Gefühl, dass ihr nicht mehr viel Zeit bleibt.«

»Du machst mir ein richtig schlechtes Gewissen, Luca«, murmelte Rosanna. »Ich hätte Carlotta und Papà wirklich gern gesehen. Sie und Neapel haben mir sehr gefehlt. Aber als ich noch mit Roberto zusammen war, hat es sich sehr ... schwierig gestaltet, nach Italien zurückzukehren.«

»Es ist traurig, dass er dich von deiner Familie ferngehalten hat«, bemerkte Luca.

»Carlotta und Papà hätten mich in England besuchen können, aber sie haben es nicht getan. Ich habe ihnen mehrfach angeboten, den Flug zu bezahlen.«

»Du weißt, dass Papà sich weigert, ein Flugzeug zu besteigen, und Carlotta ... nun, auch sie hatte ihre Gründe, in Neapel zu bleiben. Warten wir ab, ob sie auf die Behandlung anspricht, dann kannst du immer noch Pläne machen.«

»Luca, sie ist viel zu jung zum Sterben.«

»Ja. Wir müssen fest daran glauben, dass sie es schafft.«

Rosanna schwieg eine ganze Weile, bevor sie sagte: »Luca, habe ich Carlottas Leben durch meinen Umzug nach Mailand ruiniert? Wenn ich nicht gegangen wäre, hätte sie nicht zu Hause bleiben und sich um das Café und Papà kümmern müssen.«

»Ich bin mit dir nach Mailand gezogen, also habe ich Carlotta ebenfalls im Stich gelassen.« Luca schüttelte den Kopf. »Was soll ich sagen? Es war einfach schlechtes Timing. Carlotta hat einen Fehler gemacht und musste einen hohen Preis dafür zahlen.«

»Was für einen Fehler? Die Heirat mit Giulio?«, fragte Rosanna.

»Ja, die Heirat mit Giulio.« Luca wechselte das Thema. »Ich

möchte dich etwas fragen: Würde es dir etwas ausmachen, wenn ich länger als zwei Wochen bei dir bleibe?«

»Aber nein. Es würde mich freuen.«

»Danke. Ich muss erst im September wieder ins Priesterseminar und brauche Zeit zum Nachdenken. Ich glaube, hier wäre der ideale Ort dafür.«

Rosanna sah ihren Bruder an. »Ist alles in Ordnung, Luca?«

»Natürlich, *piccolina.*« Luca wollte noch nicht über die Gedanken sprechen, die ihn beschäftigten. »Ich bin nur müde von der Reise. Es ist schön, hier zu sein und deinen hübschen kleinen Sohn kennenzulernen. Abi findet, er sieht mir ähnlich.«

»Sie könnte recht haben.« Rosanna unterdrückte ein Gähnen. »Ich bin auch müde. Wir räumen morgen früh auf. Leider wird Nico in sechs Stunden schon wieder quietschfidel sein.«

Sie gingen Hand in Hand die Treppe hinauf. Vor Rosannas Schlafzimmertür küsste Luca sie auf beide Wangen. »Ich habe immer gewusst, dass du eine wunderbare Sängerin bist. Und jetzt sehe ich, dass du auch eine tolle Mutter bist. Du kannst sehr stolz auf dich sein. Gute Nacht, *piccolina.*«

»Gute Nacht, Luca.«

35

Abi sah von Rosannas Bettkante aus zu, wie diese in ein kurzes schwarzes Cocktailkleid schlüpfte. Nachdem Luca Rosanna von Carlottas Krankheit erzählt hatte, war es für Abi gar nicht so leicht gewesen, ihre Freundin zum Besuch der Vernissage zu überreden.

»Machst du mir den Reißverschluss zu?«

»Klar.« Abi tat ihr den Gefallen.

»Soll ich eine Strumpfhose anziehen?«

»Nein, nicht nötig, du hast ja braune Beine.«

»Bist du sicher, dass du zurechtkommst? Ich hab dir die Nummer von Stephens Galerie auf den Block neben dem Telefon in der Küche geschrieben. Bitte ruf an, falls etwas mit Nico sein sollte. Dann bin ich innerhalb von zwanzig Minuten da.«

»Rosanna, sogar ich kann einem Kind ein Fläschchen geben und es ins Bett stecken.«

»Sorry.« Rosanna setzte sich an die Frisierkommode, um sich zu schminken. »Im Kühlschrank ist was zu essen für dich und Luca und eine Flasche Wein …«

»Rosanna, hör auf, mich wie ein Kleinkind zu behandeln.«

»Sorry«, wiederholte sie, als sie den Lippenstift auftrug und zur Bürste griff.

»Ich esse wahrscheinlich nur schnell beim Arbeiten ein Sandwich …« Abi sah Rosannas Blick. »Ja, ich nehme das Babyfon mit.«

»Wo ist der zweite Schuh?« Rosanna kniete vor dem Bett

nieder und schaute darunter. Kurz darauf zog sie mit einem triumphierenden Blick eine schwarze Sandale hervor und nahm das Spielzeugauto, das sich darin befand, heraus. »Fertig. Ich geh jetzt runter und verabschiede mich von Luca und Nico.«

»Gut.«

Rosanna betrat das Wohnzimmer, in dem Luca mit Nico auf dem Schoß in einem Bilderbuch blätterte. »Dir macht's doch nichts aus, wenn ich ausgehe, oder?«

»Aber nein. Du musst deinen Freund unterstützen. Nico und ich werden uns miteinander beschäftigen. Wir haben jede Menge Bücher zum Anschauen.«

»Bist du noch nicht weg? Man könnte meinen, dass du ein Jahr lang von Nico getrennt sein wirst.« Abi, die gerade das Wohnzimmer betrat, verdrehte die Augen. »Das Taxi ist da. Nun verschwinde endlich!« Sie scheuchte Rosanna zur Haustür.

»Ciao, Luca, ciao Nico, ciao ...«

Abi schloss die Tür und kehrte zum Wohnzimmer zurück. »Jemand musste ihr mal sagen, dass sie zu gluckig ist.«

»Sie muss Papà und Mamma gleichzeitig für Nico sein«, verteidigte Luca seine Schwester.

»Ja, da hast du recht«, seufzte Abi. »Macht's dir was aus, wenn ich raufgehe und noch ein bisschen arbeite? Ich komme dann in einer halben Stunde runter, gebe Nico das Fläschchen, bringe ihn ins Bett und ...«

»Arbeite du ruhig weiter. Ich kann Nico schlafen legen. Das hab ich bei Rosanna auch immer gemacht, als sie klein war.«

»Wenn du meinst.«

»Ja.«

Als Abi eine Stunde später einen Blick ins Kinderzimmer warf, sah sie, dass Nico friedlich schlief. Sie ging hinunter in die Küche.

»Abi, du kommst gerade recht.« Luca rührte am Herd in einem Topf, aus dem köstliche Düfte emporstiegen.

»Ich wollte mir eigentlich nur schnell ein Sandwich machen und wieder nach oben verschwinden.«

Luca machte ein enttäuschtes Gesicht. »Aber ich habe Risotto gekocht, so, wie wir es in Mailand immer gegessen haben.«

»Ich ...«

»Bitte, Abi. Ein Stündchen Pause schadet dir bestimmt nicht. Ich habe dich, seit ich da bin, kaum zu Gesicht bekommen. Es wäre schön, wenn wir uns ein bisschen unterhalten könnten. Hier.« Er reichte ihr ein Glas Wein.

»Na gut.« Sie nahm das Glas. »Wenn du schon gekocht hast.«

»Ich habe draußen auf der Terrasse gedeckt. Setz dich raus und entspann dich. Das Risotto bringe ich gleich.«

Einige Minuten später stellte Luca ihr einen dampfenden Teller hin und nahm ihr gegenüber am Tisch Platz.

»Mm, sieht köstlich aus«, sagte Abi.

»Ich hab nicht mehr oft Gelegenheit zum Kochen. Bitte fang doch an.« Er nahm die Gabel in die Hand. »Wie kommst du voran mit deinem neuen Buch?«

»Im Moment halte ich alles für Mist. Aber am Ende wird sich's fügen, da bin ich mir sicher.«

»Wovon handelt es?«

»Von unerwiderter Liebe.« Abi wurde rot.

»Interessantes Thema«, lautete Lucas Kommentar.

»Ja.«

»Und wann erscheint dein erster Roman?«

»Diesen September.«

»Aha. Macht das Schreiben dich glücklich?«

»Ja, sehr. Obwohl man dabei auf sich selbst zurückgeworfen ist. Man wirft seine schlimmsten Ängste und wildesten Fantasien zusammen und hofft, dass das die Leser interessiert.«

»So einfach ist das bestimmt nicht, aber es klingt, als könnte es Spaß machen. Ich muss deinen Roman lesen, wenn er draußen ist.«

»Ich glaube nicht, dass dir das Buch gefallen würde, Luca.«

»Warum nicht?«

»Na ja, Teile sind ein bisschen … gewagt.«

Luca sah sie mit großen Augen an. »›Gewagt‹?«

»Ja, es kommt ziemlich viel Sex vor.« Wieder wurde Abi rot.

Luca schmunzelte. »Und du meinst, das ist keine geeignete Lektüre für einen zukünftigen Priester?«

»Nein.«

»Auch als künftiger Priester bin ich noch Mensch und habe als Mann Gefühle wie jeder andere auch. Glaub ja nicht, dass ich in den letzten Jahren nicht an dich gedacht hätte. Denn das habe ich, und zwar ziemlich oft.« Er schob eine Gabel Risotto in den Mund. »Jetzt ist der richtige Augenblick, um dich um Verzeihung zu bitten. Das damals in Mailand war egoistisch. Ich habe mich von meinen Gefühlen für dich leiten lassen, obwohl ich wusste, dass nichts draus werden kann.«

Abi, in der kurz Hoffnung aufgeflackert war, ließ die Schultern hängen.

»Du darfst nicht so streng mit dir selbst sein, Luca. Und ich sollte mich dafür entschuldigen, dass ich dich überfallen habe, statt zu respektieren, dass du einen anderen Weg beschreiten möchtest. Dass du so oft in der alten Kirche warst, hätte mich stutzig machen sollen.« Sie versuchte, fröhlich zu klingen. »Stört's dich, wenn ich rauche?« Sie nahm Zigaretten und Streichhölzer aus ihrer Tasche.

»Nein, nein.« Luca legte Messer und Gabel auf seinen Teller.

»Wie ist das Leben im Priesterseminar?«

Luca sah sie an. »Kannst du den Mund halten?«

»Klar.«

»Bitte sag Rosanna nichts davon. Ich möchte nicht, dass irgendjemand in meiner Familie davon erfährt.«

»Wovon?«

»Ich habe mir eine Auszeit genommen, um über meine Zukunft nachzudenken.«

»Heißt das, du spielst mit dem Gedanken, aus dem Priesterseminar auszutreten?«, fragte Abi erstaunt.

»Das habe ich nicht gesagt. Aber ich erlebe gerade eine spirituelle Krise, so nennt mein Bischof das zumindest. Offenbar passiert das vielen jungen Männern in der letzten Phase der Ausbildung. Nach der Euphorie der Entscheidung und den Jahren des Studiums kommen irgendwann die Zweifel.«

»Verstehe.«

»Ich bin der festen Überzeugung, dass ich auf diese Welt gekommen bin, um Gottes Werk zu tun. Ich möchte Menschen in Not, Armen und Leidenden, helfen und ihnen das Wort Gottes verkünden.«

»Genau das wirst du als Priester doch tun, oder?«

»Ja, aber …« Luca seufzte. »Die Kirche ist wie ein exklusiver Zirkel von Geistlichen. Wie in jedem Klub existieren schriftlich fixierte Regeln, Vorschriften, die einen manchmal daran hindern, das zu tun, was man für gut hält. Außerdem gibt es wie in jeder Organisation Machtkämpfe und Leute, die die Kirche als Möglichkeit verstehen, Karriere zu machen, und über Leichen gehen, um ganz nach oben zu kommen. Ganz zu schweigen von der Korruption.« Luca schwieg kurz, bevor er fragte: »Könnte ich eine Zigarette haben?«

»Ich dachte, du rauchst nicht mehr.«

»Nur noch ganz selten. Wahrscheinlich fühle ich mich gerade an die Zeit damals erinnert«, gestand er lächelnd, als er eine Zigarette aus der Packung nahm und Abi sie ihm anzündete.

»Was du sagst, überrascht mich. Ich dachte, Priester zu werden sei deine Berufung.«

»Das ist es auch, in einer idealen Welt. Aber diese Welt ist eben nicht ideal, weil sie von Menschen bevölkert wird. Wie der Herr selbst sind wir nicht perfekt. Deswegen habe ich Zeit zum Nachdenken erhalten, bevor ich den letzten Schritt zur Ordination tue. Anders als manche meiner Kollegen interessiert es mich nicht, nach oben zu kommen. Das würde mich nur noch weiter von dem entfernen, was ich machen möchte. Ich will nicht mit fünfzig hinter einem Schreibtisch im Vatikan sitzen, sondern draußen in der Welt Menschen helfen. Tut mir leid, ich langweile dich.«

»Überhaupt nicht. Ich finde es faszinierend«, widersprach Abi.

»Danke fürs Zuhören, das konntest du schon immer gut. Ich musste mit jemandem reden.«

»Jederzeit gern, Luca. Das weißt du.«

»Und was ist mit dir, Abi?«, erkundigte sich Luca und schenkte sich ein weiteres Glas Wein ein. »Bist du zufrieden mit deinem Leben?«

»Ich versuche immer, das Beste aus allem zu machen. Ich bin eine unverbesserliche Optimistin.« Sie zuckte mit den Schultern.

»Hast du jemanden zum Verlieben gefunden?«

»Ich hatte eine ganze Reihe Freunde und jede Menge Spaß. Aber irgendwann bin ich zu dem Schluss gelangt, dass ich nicht fürs Heiraten geschaffen bin und die Liebe zu viel Leid bringt. Anders als du bin ich nämlich ziemlich egoistisch.«

»Das finde ich nicht. Du bist mir und meiner Schwester eine gute Freundin.« Er beugte sich zu ihr vor. »Wie geht es Rosanna wirklich?«

»Sie ist tapfer und stark, eine gute Mutter und …«, Abi

seufzte, »… eine sehr gute Schauspielerin. Leider liebt sie ihren nichtsnutzigen Ehemann noch immer.«

»Das glaube ich dir aufs Wort. Ich habe mit eigenen Augen gesehen, wie meine Schwester sich mit elf Jahren in Roberto verliebt hat.«

»Der Grat zwischen Liebe und Hass ist sehr schmal. Vielleicht wird Rosanna ihn eines Tages hassen«, erklärte Abi.

»Und das könnte genauso schlimm werden wie die Liebe zu ihm.« Luca schüttelte müde den Kopf. »Das Schicksal ist schon etwas Merkwürdiges. Ich bin fest davon überzeugt, dass gewisse Dinge von Gott vorbestimmt sind, bevor wir unseren ersten Atemzug tun. Roberto Rossini würde Rosanna nur Probleme bereiten, das war mir von Anfang an klar. Ich habe viele Male darum gebetet, dass nicht ausgerechnet er sich für sie interessiert. Ich weiß Dinge von ihm… Tut mir leid, Abi. Meine Schwester ist mir wichtig, und es betrübt mich, dass sie Roberto liebt und ich ihr den Schmerz, der damit einhergeht, nicht ersparen kann. Aber wie gesagt, es scheint Schicksal zu sein.«

»Ja. Sie haben über ein Jahr nicht miteinander geredet. Möglicherweise freut es dich zu hören, dass sie einen Verehrer hat: Stephen, der Typ, dessen Vernissage sie heute Abend besucht. Er vergöttert Rosanna; welche Gefühle sie für ihn hegt, weiß ich nicht.«

»Das ist doch schon was. Spricht sie je davon, an die Oper zurückzukehren?«

»Bis jetzt nicht, nein.«

Luca schüttelte den Kopf. »Also ist es Roberto gelungen, ihr sogar das wegzunehmen. Begabungen wie die ihre sind rar. Leider scheint sie sie nicht mehr zu würdigen.«

»Eines Tages, wenn Nico größer ist, wird sie vielleicht wieder singen. Zum Glück ist sie noch jung. Und wenn sie mit

Stephen zusammenkäme, würde der sie bestimmt ermutigen. Er ist ihr größter Fan.«

»Das mit Stephen klingt zu gut, um wahr zu sein«, bemerkte Luca schmunzelnd.

»Stimmt. Irgendeinen Haken muss die Sache haben.«

»Möglicherweise den, dass Rosanna seine Qualitäten nicht erkennt.« Luca zuckte mit den Achseln.

»Vermutlich. Egal, soll ich uns einen Kaffee machen?«

»Ja, gute Idee.«

Abi stand auf, um den Tisch abzuräumen. Als sie nach Lucas Teller griff, berührte er sanft ihren Arm.

»Danke noch mal fürs Zuhören, Abi.«

Abi trug die Teller in die Küche, füllte einen Krug mit Wasser, goss es in die Kaffeemaschine und schaltete sie ein. Dabei dachte sie über das nach, was er ihr gerade erzählt hatte, und überlegte, ob das etwas an ihrer Situation änderte. Wenn er sich der Sache mit dem Priesteramt tatsächlich nicht mehr sicher war, wäre doch …?

»Was soll's«, murmelte sie, während der Kaffee in die Kanne tropfte. »Egal, was dabei rauskommt, Abi. Du lebst nur einmal.«

Als der letzte Gast die Galerie verlassen hatte, schloss Stephen ab und seufzte erleichtert.

»Ein Riesenerfolg, was?«, stellte Rosanna fest.

»Ja, zwölf von fünfzehn Gemälden reserviert. Ich werde der Künstlerin Feuer unterm Hintern machen müssen, damit sie schnell mehr malt.«

»Du warst toll.« Sie setzte sich auf einen Stuhl. »So nett zu allen, sogar zu denen, die feilschen wollten.«

»Kundenpflege gehört zum Geschäft. Noch Wein?« Stephen nahm eine Flasche von seinem Schreibtisch und füllte Rosannas Glas nach.

»Danke. Auf dich, Stephen, und die Galerie.«

»Ja, auf mich. Und auf dich, weil du heute Abend da bist.«

»Das war doch das Mindeste. Und es hat mir Spaß gemacht.«

»Wirklich?«

»Ja. Es war schön rauszukommen, auch wenn's nicht ganz ohne Stress abgegangen ist«, gab sie zu. »Ich bin Small Talk nicht mehr gewöhnt.«

»Rosanna, alle haben dich ganz reizend gefunden. Jemand hat mich sogar gefragt, ob du meine Frau bist.« Stephen sah sie von der Seite an.

»Tatsächlich? Ich …« Sie stellte ihr Glas ab und stand auf. »Ich fahre jetzt lieber nach Hause. Abi und Luca fragen sich bestimmt schon, wo ich bleibe.«

»Natürlich. Ich bring dich heim.«

»Nein, ich nehme ein Taxi.«

»Sei nicht albern, Rosanna. Komm.«

Sie verließen die Galerie und gingen durch schmale Gassen zu seinem Wagen.

Auf der Fahrt nach Hause schwieg Rosanna, weil sie ein schlechtes Gewissen wegen ihrer unhöflichen Reaktion auf seine unschuldige Bemerkung hatte. Als Stephen den Wagen in die Auffahrt lenkte, wandte sie sich zu ihm.

»Möchtest du am Sonntag zum Mittagessen kommen und meinen Bruder kennenlernen?«

»Sehr gern.«

»Gut. So gegen eins?«

»Ja.«

»Danke für den schönen Abend. Gute Nacht, Stephen.« Rosanna küsste ihn auf die Wange und stieg aus.

36

»Stephen, das ist mein Bruder Luca«, stellte Rosanna die beiden einander vor.

»Freut mich, Sie kennenzulernen.« Stephen gab ihm die Hand.

»Getränke für alle.« Abi brachte ein Tablett mit einem Krug Pimm's auf die Terrasse, stellte es ab und schenkte vier Gläser ein. »Prost!« Sie nahm einen Schluck.

»Rosanna hat mir erzählt, dass Sie eine Kunstgalerie ganz in der Nähe haben«, sagte Luca zu Stephen.

»Ja, in Cheltenham. Vor ein paar Monaten habe ich mich entschlossen, mich selbständig zu machen. Bis jetzt klappt es ganz gut. Ich arbeite viel lieber hier als im lauten, schmutzigen London. Außerdem ist es eine interessante Herausforderung, junge Künstler zu entdecken. Früher habe ich bei Sotheby's gearbeitet und geholfen, Werke aus der Renaissance zu begutachten und zu schätzen.«

»Klingt interessant«, meinte Luca.

»Ich kümmere mich mal lieber um den Grill«, fiel Abi ihm ins Wort. »Leider bin ich ein hoffnungsloser Fall. Bei mir verkokelt alles.« Sie lachte. »Luca, würdest du mir das Fleisch bringen? In ein paar Sekunden kann's losgehen.«

»Ja.«

»Und ich hole Nico«, erklärte Rosanna und folgte ihrem Bruder ins Haus.

Zehn Minuten später kehrte Rosanna mit dem weinenden

Nico auf die Terrasse zurück. »Nach dem Schlafen ist er immer ein bisschen quengelig, stimmt's, mein Kleiner?«

»Hallo, kleiner Mann«, begrüßte Stephen ihn.

Sofort hörte Nico zu weinen auf und streckte die Ärmchen nach ihm aus.

»Aha«, sagte Abi, die Grillzange hoch erhoben. »Er scheint seine Lieblinge zu haben.« Sie zwinkerte Luca zu, als Stephen und Nico Hand in Hand zu einem Spielhaus gingen, das Rosanna für ihn gekauft hatte.

»Kleine Kinder sind die besten Menschenkenner«, erklärte Luca und erwiderte ihr Zwinkern.

»Hilfst du mir mal?«, fragte Abi mit vom Grill gerötetem Gesicht.

Gemeinsam beobachteten Luca und Abi, wie Rosanna sich zu Stephen und ihrem Sohn gesellte.

»Sie passen gut zusammen, findest du nicht?«, meinte Abi.

»Stephen scheint wirklich nett zu sein, aber wir dürfen keine voreiligen Schlüsse ziehen. Wir kennen Rosanna. Obwohl sie auf den ersten Blick so sanft wirkt, ist sie manchmal stur wie ein Esel. Vielleicht sollten wir ihn ihr lieber ausreden«, antwortete Luca, stach mit der Gabel in ein Würstchen und legte es auf einen Teller.

»Essen ist fertig«, rief Abi, und kurz darauf setzten sich alle an den Tisch.

Später spazierten Stephen und Rosanna mit Nico zum Dorfweiher, Enten anschauen. Luca und Abi blieben nebeneinander auf der Picknickdecke liegen.

»Wenn das Leben doch nur immer so schön sein könnte wie jetzt«, seufzte sie, drehte sich auf den Bauch, riss einen Grashalm ab und kaute nachdenklich darauf herum, während sie Luca musterte, der mit geschlossenen Augen dalag. »Schläfst du?«

»Nein.«

»Ich bin ganz high vom Pimm's, von der Sonne und vor Glück«, erklärte sie. »Und ich liebe dich, Luca.« Sie beugte sich über ihn und küsste ihn zärtlich auf die Lippen. Er reagierte nicht, wehrte sich jedoch auch nicht.

»Hast du gehört?«, fragte sie. »Ich liebe dich. Ich bin ein bisschen beschwipst, und deswegen trau ich mich, das zu sagen.«

Luca schlug die Augen auf.

Als Abi ihn noch einmal küsste, spürte sie, wie sein Arm sich zögernd um sie legte. Dann kam aus dem Nichts ein kleiner Wirbelwind herbeigefegt.

»Nico, du Minimonster …« Luca rollte von Abi weg und begann, seinen Neffen zu kitzeln, der vor Begeisterung kreischte.

Abi setzte sich auf. Zu ihrer Erleichterung sah sie, dass Rosanna und Stephen sich ein ganzes Stück weg auf der Terrasse befanden.

»Darf ich dich nächste Woche mal zum Abendessen ausführen?«, fragte Stephen Rosanna, während sie sich dem Menschenknäuel auf der Decke näherten.

»Wenn Abi und Luca auf Nico aufpassen.«

»Das tun sie sicher gern. Sie scheinen einander sehr zu mögen.«

»Stimmt, es macht Spaß zu sehen, wie gern sie zusammen sind.«

Stephen, der kurz zuvor beobachtet hatte, was zwischen den beiden passiert war, nickte nur.

Am Abend ging Rosanna schon früh hinauf in ihr Zimmer, um über Stephen nachzudenken. Sie konnte sich nichts mehr vormachen. Auf seine sanfte Art hatte er klargemacht, dass er mehr von ihr wollte als nur Freundschaft. Sie zum Abendessen einzuladen war etwas anderes, als nachmittags ein paar heitere Stunden mit ihr und Nico zu verbringen.

Im Bett versuchte sie sich vorzustellen, wie es wäre, mit ihm zu schlafen. Sie drehte sich frustriert herum, weil sie wusste, dass sie Stephen niemals so lieben konnte wie Roberto. Vielleicht würde ihr das bei niemandem mehr gelingen. Sie wollte ihm nicht wehtun, ihm nichts vormachen, ihn jedoch auch nicht verlieren. Nico und ihr würde er fehlen. Möglicherweise brauchte sie Zeit, und die Liebe musste sich entwickeln …

Rosanna schaltete müde die Lampe aus.

In der Küche spülte Abi die Teller und reichte sie Luca zum Abtrocknen.

Luca gähnte. »Tut mir leid, ich hab zu viel getrunken. Das bin ich nicht mehr gewöhnt. Ich glaube, ich muss ins Bett.«

»Nein! Bitte, Luca, bleib noch ein bisschen hier. Wir müssen reden.« Sie setzte sich an den Küchentisch und zündete sich eine Zigarette an.

Er legte die Arme um ihre Schultern. »Abi, ich möchte dich nicht aus der Fassung bringen …«

»Hast du gehört, was ich heute Nachmittag gesagt habe? Ich habe gesagt, dass ich dich liebe. Du denkst bestimmt, daran war nur der Pimm's schuld, aber es ist wahr. Ich liebe dich seit damals in Mailand. Und ich habe mir, seit du hier bist, Mühe gegeben, dir aus dem Weg zu gehen. Es war alles gut, bis du neulich Abend für mich gekocht und mir von deiner Enttäuschung über die Kirche erzählt hast. Seitdem hoffe ich, dass es vielleicht doch noch eine Chance für uns gibt … Ich kann nicht anders.« Sie drückte die Zigarette im Aschenbecher aus. »Ich begehre dich. Herrgott noch mal, du bist doch der Priester in spe! Tröste mich, sag mir, was ich tun soll!« Schluchzend stützte sie den Kopf in die Hände.

»Abi, begreifst du denn nicht, dass ich dich auch geliebt habe?«

»Tatsächlich?«

»Ja.«

»Liebst du mich immer noch?« Ihre Stimme klang hinter den Händen gedämpft.

Er atmete langsam aus. »Ja, Abi, ich liebe dich nach wie vor. Wie du habe ich überlegt, ob meine damaligen Gefühle für dich verschwunden sind, aber das ist nicht der Fall. Und jetzt sitze ich hier mit dir, in einer Zeit, in der ich versuche, die schwierigste Entscheidung meines Lebens zu treffen. Wie soll ich dir Hoffnungen machen, wenn ich noch nichts versprechen kann? Das wäre egoistisch und unfair.«

Sie hob den Blick. »Könntest du nicht anglikanischer Geistlicher oder so was werden? Dann könntest du mich und die Religion haben.«

»Abi …« Luca strich ihr schmunzelnd übers Haar.

Sie stand auf. »Ich glaube, ich sollte gehen. Das wäre das Beste für uns beide.« Sie zuckte hilflos mit den Schultern. »Ich habe meine Gefühle für dich nicht im Griff.«

»Abi, soll ich ehrlich zu dir sein?«

»Ja.«

»Ich könnte es nicht ertragen, wenn du gehst. Außerdem musst du deine Arbeit zu Ende bringen.« Luca nahm ihre Hände in die seinen. »Wir könnten hinaufgehen und miteinander schlafen. Das wünschen wir uns doch beide, oder?«

Abi nickte.

»Doch es wäre falsch. Ich sehe meine Zukunft nicht klar vor mir, und ich würde dir Dinge versprechen, die ich am Ende nicht halten kann. Dann würdest du mich hassen, und ich würde mir Vorwürfe machen, dass ich dir wehgetan und den Eid vom Eintritt ins Priesterseminar gebrochen habe.«

»Das ist mir klar, Luca.« Sie seufzte. »Deswegen sollte ich lieber nach London zurückkehren.«

»Moment noch, *cara*. Ich bin zu dem Schluss gelangt, dass Gott Liebe nicht für falsch hält. Also …« Luca holte tief Luft. »Können wir nicht einfach die wenigen Wochen, die wir haben, als Geschenk betrachten? Zeit, die wir zusammen verbringen, in der wir einander nahe sein und miteinander reden, in der wir herausfinden können, ob unsere Gefühle füreinander richtig sind?«

»Wir sollen ein Paar sein, aber ohne das Körperliche?«, fragte Abi.

»Ja. In unseren Köpfen und in unseren Herzen. Vielleicht ist das zu viel verlangt, aber mehr kann ich dir nicht bieten.«

Sie sah ihn mit großen Augen an. »Besteht also eine Chance für uns? Irgendwann in der Zukunft?«

»Ich kann dir nichts versprechen, Abi.«

Sie nickte und stand auf. »Darüber muss ich nachdenken.« An der Tür wandte sie sich zu ihm um. »Wenn ich morgen früh noch da bin …« Sie zuckte mit den Achseln. »Wenn nicht, dann … gute Nacht, Luca.« Sie öffnete die Tür und verließ die Küche.

Am folgenden Morgen trat Luca sofort nach dem Aufwachen ans Fenster, zog die Vorhänge zurück und sah zu seiner Erleichterung den kleinen roten Mazda nach wie vor in der Auffahrt stehen.

Da klopfte es an seiner Tür.

»Abi, Abi.« Er nahm sie in die Arme. »Ich hatte solche Angst, dass du weg bist.«

»Hast du mir das wirklich zugetraut? Ich liebe dich und muss meine Chance nutzen, sei sie auch noch so klein.«

Sie küsste ihn sanft auf die Wange und löste sich von ihm.

»Aber jetzt muss ich erst mal wieder an den Schreibtisch. Wir unterhalten uns später.«

Als die Tür sich hinter ihr schloss, kniete Luca nieder und bat Gott um Vergebung für seine Schwäche.

MET

NEW YORK

Abi blieb also. Natürlich hatte ich damals keine Ahnung, dass sie überhaupt mit dem Gedanken gespielt hatte zu gehen. Jener Sommer ist mir wenn schon nicht als Zeit des vollkommenen Glücks, so doch zumindest des Friedens und der Ruhe für mein gequältes Herz in Erinnerung. Stephen besuchte uns nach der Arbeit fast täglich und spielte eine Weile mit Dir, Nico, bevor Du schlafen gingst, und hinterher aßen wir zu viert auf der Terrasse und genossen die herrlichen englischen Sommerabende. Stephen war kein Ersatz für Deinen Vater – niemand konnte je seinen Platz in meinem Herzen einnehmen –, aber immerhin brachte er wieder so etwas wie Normalität in mein Dasein. Wenn ich auf der Terrasse in die Runde blickte, wurde mir klar, wie glücklich ich mich schätzen konnte, von Menschen umgeben zu sein, die mir wichtig waren.

Allmählich kehrte ich wieder ins Leben zurück. Die Benommenheit, die ich seit der Trennung von Deinem Vater empfunden hatte, begann sich zu verflüchtigen. Statt nur in den Tag hineinzuleben, war ich nun in der Lage, in die Zukunft zu blicken und Pläne zu schmieden, die nichts mit Roberto zu tun hatten. Ich fing an zu glauben, dass der Schmerz tatsächlich eines Tages nachlassen und ich auch zufrieden sein würde, wenn das nicht geschah. Ich dachte sogar wieder übers Singen nach. Stephen, Abi und Luca redeten mir gut zu. Doch ich wusste, dass noch nicht der richtige Zeitpunkt gekommen war.

Dein Onkel wirkte glücklicher als seit Langem, ruhig und zufrieden wie Abi. Eigentlich hätte ich merken müssen, was sich direkt vor meiner Nase abspielte, aber ich war mit Blindheit geschlagen, zu sehr mit meinen eigenen Gefühlen beschäftigt.

Dann begannen die Tage kürzer zu werden, und die Blätter an den Bäumen färbten sich bunt. Abi und Luca sprachen davon, dass sie bald abreisen müssten, machten dann jedoch keine konkreten Pläne. Es war, als würden wir vier versuchen, die Zeit anzuhalten. Wir wussten, dass der Sommer irgendwann enden musste, waren aber noch nicht in der Lage, uns der Realität zu stellen …

37

Gloucestershire, September 1982

Luca bereitete in der Küche das Abendessen zu, während Abi am Tisch ein Glas Wein trank.

»Abi, *cara*, ich muss dir etwas sagen. Ich habe gestern mit Papà telefoniert und muss so schnell wie möglich nach Neapel. Carlotta will mich sehen. Tut mir leid.«

»Das versteht sich doch von selbst. Mach dir meinetwegen keine Gedanken; ich muss sowieso zurück nach London. Mein Lektor ist ganz scharf auf das neue Manuskript, und die Frau von der Presseabteilung hat schon Interviewtermine für mich vereinbart. Ich ... Wie lange wirst du weg sein?«

Luca setzte sich auf den Stuhl ihr gegenüber. »Das weiß ich noch nicht. Es hängt von Carlotta ab.«

»Okay.«

»Natürlich rufe ich dich an, sobald ich weiß, wie lange ich bleiben muss. Abi ...«, er nahm ihre Hände in die seinen und küsste sie sanft, »... dieser Sommer war die schönste Zeit meines Lebens. Egal, was passiert, ich ...«

»Was soll das heißen: ›Egal, was passiert‹?« Sie entwand ihm ihre Hände.

»Ich werde dich immer lieben, auch wenn ...«

»Du liebst mich also nicht genug, um mir eine Zukunft bieten zu können. Entschuldige, ich dachte, ich käme damit zurecht, aber ...«

Abi sprang auf und verließ die Küche. Luca rief ihr nach, doch sie rannte in ihr Zimmer hinauf und knallte die Tür hinter sich zu. Dort trat sie an den Schreibtisch, auf dem schon zehn Tage lang das fertige Manuskript lag. Seitdem gab es eigentlich keinen Grund mehr, nicht nach London zurückzukehren. Sie hatte es nur einfach nicht geschafft, sich von Luca zu trennen. Abi setzte sich auf den Stuhl und blickte durchs Fenster hinaus. Der Sommer war vollkommen gewesen. Sie hatten die Tage zusammen verbracht, miteinander geredet und einander auf jede nur erdenkliche Art bis auf die eine *geliebt*.

Abi legte den Kopf auf ihr Manuskript; plötzlich wurde aus der Freude der vergangenen Wochen Furcht. Er hatte von Anfang an gesagt, dass er ihr nichts versprechen könne. Sie durfte ihm also keine Vorwürfe machen. Und sie wusste, dass dieser Schmerz erst der Anfang war.

Am folgenden Morgen hatten Rosanna und Nico sich bereits von Abi verabschiedet und das Haus verlassen, um sich mit Stephen in Cheltenham zum Mittagessen zu treffen.

Abi zwängte ihr Gepäck gerade in den winzigen Kofferraum, als Luca an die Haustür trat.

»Abi.« Er ging zu ihr und legte die Arme um sie.

»Ich ertrage das nicht. Bitte versuch, mich zu verstehen.« Sie löste sich von ihm, setzte sich hinters Steuer und ließ den Motor an.

Er beugte sich durchs Fenster hinein. »Ich liebe dich, Abi, und ich schreibe dir von Neapel aus.«

»Versprich mir nur eines, Luca.«

»Was?«

»Dass du nicht vergisst, wie du dich diesen Sommer gefühlt hast. Ich wette, dass nicht mal Gott selbst dich glücklicher stimmen könnte. Mach's gut.«

Luca verfolgte, wie Abi mit dem Wagen zurücksetzte, wendete und mit quietschenden Reifen davonbrauste.

Zum ersten Mal begriff Luca Rosannas Schmerz wegen Roberto wirklich.

Vierundzwanzig Stunden später umarmte Luca auch seine Schwester. »*Ciao, piccolina.*«

»*Ciao*, pass auf dich auf und sag Papà, Carlotta und Ella liebe Grüße von mir. Und bitte lass mich wissen, ob ich Carlotta besuchen soll.«

»Versprochen. Ich rufe dich an, sobald ich in Neapel bin.« Luca beugte sich zu Nico hinunter, um sich mit einem Kuss von ihm zu verabschieden. »Pass gut auf deine Mamma auf, *angioletto*.«

Stephen, der Luca zum Flughafen bringen wollte, wartete bereits. »Ich bin so gegen fünf wieder da«, rief er Rosanna zu, stieg in den Wagen und schloss die Tür. Sie nahm Nico, in der kühlen Herbstluft fröstelnd, auf den Arm und winkte ihnen nach.

Der Sommer war vorbei.

Als Stephen vom Flughafen zurückkam, setzten sie sich mit einem Essenstablett vor den Fernseher.

»Das Haus ist plötzlich so leer und ruhig«, bemerkte Rosanna.

»Das wird nun auch eine Weile so bleiben. Egoist, der ich bin, muss ich zugeben, dass ich es ganz schön finde, dich zur Abwechslung mal für mich allein zu haben. Meinst du, Luca und Abi werden in Kontakt bleiben?«, fragte Stephen.

»Natürlich. Sie haben ihre Freundschaft diesen Sommer erneuert.«

»Glaubst du, das war alles? Reine Freundschaft?«, fragte Stephen.

»Ja. Mein Bruder wird bald zum Priester geweiht. Warum willst du das wissen?«

»Ich habe den Verdacht, dass sie sich immer noch lieben, Rosanna.«

»Nein, sie sind gute Freunde und gern zusammen. Mehr steckt nicht dahinter, da bin ich mir sicher.«

»Wenn du meinst.« Stephen stand auf. »Jedenfalls muss ich jetzt gehen. Ich bin müde von der Fahrerei, und wenn ich noch länger bleibe, schlafe ich ein.« Er schlüpfte in seinen Pullover. »Danke fürs Essen. Ich schau dann irgendwann nächste Woche vorbei, ja?«

Da fiel es ihr wie Schuppen von den Augen: Sie wollte, dass er blieb, wollte seine Arme um ihren Körper spüren, nicht in diesem leeren, stillen Haus allein sein.

»Geh nicht«, flüsterte sie.

»Wie bitte?« Stephen wandte sich an der Tür um.

»Bitte geh nicht«, wiederholte sie.

»Willst du wirklich, dass ich bleibe?«

»Ja.« Rosanna erhob sich und trat zu ihm, stellte sich auf die Zehenspitzen und küsste ihn. Er legte die Arme um sie, und zum ersten Mal küssten sie sich richtig.

Rosanna löste sich von ihm. »Komm mit nach oben, Stephen«, murmelte sie, bevor sie es sich anders überlegen konnte.

»Ich möchte dir einen Vorschlag machen.«

Ein paar Tage nach der Abreise von Luca und Abi war Stephen wie üblich nach der Arbeit zu ihr gekommen und schob nun Nico, der im unteren Teil des Gartens auf der Schaukel saß, an.

»Wird mir dieser Vorschlag gefallen?«, fragte Rosanna lächelnd.

»Keine Ahnung. Ich hoffe es.«

»Raus mit der Sprache.«

»Ende dieses Monats muss ich nach New York zu einem sehr reichen Sammler, den ich aus meiner Zeit bei Sotheby's kenne. Ich habe ihm einen Prospekt meiner Landschaftsmalerin geschickt, die bei der Ausstellung letzten Monat so viele Bilder verkauft hat, und heute rief er mich an, um mir zu sagen, dass er gern ein paar von ihren Werken erwerben möchte. Er hat mich in die Staaten eingeladen, um das zu besprechen.«

»Warum musst du rüberfliegen, wenn er schon den Katalog hat?«, fragte Rosanna.

»Weil er sagenhaft reich ist, weswegen ich ihn mir warmhalten muss«, antwortete Stephen. »Ich dachte mir, das wäre die perfekte Gelegenheit, ein Wochenende mit dir in New York zu verbringen. Kommst du mit, Schatz? Du würdest mir eine große Freude machen. Wenn der Mann mir etwas abkauft, finden vielleicht auch andere wichtige Sammmler den Weg zu mir. Du kannst mir helfen, ihn zu bezirzen.«

Rosanna schüttelte den Kopf. »Danke, dass du mich fragst, aber ich halte New York für keine gute Idee.«

»Hast du Angst, dass dir dein Mann über den Weg läuft?«

»Ja.«

»Kein Grund zur Sorge. Zu der Zeit singt Roberto drei Wochen in Paris, das habe ich überprüft.«

»Und was ist mit Nico?«

»Ich habe Abi gefragt, sie würde auf ihn aufpassen. Es wären nur zwei Nächte.«

Rosanna zögerte einen Moment, bevor sie antwortete: »Okay.«

»Du kommst also mit?«

»Ja.«

»Nico«, sagte Stephen zu dem Kleinen, »deine Mutter ist ein Schatz.«

38

Neapel, Italien

»Papà!« Luca küsste seinen Vater auf beide Wangen. »Du siehst gut aus.« Marco schien in den vergangenen zehn Jahren keinen Tag älter geworden zu sein.

»Wein, Essen und die Liebe einer guten Frau halten mich jung«, scherzte Marco. »Komm, Luca, trink was mit mir.« Er schenkte zwei Gläser Aperol ein und reichte eines seinem Sohn.

»Wie geht's ihr?«

Marco wurde ernst. »Keine Ahnung. Sie sagt mir nichts.«

»Auch nicht, ob die Behandlung anschlägt?«

»Nein, aber man sieht ihr an, wie es um sie steht. Und Ella …« Marco zuckte mit den Achseln. »Sie weiß bloß, dass Carlotta eine Weile im Krankenhaus war und sich jetzt erholt. Die Arme fragt mich die ganze Zeit, warum ihre Mamma immer noch so blass ist. Was soll ich machen? Ich habe Carlotta versprochen, den Mund zu halten.«

»Möglicherweise hofft sie, dass sich alles in Wohlgefallen auflöst.«

»Schau dir deine Schwester an, dann reden wir weiter«, seufzte Marco.

»Ist sie oben?«

»Ja, sie ruht sich aus. Carlotta freut sich sehr, dass du da bist. Ich habe Ella über Nacht zu einer Freundin geschickt, damit du dich ungestört mit Carlotta unterhalten kannst. Versuch ihr was zu entlocken, Luca.«

»Ich schau dann mal rauf zu ihr.«

Marco legte Luca die Hand auf die Schulter. »Sie will uns schonen, aber wir sollten Bescheid wissen.«

Luca nickte und ging nach oben, wo er leise an die Tür zu Carlottas Zimmer klopfte.

»Herein«, antwortete eine matte Stimme.

Carlotta lag, bis auf die Knochen abgemagert und aschfahl, im Bett. Als Luca sie so sah, wusste er, dass sie bald sterben würde.

Sie stützte sich mit einem Lächeln, das Luca an die Carlotta von früher erinnerte, auf die Ellbogen.

»Lass dich von deiner Schwester umarmen.«

Er trat zu ihr und legte, den Tränen nahe, die Arme um sie.

»Ich freu mich ja so, dass du da bist.«

Sie sank in die Kissen zurück und ergriff seine Hand.

»Tut mir leid, dass ich dich nicht unten begrüßt habe, aber ich bin heute ein bisschen müde.«

»Das macht doch nichts, Carlotta.« Als ihr Körper sich vor Schmerz verkrampfte, strich er ihr über die Stirn. »Schlimm?«

Sie nickte. »Du weißt, was Sache ist, Luca?«

»Was?«

»Dass ich nicht mehr lange habe.«

»Bitte, Carlotta, so etwas darfst du nicht sagen.«

»Die Ärzte haben es mir bestätigt. Die Behandlung nützt nichts, ich habe überall Metastasen. Sie können nichts mehr für mich tun.« Sie schloss die Augen.

Luca wurde klar, dass es keinen Sinn hatte, um den heißen Brei herumzureden. »Wie lange bleibt dir noch?«

»Sie wissen es nicht. Drei bis sechs Monate. So, wie ich mich im Moment fühle, vielleicht nur noch ein paar Stunden.« Sie verzog das Gesicht vor Schmerz. »Könntest du mir bitte die Tabletten da geben?« Sie deutete auf ein Fläschchen neben dem Bett. »Wenn ich eine schlucke, geht's mir ein bisschen besser. Die Wirkung hält ungefähr zwei Stunden an, aber ich darf sie nur alle *vier* nehmen.« Luca reichte ihr eine Tablette, die sie mit etwas Wasser hinunterspülte. Dann lehnte sie sich seufzend zurück und schloss die Augen. »Es dauert ein Weilchen, bis die Tablette wirkt.«

»Kein Problem, lass dir Zeit.« Luca hielt schweigend ihre Hand. Allmählich wurde ihr Atem ruhiger, und ihre körperliche Anspannung ließ nach. Luca hatte das Gefühl, dass sie eingeschlafen war, doch kurz darauf schlug sie die Augen auf und lächelte ihn an.

»Jetzt ist es besser. Mein lieber Bruder, ich bin so froh, dass du da bist. War der Urlaub in England bei Rosanna schön?«

»Ja, sogar sehr.«

»Wie geht's Rosanna und Nico?«

»Gut.«

»Prima. Luca, ich muss mit dir reden.« Nun klang sie fast normal. »Aber nicht jetzt. Heute Abend gehen wir zum Essen aus.«

»Bist du sicher, dass du das schaffst, Carlotta?«

»Nein, aber ich schaffe sowieso nicht mehr viel. Solange ich das Schmerzmittel eine halbe Stunde bevor wir aufbrechen nehme, ist alles in Ordnung. Wir müssen uns an einem Ort unterhalten, an dem uns niemand belauschen kann.«

»Carlotta, solltest du nicht lieber in die Klinik?«, fragte Luca.

»Das meinen jedenfalls die Ärzte. Aber ich habe die Wahl. Ich kann mich entweder ins Krankenhaus legen, mich mit Schmerzmitteln vollpumpen lassen und an den Tod denken, oder ich kann versuchen, noch ein wenig länger zu leben und zu leiden. Was würdest du tun?«

Luca sah sie voller Bewunderung an. »Du bist wirklich sehr tapfer, Carlotta.«

»Ja, momentan. Vielleicht, weil du hier bist. Manchmal ist es nicht so leicht.«

»Papà sagt, du willst mit ihm nicht über deine Krankheit sprechen. Carlotta, du musst mit ihm reden. Er fühlt sich ausgeschlossen. Er braucht Zeit, das zu verdauen.«

»Ich werde mit Papà reden, wann ich es für richtig halte. Ich möchte nicht riskieren, dass Ella die Wahrheit erfährt. Was für einen Sinn hätte es, wenn sie leidet, bis ich endlich sterbe? Das könnte Monate dauern, und es wäre grausam für sie.«

»Es ist natürlich deine Entscheidung, aber glaubst du nicht, dass es für Ella besser wäre, die Wahrheit zu wissen? Sie ist kein Kind mehr und nimmt es dir unter Umständen übel, wenn du über ihren Kopf hinweg entscheidest.«

»Mag sein.« Kurz leuchtete in Carlottas Augen das alte Feuer auf. »Aber diese eine Entscheidung möchte ich selber treffen. Alles andere werde ich dir erklären, wenn wir später zum Essen gehen. Luca, macht es dir was aus, wenn ich jetzt, wo der Schmerz nicht so schlimm ist, ein bisschen schlafe, damit ich heute Abend ausgeruht bin?«

»Nein.« Luca küsste sie auf die Stirn und ging in sein Zimmer.

Nachdem er die Tür hinter sich geschlossen hatte, lehnte er sich dagegen und atmete ein paarmal tief durch, um den Schock über den Anblick seiner sterbenden Schwester zu verarbeiten. Dann setzte er sich aufs Bett und spielte mit dem Gedanken, niederzuknien und für sie zu beten, doch eine innere Blockade hinderte ihn daran.

Noch ein Jahr zuvor hätte er fest an eine Zukunft Carlottas im Himmel, in den Armen Gottes, geglaubt. Doch nun machte es ihm Mühe, sich selbst davon zu überzeugen.

Sie war seine Schwester, und er wollte sie nicht verlieren, auch nicht an Gott.

»Warum? Warum sie?«, fragte er.

Und bekam keine Antwort.

Später am Abend gingen sie, Carlotta auf Lucas Arm gestützt, langsam zur Strandpromenade. Die Sonne stand tief am Himmel, und obwohl es September war, gab es in den Restaurants und Bars kaum freie Plätze. Sie wählten ein kleines Lokal mit Kerzen auf den Tischen und setzten sich, weil es noch warm genug war, nach draußen.

Carlotta trug eines ihrer schönsten Kleider, hatte sich geschminkt und die Haare gewaschen. Abgesehen von den Spuren, die die Krankheit hinterlassen hatte, wirkte sie fast so wie immer.

Sie bestellten Fisch und unterhielten sich beim Essen über ihre Jugend in Neapel.

»Luca Menici, bitte beantworte mir eine Frage«, sagte Carlotta und legte Messer und Gabel auf ihren leeren Teller. »Liegt dir etwas an mir?«

»Was für eine dumme Frage, Carlotta.«

»Ich möchte nämlich, dass du mir einen Gefallen tust.«

»Im Rahmen meiner Möglichkeiten«, sagte er vorsichtig.

»Ich habe Gott in letzter Zeit oft gefragt, warum er mich so schnell wieder von dieser Erde wegholen will. Ella ist der einzige Sinn in meinem Leben. Was aus ihr wird, wenn ich nicht mehr bin, bereitet mir schlaflose Nächte.«

»Papà wird sich doch um sie kümmern, oder?«

»Nein, Luca.« Carlotta schüttelte den Kopf. »Das ist es ja: Ella wird sich um Papà kümmern. Er erwartet von ihr, dass sie mich nach meinem Tod ersetzt. Als artige kleine Enkelin wird sie das Café führen, das Essen für ihn kochen und die Wäsche für ihn waschen müssen. Aber ich möchte mehr für sie, Luca, viel mehr, als ich hatte.«

»Das kann ich verstehen. Welche Alternativen gibt es?«

»Sie hat eine wunderschöne Stimme, und die muss gefördert werden.«

»Wie ihre Tante«, murmelte Luca.

»Und ihr Vater«, erwiderte Carlotta emotionslos. »Luca, ich habe einen Plan. Möglicherweise findest du ihn nicht gut, aber mein Beschluss steht fest. Was, glaubst du, würde Papà tun, wenn Ella bei meinem Tod nicht mehr in Neapel und er ganz allein wäre?«

»Keine Ahnung, Carlotta. Wahrscheinlich würde er sich jeden Abend betrinken«, antwortete er seufzend.

»Ich weiß genau, was geschähe: Er würde Signora Barezi heiraten. Die würde die Leitung des Cafés übernehmen und sich so um Papà kümmern, wie er es gewöhnt ist. Weil Papà mich und Ella hat, besteht für ihn keine Notwendigkeit, wieder zu heiraten. Ich habe die meisten Dinge erledigt, die früher Mammas Aufgabe waren. Und seine anderen Bedürfnisse … nun, für die hat er Signora Barezi. Aber er wird sie nur zur Frau nehmen, wenn die Umstände ihn dazu zwingen. Ich glaube, das wäre die beste Lösung für ihn und Ella. Dann wäre sie frei.«

»Aber wo soll sie hin? Sie ist zu jung, um allein zurechtzukommen.«

»Ja. Sie braucht eine Familie, die für sie sorgt und ihre Stimme fördert.«

Luca schüttelte den Kopf. »Wir haben außer Rosanna und …« Er sah seine Schwester entsetzt an. »Nein, Carlotta. Du möchtest sie doch wohl nicht zu Rosanna schicken, oder?«

»Zugegeben, der Plan hat Nachteile, aber etwas Besseres fällt mir nicht ein. Sie muss ihre Chance bekommen, Luca. Ich möchte, dass sie eine Zukunft hat. Rosanna ist wohlhabend, kultiviert und kosmopolitisch. Sie kann Ella alles beibringen, was sie wissen muss. Wenn sie erst einmal ihre Stimme gehört hat, wird sie sie zu einem geeigneten Lehrer bringen.«

»Du möchtest Rosanna das uneheliche Kind ihres Mannes schicken? Das willst du ihr doch nicht antun, oder?«

»Luca.« Plötzlich lächelte Carlotta. »Das ist das einzig Schöne daran, wenn man weiß, dass man nicht mehr lange zu leben hat. Man hat Macht. Dass ich selber etwas beeinflussen konnte, ist lange her, und ich werde diese Macht nutzen, weil ich muss. Ich weiß, dass Rosanna gern für Ella, das Kind ihrer toten Schwester, sorgen wird, und sei es auch nur aus Pflichtgefühl. Es ist ja nur für ein paar Jahre. Ella ist fast erwachsen. Rosanna soll sie auf den richtigen Weg bringen. Sie muss die Hintergründe nicht erfahren.«

»Und was ist, wenn Roberto und Rosanna wieder zusammenkommen? Was dann, Carlotta?«

»Hältst du das denn für wahrscheinlich? Sie sind jetzt so lange getrennt. Du sagst, Roberto kommt nicht einmal seinen Sohn besuchen. Ich habe nicht das Gefühl, dass eine Versöhnung ins Haus steht. Und selbst wenn, sehe ich keinen Grund, warum sie die Wahrheit erfahren sollte.«

»Du willst das Geheimnis also mit ins Grab nehmen?«

Sie zögerte kurz, bevor sie nickte. »Ja, Luca. Mein Plan sieht folgendermaßen aus: Du fährst so bald wie möglich mit Ella nach England. Wir sagen ihr, dass ihr dort Ferien macht. Und du sorgst dafür, dass sie nicht mehr nach Neapel zurückkehrt.«

Luca sah sie ungläubig an. »Du willst deine Tochter in dem Wissen wegschicken, dass ihr euch nie wiederseht? Ist das Ella gegenüber fair?«

Carlotta schüttelte frustriert den Kopf. »Nein, natürlich

nicht, aber unter diesen Umständen ist nichts fair. Eine bessere Lösung weiß ich nicht. Begreifst du denn nicht? Wenn ich sterbe und Ella hier ist, klammert Papà sich an sie, und Ella kommt genau wie ich nie von zu Hause weg.«

»Und deine …« Luca schaffte es nicht, das Wort auszusprechen.

»Nein, bei meiner Beerdigung wird sie nicht dabei sein«, erklärte Carlotta. »In meinem Testament verfüge ich, dass nur du und Papà anwesend sein sollen. Luca, sie darf nicht zurückkommen. Ich flehe dich an, sorge dafür. Es ist mir egal, wie du das machst – lüg sie an, wenn es sein muss.«

Er bewunderte ihren Mut und ihre Entschlossenheit, hatte jedoch Zweifel an der moralischen Qualität ihrer Entscheidung. »Und was ist mit Rosanna? Sie muss über deine Pläne informiert werden.«

»Ja.«

»Sie möchte kommen und dich sehen.«

»Nein.« Plötzlich wirkte Carlotta sehr müde. »Es ist das Beste so, damit ich es mir nicht anders überlege. Bitte, Luca. Ich weiß, was für mein Kind richtig ist. Du hilfst mir doch, oder? Ich möchte wenigstens meinen Seelenfrieden finden.«

Er nickte. »Ich werde alles in meiner Macht Stehende tun.«

»Danke«, sagte Carlotta erleichtert. »Würdest du, wenn du Ella nach England gebracht hast, zu mir zurückkommen und bei mir bleiben? In der Nähe von Pompeji gibt es ein von Nonnen geführtes Hospiz, das Sterbende in ihren letzten Wochen aufnimmt. Dorthin würde ich gern gehen.«

»Das muss ich mit dem Priesterseminar besprechen, aber du weißt, dass ich an deiner Seite bleibe, solange du willst.«

Carlotta ergriff seine Hand.

»Bis zum Ende, Luca.«

Später dachte er in dem schmalen Bett, in dem er als Kind geschlafen hatte, traurig darüber nach, wie viele Fehlentscheidungen im Namen der Liebe gefällt wurden.

39

Der Jumbo der British Airways rollte auf der Landebahn von JFK aus. Als Stephen Rosannas gerunzelte Stirn sah, drückte er ihre Hand.

»Alles in Ordnung, Schatz?«

Rosanna nickte müde. Wenn sie ihn doch nur nicht nach New York begleitet hätte! Nico hatte beim Abschied morgens um halb sieben geweint, Abi ziemlich angespannt gewirkt. Als Rosanna mit Stephen die Ankunftshalle betrat, fiel ihr unwillkürlich ein, wie viele Male sie früher mit Roberto hier gewesen war.

An der Passkontrolle mussten sie ziemlich lange anstehen; Roberto und sie waren immer gleich durchgewunken und zu einer wartenden Limousine gebracht worden. Bei den Taxis dauerte es wieder, bis sie endlich nach Manhattan unterwegs waren. Im Plaza bekamen sie ein hübsches Zimmer, jedoch keine Suite mit dem besten Blick. Rosanna schalt sich dafür, dass sie diese Vergleiche anstellte. Die Zeiten mit Roberto waren vorbei.

Während Stephen duschte, legte sie sich aufs Bett und rief zu Hause an. Abi erklärte ihr, dass Nico sich bald wieder beruhigt habe und nun tief und fest schlafe. Erleichtert, aber auch müde und gereizt, weil es in New York erst kurz nach zwei war, begann Rosanna ihre Sachen in den Schrank zu hängen.

Stephen kam aus der Dusche. »Jetzt fühle ich mich wie ein neuer Mensch. Nach Flügen komme ich mir immer irgendwie schmutzig vor.«

Rosanna nickte.

Stephen beobachtete sie beim Auspacken. »Was würdest du heute Nachmittag gern machen? Shoppen, Sightseeing?«

»Mir ist alles recht, entscheide du.«

»Tut's dir schon leid, dass du mitgekommen bist?«, fragte er unvermittelt.

Als sie seinen Gesichtsausdruck sah, bekam sie ein schlechtes Gewissen. »Nein, ich bin nur müde vom Flug.« Ihre Unterlippe begann zu beben, und Tränen traten ihr in die Augen.

»Was ist denn? Ist es die Erinnerung an ihn?«

»Sorry, ich kann nichts dafür. Ich dachte, ich wär endlich drüber weg. Aber hier zu sein … Ich kann es nicht erklären.« Rosanna wischte sich die Augen mit dem Handrücken ab. Stephen reichte ihr ein Papiertaschentuch.

»Allein die Tatsache, dass du in der Lage bist, ein Flugzeug zu besteigen und hierherzukommen, bedeutet, dass es besser wird. Noch vor ein paar Wochen hättest du das nicht mal in Erwägung gezogen. Auf der Welt gibt es so viele Orte, an denen du mit Roberto gewesen bist, dass du fast nirgendwo mehr hinkönntest. Du musst dich deinen Dämonen stellen.«

»Dieser Ort ist der schlimmste. Wir haben so viel Zeit in New York verbracht, und nun lebt er auch noch hier.«

»Roberto ist nicht da, Rosanna, sondern Tausende von Kilometern weit weg in Paris.«

»Tut mir leid, Stephen. Vielleicht war es doch zu früh und ich sollte wieder nach Hause fahren. Ich …«

»Hör auf, dich zu entschuldigen, Rosanna. Mit mir kannst du über alles reden. Bitte sei ehrlich zu mir. Das ist unsere einzige Chance, jemals eine richtige Beziehung zu führen.«

»Du bist so gut zu mir, ich verdiene dich gar nicht. Was würde ich nur ohne dich machen?«, schniefte sie an seiner Schulter.

»Vermutlich nicht allzu viel«, meinte er schmunzelnd. »Was hältst du davon, wenn wir uns vom Zimmerservice ein Club Sandwich und einen Tee bringen lassen? Hinterher ruhst du dich aus, während ich mich mit potenziellen Kunden treffe. Und bitte überleg dir, wo du heute Abend essen möchtest. Klingt das gut?«

»Sogar sehr gut.« Sie nickte dankbar.

Als Stephen sich eine Stunde später auf den Weg machte, legte Rosanna sich ins Bett. Kurz darauf schlief sie tief und fest und erwachte erfrischt. Nach dem Duschen wählte sie eins ihrer Lieblingscocktailkleider für den Abend und schalt sich dafür, Stephen solchen Kummer zu bereiten. »Wenn du dich nicht zusammenreißt, verlierst du ihn«, erklärte sie ihrem Spiegelbild gerade, als Stephen die Tür öffnete.

»Wow, du siehst toll aus.« Er küsste sie auf die Stirn. »Willst du wirklich ausgehen?«, murmelte er, und seine Hände wanderten ihren Rücken hinunter.

»Natürlich. Deswegen habe ich doch dieses Kleid angezogen, und außerdem habe ich einen Bärenhunger. Wir können ja unten im Hotelrestaurant essen, dann ist es ins Zimmer nicht so weit. Was hältst du davon?«, fragte sie kokett.

Wenig später genehmigten sie sich einen Drink in der Oak Bar, und zum Essen blieben sie ebenfalls im Haus, im Edwardian Room. Rosanna setzte sich an den Tisch, ohne den überraschten Blicken der anderen Gäste Beachtung zu schenken.

»Siehst du, Rosanna? Deine Fans haben dich nicht vergessen«, bemerkte Stephen augenzwinkernd.

Nach einem Likör um Mitternacht fuhren sie mit dem Lift hinauf. Sobald sich die Tür hinter ihnen geschlossen hatte, küsste Rosanna Stephen leidenschaftlich. Sie ließen sich aufs Bett fallen und rissen sich gegenseitig die Kleider vom Leib. In diesem Augenblick der Leidenschaft versuchte sie verzweifelt, die Dämonen der Vergangenheit zu verjagen.

Am folgenden Tag gingen Rosanna und Stephen shoppen. Es war lange her, dass Rosanna sich etwas Neues zum Anziehen gekauft hatte, und die Läden waren voll mit der Mode der neuen Saison. Stephen begleitete sie durch die Damenabteilung von Saks, wo sie ihm ein Stück nach dem anderen vorführte. Sie bestand darauf, ihm Hemden von Ralph Lauren, Krawatten und einen marineblauen Anzug von Dior zu kaufen. Außerdem wählte sie mehrere Geschenke für Nico.

Mit den Händen voller Einkaufstüten kehrten sie ins Plaza zurück, wo Rosanna sich aufs Bett setzte und ihre Erwerbungen begutachtete. »Ich hatte ganz vergessen, wie viel Spaß Einkaufen machen kann«, gestand sie schmunzelnd. »Abi wird stolz auf mich sein.«

»Früher hast du das öfter gemacht, stimmt's?«

»Nein. Ich kaufe nur einmal im Jahr ein. Ich bin immer mit Roberto … Ich meine, ich habe mir in der Stadt, in der ich gerade war, einen Shoppingtag gegönnt. Heute habe ich eine Menge Geld ausgegeben, aber die Sachen halten mindestens die nächsten drei Winter.«

»Rosanna, du musst dich doch nicht rechtfertigen. Du gibst so selten Geld für dich aus. Apropos Kleidung: Was willst du heute Abend bei den St. Regents tragen? Ich glaube, das wird eine förmliche Angelegenheit.«

»Das hier.« Rosanna nahm ein elegantes fliederfarbenes Etuikleid mit einem dazu passenden Jäckchen aus einer der Tüten. »Ist das okay?«

»Perfekt.« Stephen nickte.

Eine Stunde später saßen sie in einem Taxi und fuhren die Fifth Avenue entlang.

»Was macht dein Kunde beruflich?«

»Er hat sein Geld im texanischen Ölgeschäft verdient und gehört zu den reichsten Männern Amerikas. Du wirst Augen machen, wenn du ihr Penthouse siehst, das ist einfach der Wahnsinn. Jede Menge Kohle und wenig Geschmack, abgesehen von der Kunst natürlich. Seine Sammlung ist einen zweistelligen Millionenbetrag wert. Bei ihm starre ich die ganze Zeit nur die Sachen an den Wänden an.«

»Was für eine Verschwendung.« Rosanna schüttelte den Kopf.

»Wie meinst du das?«

»Schöne Gemälde sollten doch von vielen Leuten angeschaut werden und nicht nur von den Reichen, die sie bei sich horten, oder?«

»Finde ich auch«, pflichtete er ihr bei. »Aber bitte erzähl das nicht unserem Gastgeber. Leute wie er sichern mir meinen Lebensunterhalt.«

»Keine Sorge. Ich weiß mich zu benehmen.«

Das Taxi hielt vor dem mit einer Markise überdachten Eingang eines schicken Wohngebäudes an der Fifth Avenue. Ein Livrierter eilte heran und öffnete ihnen die Wagentür.

»Guten Abend. Wir sind Gäste von Mr und Mrs St. Regent«, erklärte Stephen.

»Oberste Etage, Sir.« Der Livrierte holte den Lift. »Ich wünsche Ihnen einen schönen Abend.«

Oben betraten sie einen mit dickem Teppich ausgelegten Flur. Stephen drückte auf die Klingel neben der Tür, die kurz darauf von einer Bediensteten geöffnet wurde.

»Guten Abend, Sir, Madam. Darf ich Ihnen die Garderobe abnehmen?«

In dem Moment eilte eine üppige Blondine mit hochtoupiertem Haar und viel zu dick aufgetragenem Make-up zu ihnen. Sie hatte ein teures, ziemlich auffälliges lilafarbenes Kleid an und begrüßte sie mit einem breiten Lächeln.

»Stephen, mein Lieber. Schön, dass du heute Abend kommen konntest. John ist ganz begeistert von deinem kleinen Prospekt.« Sie küsste ihn auf beide Wangen. »Und das ist…« Die Frau starrte Rosanna an. »Rosanna Rossini! Na so was!« Trish St. Regent drehte sich um und rief ihren Mann. »Johnny, schau mal, wer uns da beehrt!« Sie wandte sich wieder Stephen zu. »Ich hatte ja keine Ahnung, dass sie deine Freundin ist.«

Ein korpulenter, eierköpfiger Mann mit rotem Gesicht und Glatze gesellte sich zu ihnen.

»Wer ist denn unser Überraschungsgast, Trish?«

Sie wandte sich aufgeregt ihrem Mann zu. »Keine andere als Rosanna Rossini. Erinnern Sie sich noch an uns, meine Liebe? Wir waren immer bei Ihren Premieren an der Met. Einmal haben wir uns bei einer der Partys hinterher mit Ihnen unterhalten. Damals waren Sie noch mit Roberto zusammen. Jetzt, wo er hier in der Stadt lebt, haben wir uns angefreundet, und…«

Rosanna wurde blass.

Das bemerkte John St. Regent. »Trish, du bringst das arme Mädchen in Verlegenheit.« Er schob sich an seiner Frau vorbei zu Rosanna. »John St. Regent. Willkommen.«

»Hallo.« Rosanna rang sich ein Lächeln ab, als John zuerst ihre, dann Stephens Hand schüttelte.

»Schön, dass du kommen konntest. Wir unterhalten uns später«, sagte John zu Stephen und hielt Rosanna den Arm hin. »Kommen Sie, meine Liebe.«

Rosanna hakte sich bei ihm unter und ließ sich von ihm in das prächtige Wohnzimmer führen, während Stephen sich von Trish eine neu erworbene Skulptur zeigen ließ.

»Champagner?«, fragte er und winkte eine Bedienstete mit einem Tablett herbei.

»Danke.« Rosanna nahm ein Glas und trat mit John an die deckenhohen Fenster.

»Einen besseren Ausblick finden Sie nirgendwo auf der Welt«, sagte er und deutete auf den von Lampen erhellten Central Park unter ihnen.

»Ja, ziemlich spektakulär.«

John beugte sich zu ihr hinunter. »Nehmen Sie's meiner Frau nicht übel. Manchmal führt sie sich auf wie die Kellnerin, die sie früher mal gewesen ist. Sie hat eine Schwäche für Klatsch.«

Als er ihr verschwörerisch zuzwinkerte, begann Rosanna sich für ihn zu erwärmen und sich ein wenig zu entspannen.

»Von Ihrem Ex wird nicht mehr die Rede sein, dafür sorge ich schon. Okay?«

»Danke.«

»Mit Stephen sind Sie bedeutend besser dran. Ich kenne ihn seit zehn Jahren. Er ist ein anständiger Mensch.«

»Ja, das stimmt«, pflichtete sie ihm bei, als Trish und Stephen den Raum betraten.

»Ist das nicht gemütlich? Nur wir vier. Ich liebe solche kleinen Essenseinladungen. Da kann man sich wenigstens mal richtig unterhalten«, zwitscherte Trish, als die Bedienstete Stephen ein Glas Champagner reichte.

Rosanna, die ahnte, dass es ein langer Abend werden würde, seufzte stumm.

Nach dem Essen zogen sich Stephen und John in Johns Arbeitszimmer zurück, um übers Geschäft zu sprechen. Trish setzte sich neben Rosanna aufs Sofa und nahm ihre Hände in die ihren. »Mein Mann hat mich zwar gebeten, nicht mehr über

Roberto zu reden, aber manchmal tut's gut, wenn man seine Sorgen loswird.« Trish blickte Rosanna erwartungsvoll an. Als diese nicht reagierte, meinte sie: »Wir sehen ihn oft. Donatella Bianchi und ich, wir sind befreundet, und … Sie wissen doch über ihn und Donatella Bescheid, oder?«

»Ja.« Rosanna starrte ihre neuen Schuhe an. Am liebsten hätte sie das Penthouse der St. Regents auf der Stelle verlassen, doch Trishs texanische Direktheit hatte etwas seltsam Entwaffnendes. Das Wochenende entwickelte sich allmählich zu einem Kraftakt, zu einem Test ihrer psychischen Stärke. Aber vielleicht, dachte sie, als sie der Frau lauschte, hatte das Ganze ja auch eine reinigende Wirkung.

»Ach, verstehe. Sie lieben ihn immer noch, stimmt's? Ich dachte, jetzt, wo Sie mit Stephen zusammen sind …«

»Nein, es ist vorbei«, sagte Rosanna mit fester Stimme. »Wenn ich wieder in England bin, lasse ich mich von Roberto scheiden.«

Rosanna überraschten die Worte, die sie soeben ausgesprochen hatte, mehr als Trish.

»Ich habe Sie aus der Fassung gebracht«, meinte Trish. »Johnny hat recht, ich kann einfach nicht den Mund halten.«

»Nein, nein. Manchmal hilft Reden tatsächlich«, erklärte Rosanna.

»Ehrlich, Schätzchen, ohne ihn sind Sie besser dran. Ich weiß, dass er Donatella nicht treu ist, aber das scheint sie nicht zu stören. Die zwei passen zusammen. Doch ein zartes Pflänzchen wie Sie braucht einen altmodischen, treuen Mann. Lassen wir das Thema Roberto. Wann haben Sie vor, wieder zu singen? Sie fehlen uns an der Met«, erklärte Trish.

»Ich weiß es nicht, Trish. Vielleicht wenn mein Sohn älter ist.«

»Solange es nur Ihr Kleiner ist, der Sie davon abhält, und nicht Ihr Schon-bald-Exmann … Sie besitzen eine Gabe, und die sollten Sie nutzen. Eins habe ich gelernt: Man lebt nur einmal. Für uns Frauen ist alles noch schwerer. Wenn man als Frau glücklich sein möchte, muss man taffer sein als die Männer, das können Sie mir glauben.«

Rosanna merkte, dass Trish es trotz ihrer direkten Art ehrlich meinte.

»Schatz, möchtest du dir mit mir Johns wertvollstes Stück ansehen?« Stephen, der ahnte, dass Rosanna Hilfe brauchte, betrat das Wohnzimmer.

»Ja, gern«, antwortete Rosanna dankbar.

»Dann komm mit.« Stephen führte sie einen Flur entlang, an dessen Wänden zahllose beeindruckende Kunstwerke hingen. Am Ende befand sich eine Stahltür, neben der John wartete. Er gab einen Sicherheitscode ein und drückte die Tür mit der Schulter auf.

In dem Raum dahinter war es dunkel, ein einzelner Strahler erhellte ein kleines gerahmtes Bild an der Wand. John schob Rosanna zu einem Stuhl davor. »Sehen Sie es sich an. Ist es nicht wunderschön?«

Rosanna betrachtete die Zeichnung der Muttergottes. »Von wem ist sie?«

»Von Leonardo da Vinci.«

»Gütiger Himmel!«, hauchte sie und trat einen Schritt näher heran.

»Das ist ein Geheimnis, Rosanna, aber wir vertrauen darauf, dass du den Mund halten kannst«, sagte Stephen.

John legte von hinten die Hände auf ihre Schultern. »Um an ein besonderes Kunstwerk heranzukommen, muss man clever sein und die richtigen Händler kennen. Und mit Stephen habe ich richtig Glück.«

»Darf ich fragen, was du dafür bezahlt hast?«, erkundigte sich Stephen.

»Mehrere Millionen Dollar. Angesichts der Tatsache, dass die Zeichnung vermutlich unbezahlbar ist, ein geringer Preis. Aber letztlich geht es mir nicht um den Wert oder den Künstler. Ich liebe dieses Wahnsinnsgesicht. Manchmal sitze ich Stunden hier drin und schaue es an. Trish hält mich für verrückt. Vielleicht hat sie recht.«

»Hast du die Zeichnung begutachten lassen?«, fragte Stephen.

»Der Händler, der sie mir verkauft hat, ist hundert Prozent zuverlässig und hat Expertisen dazu geliefert. Das Ding ist echt.«

Stephen nickte. »Dürfte ich mir die Zeichnung bei meinem nächsten Besuch genauer ansehen? Mich als Renaissance-Experten interessiert sie sehr. Wenn die Öffentlichkeit davon erführe, würde das für Riesenwirbel sorgen. Weltweit gibt es nur wenige zweifelsfrei Leonardo zuzuordnende Werke. Wenn dieses dazugehört, ist es tatsächlich unbezahlbar.«

»Klar kannst du sie dir anschauen, aber ich weiß, dass du zu dem gleichen Ergebnis kommen wirst«, erklärte John. »Wie finden Sie sie, Rosanna?«

»Wunderschön. Ich kann verstehen, warum Sie sie lieben.«

»Deine Freundin hat Geschmack.« John hielt die Tür auf, Stephen löschte das Licht, und sie verließen den Raum. Im Wohnzimmer nahm Trish gerade einen Schluck Brandy.

»Na, hast du dir deinen Kick geholt?«, fragte sie ihren Mann. »Echt …«, Trish sah Rosanna an, »manche Männer steigen anderen Frauen nach, andere sind scharf auf Alkohol oder Glücksspiele. Der meine sitzt stundenlang in einer Kammer und starrt eine Zeichnung von 'ner Jungfrau an!« Sie erhob sich seufzend und schlang die Arme um John. »Trotzdem liebe ich ihn.«

»Ich glaube, wir sollten gehen«, sagte Stephen und legte Rosanna eine Hand auf die Schulter. »Morgen geht's früh wieder zurück nach England.«

»Schade, dass ihr nur so wenig Zeit hattet«, meinte John.

»Du musst bald mal wiederkommen und uns besuchen, zum Beispiel, wenn du beschließt, sie zu ehelichen. Dann schmeißen wir eine Party für euch«, erklärte Trish mit einem Augenzwinkern.

»Vielleicht eines Tages«, sagte Stephen, während Rosanna ein wenig gequält den Mund verzog. »Morgen setze ich mich wegen des Transports mit der Fluggesellschaft in Verbindung, John. Schätze, das erste Bild ist bis Ende des Monats bei dir.«

»Prima. Rosanna, man muss schnell sein und die Künstler erkennen, die in zwanzig Jahren groß rauskommen«, erklärte John.

»Wenn du dann im Grab liegst«, spottete Trish auf dem Weg zur Tür.

»Achten Sie gar nicht auf sie. Sie hat keine Ahnung von Kunst. Diese Landschaftsmalerin, die Stephen da an der Angel hat, wird's meiner Meinung nach schaffen.«

»Hoffentlich hast du recht«, sagte Stephen und küsste seine Gastgeberin auf beide Wangen. »Danke für den schönen Abend.«

»Gern geschehen, Stephen. Und pass auf deine kleine Freundin auf, ja?«

»Ich gebe mir Mühe«, versprach er.

»Unser Chauffeur bringt euch zurück ins Hotel«, rief John ihnen nach, als Rosanna und Stephen zum Aufzug gingen.

»Danke. Gute Nacht, John.«

Kurz darauf fuhren sie auf dem Rücksitz einer Stretchlimousine gemächlich die Fifth Avenue entlang.

»Wie findest du die Zeichnung?«, fragte Stephen Rosanna.

»Wunderschön. Ist sie wirklich von Leonardo?«

»Sie sieht jedenfalls so aus, aber ich müsste sie genauer untersuchen, um mir sicher zu sein. Offen gestanden, kann ich's gar nicht erwarten, genau das zu tun. Wenn es sich tatsächlich um einen Leonardo handelt, ist das der Fund des Jahrhunderts.«

»Spielt das eine Rolle? Niemand außer John und ein paar ausgewählten Gästen wird die Zeichnung je zu Gesicht bekommen.«

»Eines Tages schon. John will seine gesamte Sammlung dem Metropolitan Museum of Art vermachen. Die Leute werden staunen, wenn sie diese kleine Zeichnung sehen.«

Rosanna unterdrückte ein Gähnen. »Entschuldige.«

»Du bist müde.« Stephen wandte sich ihr zu. »Hat es dir in New York gefallen? Ich weiß, es war nicht leicht für dich.«

»Ja, danke.«

»Ich wäre fast im Erdboden versunken, als Trish mit Roberto angefangen hat.«

»Nicht so schlimm. Ich weiß ja, dass ich endlich über ihn hinwegkommen muss. Dieses Wochenende hat mir dabei geholfen.«

»Tut mir leid, dass ich dich mit Trish allein lassen musste, doch es war wichtig. Schau.« Stephen zückte seine Brieftasche und nahm einen Scheck heraus. »Fünfzehntausend Dollar. Peanuts für John, aber für mich sind das ein paar Monate Galeriemiete.«

»Freut mich für dich. Du scheinst ein Talent für die Entdeckung unbekannter Künstler zu haben.«

»Danke. Hoffentlich geht's so weiter. Hat Trish dich ausgefragt, als ihr allein wart?«

»Klar.«

»War's schlimm?«

»Ich habe ihr gesagt, dass ich mich von Roberto scheiden lassen will, sobald ich wieder in England bin.« Rosanna wandte den Kopf ab und sah zum Fenster hinaus.

»Tatsächlich?«, fragte Stephen erstaunt.

Rosanna nickte. »Ja.«

40

Auf der Heimfahrt nach Manor House sah Stephen, dass Rosanna die Hände rang. »Kein Grund zur Nervosität. Mit Nico ist sicher alles in Ordnung. Wenn nicht, hätte Abi uns angerufen.«

»Ja. Ich weiß, ich mach mir wieder mal zu viele Sorgen.«

Abi erwartete sie bereits mit Nico an der Haustür, und als Rosanna aus Stephens Jaguar stieg, begannen Nicos Augen zu leuchten.

»Mamma! Mamma!« Er streckte die Ärmchen nach ihr aus, und Rosanna rannte zu ihm, um ihn an sich zu drücken.

»Hallo, Schatz, bist du artig gewesen?«

»Ja, war er. Wir hatten sogar richtig Spaß miteinander, stimmt's, Nico?«

»Sieht so aus«, stellte Rosanna fest und küsste ihn auf die Stirn.

»In meiner Obhut ist er weder erstickt noch an einem Stromschlag gestorben, und ich hab ihn auch nicht verstümmelt«, erklärte Abi und wandte sich Stephen zu. »Sorg dafür, dass die Frau nicht immer so nervös ist. Wenn sie mir nicht vertraut, mag ich in Zukunft vielleicht nicht mehr Kindermädchen spielen.«

»Entschuldige, Abi. Es war das erste Mal, dass ich länger als ein paar Stunden von ihm getrennt gewesen bin.«

Die Frauen gingen hinein, während Stephen sich dem Kofferraum zuwandte.

»Und, war's schön?«

»Ja. Du wirst staunen, was ich alles mitgebracht habe.«

Abi warf einen Blick auf Stephen, der die Taschen und Koffer aus dem Wagen hievte. »Du scheinst halb New York aufgekauft zu haben.«

»Kannst du die Sachen ins Wohnzimmer stellen, Stephen? Ich will Nico gleich seine Geschenke geben«, rief Rosanna.

»Immer zu Diensten, Verehrteste«, antwortete Stephen und tippte sich an seine imaginäre Mütze.

Eine halbe Stunde später tranken sie Tee und beobachteten, wie Nico mit seiner neuen Plüsch-Micky-Maus und seinem Chevrolet-Spielzeugauto spielte.

»Du verwöhnst den Kleinen zu sehr, Rosanna«, rügte Abi sie.

»Lass mich doch, ich mach das eben gern.« Rosanna strich über seinen dunklen Haarschopf.

»Hast du Abi schon von deiner großen Entscheidung erzählt?«, fragte Stephen.

»Was für eine große Entscheidung?«, erkundigte sich Abi.

»Dass ich mich so bald wie möglich von Roberto scheiden lassen möchte«, antwortete Rosanna so unbekümmert wie möglich.

»Toll! Ihr zwei scheint eine ziemlich gute Zeit in New York gehabt zu haben«, meinte Abi mit einem vielsagenden Blick.

Als das Telefon im Arbeitszimmer klingelte, ging Rosanna ran. Zehn Minuten später kehrte sie mit blassem Gesicht zurück.

»Schlechte Nachrichten, Schatz?«, fragte Stephen.

Rosanna nickte und setzte sich. »Meine Schwester Carlotta ist sehr krank. Sie lässt fragen, ob ich ihre Tochter Ella eine Weile zu mir nehmen kann, weil sie sich nicht in der Lage fühlt, sich um sie zu kümmern.«

»Verstehe. Wie alt ist Ella?«

»Vierzehn. Luca bringt sie in zwei Tagen her.«

»Die Arme«, seufzte Stephen.

»Ja. Ich habe sie Jahre nicht gesehen, seit sie neun oder zehn war. Jetzt ist sie fast erwachsen.«

»Dann hast du immerhin Gesellschaft. Wie lange wird sie bleiben?«, erkundigte sich Stephen.

»Keine Ahnung. Das hat Luca mir nicht gesagt. Würde es dir was ausmachen, sie vom Flughafen abzuholen?«

»Immer gern zu Diensten«, wiederholte Stephen schmunzelnd, um die Stimmung aufzulockern, doch Rosanna, in Gedanken bei ihrer kranken Schwester, schenkte ihm keine Beachtung. Obwohl Luca sich nicht weiter über Carlottas Zustand geäußert hatte, ahnte Rosanna, dass es schlecht um sie stand.

»Luca und ich hatten gehofft, dass Carlotta sich erholen würde, aber …« Rosanna traten Tränen in die Augen.

»Es tut mir ja so leid, Rosanna«, sagte Abi. »Ich wünschte, ich könnte dableiben und dir helfen, doch ich muss zurück nach London. Mein Buch kommt übernächste Woche raus. Ihr seid selbstverständlich zu der Party eingeladen, aber ich kann's verstehen, wenn ihr's nicht schafft. Ach, und sag Luca bitte, falls er dann noch da ist, dass er auch kommen soll«, fügte sie hinzu.

Während Abi ihre Tasche holte, setzte Stephen sich neben Rosanna und nahm ihre Hand. »Tut mir leid für dich, Liebes. Ich weiß auch nicht, wie ich dir helfen soll.«

»Luca meint, Carlotta schickt Ella weg, damit sie nicht zuschauen muss, wie ihre Mutter stirbt. Und mich will sie nicht sehen.« Rosanna seufzte. »Irgendwie verletzt mich das.«

»Sie hat bestimmt ihre Gründe. Und sie scheint dir zu vertrauen. Sonst würde sie dir nicht ihre Tochter schicken.«

»Ja«, pflichtete Rosanna ihm bei. »Da hast du wahrscheinlich recht.«

Kurz darauf verabschiedeten sie sich draußen von Abi.

»Ciao, Rosanna. Danke für alles. Wenn du jemanden zum Reden brauchst, weißt du, wo du mich findest. Ach, und liebe Grüße an Luca.« Sie ließ den Motor an und lenkte den Wagen mit einem letzten Winken die Auffahrt hinunter.

Zwei Tage später verbrachte Rosanna, gefolgt von Nico, der einen großen Staubwedel herumschleppte, den Vormittag damit, das Haus von oben bis unten zu putzen. Das tat sie immer, wenn sie angespannt war.

»Heute kommt deine Cousine, Nico. Sie heißt Ella. Kannst du Ella sagen?«

»Lala«, wiederholte Nico, als Rosanna die Kissen in einem der Gästezimmer aufschüttelte und eine Vase mit Blumen aufs Fensterbrett stellte.

»Ella«, sagte Rosanna noch einmal.

»Lala«, plapperte Nico nach.

»Fertig. Und jetzt gehen wir runter und essen was.«

Als Nico sein Nachmittagsschläfchen machte, hielt Stephens Wagen vor dem Eingang. Rosanna beobachtete vom Wohnzimmerfenster aus, wie er den Motor ausschaltete, und dann, wie Luca ausstieg und die Tür auf der hinteren Beifahrerseite öffnete. Eine groß gewachsene, gertenschlanke junge Frau mit dichtem dunklem Haar kletterte heraus. Rosanna hastete zur Tür.

»Luca, Ella … es ist so schön, euch beide zu sehen.« Sie umarmte Luca und küsste ihre Nichte auf beide Wangen. Ella, die sehr blass war und deren dunkle Augen riesig wirkten, sah ihre Tante unsicher an.

»*Come va*, Tante Rosanna? Danke, dass ich bei dir bleiben darf«, sagte sie schüchtern lächelnd auf Italienisch.

Irgendwie kam Rosanna dieses Lächeln bekannt vor. Sie legte tröstend den Arm um Ellas Schultern und führte sie ins Haus. »Wie war die Reise?«

»Aufregend. Ich bin das erste Mal geflogen. Es hat mir gefallen.«

»Bestimmt hast du Hunger. Ich habe Scones und Marmelade, die kannst du essen, damit du's bis zum Abendessen aushältst.«

»Entschuldigung, was sind Scones?«, fragte Ella Rosanna, als sie alle zusammen ins Wohnzimmer gingen.

»Kleine englische Gebäckstücke. Ich glaube, die schmecken dir. Setz dich mit Luca hin, dann mach ich uns einen Kaffee.«

»Danke, Tante Rosanna.«

»Sag einfach Rosanna zu mir. ›Tante‹ klingt so alt.« Rosanna verließ das Zimmer. Warum, fragte sie sich, verunsicherte die Anwesenheit ihrer Nichte sie so? Stephen folgte ihr in die Küche.

»Ella scheint ein nettes Mädchen zu sein, auch wenn sie während der Fahrt nicht viel geredet hat. Ich kann nicht beurteilen, wie viel Englisch sie versteht. Sie wirkt ein bisschen eingeschüchtert«, erklärte er, nahm ein Scone vom Teller und biss hinein.

»Verständlich. Sie ist noch nie von Neapel weg gewesen, schon gar nicht im Ausland und bei einer Tante, die sie jahrelang nicht gesehen hat. Sie soll sich hier zu Hause fühlen. Das ist das Mindeste, was ich für Carlotta tun kann.«

»Sie erinnert mich an jemanden«, stellte Stephen kauend fest.

»An wen?«, fragte Rosanna.

»An dich natürlich.«

Ja, genau, dachte sie. Deswegen war ihr das Lächeln so vertraut erschienen. »Stephen, bitte stell die Scones ins Wohnzimmer, bevor du sie alle auffutterst«, bat Rosanna ihn.

»Ich fahr dann mal. Du wirst mit Luca und Ella allein reden wollen.«

»Kommst du morgen zum Abendessen?«

»Gern.« Er küsste sie auf die Nasenspitze und ging.

»Hallo, Rosanna.« Ella war so leise in die Küche gekommen, dass sie sie nicht gehört hatte.

»Hallo, Ella. Ich bringe den Kaffee gleich ins Wohnzimmer.«

»Ich wollte nur fragen, ob es dir etwas ausmacht, wenn ich ins Bett gehe. Ich bin sehr müde.«

»Hast du denn keinen Hunger? Möchtest du später mit uns essen?«

Ella schüttelte den Kopf. »Nein, danke. *Buona notte*, Rosanna.«

»Gute Nacht, Ella.«

Als Ella die Küche verließ, wirkte sie so zerbrechlich, dass Rosanna fast die Tränen kamen.

»Ich glaube, sie weiß, dass Carlotta bald sterben wird, Luca«, sagte Rosanna später beim Abendessen.

»Möglich, doch Carlotta hat sich geweigert, mit Ella über ihre Krankheit oder die Zukunft zu sprechen.«

»Wie viel Zeit bleibt Carlotta noch?«

Luca legte die Gabel weg und schüttelte den Kopf. »Keine Ahnung, Rosanna, jedenfalls nicht viel. Sie hat schreckliche Schmerzen.«

»Dann muss Ella so bald wie möglich zu ihr zurück, bevor es zu spät ist.«

»Nein, Rosanna. Das möchte Carlotta nicht. Sie hat sich von ihrer Tochter verabschiedet.«

»Aber was ist mit Ella? Hat sie denn kein Mitspracherecht?«

»Carlotta hält es so für das Beste.«

»Und was passiert nach ihrem Tod?«

»Ich habe einen Brief von Carlotta für dich, der vermutlich alles besser erklärt, als ich es kann. Ich gebe ihn dir nach dem Essen. Lass uns dann weiterreden. Wie war's in New York?«

»Gut … und schlecht.« Rosanna stocherte in der Kartoffel auf ihrem Teller herum. »Mit Stephen war's schön, aber ich bin Bekannten von Roberto und seiner Geliebten Donatella Bianchi begegnet.«

Luca hob die Augenbrauen. »Er ist wieder bei ihr?«

»Ja.«

»Die beiden passen zusammen. Sie sind aus demselben Holz geschnitzt.«

»Genau das hat Trish auch gemeint.«

»Trish?«

»Die Frau von Stephens Kunde in New York. Sie ist mit Donatella und Roberto befreundet. Anfangs war's ein bisschen schwierig mit ihr, aber letztlich ist sie, glaube ich, ganz nett. Ihr Mann hat irre viel Geld und eine tolle Kunstsammlung. Er hat mich in einen kleinen Raum geführt, in dem sich eine wunderschöne Zeichnung der Madonna befindet.« Rosanna zeigte mit den Händen, wie groß sie war. »Er behauptet, sie sei von Leonardo da Vinci. Offenbar hat er mehrere Millionen Dollar dafür bezahlt.«

»Tatsächlich?« Luca schwieg kurz, bevor er fragte: »Wo hat er die Zeichnung her?«

»Keine Ahnung. Eigentlich sollte ich dir das gar nicht erzählen. Vielleicht weiß Stephen es. Du kannst ihn fragen. Warum?«

»Ach …« Luca zuckte die Schultern. »Nur so.«

Was Rosanna gesagt hatte, ließ Luca keine Ruhe. Er zog sich früh in sein Zimmer zurück, um seine Gedanken zu sortieren:

Donatella, ein Freund des Kunstsammlers, eine kleine Zeichnung der Madonna, die an Leonardo erinnerte … Konnte es ein und dieselbe sein, oder war es reiner Zufall?

Am nächsten Morgen, als Ella und Rosanna mit Nico in der Küche frühstückten, suchte Luca im Arbeitszimmer die Nummer von Stephens Galerie aus Rosannas Adressbüchlein heraus und wählte sie.

»Stephen, ich bin's, Luca Menici. Entschuldigen Sie, dass ich störe, aber ich hätte eine Frage. Gestern Abend hat Rosanna mir von einer Zeichnung der Madonna Ihres Kunden in New York erzählt.«

»Tatsächlich? Das hätte sie doch für sich behalten sollen.«

»Keine Sorge, Stephen, sie wird es niemandem sonst sagen. Warum ist die Sache so geheim?«

»Viele Kunstsammler wollen nicht, dass publik wird, welche Schätze sie besitzen. Kunstdiebstahl ist heutzutage ein großes Problem.«

»Wissen Sie zufällig, von wem Ihr Kunde diese Zeichnung erworben hat?«

»Ja, aber ich möchte sein Vertrauen nicht missbrauchen, Luca.«

»Bitte, ich muss es wissen. Sie haben mein Ehrenwort, dass ich es niemandem verrate.«

»Na schön. Von einem bekannten italienischen Kunsthändler namens Giovanni Bianchi. Warum fragen Sie?«

Luca schloss die Augen und schüttelte ungläubig den Kopf.

»Luca, sind Sie noch dran?«

»Ja, Stephen. Wir müssen reden.«

»Ich bin heute zum Abendessen bei Rosanna. Wenn ich ein bisschen früher komme, können wir uns unterhalten, während Rosanna Nico badet.«

»Gut, aber bitte kein Sterbenswörtchen zu Rosanna.«

»Natürlich nicht. Auf Wiedersehen, Luca.«

Luca legte auf, ging in die Küche und versuchte, den Gedanken zu verdrängen, dass seine geliebte Kirche und sein Land möglicherweise vor seiner Nase um einen unbezahlbaren Schatz gebracht worden waren.

41

Später am Nachmittag las Rosanna, während Nico und Ella schliefen, am Küchentisch den Brief, den Luca ihr von Carlotta gegeben hatte.

Vico Piedigrotta,
Neapel

Meine liebe Rosanna,
ich danke Dir von ganzem Herzen dafür, dass Du Ella bei Dir aufnimmst. Es bedeutet mir viel zu wissen, dass sie bei Dir in England ist, weit weg von dem, was gerade mit ihrer Mamma geschieht. Luca hat Dir sicher von meiner Krankheit erzählt und dass mir nicht mehr viel Zeit bleibt. Vergib mir, dass ich Dich nicht sehen möchte, Rosanna. Wenn der Tod unerwartet eintritt, kann man keine Entscheidungen mehr treffen; der einzige Vorteil meines langsamen Dahinsiechens ist, dass ich mein Ableben immerhin noch nach meinem Willen gestalten kann. Und ich möchte niemanden sehen. Schon bald werde ich an einem friedlichen Ort sein. Luca wird mir in meinen letzten Tagen beistehen.

Falls Du meinst, dass ich mich in den letzten Jahren nicht genug um den Kontakt mit Dir bemüht und Deine freundlichen Einladungen nach England ignoriert habe, bitte ich Dich, mir auch dafür zu vergeben. Leider kann ich es Dir nicht erklären. Unser aller Leben hat sich so anders entwickelt als erwartet, und offen gestanden fällt es mir schwer, Deines mit meinem zu verglei-

chen. Nun ist es heraus. Eines Tages wirst Du, wenn das Schicksal es so will, die ganze Wahrheit erfahren und alles verstehen.

Rosanna, möglicherweise fragst Du Dich, warum ich Ella nicht bei mir haben möchte. Mein Herz sagt mir, dass das die richtige Lösung ist, dass sie die Leiden ihrer Mutter nicht mit ansehen soll. Ich weiß, dass Du gut zu ihr sein wirst. Eine Weile wird sie sehr traurig sein, aber sie ist jung, und mit der Liebe, die Du ihr bestimmt gibst, wird sie sich im Lauf der Zeit erholen.

Zwei Dinge: Ich möchte nicht, dass Du mit Ella zu meiner Beerdigung kommst. Ich werde im engsten Kreis der Familie, nur in Anwesenheit von Papà und Luca, beigesetzt. Und – hoffentlich ist das nicht zu viel verlangt – Ella soll nach meinem Tod nicht nach Neapel zurückkehren, sondern bei Dir in England bleiben. Wenn sie hierher zurückkäme, würde sie das gleiche Leben wie ich führen müssen. Sie hat Besseres verdient, denn sie ist ein ganz besonderes Kind. Bitte sie doch eines Tages, für Dich zu singen.

Ich lege ihre Zukunft in Deine Hände. Ich habe ein wenig Geld gespart, das Dir mein Anwalt nach meinem Tod zukommen lassen wird, damit für ihren Lebensunterhalt gesorgt ist, und danke Dir im Voraus dafür, dass Du auf Ella aufpasst. Du wirst Dich gut um sie kümmern, das weiß ich.

Bitte sei mir nicht böse, wenn ich das sage, aber ich bin froh, dass Du Roberto verlassen hast. Er hat etwas Zerstörerisches, und egal, wie sehr Du ihn geliebt hast: Er würde Dir immer nur wehtun. Manche Menschen sind einfach so. Luca sagt, Du hättest jetzt einen anständigen Mann an Deiner Seite, der gut für Dich ist.

Lass Dir von Roberto nicht Deine Gabe nehmen. Du bist fürs Singen geschaffen! Du MUSST singen.

Auf Wiedersehen, Rosanna.

Ti amo,

Deine Schwester Carlotta

Rosanna ließ den Brief fallen und begann zu weinen.

»Rosanna?«

Als Rosanna den Blick hob, stand Ella vor ihr.

»Ich wollte dir nur sagen, dass Nico aufgewacht ist«, erklärte Ella. »Was ist denn?« Sie bemerkte den Brief auf dem Boden.

Rosanna hob ihn hastig auf. »Es tut mir leid, Ella, ich …«

»In dem Brief schreibt Mamma dir, dass sie nicht mehr lange hat, stimmt's? Ich weiß, dass ich hier bei dir in England bin, damit ich nicht miterleben muss, wie sie stirbt. Mir ist klar, dass ich mich endgültig von ihr verabschiedet habe.« Ella begann zu schluchzen.

»Ja, Ella, und das ist schrecklich.« Rosanna legte die Arme um sie, schob sie zum Sofa und strich ihr die Haare aus dem Gesicht. »Ich weiß, wie schwierig das für dich sein muss«, sagte sie leise auf Italienisch. »Deine Mamma will es so.«

»Aber ich nicht«, entgegnete Ella mit erstickter Stimme.

»Natürlich, aber sie versucht, dir Leid zu ersparen. Mich will sie auch nicht sehen.«

»Sie braucht mich doch, sie ist ganz allein«, klagte Ella.

»Nein. Luca fliegt morgen zurück, um sie in ihren letzten Tagen zu begleiten. Sie stehen sich sehr nahe; ihn will sie bei sich haben.«

»Und was wird aus mir? Die Zukunft, ich …« Ella schüttelte den Kopf. »Was werde ich ohne Mamma machen?«

»*Cara*, sie hat alles geregelt, also zerbrich dir darüber bitte nicht den Kopf. Fürs Erste bleibst du bei mir und Nico. Ich weiß, dass du dich hier fremd fühlst, doch irgendwann wird es leichter, das verspreche ich dir. Wir werden eine kleine Familie sein. Ich kümmere mich um dich.«

»Willst du mich überhaupt bei dir haben? Du kennst mich doch kaum.«

»So ein Unsinn, *cara*. Du bist meine Nichte. Außerdem bin

ich in diesem Haus manchmal ziemlich allein. Du leistest mir Gesellschaft, und Nico ist ganz vernarrt in dich. Wir freuen uns beide sehr, dich hier zu haben. Gemeinsam schaffen wir das, ja?«

Ella nickte. »*Sì*.«

Rosanna drückte sie an sich. »Und jetzt geh ich mal lieber nach oben, bevor mein Sohn meint, ich hätte ihn vergessen.« Sie stand auf und streckte Ella die Hand hin. »Kommst du mit?«

Ella ergriff sie. »Danke.«

»Sie glauben also, dass Sie die Zeichnung, die in John St. Regents Wohnung hängt, in der Krypta einer Kirche in Mailand entdeckt haben?«, fragte Stephen ungläubig.

Luca nickte. »Ich weiß, das ist ein erstaunlicher Zufall.«

»Okay. Erzählen Sie mir alles noch einmal ganz langsam von Anfang an.«

Luca berichtete, wie er die Zeichnung und den Silberkelch gefunden und wie Donatella beides ihrem Mann zur Begutachtung gebracht hatte.

»Sie hat Ihnen also gesagt, der Silberkelch sei eine Menge Geld wert, die Zeichnung hingegen so gut wie nichts?«, wiederholte Stephen.

»Ja.«

»Warum haben Sie keine zweite Meinung eingeholt?«

»Don Edoardo, der Geistliche der Kirche, und ich waren in einer schwierigen Lage. Wir wussten, dass das Geld aus dem Verkauf höchstwahrscheinlich nicht bei uns landen würde, wenn wir der Kirche von unserem Fund berichten. Es wäre sofort in die Kasse des Vatikans gewandert, und wir brauchten es doch so dringend für Renovierungsarbeiten. Deshalb hat Don Edoardo sich bereit erklärt, Giovanni Bianchi den Kelch zu verkaufen. Dann hat Donatella gesagt, dass sie auch die Zeichnung der Madonna erwerben möchte, weil sie ihr ans Herz gewachsen ist. Sie hat uns drei Millionen Lire dafür gegeben und einen hohen Betrag für die Renovierungsarbeiten gespendet.« Luca schüttelte den Kopf. »Wir haben ihr vertraut, Stephen, und das Geld gebraucht. Wenn ich die Wahrheit geahnt hätte …«

Stephen stieß deutlich vernehmbar die Luft aus. »Wenn es sich tatsächlich um ein und dieselbe Zeichnung handelt, sind Sie einem gemeinen Betrug zum Opfer gefallen. Ich weiß nicht, ob Sie das tröstet, Luca: Sie sind nicht der Erste und werden auch nicht der Letzte sein. Es wimmelt nur so von skrupellosen Kunsthändlern und Sammlern. Oft läuft die Sache so: Der Händler entdeckt ein wertvolles Gemälde und weiß, dass der Staat es als nationales Kulturgut beanspruchen würde, wenn er das meldet. Es würde in eine staatliche Galerie gehängt, und er bekäme nur einen geringen Lohn für seine Mühen. Wenn er jedoch einen privaten Interessenten findet, springt, wie Sie gesehen haben, sehr viel mehr dabei heraus. Ich schätze, dass mindestens ein Drittel der wertvollsten Gemälde der Welt irgendwo in geheimen Gewölben versteckt ist.«

Luca schüttelte den Kopf. »Ich kann's nicht glauben, dass Don Edoardo und ich so leichtgläubig waren.«

»Wie sollten Sie denn wissen, dass die Frau lügt? Bevor wir der Sache weiter nachgehen, müssen wir herausfinden, ob es sich tatsächlich um ein und dieselbe Zeichnung handelt.«

»Ich hoffe wirklich, dass ich mich täusche und es ein Zufall ist. Wenn sie die Zeichnung uns, der Kirche und ganz Italien gestohlen haben …« Wieder schüttelte Luca den Kopf.

»Wie gesagt, wir sollten zuerst feststellen, ob das wirklich diese Zeichnung ist.«

»Und wie sollen wir vorgehen, Stephen?«

»Ich habe John St. Regent bei meinem letzten Aufenthalt in

New York gefragt, ob ich mir die Zeichnung einmal genauer ansehen könne. Er vertraut mir blind.« Stephen seufzte. »Und bisher habe ich ihn nicht enttäuscht.«

»Stephen, ich will Sie nicht in einen Loyalitätskonflikt bringen.«

»Keine Sorge. Ich würde die Zeichnung auf jeden Fall gern genauer untersuchen und begutachten. Dabei könnte ich ein Foto für Sie davon machen. Wenn sich herausstellen sollte, dass es sich tatsächlich um Ihre Zeichnung handelt, muss ich Sie bitten, meinen Namen nicht zu erwähnen. In meiner Branche ist Diskretion das A und O.«

»Das versteht sich von selbst. Ich habe keine Ahnung, was ich machen werde, wenn es wirklich meine Zeichnung ist, aber ich muss die Wahrheit herausfinden. Danke, Stephen.«

»Keine Ursache. Mich interessiert die Sache auch.«

»Wann fahren Sie das nächste Mal nach New York?«

»Leider erst in ein paar Monaten. Im Moment habe ich zu viel in der Galerie zu tun. Frühestens Anfang Dezember. Außerdem wäre es merkwürdig, wenn ich schon so bald zurückkommen würde, um mir die Zeichnung anzuschauen. Ich habe einen weiteren Kunden in New York, für den ich ein Gemälde in Augenschein nehmen soll, was bedeutet, dass ich zwei Fliegen mit einer Klappe schlagen kann. Ich würde Ihnen raten, sich fürs Erste wieder anderen Dingen zuzuwenden.«

»Ich versuch's, aber ...«

Stephen legte einen Finger auf die Lippen, als er sah, dass Rosanna und Ella das Wohnzimmer betraten.

Rosanna kuschelte sich im Bett an Stephen.

»Gott, bin ich müde«, erklärte sie gähnend.

»Ella hat heute Abend ein bisschen weniger traurig gewirkt«, bemerkte Stephen.

»Wir haben geredet. Sie weiß Bescheid über Carlotta, dass sie bald sterben wird und das der endgültige Abschied war. Carlotta hat mir einen sehr traurigen Brief geschrieben.«

»Das tut mir leid, Schatz.« Stephen zog sie näher zu sich heran. »Deine Schwester ist noch so jung. Manchmal fragt man sich wirklich, was für einen Sinn das Leben hat.«

»Ja. Carlotta möchte, dass Ella nach ihrem Tod bei mir bleibt.«

»Aha. Und wie stehst du dazu?«

»Natürlich nehme ich sie gern bei mir auf. Ella ist ja fast fünfzehn. In ein paar Jahren will sie bestimmt aufs College oder an die Uni. Was mich daran erinnert, dass ich mich bei den örtlichen Schulen erkundigen und einen Englischlehrer für sie finden muss, der ihr Privatunterricht gibt. Sie kann sich verständigen, doch wenn sie hier zur Schule gehen soll, wird sie Hilfe brauchen.«

»Ja.« Stephen strich ihr sanft übers Haar. »Aber darüber kannst du morgen weiter nachdenken.«

»Noch eins«, sagte Rosanna, als sie das Licht ausschaltete. »Kennst du einen guten Anwalt?«

»Ja.«

»Dann gib mir bitte seinen Namen und seine Nummer. Ich möchte die Scheidung einreichen.«

»Das ist ja mal eine gute Nachricht.« Stephen küsste sie auf die Stirn. »Liebes?«

»Ja?«

»Könntest du dir vorstellen, eines Tages mich zu heiraten, wenn du dich nun von Roberto scheiden lässt?«

»Lässt du mir Zeit für die Antwort, bis die Scheidung über die Bühne ist?«

»Natürlich. Ich wollte nur wissen, ob es im Bereich des Möglichen liegt.«

Rosanna streichelte seine Wange. »Ja, *caro*. Gute Nacht.«

Bevor Luca am folgenden Morgen nach Neapel aufbrach, wählte er vom Wohnzimmer aus Abis Nummer in London. Er war nervös, weil sie seit dem schmerzlichen Abschied von Manor House nicht mehr miteinander gesprochen hatten.

»Hallo?« Sie klang verschlafen.

»Abi, ich bin's, Luca.«

»Luca, Schatz, wie geht's dir?«

»So weit gut, danke. Sorry, dass ich mich nicht früher gemeldet habe, aber es war alles ein bisschen kompliziert.«

»Jetzt rufst du ja an, das ist das Wichtigste.«

»Ich wollte dir sagen, dass ich ein paar Wochen weg sein werde. Ich bringe Carlotta in ein von Nonnen geführtes Hospiz in der Nähe von Pompeji und begleite sie bis zum Schluss.«

»Die arme Carlotta. Und du tust mir auch leid. Wie fühlst du dich?«

»Das kannst du dir ja denken. Ich muss jetzt für meine Schwester stark sein. Sie wird meinen Beistand brauchen.«

»Sie kann sich glücklich schätzen, dich zu haben.«

»Ich melde mich wieder, wenn es … vorbei ist.«

»Ja. Aber …« Sie konnte es sich nicht verkneifen, ihn zu fragen. »Fehle ich dir?«

Er erinnerte sich an die glücklichen Sommertage voller Lachen und Liebe. Dann dachte er an das, was ihm in den folgenden Wochen bevorstand.

»Mehr, als du ahnst. *Ciao, cara.*«

42

»Mrs Rossini, vermutlich wird es Sie freuen zu hören, dass Ihr Mann Ihrem Scheidungsantrag nicht widersprechen wird.«

»Oh«, sagte Rosanna ein wenig traurig. Insgeheim hatte sie genau das gehofft.

»Da Sie sich aufgrund ehelicher Untreue seinerseits von ihm scheiden lassen wollen und Mr Rossini keinen Einspruch erhebt, können wir den Antrag sofort einreichen.«

»Was ist mit Manor House?«

»Wie Sie mir mitgeteilt haben, war das Haus ein Geschenk an Sie. Der Grundbucheintrag lautet bereits auf Sie. Mr Rossini wird, Ihrem Vorschlag folgend, die Londoner Immobilie behalten und Ihnen monatlich einen großzügig bemessenen Betrag überweisen – solange Sie nicht wieder heiraten. Außerdem hat er sich bereit erklärt, insgesamt zweihundertfünfzigtausend Pfund auf ein Treuhandkonto einzuzahlen, bis Nico einundzwanzig ist. Und er wird die Kosten für Nicos Ausbildung übernehmen.« Der Anwalt schwieg kurz. »Ich finde, wir hätten auch einen einmaligen Betrag für Sie fordern sollen, Mrs Rossini. Ihr Mann ist vermögend, und …«

»Nein, das haben wir doch schon diskutiert. Ich will nur das Haus und genug Geld für Nico und mich, um ein sorgenfreies Leben führen zu können«, erwiderte Rosanna mit fester Stimme.

»Nun, es ist Ihre Entscheidung.«

»Hat er gefragt, ob er seinen Sohn sehen darf?«

»Nein. Ich habe das Gefühl, dass Ihr Mann genauso einen klaren Schnitt möchte wie Sie, Mrs Rossini. Das heißt allerdings nicht, dass er sein Besuchsrecht nicht irgendwann in der Zukunft einfordern wird. Dessen müssen Sie sich bewusst sein.«

»Was ist mit meinen Sachen, die noch in dem Haus in London sind?«

»Sie haben doch einen Schlüssel, oder?«

»Ja.«

»Sie können sie abholen, wann immer Sie wollen. Mr Rossini lebt jetzt in New York und ist selten hier. Falls Sie ihm nicht begegnen wollen, sollten Sie zuerst anrufen«, schlug der Anwalt vor. »Wenn nur jede Scheidung so unkompliziert wäre. Ihr Mann ist ausgesprochen entgegenkommend.«

»Weil er es offenbar gar nicht erwarten kann, Nico und mich loszuwerden.« Rosanna erhob sich. »Danke für Ihre Hilfe.«

»Gern geschehen. Wenn Sie mit allem einverstanden sind, was wir besprochen haben, schicke ich dem Anwalt Ihres Mannes einen Brief. Dann dürfte die Sache bald geregelt sein. Auf Wiedersehen, Mrs Rossini.«

Rosanna verließ die Kanzlei und ging durch die belebten Straßen von Cheltenham zu Stephens Galerie.

»Wie ist es gelaufen?« Stephen brachte sie in sein Büro im hinteren Teil der Galerie und bot ihr einen Stuhl an. »Wo macht er Probleme?«

»Nirgends. Roberto ist mit allem einverstanden.«

»Prima. In ein paar Monaten bist du frei, Schatz. Ich dachte, das wolltest du. Warum machst du denn ein solches Gesicht?«

»Du hast recht, das wollte ich tatsächlich.« Rosanna sah mit einem gequälten Lächeln auf die Uhr. »Könntest du mir ein Taxi rufen? Ich muss nach Hause. Ich habe Ella gesagt, dass ich bald zurück bin.«

»Ja, natürlich.« Stephen suchte die Nummer der Taxizentrale aus seinem Rolodex heraus, wählte sie und bestellte einen Wagen. Als er aufgelegt hatte, musterte er Rosanna nachdenklich. »Willst du diese Scheidung wirklich, Schatz?«

»Ja, Stephen.«

»Dann könnten wir doch, wenn ich aus New York zurück bin, mit Nico und Ella an Weihnachten wegfahren. Ein bisschen Ruhe täte uns allen gut.«

»Wir müssen abwarten, wie es mit Carlotta weitergeht. Luca ruft mich heute Abend an, um mir zu sagen, wie sie sich fühlt.«

»Soll ich später noch vorbeikommen?«

»Ja, bitte.«

»Gut, Liebes. Bis dann.«

Lucas Schritte hallten auf dem zugigen Steinflur des Hospizes wider. Er öffnete die Tür zu Carlottas Zimmer, trat leise an ihr Bett, setzte sich und nahm vorsichtig ihre Hand in die seine.

»Wie geht's Papà?«, murmelte Carlotta und öffnete die Augen.

»Du hast recht gehabt.«

»Womit?«

»Papà hat Signora Barezi einen Antrag gemacht, und sie hat ihn angenommen. Sie wollen so bald wie möglich heiraten. Das hat er mir gerade am Telefon erzählt. Er bittet uns beide um unseren Segen.«

»Und den hast du ihm gegeben?«

»Natürlich. Du bist wirklich ganz schön clever, Carlotta. Sieht so aus, als würde dein Plan funktionieren.«

Sie schloss die Augen mit einem erleichterten Seufzen. »Ich wusste, dass er's nicht lange allein aushält.«

»Ich habe mit England telefoniert. Rosanna und Ella schicken dir liebe Grüße.« Luca wechselte auf den Stuhl neben Carlottas Bett. »Rosanna klang ziemlich niedergeschlagen.«

»Warum?« Carlottas Augen blieben geschlossen.

»Weil Roberto der Scheidung zustimmt, keine Einwände erhebt und auf alle Forderungen Rosannas eingeht. Sieht so aus, als hätte unsere Schwester ihn in zwei Monaten endlich los.«

»Gott sei Dank. Sie sollte froh sein.«

»Ja, aber ich fürchte, sie liebt ihn nach wie vor.«

»Irgendwann wird sie ihn vergessen.« Carlotta versuchte, sich aufzusetzen. »Luca, würdest du noch was anderes für mich erledigen? Kannst du meinen Anwalt anrufen und ihn bitten, zu mir zu kommen? Ich muss noch ein paar Details regeln.«

»Das kann ich doch für dich machen. Dich strengt das zu sehr an.«

»Nein«, widersprach Carlotta. »Ich will ihn selber sehen.«

Als der Anwalt am folgenden Tag im Hospiz eintraf, bestand Carlotta darauf, dass Luca sie mit ihm allein ließ. Am Ende des Gesprächs reichte sie dem Anwalt einen Umschlag.

»Ihnen ist klar, dass niemand davon erfahren soll? Der Brief darf erst nach meinem Tod aufgegeben werden.«

»Ja, Signora«, antwortete der Anwalt.

»Bitte sorgen Sie dafür, dass das Schreiben mit dem Vermerk ›vertraulich‹ versehen und an die Met in New York geschickt wird. Die Leute dort kennen die Adresse, an die es weitergeleitet werden soll.«

»Das verspreche ich Ihnen.«

»Danke.«

Als der Anwalt gegangen war, sank Carlotta erschöpft in die Kissen zurück.

Mit dieser Entscheidung hatte sie in den vergangenen Monaten gerungen. Sie wollte ihrer Schwester nicht wehtun, aber, dass sie es endlich erfuhr.

Die bevorstehende Scheidung hatte den Ausschlag gegeben. Schon bald würde Roberto wissen, dass er eine Tochter hatte.

Und Carlotta würde endlich ihren Frieden finden.

»Du hast meine Nummer in New York. Ruf mich an, falls es Probleme geben sollte.« Stephen küsste Rosanna auf beide Wangen.

»Wird es nicht«, versicherte Rosanna ihm.

»Zwei Wochen Trennung von dir erscheinen mir sehr, sehr lang«, flüsterte er und drückte sie fest an sich.

»Die sind schnell vorbei. Du wirst mit geschäftlichen Dingen beschäftigt sein und ich mit den Vorbereitungen für Weihnachten. Du musst jetzt los, sonst verpasst du den Flieger.«

Stephen stieg in seinen Wagen und ließ den Motor an. »Auf Wiedersehen, Ella, tschüs, Nico. Bis bald.«

»Würde es dir etwas ausmachen, einen Tag auf Nico aufzupassen, Ella? Ich muss meine Sachen aus London holen. Mein Anwalt meint, nächste Woche wäre gut, weil Roberto in New York ist. Und allein komme ich sehr viel schneller voran als mit Nico.«

»Selbstverständlich«, antwortete Ella.

»Bist du sicher? Ich kann am Samstag fahren, damit du keinen Unterricht verpasst.«

»Natürlich bin ich sicher. Nico mag seine Tante Lala doch, oder?« Ella drückte Nico an sich, der sich an sie kuschelte.

»Danke, Ella.«

»Alles in Ordnung?«, erkundigte sich Ella, als sie Rosannas Anspannung bemerkte.

»Ja.« Rosanna verließ die Küche und ging ins Arbeitszimmer, um eine Liste der Dinge zu erstellen, die sie abholen wollte.

Im Zug nach London dachte Rosanna, um sich von dem abzulenken, was sie in den folgenden Stunden tun musste, darüber nach, wie gut Ella sich eingewöhnt zu haben schien. Rosanna hatte sie in einer kleinen Privatschule im Nachbarort eingeschrieben. In den vergangenen beiden Monaten hatte sich ihr Englisch mithilfe eines Privatlehrers sehr verbessert, und sie hatte sich mit Gleichaltrigen angefreundet. Mit den Schularbeiten tat sie sich schwer, doch die Lehrer halfen ihr gern. Sie glaubten, dass ihr Englisch reichen würde, um im Sommer eine Reihe Prüfungen zu schaffen. In der folgenden Woche wollte Rosanna mit Nico das Weihnachtskonzert der Schule besuchen, bei dem Ella einen Soloauftritt haben würde, von dem sie ihrer Tante mit leuchtenden Augen erzählte.

Rosanna, die ihre Nichte bereits ins Herz geschlossen hatte, bewunderte ihren Mut und ihre Beharrlichkeit. Wenn Luca zweimal wöchentlich anrief, um zu berichten, wie es Carlotta ging, weinte sie zwar meist, aber ansonsten schien Ella sich in ihr Schicksal gefügt zu haben. Rosanna tröstete es, dass sie Luca erzählen konnte, wie gut Ella sich machte, weil das Carlotta beruhigte, die in den vergangenen Tagen immer wieder das Bewusstsein verloren hatte. Es würde wohl nicht mehr lange dauern, doch ihre Schwester schien bereit zu sein.

Als der Zug in Paddington Station einfuhr, suchte sich Rosanna eine Telefonzelle und wählte mit zitternden Fingern die Nummer des Kensingtoner Hauses, um sicherzugehen, dass Roberto nicht da war. Sie ließ es gut zwei Minuten lang klingeln, bevor sie auflegte und sich mit einem Lächeln bei dem ungeduldig hinter ihr wartenden Geschäftsmann entschuldigte, der das Telefon ebenfalls benutzen wollte. Dann machte sie sich auf den Weg zu den Taxis.

»In die Campden Hill Road, bitte«, sagte sie, nachdem sie eingestiegen war.

»Ja, Miss.«

Obwohl sie wusste, dass Roberto sich nicht in London aufhielt, schlug ihr Herz wie wild, als das Taxi die Kensington High Street entlangfuhr, links einbog und vor dem Haus hielt.

»Das wären dann sechs Pfund, meine Liebe.«

Rosanna zahlte und stieg aus. Einen Moment lang betrachtete sie das hübsche weiße Gebäude, bevor sie, tief Luft holend, die Stufen zum Eingang hinaufstieg.

Als ihr dort der vertraute Geruch ihres einstigen Zuhauses in die Nase stieg, musste sie sich kurz auf eine Stufe setzen, weil ihr ein wenig schwindlig wurde.

Komm schon, Rosanna, redete sie sich zu, es dauert nur eine Stunde, dann kannst du wieder heimfahren.

Rosanna stand auf und kramte in ihrer Handtasche nach der kurzen Liste, auf der hauptsächlich kleine Souvenirs von ihren Reisen standen. Dann öffnete sie die Tür, stieg die Treppe empor, um das Schlimmste zuerst hinter sich zu bringen, und betrat das Schlafzimmer, das sie mit Roberto geteilt hatte.

Alles war wie früher – sogar ihr Foto stand noch auf dem Tischchen neben Robertos Seite des Betts. Das Haus wirkte unbewohnt; Rosanna fragte sich, wie oft Roberto seit ihrer Trennung hier gewesen war. Vielleicht überhaupt nicht. Sie öffnete den Einbauschrank, in dem neben ihren Kleidern einige seiner Anzüge hingen und unten neben ihren Schuhen seine größeren verstaut waren. Rosanna streckte die Hand aus, um ein Kleid herauszunehmen, und zog sie zurück. Sie wollte weder dieses noch die anderen; zu Hause hatte sie genug Kleider. Wegen der damit verbundenen schmerzlichen Erinnerungen würde sie sie ohnehin nicht tragen.

Rosanna setzte sich aufs Bett und stützte den Kopf in die Hände. Dass sie ihre Habseligkeiten abholen wollte, war lediglich eine Ausrede gewesen, um noch einmal in die Vergangenheit eintauchen zu können. Doch in dem leeren Haus erkannte sie, dass sich die Uhr nicht zurückdrehen ließ.

Nur eine Stunde des Erinnerns, dann muss ich vergessen, und zwar für immer, dachte sie.

Rosanna wanderte durch die Räume und steckte einen gerahmten Programmzettel von *La Traviata* in Covent Garden, Kristallgläser, die sie in Wien erstanden hatte, und einen Kerzenleuchter von einem Flohmarkt in Paris in eine Tasche. Jeder Gegenstand erinnerte sie an einen bestimmten Augenblick und erzeugte ein ganz spezielles Gefühl in ihr.

Im Wohnzimmer entdeckte sie ein Foto von Roberto, Nico und ihr selbst kurz nach Nicos Geburt. Darauf leuchteten ihre Augen, und sie strahlte. Rosanna trat vor den Spiegel über dem Kamin und betrachtete sich. Nun sah sie anders aus, ihr Blick wirkte traurig.

»Egal, was du mir angetan hast, Roberto: Ich liebe dich und werde dich immer lieben«, murmelte sie.

Sie ging in die Küche, um ein Taxi zu rufen, das sie zum Bahnhof bringen sollte. Beim Warten schaltete sie ganz automatisch den Kassettenrekorder ein, der auf seinem üblichen Platz auf dem Tisch stand. Zu ihrer Überraschung erklang ihre eigene Stimme.

Rosanna lauschte mit geschlossenen Augen – und begann zu singen. Anfangs noch leise und zögernd, dann schließlich, als ihr Selbstvertrauen wuchs, lauter als die Stimme auf der Kassette »Sempre libera«, Violettas Arie aus *La Traviata*.

Als sie endete, herrschte ohrenbetäubende Stille.

Plötzlich hörte sie jemanden klatschen.

Sie öffnete die Augen, und die Küche begann sich um sie zu drehen.

Vor ihr stand Roberto.

43

Sie sahen einander eine ganze Weile wortlos an. Sein Gesicht war voller und weniger kantig, als Rosanna es in Erinnerung hatte, und sein Körper fülliger als früher, aber es war eindeutig Roberto.

»*Ciao*«, sagte er schließlich.

»*Ciao.*« Sie wurde rot. »Ich wusste nicht, dass du hier bist. Ich wollte nur ein paar Sachen holen.«

»Es ist immer noch auch dein Haus, zumindest in den nächsten paar Wochen.« Roberto zuckte mit den Achseln.

Seine augenscheinliche Ungerührtheit über ihre Begegnung nach so langer Zeit schmerzte sie, und sie hatte Mühe, sich zu beherrschen.

»Mein Anwalt hat gesagt, du wärst in New York.«

»Ich bin nach einem Konzert in Genf in Heathrow gelandet, und mein Flug nach New York hat acht Stunden Verspätung. In Heathrow ist Nebel, also dachte ich mir, ich komme her und schlafe ein paar Stunden.«

»Lass dich nicht abhalten«, sagte sie. »Ich wollte gerade gehen.«

»Zurück nach Manor House?«, erkundigte er sich.

»Ja. Das Taxi kommt gleich.«

»Wie geht's Nico?«, erkundigte sich Roberto.

»Gut, danke.«

»Wahrscheinlich ist er, seit ich ihn das letzte Mal gesehen habe, ganz schön gewachsen.«

»Ja«, antwortete sie kühl.

»Du hast immer noch nicht vor, auf die Bühne zurückzukehren?«

»Nein.«

»Das solltest du aber.«

»Vergiss nicht, dass ich mich um dein Kind kümmern muss.«

»Natürlich. Entschuldige.«

»Ich muss jetzt wirklich los.« Rosanna machte einen Schritt auf die Küchentür zu, in der er stand. »Darf ich?«

Roberto rührte sich nicht von der Stelle.

»Lass mich vorbei!« Als sie nach ihm schlug, packte er sie an den Ellbogen.

»Hör auf, Rosanna!«

»Lass mich los…« Tränen liefen ihr über die Wangen. »Wenn ich gewusst hätte, dass du hier bist…«, sagte sie immer wieder hysterisch.

»Rosanna, *cara*. Es tut mir leid. Bitte wein nicht, ich kann dich nicht weinen sehen.« Roberto löste seinen Griff und legte die Arme um sie.

Nach ein paar Sekunden hörte sie auf, sich zu wehren, und schmiegte sich schluchzend an ihn. Er strich ihr sanft über die Haare. »Bitte vergib mir. Du weißt, dass das meine Art ist, mit Problemen umzugehen, *principessa*.«

Sie ertrug den Klang seiner Stimme, seinen vertrauten Geruch und das Gefühl seiner Arme um ihren Körper kaum. Mit letzter Kraft löste sie sich von ihm und wischte sich die Augen mit dem Handrücken ab.

»Tut mir leid, dass ich mich so aufgeführt habe. Wir sind erwachsene Menschen.«

»In meinen Augen wirst du immer das kleine dünne Mädchen in dem Baumwollkleidchen sein, das an Mammas und Papàs Hochzeitstag das ›Ave Maria‹ gesungen hat«, murmelte er. »Komm, Rosanna, lass uns was trinken, während wir auf dein Taxi warten. Auf die alten Zeiten.«

Er nahm eine halbvolle Flasche Brandy aus einem Schrank.

»Seit wir von hier fort sind, hat niemand sie angerührt. Zum Glück gehört Brandy zu den wenigen Dingen, die mit dem Alter besser werden.« Er holte zwei Gläser, setzte sich an den Tisch und schenkte ein. »Nimm Platz.«

Sie ließ sich auf einem Stuhl nieder.

»Immerhin habe ich heute endlich Gelegenheit, dir zu sagen, wie leid es mir tut.« Roberto nahm einen Schluck Brandy. »Es war alles meine Schuld. Ich war ein Schwein. Auch wenn du mir nicht verzeihen kannst: Das sollst du wissen.«

Rosanna seufzte. »So bist du nun mal, Roberto«, flüsterte sie. »Es war dumm von mir zu glauben, dass du dich ändern würdest.«

»Und du bist, wie du bist«, konterte er. »Manche Frauen dulden die … Eskapaden ihrer Männer.«

»Während sie das Kind ihres Mannes zur Welt bringen? Das bezweifle ich«, widersprach Rosanna, deren Verstand allmählich wieder zu funktionieren begann.

Roberto besaß den Anstand, rot zu werden, und schüttelte den Kopf. »Es war nicht wichtig. Ich habe sie nicht geliebt.«

»Liebst du sie jetzt?«

»Nein.«

»Warum bist du dann in New York mit ihr zusammen?«

»Weil es praktisch ist. Trish St. Regent sagt, du hast auch jemanden?«

»Ja.«

»Liebst du ihn?«

»Es ist noch zu früh, das zu sagen. Möglich, dass sich daraus was entwickelt.«

»Du kannst von Glück sagen, wenn dir die Liebe noch einmal begegnet. Ich jedenfalls werde sie nicht mehr finden.« Er zuckte mit den Schultern.

»Ich glaube, du weißt gar nicht, was Liebe ist, Roberto.«

»O doch. Nachdem du mich rausgeschmissen hattest, war ich eine ganze Woche allein hier im Haus und habe geweint. Seit unserer Trennung habe ich jeden Tag an dich gedacht. Es vergeht kaum eine Stunde, in der du mir nicht fehlst. Aber was soll's?« Roberto schenkte sich seufzend nach.

Er ist ein hervorragender Schauspieler, erinnerte Rosanna sich. Ich kann und darf ihm nicht glauben. »Warum hast du dich nie bei uns gemeldet? Warum wolltest du deinen Sohn in achtzehn Monaten kein einziges Mal sehen? Weil du uns liebst?« Sie schüttelte den Kopf. »Das kann ich nicht glauben, Roberto.«

»Ich habe dir damals gesagt, dass ich nicht zurückkommen würde, wenn du mich rauswirfst, ohne mich alles erklären zu lassen. Versuch, dich zu erinnern, Rosanna, wie wütend du warst. Ich werde nie vergessen, wie du mich an dem Abend angesehen hast. Voller Ekel und Hass. Ich dachte mir, es ist dir lieber, wenn ich auf Nimmerwiedersehen verschwinde. Habe ich mich getäuscht?«

»Nein«, log sie tapfer. »Genau das wollte ich. Aber warum hast du dich wegen Nico nicht gemeldet?«

»Begreifst du denn nicht, dass ich es nicht ertragen konnte, dich und unser Kind zu sehen und zu wissen, dass ich nach einer oder zwei Stunden wieder gehen müsste? Bei uns gibt es entweder alles oder nichts. Mir war klar, dass du mich nicht mehr willst, und ich habe einen Schlussstrich gezogen. Trotzdem habe ich ein paarmal versucht, dich anzurufen«, gestand er. »Aber du warst nicht zu erreichen.«

»Sogar ich muss das Haus manchmal verlassen, Roberto.« Er lügt, er lügt, sagte sie sich immer wieder.

»Bitte, Rosanna. Dies könnte das letzte Mal sein, dass wir miteinander reden. Ich schwöre, ich habe dich angerufen. Glaub mir wenigstens, dass ich Nico nach wie vor liebe.«

»Das fällt mir schwer, weil du keinen Versuch unternommen hast, ihn zu sehen«, erwiderte sie. »Aber ich bemühe mich für Nico, es zu glauben.«

»Ach, *principessa.*« Roberto fuhr sich mit der Hand durchs Haar. »Wieso ist es so gekommen? Wir drei waren so glücklich miteinander. Wir haben beide so viel verloren. Es ist alles meine Schuld.«

Es klingelte an der Tür.

Rosanna stand auf. »Das Taxi. Ich muss los.«

»Ja.« Roberto erhob sich ebenfalls. »*Cara*, du weißt, dass ich niemals aufhören werde, dich zu lieben«, sagte er leise.

Sag's, dachte Rosanna. Du weißt, dass du zu ihm gehörst, egal, wie er ist und wie sehr er dich verletzt.

Doch sie schwieg und ging zur Haustür. Roberto folgte ihr.

»Auf Wiedersehen, Roberto.« Am Fuß der Treppe drehte sie sich zu ihm um. »Lass es mich wissen, wenn du irgendwann deinen Sohn sehen möchtest.«

Dann eilte sie, Tränen in den Augen, zum Taxi.

Roberto blickte dem Wagen nach, schloss die Tür, kehrte in die Küche zurück, setzte sich an den Tisch und schenkte sich einen weiteren Brandy ein.

In vier Stunden würde er nach New York fliegen, zurück zu Donatella und einem Leben, in dem er alles hatte, das ihm jedoch nichts bedeutete. Wenn Roberto die Augen schloss, sah er Rosanna mit tränennassem Gesicht in der Küche sitzen.

Zwei Stunden später sperrte Roberto die Haustür hinter sich ab. Als der Chauffeur losfuhr, blickte er zurück: Das Gebäude verschwand im Nebel. Es war wie ein Traum, der sich in einen Albtraum verwandelt hatte.

Rosanna kehrte, dreieinhalb Stunden nachdem sie London verlassen hatte, physisch und psychisch erschöpft nach Hause zurück. Aufgrund des dichten Nebels hatte der Zug Verspätung gehabt.

»*Ciao*, Rosanna. Alles in Ordnung? Du siehst blass aus.« Ella kam aus dem Wohnzimmer auf sie zu.

»Die Rückfahrt war höllisch. Ist Nico okay?«

»Ja. Gerade hab ich ihn ins Bett gebracht. Soll ich dir etwas zu essen machen?«

»Nein, danke, Ella. Ich gehe lieber nach oben und nehme ein Bad.«

»Gut. Wo sind die Sachen?«, fragte Ella.

»Was für Sachen?«

»Die Sachen, die du aus London holen wolltest.«

»Ach …« Rosanna schüttelte den Kopf. Die hatte sie völlig vergessen. »Die hab ich dann doch dort gelassen. Es hängen zu viele Erinnerungen daran.«

Ella nickte.

Rosanna schlüpfte aus den Schuhen und machte sich auf den Weg nach oben.

»Stephen hat aus New York angerufen.«

»Hast du ihm gesagt, wo ich bin?«

»Ja. Tut mir leid. Ich wusste nicht, dass ich das nicht soll.«

»Ist schon okay, Ella.«

»Liebe Grüße. Er ruft morgen wieder an.«

Rosanna nickte müde. »Danke. Gute Nacht.«

Es war nach Mitternacht, und Rosanna konnte nicht schlafen. Am Ende stand sie auf und kramte im Badezimmerschränkchen nach den Schlaftabletten, die der Arzt ihr kurz nach der Trennung von Roberto verschrieben hatte. Bisher hatte sie es aus Angst davor, dass Nico in der Nacht krank werden und sie ihn nicht hören könnte, nie gewagt, eine zu nehmen. Auch jetzt stellte sie das Fläschchen wieder zurück und tappte in die Küche hinunter, um sich etwas Warmes zu trinken zu machen. Rosanna schaltete den Wasserkocher ein und blickte zum Fenster hinaus. Der Nebel war so dicht, dass sie nicht einmal den direkt vor dem Haus stehenden Baum erkennen konnte. Sie trat mit der Tasse ins Wohnzimmer und schaltete die Lampe ein.

Dann hörte sie ein Klopfen.

Rosanna erstarrte. Dies war die Situation, vor der sie sich immer gefürchtet hatte. Zwei Frauen und ein Kleinkind allein und wehrlos gegen Eindringlinge.

Wieder klopfte es.

Einbrecher würden doch bestimmt nicht klopfen, oder?, überlegte sie, als sie in den Eingangsbereich schlich, um nachzusehen, wer es war.

»Rosanna, ich bin's. Lass mich rein«, rief eine Stimme durch die Briefklappe.

Sie zog mit zitternden Fingern die Kette zurück und öffnete mit wild pochendem Herzen die Tür.

»Du hast gesagt, ich soll es dich wissen lassen, wenn ich meinen Sohn sehen möchte. Das möchte ich jetzt. Ich liebe dich, meine *principessa.*«

Roberto breitete unsicher die Arme aus.

Sie zögerte einen Augenblick, bevor sie sich von ihm umarmen ließ.

MET

NEW YORK

So also tauchte Dein Vater wieder in unserem Leben auf, Nico. In Heathrow hatte man ihm mitgeteilt, dass sein Flug nach New York aufgrund des Nebels gestrichen worden sei. Später behauptete er, da habe er gewusst, dass das Schicksal es so gewollt habe.

Unsere Wiedervereinigung nach achtzehn Monaten war leidenschaftlich und emotional. In jener Nacht gab es keine Vorwürfe mehr, nur noch Erleichterung darüber, endlich wieder zusammen zu sein.

Als ich mich am folgenden Morgen im Spiegel betrachtete, wusste ich, dass ich es nicht schaffen würde, Roberto noch einmal vor die Tür zu setzen. Meine Augen leuchteten wieder. Zum ersten Mal seit einem Jahr wirkte ich wirklich glücklich. Egal, was passiert war: Roberto war mein Mann und Dein Vater. Wir gehörten zusammen, und nur das zählte.

Nico, wenn ich Dir nun schildere, was anschließend geschah, bitte ich Dich, meine Gefühle für Deinen Vater zu verstehen. Die Liebe, die ich für ihn empfand, überstrahlte alles. Ihn wiederzuhaben weckte eine solche Freude in mir, dass ich den Schmerz nicht sah, den wir anderen bereiteten. Ich war egoistisch und verletzte Menschen durch Handlungen, die ich sonst nie auch nur in Betracht gezogen hätte.

Heute ist mir klar, dass man jemanden aus ganzem Herzen lieben kann, der nicht gut für einen ist. Roberto brachte nicht gerade meine besten Seiten zum Vorschein. Wenn ich mit ihm zusammen war, verlor ich die Kontrolle. Seine bloße Gegenwart wirkte wie eine Droge auf mich. Inzwischen sehe ich klar und deutlich, dass er mich zum Schlechten hin veränderte.

Ich hatte Roberto zurück und vergaß mich selbst dabei.

Vermutlich fällt es Dir schwer, diese Zeilen zu lesen. Ich frage mich, ob ich mit dieser Beichte einfach nur versuche, mein schlechtes Gewissen zu beruhigen. Doch mein Herz sagt mir, dass Du die Kraft besitzt, sie zu verstehen. Ich kann Dir versichern, dass ich mich immer bemüht habe, Dich zu beschützen und Dich in Liebe und Sicherheit aufzuziehen. Aber als Du mich dann wirklich gebraucht hättest, war ich nicht da. Und das werde ich mir nie verzeihen …

44

Gloucestershire, Dezember 1982

Als Rosanna am folgenden Morgen aufwachte, wagte sie es kaum, den Blick zu wenden, weil sie Angst hatte, dass sie geträumt hatte.

Doch er lag tatsächlich neben ihr. Der Albtraum hatte ein Ende, das Leben konnte wieder beginnen.

Mit leuchtenden Augen dachte sie an die Nacht mit ihm zurück, in der sie kaum zum Schlafen gekommen war. Trotzdem fühlte sie sich kein bisschen müde. Im Gegenteil: Sie schien vor Energie zu sprühen.

Sie kuschelte sich enger an ihn, um seine Arme um ihren Leib zu spüren, bestätigt zu wissen, dass er tatsächlich da war und sie liebte, und legte zärtlich eine Hand auf seinen Arm. Keine Reaktion. Armer Roberto, dachte sie, er muss wirklich erschöpft sein.

Rosanna stand leise auf und schlüpfte in ihren Morgenmantel. Anders als sonst hörte sie keine Geräusche aus Nicos Zimmer. Sie tappte zu ihm hinüber. Das Bettchen war leer. Anscheinend hatte Ella ihn bereits zum Frühstücken mit nach unten genommen.

Ella … Der musste sie Robertos Anwesenheit irgendwie erklären.

Nico ließ sich in seinem Hochstuhl mit Honigtoast füttern.

»Guten Morgen, Ella«, begrüßte Rosanna ihre Nichte. »Wie

lange ist Nico denn schon wach? Tut mir leid, dass ich ihn nicht gehört habe. Hallo, Schatz.« Sie gab Nico einen Kuss und drückte ihn. Er wischte mit seinen klebrigen Fingern über ihr Gesicht.

»Ungefähr eine halbe Stunde. Ich wusste, dass du müde bist, also hab ich ihn aus dem Bett genommen.«

»Danke, du bist ein Engel.« Rosanna setzte sich an den Tisch.

»Kaffee? Ich hab gerade welchen gemacht.« Ella ging zu der Maschine, die auf der Arbeitsfläche stand.

»Gern. Ella, ich muss dir etwas sagen.«

»Ja?«

»Nimm Platz, dann erkläre ich es dir.«

Ella setzte sich mit zwei Tassen Kaffee an den Tisch und sah Rosanna mit erwartungsvollem Blick an.

»Du weißt, dass mein Mann Roberto und ich uns scheiden lassen wollten?«

»Ja. Deswegen bist du gestern in euer altes Haus nach London gefahren, um deine Sachen zu holen.«

»Genau. Dort bin ich ihm zufällig begegnet, als ich gerade gehen wollte. Wir haben uns ausgesprochen, und heute spät in der Nacht ist er hierhergekommen.«

»Aha. Wo ist er?«

»Er schläft oben.«

Ella nickte stumm, bevor sie fragte: »Und jetzt willst du dich nicht mehr von ihm scheiden lassen?«

»Nein … Ich glaube nicht. Die nächsten paar Tage bleibt er jedenfalls hier. Wir müssen über vieles reden. Und er möchte seinen Sohn sehen.«

»Das kann ich verstehen. Was ist mit Stephen?«

»Das weiß ich nicht so genau. Roberto ist mein Mann und Nicos Vaters. Falls eine Chance besteht, dass wieder eine Familie aus uns wird, sollten wir die doch nutzen, meinst du nicht?«

Wieder nickte Ella. »Ja, aber ich mag Stephen. Es wird ihn verletzen.«

»Ja …« Rosanna schüttelte den Kopf. »Offen gestanden will ich darüber jetzt nicht nachdenken. Ich bringe Roberto einen Kaffee. Und morgen fahren wir zum Dank dafür, dass du gestern auf Nico aufgepasst hast, nach Cheltenham und kaufen dir ein neues Kleid für dein Konzert«, bot sie ihr als kleine Geste der Versöhnung an.

»Danke, aber ich muss meine Schuluniform tragen wie die andern.« Ella klang förmlich und distanziert.

»Dann eben zu Weihnachten.«

»Danke«, wiederholte Ella.

Rosanna hob Nico aus seinem Stuhl. »Komm, wir gehen rauf zu Papà.«

Zwanzig Minuten später kam Rosanna aus dem Bad. An der Tür zum Schlafzimmer blieb sie stehen, um Vater und Sohn zu beobachten, die im Bett aneinandergekuschelt in Nicos Lieblingsbuch mit Pooh dem Bären blätterten. Das hatte sie sich so oft gewünscht, dass ihre Augen feucht wurden.

»Du solltest mit nach unten kommen und meine Nichte Ella kennenlernen«, sagte sie, als sie den Raum betrat.

»Ja.« Roberto sah sie über Nicos Kopf hinweg an. »Er ist so hübsch, Rosanna, und ein richtig schlaues Kerlchen. Ich hatte ganz vergessen, wie schön es mit ihm ist.«

»Dann vergiss es nie wieder, ja?«, flüsterte sie.

Roberto schüttelte den Kopf. »Nein, niemals.«

»Papà?«

Roberto zwinkerte ihr zu. »Siehst du? Er kennt mich noch.« Er beugte den Kopf ein wenig vor. »Ja, Nico?«

Nico deutete auf das Buch in Robertos Hand. »Noch mal lesen, danke, bitte.«

Eine Stunde später betrat Roberto, gefolgt von Rosanna, die Nico auf dem Arm trug, die Küche.

»Du bist also Ella«, begrüßte Roberto sie.

»Ja. Freut mich, Sie kennenzulernen«, sagte sie steif.

»Behandelt deine Tante dich gut?«, erkundigte er sich.

»*Sì*, ich meine, ja, danke, Signore.«

»Sag doch Roberto und du zu mir. Schließlich bin ich dein Onkel.« Roberto wandte sich Rosanna zu. »Heute gehen wir alle in dieses wunderbare Lokal in Chipping Campden, in dem wir früher immer waren.«

»Roberto, da muss man Wochen im Voraus buchen«, entgegnete Rosanna.

»*Cara*, du scheinst vergessen zu haben, dass es für Roberto Rossini, seine Frau und seine Familie immer ein Plätzchen gibt. Ich rufe gleich dort an.« Roberto reservierte telefonisch und setzte sich. Rosanna kochte unterdessen frischen Kaffee und machte Toast.

»Wem gehören die?«, fragte Roberto und deutete auf ein Paar großer Gummistiefel an der Küchentür.

Rosanna wurde rot. »Meinem Freund Stephen.«

Roberto stand auf, marschierte zur Tür, nahm die Stiefel in die Hand, machte die Mülltonne auf und ließ sie hineinfallen. »Wir haben einen Tisch für eins. Bringst du bitte den Kaffee und den Toast ins Arbeitszimmer, Rosanna? Ich muss Chris anrufen und ihm sagen, wo ich bin.«

»Natürlich, Roberto.«

Als Ella das hörte, wurde ihr klar, dass das Leben in Manor House sich ändern würde.

Während des Mittagessens unterhielt Roberto, der zu Bestform auflief, die drei – und die anderen Gäste im Lokal – mit Anekdoten aus der Opernwelt.

»Sie ist ein merkwürdiges Mädchen, deine Ella«, stellte Roberto fest, als er am Abend mit Rosanna auf dem Teppich vor dem Kamin lag.

»Nein, sie ist sehr lieb, aber ein bisschen schüchtern, besonders dir gegenüber«, verteidigte Rosanna Ella.

»Bin ich denn so furchteinflößend?«, fragte er grinsend.

»Du kannst manchmal ein bisschen … dominant sein.«

»Das tut mir leid.«

»Bitte geh behutsam mit ihr um. Obwohl sie sich inzwischen mit Carlottas Krankheit abgefunden hat, erwartet sie wie ich jeden Tag das Schlimmste. Bitte vergiss das nicht.«

»Nein, nein. Das muss hart sein für euch beide.«

»Ja.« Rosanna blickte ins Feuer. »Roberto … Wirst du bleiben?«

Er nahm ihre Hand und drückte sie. »Selbstverständlich, *principessa*. Mein Platz ist an der Seite meiner Frau und meines Kindes, es sei denn, du willst dich immer noch von mir scheiden lassen.«

»Nein, natürlich nicht.«

»Gut. Dann informiere ich meinen Anwalt.«

»Wir werden vieles besprechen und organisieren müssen. Ich meine …«

Roberto legte einen Finger auf ihre Lippen. »Still, Rosanna, verdirb diesen Augenblick nicht mit Gedanken an die Zukunft. Du hast immer schon zu viel gegrübelt. Ich muss erst nach Neujahr wieder auftreten. Genießen wir doch einfach Weihnachten miteinander und reden dann.«

»Wirst du es Donatella sagen?«

»Wirst du es deinem ›Freund‹ sagen?«, konterte Roberto.

»Das werde ich wohl müssen, denn er hatte vor, Weihnachten mit uns zu verbringen.«

»Dann wird er enttäuscht sein, aber das lässt sich nicht ändern«, erklärte er nonchalant, doch das Mahlen seiner Kiefermuskeln verriet seine Anspannung. »Ich bin dein Ehemann, der einzige Mann, der dich wirklich liebt und versteht.« Als seine Lippen die ihren berührten und seine Hand ihre Brust streichelte, wusste Rosanna, dass sie an diesem Abend nicht mehr weiterreden würden.

Am folgenden Dienstagnachmittag fuhren Roberto, Rosanna und Nico zu dem Weihnachtskonzert in Ellas Schule, wo sich aller Augen auf Roberto richteten. Als sie im hinteren Teil des Saals Platz nahmen, lächelte er huldvoll.

»Mrs Rossini.« Die Direktorin kam aufgeregt zu ihnen. »Ich hatte ja keine Ahnung, dass Ihr Mann Sie begleiten würde. Sie können selbstverständlich in der ersten Reihe sitzen.«

»Danke fürs Angebot, aber von hier aus sehen wir sehr gut. Ich möchte die Vortragenden nicht nervös machen«, flüsterte Roberto.

»Sie bleiben doch hinterher noch auf einen Kaffee?«

»Ja.« Rosanna nickte, und die Direktorin eilte davon, um die örtliche Zeitung zu informieren, damit diese einen Fotografen schickte, der die Sensation in ihrer Schule dokumentieren sollte.

Das Konzert begann. Nico schlief auf Rosannas Schoß, Roberto beneidete ihn.

Dann hörte er die Stimme, eine tiefe, facettenreiche Stimme, und hob interessiert den Blick. Auf der Bühne stand Ella, die Schultern unsicher nach vorn gezogen. Fast schien sich der schmale Körper gegen diese kraftvolle Stimme zu wehren. Ella erinnerte Roberto an Rosanna damals: dünne Arme und Beine und riesige dunkle Augen. Eines Tages würde sie wie ihre Tante eine richtige Schönheit werden.

»All is calm, all is bright«, sang sie. Roberto sah Rosanna an, die ihre Nichte erstaunt beobachtete, und nickte anerkennend, bevor er seine Aufmerksamkeit wieder auf Ella richtete. Diese Stimme war außergewöhnlich, daran bestand kein Zweifel. Sie unterschied sich deutlich von der Rosannas, sie war ein Mezzosopran, vielleicht sogar ein Alt.

Als Ella geendet hatte, wandte Rosanna sich mit Tränen in den Augen Roberto zu. »Wenn nur Carlotta das hätte hören können.«

Nach dem Konzert taten Roberto und Rosanna ihre Pflicht und plauderten beim Kaffee mit anderen Eltern und Lehrern.

»Ellas Stimme muss gefördert werden.« Während des Gesprächs mit der Direktorin ruhte Robertos Hand besitzergreifend auf der Schulter seiner Nichte.

»Bei der Verwandtschaft ist das kein Wunder, oder?«, meinte die Direktorin lächelnd.

»Leider habe ich damit nichts zu tun. Ich bin nur ein angeheirateter Verwandter von Ella«, informierte Roberto sie.

»Natürlich ist uns ihre Begabung sofort aufgefallen«, erklärte die Direktorin, deren Gesicht von Sekunde zu Sekunde röter wurde. »Anfangs war sie sehr schüchtern, aber wir haben uns sehr bemüht, sie aus ihrem Schneckenhaus zu locken.«

»Das ist Ihnen ausgezeichnet gelungen, findest du nicht, *cara*?« Roberto wandte sich Rosanna zu.

»Ja.« Rosanna versuchte gerade, Nico daran zu hindern, dass er der Direktorin die Schokoladenkekse entwand, die sie in der Hand hielt.

»Hast du vor, Sängerin zu werden, Ella?«, fragte Roberto Ella.

»O ja.« Ella lächelte verlegen über dieses ungewohnte Lob.

»Dann müssen wir den besten Lehrer Englands für dich finden. Mit den Gesangsstunden kann man gar nicht früh genug beginnen, stimmt's, Rosanna?«

»Ja«, pflichtete sie ihm bei.

»Wir könnten Privatstunden für sie organisieren, Mr Rossini, und ... Ach, würde es Ihnen etwas ausmachen, sich mit mir ablichten zu lassen? Es ist nur für die örtliche Zeitung«, bat die Direktorin.

Roberto legte den Arm um die Schultern der Frau und lächelte, als der Blitz der Kamera aufleuchtete, während Nico sich auf Rosannas Arm wand. »Wir müssen jetzt nach Hause«, stellte er fest. »Mein Sohn wird unruhig.«

»Fröhliche Weihnachten Ihnen allen«, rief die Direktorin ihnen nach, als sie zur Tür gingen.

Am folgenden Tag verkündete Roberto, dass er mit Rosanna nach Cheltenham fahren und Weihnachtseinkäufe erledigen wolle.

»Würdest du für uns auf Nico aufpassen, Ella? Wir möchten Geschenke für ihn besorgen«, erklärte Rosanna ihrer Nichte.

»Gern.«

»Es wird nicht mehr als ein paar Stunden dauern«, fügte sie hinzu, weil ihre Nichte sich nicht ausgeschlossen fühlen oder glauben sollte, als unbezahlter Babysitter ausgenutzt zu werden.

»Keine Sorge. Ich passe gern auf Nico auf.« Ella, der die Freude vom Vorabend noch deutlich anzumerken war, lächelte.

Als Roberto und Rosanna weg waren, räumte sie in der Küche die Sachen vom Frühstück weg und summte dabei zu den Weihnachtsliedern im Radio, während Nico auf dem Boden spielte. Bei Robertos unerwarteter Rückkehr in Rosannas Leben hatte Ella das Schlimmste befürchtet – dass sie nicht mehr als Teil der Familie, die sie lieben gelernt hatte, willkommen sein würde. Doch nun war sie so glücklich wie seit Langem nicht mehr. Der große Roberto Rossini hatte ihr Talent bescheinigt, wollte ihr einen Gesangslehrer suchen und hatte ihr vorgeschlagen, sich im folgenden Jahr um einen Platz am Royal College of Music in London zu bewerben. Nicht einmal die Sorge um ihre Mutter konnte ihr im Moment die gute Laune verderben.

Als sie einen Wagen vorfahren hörte, ging sie an die Haustür, um nachzusehen, wer es war. Und als sie Stephen aus seinem Jaguar steigen sah, bekam sie ein flaues Gefühl im Magen.

»Hallo, Ella«, begrüßte er sie lächelnd, öffnete die Beifahrertür und nahm zwei Tüten mit Geschenken heraus. »Wie geht's?«

»Danke, gut. Wir hatten dich erst am Freitag erwartet«, antwortete sie nervös.

»Die Sache in New York ist schneller über die Bühne gegangen, als ich dachte, also bin ich früher zurückgeflogen.«

Da ertönte aus der Küche ein lauter Knall, und sie rannten hinein. Nico hatte eine Keksdose umgeworfen, der Inhalt sich auf den Boden ergossen. Nun sammelte er die zerbrochenen Kekse einen nach dem anderen auf und stopfte sie sich fröhlich lachend in den Mund.

»Nico scheint's auch gut zu gehen«, stellte Stephen fest.

Der Junge kreischte vor Begeisterung, als Stephen ihn hochnahm und ihm einen Kuss auf das mit Kekskrümeln verklebte Gesicht drückte. »Na, kleiner Mann? Wo ist denn deine Mamma?«

»Beim Einkaufen, Weihnachtsgeschenke, glaube ich«, antwortete Ella für ihn.

»Dann warten wir einfach, bis sie wieder da ist. Sie wird schon nicht so lange wegbleiben, oder?«, fragte Stephen und setzte sich mit Nico auf dem Schoß an den Tisch. »Ist sie mit dem Taxi unterwegs?«

»Nein. Sie hat sich mitnehmen lassen.«

»Von wem?«

Ella ignorierte seine Frage. »Möchtest du einen Kaffee, Stephen?«

»Sehr gern, danke. Ella, was ist passiert?«

»Nichts.«

»Ich merke doch, dass was nicht stimmt. Als ich am Sonntag angerufen habe, war niemand da. Und heute Morgen habe ich es von Heathrow aus noch mal probiert. Der Hörer wurde nur kurz abgenommen und gleich wieder aufgelegt, als ich etwas gesagt habe.«

»Stephen …«, Ella wandte ihm den Rücken zu, »… besprich das lieber mit Rosanna.«

»Ella, ich kann mir denken, was passiert ist. Rosanna ist in dem Haus in London Roberto begegnet. Er ist zurück, stimmt's?«

Ella drehte sich mit blassem Gesicht um. »Stephen, ich habe nichts gesagt. Du hast es selber erraten.«

»Ich hab's geahnt.« Er schüttelte den Kopf. »Ich habe ihr gesagt, sie soll nicht ohne mich nach London fahren.«

Als Ella seine Miene sah, bekam sie Angst, dass er in Tränen ausbrechen würde. »Komm, Nico.« Ella nahm ihm den Jungen ab, setzte ihn zu seinen Spielsachen auf den Boden und stellte Stephen eine Tasse Kaffee hin.

»Tut mir leid, Stephen.« Sie tätschelte hilflos seinen Arm.

»Nein, *mir* tut es leid.« Er seufzte. »Das ist dir gegenüber nicht fair. Weißt du, ob Roberto bleibt?«

»An Weihnachten? Ja.«

»Verstehe.« Stephen stand auf, ohne den Kaffee anzurühren. »Ich geh dann mal lieber. An der Tür stehen die Geschenke für Nico, dich und Rosanna.« Er kniete nieder und küsste Nico auf die Stirn. »Tschüs, kleiner Mann. Sei brav.«

»Tschüs.« Nico verabschiedete sich mit einem Lächeln von ihm.

»Was soll ich Rosanna sagen?«

»Nur, dass ich vorbeigeschaut habe. Auf Wiedersehen, Ella. Pass auf dich auf. Frohe Weihnachten.« Er küsste sie auf die Wange und verließ die Küche.

Vom Fenster aus beobachtete Ella, wie er mit hängenden Schultern und gesenktem Kopf zum Wagen ging.

»Auf Wiedersehen, Stephen«, murmelte Ella traurig.

45

Weihnachten verbrachte Rosanna in einem Taumel der Freude. Die eigentlichen Feiertage blieben sie zu Hause, genossen faul die Tage am Kamin und beobachteten, wie Nico sich mit den teuren Spielsachen vergnügte, die Roberto ihm gekauft hatte. Am Abend schauten sie nach dem Essen einen Film an und schliefen miteinander.

Das Einzige, was Rosannas Seelenfrieden störte, waren ihre Gedanken an Stephen. Als Ella ihr von seinem Besuch erzählte, hatte sie sofort seine Geschenke versteckt. Rosanna wusste, dass sie anrufen und sich mit ihm verabreden sollte, um ihm alles von Angesicht zu Angesicht zu erklären, doch in der Euphorie über Robertos Rückkehr konnte sie sich ein Treffen mit ihm einfach nicht vorstellen. Sie hatte ein schrecklich schlechtes Gewissen.

An Silvester führte Roberto Rosanna und Nico in Cheltenham zum Mittagessen aus. Ella kam nicht mit, weil sie Kopfschmerzen hatte. Um vier Uhr kehrten sie nach Hause zurück.

»Ella? Ella?«, rief Rosanna vom Eingang aus.

Als sie keine Antwort erhielt, lief sie die Treppe hinauf. Die Tür zu Ellas Zimmer war geschlossen. Rosanna klopfte, und als wieder keine Reaktion erfolgte, öffnete sie sie. Ella saß auf dem Fenstersitz, die Knie an die Brust gezogen, die Arme darum geschlungen, und blickte starr hinaus.

»Ella, was ist los?« Ihre Nichte schenkte ihr keine Beachtung. Rosanna trat zu ihr. »*Cara.*« Rosanna setzte sich neben sie. »Bitte sag mir, was ist.«

»Luca hat angerufen. Mamma ist heute Morgen um elf gestorben.«

»O *cara.*« Rosanna streckte die Hand nach Ella aus. »Das tut mir so leid.«

»Sie ist alles, was ich habe … hatte …«

Als Rosanna ihr den Arm um die Schultern legte, spürte sie ihre Anspannung. »Du hast uns, Ella.«

»Aber ihr wollt mich nicht. Jetzt, wo Roberto wieder da ist, störe ich nur.«

»Ella, bitte sag so was nicht. Du liegst mir sehr am Herzen, und Nico liebt dich abgöttisch. Du bist ein wichtiger Teil unserer Familie.«

»Ich dachte, ich hätte mich innerlich vorbereitet. Ich wusste, dass es irgendwann so weit wäre, aber jetzt, wo es tatsächlich passiert ist … Sie wollte mich nicht sehen, als sie im Sterben lag, und nun sagt Luca, dass ich auch nicht zu ihrer Beerdigung kommen soll! Warum? Rosanna, hat sie mich denn nicht geliebt?«

»Doch, Ella! Sie hat dich über alles geliebt und wollte dir Leid ersparen. Du sollst nicht an ihrem Grab weinen. Sie war bereit, sich früher von dir zu verabschieden als eigentlich nötig. Sie hat es für dich getan.«

»Sie war meine Mamma. Ich möchte mich von ihr verabschieden …«, schluchzte Ella an Rosannas Schulter. »Was wird jetzt aus mir? Ich kann nicht ewig bei dir bleiben. Ich muss zurück nach Neapel.«

»Ach, Ella.« Rosanna strich ihr übers Haar. »Gefällt es dir hier denn nicht?«

»Doch, aber es ist nicht mein Zuhause.«

»Roberto und ich und vor allen Dingen deine Mutter wollen, dass du dich bei uns zu Hause fühlst. Du weißt, dass sie mir einen Brief geschickt hat, in dem sie mich bittet, für dich zu sorgen, bis du alt genug bist, es selbst zu tun. In dem Brief schreibt sie, hier hätte deine Stimme bessere Aussichten, gefördert zu werden, als in Neapel, weil wir dir helfen können.«

Ella sah sie an. »Du tust es nur aus Pflichtgefühl? Weil Mamma dich darum gebeten hat?«

»Nein.« Rosanna strich ihr sanft die langen dunklen Haare aus dem Gesicht. »Als du zu mir gekommen bist, hatte ich dich viele Jahre nicht gesehen. Wir waren uns fremd und mussten einander kennenlernen. Aber inzwischen bist du für mich wie eine Tochter und eine gute Freundin. Ich würde dich ungern gehen lassen. Wirklich, *cara*. Du bist mir ans Herz gewachsen.«

»Sagst du das nicht nur so?«

»Nein, das weißt du. Aber es ist deine Entscheidung, Ella. Wenn du nach Neapel zurück möchtest, kann niemand dich aufhalten. Doch bitte vergiss nicht, dass deine Mamma dich weggeschickt hat, damit du dich nicht wie sie um das Café deines Großvaters kümmern musst. Carlotta wollte dir eine Chance auf eine Zukunft geben, egal, wie viel sie das selbst kostete.«

»Weil sie selbst keine hatte«, murmelte Ella. »Sie war so schön, ich habe mich oft gefragt, warum sie sich nicht mehr vom Leben erwartet.«

»Früher war das anders«, sagte Rosanna. »Dann ist etwas schiefgelaufen. Was, weiß ich nicht so genau, aber sie hat sich verändert. Wenn du deine Mamma glücklich machen möchtest, musst du die Chance nutzen, die sie dir verschaffen wollte.«

»Findest du meine Stimme wirklich gut, Rosanna?«

»O ja, und Roberto auch.«

»Und dir macht es wirklich nichts aus, mich bei euch zu haben?«

»Nein.« Rosanna küsste ihre Nichte sanft auf die Stirn. »Was hältst du davon, wenn ich uns beiden jetzt einen Tee aufbrühe?«

Später am Abend, als Ella sich so weit beruhigt hatte, dass sie schlafen konnte, ging Rosanna nach unten. Roberto schaute gerade im Wohnzimmer einen Film an, einen Teller mit einem halb gegessenen Sandwich auf dem Schoß.

»Wie geht's ihr?«, erkundigte er sich, ohne den Blick zu heben.

»Sie hat sich beruhigt. Die Arme.« Rosanna sank aufs Sofa. »Ich weiß nur zu gut, wie es ist, in jungen Jahren die Mutter zu verlieren.«

»Deine Schwester kann froh sein, dass du dich um Ella kümmerst.«

»Das ist das Mindeste. Ich bin ihre Familie.«

»Das klingt sehr italienisch«, bemerkte Roberto und sah sie kurz an.

»Nein, sehr menschlich. Vergiss nicht, dass ich heute ebenfalls jemanden verloren habe, der mir sehr wichtig war.«

Roberto biss von seinem Sandwich ab. »Ich habe mir ein Sandwich gemacht, weil es kein Abendessen gegeben hat.«

»Roberto, was ist los mit dir? Warum denkst du immer nur an dich?«

»Ich muss in zwei Wochen nach Wien zu einem Konzert und wollte, dass du mich mit Nico begleitest. Jetzt wird das wohl nichts.«

Rosanna sah ihn ungläubig an. »Wie konntest du auf die Idee kommen, dass ich Ella in einer solchen Situation allein lassen würde?«

Roberto kaute weiter.

»Wie lange wirst du weg sein?«, fragte Rosanna äußerlich ruhig, obwohl es in ihrem Innern brodelte.

Er zuckte mit den Achseln. »Drei Wochen, schätze ich, vielleicht auch länger. Ich muss Chris morgen anrufen und mir den genauen Plan geben lassen. Vielleicht kannst du ja später nach Wien kommen.«

»Das bezweifle ich«, antwortete Rosanna kühl und stand auf. »Ich gehe jetzt ins Bett. Gute Nacht, Roberto.«

Später weckte Roberto Rosanna, indem er zärtlich an ihrem Nacken knabberte. »*Cara, cara*, tut mir leid, dass ich so unsensibel war. Du trauerst um deine Schwester, und ich benehme mich wie der Elefant im Porzellanladen.«

»Ja, Roberto, das stimmt«, pflichtete sie ihm bei.

»Ich kann den Gedanken nicht ertragen, schon so bald wieder von dir getrennt zu sein. Bitte vergib mir. Bitte?«

Trotz ihrer Verärgerung drehte Rosanna sich zu ihm um und ließ sich von ihm küssen.

»Bitte versuch hin und wieder, auch an andere zu denken, Roberto.«

»Das werde ich. *Ti amo*, Rosanna.«

Wie üblich verrauchte ihr Zorn, als er sie zu liebkosen begann.

»Stephen?«

»Ja?«

»Ich bin's, Luca. Wie geht's?«

»Ganz okay.« Stephen schwieg kurz. »Und wie geht's Ihrer Schwester?«

Schweigen, dann: »Hat Rosanna Ihnen nicht erzählt, dass sie vor zwei Wochen gestorben ist?«

»Nein. Ich … Ich war in letzter Zeit sehr beschäftigt und habe sie nicht gesehen. Herzliches Beileid, Luca.«

»Es war das Beste so. Am Ende hatte sie schreckliche Schmerzen. Nun, da Carlotta es hinter sich hat, muss ich mich auf mein eigenes Leben konzentrieren und einige wichtige Entscheidungen treffen. Stephen, Sie waren doch inzwischen in New York, oder? Wissen Sie jetzt Genaueres über die Zeichnung?«

»Ja. Ich hatte schon auf Ihren Anruf gewartet. Wir müssen reden, Luca, aber nicht am Telefon. Kommen Sie bald wieder nach England?«

»Ja, ich möchte Ella sehen, doch zuvor muss ich in Neapel noch ein paar Dinge für Carlotta regeln.«

»Rufen Sie mich an, wenn Sie wissen, wann Sie hier sind.«

»Wir sehen uns bei Rosanna, oder?«

»Leider hat sich seit unserem letzten Gespräch manches verändert«, antwortete Stephen. »Deshalb lautet die Antwort auf Ihre Frage Nein. Aber das soll Ihnen alles Rosanna erzählen. Auf Wiedersehen, Luca.«

Donatella öffnete die Tür zu Robertos Wohnung, hob die Post auf, die auf dem Boden lag, und legte sie auf den Tisch.

Dann marschierte sie in Robertos Schlafzimmer und riss die Schranktüren auf. Am liebsten hätte sie mit einem Küchenmesser seine gesamte Kleidung zerfetzt. Doch das war kindisch und brachte letztlich nichts. Er hatte viel, viel Schlimmeres verdient.

Sie nahm ihre Kostüme, Röcke und Cocktailkleider heraus und warf sie aufs Bett. Dann leerte sie die Schubladen mit ihren Dessous: die schwarzen Strapse, die Roberto so gern an ihr gesehen hatte, die Seidenstrümpfe, über die seine Hände geglitten waren … Donatella schluckte. Nein, sie würde nicht weinen. Sie würde ihre Liebe in Wut verwandeln, wie ihr Therapeut es ihr geraten hatte.

»Ich hasse dich, ich hasse dich«, murmelte sie, während sie einen großen Koffer aus dem obersten Fach eines Schranks zog und ihre Sachen darin verstaute. »Das wirst du mir büßen.« Sie schloss den Koffer und verließ den Raum.

Sie brauchte keine fünfzehn Minuten, um ihre wenigen Dinge einzusammeln, die sich in Robertos Wohnung befanden. Am Ende setzte sie sich an den Tisch und nahm einen Stift aus der Handtasche.

Sollte sie ihm eine Nachricht hinterlassen? Was sollte sie schreiben? Konnte sie ihm überhaupt mit irgendetwas Angst machen? Auch nur vorübergehend seine unerträgliche Arroganz erschüttern?

Als Roberto nicht von seinem Konzert in Genf zurückgekehrt war, hatte sie Chris Hughes angerufen. Er hatte ihr mitgeteilt, dass Roberto in England sei, er aber keine Ahnung habe, wo und wie lange er sich dort aufhalte. Donatella hatte Chris angebrüllt, dass sie sich schon vorstellen könne, wo Roberto sich herumtreibe. Chris hatte nichts bestritten. Sie hatte den Hörer auf die Gabel geknallt und sich später auf einer Cocktailparty betrunken.

Am folgenden Morgen war sie mit einem schrecklichen Kater und dem Gedanken aufgewacht, dass Roberto vielleicht doch wiederauftauchen und in seiner üblichen unverfrorenen Art von ihr erwarten würde, die Situation zu akzeptieren. Daraufhin hatte sie sich eine Bloody Mary gemixt und überlegt, ob sie dazu bereit war.

Sie hatte lange gebraucht, um diese Frage zu verneinen. Er hatte sie zehn Jahre lang benutzt und wie ein Stück Dreck behandelt. Jahrelang hatte sie sich vorgemacht, dass er Rosanna eines Tages vergessen und sie heiraten würde. Nun wusste Donatella, dass das Wunschdenken gewesen war.

Sie hatte ihre Louis-Vuitton-Taschen gepackt und Weihnachten bei alten Freunden auf Barbados verbracht. In den einsamen Nächten dort war ihr Beschluss gereift. Am Ende hatte sich ihre Liebe allmählich in glühenden Hass verwandelt.

Donatella biss sich auf die Lippe. In Robertos Apartment, inmitten all seiner Dinge, an einem Ort, an dem sie so viel miteinander erlebt hatten, war es gar nicht so leicht, dieses Gefühl aufrechtzuerhalten. Hatte sie ihm je etwas bedeutet? Nein, dachte sie.

Sie wollte sich rächen, ihm wehtun, so wie er ihr wehgetan hatte, damit er endlich einmal spürte, was es hieß zu lieben und diese Liebe zu verlieren.

Im vergangenen Monat hatte sie sich das Gehirn zermartert, wie sie ihm eine Lektion erteilen könnte, die er nie vergessen würde. Doch dem Mann war einfach nicht beizukommen. Natürlich konnte sie ihre Geschichte den Zeitungen verkaufen, aber das würde ihm nur die Aufmerksamkeit bringen, die er genoss, und sie selbst demütigen. Es schien keine Leichen in seinem Keller zu geben, die er nicht schon der Öffentlichkeit präsentiert hatte.

Donatella nahm einen der Umschläge aus der Post in die Hand, um ihre Abschiedsbotschaft darauf zu schreiben. Es handelte sich um einen Brief von der Bank. Einem plötzlichen Impuls gehorchend, öffnete sie ihn und stellte fest, dass sich gegenwärtig mehr als zweihunderttausend Dollar auf seinem Konto befanden. Sie schob den Auszug beiseite. Donatella hatte kein Interesse daran, ihm finanziell zu schaden.

Dann arbeitete sie sich systematisch durch den Stapel Post, öffnete Rechnungen, Einladungen zu Partys und Weihnachtskarten von Frauen, von denen sie noch nie gehört hatte, und ließ sie nach einem kurzen Blick auf den Boden fallen. Schließlich gelangte sie zu einem dicken cremefarbenen Umschlag mit italienischem Poststempel, auf dem in der linken Ecke »Streng vertraulich« stand und der von der Met weitergeleitet worden war. Donatella riss ihn auf. Darin befanden sich ein Brief und ein weiteres Kuvert. Sie begann zu lesen.

Kanzlei Castellone
Via Foria
Neapel

Sehr geehrter Signor Rossini,
beiliegend sende ich Ihnen einen Brief von meiner Mandantin Signora Carlotta Lottini, die mich angewiesen hat, ihn Ihnen nach ihrem Tod zukommen zu lassen. Signora Lottini ist am 31. Dezember 1982 verstorben. Ich würde Sie bitten, den Erhalt des Schreibens zu bestätigen. Bitte zögern Sie nicht, mich zu kontaktieren, falls Sie Hilfe brauchen sollten.

Ich freue mich, von Ihnen zu hören.
Marcello Dinelli
Anwalt

Donatella nahm den zweiten Umschlag in die Hand, auf dem in krakeliger Schrift Robertos Name stand. Ohne zu zögern riss sie ihn auf und begann zu lesen.

Nachdem sie den Brief noch zweimal gelesen hatte, fing Donatella zu lachen an. Und lachte, bis ihr der Bauch wehtat.

Schließlich wischte sie sich die Augen ab, stand auf und hob den Blick zum Himmel.

»Danke, Herr, danke.«

46

»Hast du Abi gefragt, *principessa*?«

»Ja, Roberto. Sie hat keine Zeit, das Wochenende hier zu verbringen, weil sie ihr Buch überarbeiten muss.«

»Aber ich *muss* dich sehen. Kannst du Nico nicht zwei Nächte Ella anvertrauen? Er ist doch ganz vernarrt in sie.«

»Nein, Roberto. Mit ihren knapp fünfzehn ist das zu viel Verantwortung. Außerdem möchte ich Ella so kurz nach ihrem schweren Verlust auch nicht allein lassen.«

»Ich bin so einsam hier, *cara*, in dieser großen Hotelsuite mit dem riesigen Bett. Ich brauche dich bei mir«, jammerte er.

»Bitte hör auf«, sagte Rosanna, den Tränen nahe.

»Du liebst deinen Sohn und deine Nichte mehr als deinen Mann.«

»Roberto, das ist ungerecht. Ich …« Rosanna hörte, wie er auflegte. »Herrgott!«, rief sie aus, knallte den Hörer auf die Gabel und sank auf einen Stuhl am Küchentisch.

»Was ist denn, Rosanna?«, fragte Ella von der Tür aus.

»Ach, nichts«, seufzte Rosanna. »Nur mein unmöglicher Mann. Das muss dich nicht kümmern. Möchtest du einen Tee? Du siehst durchgefroren aus. Wie war's in der Schule?«

»Gut, und ein Tee wäre prima. Allmählich beginnt er mir zu schmecken! Draußen ist es ziemlich kalt. Wahrscheinlich schneit's bald.« Ella zog Mantel, Schulmütze und Handschuhe aus. »Roberto möchte, dass du zu ihm nach Wien kommst, stimmt's?«

»Ja.« Rosanna hängte mit unglücklicher Miene zwei Teebeutel in die Kanne. »Ich dachte, meine Freundin Abi könnte zwei Nächte hier verbringen und auf dich und Nico aufpassen, aber sie ist zu beschäftigt.«

»Rosanna, du weißt, dass ich auf Nico aufpassen kann. Wir schaffen das schon.«

»Nein, Ella.« Sie gab Wasser in die Kanne und rührte um. »Das kann ich nicht von dir verlangen.«

»Zwei Nächte kommen wir schon ohne dich klar.«

»Du bist noch nicht mal fünfzehn …«

»Alt genug, um selbst Mutter zu sein. In Neapel bin ich beim Babysitten oft über Nacht geblieben. Du würdest Roberto doch gern sehen, oder?«

Rosanna goss den Tee in Tassen, gab Milch dazu und setzte sich an den Tisch. »Obwohl mir klar war, dass er eine Weile weg sein würde, hatte ich vergessen, wie schwierig das ist. Ich erlebe wieder den gleichen Albtraum wie früher. Tut mir leid, ich sollte dich nicht mit meinen Problemen belästigen.«

»Du hast dir die meinigen auch oft genug angehört und warst mir Tante und Freundin. Nun hoffe ich, mich revanchieren zu können.«

»Ella, ich bin sehr froh, dich bei mir zu haben. Ohne dich hätte ich den Verstand verloren.«

Ella lächelte. »Freut mich, dass du das so siehst. Du hast mir geholfen, Rosanna, also lass dir jetzt von mir helfen. Ruf Roberto an und sag ihm, dass du dieses Wochenende zu ihm nach Wien fährst.«

»Danke für dein Angebot, Ella. Ich denke darüber nach. Aber jetzt muss ich Nico aufwecken.«

Rosanna stand auf und verließ die Küche. Auf dem Weg nach oben dachte sie über Ellas Vorschlag nach, der verführerisch klang. Wieder sorgte Robertos Abwesenheit dafür, dass ihre Gefühle Achterbahn fuhren. Als Rosanna Nico aus seinem Bettchen nahm, klingelte das Telefon. Nach dem zweiten Mal hörte es auf, was bedeutete, dass Ella rangegangen war.

»Würdest du gern ein kleiner Weltbürger werden und mit mir und deinem Papà herumjetten?«, fragte sie Nico, während sie ihm die Windel wechselte.

Als sie mit Nico nach unten ging, begrüßte Ella sie mit einem Lächeln. »Das war Roberto. Er hat angerufen, um sich zu entschuldigen.«

»Ach, tatsächlich?«

»Und ich habe ihm gesagt, dass du es dir anders überlegt hast und dieses Wochenende zu ihm fliegst. Er hat sich sehr gefreut. Er meint, du sollst ihm verraten, wann genau du in Wien ankommst.«

»Aber Ella, ich …«

»Es ist abgemacht. Du kannst ihn doch jetzt nicht hängen lassen, oder?«

Rosanna lächelte unsicher. »Danke, Ella, vielen Dank.«

Am Samstagmorgen wachte Rosanna um sechs Uhr auf. Sie duschte, zog sich an und ging in die Küche, um Gemüse zu putzen und es mit Hackfleisch, Knoblauch, Kräutern und Tomatenwürfeln zu einer Sauce bolognese zu verarbeiten, damit Ella und Nico am Abend etwas Herzhaftes zu essen hatten. Während die Sauce vor sich hinköchelte, stellte sie für Ella eine lange Liste mit Anweisungen vom Frühstück bis zum Bettgehen zusammen.

Obwohl Ella Nicos Tagesablauf kannte, legte sie die Liste neben das Telefon und vermerkte darauf schließlich noch die Nummer des Imperial Hotels in Wien sowie die des örtlichen Arztes und die von Abis Londoner Wohnung. Danach nahm sie den Topf vom Herd, deckte ihn zu und stellte ihn zum Abkühlen weg. Dann sah sie auf die Uhr und ging nach oben.

Eine Stunde später legte Rosanna Nico die Hand auf die Stirn. »Er fühlt sich heiß an«, stellte sie fest.

»Keine Sorge, es ist alles in Ordnung, stimmt's, Nico? Er ist nur ein bisschen viel rumgerannt heute Morgen. Geh jetzt, Rosanna, sonst verpasst du den Flug.«

»Tschüs, *angioletto*.« Sie küsste Nico und nahm ihre Tasche. »Falls es Probleme geben sollte, rufst du mich im Imperial an oder Abi oder …«

»Ja! Nun geh endlich, Rosanna!« Ella lachte.

Rosanna winkte ihnen vom Rücksitz des Taxis aus zu, bis sie die beiden nicht mehr sehen konnte. Was, wenn Nico krank wurde? Er hatte sich heiß angefühlt, da war sie sich sicher. Vermutlich, versuchte sie sich zu trösten, bekam er einen Zahn, da hatte er immer rote Wangen. Ihr schlechtes Gewissen machte sie paranoid. Was für einen Sinn hatte es, nach Wien zu reisen, wenn sie sich die ganze Zeit über Sorgen um Nico machte?

Mit Mühe schob Rosanna die Gedanken an ihren Sohn beiseite und konzentrierte sich auf das Wochenende mit ihrem Mann.

»Stephen, ich bin's, Luca. Ich fliege morgen früh nach London.«

»Gut. Wann genau?«

»Ich lande um zehn in Heathrow, nehme den Zug nach Cheltenham und müsste nach dem Mittagessen bei Rosanna sein. Könnten Sie morgen Abend vorbeikommen?«

»Lieber nicht.« Stephen wunderte es, dass Luca noch immer nichts von Robertos Rückkehr und seinem eigenen Verschwinden aus Rosannas Leben zu ahnen schien. »Ich bin heute Abend in London, hole Sie morgen früh in Heathrow ab und nehme Sie mit nach Gloucestershire. Unterwegs können wir uns unterhalten.«

»Danke, sehr nett, Stephen. Ich rufe Rosanna an und sage ihr, wann ich komme.«

»Gut. Tschüs.«

Luca legte auf und wählte Rosannas Nummer. Es klingelte und klingelte. Er beschloss, es später noch einmal zu versuchen.

Ella hörte das Telefon klingeln, doch weil Nico sich schreiend weigerte, sich die Windel wechseln zu lassen, erreichte sie es nicht mehr rechtzeitig.

Als sie Nico auf den Arm nahm, beruhigte er sich endlich ein wenig. Sie fühlte seine Stirn. Sie war heiß. Ella trug ihn nach unten, um ihm ein Kinderaspirin zu geben, wie Rosanna es ihr geraten hatte.

»*Principessa!* Du bist da, du bist wirklich da!«

Rosanna ließ die Taschen fallen, als Roberto sie in die Arme nahm, in die Suite trug und aufs Bett warf.

»Wie ich dich vermisst habe, wie ich dich liebe«, stöhnte er, bedeckte ihr Gesicht mit Küssen und begann, die Knöpfe an ihrem Mantel aufzumachen.

»Zuerst muss ich Ella anrufen«, sagte Rosanna und löste sich von ihm.

»Später, *cara*, später.« Er brachte sie mit einem Kuss zum Schweigen.

Hinterher tranken sie im Bett Champagner, und Roberto präsentierte ihr seine Pläne fürs Wochenende. »Heute Abend ist ein festlicher Ball in der Hofburg. Wir gehen gleich nach der Vorstellung hin.«

»Roberto, ich habe nichts zum Anziehen dabei! Das hättest du mir sagen sollen.«

»Schau mal in den Schrank, *principessa.*«

Rosanna stand auf, trat an den Schrank und öffnete ihn. Darin hing neben seinem Smoking ein Kleid in einer Hülle.

»Weil ich Angst hatte, dass es knittert, habe ich es nicht in Geschenkpapier gewickelt. Probier's an«, drängte er sie.

Als Rosanna die Hülle entfernte, kam ein schimmerndes schwarzes Ballkleid mit weitem Rock aus mehreren Lagen fließendem Tüll und mit einem trägerlosen Brokatoberteil, das mit unzähligen winzigen Perlen besetzt war, zum Vorschein.

»Roberto, das ist das schönste Kleid, das ich je hatte.« Rosanna nahm es vom Bügel und schlüpfte hinein. »Machst du es mir zu?«, bat sie ihn.

»Aber natürlich, Signora, wenn Sie mir versprechen, dass ich es später wieder aufmachen darf.« Roberto schloss die Perlenknöpfe, und Rosanna betrachtete sich im Spiegel. »Wie für dich gemacht.« Roberto nickte anerkennend.

Als Rosanna eine Pirouette drehte, wirbelte der Rock hoch. »Wunderschön. Danke, Roberto. Danke.«

»Du wirst die schönste Frau auf dem Ball sein.« Er lächelte. »Und du hörst dir heute Abend meinen Don José an?«

»Ja, natürlich.«

Roberto küsste ihren Nacken und öffnete die Knöpfe, die er wenige Minuten zuvor mühevoll geschlossen hatte.

Eine Stunde später schminkte Rosanna sich, und Roberto machte sich fürs Theater fertig.

»Roberto!« Sie schlug die Hand vor den Mund. »Ich habe nicht zu Hause angerufen.« Sie griff zum Telefonhörer und wählte die Nummer von Manor House.

»Ella, ich bin's, Rosanna.« Sie runzelte die Stirn. »Warum weint Nico denn?«

»Ich glaube, er ist müde. Und er hat leichtes Fieber.« Ella klang nervös.

»Ist er krank?«

»Er hat heute nicht viel gegessen. Richtig krank scheint er nicht zu sein, aber er ist auch nicht wie sonst. Ich bringe ihn lieber früh ins Bett.«

»Dann muss ich sofort nach Hause kommen.«

»Was?«, sagte Roberto, der das Gespräch belauschte.

»Moment, Ella.« Rosanna hielt die Muschel des Hörers zu und sah Roberto an. »Nico hat Fieber. Ich …«

»Lass mich mit Ella sprechen.« Roberto griff nach dem Hörer, sagte sehr schnell etwas auf Italienisch und nickte ein paarmal. Dann verabschiedete er sich und legte auf, bevor Rosanna den Hörer wieder nehmen konnte.

»Was tust du? Ich wollte noch mal mit ihr sprechen, hören, ob …«

»Rosanna, bitte. Ella sagt, Nico hat leichtes Fieber, das ist alles. Vielleicht bekommt er einen Zahn oder hat sich eine Erkältung eingefangen. Kein Grund, nach Hause zu fliegen. Das hilft ihm auch nicht. Morgen früh geht's ihm wieder gut, da bin ich mir sicher.«

Rosanna schüttelte den Kopf. »Und wenn er ernsthaft krank ist? Er hat bis jetzt nur selten Fieber gehabt.«

»*Principessa*, Nico hat dich vierundzwanzig Stunden am Tag. Ich hingegen habe dich gerade mal achtundvierzig, und schon willst du wieder zu ihm. Kannst du nicht in unserer kurzen gemeinsamen Zeit deinen Sohn vergessen und dich mir widmen? Im Hinblick auf Nico bist du wirklich ein bisschen paranoid.«

Rosanna kämpfte gegen ihren Mutterinstinkt an, der ihr sagte, dass etwas nicht stimmte. Doch sie wollte nicht, dass Roberto sie für eine Glucke hielt. Schließlich nickte sie. »Du hast recht. Es wird schon nicht so schlimm sein.«

»Komm«, flüsterte er. »Zieh dein schönes Kleid an, dann zeigen wir der Welt, dass wir wieder zusammen sind.«

Ella rieb Nico den Rücken, bis er endlich einschlief. Dann schlich sie mit dem Babyfon in der Hand aus dem Zimmer und in die Küche, um sich ein Sandwich zu machen. Sie aß es ohne Appetit, ging hinauf in ihr Zimmer und schlief erschöpft ein.

Rosanna betrachtete von ihrer Loge aus das Spektakel unter ihr. Die Wiener Staatsoper gehörte zu ihren Lieblingshäusern, vielleicht weil die reich mit Gold verzierten Balkone sie an die Scala erinnerten. Im Orchestergraben stimmten die Musiker ihre Instrumente. Wie immer vor einer Vorstellung bekam sie eine Gänsehaut.

An diesem Abend stand *Carmen* auf dem Programm. Als Don José hatte sie ihren Mann noch nie erlebt. Nach der Ouvertüre öffnete sich der Vorhang, und ein spanischer Dorfplatz kam zum Vorschein. Rosanna lehnte sich auf ihrem Sitz zurück.

Die Rolle des attraktiven Spaniers war Roberto wie auf den Leib geschneidert, und er lieferte eine so glänzende Vorstellung, dass es die Zuschauer kaum noch auf den Sitzen hielt.

Als seine Partnerin am Ende tot zu Boden sank, sang er von seiner »geliebten Carmen«.

Rosanna ließ ihren Tränen freien Lauf und sprang mit allen anderen auf, die begeistert trampelten, klatschten, Bravo riefen und Roberto und seine Carmen fast nicht mehr von der Bühne lassen wollten.

Roberto warf Rosanna eine Kusshand zu.

In dem Augenblick wurde ihr klar, was sie wollte.

Es bedeutete harte Arbeit und viele Opfer, aber irgendwie würde sie es schaffen.

»*Principessa*, du strahlst ja. In letzter Zeit habe ich dich selten so glücklich erlebt.« Roberto wirbelte sie auf der Tanzfläche des prächtigen Ballsaals in der Wiener Hofburg herum.

»Ich fühle mich auch so«, erklärte sie lächelnd. »Ich bin froh, dass ich gekommen bin.«

»Ich auch. Getrennt taugen wir nicht viel, Rosanna. Das weißt du auch, oder?«

»Ja.« Als die Musik aufhörte, hielt Roberto sie noch einen Moment im Arm. »Roberto, bevor wir an den Tisch zurückgehen, möchte ich dir sagen, dass ich … eine Entscheidung getroffen habe.«

»Und wie sieht die aus?«, fragte Roberto.

»Ich will wieder singen.«

»Rosanna, etwas Schöneres kann ich mir nicht vorstellen. Denk nur! Keine Trennungen mehr. Es wird wieder so wie früher.«

»Nein, weil wir jetzt Nico haben. Aber das kriegen wir irgendwie hin.«

»Natürlich. Lass uns Champagner trinken und auf deine Bühnenrückkehr anstoßen.« Er nahm Rosannas Hand. »Ich sage es Chris gleich morgen. Bestimmt möchte er, dass du im Juli an der Met die Butterfly mit mir singst und …«

Wie immer wollte Roberto zu schnell zu viel, doch das war ihr egal.

Sie hatte ihm seinen Wunsch erfüllt und würde wieder ganz eins mit ihm sein.

47

Als Ella früh am folgenden Morgen aufwachte, lauschte sie auf Geräusche aus dem Babyfon neben ihrem Bett und hörte nichts. Sie hoffte, dass nach einer Nacht der Ruhe wieder alles in Ordnung wäre, öffnete die Tür zu seinem Zimmer, schlich hinein und beugte sich über sein Bettchen. Nicos Augen waren geschlossen, seine Haare schweißnass, seine Wangen leuchtend rot und seine Haut fleckig. Ella fühlte seine heiße Stirn. Als sie die Bettdecke zurückschlug, sah sie, dass sein Pyjama völlig durchnässt war. Sie zog ihn aus. Beim Anblick des feuerroten Ausschlags auf seiner Haut setzte ihr Herz einen Schlag aus. Nico schlug stöhnend die Augen auf und schloss sie wieder.

Ella rannte den Flur entlang, die Treppe hinunter und in die Küche, um hastig die Nummer von Rosannas Hotel auf der Liste zu suchen. Dann nahm sie den Hörer in die Hand, wählte und wartete.

»Ja, hallo. Könnte ich bitte mit Rosanna Rossini sprechen?«

»Tut mir leid, Mr Rossini hat gebeten, bis auf Weiteres keine Anrufe in sein Zimmer durchzustellen.«

»Es handelt sich um einen Notfall! Sein Sohn ist krank. Ich muss mit ihm oder Mrs Rossini sprechen.« Ella kamen vor Frustration fast die Tränen.

»Gut, Madam. Ich versuche, Sie zu verbinden.«

Ella wartete verzweifelt.

»Tut mir leid, Madam, es meldet sich niemand. Vielleicht hat

Mr Rossini seinen Anschluss im Zimmer blockiert. Ich schicke jemanden hinauf, der an der Tür seiner Suite klopfen soll.«

»Bitte machen Sie schnell. Und bitten Sie Mrs Rossini, Ella zu Hause anzurufen. Sagen Sie ihr, Nico ist krank.«

Sie legte auf und wählte Abis Nummer. Auch dort ging niemand ran. »Bitte, lieber Gott, mach, dass es nichts Schlimmes ist«, stöhnte Ella, als sie den Arzt anrief.

»Hallo?«

»Kann ich mit Dr. Martin sprechen?«

»Der macht gerade einen Krankenbesuch. Kann ich Ihnen helfen?«

»Ja. Ich passe auf Rosanna Rossinis kleinen Sohn Nico auf. Er hat Fieber und einen schlimmen Ausschlag am ganzen Körper. Ich weiß nicht, was ich tun soll.«

»Verstehe. Dr. Martin müsste gleich wieder da sein. Wenn Sie mir Ihre Adresse geben, schicke ich ihn sofort zu Ihnen.«

Ella gab sie ihr.

»Reiben Sie Nico, bis er kommt, mit einem Schwamm lauwarm ab. Das hilft, die Temperatur zu senken. Und versuchen Sie ihm Wasser einzuflößen. Falls sein Zustand sich verschlechtert oder er das Bewusstsein verliert, rufen Sie den Notarzt.«

»Danke.«

Ella legte auf, füllte eine Schale mit Wasser und hastete die Treppe hinauf. Hätte sie doch Rosanna nie vorgeschlagen, nach Wien zu fahren!, dachte sie.

Weil die Straßen leer waren, dauerte die Fahrt von Heathrow nach Gloucestershire weniger als anderthalb Stunden. Stephen lenkte den Jaguar von der Autobahn in Richtung Manor House.

Luca blickte schweigend aus dem Fenster. Ihm schwirrte der Kopf. Stephen hatte ihm nicht nur das Ergebnis seiner Recherchen in New York mitgeteilt, sondern auch ganz ruhig und unaufgeregt, warum er Rosanna nicht mehr traf.

Roberto war zurück.

»Freut es Sie, dass sie wieder zusammen sind?«, fragte Stephen. »Schließlich ist er Rosannas Mann und Nicos Vater.«

Luca schüttelte den Kopf. »Nein, Stephen. Er hat so viele schlimme Dinge getan …«

In der Auffahrt vor Manor House hielt Stephen an. »Sie können vermutlich verstehen, warum ich nicht mit hineinkomme, oder?«

»Ja. Danke, Stephen, für alles.«

»Keine Ursache. Ich bin den ganzen Tag in der Galerie, falls Sie noch mal mit mir reden wollen.«

»*Ciao.*« Beim Aussteigen drehte sich Luca um. »Tut mir leid, Stephen. Rosanna ist nicht klar, was sie an Ihnen verliert.«

Stephen zuckte traurig mit den Schultern, als Luca die Beifahrertür hinter sich schloss.

Ella lief nervös in Nicos Zimmer auf und ab, als es klingelte. Sie rannte in der Erwartung hinunter, den Arzt vor der Tür stehen zu sehen, und öffnete sie mit zitternden Händen.

»Luca! O Luca!« Sie warf sich hysterisch schluchzend in seine Arme.

»Ella, was ist denn los? Beruhige dich.«

»Nico. Er ist sehr krank. Am Ende stirbt er sogar! Wir dürfen ihn nicht allein lassen.« Ella zog Luca ins Haus und die Treppe hinauf.

»Wo ist Rosanna? Und … Roberto?«

»In Wien. Ich dachte, du bist der Arzt. Ich mache, was mir seine Frau geraten hat, aber sie meint, ich soll den Notarzt rufen, wenn's schlimmer wird und …« Ella betrat Nicos Zimmer und deutete auf sein Bettchen. »Er hat diesen Ausschlag und wacht nicht richtig auf und … Hilf mir, Luca, bitte, hilf mir!«

Luca beugte sich über das Bettchen, um einen Blick auf Nico zu werfen. »Der Arzt ist auf dem Weg hierher?«

»Ja, aber es wird von Sekunde zu Sekunde schlimmer.«

»Wir sollten den Notarzt rufen.«

In dem Moment klingelte es erneut an der Tür.

»Gott sei Dank«, sagte Ella. »Das ist der Arzt.«

»Geh du«, wies Luca sie an. »Ich bleibe bei Nico.«

Ella nickte und hastete aus dem Zimmer. Luca strich Nico über die Stirn. »Ganz ruhig, *angioletto*. Du erholst dich wieder. Deine Mutter muss den Verstand verloren haben, dass sie dich allein lässt.«

Ella und Luca beobachteten, wie Dr. Martin Nico untersuchte.

»Sie sagen, Rosanna ist mit Roberto in Wien?«

»Ja«, bestätigte Luca.

»Haben Sie sie angerufen?«

»Ja, aber sie haben bis jetzt nicht zurückgerufen.«

»Sie hätte dich nicht mit Nico allein lassen dürfen, Ella.« Luca seufzte.

»Bitte mach Rosanna keine Vorwürfe. Ich habe sie gedrängt zu fahren. Sie war so unglücklich; Roberto hat ihr gefehlt. Ich dachte, alles würde gut gehen. Das wäre es auch, wenn nicht …« Ella rang verzweifelt die Hände, und Luca legte einen Arm um ihre Schultern. »Sie hat gestern Abend angerufen. Ich habe ihr gesagt, dass es Nico nicht gut geht und …«

»Sie ist trotzdem nicht nach Hause gekommen?«

»Nein, aber …«

Dr. Martin wandte sich ihnen zu.

»Ich rufe den Notarzt. Nico muss ins Krankenhaus. Er hat hohes Fieber und braucht Flüssigkeit.«

»Was hat er?«, fragte Ella mit angehaltenem Atem.

»Masern, eine häufig auftretende Kinderkrankheit. Bei manchen Kindern ist sie ziemlich schlimm, und es kann Komplikationen geben, wenn sie nicht gleich behandelt wird. Darf ich mal das Telefon benutzen?«

»Natürlich.« Ella führte den Arzt in Rosannas Zimmer.

Luca blickte aus dem Fenster des Kinderzimmers und fragte sich, welcher Teufel seine Schwester, eine normalerweise so besorgte Mutter, geritten hatte, ihren Sohn in der Obhut einer unerfahrenen knapp Fünfzehnjährigen zu lassen. Die Antwort konnte er sich denken.

»Der Notarzt kommt bald«, erklärte der Arzt, als er zurückkehrte. »Ich an Ihrer Stelle würde Mrs Rossini so schnell wie möglich herholen. Sie will sicher bei ihrem Sohn sein.«

In dem Moment klingelte das Telefon.

»Ich geh ran«, sagte Luca und eilte in Rosannas Zimmer.

»Ella?«

»Rosanna, bist du das?«

»Luca, was machst du denn in Manor House? Ich hatte keine Ahnung, dass du kommst.«

»Das war eine spontane Entscheidung, aber das ist jetzt nebensächlich. Du musst den ersten Flug zurück nehmen. Nico ist sehr krank. Der Arzt sagt, er hat Masern. Wir bringen ihn ins Krankenhaus nach Cheltenham.«

»Gott, nein!« Ersticktes Schluchzen am anderen Ende der Leitung.

»Rosanna, ich bin mir sicher, dass er wieder ganz gesund wird. Er ist in guten Händen. Bitte bemühe dich trotzdem, den frühest möglichen Flug nach Hause zu bekommen.«

»Ich fahre von Heathrow mit dem Taxi direkt zum Krankenhaus. Bitte, Luca, gib Nico einen Kuss von mir und sag ihm, dass seine Mamma bald wieder bei ihm ist.«

»Ja. Versuch, dir keine Sorgen zu machen. Ciao, Rosanna.« Als Luca auflegte, bog der Notarztwagen in die Auffahrt.

Fünf Minuten später waren Nico, Ella und Luca bereits auf dem Weg in die Klinik.

48

»Bestimmt freut es Sie zu hören, dass Nico wieder gesund wird«, teilte der Arzt Rosanna mit.

Sie begann vor Erleichterung zu weinen. Die vergangenen achtundvierzig Stunden waren die schlimmsten ihres Lebens gewesen. Am frühen Sonntagabend war sie im Krankenhaus eingetroffen, wo Nico am Tropf hing. Luca hatte die erschöpfte Ella nach Hause gebracht, und danach hatte Rosanna Stunde um Stunde am Bett ihres Sohnes gesessen, während dieser das, was die Krankenschwestern »die Krise« nannten, überwand. Am folgenden Morgen war das Fieber heruntergegangen, und er hatte ruhiger geschlafen. Und nun hatte er tatsächlich die Augen aufgeschlagen und sie angelächelt. Der Tropf war entfernt worden, nachdem die Ärzte festgestellt hatten, dass Nico über den Berg war.

Rosanna zog ein Taschentuch aus ihrem Ärmel und wischte sich die Nase ab. »Was für eine Erleichterung nach diesen zwei Tagen.«

»Das kann ich verstehen, Mrs Rossini. Ein solcher Krankheitsverlauf ist sehr selten, kann aber vorkommen. Nico war nicht geimpft?«

»Nein.« Daran hatte sie in den traumhaften Monaten in Manor House nach Nicos Geburt nicht gedacht.

»Die anderen Mitglieder des Haushalts, die noch nicht geimpft sind, sollten das jetzt nachholen. Masern können noch ein paar Tage, nachdem der Ausschlag auftritt, ansteckend sein, also gehen Sie lieber auf Nummer sicher. Man wird sich in den nächsten Wochen sehr um Nico kümmern müssen, doch er ist ein zäher kleiner Bursche und wird früher wieder auf den Beinen sein, als Sie glauben. Wir behalten ihn noch einen Tag zur Beobachtung hier, dann können Sie ihn mitnehmen. Fahren Sie jetzt nach Hause, ruhen Sie sich aus und kommen Sie nachmittags wieder. Am Vormittag wollen wir einige Routineuntersuchungen durchführen.«

»Gut. Ich verabschiede mich kurz von ihm. Danke für alles.«

»Keine Ursache. Dafür sind wir ja da. Und machen Sie sich keine Vorwürfe, Mrs Rossini. Sie hätten, auch wenn Sie hier gewesen wären, nicht viel mehr für ihn tun können.«

Rosanna schüttelte den Kopf. »Ich bin seine Mutter. Ich hätte früher gemerkt, wie schlecht es ihm ging«, erwiderte sie mit leiser Stimme und verließ das Sprechzimmer, um Nico aufzusuchen.

Nico lag mit dem Rücken zu ihr.

»Hallo, Schatz«, sagte sie. »Mamma ist da.«

Er reagierte nicht. Rosanna, die glaubte, er schlafe, beugte sich über sein Bettchen und stellte fest, dass er hellwach war. Als er sie bemerkte, wandte er sich ihr zu und begrüßte sie mit einem breiten Lächeln.

Rosanna nahm ihn auf den Arm und drückte ihn an sich. »Mein Liebling, ich schwöre dir, ich lasse dich nie mehr allein.«

Eine Stunde später schloss Rosanna zu Hause müde die Tür auf.

»Ella«, rief sie, ohne eine Antwort zu erhalten.

»Sie hat sich hingelegt.« Luca stand am oberen Ende der Treppe.

»Klar. Sie muss erschöpft sein.« Rosanna wischte sich mit der Hand über die Stirn.

»Nach der Aufregung der letzten Tage nicht verwunderlich«, sagte er und kam die Treppe herunter. »Wie geht's Nico?«

»Der Arzt sagt, er erholt sich wieder.«

»Freut mich zu hören.« Lucas Stimme klang ungewohnt kühl. »Möchtest du was essen, Rosanna?«

»Nein, danke. Ich mache mir nur einen Kaffee. Dann dusche ich und versuche, ein bisschen zu schlafen. Ich muss am Nachmittag wieder ins Krankenhaus.«

Luca folgte ihr in die Küche und beobachtete von der Tür aus, wie sie den Wasserkocher füllte und einschaltete.

»Rosanna, ich reise heute ab.«

»Gut. Danke, Luca, für deine Hilfe.«

»Aber zuvor möchte ich mit dir reden.«

Er war blass, hatte dunkle Ringe unter den Augen, und sein Mund wirkte verkniffen.

»Dann setz dich. Willst du auch einen Kaffee?«

»Danke.«

Rosanna gab Instantkaffee in zwei Tassen, füllte sie mit kochendem Wasser und Milch auf, rührte um und setzte sich zu ihrem Bruder an den Tisch. »Was ist los? Ich hab dich selten so ernst gesehen.«

Luca legte die Hände unters Kinn und holte tief Luft. »Rosanna, mir liegt sehr, sehr viel an dir, das weißt du, oder?«

»Ja, natürlich.«

»Und ich würde mich nicht in dein Leben oder deine Entscheidungen einmischen, wenn ich mich nicht für Ella verantwortlich fühlte. Ich habe Carlotta versprochen, auf sie aufzupassen.«

»Es war falsch von mir, Ella mit Nico allein zu lassen, sehr falsch. Das wird nie wieder passieren.«

»Du bist Nico eine gute Mutter und hast Ella bei dir aufgenommen, aber …«, Luca schüttelte den Kopf, »… ich habe

Angst, dass diese … Besessenheit von Roberto dein Urteilsvermögen beeinträchtigt.«

»Nein!«, rief sie entrüstet aus. »Roberto ist das Beste, was ich im Leben habe, natürlich abgesehen von Nico. Er liebt und unterstützt mich und …«

»Warum ist er dann jetzt nicht hier? Wenn sein Kind im Krankenhaus liegt und seine Frau ihn braucht?«

»Das weißt du genau, Luca! Roberto hat Verpflichtungen. Er kann nicht einfach alles liegen und stehen lassen und herkommen. So ist sein Leben nun mal.«

»Er hatte am Sonntag- und Montagabend keinen Auftritt. Das hast du mir selbst erzählt, Rosanna. Er hätte leicht mit dir von Wien herfliegen und rechtzeitig am Dienstagabend wieder dort sein können. Vielleicht hatte er ja Angst, sich anzustecken …«

»Hör auf, Luca! Das ist ungerecht. Es wäre gerade genug Zeit gewesen herzukommen und dann gleich wieder umzukehren. Er kann sein Publikum nicht enttäuschen.«

»Aber seine Frau und seinen Sohn schon?« Luca seufzte. »Tut mir leid, Rosanna, mir steht kein Urteil zu, am allerwenigsten über dich. Doch ich habe den Eindruck, dass er dich verändert, dich beeinflusst.«

»Ja, zum Besseren! Ich liebe ihn, Luca. Und er liebt mich und Nico und … Das geht dich nichts an! Du kennst ihn nicht so wie ich.«

»Du täuschst dich, Rosanna. Ich kenne ihn besser, als du glaubst. Meinst du wirklich, er sagt dir immer die Wahrheit?«

»Ja.«

»Und die Affäre mit Donatella in New York?«

»Warum versuchst du, mich gegen ihn aufzuhetzen, Luca?«

»Das tue ich nicht. Ich weiß, dass das keinen Sinn hätte. Ich will nur sagen, dass wir manchmal Menschen lieben, die nicht unsere besten Seiten zutage fördern.«

Rosanna wurde wütend. »Luca, wie kannst du als angehender Priester es dir herausnehmen, so über die Liebe zwischen Mann und Frau zu sprechen? Wie willst du mich verstehen, wenn du eine solche Liebe niemals selbst kennengelernt hast?«

Plötzlich machte Luca einen müden Eindruck. »Rosanna, ich will nicht mit dir streiten. Ich sage das alles nur, weil du mir wichtig bist und ich dich vor Dingen schützen möchte, die du nicht weißt, nicht wissen *kannst.*«

»Was für ›Dinge‹, Luca? Erklär mir, was du meinst.«

»Nein, Rosanna, vergiss es. Das war dumm von mir.«

»Luca, raus mit der Sprache. Ich bin kein kleines Mädchen mehr, also behandle mich auch nicht so.«

»Na schön.« Er schwieg kurz. »Es gibt Dinge in Robertos Vergangenheit, die mich an seinem Charakter zweifeln lassen. Und er kontrolliert und beeinflusst dich … Bist du sicher, dass du alles über ihn weißt?«

»Ja!« Nach den vergangenen beiden Tagen lagen Rosannas Nerven blank. »Ich weiß, was er war und ist! Du hasst ihn, Luca, das hast du immer getan. Ich hingegen liebe ihn, egal, was du mir über ihn sagst und von ihm denkst!«

»Rosanna, begreifst du denn nicht? Roberto hat dir deine Familie in Italien genommen, deine Karriere und hin und wieder, glaube ich, sogar deinen Verstand. Und jetzt streiten wir uns auch noch über ihn! Spürst du denn nicht seine zerstörerische Kraft?«

»Es steht dir nicht zu, mir zu erklären, wie ich mein Leben führen muss!« Sie schrie, und Tränen liefen ihr übers Gesicht. »Bitte geh!«

»Rosanna, es tut mir leid. Ich hätte nicht …«

»*Verschwinde*!« Sie deutete auf die Tür.

»Lass uns nicht so auseinandergehen.«

»Ich dulde dich keine Sekunde länger in meinem Haus!«

Luca zuckte traurig mit den Achseln. »Gut, wenn du das möchtest.«

»Ja. Keine Sorge: Ich kümmere mich schon um Ella, nicht weil ich muss, sondern weil ich es will! Und jetzt geh!«

Rosanna stürmte aus der Küche, rannte die Treppe hinauf in ihr Zimmer und knallte die Tür hinter sich zu.

Eine halbe Stunde später hörte sie draußen einen Wagen und dann die Türklingel. Vom Fenster aus beobachtete sie, wie Luca in ein Taxi stieg.

»Mrs Rossini, kommen Sie doch herein.« Der Arzt winkte sie ins Sprechzimmer.

»Ich bin gerade bei Nico gewesen. Er scheint sich gut zu erholen.«

»Ja, das stimmt, aber unsere Tests heute Vormittag haben ein Problem aufgezeigt.«

»Welches?«

»In besonders schweren Fällen schädigen Masern manchmal das Gehör des Kindes.«

»Was heißt das genau?«

»Mrs Rossini, es fällt mir nicht leicht, Ihnen das zu sagen. Ganz sicher bin ich mir nicht, aber ich fürchte, dass Nicos Gehör schwer beeinträchtigt wurde.«

»O nein!«, stöhnte Rosanna.

»Ich weiß, Mrs Rossini, das ist ein Schock. Sie müssen jetzt für Ihren Sohn tapfer sein.«

»Wie schlimm ist es? Wird er vollkommen taub?«

»Es ist noch zu früh, um das genaue Ausmaß des Schadens beurteilen zu können, doch was sein rechtes Ohr angeht: ziemlich wahrscheinlich. Sein linkes Ohr ist ebenfalls betroffen, aber so, wie es im Moment aussieht, nicht ganz so schlimm. Selbstverständlich werden wir weitere Tests durchführen. Ich stelle Sie Dr. Carson, unserem HNO-Spezialisten, vor und …«

Was der Arzt sonst sagte, hörte Rosanna nicht mehr. Sie dachte nur noch eines: Nico war der Sohn des großen Tenors Roberto Rossini.

Und würde ihn vielleicht niemals mehr singen hören.

49

»Mr Rossini?«

»Ja, am Apparat.«

»Ich habe einen Anruf für Sie.«

»Danke.« Roberto setzte sich, nass vom Duschen, auf die Bettkante. »Hallo?«

»Roberto.«

Oje. »Donatella, wie geht es dir?«

»Gut, danke.«

»Fein.« Roberto wollte das Gespräch so schnell wie möglich beenden. »Ich muss …«

»Das Wetter in Wien ist für diese Jahreszeit ziemlich gut, findest du nicht?«

»Woher weißt du das? Wo bist du?«

»Unten an der Rezeption. Wir müssen reden. Ich komme hoch zu dir.«

»Donatella, das ist jetzt ungünstig. Ich muss mich für die Vorstellung heute Abend ausruhen. Außerdem habe ich das Gefühl, dass ich eine Erkältung kriege.«

»Es wird nur ein paar Minuten dauern.«

Sie legte auf.

Roberto schlüpfte seufzend in seinen Seidenmorgenmantel und kämmte sich geistesabwesend die Haare.

Als es an der Tür klopfte, öffnete er sie.

»*Ciao*, Roberto.«

»Komm rein, Donatella«, begrüßte er sie schroff.

»Danke.« Sie ging an ihm vorbei und setzte sich auf ein großes Chintzsofa.

»Wie geht es dir?«, wiederholte er.

»Bestens.« Donatella zupfte eine große Traube von dem vollen Obstteller auf dem Tisch vor ihr.

»Du siehst gut aus.« Roberto begriff nichts: Die Frau wirkte ausgesprochen glücklich.

»Danke, so fühle ich mich auch.« Donatella biss lasziv in die Traube, während sie Roberto beäugte. »Du hingegen scheinst schon bessere Tage erlebt zu haben.«

»Unser Sohn liegt im Krankenhaus. Er ist sehr krank.«

»Chris hat mir erzählt, dass du familiäre Probleme hast.«

»Ja.« Roberto lief im Zimmer auf und ab. »Was willst du? Bist du gekommen, um mich anzubrüllen und mir mitzuteilen, dass ich ein Mistkerl bin? Wenn ja, sollten wir es hinter uns bringen.«

»Nein.« Donatella schüttelte den Kopf und griff nach einer weiteren Traube. »Du bist tatsächlich ein Mistkerl, Roberto, doch das weißt du selber. Ja, ich war wütend auf dich, weil du nicht nach New York zurückgekommen und zu Rosanna zurückgekrochen bist, ohne mir etwas zu sagen, aber …«, Donatella zuckte mit den Schultern, »… du bist ja der große Star Roberto Rossini und als solcher niemandem Rechenschaft schuldig, richtig?«

Ihre Lebhaftigkeit beunruhigte ihn. »Ich entschuldige mich für das, was passiert ist, Donatella. Rosanna hat mir verziehen, und ich bin wieder bei ihr. Sie ist meine Frau. Ich habe dir nie etwas versprochen.«

»Das stimmt. Mir ist klar geworden, dass ich dich nicht mehr liebe.« Sie zuckte lässig mit den Achseln. »Ich würde dich nicht mal dann zurücknehmen, wenn du mich auf Knien anflehen würdest.«

»Wo liegt dann das Problem?«, fragte Roberto. »Ich brauche jetzt wirklich meinen Frieden, Donatella.«

»Natürlich. Du musst ausgeruht vor dein bewunderndes Publikum treten.« Donatella erhob sich und zog zwei Umschläge aus ihrer Handtasche. Den ersten legte sie auf den Tisch. »Die Schlüssel zu deiner Wohnung in New York. Ich habe meine Sachen geholt.« Sie ließ die Finger über das zweite Kuvert gleiten, bevor sie es ihm hinhielt. »Und das ist neulich dort für dich angekommen. Ich habe den Brief aufgemacht und gelesen.«

Roberto riss ihr den Umschlag aus der Hand. »Dazu hattest du kein Recht.«

Sie zuckte mit den Achseln. »Egal, nun ist es schon passiert. Schau mal lieber rein, Roberto, damit du wenigstens weißt, warum deine Frau dich noch einmal vor die Tür setzen wird.« Donatella schenkte ihm ein zuckersüßes Lächeln.

»Was redest du da? Rosanna und ich sind glücklich. Sie weiß alles über mich.«

»Möglicherweise gibt es etwas, das du nicht einmal selbst über dich weißt.«

»Wir haben keine Geheimnisse voreinander. Ich sage ihr alles.«

»Dann macht es dir sicher nichts aus, wenn ich deiner Frau eine Kopie von dem Brief schicke, für den Fall, dass du es vergisst?« Donatella verabschiedete sich. »Ich bin im Astoria. *Ciao*.«

Als die Tür sich hinter ihr geschlossen hatte, setzte Roberto sich mit rasendem Puls hin und öffnete den Umschlag.

Hospiz Santa Maria,
Pompeji

Lieber Roberto,
erinnerst Du Dich noch an den warmen Abend in Neapel, als wir am Hochzeitstag Deiner Eltern im Café meines Vaters tanzten? Anschließend haben wir einen Spaziergang an der Strandpromenade gemacht. Und uns geliebt. Für mich war es das erste Mal, an einem sehr schönen Abend, den ich nie vergessen habe.

Sechs Wochen später habe ich gemerkt, dass ich schwanger war. Der einzige Mensch, mit dem ich reden konnte, war mein Bruder Luca. Er hat mir meiner Familie zuliebe geraten zu behaupten, das Kind sei von meinem Freund. Also tat ich, was ich tun musste, damit diese Lösung plausibel erschien. Einen Monat später erklärte ich meinem Freund und meinem Vater, dass ich schwanger sei. Papà arrangierte hastig unsere Hochzeit, und ich heiratete einen Mann, den ich nicht liebte, um unserem Kind eine Chance zu geben und keine Schande über meine Eltern zu bringen. Ich wusste, dass Du mich niemals heiraten würdest, dass Du damals vielleicht nicht einmal geglaubt hättest, das Kind sei von Dir. Doch ich schwöre Dir, es ist die Wahrheit.

Deine Tochter Ella kam fünf Wochen früher zur Welt als erwartet. Meine Ehe begann mit einer Lüge; es hätte mir klar sein sollen, dass sie kaum eine Chance auf Bestand haben würde. Ich bin immer noch verheiratet, habe meinen Mann aber über zehn Jahre nicht gesehen. Das Gleiche gilt für Deine Tochter.

Oft hätte ich Dir gern von Ella erzählt, doch als Du Rosanna geheiratet hast, war mir klar, dass ich das ihretwegen nicht kann. Luca hat mir gesagt, dass Du bald geschieden wirst, und das hat mich zu einem Entschluss geführt.

Ich offenbare Dir dies, hoffend und betend, dass Rosanna die Wahrheit nie erfährt. Ich weiß, wie sehr sie Dich geliebt hat, und möchte ihr nicht noch mehr wehtun.

Und ich bitte Dich, Ellas Leben nicht auf den Kopf zu stellen, indem Du es ihr verrätst. Ich bitte Dich nur, unauffällig ein Auge auf sie zu haben und ihr beizustehen, falls sie irgendwann Hilfe brauchen sollte. Das dürfte nicht allzu schwer sein, weil ich sie zu Rosanna geschickt habe. Roberto, sie hat eine wunderschöne Stimme. Ich weiß, dass Rosanna es verstehen wird, die Gabe ihrer Nichte zu fördern.

Luca ahnt nicht, dass ich Dir schreibe. Er hat mir davon abgeraten, weil er es für gefährlich hält. Aber wenn Du ihn fragst, wird er Dir alles bestätigen. Und wenn Du Ella singen hören würdest, wäre Dir klar, dass ich nicht lüge.

Auf Wiedersehen, Roberto.

Carlotta

Roberto fiel der Brief aus der Hand, und er sank stöhnend aufs Sofa zurück. Stimmte es? Oder log Carlotta?

Mit geschlossenen Augen dachte er daran, wie Ella beim Weihnachtskonzert »Stille Nacht« gesungen hatte. Und erkannte diesen weichen, tiefen Ton als den seinen, nur in der Stimme einer jungen Frau, die offenbar seine Tochter war.

Er rief sich ihr Gesicht in Erinnerung: die schwarzen Haare, den blassen Teint, die Augen. *Mamma mia!* Sogar sein Lächeln.

Roberto stand auf und begann im Raum auf und ab zu laufen.

Kein Wunder, dass Donatella so glücklich war. Wenn Rosanna die Wahrheit erfuhr, verlor er nicht nur die Frau, die er liebte, sondern auch seinen Sohn und seine Tochter, von der er bisher nichts geahnt hatte. Angesichts seiner Vorgeschichte würde Rosanna ihm nicht abkaufen, dass er nichts von Ella gewusst hatte. Außerdem hatte er ihr die Affäre mit ihrer Schwester verschwiegen. Sie würde ihn zu Recht hassen.

Er ließ sich wieder aufs Sofa plumpsen. Nun war ihm klar,

dass er alles für Rosanna tun würde – seine Karriere aufgeben, seinen Ruhm, sein Vermögen. Das war alles nicht wichtig. Er brauchte *sie*.

Roberto nahm den Hörer in die Hand und wählte die Nummer der Rezeption. »Verbinden Sie mich bitte mit dem Astoria.«

»Ja, Sir.«

Roberto wartete voller Angst.

»Astoria Hotel. Wie kann ich Ihnen behilflich sein?«

»Bitte stellen Sie mich zu Donatella Bianchis Zimmer durch.«

»Das ging aber schnell«, schnurrte Donatella. »Ich bin gerade zur Tür reingekommen.«

»Was willst du? Geld, die Wohnung in New York, egal, was, du kannst es haben.«

»Nein, Roberto. Das interessiert mich alles nicht. Wie du dich vielleicht erinnerst, hat Giovanni mich zur wohlhabenden Frau gemacht. Allerdings könnte ich mir vorstellen, dass ein kleiner Ausflug nach England dieses Wochenende eine nette Abwechslung wäre. Vielleicht in die Cotswolds. Da wollte ich immer schon mal hin; es soll sehr schön sein dort. Und es würde mir Gelegenheit geben, den Brief persönlich zu überreichen.«

»Donatella, willst du mich wirklich vernichten? Und was ist mit Rosanna? Sie hat das nicht verdient. Du weißt, dass das ihr Ende wäre.«

»Ach, du hast also tatsächlich Gefühle«, murmelte sie. »Es ist schon schrecklich, jemanden von ganzem Herzen zu lieben und diese Liebe bedroht zu sehen, nicht wahr?«

»Donatella, du kannst alles von mir haben. Aber bitte tu mir das nicht an.«

Langes Schweigen.

»Endlich begreifst du.«
»Was?«
»Wie sich Hilflosigkeit anfühlt.«
Sie legte auf.

50

Rosanna öffnete die Haustür gegen halb sechs im Halbdunkel. Ohne das Licht einzuschalten, ging sie nach oben in Nicos Zimmer, wo sie im fahlen Mondlicht traurig sein leeres Bettchen anstarrte.

Ihr Kind, ein Leben lang behindert. Durch ihre Schuld. Mit ihrem Egoismus hatte sie ihrem Sohn eine lebenslange Bürde mit auf den Weg gegeben. Da sie den Anblick des leeren Bettchens nicht länger ertrug, verließ sie den Raum und rief nach Ella. Als sie keine Antwort erhielt, fiel ihr ein, dass sie bei einer Freundin übernachtete. Rosanna war also ganz allein im Haus.

Sie verspürte das verzweifelte Bedürfnis, mit jemandem zu reden. Sie ging ins Arbeitszimmer, nahm den Telefonhörer und wählte die Nummer von Robertos Hotel. Die Dame an der Rezeption teilte ihr mit, dass Mr Rossini im Theater sei. Rosanna legte auf, überlegte ein paar Sekunden und wählte noch einmal.

»Hallo?«

»Abi, ich bin's, Rosanna.« Sie erzählte ihrer Freundin schluchzend von Nico.

»Ich weiß nicht, was ich sagen soll«, erklärte Abi schockiert. »Es tut mir sehr leid.«

»Er ist so klein und hilflos. Womit hat er das verdient? Ich habe ihn im Stich gelassen, obwohl Ella mir gesagt hat, dass er krank ist. Vielleicht hätte ich, wenn ich hier gewesen wäre, erkannt, wie ernst es ist, und noch etwas unternehmen können. Abi, wie soll ich mir das je verzeihen?«

»Rosanna, beruhige dich. Nico lebt und wird wieder gesund, das ist das Wichtigste. Er ist immer noch dein kleiner Junge, auch wenn er in Zukunft ein bisschen mehr Hilfe brauchen wird. Er schafft das schon. Außerdem weißt du ja noch gar nicht, wie schlimm es ist. Vielleicht bessert sich sein Gehör im Lauf der Zeit wieder.«

»Ja, vielleicht. Ich muss einfach darum beten. Und Abi, ich habe mich schrecklich mit Luca gestritten.«

»Ich habe gemerkt, dass etwas zwischen euch vorgefallen sein muss.«

»Woher weißt du das?«

»Luca ist vor ein paar Stunden hier bei mir in London aufgekreuzt«, antwortete Abi.

»Oh.« Rosanna biss sich auf die Lippe. »Hat er was erzählt?«

»Du kennst doch Luca. Bis jetzt war ihm kein Wort zu entlocken. Er bleibt über Nacht hier. Aber was mich mehr interessiert: Hast du Roberto schon über die Sache mit Nico informiert?«

»Nein. Er ist gerade im Theater, wird aber bald wieder im Hotel sein.«

»Ich an deiner Stelle würde ihm sagen, dass er seinen Arsch in einen Flieger hieven soll«, erklärte Abi. »Du und Nico, ihr braucht ihn.«

»Stimmt, Abi, aber du weißt ja, wie es ist«, seufzte Rosanna.

»Ja, leider. Soll ich zu dir kommen? Du solltest jetzt nicht allein sein. Ich könnte gleich morgen früh zu dir fahren.«

»Nein. Wenn ich mit Roberto geredet habe, fühle ich mich bestimmt besser, und Ella ist morgen auch wieder da. Trotzdem danke.«

»Okay. Vergiss nicht, was zu essen, Rosanna. Und geh früh schlafen. Du hörst dich ziemlich erschöpft an.«

»Das bin ich tatsächlich. Danke, Abi. Gute Nacht.«

Rosanna legte auf und setzte sich in der Küche an den Tisch. Luca war zu Abi gefahren, weil seine Schwester ihn vor die Tür gesetzt hatte. Luca, der all die Jahre im Café ihres Vaters geschuftet hatte, um ihre Gesangsstunden zahlen zu können, und dann mit ihr nach Mailand gegangen war und sein eigenes Leben hintangestellt hatte.

Roberto …

Luca hatte gesagt, er sollte in dieser Situation bei Frau und Sohn sein … Selbst sie hatte Mühe gehabt, eine Rechtfertigung dafür zu finden, dass er nicht bereit gewesen war, sie zu ihrem kranken Sohn zu begleiten. Er hatte tatsächlich keine Vorstellung gehabt. Und Roberto hatte das Telefon in ihrem Hotelzimmer blockiert, so dass Ella sie nicht erreichen konnte, obwohl er wusste, dass sein Sohn kränkelte.

Tat ein »guter« Mensch so etwas?, fragte Rosanna sich.

Erste Zweifel an ihrer perfekten Liebe regten sich.

Und hatte Luca im Hinblick auf sie selbst recht? War sie tatsächlich von Roberto besessen? Hatte sie sich verändert? Rosanna erinnerte sich schaudernd, wie leicht sie sich hatte überreden lassen, nicht nach Hause zu ihrem Sohn zu fahren, obwohl sie spürte, dass er krank war.

Sie dachte an die Zeit vor Roberto zurück, als sie noch ein unschuldiges Mädchen gewesen war. Paolo fiel ihr ein, der so viel für sie getan hatte. Bei dem Gedanken daran, wie sie ihn wegen Roberto verraten hatte, wurde ihr fast körperlich übel.

Dann war da noch ihre Karriere. Sie bezweifelte, dass es eine andere junge Opernsängerin gab, die so zielstrebig nach ganz oben gewollt hatte. Bis Roberto in ihr Leben getreten war. Sie hatte zugelassen, dass er sie an der Rückkehr nach Mailand hinderte, und sich nach der Heirat in alle seine Entscheidungen gefügt. Roberto hatte bestimmt, wo und was sie sangen, und die Rollen ausgewählt, die *er* wollte, bevor er an sie dachte.

Sie hatte ihre Karriere aufgegeben, nicht nur für Nico, erkannte Rosanna, sondern auch für Roberto. Er hatte eine wunderbare Stimme, doch die hatte sie auch …

Rosannas Puls beschleunigte sich, als ihr einfiel, was sie Stephen angetan hatte. Die einfühlsame, geduldige Liebe, die er ihr so selbstlos geschenkt hatte – was hatte sie ihm dafür gegeben? Nichts. Nein … weniger als nichts. Rosanna zwang sich, der Wahrheit ins Auge zu blicken. Sie hatte ihn benutzt und ihn ohne mit der Wimper zu zucken weggeworfen. Und nicht einmal den Anstand besessen, ihn anzurufen und ihm ihre Entscheidung persönlich mitzuteilen.

Und am allerschlimmsten: Sie hatte ihr Kind im Stich gelassen, obwohl ihr Gefühl ihr sagte, dass etwas nicht stimmte. Ihre Liebe zu Roberto war sogar stärker gewesen als die zu ihrem Sohn.

Als Rosanna die über den Himmel jagenden Wolken betrachtete, begriff sie endlich, dass Luca recht hatte. Ihre Liebe zu Roberto war ungesund und unnatürlich. Sie war tatsächlich besessen von ihm; er veränderte sie und machte sie für alles andere blind.

Wo steckte er jetzt? Er wachte nicht mit ihr über ihren kranken Sohn, sondern stand auf der Bühne, um ein Publikum zu erfreuen.

Und so würde es immer sein.

Rosanna füllte ein Glas mit Wasser, weil sie einen trockenen Mund hatte. Etwas passierte mit ihr, das spürte sie.

Wer war sie? Was war sie?

Sie hasste die Person, zu der sie geworden war.

Wie immer tauchte Robertos Gesicht vor ihrem geistigen Auge auf. Auch daran würde sich nichts ändern, das war ihr klar.

Nach fünfzehn Jahren schien sie plötzlich aufzuwachen.

Die Welt würde sich weiterdrehen. Ihr Leben würde weitergehen, und sie würde glücklich sein.

Ohne Roberto.

Es war möglich.

Zum ersten Mal wusste sie das.

Kurz darauf klingelte das Telefon. Rosanna ging ran.

»*Principessa*, ich bin's.«

»Hallo, Roberto.«

»Alles in Ordnung? Du klingst merkwürdig.«

»Mit mir ja, mit Nico nicht.«

Rosanna erzählte ihm ganz ruhig, was passiert war.

»O Gott. Bitte sag, dass das nicht wahr ist.«

»Leider doch. Ich hätte ihn nicht allein lassen dürfen, Roberto. Es war falsch von mir, meinen Gefühlen für dich nachzugeben. Ich mache dir keinen Vorwurf – es war allein meine Schuld.«

»Rosanna, wir kümmern uns gemeinsam um Nico. Er kriegt die besten Ärzte und alles, was er sonst noch braucht.«

»Wann kommst du nach Hause? Ich muss mit dir reden.«

»Ich wünschte, ich wäre schon an deiner Seite, und verspreche dir, innerhalb von achtundvierzig Stunden bei dir zu sein. Es gibt da einige … Dinge, die ich regeln muss.«

Dies war das letzte Mal, dass sie auf ihn warten würde. »Ich muss aufhören«, sagte sie. »Ich bin müde.«

»Rosanna, ist Luca bei dir? Ich möchte mit ihm reden.«

»Nein. Er ist bei Abi in London.«

»Hast du ihre Nummer?«

Sie sagte sie ihm auswendig, ohne zu fragen, warum er sie brauchte.

»Rosanna, bist du sicher, dass alles in Ordnung ist? Du klingst … distanziert.«

»Ja.«

»*Ti amo*, mein Schatz.«

»Auf Wiedersehen, Roberto.«

Roberto wählte die Nummer, die er notiert hatte, mit zitternden Fingern. Er erkannte die Stimme der Frau am anderen Ende der Leitung sofort.

»Hallo, Abi. Ich bin's, Roberto Rossini.«

»Hallo, Roberto. Das ist aber eine Überraschung. Rosanna ist nicht hier, sondern zu Hause.«

»Ich weiß. Ich möchte mit Luca sprechen. Dringend«, fügte er hinzu.

»Okay. Bleib dran.« Sie legte den Hörer weg. Zwei Minuten später meldete Luca sich.

»Ja?«

»Luca, tut mir leid, wenn ich störe, aber ich muss dich etwas fragen. Ich habe einen Brief von deiner Schwester Carlotta erhalten. Stimmt es, dass ich Ellas Vater bin?«

Schweigen, bevor Luca antwortete. »Carlotta hat dir das geschrieben?«

»Ja. Wir müssen uns treffen.«

»Ich wüsste nicht, warum«, erwiderte Luca kühl.

»Jemand hat den Brief gelesen und droht, deiner Schwester alles zu verraten. Bitte, Luca, Rosanna zuliebe. Ich bin verzweifelt. Dir würde die Person vielleicht glauben, wenn du ihr sagen würdest, dass es nicht stimmt.«

»Ich werde nicht für dich lügen, Roberto.«

»Das verstehe ich. Aber ich bin dieser Person ausgeliefert. Es muss eine Lösung geben. Rosanna wird mir nicht glauben, dass ich bis jetzt nichts davon gewusst habe. Egal, was du von mir hältst, Luca: Ich liebe sie und möchte nicht, dass sie verletzt wird. Ich habe sie schon einmal über meine Vergangenheit angelogen. Wenn sie die Wahrheit über Ella erfährt, glaubt sie bestimmt, dass ich sie wieder hintergangen habe. Und das wäre das Ende für uns.«

Luca hörte die Verzweiflung in Robertos Stimme. »Wann willst du mich sehen?«

»Ich fliege morgen nach England. Können wir uns in Heathrow treffen? Mein Flug kommt um elf in Terminal drei an.«

»Na schön, aber ich weiß nicht, wie ich dir helfen kann.«

»Danke, Luca, von ganzem Herzen danke. Bis morgen. *Ciao.*«

Roberto legte auf und sank aufs Bett. Er wusste, dass er nach jedem noch so kleinen Strohhalm griff. Wenn Luca sich weigerte mitzuspielen, musste er Rosanna selbst die Wahrheit sagen.

Als Luca am folgenden Morgen in der Ankunftshalle wartete, hörte er, wie sein Name ausgerufen wurde. Er meldete sich am Informationsschalter und wurde von einem Mann des Sicherheitsdienstes durch ein Gewirr aus Fluren in ein kleines Krankenzimmer geführt, in dem Roberto nervös hin und her lief.

Robertos Arroganz und Selbstsicherheit waren verschwunden. Er sah jetzt aus wie jeder übergewichtige Mann mittleren Alters mit einem Problem.

»Danke, dass du gekommen bist, Luca.« Roberto nickte dem Mann vom Sicherheitsdienst zu, der daraufhin den Raum verließ. »Ich dachte mir, es ist das Beste, wenn wir unter vier Augen reden. Nimm doch Platz.«

Luca setzte sich.

Roberto strich über sein unrasiertes Kinn. »Du hast jeden Grund, mich nicht zu mögen. Du weißt seit vielen Jahren, dass ich der Vater von Carlottas Kind bin. Als ich Rosanna geheiratet habe, muss das für euch beide ziemlich hart gewesen sein.«

»Wir wollten Rosanna, die dich liebt, nicht wehtun«, erklärte Luca kühl.

»Ich schwöre, dass ich bis zu dem Brief gestern nichts von Ella geahnt habe. Donatella Bianchi, eine Frau, die ich schon ziemlich lange kenne, war in meiner New Yorker Wohnung und hat Carlottas Schreiben ohne meine Erlaubnis geöffnet. Donatella sagt, sie hat vor, Rosanna persönlich eine Kopie des Briefs zu bringen.«

»Donatella Bianchi«, murmelte Luca.

»Du kennst sie?«

Luca nickte. »O ja. Aber warum will sie das Rosanna antun?«

»Um *mich* dafür zu bestrafen, dass ich *sie* verlassen habe. Rosanna ist die einzige Frau, die ich je geliebt habe, das weiß sie. Es ist die perfekte Rache. Donatella ist klar, dass deine Schwester mich höchstwahrscheinlich in die Wüste schickt, wenn sie das hört. Oder dass das zumindest einen Keil zwischen uns treibt. Und wir hatten in letzter Zeit genug Probleme.«

»Roberto, hast du Rosanna erzählt, dass du mal was mit Carlotta hattest?«

»Nein, das habe ich nicht für nötig gehalten. Rosanna war damals noch ein Kind und … Ja, ich hatte Angst vor Rosannas Reaktion. Luca, bitte hilf mir.« Roberto ergriff seine Hände. »Ich bin verzweifelt und flehe dich an: Denk nach, ob dir irgendeine Lösung einfällt. Ich verspreche dir vor Gott, dass ich der beste und liebevollste Mann der Welt sein werde. Ich liebe Rosanna und kann nicht ohne sie leben.« Roberto senkte den Kopf, und seine Schultern begannen zu beben.

Luca kannte tatsächlich einen Weg, wie sich Donatella für immer zum Schweigen bringen ließ. Aber hatte es nicht schon zu viele Lügen gegeben? War es nicht besser, wenn Rosanna die Wahrheit erfuhr? Sie würde ihr wehtun, doch im Lauf der Zeit würde sie darüber hinwegkommen.

Luca erinnerte sich an das Gesicht seiner Schwester im Café seiner Eltern, wie sie Roberto das erste Mal gesehen hatte.

Egal, wie er war: Sie liebte ihn. Egal, was er tat: Sie begehrte ihn. Er war Nicos Vater. Und außerdem, dachte Luca: Darf ich mich als Allmächtiger aufspielen? Er musste Roberto die Information geben, die er benötigte. Auf das, was danach geschah, hatte er keinen Einfluss.

Luca holte tief Luft.

»Roberto, ich weiß eine Möglichkeit, wie wir dieses Spiel beenden können.«

51

Donatella betrat die Lobby des Savoy Hotels.

Als Roberto sie in Wien angerufen und angefleht hatte, sich in London mit ihm zu treffen, bevor sie zu Rosanna fuhr, war sie nicht in der Lage gewesen zu widerstehen. Ihn noch einmal um Gnade winseln zu hören würde ihr zu großes Vergnügen bereiten. Und anders überlegen würde sie es sich auf keinen Fall.

Er wartete in der American Bar auf sie.

Sie begrüßte ihn mit einem Wangenküsschen. »Wie geht's dir? Du siehst ein bisschen blass um die Nase aus, Roberto.«

»Drink?«, fragte er, ohne auf ihre Bemerkung einzugehen.

»Ja. Einen Campari Soda, bitte.« Donatella setzte sich und schlug die langen Beine übereinander, während Roberto die Getränke bestellte. »Weswegen wolltest du mich noch mal sehen, Roberto?«

»Ich wollte dich fragen, ob du es dir nicht doch anders überlegst. Wenn du diesen Brief Rosanna zeigst, vernichtest du nicht nur mich, sondern auch sie. Sie hat dir nichts getan. Warum willst du sie bestrafen?«

»Glaubst du wirklich, dass mich das interessiert? Ich habe dich sehr geliebt, Roberto, aber jetzt ...«, sie machte eine wegwerfende Geste, »... nicht mehr. Ich habe einen neuen Mann an meiner Seite und werde nach Mailand zurückgehen. Wir denken daran zu heiraten.«

»Gratuliere«, murmelte Roberto, als die Getränke serviert wurden.

»Worauf wollen wir anstoßen? Auf die Freiheit?« Donatellas Augen funkelten gefährlich über dem Rand ihres erhobenen Glases.

»Das macht dir Spaß, stimmt's?« Roberto nahm einen Schluck Mineralwasser.

»Es wird Zeit, dass jemand es dir heimzahlt. Ist dir klar, dass du es ohne mich nie an der Scala geschafft hättest?«

»Was soll das jetzt wieder, Donatella?«

»Ich habe Paolo de Vito einen Riesenscheck für Stipendien an seiner geliebten Schule ausgestellt, dafür, dass er dir deine erste Hauptrolle gibt. Roberto, andere haben sich etwas aus dir gemacht und dir geholfen. Schade, dass du das nie konntest.«

»Das glaube ich dir nicht.«

Donatella zuckte mit den Schultern. »Frag Paolo.«

»Wenn das stimmt, bedanke ich mich selbstverständlich für deine Hilfe.«

»Ein kleinlauter Roberto, so, so. Mein Gott, du scheinst sie wirklich sehr zu lieben.«

»Ja, tut er«, erklang da eine Stimme hinter ihr.

Als Donatella sich umdrehte, sah sie einen schlanken, dunkelhaarigen jungen Mann, der ihr irgendwie bekannt vorkam.

»Luca, komm, setz dich zu uns.« Roberto deutete auf einen Stuhl.

»Danke.« Luca nahm Platz.

»Ja, genau, Rosannas heiliger Bruder. Hat er Sie herbeordert, damit Sie mir ins Gewissen reden?«, fragte Donatella abfällig.

»Signora Bianchi, ich bin aus einem anderen Grund hier. Roberto hat mir zwar erzählt, dass Sie von Carlottas Brief wissen, aber ich wollte mich ohnehin bei Ihnen melden.«

»Und warum?«

»Es geht um das hier, Signora Bianchi.« Luca zog einen

Umschlag aus der Tasche, nahm ein Polaroidfoto heraus und legte es auf den Tisch.

Donatella betrachtete es und wurde blass.

»Was ist das?«, fragte sie.

»Ich glaube, das wissen Sie ganz genau«, antwortete Luca mit ruhiger Stimme. »Sie haben Don Edoardo, dem Geistlichen der Chiesa della Beata Vergine Maria, einmal drei Millionen Lire dafür gezahlt.«

»Wenn ihr mich entschuldigen würdet. Ich gehe kurz raus, Luft schnappen«, verkündete Roberto, stand auf, nickte Luca zu und verschwand.

»Ja, natürlich. Jetzt erinnere ich mich wieder«, erklärte Donatella nervös.

»Ein Freund von mir hat dieses Foto neulich in einer New Yorker Wohnung gemacht.« Luca sprach ruhig und ohne Hast. »Ein gewisser John St. Regent, der gegenwärtige Besitzer der Zeichnung, hat meinem Freund gesagt, dass er mehrere Millionen Dollar dafür gezahlt hat.«

»*Mamma mia!* Was für ein Zufall! In unseren Palazzo ist, kurz nachdem ich die Zeichnung erworben hatte, eingebrochen worden. Sie wurde mit mehreren anderen Gemälden gestohlen. Ich hatte keine Ahnung, dass sie so viel wert ist. Handelt es sich um einen Leonardo?« Donatella lachte nervös.

»Genau das glaube ich, Signora Bianchi. Sie sagen, sie wurde Ihnen gestohlen?«

»Ja.«

»Sehr merkwürdig, denn John St. Regent hat meinem Freund erzählt, Ihr Mann habe sie ihm verkauft.«

Donatella schüttelte den Kopf. »Das muss Ihr Freund falsch verstanden haben.«

»Nun, das lässt sich leicht klären. Die italienische Polizei kann die Wahrheit sicher ganz schnell herausfinden.«

»Mein Mann ist tot. Die Behörden können ihn nicht mehr befragen.«

»Ihn nicht, aber Sie. Ich glaube, Sie kannten den Wert der Zeichnung, als Sie sie Don Edoardo abgekauft haben. Sie könnten im Gefängnis landen, wenn die Polizei feststellt, dass Sie mit Ihrem Gatten ein Kunstwerk von nationaler Bedeutung außer Landes geschafft haben.«

»Luca, ich schwöre Ihnen, ich wusste nichts davon. Mein Mann scheint mich ebenfalls hinters Licht geführt zu haben«, wand sie sich.

»Roberto sagt, Sie seien gut mit den St. Regents befreundet. Es ist unwahrscheinlich, dass sie Ihnen nicht von Ihrem wertvollsten Stück erzählt oder es Ihnen gezeigt haben.« Luca zuckte mit den Schultern. »Aber ich bin nicht hier, um über Ihre Schuld oder Unschuld zu entscheiden. Wie gesagt, ich kann der Polizei berichten, was ich weiß, und sie wird versuchen, die Sache zu klären, oder …«

»Oder?«

»… Sie überlegen es sich anders und verschweigen Rosanna, wer Ellas Vater ist. Dann können wir alle so weiterleben wie bisher.«

»Sie erpressen mich!«, rief Donatella empört aus.

»Ich glaube nicht, dass ich mich strafbar mache, Signora Bianchi, während das bei Ihnen eindeutig der Fall war. Ich liebe meine Schwester, das ist alles.«

Donatella leerte ihr Glas und knallte es auf den Tisch. »Und aus Liebe wollen sie ihr ein Kind aufhalsen, von dem sie nicht weiß, dass ihr Mann es gezeugt hat? Das nennen Sie Liebe?«, zischte sie.

Luca musterte sie schweigend.

Donatella überlegte eine Weile stumm, wie sie ihren perfekten Plan, Robertos Leben zu ruinieren, noch retten könnte.

Doch ihr fiel nichts ein. Am Ende sah sie Luca seufzend an. »Na schön, Sie haben gewonnen. Ich will nicht Gefahr laufen, in etwas verwickelt zu werden, schon gar nicht so kurz vor meiner Rückkehr nach Mailand. Also erkläre ich mich bereit, Ihrer geliebten Rosanna nichts von der unehelichen Tochter ihres Mannes zu erzählen.«

»Ich muss Sie um die Kopie des Briefes bitten, die sich in Ihrem Besitz befindet.«

Donatella öffnete widerwillig ihre Handtasche, nahm einen Umschlag heraus und reichte ihn Luca.

»Ist das die einzige?«

»Ja, das schwöre ich.«

»Danke.«

»Wieder einmal kommt Roberto ungeschoren davon. Aber Sie sind nicht so dumm zu glauben, dass Ellas tatsächliche Herkunft ewig ein Geheimnis bleibt, oder? Oder dass Roberto Rosanna treu sein wird? Wenn ja, machen Sie sich etwas vor.«

»Signora Bianchi, ich kann nur das tun, was ich im Augenblick für das Beste halte. Alles andere liegt in Gottes Hand.«

Donatella stand auf. »Ich gehe, bevor Roberto zurückkommt. Sein selbstgefälliges Grinsen könnte ich nicht ertragen. Ich kenne ihn besser als jeder andere, sogar als seine geliebte Frau. Das Schicksal hat uns füreinander bestimmt, wissen Sie«, murmelte sie wehmütig.

»Da könnten Sie recht haben, Signora Bianchi. Sie sind aus demselben Holz geschnitzt. Auf Wiedersehen.«

Als Luca Donatella nachsah, wollte sich die Erleichterung darüber, dass sie sich auf den Kuhhandel eingelassen hatte, nicht einstellen. Er war nur unendlich traurig.

Roberto gesellte sich mit hoffnungsvollem Blick wieder zu ihm.

Luca nickte. »Alles in Ordnung. Sie ist weg«, erklärte er mit leiser Stimme.

»Du hast sie überzeugt?«

»Ja. Hier.« Luca gab ihm den Umschlag.

»Gott sei Dank.« Roberto wischte sich den Schweiß von der Stirn. »Luca, darf ich dir einen Drink spendieren? Ich bin dir zu ewigem Dank verpflichtet.«

»Nein.« Luca schüttelte den Kopf und erhob sich. »Ich muss los. Kümmere dich um meine Schwester und deinen Sohn. Auf Wiedersehen.«

Fünfundvierzig Minuten später traf Luca bei Abi ein, die ihn frisch geduscht und noch im Bademantel empfing.

»Hallo, *caro*«, begrüßte sie ihn.

Luca blieb schweigend an der Tür stehen. Er war blass, sein Blick wirkte gehetzt.

»Was ist denn?«, fragte sie. »Setz dich, Luca.« Sie berührte seine eiskalte Hand. »Wo warst du? Was ist los?«

Er blieb mit hängenden Schultern, wo er war. Abi legte den Arm um ihn und strich ihm übers Haar. »Bitte, Luca, so schlimm kann es doch nicht sein.«

Sie führte ihn ins Wohnzimmer, drückte ihn aufs Sofa und nahm seine Hände in die ihren.

»Erzähl mir, was dich so aus der Fassung gebracht hat. Du weißt, dass ich dich liebe. Mir kannst du alles sagen.«

Luca schaute sie an. »Abi, es ist kompliziert; mir schwirrt der Kopf. Mir ist …«

»… nach einem Brandy.« Abi stand auf und holte eine Flasche und zwei Gläser aus der Küche. Sie schenkte ihnen ein, reichte eines Luca und setzte sich. »Trink aus, dann reden wir, ja?«

Luca leerte das Glas mit einem Zug und erzählte. Abi lauschte mit großen Augen.

»Heute habe ich für Roberto den Weg zurück zu Rosanna geebnet, obwohl ich die perfekte Gelegenheit gehabt hätte, ihn ihr endgültig vom Hals zu schaffen.«

»Luca, sie liebt ihn. Egal, was er getan hat oder noch tun wird: Daran wird sich nichts ändern. Liebe ist irrational!« Abi sah ihn mit einem traurigen Lächeln an. »Davon kann ich ein Lied singen. Du darfst dir deswegen keine Vorwürfe machen. Du hast getan, was du für richtig hältst.«

»Ja. Man könnte es aber auch anders sehen. Ich bin nicht besser als Roberto, weil ich Rosanna ebenfalls hintergehe. Wieder einmal kommt Roberto ungeschoren davon. Ich habe mich wie alle andern von ihm benutzen lassen und für ihn gelogen.«

»Es war nur eine kleine, nötige Lüge. Einen Teil der Geschichte finde ich richtig lustig: Mehrere Millionen Dollar für eine Zeichnung, die, egal, wie hübsch sie sein mag, praktisch wertlos ist? Ist Stephen sich völlig sicher?«

»Er ist Renaissance-Experte und hat die Zeichnung gründlich unter die Lupe genommen«, antwortete Luca. »Stephen hat mir erklärt, warum er verstehen kann, dass Donatellas Mann sie für einen echten Leonardo gehalten hat. Es bestehen große Ähnlichkeiten, und die Zeichnung würde bei einer Auktion ein paar Tausend Dollar erbringen, weil sie so alt und in tadellosem Zustand ist.«

»Was hat Stephen dem jetzigen Besitzer gesagt, als der wissen wollte, ob sie echt ist?«

»Er hat beschlossen, Mr St. Regent nicht seine eigentliche Einschätzung mitzuteilen, und behauptet, er sei auf dieser hohen Ebene nicht qualifiziert genug, um ein eindeutiges Urteil abzugeben. Man müsste eine zweite Meinung von weltweit führenden Leonardo-Experten einholen. Was Mr St. Regent natürlich nie tun wird, weil die Zeichnung illegal aus Italien kommt. Sie macht ihm so große Freude – warum sollte man ihm die verderben? Und …«, fügte Luca hinzu, »je weniger Donatella über die tatsächliche Herkunft weiß, desto besser.«

»Aber das viele Geld, Luca. Das ist dem armen Mr St. Regent gegenüber doch nicht fair.«

»Für ihn sind ein paar Millionen Dollar so viel wie für uns ein paar Pfund, Abi, glaub mir.«

»Na schön. Dann hör auf, so streng mit dir ins Gericht zu gehen, Luca. Mehr hättest du nicht tun können. Du solltest deswegen kein schlechtes Gewissen haben.«

»Roberto übt einen schlechten Einfluss auf Rosanna aus. Wie sie Ella mit Nico allein gelassen hat … Das war nicht meine Schwester. Wenn sie mit ihm zusammen ist, wird sie zu einem anderen Menschen. Und nun hasst sie mich, weil ich ihr das gesagt habe.«

»Es ist ihr Leben, Luca, das muss sie allein auf die Reihe kriegen.«

»Ich weiß. Aber Abi, ich bin heute nicht nur hier, um dir von dem Treffen mit Donatella zu erzählen, sondern auch, weil ich noch etwas anderes mit dir besprechen möchte.«

»Tatsächlich? Was?«

»Ich hatte gehofft, dass die vergangenen sechs Monate mir Zeit geben würden, über meine Zukunft zu entscheiden. Doch am Ende bin ich fast nicht dazu gekommen, über mich selbst nachzudenken. Zuerst Carlotta, dann das mit Rosanna und Nico und nun noch die Geschichte mit Roberto und Donatella.« Luca schüttelte den Kopf. »Ich bin verwirrt, über mich selbst und meinen Gott. Und natürlich über dich.« Er sah sie mit einem zärtlichen Lächeln an. »Bei meinen gegenwärtigen Zweifeln wäre es falsch, ins Priesterseminar zurückzukehren, aber ich kann mich auch nicht eindeutig für dich entscheiden, bevor ich mir nicht hundert Prozent sicher bin, dass ich mich von allem, was ich wollte und woran ich geglaubt habe, seit ich damals die

Chiesa della Beata Vergine Maria in Mailand betreten habe, verabschieden kann.« Luca sammelte sich kurz. »Ich habe mit meinem Bischof gesprochen. Er hat mir einen Vorschlag gemacht, der mir möglicherweise hilft. Ich gehe nach Afrika. In einem Dorf außerhalb von Lusaka in Sambia wird gerade eine Kirche gebaut, und ich soll dem Geistlichen als Laienbruder assistieren. Vielleicht gelingt es mir dort, weit weg von allem, endlich, meinem Leben einen Sinn abzugewinnen.«

»Verstehe.« Abi klang enttäuscht.

»Ich könnte deine Verärgerung verstehen. Mir ist klar, dass ich nie etwas getan habe, um mich deiner Liebe würdig zu erweisen. Abi, bitte warte nicht länger auf mich. Ich kann dir im Moment nichts versprechen, weil ich selbst die Antworten noch nicht kenne.«

Abi nahm mit zitternden Händen einen Schluck Brandy und leckte sich die Lippen.

»Luca, liebst du mich noch?«

»Natürlich, *amore mio*. Darauf habe ich keinen Einfluss. Du weißt, dass ich dich vergöttere.«

»Aber deinen Gott liebst du noch mehr. Ich könnte versuchen, dich zum Bleiben zu überreden und dir klarzumachen, dass du *mich* brauchst. Aber ich weiß aus bitterer Erfahrung, dass das keinen Sinn hat, also versuche ich es erst gar nicht.«

»Hasst du mich? Habe ich dich benutzt? Abi, der Gedanke, dir wehzutun, ist schrecklich.«

»Nein, ich hasse dich nicht, Luca. Wie könnte ich? Ich liebe dich. Ich habe von Anfang an gewusst, dass du mir nichts versprechen kannst, und mich trotzdem darauf eingelassen. Nun hat Gott wieder gewonnen. Wann soll's losgehen?«

»Morgen.«

Abi sah ihn mit Tränen in den Augen an. »Erfüllst du mir einen letzten Wunsch?«

»Was du möchtest, *cara.*«

»Gib mir eine Nacht, für uns, für unsere Liebe.«

Sie küsste ihn vorsichtig, und er legte die Hände um ihr Gesicht und erwiderte ihren Kuss leidenschaftlich.

»Für uns«, murmelte er und streichelte sanft ihre Wange. »Nicht einmal Gott kann mir das verwehren.«

Am folgenden Morgen beobachtete Abi, wie Luca aufstand und zum Duschen ging.

All die Jahre des Begehrens, der Sehnsucht nach seiner Berührung, und nun war es diese Nacht endlich geschehen.

Heute würde er sich von ihr verabschieden – höchstwahrscheinlich für immer. Sie wusste, dass sie sich keine Hoffnungen mehr machen durfte und sich auf ihre eigene Zukunft konzentrieren musste.

Abi bemühte sich, nicht zu weinen.

Sie stand aus dem Bett auf, in dem sie einander geliebt hatten, zog sich an und ging in die Küche, bevor Luca aus der Dusche kam.

Als er die Küche betrat, ließ sie sich von ihm in den Arm nehmen.

»Ist es jetzt anders?«, fragte sie. »Ich dachte, vielleicht …«

»Ja. Ich liebe dich, und ich habe keine Schuldgefühle wegen heute Nacht.«

»Dann bleib. Bitte bleib bei mir, Luca.« Ihre Tränen kullerten auf seine Jacke. »Bitte mich darum, auf dich zu warten, denn das werde ich …«

Auch Luca war den Tränen nahe. »Nein, *cara*, ich kann und darf dir keine falschen Hoffnungen machen. Wie sehr ich es mir auch wünschen würde, dass du auf mich wartest. Ich habe dir schon zu viel abverlangt.«

»Tut mir leid. Ich hatte mir geschworen, mich zusammenzureißen. Du musst jetzt gehen.« Sie löste sich von ihm, wischte hastig die Tränen weg und folgte ihm zur Tür.

»*Ciao, amore mio.*«

Abi sah ihm schweigend nach. Am Fuß der Treppe drehte er sich mit einem Lächeln zu ihr um, winkte und verschwand.

52

Rosanna hörte den Jaguar in der Auffahrt. Vom Wohnzimmer aus verfolgte sie, wie der Mann über den Kies schritt, und ging zur Tür, um sie zu öffnen.

»*Principessa.*« Er legte die Arme um seine Frau und drückte ihren Kopf an seine Brust. »Rosanna, *cara*, es tut mir leid, so leid.«

»Roberto, setzen wir uns. Wir müssen reden.«

»Was ist los? Geht's um Nico?«

»Nein.« Rosanna schob ihn ins Wohnzimmer und deutete auf das Sofa. »Um mich.«

»Bist du krank?«

»Vielleicht war ich das in gewisser Weise«, antwortete sie.

»Sag mir, was los ist.«

Sie ließ sich neben Roberto nieder und nahm seine Hände in die ihren. »Roberto, hast du eigentlich eine Ahnung, wie sehr ich dich seit meinem elften Lebensjahr liebe?«

»Ja, das weiß ich, *principessa.* Und es macht mich zum glücklichsten Menschen der Welt. Ich verdiene dich nicht. Aber ich habe mich geändert, du wirst sehen. Nicos Krankheit und … andere Ereignisse haben mir die Augen geöffnet. Ich sage alle meine Auftritte in den nächsten Monaten ab. Eine Auszeit, um bei dir und Nico sein zu können, damit er wieder ganz gesund wird.«

Rosanna erinnerte sich traurig an das letzte Versprechen dieser Art und schüttelte den Kopf.

»Diesmal geht es nicht um *dich*, Roberto, sondern um *mich*, darum, was ich möchte«, erklärte sie sanft.

»Du willst mich doch hier bei dir und Nico haben, oder?«

»Früher habe ich gedacht, dass das die Lösung ist. Natürlich könntest du eine Auszeit nehmen, aber nach einer Weile hast du wieder Sehnsucht nach deiner anderen Welt. So bist du nun mal, und daran wird sich nichts ändern. Wir … unsere Liebe, das kann einfach nicht funktionieren.«

»Was versuchst du mir zu sagen, Rosanna? Dass ich gehen soll?« Er sah sie ungläubig an.

»Ja, Roberto, genau das. Wenn du mich liebst, erfüllst du mir diesen Wunsch.«

Roberto fuhr sich mit der Hand durch die Haare. »Nein, Rosanna, das meinst du nicht so. Du liebst mich und brauchst mich. Du weißt, dass wir füreinander bestimmt sind.«

»Vielleicht waren wir das früher mal, aber jetzt nicht mehr und auch nicht in Zukunft.«

Roberto begann, im Zimmer auf und ab zu laufen. »Das kann nicht dein Ernst sein. Nicht nach dem, was ich gerade …« Er schüttelte den Kopf und sank in einen Sessel.

»Was hast du gerade?«

»Ich habe soeben eine Entscheidung getroffen, die wichtigste meines Lebens. Von jetzt an hast du mit Nico bei mir oberste Priorität.«

Rosanna bemühte sich, ihre Gedanken zu ordnen und ihm so ruhig wie möglich zu erklären, was sie empfand.

»Roberto, so viele Menschen, denen ich wichtig bin, betrachten unsere Beziehung mit Sorge. Anfangs dachte ich, das ist Eifersucht, dass sie uns unser Glück nicht gönnen.« Sie seufzte. »Aber nun begreife ich, was sie meinen. Sie haben erkannt, wie du mich verändert hast, wie ich egoistisch wurde, wie meine Liebe zu dir alles andere verdrängt hat. Es war nicht deine Schuld, sondern meine. Das ist mir erst aufgegangen, als ich unser Kind in Gefahr gebracht habe. Roberto, er hätte sterben können, und ich wäre nicht hier gewesen.«

»*Cara*, du kannst doch nicht wegen eines einzigen Fehlers einfach unsere Liebe aufgeben!«

»Roberto, begreifst du denn nicht, dass das nur ein Symptom und nicht die Ursache ist? Mit dir bin ich nicht ich selbst. Ich gehe vollkommen in dir und unserer Liebe auf. Bitte versuch, mich zu verstehen. Nicht weil ich dich nicht liebe, müssen wir uns trennen, sondern weil ich dich zu sehr liebe.«

»Nein! Bitte nicht!«, schluchzte Roberto. »Ich kann nicht ohne dich leben. Das geht einfach nicht!«

Sie nahm ihn in die Arme. »*Caro*, wenn du mich wirklich so liebst, wie du behauptest, musst du mir die Chance auf eine Zukunft als der Mensch geben, der ich glaube sein zu können, der ich sein *will*. Roberto, bitte sei dieses eine Mal selbstlos. Und mach es mir nicht noch schwerer, als es ohnehin schon ist.«

»Willst du das wirklich?«, fragte er verzweifelt.

»Ja. Ich glaube nicht, dass mir etwas anderes übrig bleibt.«

»Vielleicht brauchst du nur ein bisschen Zeit, *principessa*. Der Schock mit Nico hat dich aus der Fassung gebracht. Das ist eine Überreaktion.«

»Nein, zum ersten Mal sehe ich die Dinge klar. Ich habe erkannt, wer ich geworden bin, und diese Person mag ich nicht. Meine Besessenheit von dir hat vielen Menschen geschadet. Ich möchte wieder ich selbst sein. Oder endlich herausfinden, wer ich wirklich bin.«

Allmählich begann ihm zu dämmern, was sie ihm sagen wollte.

»Und was ist mit Nico, willst du ihm seinen Papà nehmen?«

»Roberto, ich habe lange über Nico nachgedacht und ob es

egoistisch von mir ist, wenn ich dich bitte zu gehen. Aber wir sind es ihm schuldig, dass er wenigstens einen Elternteil hat, bei dem er die oberste Priorität hat. Und das gelingt mir nicht, wenn ich mit dir zusammen bin.«

»Wirst du mich Nico sehen lassen?«

»Natürlich. Wann immer und so oft du möchtest. Das lässt sich bestimmt arrangieren.«

»Ist das dein letztes Wort?«

»Ich denke, es muss sein.«

»Wann soll ich gehen?«

»So bald wie möglich. Je länger du hierbleibst, desto schwieriger wird es.«

Roberto schluckte seine Tränen hinunter und stand auf. »Rosanna, wenn ich Worte finden könnte, dich umzustimmen, würde ich alles aufgeben, meine Karriere, wirklich alles.«

»Das glaubst du jetzt, aber du weißt genauso gut wie ich, dass das nicht die Antwort ist. Es würde in Zukunft mehr Probleme schaffen als lösen. Außerdem kann ich das nicht von dir verlangen. Sag mir, dass du es begreifst, Roberto. Es ist mir wichtig, das zu wissen.«

Er zeichnete mit zitternden Fingern die Konturen ihres Gesichts nach.

»Ja, *principessa*, ich begreife, dass ich *dich* an die erste Stelle hätte setzen sollen. Unsere Liebe und Nico waren das, was wirklich zählte. Leider habe ich das zu spät erkannt. Mach dir keine Vorwürfe, Rosanna. Es ist alles allein meine Schuld.«

»Wir müssen beide die Verantwortung für unsere Fehler übernehmen.«

»Rosanna, falls du es dir jemals anders überlegen solltest, brauchst du es nur zu sagen, dann bin ich wieder an deiner Seite.«

Rosanna begleitete ihn zur Tür.

»Ich verabschiede mich im Krankenhaus von Nico«, murmelte er.

»Ja.«

»Melde dich, wenn du irgendetwas für dich selbst oder ihn brauchst. Mein Stolz wird mich nicht wie früher daran hindern, es dir zu geben.«

»Danke, Roberto.«

»Lass mich dich noch ein letztes Mal spüren.«

Sie umarmten sich lange und innig.

»Danke für dein Verständnis. Ich werde nie aufhören, dich zu lieben«, flüsterte Rosanna.

»Und ich werde nicht aufhören, dich zu lieben.« Er hob ihr Kinn ein wenig an, und als sie einander das letzte Mal küssten, vermischten sich ihre Tränen. »Ich werde auf dich warten, *principessa*. Bis an mein Lebensende.«

MET

NEW YORK

So also hat Roberto uns ein zweites Mal verlassen, Nico. Es wird Dir schwerfallen zu begreifen, wie Deine Mamma jemanden lieben konnte wie Deinen Papà und ihn trotzdem ziehen lassen musste. Ich schickte ihn weg nach all den Jahren, in denen ich mich nach ihm verzehrt hatte, weil ich wusste, dass das meine einzige Chance war.

In den folgenden beiden Jahren sahen wir einander immer wieder einmal. Ich wollte Dir den Vater nicht völlig nehmen, denn Du warst gern mit ihm zusammen. Roberto bestand darauf, die besten Spezialisten zu konsultieren, um herauszufinden, ob sich Dein Gehör verbessern ließe, aber sie konnten wenig für Dich tun. Der Schaden war irreversibel.

Ironie des Schicksals: Wenn ich Deinen Vater nun sah, hatte ich tatsächlich das Gefühl, dass er sich zum Besseren verändert hatte. Es schien, als wäre er nach all den Jahren, in denen er sich wie ein Kind benommen hatte, endlich erwachsen geworden. Er wirkte ruhig und ein wenig wehmütig, nicht mehr arrogant wie früher.

Als wir Dir eines Tages beim Spielen im Garten zusahen, erklärte er mir, dass er sein Arbeitspensum reduzieren wolle. Er hatte einen leichten Herzinfarkt erlitten, und die Ärzte hatten ihm strenge Diät und einen ruhigeren Lebensstil verordnet. Er würde in seiner Villa auf Korsika leben, wir seien jederzeit willkommen. Dich würde ich hinfahren lassen, doch ich hielt lieber Distanz. Mehr als ein paar Stunden in seiner Gesellschaft, und ich stünde wieder ganz am Anfang. Trotzdem sprachen wir kein einziges Mal über Scheidung. Das war mir nicht wichtig. Ich wusste, dass ich nie mehr heiraten würde, und ihm ging es genauso.

Diese Zeit war nicht leicht für mich, aber in der Vergangenheit hatte ich mich so auf Roberto konzentriert, dass ich nun entschlossen war, jede Sekunde meines Lebens auszukosten. Deswegen rate ich Dir, jeden Augenblick zu schätzen und festzuhalten, Nico. Lass nie einen Tag verstreichen, ohne ihn wirklich zu nutzen, denn er ist unwiederbringlich dahin.

Ich war sehr stolz auf Dich, wie Du Dich mit Deiner Behinderung abfandest. Mithilfe des besten Hörgeräts warst Du in der Lage, ein relativ normales Leben zu führen. Es gab Frustrationen, jedoch auch viel fröhliches Lachen. Und was Du nicht hören konntest, hast Du Dir mit den Augen erschlossen. Dir fehlte nichts.

Ja, Ella, meine liebe Ella. Im Sommer nach meiner Trennung von Roberto errang sie einen Platz an der Royal Academy of Music. Roberto bestand nicht nur darauf, die Gebühren zu übernehmen, sondern ließ sie auch unser Haus in Kensington nutzen, wo er sie jedes Mal, wenn er sich in England aufhielt, besuchte. Am Ende entwickelte sich zwischen ihnen eine sehr enge Beziehung.

Und meine eigene Karriere? Nach allem, was mit Dir passiert war, konnte ich Dich nicht mehr allein lassen.

Nur eines bereitete mir Kopfzerbrechen. Seit unserer Auseinandersetzung hatte ich nicht mehr mit Luca gesprochen. Er hatte Postkarten aus Sambia geschickt, alle an Dich adressiert, immer ohne Absender. Auch Abi verhielt sich distanziert. Damals glaubte ich, das liege daran, dass sie so mit ihrem Erfolg als Schriftstellerin beschäftigt sei, und so dachte ich nicht weiter darüber nach …

53

Gloucestershire, März 1985

Rosanna verließ den Gemeindesaal, wo sich Nicos Spielgruppe traf. Sie hasste den Moment, wenn sie sich von ihm verabschieden musste, aber es war wichtig, dass er mit anderen Kindern spielte und ein möglichst normales Leben führte. Er liebte diese Gruppe, und die Leiterin hatte Rosanna versichert, dass er wunderbar zurechtkam.

Sie sah auf ihre Uhr. Drei Stunden Zeit. Sonst fuhr sie heim und erledigte den Haushalt, doch heute wollte sie einkaufen gehen.

In einem kleinen Laden erwarb Rosanna eine neue Garnitur Kleidung für Nico und ein Tuch für Ella und trat mit ihren Tüten auf die belebte Hauptstraße von Cheltenham hinaus. Wenig später blieb sie vor dem Schaufenster eines Buchladens stehen, in dem ihr Abis neuer Roman *Arie* ins Auge sprang.

Der Titel machte sie neugierig. Die früheren Werke Abis kannte sie, und sie gefielen ihr. Rosanna ging in das Geschäft und zu dem Bücherstapel auf einem Tisch.

»Von der Autorin signiert« stand auf einem Poster darüber. Rosanna fragte sich, warum Abi sich, wenn sie wegen der Signierstunde in der Nähe gewesen war, nicht bei ihr gemeldet hatte. Sie nahm ein Exemplar in die Hand und las den Klappentext.

»Der neue Bestseller der Autorin von *Bald schon* und *Auf ewig* wird ihre zahlreichen Fans entzücken. Abigail Holmes entführt uns in eine Welt, die sie selbst gut kennt, in die Welt der Oper, und verquickt eine verbotene Liebe, Ehrgeiz und die Sünden der Vergangenheit zu einer Geschichte um komplexe Gefühle.«

Rosanna ging mit dem Buch zur Kasse und zahlte. Dann schlenderte sie zu einem kleinen Café, holte sich einen Kaffee, setzte sich an einen Tisch, schlug das Buch auf und begann zu lesen.

»Hallo.«

Rosanna hob erstaunt den Blick.

»Hallo, Stephen.« Rosanna spürte, dass sie rot wurde.

»Wie geht's dir?«

»Sehr gut, danke.«

»Und der Familie?«, erkundigte er sich.

»Auch gut, obwohl ich Roberto nicht sehr oft sehe. Er lebt jetzt auf Korsika.«

»Ach. Das wusste ich gar nicht. Ich dachte, ihr wärt wieder zusammen.«

»Waren wir auch, aber dann … Das ist eine lange Geschichte.« Sie zuckte mit den Achseln. »Darf ich dich auf einen Kaffee einladen?«

Stephen blickte auf seine Uhr. »Ich bin in zehn Minuten hier verabredet, aber warum nicht?«

Rosanna bestellte an der Theke noch zwei Kaffee, während Stephen sich setzte.

»Stephen, ich will mich seit zwei Jahren bei dir entschuldigen, habe jedoch ehrlich gesagt nie den Mut dazu aufgebracht. Ich war schrecklich egoistisch, und es tut mir leid. Du hast so viel für mich und Nico getan.«

»Danke, Rosanna.« Stephen trank einen Schluck Kaffee. »Ich war am Boden zerstört, als Ella es mir gesagt hat, und auch ziemlich wütend, weil du mich nicht einmal angerufen hast, um mir alles zu erklären. Aber …« Er zuckte mit den Achseln. »… das ist Schnee von gestern.«

»Kannst du mir verzeihen?«

»Tief im Innern habe ich immer gewusst, dass du wieder zu ihm zurückgehen würdest. Mir war klar, dass ich mich nicht mit dem großen Roberto Rossini messen kann. Doch ich bedaure unsere gemeinsame Zeit nicht und hoffe, dass es dir genauso geht. Und ich verzeihe dir«, fügte er hinzu.

»Danke. Ich kann dir sagen, dass ich kurz nach Robertos Rückkehr zur Besinnung gekommen bin.« Rosanna seufzte. »Ich habe nicht nur dir wehgetan, Stephen, und schäme mich für mein Benehmen damals. Ich habe mich von vielen Leuten distanziert, denen ich wichtig war.«

»Warum bist du jetzt wieder von Roberto getrennt?«

»Das ist eine komplizierte Geschichte. Es ist etwas passiert, das mir gezeigt hat, wie ungesund meine Beziehung zu ihm war.«

»Was?«

»Nico ist krank geworden, während ich mit Roberto im Ausland war. Als Folge einer ziemlich heftig verlaufenen Masernerkrankung hat er nun ein stark geschädigtes Gehör.«

»Rosanna, das ist ja schrecklich. Der arme Kerl.«

»Ja. Es war für uns alle hart. Aber inzwischen kommt er gut zurecht.« Rosanna nahm einen Schluck Kaffee. »Wie geht's dir denn? Wie läuft's in der Galerie?«

»Prima, danke. Die Galerie macht sich gut. Ich habe gerade ein altes Haus auf der anderen Seite von Cheltenham gekauft, das momentan renoviert wird, und bin auf der Suche nach alten Möbeln. Möchtest du mal mit Nico vorbeikommen und es dir anschauen? Ich würde ihn wirklich gern wiedersehen.«

»Das ist nett von dir, Stephen, aber …«

»Rosanna, können wir nicht befreundet sein?«

»Doch, natürlich.«

»Ah, da ist sie ja.« Die Tür des Cafés öffnete sich, eine gertenschlanke Blondine kam auf sie zu, und Stephen stand auf.

»Rosanna, das ist meine Frau Kate.«

»Rosanna Rossini! Es freut mich sehr, Sie kennenzulernen. Leider weiß ich recht wenig über Opern, aber Stephen hat viel von Ihnen erzählt.« Kate streckte Rosanna die Hand mit einem herzlichen Lächeln hin.

»Die Freude ist ganz meinerseits«, sagte Rosanna.

»Du weißt, dass Rosanna einen ganz entzückenden kleinen Jungen hat, Schatz. Ich habe die beiden zum Tee bei uns eingeladen.«

»Gern«, meinte Kate lächelnd. »Tut mir leid, dass ich ihn Ihnen entführe, aber wir müssen noch alles Mögliche besorgen. Leider renovieren sich Häuser nicht von allein.«

»Ja, Schatz, wir müssen los.« Stephen erhob sich. »Danke für den Kaffee, Rosanna. Wir rufen dich an und machen was aus. Pass auf dich auf.«

»Auf Wiedersehen, Stephen, auf Wiedersehen, Kate.«

Ein wenig wehmütig beobachtete sie, wie Stephen beim Verlassen des Cafés zärtlich den Arm um seine Frau legte. Doch sie freute sich, ihn zufrieden und mit einer neuen Partnerin zu sehen. Ein Blick auf ihre Uhr sagte ihr, dass sie zehn Minuten zu spät dran war.

Rosanna lief zum Gemeindesaal, wo Nico sie bereits an der Tür erwartete.

»Da sind Sie ja, Mrs Rossini. Wir haben uns schon gefragt, wo Sie bleiben«, begrüßte Mrs Price, die Leiterin der Spielgruppe, sie.

»Tut mir leid, ich bin einem alten Freund begegnet und

habe die Zeit vergessen. Komm, mein Schatz.« Rosanna hob Nico hoch und ging mit ihm zum Parkplatz.

Um drei Uhr morgens las Rosanna die letzten Zeilen von Abis Buch. Es hatte ihr gut gefallen und Erinnerungen an die Welt geweckt, in der sie früher verkehrt war. Sie schaltete das Licht aus und lehnte sich in die Kissen zurück. Dabei stellte sie fest, wie sehr Abi ihr fehlte. Wenn sie das nächste Mal in London wäre, dachte sie, würde sie bei ihr vorbeischauen.

Zwei Wochen später, nach einem Besuch bei dem Londoner HNO-Spezialisten, wandte sie sich auf dem Gehsteig zu Nico.

»Fahren wir mit dem Taxi zu Tante Abi?«, fragte sie ihn ganz deutlich, wie der Spezialist es ihr geraten hatte, damit Nico das Lippenlesen schneller lernte.

Nico nickte begeistert über den Vorschlag, in einem großen schwarzen Taxi zu fahren. »Ja, bitte, Mamma.«

Rosanna winkte eines herbei.

»In die Fulham Road, bitte«, sagte sie, sobald sie eingestiegen waren.

Rosanna klingelte an der Tür zu Abis Erdgeschosswohnung, die zwei Minuten später von Abi geöffnet wurde. Sie trug eine alte Jeans und ein schmuddeliges T-Shirt und hatte ein schmutziges Gesicht.

»Was machst du denn hier?«, fragte sie erstaunt.

»Was für eine nette Begrüßung, Abi. Sonderlich zu freuen scheinst du dich nicht, dass deine alte Freundin dich besucht«, scherzte Rosanna.

Abi wirkte nervös. »Im Moment ist es ein bisschen ungünstig. Ich ziehe morgen um.«

»Wir bleiben auch nicht lange, was, Nico?«, versprach Rosanna. »Willst du uns nicht reinbitten, Abi?«

»Doch.« Abi zuckte resigniert mit den Achseln.

Rosanna und Nico folgten ihr ins Wohnzimmer, in dem überall Teekisten herumstanden und Zeitungen herumlagen.

»Wo ziehst du denn hin?«

»In ein Haus in Notting Hill. Ich brauche was für … na ja, was Größeres.«

»Das Schreiben scheint sich auszuzahlen.«

Abi kniete sich auf den Boden, um ein Glas einzuwickeln.

»Abi.« Rosanna kniete sich ebenfalls hin und legte eine Hand auf ihren Arm.

»Ja?«

»Warum bist du mir in den letzten zwei Jahren aus dem Weg gegangen?«

Abi hob den Blick nicht. »Ach, du weißt ja, wie das ist. Wir hatten beide so viel zu tun, und … Solche Dinge passieren eben. Aber es ist schön, dich wiederzusehen.«

»So klingt das aber nicht. Ich habe übrigens dein neuestes Buch gelesen. Es war toll und hat Erinnerungen geweckt.«

Endlich schaute Abi hoch. »Danke. Rosanna, ich möchte wirklich nicht unhöflich sein, aber könnten wir uns irgendwann zum Mittagessen oder so verabreden? Heute Nachmittag habe ich wirklich viel zu tun.«

»Gut.« Rosanna erhob sich. »Komm, Nico.«

Abi folgte ihnen zur Tür.

»War schön, dich zu sehen, Abi. Ich hoffe, wir treffen uns bald mal wieder.«

»Ich auch, aber …«

Aus einem Zimmer im hinteren Teil erklang ein spitzer Schrei.

»Ich muss mich verabschieden. Sie weint wieder.«

»Du hast ein Kind?« Rosanna sah sie erstaunt an.

»Ja …«

»Abi, warum hast du denn nichts gesagt? Ich muss die Kleine sehen!«

Bevor Abi sie daran hindern konnte, eilte Rosanna mit Nico den Flur entlang und in ein kleines, hübsches, ganz in Pink gehaltenes Kinderzimmer, in dem ein etwa achtzehn Monate altes Mädchen in seinem Bettchen saß.

»Hallo, Kleine, ich bin Tante Rosanna.« Sie trat ans Fenster, zog die Vorhänge zurück und wandte sich wieder dem Bettchen zu. »*Cara*, komm zu …« Rosanna verstummte mitten im Satz.

Abi stand mit ausdruckslosem Gesicht an der Tür.

»Siehst du jetzt, warum ich mich nicht gemeldet habe?«

Rosanna bemerkte die olivfarbene Haut, die dunklen Haare und Augen der Kleinen.

»Ich glaube, ich brauche einen Stuhl.«

Zehn Minuten später tranken sie inmitten der Kisten im Wohnzimmer Tee aus großen Tassen.

»Wir waren nur ein einziges Mal zusammen. Es war Lucas letzter Abend in England, und wir haben nicht aufgepasst. Ja, es war ein Schock für mich, als ich festgestellt habe, dass ich schwanger bin, aber inzwischen frage ich mich, ob ich das nicht sogar wollte. Wenn ich Luca schon nicht selber haben konnte, würde ich wenigstens einen Teil von ihm für immer bekommen.« Abi strich ihrer Tochter über die seidigen Haare und schaukelte sie auf den Knien.

»Du hast nie versucht, Luca zu erreichen und ihm zu sagen, dass er eine Tochter hat? Wie heißt sie überhaupt?«

»Phoebe. Ich hab sie nach der Heldin meines ersten Buchs benannt«, erklärte Abi schmunzelnd. »Nein, Rosanna. Er soll es nicht erfahren. Er hat mir aus dem Busch geschrieben, aber ich habe nicht geantwortet, aus Angst, dass ich es ihm verrate. Das würde ihn in die Bredouille bringen und ihm möglicherweise die Zukunft verbauen, wenn er nach wie vor Priester werden möchte. Seine geliebte Kirche predigt zwar die Vergebung der Sünden, scheint sie aber bei ihren eigenen Geistlichen nicht sonderlich großzügig zu praktizieren. Deswegen bin ich auch dir aus dem Weg gegangen. Tut mir leid, ich hätte es dir sagen sollen. Bist du entsetzt?«

»Nein, nur ein bisschen verletzt, weil du nicht genug Vertrauen hattest, mich einzuweihen. Du weißt doch, dass ich für dich da gewesen wäre.«

»Vielleicht habe ich mich geschämt«, gestand Abi. »Schließlich war mir klar, dass es für uns keine gemeinsame Zukunft geben konnte. Ich habe ihn verführt.«

»Abi, das Leben hat mich Toleranz gelehrt. Es tut mir leid, dass ich mich so sehr in meine eigene Welt verkrochen und nicht gemerkt habe, was sich zwischen dir und Luca abgespielt hat.«

»Das mit Luca und mir war nie so dramatisch wie das mit dir und Roberto, aber auf unsere eigene ruhige Art haben wir uns genauso sehr geliebt. Er hat einen besseren Menschen aus mir gemacht.« Sie trank einen Schluck Tee. »Jedenfalls bin ich froh, dass du es jetzt weißt, Rosanna.«

»Und Luca muss es auch eines Tages erfahren.«

»Vielleicht.« Abi zuckte mit den Achseln. »Kommt Zeit, kommt Rat.«

Nachdem Rosanna Nico zu Hause ins Bett gebracht hatte, lief sie in der Küche auf und ab, schaute hinaus auf die Terrasse und erinnerte sich, wie Luca und Abi den Sommer bei ihr verbracht hatten. Wie sie miteinander gelacht und geredet hatten, lange nachdem alle anderen im Bett waren … Ihr fiel Stephens Äußerung ein, er glaube, sie seien ineinander verliebt.

Konnte es sein, dass Luca sein ganzes Leben lang nach etwas gesucht hatte, das direkt vor seiner Nase lag?

Am Morgen war Rosanna zu einem Beschluss gelangt. Tags zuvor hatte sie Abi gebeten, ihr Lucas Adresse in Sambia zu geben. Nun war es an *ihr*, Gott zu spielen. Sie würde Luca finden und nach Hause holen.

Das Flugzeug aus Lusaka landete pünktlich. Rosanna ließ aufgeregt den Blick über die Gesichter der Eintreffenden schweifen, die durch die automatische Tür der Ankunftshalle eilten.

Schließlich tauchte Luca auf, schmaler, als sie ihn in Erinnerung hatte, und tief gebräunt. Rosanna lief ihm entgegen und schlang die Arme um ihn. »Luca, wie schön, dich zu sehen.«

»Rosanna.« Er erwiderte ihre Umarmung, löste sich von ihr und trat einen Schritt zurück, um sie genauer zu betrachten. »Du siehst gut aus für jemanden, der gerade in einer Krise steckt. Gott sei Dank hast du in deinem Brief geschrieben, dass es nichts mit Nico zu tun hat, sonst hätte ich mir schreckliche Sorgen gemacht. Wie geht's ihm übrigens?«

»Bestens.«

»Warum hast du mich dann von Afrika hergeholt?«

»Das erzähle ich dir während der Fahrt«, versprach sie und nahm seinen Arm. »Mein Brief scheint ja ganz schön lange nach Lusaka gebraucht zu haben. Ich dachte schon, ich kriege gar keine Antwort«, sagte sie, als sie ihn in Richtung Parkplatz schob.

»Rosanna, ich komme nur einmal pro Woche in den Ort, um meine Post abzuholen. Und ich habe dich gleich angerufen. Du hast mir sehr gefehlt, *piccolina*.«

»Und du mir. Hauptsache, du bist da. Steig ein.« Rosanna schloss ihren Volvo auf, und Luca nahm auf dem Beifahrersitz Platz.

»Du hast den Führerschein gemacht?«, bemerkte er.

»Ja. Mit einem kleinen Kind kommt man auf dem Land praktisch nicht ohne Auto aus. Aber erzähl mir doch von Afrika. Du siehst aus, als hättest du Wochen nichts gegessen.« Rosanna ließ den Motor an und setzte zurück.

»Das ist ein bisschen übertrieben, aber in letzter Zeit habe ich tatsächlich schon von Pizza geträumt.«

»Hat es dir geholfen, so weit wegzugehen?«

»Du meinst, ob ich mich nun entschieden habe, Priester zu werden oder nicht?«

»Ja.«

»Ich habe Carlotta damals leiden sehen, und da waren auch noch andere Dinge, die mich verwirrt haben. In Afrika war ich dann mit so viel Armut konfrontiert, dass ich mir das mit dem Priesterwerden überlegt habe. Mir ist klar geworden, dass Gott etwas anderes mit mir vorhat. Ich soll Menschen in Not helfen, aber nicht indem ich den Gottesdienst halte, ihnen die Beichte abnehme oder mich mit Kirchenbürokratie auseinandersetze. Ich habe meinem Bischof in einem Brief meine Gedanken geschildert und meinen Platz im Priesterseminar kurz danach aufgegeben.«

»Freut mich, dass du endlich in der Lage warst, diese Entscheidung zu treffen. Aber warum bist du nicht nach Hause gekommen?«

»Wo war dieses Zuhause denn, Rosanna? Ich hatte das Gefühl, keines mehr zu haben. Abi hat mir nicht geantwortet; ich hatte sie verärgert. Also habe ich beschlossen, in Sambia zu bleiben und mich einer dort tätigen britischen Wohltätigkeitsorganisation anzuschließen. Zum ersten Mal im Leben hatte ich das Gefühl, wirklich nützlich zu sein, praktisch wie auch spirituell.« Luca blickte zum Fenster hinaus. »Du kannst dir nicht vorstellen, wie es dort ist. Die Menschen und die Landschaft sind außergewöhnlich, aber das Elend …« Plötzlich sah er sie an. »Bist du von mir enttäuscht, Rosanna?«

»Nein. Ich weiß nur zu gut, wie viel Mut es erfordert zuzugeben, dass man sich geirrt hat«, antwortete sie.

»Genug von mir. Sag mir, warum du mich zurückgeholt hast.«

»Geduld. Es ist nichts Schlimmes«, versicherte Rosanna ihm. »Lass dir zuerst von Roberto erzählen.«

Luca lauschte verblüfft, als Rosanna ihm die Umstände ihrer Trennung zwei Jahre zuvor erläuterte, und atmete deutlich hörbar aus. »Rosanna, ich hätte nie gedacht, dass du ihn einmal verlassen würdest. Wenn ich das damals gewusst hätte, wäre vielleicht alles anders gekommen. *Piccolina*, ich bedaure unseren Streit sehr. Ich hätte mich nicht einmischen sollen. Auch wenn ich ihn nicht mochte, hätte ich deine Gefühle für ihn respektieren müssen.«

»Nein, Luca, du hattest völlig recht. Deine Worte haben mich zu einer Entscheidung gezwungen. Dir habe ich es zu verdanken, dass ich jetzt glücklicher bin als damals, wenn auch hin und wieder ein bisschen einsam«, gestand sie.

»Einsamkeit ist manchmal der Preis, den wir zahlen«, erklärte er traurig. »Wer passt auf Nico auf, während du mich abholst?«

»Eine gute Freundin«, antwortete sie. »Erzähl mir doch mehr von Afrika …«

Als Abi Reifen auf Kies hörte, nahm sie Phoebe auf den Arm und Nico an der Hand und ging hinaus, um Rosanna zu begrüßen.

»Mamma, Mamma!« Nico ließ Abis Hand los und rannte auf Rosanna zu.

Da ging die Tür auf der Beifahrerseite auf, und Luca stieg

aus. Als Abi und er einander sahen, blieben sie beide wie erstarrt stehen.

»Luca«, sagte Rosanna leise, »begrüß Abi. Und deine kleine Tochter.«

»Meine Tochter?«

»*Sie* ist der Grund, warum ich dich nach Hause geholt habe. Phoebe braucht deine Liebe und deinen Schutz mehr als jeder andere Mensch.«

»Und Abi«, presste Luca hervor und machte zaghaft die ersten Schritte auf sie zu.

»O Gott, Luca«, flüsterte Abi mit Tränen in den Augen.

Rosanna drückte Nico an sich und begann ebenfalls zu weinen, als Luca seine Familie umarmte.

MET

NEW YORK

Es war ein Risiko gewesen, ein großes Risiko, Nico, aber ich hatte das Richtige getan. Möglicherweise war diese Wiedervereinigung von Luca mit Abi und ihrem Kind meine Art, mich endlich für alles, was er für mich getan hatte, zu revanchieren. Danach ist Luca nie mehr nach Afrika zurückgekehrt, sondern hat eine Stelle im Londoner Büro der Wohltätigkeitsorganisation angenommen und wie besessen Spendengelder gesammelt. Es war die reine Freude, sie zu sehen; die Jahre des Schmerzes und der Suche waren vergessen. Zwischen ihren Romanen brachte Abi zwei weitere Kinder zur Welt, und die Familie wohnte in geordnetem Chaos in dem Haus in Notting Hill.

Und ich, fragst Du, Nico? Deine Mamma?

Ich gab Dich mit sechs Jahren in die kleine Privatschule, die auch Ella besucht hatte. Die dortigen Lehrer waren wunderbar, nahmen Rücksicht auf Deine Behinderung, sorgten jedoch auch dafür, dass Du an allen Aktivitäten der Schule teilnahmst. Bestimmt erinnerst Du Dich, wie gut es Dir gefiel und wie viele Freunde Du dort fandest. Aber für mich war es schwierig. Ich war es gewöhnt, die ganze Zeit mit Dir zusammen zu sein, und die Stunden, die Du in der Schule verbrachtest, zogen sich endlos dahin.

Um die Stille zu füllen, begann ich, meine alten Plattenaufnahmen zu spielen und zu ihnen zu singen. Zu meinem Erstaunen hörte sich meine Stimme noch immer gut an. Im Lauf der Jahre war sie weicher und reifer geworden. Mit einunddreißig Jahren regten sich meine Leidenschaft und mein Ehrgeiz von früher wieder.

Im Ort fand ich eine nette junge Frau, die auf Dich aufpasste, wäh-

rend ich zweimal wöchentlich Stunden bei einem Gesangslehrer in London nahm. Nach vier Monaten harter Arbeit und viel, viel Übung griff ich zum Telefon und rief meinen alten Agenten Chris Hughes an.

Ich fing mit kleineren Konzerten an, um mein Selbstvertrauen zu stärken. Nun musste ich mich neu beweisen, nicht nur einem anderen Publikum, sondern auch mir selbst. Allmählich kamen wieder Anfragen. Meine einzigen Bedingungen waren, dass ich nicht mehr mit Roberto auftreten würde und durch meine Engagements nicht längere Zeit von Dir getrennt wäre.

Als Paolo de Vito mir schließlich die Mimì in La Bohème *zur Saisoneröffnung in der Scala anbot, konnte ich natürlich nicht Nein sagen. Du bliebst bei Deinem geliebten Onkel Luca und Deiner Tante Abi, und ich flog nach Mailand. Paolo machte mir keine Vorwürfe und empfing mich mit offenen Armen. Zehn Jahre später als geplant sang ich schließlich die Mimì auf der Bühne der Scala. Es ist mir fast peinlich, das zu sagen, aber ich war sensationell. Sogar Dein Großvater war mit seiner Frau Signora Barezi dabei und hörte seine Tochter zum ersten Mal seit Luigi Vincenzis Soiree wieder live singen.*

Im Nachhinein betrachtet hätte mir nichts Besseres passieren können als die Pause, als Du klein warst. Ich kehrte gereift an die Oper zurück und war auch eher in der Lage, den Ruhm und die Aufmerksamkeit zu verarbeiten. Und ich kann nun mit meiner Erfahrung Ella vor Fallen warnen, in die ich selbst getappt bin. Du weißt, wie gut sie in Covent Garden vorankommt; ihre Rollen wachsen mit ihrem Selbstvertrauen, aber sie hat sich noch nie verliebt …

Inzwischen bin ich seit über acht Jahren wieder ganz oben in der Opernwelt dabei. Die Zeit mit Roberto erscheint mir wie ein völlig anderes Leben. Ich behaupte nicht, dass ich nicht an Deinen Papà gedacht hätte, denn das wäre gelogen. Ich ließ Gedanken an ihn zu, weil ich wusste, dass er zu mir gehörte wie meine Arme und Beine, und daran würde sich nie etwas ändern.

Vor zwei Wochen erhielt ich einen Anruf von einem Arzt auf Korsika. Roberto hatte einen weiteren Herzinfarkt erlitten. Sein Zustand war ernst, und er wollte mich sehen …

54

Korsika, Juni 1996

Rosanna begrüßte die Krankenschwester mit einem bangen Lächeln.

»Ich möchte Roberto Rossini besuchen«, erklärte sie mit leiser Stimme. »Ich bin seine Frau.«

»Gut, dass Sie gekommen sind, Mrs Rossini. Er fragt die ganze Zeit nach Ihnen. Aber ich muss Sie warnen. Heute Nacht hatte er einen weiteren Infarkt, und seitdem verliert er immer wieder das Bewusstsein.«

»O Gott.« Rosanna schluckte.

»Ich bringe Sie zu ihm. Bitte bereiten Sie sich innerlich vor, Mrs Rossini. Und sagen Sie, was Sie zu sagen haben, wenn er bei Bewusstsein ist. Ihm bleibt nicht mehr viel Zeit.«

Rosanna folgte der Frau in ein Einzelzimmer, in dem allerlei Monitore piepsten und Kanülen Flüssigkeiten transportierten, mittendrin mit geschlossenen Augen und fahler Haut Roberto.

Die Schwester bedachte Rosanna mit einem mitfühlenden Lächeln, bevor sie den Raum verließ.

Rosanna trat ans Bett, nahm seine Hand und streichelte sie. »Roberto, ich bin hier«, sagte sie leise.

Er öffnete die Augen. Und strahlte, als er sie erkannte.

»Rosanna, meine *principessa* ...« Er griff nach ihrer anderen Hand. »Lass dich anfassen, damit ich weiß, dass du real bist. Ach, Liebe meines Lebens.«

Sie sahen einander lange an.

»Seit deinem Comeback habe ich dich oft gehört. Du bist einfach wunderbar und singst jetzt mit großer Reife und Wahrhaftigkeit.«

»Das habe ich dir zu verdanken, Roberto.«

»Tatsächlich?« Seine Augen leuchteten.

»Ja. Als ich dich kennenlernte, war ich ein kleines Mädchen. In den letzten Jahren bin ich erwachsen geworden.«

»Bist du glücklich, Rosanna? Das wünsche ich mir.«

»Nicht so wie damals, als wir zusammen waren, aber ich bin zufrieden.«

»Ich habe die glücklichste Zeit meines Lebens mit dir verbracht«, murmelte er. »Bitte, Liebes, bleib nicht für immer allein. Such dir jemanden, der dich lieben und Nico ein Vater sein kann. Und sag Nico Entschuldigung von mir, ja?«

»Du musst dich für nichts entschuldigen, Roberto. Trotzdem verspreche ich dir, ihm zu erklären, was seine Eltern miteinander hatten.«

»Und was war das?« Robertos Augen wurden feucht.

»Liebe. Eine Liebe, so mächtig, dass sie mich für alles andere blind gemacht hat. Aber ich werde ewig dankbar sein, dass ich das erleben durfte.«

»Ja. Ich …«

Als er das Gesicht vor Schmerz verzog, drückte sie seine Hand fester. Sie versuchte, sich ihre Verzweiflung nicht anmerken zu lassen.

»Jetzt musst du dich nicht mehr von mir scheiden lassen«, krächzte er wenig später. »Du kannst meine Witwe sein. Das ist bedeutend würdevoller.« Er brachte ein heiseres Kichern zuwege.

»Roberto, bitte sag das nicht.«

»*Cara*, ich habe das Gefühl, dass dieser Körper genug gelebt hat. Nun, da ich dich noch einmal gesehen habe, kann ich in Frieden sterben. Rosanna …« Er winkte sie näher zu sich heran, damit sie ihn besser hören konnte. »Ich will dir etwas gestehen. Ich könnte es nicht ertragen, dass du denkst, ich hätte dich hintergangen oder dir wehtun wollen. Ich wusste es damals nicht. Bitte, das musst du mir glauben.«

»Was ist es, Roberto? Ich verspreche dir, Verständnis dafür zu haben.«

»Es ist …«

Roberto packte ihre Hand fester. »Sag Ella, sie muss für ihren Vater singen. Frag Luca, er weiß Bescheid. Ich … Küss mich, Rosanna.«

Sie küsste ihn sanft auf die Lippen.

»Für mich hat es nie eine andere gegeben, nie. Sag mir, dass du mich liebst, sag mir …« Er bäumte sich kurz auf und sank dann in sich zusammen.

Als die Monitore nur noch einen einzigen durchgehenden Ton von sich gaben, legte sie die Arme um ihn. Plötzlich wimmelte es im Zimmer von fremden Leuten, die sie kaum wahrnahm.

»*Ti amo*, Roberto, ich liebe dich, ich liebe dich …«

MET

NEW YORK, JULI 1996

Rosanna tupfte die Tränen von dem Papier weg, das sie gerade beschrieben hatte. Sie war fast am Ende angelangt. Noch eine Seite, dann hätte sie endlich Frieden. Die Geschichte wäre erzählt, und sie hoffte, dass Nico eines Tages alles begreifen würde. Sie nahm den Stift in die Hand und schrieb weiter.

Seit dem Tod Deines Vaters vor drei Wochen habe ich jeden freien Moment genutzt, um für Dich zu schreiben. Ich habe Deinem Papà versprochen, unsere Liebe zu erklären, und hoffe, dass Du uns beiden, wenn Du diese Zeilen liest, vergibst. Ich liebe Dich sehr und weiß, dass Roberto das auf seine Weise auch tat.

Nach meinem letzten Besuch bei Deinem Vater erzählte mir Luca von Ella, von dem Geheimnis, das er und Carlotta so lange bewahrt hatten. Ich sagte es Ella einige Tage nach Robertos Beisetzung, und sie nahm es in ihrer ruhigen, beherrschten Art auf. Sie hat Roberto sehr geliebt; in seinen letzten Jahren hatte er versucht, seine Versäumnisse der Vergangenheit wettzumachen.

Dein Papà ist also tot, Nico, und in wenigen Stunden werde ich auf der Bühne der New Yorker Met stehen und etwas vortragen, das zur Erinnerung an Roberto Rossini komponiert wurde. Am Ende wird Ella einstimmen und meine Hand nehmen, und wir werden gemeinsam für ihn singen. Wir werden die schlechten Dinge vergessen und uns ausschließlich an die guten erinnern, denn wir sind Menschen, und so bewältigen wir das Leben.

Ich habe beschlossen, dass das, was ich für Dich schreibe, bis zu meinem Tod von meinem Anwalt verwahrt wird. Erst dann wirst Du alles über die Leidenschaft erfahren, deren Frucht Du bist.

Ich fürchte mich nicht vor dem Tod, Nico, denn auf der anderen Seite erwartet mich Roberto. Und eine Liebe wie die unsere stirbt niemals.

Ich sehe ihn, ich sehe ihn überall.

Deine Dich liebende Mamma

Lucinda Riley im Gespräch zu *Das italienische Mädchen*

1. Warum haben Sie beschlossen, einige Ihrer früher erschienenen Bücher umzuschreiben?

Die ursprüngliche Fassung von Rosannas und Robertos Geschichte erschien 1996 als *Aria* unter meinem alten Pseudonym »Lucinda Edmonds«. In letzter Zeit haben sich einige meiner Verleger nach meiner Backlist erkundigt. Obwohl ich ihnen mitteilte, dass meine früheren Titel samt und sonders nicht mehr lieferbar seien, baten sie mich, ihnen die Bände zu schicken. Also ging ich in den Keller und holte die acht Bücher, die ich Jahre zuvor geschrieben hatte. Sie waren mit Mäusekot und Spinnweben bedeckt und rochen feucht, aber ich schickte sie den Verlegern trotzdem, mit der Entschuldigung, dass ich damals noch sehr jung gewesen sei und ich es gut verstehen könne, wenn sie sie in die Mülltonne werfen würden. Doch zu meiner Überraschung war die Reaktion positiv; man fragte mich sogar, ob ich sie noch einmal veröffentlicht sehen wolle.

2. Warum haben Sie ausgerechnet diesen Roman als ersten umgeschrieben?

Er gehört zu meinen Lieblingsgeschichten. Besonders gefällt mir, dass er in Italien spielt, die Oper darin großen Raum einnimmt, und ich mag auch die Beziehung von Rosanna und Roberto. Leider wird aus einer großen Leidenschaft nicht immer eine lange und stabile Partnerschaft.

3. Wie sind Sie beim Umschreiben vorgegangen?

In mancherlei Hinsicht war das schwieriger, als ein völlig neues Buch zu schreiben, weil ich in den letzten fünfzehn Jahren Lebenserfahrung gesammelt hatte, die ich in die Geschichte einfließen lassen wollte. Ich denke, damals war ich eine Geschichtenerzählerin, heute bin ich eine Schriftstellerin. Man benötigt viele Jahre, um das Handwerk wirklich zu lernen.

4. Wie ist dieses Buch entstanden? Und auf welches Thema konzentrieren Sie sich darin?

Ich habe Italien im Alter von fünf Jahren zum ersten Mal besucht und bin seitdem immer wieder dort gewesen. Für mich ist Italien das schönste Land der Welt, und eines Tages hätte ich dort gern ein Haus. Ich LIEBE Häuser, mein Traum wäre es, in einem Dorf im »echten« Italien zu leben, wo ich jeden Tag ins örtliche Café gehen und *prosciutto*, Tomaten, Pasta und Risotto essen kann! *Das italienische Mädchen* konzentriert sich auf die reiche italienische Kultur und die tiefe Emotionalität dieses Volkes. Da ich von Kindesbeinen an mit Oper zu tun hatte – mein Onkel war Beleuchtungsmeister im Londoner Royal Opera House, weswegen ich zahlreichen Generalproben und Aufführungen beiwohnen konnte –, beschloss ich, darüber zu schreiben. *Das italienische Mädchen* ist zweifelsohne die leidenschaftlichste - und herzzerreißendste – Liebesgeschichte, die ich je verfasst habe.

5. Was hat Sie zu Das italienische Mädchen *inspiriert?*

Da mein Onkel wie gesagt als Beleuchtungsmeister für das Royal Opera House in Covent Garden arbeitete, hatte ich das Glück, viele Generalproben miterleben zu dürfen. Dort habe ich sogar Kiri Te Kanawa in *La Bohème* gesehen und gehört! Die dramatische Musik erschien mir der passende Hintergrund für die Leidenschaft in Robertos und Rosannas Beziehung.

6. Ihre Protagonistinnen besitzen immer eine künstlerische Ader. Woran liegt das?
Ich war selbst Ballerina und Schauspielerin und weiß, worüber ich schreibe. Ich denke, ich würde mich sehr schwertun, das Leben einer Buchhalterin zu schildern!

7. Robertos und Rosannas Beziehung ist ausgesprochen leidenschaftlich. Hat sie Vorbilder im realen Leben?
Aber ja! Mein Mann und ich haben eine sehr dynamische Beziehung und arbeiten nun sogar zusammen, denn er ist mein Agent und Manager. Wir verfolgen dieselben Ziele, auch wenn wir uns nicht immer darüber einig sind, wie sie sich verwirklichen lassen!

8. Wer ist Ihre Lieblingsfigur in Das italienische Mädchen *und warum?*
Ich mag Luca, weil er kein bisschen egoistisch ist und geduldig darauf wartet, seinen eigenen Traum erfüllen zu können.

9. Das italienische Mädchen *spielt in Neapel und Mailand. Haben Sie viel Zeit dort verbracht?*
Wie die meisten Menschen liebe ich Italien, und zu meinen ersten Erinnerungen gehört, dass meine Eltern mit mir nach Neapel fuhren und ich von dort aus die Insel Capri und den Vesuv sehen konnte. Mailand ist eine meiner absoluten Lieblingsstädte – dort gibt es atemberaubende Architektur, Kunst und Musik. In Italien sind Lebensenergie und Leidenschaft fast mit Händen zu greifen.

LUCINDA RILEY

Helenas Geheimnis

Roman

Viele Jahre sind vergangen, seit Helena Beaumont als junge Frau einen wunderbaren Sommer auf Zypern verbracht und dort ihre erste große Liebe erlebt hat. Nun kehrt sie zum ersten Mal zurück in das schöne alte Haus, um dort mit ihrer Familie die Ferien zu verbringen. Unbeschwerte Tage sollen es werden, verträumte Stunden am Meer und lange Nächte auf der Terrasse, doch schon bei ihrer Ankunft empfindet Helena ein vages Unbehagen. Sie allein weiß, dass die Idylle bedroht ist – denn es gibt Ereignisse in ihrer Vergangenheit, die sie ihrem Mann und ihren Kindern stets eisern verschwiegen hat. Wie lange aber kann sie die Fassade der glücklichen Familie noch aufrechterhalten? Als sie dann plötzlich ihrer Jugendliebe Alexis gegenübersteht, ahnt sie, dass diese Begegnung erst der Anfang einer Verkettung von Ereignissen ist, die ihrer aller Leben auf eine harte Bewährungsprobe stellt …

Alex

Pandora, Zypern
Juli 2016

LESEPROBE

Als ich den Wagen um die gefährlichen Schlaglöcher manövriere, die in den vergangenen zehn Jahren offenbar nie ausgebessert wurden, sondern höchstens noch tiefer geworden sind, taucht unvermittelt Pandora vor mir auf. Ich holpere noch ein paar Meter weiter, dann halte ich an und betrachte das Haus. Richtig hübsch ist es nicht, denke ich mir, auf jeden Fall im Vergleich zu den schicken Ferienhäusern, die man von den verlockenden Fotos gehobener Immobilien-Websites kennt. Solide, schnörkellos, fast streng wirkt es, zumindest von hinten, und genauso habe ich mir auch den früheren Bewohner immer vorgestellt. Die Villa ist aus dem hellen Stein dieser Region gebaut und erhebt sich genauso kantig aus dem trockenen Kalkboden wie die Häuser, die ich als Kind mit Begeisterung aus Legosteinen baute. So weit das Auge reicht, wachsen ringsum üppig belaubte Weinstöcke. Ich vergleiche dieses reale Bild mit dem in meinem Kopf – das ich immerhin schon seit zehn Jahren mit mir herumtrage – und stelle fest, dass mein Gedächtnis mir gute Dienste geleistet hat.

Ich fahre weiter, stelle den Wagen ab und gehe um die wuchtigen Mauern zur Vorderseite des Hauses mit der Terrasse, durch die Pandora sich von allen anderen Häusern abhebt. Am anderen Ende, dort, wo das Gelände sanft abzufallen beginnt, wird die Terrasse von einer Balustrade begrenzt. Auch hier ist alles mit Weinstöcken überwuchert, hier und da sehe ich ein kleines weiß getünchtes Haus oder eine Gruppe knorriger Olivenbäume. Weit in der Ferne kann ich einen schmalen, tiefblau schimmernden Streifen ausmachen, der Land und Himmel voneinander trennt.

Als die Sonne untergeht, besticht sie durch eine künstlerische Meisterleistung: Ihre gelben Strahlen treffen auf die tiefblaue Fläche und lassen sie umbrabraun glitzern. Was interessant ist, eigentlich dachte ich immer, dass Gelb und Blau Grün ergeben.

Dann drehe ich mich zum Haus um und stelle mit Erleichterung fest, dass es zumindest äußerlich die Vernachlässigung der letzten Jahre gut überstanden hat. Auf der Terrasse hole ich den Eisenschlüssel aus der Tasche, öffne die Tür und gehe durch die dämmrigen Zimmer, in die wegen der geschlossenen Läden kaum Licht fällt. Ich fühle mich innerlich ganz taub, und vielleicht ist das auch gut so. Ich wage nicht, etwas zu empfinden, denn dieses Haus birgt, vielleicht mehr als jeder andere Ort, *ihren* Zauber …

Eine halbe Stunde später habe ich im Erdgeschoss alle Fensterläden geöffnet und die Schutzlaken von den Möbeln im Salon gezogen. Dann stehe ich in den tanzenden Staubflöckchen, in denen sich das Licht der untergehenden Sonne fängt, und erinnere mich, dass mir das alles damals, als ich es zum ersten Mal sah, uralt vorgekommen war. Und mit einem Blick auf die durchgesessenen Sessel und die fadenscheinigen Sofas frage ich mich, ob Gegenstände ab einem bestimmten Punkt einfach nur betagt sind und optisch nicht weiteraltern, so, wie grauhaarige Großeltern auf kleine Kinder immer gleich uralt wirken.

Das Einzige, was sich in diesem Raum grundlegend verändert hat, bin ich. Wir Menschen durchlaufen den Großteil unserer körperlichen und geistigen Entwicklung gleich in den ersten Jahren nach unserer Geburt – im Handumdrehen werden wir vom Baby zum Erwachsenen. Danach sehen wir, zumindest äußerlich, für den Rest unserer Tage mehr oder minder gleich aus, werden durch das Zutun unserer Gene und der Schwerkraft einfach schlaffere und weniger ansehnlichere Versionen unseres jüngeren Selbst.

Und was das Emotionale und Intellektuelle betrifft … Da muss ich einfach darauf vertrauen, dass der langsame Verfall unserer äußeren Verpackung durch den einen oder anderen Pluspunkt aufgewogen wird. Was sich hier in Pandora nur bestätigt. Auf dem Weg in den Flur muss ich über den Alex lachen, der ich damals war, im Gegensatz zu dem, der ich heute bin. Und winde mich zugleich innerlich bei dem Gedanken an mein früheres Ich – dreizehn Jahre alt und, wie ich rückblickend sagen muss, ein egozentrischer und nervtötender Wichtigtuer, wie er im Buche steht.

Ich öffne die Tür zur »Besenkammer«, wie ich das Zimmer damals in dem langen, heißen Sommer liebevoll nannte, als ich es bewohnte. Im Licht der Deckenlampe ist es tatsächlich so klein, wie ich es in Erinnerung habe – wenn überhaupt, kommt es mir jetzt noch kleiner vor. Ich trete in meiner vollen Größe von eins fünfundachtzig hinein und frage mich, ob ich, wenn ich jetzt die Tür schließen und mich hinlegen würde, meine Füße zum winzigen Fenster hinausstrecken müsste wie Alice in ihrem Wunderland.

Ich blicke an den Regalen zu beiden Seiten dieses Schlauchs empor. Die vielen Bücher, die ich in langen Stunden alphabetisch geordnet habe, stehen immer noch dort. Aus einem Impuls heraus nehme ich eines zur Hand – einen Band von Rudyard Kipling – und blättere zu dem berühmten Gedicht »Wenn«, die klugen Worte eines Vaters an seinen Sohn. Beim

Lesen steigen mir Tränen in die Augen, wenn ich an den Dreizehnjährigen denke, der ich damals war: ein Junge auf der verzweifelten Suche nach einem Vater. Und als ich ihn dann fand, begriff ich, dass ich bereits einen hatte.

Ich stelle Kipling wieder an seinen Platz, und mein Blick fällt auf das kleine Buch, das daneben steht. Das Tagebuch, das meine Mutter mir zu Weihnachten, ein paar Monate vor meinem ersten Besuch in Pandora, geschenkt hatte. Sieben Monate lang hatte ich es jeden Tag gewissenhaft geführt – in einem, so wie ich mich selbst kenne, zweifellos ziemlich aufgeblasenen Ton. Wie alle Teenager hielt ich meine Überlegungen und Gefühle für einzigartig und bahnbrechend, meine Gedanken für derart überragend, dass kein Mensch sie vor mir gedacht haben konnte.

Traurig schüttele ich den Kopf und seufze wie ein alter Mann über meine Naivität. Als wir nach jenem langen Sommer in Pandora nach England zurückgefahren waren, hatte ich das Tagebuch hiergelassen. Und jetzt, zehn Jahre später, liegt es in meinen mittlerweile großen Männerhänden. Eine Erinnerung an meine letzten Monate als Kind, bevor das Leben mich zwang, mich in der Welt der Erwachsenen einzurichten.

Mit dem Tagebuch in der Hand gehe ich nach oben. Dort, auf dem dämmrigen, stickigen Flur, bin ich mir unschlüssig, in welchem Zimmer ich mich während meines Aufenthalts hier heimisch fühlen möchte. Ich hole tief Luft und gehe den Flur entlang zu *ihrem* Zimmer, nehme allen Mut zusammen und öffne die Tür. Vielleicht bilde ich es mir nur ein – und nach zehn Jahren Abwesenheit muss es wohl Einbildung sein –, aber ich bin überzeugt, den Duft des Parfüms zu erschnuppern, das sie damals trug …

Mit Nachdruck ziehe ich die Tür ins Schloss. Noch fühle ich

mich nicht in der Lage, die Büchse der Pandora zu öffnen mit all den Erinnerungen, die aus jedem Zimmer entweichen würden. Da gehe ich lieber nach unten. Draußen herrscht mittlerweile finstere Nacht. Ich schaue auf die Uhr und rechne die zwei Stunden Zeitunterschied dazu: Es muss kurz vor neun sein, und mir knurrt der Magen vor Hunger.

Ich lade den Wagen aus, verstaue die Lebensmittel, die ich im Dorfladen gekauft habe, in der Speisekammer und gehe mit etwas Brot, Feta und einem sehr warmen Bier auf die Terrasse. Dort sitze ich dann in der Stille, die nur hin und wieder vom schläfrigen Zirpen einer Zikade unterbrochen wird, trinke mein Bier und frage mich, ob es wirklich eine gute Idee war, zwei Tage vor den anderen herzukommen. Schließlich bin ich ein Meister der Nabelschau und betreibe die Kunst derart überzeugend, dass mir kürzlich angeboten wurde, mich darin professionell zu betätigen. Zumindest dieser Gedanke bringt mich zum Lachen.

Um mich abzulenken, schlage ich mein Tagebuch auf und lese die Widmung auf der Innenseite.

Für meinen Schatz Alex – Frohe Weihnachten! Versuch, es regelmäßig zu führen. Es könnte interessant zu lesen sein, wenn du älter bist. Alles Liebe, Mum.

»Tja, Mum, hoffen wir mal, dass du recht hast.« Ich lächle matt und blättere durch die Seiten hochtrabender Prosa, bis ich zu Anfang Juli komme. Und im Licht der einen funzeligen Birne, die in der Pergola über mir hängt, beginne ich zu lesen.

Lucinda Riley

wurde in Irland geboren und verbrachte als Kind mehrere Jahre in Fernost. Sie liebt es zu reisen und ist nach wie vor den Orten ihrer Kindheit sehr verbunden. Nach einer Karriere als Theater- und Fernsehschauspielerin konzentriert sich Lucinda Riley heute ganz auf das Schreiben – und das mit sensationellem Erfolg: Seit ihrem gefeierten Roman »Das Orchideenhaus« stürmte jedes ihrer Bücher die internationalen Bestsellerlisten. Lucinda Riley lebt mit ihrem Mann und ihren vier Kindern an der englischen Küste in North Norfolk und in West Cork, Irland.
Mehr zur Autorin unter www.lucinda-riley.de

Von Lucinda Riley lieferbar:

Das Orchideenhaus
Das Mädchen auf den Klippen
Das italienische Mädchen
Die Mitternachtsrose
Der Engelsbaum
Der Lavendelgarten
Helenas Geheimnis
Die sieben Schwestern
Die Sturmschwester
Die Schattenschwester
Die Perlenschwester
Der verbotene Liebesbrief

(Alle Bücher auch als E-Book erhältlich)

Das italienische Mädchen
Das Mädchen auf den Klippen
Das Orchideenhaus
Der Engelsbaum
Der Lavendelgarten
Die Mitternachtsrose
Helenas Geheimnis

Edel ausgestattete Sonderedition mit Perlmutt-Einband und exklusiven Hintergrundinformationen zu den jeweiligen Romanen

 www.lucinda-riley.de